SIMPLE VENGEANCE

Olivia Goldsmith

SIMPLE VENGEANCE

ÉDITIONS FRANCE LOISIRS

Titre original : *Young Wives*
publié par HarperCollins Publishers Inc., New York.

Traduit de l'américain par Michel Ganstel

Ce livre est une œuvre de fiction. Les personnages, les événements
et les dialogues sont le fruit de l'imagination de l'auteur et n'ont
aucun caractère réel. Toute ressemblance avec des événements réels,
des personnes, vivantes ou mortes, serait pure coïncidence.

En mémoire de la regrettée Jane O'Connell,
lectrice scrupuleuse

Édition du Club France Loisirs, Paris,
réalisée avec l'autorisation des Éditions Belfond.

Éditions France Loisirs,
123, boulevard de Grenelle, Paris.
www.franceloisirs.com

Première partie

Chapitre 1

Dans lequel nous découvrons comment Angela Rachel Goldfarb-Romazzano Wakefield célèbre ses noces de papier et la surprenante issue de ces festivités.

Angela Wakefield arriva en avance, d'abord parce qu'elle était ponctuelle jusqu'à l'obsession — ses études de droit lui avaient inculqué ce judicieux principe —, mais aussi parce qu'elle voulait savourer en paix les quelques instants d'attente avant leur petite fête intime. Assise près de la baie vitrée, les chevilles sagement croisées, elle posa son sac sur la chaise voisine et regarda la mer. Marblehead, Massachusetts, était un endroit si beau qu'elle n'aurait jamais imaginé y vivre un jour, elle, une petite Juive mâtinée d'Italien de Queens, New York. Ce soir-là, malgré l'automne déjà avancé, on voyait les voiliers de plaisance sillonner la rade, les bateaux de pêche rentrer au port et, tandis que le soleil couchant s'effaçait devant le crépuscule, les premières lumières s'allumer en scintillant le long du rivage.

Reid avait choisi le restaurant du club nautique, impeccable comme lui bien qu'un peu guindé. Les nappes y étaient d'une blancheur éblouissante, les serviettes empesées pliées en formes compliquées qui rappelaient à Angela les chapeaux de gendarme qu'elle s'amusait à faire quand elle était petite. Elle en éprouvait un peu de gêne. Jamais elle n'avait été aussi nette, aussi bien repassée que ces serviettes. Ses longs cheveux noirs naturellement bouclés tombaient sans discipline, il manquait parfois un bouton à ses vêtements souvent chiffonnés. Reid disait que cela faisait partie de son charme. Son charme... Encore heureux qu'elle en ait, sinon pourquoi Reid l'aurait-il épousée ?

Question cuisine, elle n'attendait pas grand-chose d'un club comme celui-ci. Pour bien manger, mieux valait un bon *delicatessen* de Brookline ou du North End de Boston. Ici, bien sûr, le service serait irréprochable et les martini-drys ultra-secs. Mais Angela ne s'était jamais sentie à l'aise seule au club nautique. Dans un moment plus ou moins long, vu qu'il était un retardataire impénitent, Reid Wakefield III, son époux depuis un an jour pour jour, s'assiérait en face d'elle. Reid était partout à son aise, lui. Ici, comme dans tous les clubs dont on est membre de plein droit par la naissance, il était chez lui.

Reid aurait déjà dû être là depuis vingt minutes, retard normal pour un homme comme lui qui accumulait les rendez-vous et s'absorbait tellement dans tout ce qu'il faisait qu'il en oubliait ses engagements suivants — enfin, sans les oublier à proprement parler. Disons qu'il jonglait avec un emploi du temps surchargé en permanence, ce que tout le monde lui pardonnait. Un homme si charmant !...

Pour meubler l'attente, elle vérifia discrètement son maquillage dans le miroir de son compact. Elle y vit un visage plaisant, rond et régulier, avec de grands yeux noirs, une bouche généreuse — non, grande et tournant volontiers à la grande gueule — en grand besoin d'un raccord de rouge à lèvres. Pourquoi fallait-il que le rouge s'efface si facilement des lèvres et pas des dents ? Frustrant !

Un léger soupir lui échappa. Elle était comme elle était, et c'est elle que Reid avait préférée à une de ces blondes anémiques, toujours bien habillées, sans faux plis, sans mèches folles, avec des prénoms bon chic bon genre comme elles-mêmes, Elizabeth ou Emily par exemple. Mais c'est tout de même elle, Angie, qui avait séduit le Prince Charmant. Bien fait pour vous, pimbêches !

Pour elle, Reid incarnait le soleil, la joie de vivre, une existence où l'on n'a jamais besoin de s'avouer vaincu. À l'abri d'une fortune assise depuis des générations et d'un réseau de relations encore plus solide, sa famille pratiquait le yachting, le tennis, célébrait les anniversaires, les noces et même les enterrements avec la dignité d'une classe sociale où l'ordre et le self-control sont un mode de vie.

Non qu'Angela eût honte de ses ancêtres. Bien sûr, ils étaient des immigrants de fraîche date par rapport à ceux de Reid. Les Wakefield avaient débarqué en Amérique tout juste après les passagers du *Mayflower*, et la mère de Reid appartenait à l'élite des Filles de la Révolution, ce qui se voyait du premier coup d'œil, car elle n'éprouvait pas le besoin, elle, de se teindre les cheveux ou de se conformer à la mode. C'était une femme du style Barbara Bush, en plus fière, qui n'avait jamais dit à Reid que son mariage l'ulcérait — quoique, quand Angie y pensait, ces gens-là n'avaient pas tellement de raisons d'être si fiers d'eux. Ils avaient volé leurs terres aux Indiens, après tout. Plus tôt que la plupart des autres, c'est vrai. En tout cas, ils en possédaient encore beaucoup à Marblehead et aux alentours.

Angela remit le tube de rouge dans son sac et en sortit le cadeau pour son mari. Comme c'étaient leurs noces de papier, elle s'était creusé la tête avant de dénicher précisément ce qu'il fallait : un exemplaire de l'édition originale de l'autobiographie de Clarence Darrow, complété par un envoi autographe de l'auteur sur la page de garde. Jeune et brillant avocat intégré au plus ancien et plus respectable des cabinets juridiques de Boston, Reid idolâtrait la lumière du barreau qu'avait été Darrow. Il en bavera de plaisir ! se dit-elle avec un large sourire.

Elle ne se faisait toutefois pas trop d'illusions sur le cadeau qu'elle allait recevoir. Les hommes ne sont pas plus doués dans ce domaine que dans celui des sentiments, elle l'avait appris à ses dépens. Pour leur premier Noël de jeunes mariés, Reid lui avait offert des gants de ski alors qu'elle n'avait jamais mis les pieds sur des planches. Et quand elle lui avait suggéré de prendre un week-end en amoureux, il n'avait rien trouvé de mieux que d'aller à Springfield visiter le musée du basket-ball. Et il y avait pire : le moulin à café pour son anniversaire ! Angela se revit encore déballer le paquet pour y découvrir l'objet. « Mais je croyais que tu aimais le café tout frais moulu ? » s'était étonné Reid avant qu'elle lui jette l'ustensile à la tête. Un peu plus tard, elle avait téléphoné à sa mère pour s'épancher. « Un moulin à café ? Un Braun, dis-tu ? Eh bien, ma petite, son cas n'est pas désespéré, ton père m'avait fait cadeau d'une planche à repasser. »

Angela s'était abstenue de faire observer à sa mère que son père et elle étaient divorcés, et qu'elle n'avait pas l'intention de les imiter. « Qu'est-ce que tu en as fait, de la planche à repasser ? s'était-elle bornée à dire. — Je la lui ai fait avaler, avait répondu Natalie Goldfarb-Romazzano d'un ton réconfortant. Et puis, tu sais, les mariages mixtes ne fonctionnent jamais. — C'est gentil de me le dire après que j'ai épousé un protestant ! avait gémi Angela. — Je ne te parle pas du mélange des religions, mais des genres. Des hommes et des femmes, si tu préfères. Nous ne venons même pas de planètes différentes, nous appartenons à d'autres galaxies. »

À ce souvenir, Angela secoua la tête. Comme disait son père, sa mère était un sacré numéro.

— Que signifie ce signe de dénégation ? fit une voix raffinée. Les « non » ne sont pas admis ici, seulement les « oui ». Nous sommes dans un club très sélect.

Angela leva les yeux et découvrit Reid, son grand et beau *golden boy*, as du ski nautique et de l'escalade, diplômé de Princeton — avec mention, bien sûr. Dans les derniers éclats du soleil couchant, elle aurait juré qu'il irradiait sa propre lumière.

Déjà assis en face d'elle sans qu'elle s'en soit rendu compte, Reid se releva pour lui donner un long baiser. Une telle démonstration d'affection en public ? Incroyable ! Et dans un endroit si snob que nul n'était censé avoir des sentiments, encore moins les manifester ! Il est de plus en plus gentil ces derniers temps, pensa-t-elle, pendant que leurs langues se caressaient. Elle se sentit rougir. Une fois encore, il réussissait à lui couper le souffle. Au diable l'histoire du moulin à café ! Elle avait trop de chance.

Au bout d'un moment, comme si de rien n'était, Reid regagna son siège. Un serveur vint aussitôt se poster derrière lui.

— Que veux-tu boire, Angie ? demanda-t-il.

Puis, après une brève hésitation, il déplaça le sac qu'elle avait posé sur la chaise à côté d'elle et vint s'y asseoir.

— J'étais trop loin de ma chérie, expliqua-t-il à mi-voix en mettant la main droite sur le haut de sa cuisse.

13

Une vague de désir la submergea avec une telle intensité qu'elle dut se détourner et regarder par la fenêtre.

— J'ai envie de toi, murmura Reid avant de commander leurs apéritifs au serveur d'un ton normal — sans pour autant cesser de lui caresser la cuisse.

Tandis que le serveur s'empressait de combler les désirs du rejeton de la haute et puissante famille Wakefield, Angie se sentit de nouveau rougir. Elle s'excusait toujours auprès de la « domesticité », alors que Reid leur faisait faire le pied de grue — et était mieux servi qu'elle.

— Qu'est-ce que c'est ? reprit Reid en posant la main sur le paquet plat qu'Angela avait sorti de son sac.

— Oh, rien ! Juste un petit cadeau d'anniversaire de mariage, si par hasard tu connaissais quelqu'un qui en célébrerait un.

— C'est curieux, je suis dans le même cas. Et ma femme aussi. Serait-ce pour elle ? Pour moi, peut-être ?

Sur quoi, il sortit de sa poche un écrin.

— Cela ressemble-t-il à un appareil électrique, à ton avis ? demanda-t-il d'un ton taquin.

Angela sentit son cœur battre plus vite. Un bijou ? Un vrai bijou ? En dehors de sa bague de fiançailles et de son alliance, il ne lui en avait encore jamais offert.

Dominant de son mieux son excitation, elle tendit la main. Les mots « Shreve, Crump & Lowe » étaient gravés en lettres d'argent sur le couvercle de l'écrin de maroquin bleu marine. La meilleure bijouterie de Boston ! Et la plus chère ! Angela n'avait jamais pu se résigner au fait que Reid achetait tout au prix fort et sans marchander mais, pour une fois, elle était ravie d'être la bénéficiaire de sa prodigalité. Sa mère avait raison, en fin de compte, le cas de Reid n'était pas aussi désespéré qu'elle l'avait cru. Et puis, même si le ravissant écrin ne contenait qu'une chaîne en argent ou une babiole, elle chérirait ce cadeau — son premier vrai présent — sa vie entière.

— Animal, végétal ou minéral ? demanda-t-elle pour faire durer le plaisir.

— Voyons, je suis l'animal, tu serais plutôt le végétal. Il ne peut donc s'agir que du règne minéral.

Minéral ? Comme dans « pierres précieuses » ? Prête à fondre, elle souleva le couvercle. Reposant sur un lit de satin, un saphir petit mais superbe entouré d'une mer de perles parut lui faire un clin d'œil. Une bague !

— Oh ! mon Dieu ! Que c'est beau ! Mon Dieu ! répéta-t-elle.

— C'est drôle, commenta Reid en riant. Serait-ce chez toi un réflexe religieux ? Il n'y a que le sexe et les bijoux pour t'inciter à invoquer le nom du Seigneur.

Tout en parlant, il lui serrait la cuisse. Angie se promit d'aller sans faute à la gym le lendemain en sortant du bureau et de ne rien négliger pour conserver ses cuisses toujours aussi fines et musclées. Son père, se rappelait-elle, avait commencé à tromper sa mère après que celle-ci s'était, disons, laissée aller. *Demain*, pensa-t-elle, *je ne mangerai rien que de la salade de fruits. Et je boirai quatre bouteilles d'Évian, des grandes. Même si je dois passer ma journée à pisser comme un cheval...*

— Tu sais quoi ? reprit Reid. J'aimerais que tu me promettes de faire quelque chose pour moi.

Comme si elle ne brûlait pas déjà de désirs impudiques ! Comme si elle n'était pas prête à cesser de respirer s'il le lui demandait !

— Tout ce que tu voudras, sauf de me prostituer ou de me faire refaire le nez.

Il éclata de rire — il riait pour un rien, c'était une des raisons pour lesquelles elle l'aimait. Une expression de gravité presque puérile qu'elle lui voyait rarement apparut aussitôt après sur son visage.

— Renouvelons nos vœux conjugaux, dit-il en lui prenant la main. Marions-nous comme si c'était la première fois.

Elle en fut émue au point de se sentir rougir une fois de plus. Depuis quelque temps, Reid la couvrait d'attentions inhabituelles, des fleurs, des petits cadeaux, mais cette demande était si... si touchante qu'elle ne sut si elle devait en rire ou en pleurer. Hésitante, elle opta pour la première solution. Elle suivait d'ailleurs ainsi une tradition familiale chez les Goldfarb-Romazzano, surtout du côté de sa mère : « Il vaut mieux rire, lui conseillait-elle dans les situations de crise. Au moins, tu n'as pas besoin ensuite de refaire ton mascara. »

— Oh ! mon chéri, quelle merveilleuse idée ! dit-elle en couvrant de son autre main les longs doigts fins de Reid. Merveilleuse, mais...

Elle marqua une pause. Il la fixait des yeux, aussi attentif qu'un jeune chien — mais tellement moins mûr qu'elle ne voulut pas lui faire de peine. Ni maintenant ni jamais. Comment lui expliquer ?

— Écoute, mon chéri, nous sommes mariés depuis tout juste un an. Ce ne serait pas... raisonnable de le faire aussi tôt. Si tu veux que nous répétions nos vœux tous les deux, je suis d'accord, bien sûr. Nous pourrions le faire ce soir ou demain ou...

— Non ! l'interrompit-il. Je veux que nous les disions en public. Enfin, devant des témoins. Des collègues, ta famille, la mienne. Une vraie cérémonie, tu comprends ?

Angela lui serra la main plus fort.

— Une cérémonie ? Je suis à peine remise de la noce ! Il m'a fallu tout ce temps pour écrire aux membres de ta famille qui nous ont inondés de plateaux à fromage. Voyons, mon chéri, cela ne se fait pas. Pas avant dix ans, au moins. Peut-être même vingt-cinq.

Elle pensait à ce que rabâchait sa famille à lui sur ce qui « se fait » et « ne se fait pas ». Elle pensait aussi aux tourments qu'elle avait déjà infligés à sa belle-mère par ses impairs — comme d'avoir convoqué à leur mariage à la fois un rabbin et un prêtre catholique, défroqué et marié par-dessus le marché. La malheureuse avait failli s'évanouir.

— Non, mon chéri, répéta-t-elle. Ça ne se fait pas.

— Pourquoi ? Je t'aime bien plus maintenant que quand nous nous sommes mariés. Je veux que tout le monde le sache.

Angie sentit lui monter aux yeux des larmes de pur bonheur. Et tant pis pour le mascara.

— Moi aussi, je t'aime davantage. Mais je me demande seulement si les gens ne vont pas nous croire... intéressés, tu comprends ? Comme si nous voulions recevoir encore des cadeaux.

— Angie chérie, veux-tu le faire pour moi ? insista Reid. Tes yeux sont si beaux en ce moment, si brûlants, si lumineux. J'ai tant envie de toi que je voudrais t'embrasser les paupières et faire l'amour avec toi tout de suite ici même, par terre, devant tout le monde. Mais je veux bien me contenter de t'entendre dire oui à mon idée de cérémonie.

Incapable de résister à l'expression d'un désir aussi exigeant, elle allait donner son assentiment d'un signe de tête lorsqu'il poursuivit :

— Tu sais que mes parents ne voulaient pas de notre mariage. Toi, tu n'aimais pas mes amis qui, il faut bien le dire, ne t'aimaient pas non plus. Tout le monde disait que notre ménage ne tiendrait pas. Moi-même, je te l'avoue, j'ai eu des doutes.

Angie souriait toujours, bien qu'il ne lui eût jamais parlé de ses doutes jusqu'à présent et que la nouvelle avait de quoi la surprendre. Elle aussi, elle avait eu des doutes — sur lui, bien sûr. Sa peur de s'engager, la froideur de sa famille, son manque de maturité et de... de profondeur. Jusqu'à ce qu'il ait prononcé le « oui » sacramentel, elle s'attendait même qu'il prenne l'initiative de rompre.

— En tout cas, poursuivit Reid, cette première année n'a pas été facile pour nous deux. Il nous a fallu du temps pour nous adapter l'un à l'autre. Et puis, il y a cinq mois, j'ai eu cette aventure. Je croyais que les choses entre nous ne s'arrangeraient pas et que... bref, que mes parents avaient peut-être raison.

Une seconde ! Angela crut avoir mal entendu :

— Quoi ? Je veux dire, avec qui ?...

Reid balaya la question d'un geste désinvolte :

— Une collègue de travail plus âgée que moi, mais elle n'a aucune importance. Une fois craqué le vernis du plaisir physique, notre aventure m'a prouvé à quel point je t'aime, toi et toi seule, dit-il avec conviction. Je veux montrer que c'est toi que je choisis et que je préfère à toutes les femmes de la terre. J'ai commis une erreur, Angela, c'est vrai. Mais cette erreur m'a donné une bonne leçon et je veux le faire savoir à tout le monde.

Son *aventure* ? Angela n'entendait déjà plus. Elle voyait bouger les lèvres de Reid sans qu'aucun son lui parvienne aux oreilles. Mais ce n'était pas d'être devenue sourde qui l'inquiétait. Elle serait tombée raide morte sur la table si sa fierté ne l'avait empêchée de se couvrir de ridicule. Son cœur battait si fort que Reid ne

18

pouvait pas ne pas l'entendre — elle, du moins, n'entendait que ce bruit.

Paralysée par le choc, elle regardait bouger les lèvres de son mari. Des lèvres qui venaient de l'embrasser. Une bouche qui lui avait menti et s'était posée sur celle d'une autre femme. D'une *autre femme* !...

Angela se leva d'un bond :

— Il faut que j'aille aux toilettes.

Et elle partit presque en courant à travers la salle du restaurant.

Chapitre 2

Dans lequel nous faisons la connaissance de Michelle Russo, de son chien Pookie et des autres membres de la famille.

Après avoir couché Frankie, véritable tour de force depuis qu'il avait six ans, Michelle enfila son blouson et annonça à Jenna qu'elle sortait Pookie, le cocker. Elle ne le faisait pourtant jamais sans un peu de remords. Frank, son mari, l'accablait de reproches quand il la surprenait à sortir elle-même le chien : « C'est le travail des enfants, répétait-il. Tu les pourris. » Mais Michelle préférait s'en charger, c'était plus facile que de houspiller Jenna. Et puis, cela lui donnait une occasion de prendre l'air.

Il faisait frais, presque froid. Michelle s'arrêta, le temps de dénouer le bandeau qui retenait ses cheveux pour les laisser tomber en une de ces longues cascades dorées qui lui tenaient chaud et attisaient les ardeurs de Frank. Elm Street était déjà sombre, mais Michelle aimait sortir à cette heure-là, le seul moment de la journée où elle était seule — si l'on ne tenait pas compte de Pookie, bien sûr.

Comme il tirait sur sa laisse, elle se remit en marche, mais le chien s'arrêta devant chez les Joyce qui devenaient féroces s'ils le voyaient lever la patte à proximité de leur précieux gazon. Michelle s'efforçait discrète-

20

ment de l'éloigner quand elle remarqua que les fenêtres de la maison étaient obscures. Peut-être étaient-ils en voyage. Depuis que M. Joyce avait pris sa retraite, ils s'absentaient souvent.

Les Joyce habitaient la rue depuis plus longtemps que tout le monde. En tant que voisins, ils étaient aimables mais jamais vraiment chaleureux. Pourtant, Michelle les aimait bien, comme elle aimait la rue entière avec toutes ses maisons. C'était ici que Frank et elle avaient choisi de vivre, ici qu'elle avait emmené ses deux enfants à la maternité. Ici encore que Frank avait appris à Jenna à monter à bicyclette et que Frankie, par un après-midi d'hiver glacial, avait eu le bout de la langue collé par le gel au réverbère dont Pookie était en train de renifler la base. Pour elle, la rue était peuplée de présences amicales, à défaut de vrais amis. Leurs enfants, leurs chats, leurs chiens y avaient tous joué ensemble ou s'y étaient battus. Ici, ils se sentaient tous chez eux. C'était leur foyer.

Dans son enfance, Michelle n'avait pas eu de foyer. Sa mère ne décrochait en général que des emplois de serveuse qui la faisaient rentrer tard, avec une pizza et un pack de bière en guise de dîner. Son père était toujours à la poursuite d'affaires mirobolantes qui ne lui rapportaient pas un sou, mais exigeaient des heures durant sa présence dans des bars.

Elle frissonna malgré elle. Avait-elle mérité d'avoir eu autant de chance par la suite — ou peut-être était-ce une sorte de compensation pour la dureté des débuts ? Elle était née dans le Bronx, autant dire dans un autre monde, à moins d'une cinquantaine de kilomètres de là. Sa mère était une Irlandaise venue tout droit du comté de Cork, son père un Américano-Irlandais fils de pompier et pompier lui-même jusqu'au soir où il était entré ivre mort, et se croyant invulnérable, dans un immeuble en flammes qui s'était écroulé sur lui.

Michelle n'avait pas regretté ce grand braillard de père qui lui faisait peur. Mais sa mort la laissait seule avec sa mère, dépressive chronique et incapable de remplir son rôle maternel. D'ailleurs, quand sa grand-mère était tombée malade « au pays », sa mère s'était empressée de partir la soigner en Irlande. À peine plus âgée que sa fille Jenna l'était maintenant, Michelle avait attendu son retour. Un mois paraît déjà long à un enfant, six mois représentent une éternité. Les deux ans qu'il avait fallu à Sheila pour revenir avaient à jamais marqué Michelle. Négligée par ses grands-parents paternels et comprenant que sa mère était restée si longtemps au loin par peur d'affronter la réalité qui l'attendait chez elle, la fillette avait décidé de ne jamais devenir une autre Sheila. Désormais, rien ne compterait davantage pour elle que d'aimer son mari et ses enfants.

Si elle était forcée de revivre ses épreuves, elle le ferait sans hésiter tant qu'elle serait sûre de retrouver au bout Frank Russo, ses enfants et son chien, sa vie paisible dans cette banlieue résidentielle sans crasse ni délinquance, une nourriture saine chaque jour sur sa table, des draps propres dans ses lits, du linge bien rangé dans ses commodes, un jardin plein de fleurs et un garage avec deux bonnes voitures qui ne tombaient jamais en panne. Au début de leur mariage, Michelle avait épié chaque verre de vin que buvait Frank, redoutant de le voir devenir ivrogne comme son père et de voir voler en éclats son beau rêve. Mais Frank ne s'était jamais enivré. Pas une seule fois.

Le soir, quand elle sortait le chien et pouvait réfléchir à loisir, Michelle remerciait le Ciel à qui elle devait sa famille qu'elle aimait, son ménage solide et ses amitiés sûres. Elle savait que, à cinq maisons de chez elle, son amie Jada Jackson se débattait avec un mari au chômage qui ne levait pas le petit doigt pour s'en sortir tandis qu'elle-même se crevait le tempérament tous les jours à la banque. Michelle était surtout révoltée de savoir que Clinton, le mari de Jada, lui menait la vie dure. Comment Jada pouvait-elle supporter une situation pareille ? Avec le recul, Michelle se félicitait que le projet d'association entre son mari et Clinton n'ait jamais abouti.

Michelle était de la race des survivants. Elle avait la chance de jouir d'une existence stable dans une époque instable. D'un bout de la rue à l'autre, elle avait vu des mariages se défaire, des familles se désintégrer, des maisons vendues en catastrophe. Elle, au moins, elle pouvait tabler sur deux certitudes : son amitié avec Jada résisterait à toutes les vicissitudes et son ménage était solide comme le roc.

Tout n'avait pas toujours été aussi rose, bien sûr. Michelle avait souffert de la solitude jusqu'à sa rencontre avec Jada. Depuis maintenant quatre ans, tous les matins et par tous les temps, elles faisaient le tour du quartier en marchant aussi vite que le leur permettait l'allure du chien en laisse. Cette marche matinale était devenue pour elle un rite auquel elles consacraient quarante minutes, pas une de moins, et dans lequel elles puisaient autant l'une que l'autre un précieux réconfort pour attaquer la journée — et garder la forme.

Au début, elles n'avaient parlé que des enfants, de l'école, de sujets anodins. Mais quand Michelle avait perdu sa mère, Jada s'était confiée sur sa propre enfance, et Michelle lui avait alors révélé les secrets de la sienne. Ces confidences mutuelles avaient scellé leur amitié, qui n'avait fait que se renforcer. Elles bavardaient maintenant de tout, des potins du quartier aux recettes de cuisine, de la mode aux sujets intimes que les femmes n'abordent qu'entre elles. Depuis que les problèmes entre Jada et Clinton s'aggravaient, elles en parlaient aussi. Ces conversations à cœur ouvert étaient pour Michelle un luxe qu'elle n'avait pu s'offrir depuis l'école. Entre Frank, les enfants et la maison, elle avait toujours eu trop à faire pour garder le contact avec sa bande de copines du Bronx.

En passant à hauteur de chez les Jackson, elle aperçut Clinton mais pas Jada par la fenêtre de la cuisine et ne s'arrêta donc pas. Bientôt arrivée devant chez elle, elle attendit un instant que Pookie finisse de renifler les feuilles mortes sur la pelouse. Michelle était fière de sa maison qu'elle maintenait, ainsi qu'elle-même, ses enfants et sa vie, toujours propre et ordonnée. Pookie aussi participait à cette campagne de netteté permanente. C'était un pur cocker à pedigree, pas un de ces corniauds errants qui se faisaient régulièrement écraser dans les rues du Bronx. « Hein, Pookie ? » dit-elle à haute voix. Le chien la regarda, étonné. « Viens, il est temps de rentrer », conclut-elle.

Quand Michelle entra dans la salle de bains des enfants, Jenna venait de sortir du bain.

— Qu'est-ce que je vois ? dit Michelle en montrant d'un doigt accusateur la baignoire encore pleine qui commençait à se vider.

— Voyons, maman, je ne vais pas me noyer ! Il fait trop froid pour se baigner dans dix centimètres d'eau.

— Tu connais la règle. Pas d'eau au-dessus du trait.

Des années auparavant, Michelle avait marqué le niveau d'eau maximal par un ruban rouge collé aux parois de la baignoire et fixé sur le fond des bandes antidérapantes. La baignoire était un peu plus difficile à nettoyer, mais Michelle ne le regrettait pas. Pour elle, la sécurité n'avait pas de prix.

— Écoute, m'man...

— La plupart des accidents arrivent à la maison, déclara Michelle pour la trois cent millième fois, au bas mot. Et maintenant, au lit. Je t'accorde dix minutes de télé avant d'éteindre la lumière.

— Est-ce que je verrai papa avant de dormir ? demanda Jenna en amorçant une moue déçue.

— Non, ma chérie, tu sais bien qu'il travaille tard ce soir.

La moue s'aggrava, mais Michelle se retint de sourire. Toutes les femmes de la famille Russo, Jenna, Michelle elle-même, sans oublier sa belle-mère, étaient en adoration devant leur Frank.

— C'est demain vendredi, reprit-elle. Papa a promis de nous emmener dîner au restaurant. Après, tu le verras pendant tout le week-end. Tiens, faisons-lui un beau gâteau demain pour le remercier de se donner tant de mal pour nous. D'accord ?

— Oh, oui ! Je pourrai t'aider et lécher le bol ?

En un clin d'œil, l'expression maussade avait fait place à une joie enfantine. Michelle connaissait l'influence décisive d'une telle promesse sur le comportement, mais cependant elle ne s'en laissait pas conter.

— Tu m'aideras, mais tu partageras le bol avec Frankie. Et maintenant, assez parlé. Il te reste cinq minutes de télé, pas une de plus.

Jenna sourit d'un air entendu, comme si elle n'en pensait pas moins, mais Michelle était sûre que sa fille dormirait dans moins de trois minutes et qu'elle devrait revenir éteindre après avoir remis la salle de bains en ordre.

Elle essuya les éclaboussures, replia et pendit trois

serviettes de bain (trois serviettes pour deux enfants ? Bizarre !), astiqua le lavabo et le miroir. Frankie avait pensé à mettre son linge sale dans le panier, mais il y avait aussi laissé choir une de ses baskets (heureusement que sa mère s'en était aperçue, il y aurait eu un drame le lendemain matin au petit déjeuner !). Puis, la salle de bains redevenue immaculée, Michelle alla jeter un coup d'œil dans la chambre de Frankie, qui avait déjà repoussé ses couvertures. Elle le recouvrit, l'embrassa sur le front, posa ses deux baskets près du lit. Elle alla ensuite éteindre la télé chez Jenna, qui grogna une protestation de principe sans se réveiller pour autant. Elle serrait dans ses bras Pinkie, son lapin en peluche, d'une manière qui trahissait un sommeil déjà profond.

Michelle pouvait enfin s'occuper d'elle-même. Elle prit dans sa chambre sa plus belle chemise de nuit en soie et un flacon de parfum sur la coiffeuse avant de se faire couler un bain dans la salle de bains des parents. Pendant que la baignoire se remplissait, elle s'accorda un instant et s'examina dans la glace.

Elle avait une taille au-dessus de la moyenne, la même que celle de Frank, mais comme il l'aimait grande, elle portait toujours des talons, sauf lors de ses marches matinales avec Jada. Elle avait aussi la chance d'être belle, avec un nez fin, un menton bien dessiné, une bouche généreuse — si sensuelle, en fait, que les filles à l'école en étaient jalouses et se moquaient d'elle alors que les garçons tombaient en pâmoison. Ses cheveux étaient restés aussi soyeux et brillants (quoique, les racines... Elle allait devoir prendre rendez-vous chez le coiffeur pour un raccord de couleur). Son teint de blonde constituait son seul problème. Sa peau fragile rougissait, pâlissait, reflétait ses moindres changements d'humeur et menaçait, si elle n'y prenait pas garde, de se flétrir très vite. C'est pourquoi Michelle s'enduisait consciencieusement de crèmes et de lotions, tout en sachant qu'il lui restait une dizaine d'années, tout au plus, avant qu'un réseau de rides fasse son apparition et s'installe pour de bon. Oh ! après tout, elle était encore plus que présentable.

Dans le miroir que la vapeur du bain commençait à embuer, elle se revit telle qu'elle était à vingt et un ans, dix ans plus tôt. Elle n'avait pas tellement changé, en fin de compte. Sa taille avait un peu épaissi à cause de ses deux grossesses, c'est vrai, mais de quelques centimètres à peine. Ses yeux étaient toujours aussi verts, ses seins aussi fermes — enfin... presque. Pas mal, dans l'ensemble, pensa-t-elle en souriant à son image. Dans une heure, Frank l'admirerait à son tour. Et si elle relevait ses cheveux avant d'entrer dans la baignoire, elle les laisserait retomber ensuite. Frank aimait ses longs cheveux, et elle voulait que Frank ait toujours tout ce qu'il désirait — tant que ce serait elle l'objet de ses désirs.

Chapitre 3

Dans lequel Angela téléphone à son père,
saute dans un taxi et prend l'avion sans bourse délier.

— Cinq mois... Je ne sais pas... Parce qu'il me l'a dit !

Angela aspergeait de larmes et de postillons le téléphone public dans le hall du club nautique. Un homme qui sortait des toilettes lui jeta un coup d'œil et se détourna aussitôt, comme un témoin d'accident esquive un spectacle pénible. Si accident il y avait, il tenait de la catastrophe, et c'était elle la victime, pensa-t-elle en baissant les yeux sur l'écran bleu, toujours dans son poing crispé. L'autre serrait le combiné à briser la matière plastique. Elle se demanda si elle parviendrait jamais à décrisper une de ses mains.

— Il te l'a dit ? fit la voix de son père. Ce misérable enfant de salaud a osé te *dire* qu'il couchait avec une autre femme ? Et le jour de votre anniversaire de mariage ?

Hors d'état de proférer un son, Angela hocha la tête. À six cents kilomètres de là, dans le comté de Westchester, son père ne put voir son geste, mais il entendit gargouiller dans l'écouteur.

— La brute ! gronda-t-il. Où es-tu, en ce moment ?

— Au club, à un téléphone public.

Une femme qui passait lui décocha un regard indigné, signifiant clairement qu'une telle conduite en ce lieu était inadmissible. Elle avait l'âge de la mère de Reid et la connaissait sans doute. Vieille garce! pensa Angela qui, par défi, se torcha les yeux puis le nez d'un revers de main. Les doigts maculés de Rimmel, le visage barbouillé, elle réussit à narguer la vieille chouette qui finit par battre en retraite.

— Angie chérie, je t'avais pourtant dit qu'il ne fallait jamais faire confiance à un WASP avec des chiffres romains après le prénom!

Ah, non! Allait-elle encore devoir subir ce genre de sermon? Elle avait d'abord appelé sa mère puis Lisa, sa meilleure amie, mais était chaque fois tombée sur leurs répondeurs.

— Je t'en prie, papa, pas de sermon! Surtout pas de toi. Je pourrais le tuer. Qu'est-ce que je dois faire?

— Calme-toi, ma chérie. Calme-toi.

Il avait pris la voix qui lui inspirait confiance, celle à laquelle elle obéissait. Celle avec laquelle il lui avait dit de ne pas s'inquiéter quand elle s'affolait à l'idée de rater ses examens de droit. Son papa avait des défauts, mais il l'aimait.

— Écoute-moi, poursuivit-il. Tu vas raccrocher le téléphone, sortir de ce bouge infect et monter dans un taxi. La dernière navette pour New York décolle de Boston dans trois quarts d'heure, tu l'attraperas sans difficulté. Je viendrai te chercher à l'aéroport. Je n'enverrai pas un de mes chauffeurs, non, je viendrai moi-même.

— Je ne pourrai jamais prendre l'avion. Quand je dirai à Reid...

— Tu ne diras rien à ce salaud, tu entends? gronda son père. Pas un mot! Ne retourne même pas à sa table!

— Tu veux dire... m'en aller, comme ça? Mais je n'ai même pas mon sac. Je n'ai pas de papiers, pas un sou...

Elle se sentit soudain nue et sans défense. Mais traverser

de nouveau la salle de restaurant, affronter Reid... Non, impossible. Partir avait au moins de la dignité.

— Il y aura un billet prépayé à ton nom au comptoir de Delta, dit son père. Ils te demanderont de t'identifier en donnant le nom de jeune fille de ta mère et ton numéro de Sécurité sociale.

— Mais s'ils me demandent autre chose ? Je n'ai rien...

— Ne t'inquiète pas. Je dirai que ta grand-mère est mourante et que tu n'as pas eu le temps de passer chez toi.

Elle sentit ses larmes couler de nouveau.

— D'accord. Merci, papa. Si tu savais comme j'ai honte...

— Honte de quoi ?

— D'avoir été si bête. Tu ne lui as jamais fait confiance.

— C'est vrai, mais n'en parlons plus. Les femmes sont toutes plus ou moins aveugles, sinon l'espèce humaine n'existerait pas. Laisse tomber ce misérable imbécile. Laisse-le moisir à sa table en se demandant si tu ne t'es pas noyée dans les cabinets. Bon, poursuivit Anthony Romazzano sans entendre l'éclat de rire qu'il espérait. Tu me promets de sortir d'ici immédiatement après avoir raccroché ?

— Oui, papa.

Angela raccrocha, se retourna, prit une profonde inspiration et tira sur ses manchettes, comme si cela suffisait à lui donner le courage de faire le premier pas. Elle aurait peut-être dû aller aux toilettes se débarbouiller. Mais à quoi bon ? Elle n'aurait fait que fondre encore en larmes. En traversant le hall, elle eut l'impression que tous les regards se braquaient sur elle, comme si tout le monde était déjà au courant de ce qui lui était arrivé. Elle avait du mal à croire qu'elle ne reverrait jamais Reid. Pourtant, elle l'aperçut en passant devant la porte du restaurant. Calme, détendu, il regardait la mer. Comment faisait-il pour avoir l'air aussi sûr de lui, comme si rien ne pouvait jamais le troubler ?

Avec une force décuplée par sa fureur rentrée, Angie poussa la porte du club, reçut dans la figure une claque d'air froid et courut vers le premier taxi en ligne à la station.

— Logan, terminal Delta, eut-elle le temps de dire avant de fondre bruyamment en larmes et de s'écrouler sur la banquette.

Ce ne fut qu'une fois son taxi englué dans un embouteillage qu'Angela prit conscience à la fois qu'elle n'avait pas de quoi payer le chauffeur et qu'elle risquait de rater son avion.

— Plus vite, je vous en prie ! gémit-elle.

Le chauffeur lui avait déjà lancé plusieurs coups d'œil intrigués dans le rétroviseur.

— Vous avez dit Delta ou USAir ?

Il avait l'accent irlandais. Sans doute tout juste débarqué du bateau. Et il conduisait un taxi, comme son père l'avait fait jadis à New York. Mais son père avait monté sa compagnie de limousines de luxe, fait fortune et épousé une intellectuelle de la bonne bourgeoisie juive.

— Delta, précisa-t-elle avant de lui débiter la touchante histoire de sa grand-mère mourante.

Que ferait-il en apprenant qu'elle ne pouvait pas le payer ? Appellerait-il la police ? Dans ce cas, elle devrait encore une fois faire intervenir son père. Bien sûr, elle lui était reconnaissante de voler à son secours, mais elle ne pouvait pas non plus oublier qu'il avait fait à sa mère à peu près la même chose que ce que Reid venait de lui

31

infliger. La seule différence, c'est que son père avait fait le coup après plus de vingt ans de mariage et n'avait avoué ses infidélités qu'une fois pris sur le fait. Il jurait d'ailleurs encore ses grands dieux qu'il n'y avait pas de quoi briser leur ménage.

— Désolé, dit le chauffeur, j'ai raté le terminal. Il faut que je refasse un tour complet.

C'est le bouquet ! se dit Angela. Si je manque l'avion, il va falloir que je passe la nuit à l'aéroport. Dormir, c'est une autre histoire... Elle n'était même pas sûre de pouvoir continuer à respirer. Elle avait l'impression d'avoir la poitrine remplie d'éclats de verre tranchants qui lui labouraient l'intérieur chaque fois qu'elle essayait de reprendre son souffle.

Comment cela lui était-il arrivé, à elle qui avait toujours été si prudente ? Elle avait pratiquement attendu la fin de ses études de droit avant de s'intéresser aux hommes et s'était toujours méfiée de ceux avec lesquels elle sortait parfois. Indépendante, la tête sur les épaules, elle voulait secourir les gens, mettre la loi à leur service. Elle donnait son temps bénévolement à l'Assistance judiciaire, elle contribuait encore activement aux œuvres de sauvegarde de l'enfance, de lutte contre le sida, de secours aux plus démunis.

Elle était forte, bonne, intelligente, elle avait du jugement, de la suite dans les idées. Elle avait toujours écouté les conseils de sa mère et fait son profit des expériences conjugales — toujours désastreuses — de ses amies. Elle avait évité les alcooliques, les instables, les machos pour finalement se laisser convaincre par un garçon qui l'avait choisie, elle, et non pas le contraire. Il n'y avait pas eu de coureurs dans la famille de Reid, et son père était plus réfrigérant que séduisant. Elle s'était inquiétée qu'il ne veuille pas l'épouser parce qu'elle ne venait pas d'un milieu social digne du sien. Mais jamais, au grand jamais, elle ne s'était imaginé qu'il puisse la tromper après leur mariage ! Comment une chose pareille avait-elle pu lui arriver ?

Le taxi stoppa enfin devant le terminal de Delta Airlines. Angela baissa les yeux sur son poing qui serrait toujours l'écrin contenant la merveilleuse bague au saphir. Avec une courtoisie inconnue des chauffeurs de Boston, sinon de tous les États-Unis, le sien descendit de son siège et lui ouvrit la portière. À son regard, Angela comprit qu'elle était échevelée et qu'elle avait le visage bouffi et barbouillé de noir.

— Désolé de vous voir aussi triste, lui dit-il avec un fort accent irlandais. Moi aussi, j'aimais bien ma grand-mère, que Dieu ait son âme. Cela fait quarante et un dollars, ajouta-t-il comme à regret.

Il ne lui restait qu'une seule solution. Elle ouvrit l'écrin, y prit la bague, la lui tendit :

— Tenez, gardez-la. J'ai oublié mon sac, mais elle vaut beaucoup d'argent. Je suis sûre que ma grand-mère m'aurait approuvée.

Sur quoi, l'écrin vide serré dans son poing crispé, elle tourna le dos au chauffeur éberlué, à son mariage brisé, et franchit d'un pas décidé la porte automatique de l'aérogare.

Chapitre 4

*Dans lequel nous faisons la connaissance de Jada
Jackson et découvrons l'état de sa vie conjugale
ainsi que le coût de la vie à Westchester.*

Jada regarda sa montre, mais il faisait trop sombre
dans la voiture et elle baissa les yeux vers celle du
tableau de bord. Déjà six heures et demie ! Les enfants
auraient peut-être dîné et, avec un peu de chance,
seraient en train de faire leurs devoirs. Son regard
tomba alors sur la jauge à essence : presque à zéro. La
barbe ! Alors qu'elle était déjà en retard, elle allait
devoir s'arrêter faire le plein. Clinton était chômeur, il
avait toute la journée devant lui pour faire les courses.
Pourquoi ne s'était-il pas donné la peine de refaire le
plein la veille, quand il s'était servi de la voiture ? La
réponse, se dit-elle avec rage, elle la connaissait déjà :
Clinton pensait à tout sauf à lui simplifier la vie.

Jada arrêta son break Volvo à la station Shell devant
la batterie des pompes « Service complet », coupa le
contact, attendit qu'on vienne la servir, même mal. Son
temps était devenu assez précieux pour qu'elle ne le
perde pas inutilement, mais à quoi bon payer plus cher
si on la faisait attendre ?

Après quelques coups d'avertisseur, un pompiste dai-
gna enfin sortir de sa cage vitrée. « Le plein », dit-elle
en lui tendant en même temps sa carte de crédit dans

l'espoir d'accélérer le processus. Elle relevait sa vitre pour se protéger du froid de cette soirée d'octobre lorsque le pompiste, qui aurait dû être à la retraite depuis longtemps, laissa échapper la carte qui glissa sur le macadam graisseux et qu'il dut aller repêcher à genoux sous la voiture. Avec un soupir agacé, Jada ralluma le chauffage, geste purement symbolique puisque le moteur ne tournait pas, et regarda dans le rétroviseur pour voir si le pompiste faisait enfin son travail.

Dans la pénombre, ses yeux lui parurent anormalement brillants. Elle avait les lèvres gercées, la peau qui se desséchait autour des orbites — signe précurseur d'un hiver rigoureux. À trente ans, elle était encore belle, mais elle se demanda si sa beauté durerait longtemps sous ces hivers trop rudes.

Le pompiste avait enfin décroché le tuyau et tripotait le bouchon du réservoir sans réussir à l'ouvrir. Excédée, Jada mit pied à terre et, du même mouvement, déboucha le réservoir, prit le tuyau des mains du vieil imbécile et le plongea dans l'orifice. À quoi bon payer si elle devait faire le travail elle-même ? fulmina-t-elle. Pourquoi, dans sa vie comme dans son travail, tombait-elle toujours sur des bons à rien ? De quoi pleurer...

Elle doutait de plus en plus souvent de la bonté de Dieu. Ses parents, Antillais de la Barbade, avaient une foi inébranlable, sans doute parce qu'il est plus facile d'être croyant quand il fait beau et chaud. Pour elle, qui grelottait dans le vent glacial de l'État de New York, elle avait de bonnes raisons de se demander si Dieu l'aimait encore. Peut-être avait-il institué le mariage pour voir jusqu'où pouvait aller l'antagonisme entre deux êtres humains. Dans ce cas, Clinton et elle avaient à coup sûr accompli Sa volonté. Ils en étaient au point de ne presque plus s'adresser la parole — ce qui, admettaitelle non sans chagrin, améliorait sensiblement leurs rapports. Ce soir, ils allaient quand même être obligés de se parler. Elle devait à tout prix régler une bonne fois le problème qui avait surgi entre eux.

Au bout d'un temps qui lui parut interminable, le pompiste lui rapporta sa carte et la facture. Jada baissa sa vitre en frissonnant, prit le plateau de plastique qu'il lui tendait et griffonna sa signature. Mais, au lieu de se retirer, le vieux birbe se pencha vers elle :

— Belle voiture. Avec une belle femme au volant.

Jada serra les dents. C'était bien le moment de faire la causette, il était près de sept heures moins le quart ! Elle allait dire merci lorsqu'il ajouta, d'un ton de mépris haineux :

— Une belle garce prétentieuse, oui.

Elle pressa frénétiquement le bouton de la vitre électrique, qui ne se referma toutefois pas assez vite pour qu'elle n'entende l'injure sur les « sales nègres », ponctuée d'un crachat que la vitre intercepta de justesse à hauteur de son visage.

Jada démarra en trombe et sortit de la station sans même vérifier si la voie était libre, ce qui lui valut une série de coups d'avertisseur menaçants du camion qui avait dû freiner pour l'éviter. La vision brouillée par des larmes de rage, elle faillit dépasser le carrefour de Weston Avenue. Ce ne fut que dans le calme relatif de cette artère sinueuse qu'elle réussit à retrouver peu à peu son sang-froid.

En toute honnêteté, l'incident avec le vieil imbécile raciste était en partie sa faute. Elle savait qu'une vigilance constante et une politesse sans relâche constituaient le prix que Clinton et elle devaient payer pour résider dans le comté de Westchester, sans compter les impôts fonciers exorbitants et les frais de scolarité très élevés. Être noir dans une banlieue résidentielle blanche n'était plus impensable, comme naguère, mais encore loin d'être facile. En dépit de ses efforts, ils surnageaient à peine financièrement. Au moins donnaient-ils à leurs enfants l'éducation et le mode de vie dont rêvaient tous les Américains. Mais à quel prix...

En permanence sur la corde raide, ils s'étaient aussi coupés de leur Église et de leurs amis de Yonkers. Il n'y avait aucune famille noire dans leur quartier et très peu d'enfants de couleur à l'école. Toutes les amies de Shavonne étaient blanches, et Kevon passait ses moments libres avec Frankie Russo, leur voisin. Jada s'inquiétait parfois de la solidité de telles amitiés. Et même si sa meilleure amie Michelle était blanche elle aussi, Jada se sentait parfois très seule. Mais que Clinton soit devenu pour elle un étranger était pire que tout. Elle se demandait toutefois si cette lutte continuelle en valait la peine.

Au début, quand Clinton était un simple charpentier, ils vivaient à Yonkers dans un deux-pièces jusqu'à ce qu'un de ses emplois ait changé leur vie. Un riche homme d'affaires, impressionné par le travail de Clinton sur le chantier d'un centre commercial, l'avait engagé pour transformer le garage de sa propriété en maison d'amis. Clinton avait appris les ficelles du métier d'entrepreneur en exécutant ce contrat, qui ne lui rapportait presque rien mais lui procurait une expérience et des références inestimables. Le boom économique, joint au sentiment de culpabilité envers les Noirs que les Blancs nourrissaient à l'époque, avait ensuite fourni à Clinton autant de travail qu'il voulait.

Mais sa réussite lui était montée à la tête. Ses bénéfices passaient dans l'achat de coûteux matériel, pelleteuse, bulldozer, camions. Il distribuait des T-shirts imprimés « Jackson Construction et Terrassement ». Ils étaient alors tous deux persuadés que Clinton transformait en or tout ce qu'il touchait et qu'ils marchaient à grands pas vers la fortune. Jada ne put retenir un soupir désabusé. Clinton était devenu suffisant, voire arrogant, au point de se croire supérieur aux hommes qui fréquentaient leur église. « Ce ne sont que des salariés, disait-il avec dédain. Moi, je suis un patron. » Sans aller jusqu'à voter républicain, il s'était acheté des clubs de golf. Jada avait en lui une foi aveugle. Quand elle le voyait sur un chantier, dirigeant ses ouvriers avec une autorité souveraine, elle se pâmait d'admiration. Et maintenant, que subsistait-il de sa merveilleuse aisance ?

Oui, sa foi en lui n'avait été que de l'aveuglement. Ils ne se rendaient compte ni l'un ni l'autre que Clinton profitait de la conjoncture exceptionnelle de l'époque. Aux premiers signes de la récession, son carnet de commandes s'était évaporé et il s'était retrouvé sur le sable, au même titre d'ailleurs que des milliers de Blancs, cadres ou petits patrons comme lui. Incapable d'honorer les traites de son matériel et la paie de son personnel, son esprit même avait fini par sombrer. Quatre ans durant, il avait pourtant essayé de s'accrocher en s'obstinant à faire des devis pour des maisons qui ne seraient jamais construites, des bâtiments qui ne sortiraient jamais de terre.

C'est ainsi qu'ils avaient fini par tout perdre, lui les derniers vestiges de sa fierté, elle les dernières miettes de sa foi en lui, et à eux deux leurs derniers sous. Mais les mensualités restaient dues sur l'achat de la maison. Jada avait supplié Clinton de chercher du travail. Puis, comme il ne pouvait — ou ne voulait — pas s'abaisser à solliciter un emploi, elle avait été obligée de prendre le seul job à sa portée, celui d'employée de banque au salaire minimum. Et, même pour cela, elle avait eu besoin de l'aide de son amie Michelle, car elle n'était pas la seule femme de la région à se trouver tout à coup forcée de gagner sa vie.

Le salaire de Jada suffisait à peine à nourrir la famille, mais elle pouvait au moins payer cash au lieu de sortir sa carte de crédit et d'alourdir leurs dettes. Cependant, loin d'en être soulagé et de manifester de la reconnaissance à sa femme, Clinton considérait le fait qu'elle travaille comme un affront personnel. Il passait ses journées à geindre, à dormir, à manger, à récriminer. La place d'une mère de famille est à la maison, disait-il, et ce job était trop mal payé et indigne d'elle. Elle était d'accord sur ce point, mais comment s'en sortir autrement ? Clinton n'admettait pas cet argument. Rongé d'amertume, il attendait que « les affaires reprennent », il grossissait, il attrapait les enfants et il rendait Jada responsable de tous ses malheurs.

Si sa vie à la maison était devenue invivable, Jada découvrait avec étonnement qu'elle s'en sortait à merveille dans son travail. Ce que la banque attendait d'elle était infiniment plus facile à accomplir que ce qu'elle subissait chez elle. À sa propre surprise, elle avait été presque aussitôt promue chef de section — elle, une Noire, avec trois autres Noires et une Blanche sous ses ordres, elle qui n'avait jamais donné d'ordres à personne d'autre qu'à ses enfants ! Peu après, elle avait été nommée responsable des crédits personnels puis, à la stupeur générale comme à la sienne, chef du service crédit. Le directeur de l'agence l'appréciait au point de l'avoir bombardée sous-directrice. Et quand il avait pris sa retraite en lui laissant son poste, elle ne s'était étonnée que de sa répugnance à annoncer la bonne nouvelle à Clinton.

Seule, l'ancienne secrétaire du directeur, Anne, semblait lui en vouloir de son ascension foudroyante. Car Jada était maintenant officiellement directrice de l'agence et commandait à deux douzaines d'employés, y compris son amie Michelle. Elle supportait Anne de son mieux et se reposait beaucoup sur Michelle, car leur amitié, grâce à Dieu, n'en avait pas souffert. Michelle n'était pas le moins du monde jalouse de Jada. Elle aimait son job de responsable des crédits et ne voulait à aucun prix faire des heures supplémentaires. Non que Jada eût cherché à en faire, bien sûr, mais elle ne pouvait y échapper. Si son salaire était près de moitié moins important que celui de l'ancien directeur, ses obligations envers la banque ne l'étaient pas.

Deux mois avant le soir où nous la rencontrons, le siège avait envoyé une équipe de consultants chargés de déterminer s'il était possible de « réduire les coûts de fonctionnement grâce à des améliorations dans les circuits de documents et la charge de travail du personnel ». La direction cherchait en réalité le moyen de renvoyer quelques employés, bien que l'agence dont Jada avait la charge fût une des plus importantes et des plus rentables du secteur. Tout le monde, bien sûr, avait tremblé. À l'exception de Michelle, les employés avaient tous autant que Jada un besoin vital de leur salaire.

Le rapport leur était parvenu quinze jours plus tôt et, au soulagement général, l'agence avait brillamment réussi son examen. Aucun poste n'était supprimé, mais Jada se trouvait désormais à la tête d'une équipe complètement démoralisée. Pour tenter de redresser la situation, elle avait institué une réunion hebdomadaire destinée à recueillir et à mettre en œuvre les suggestions de ses collaborateurs. Le problème restait malheureusement insoluble ou presque, d'abord parce que les procédures en vigueur ne se prêtaient guère à des améliorations spectaculaires, ensuite — ou plutôt, surtout — parce que les participants cherchaient avant tout à se faire valoir. Les hommes, du moins, qui présentaient des idées usées jusqu'à la corde dont ils se prétendaient les auteurs, pendant que les femmes n'avaient le plus souvent que le droit de subir leurs palabres en silence. Ces réunions du soir étaient, tout compte fait, une perte de temps sans aucun intérêt. Pourquoi, se demanda Jada, une personne seule est-elle capable de prendre une décision en dix minutes alors qu'il faut deux heures à dix personnes pour ne rien décider du tout ?

Arrivée devant chez elle, Jada soupira à la vue du massif de dahlias à l'abandon révélé par la lumière des phares. Sa mère, une si bonne jardinière, en aurait eu honte pour elle. Elle roulait vers le garage quand elle aperçut à la dernière minute la bicyclette de Kevon gisant par terre et ne l'évita qu'en donnant un coup de volant et un coup de freins. Un chapelet de jurons lui échappa tandis qu'elle mettait pied à terre dans le froid, ramassait la bicyclette, l'appuyait contre le mur, ouvrait la porte du garage (quand Clinton se déciderait-il à réparer l'ouverture automatique ? Il n'était vraiment bon à rien !), remontait au volant, rentrait la voiture, sortait du garage, refermait la porte derrière elle et traversait enfin la pelouse au pas de charge.

Le spectacle qui l'attendait à l'intérieur la plongea dans une désolation résignée mêlée de rage froide. Vautré sur le canapé du living, Clinton lui décocha un regard de reproche comme s'il faisait tout dans la maison, alors que ses efforts s'étaient bornés depuis le début de la semaine à mettre une serviette sale dans le panier de linge. Pour le moment, il était absorbé dans une conversation téléphonique pendant que Shavonne se bourrait de biscuits en regardant la télé, activités formellement interdites tant qu'elle n'avait pas fini ses devoirs. Kevon n'était nulle part en vue. Seul, le bébé était sagement endormi.

— Où est ton frère ? demanda Jada à sa fille.

— J' sais pas, bredouilla Shavonne la bouche pleine, sans détourner les yeux de la télé. On va bientôt dîner ?

— Quoi ? Vous n'avez pas encore dîné ?

Avec un regard incendiaire à Clinton, qui ne s'en aperçut même pas, Jada alla faire l'inventaire du frigo. Il ne restait que des haricots verts de la veille. Pourquoi se donnait-elle le mal de leur préparer des légumes ?

Vingt minutes plus tard, la table était mise, la télévision éteinte, Shavonne baignée, Kevon rappelé de chez Frankie, et Jada sortait du four une timbale de macaronis au gratin accompagnée de haricots verts. La vie reprenait un cours ordonné, ce dont Clinton lui-même lui paraissait distraitement reconnaissant. Si un semblant de vie familiale et les enfants constituaient les seules raisons qui le retenaient à la maison, elles ne l'empêchaient pas de se montrer de plus en plus odieux. Assis en face d'elle, il évitait son regard. Depuis un mois, la crise menaçait d'éclater. Ce soir, Jada allait devoir lui parler sérieusement, le mettre au pied du mur. Mais elle était si lasse...

Pourtant, en dépit de sa fatigue, elle savait qu'elle devait encore coucher Shavonne et Kevon, baigner le bébé, lui donner son biberon. Ensuite, seulement, elle pourrait affronter son mari et lui demander sa décision

— une décision qu'il ne voulait pas prendre et qu'elle ne voulait pas entendre.

Jada se leva et commença à mettre les restes de la timbale dans un bol en plastique étanche. Les haricots verts recuits, informes, décolorés, lui parurent si pitoyables — pires que morts, épuisés, inutiles — que le spectacle lui inspira une indicible tristesse.

Chapitre 5

Dans lequel nous constatons que la marche à pied favorise les relations humaines et la prise de décisions.

Lorsque Frank Russo rentra peu avant onze heures ce soir-là, Michelle l'attendait en lisant au lit, dans sa belle chemise de soie qui lui faisait une poitrine provocante. Frank lui sourit en feignant de jouer les blasés. Michelle n'en fut pas dupe, car elle savait que son parfum avait sur lui un effet quasi automatique. Elle se demandait même parfois s'il n'avait pas acquis un réflexe pavlovien : une bouffée de parfum, une érection...

Voyant qu'il commençait à se déshabiller sans mot dire tout en la dévorant du regard, elle réprima son envie de rire et affecta de baisser pudiquement les yeux sur son livre.

— Qu'est-ce que tu as fait de beau, aujourd'hui ? demanda-t-il d'un ton faussement désinvolte.

— Pas grand-chose. Ah, si ! La vidange de la Lexus.

— Très bien. Tu aurais aussi pu faire réviser ma camionnette, pendant que tu y étais.

Ne retenant plus son envie de rire, Michelle reposa son livre, prit la main de Frank, l'appuya sur sa bouche entrouverte et lui lécha la paume du bout de la langue avec un regard chargé de promesses. Incapable de continuer à feindre l'indifférence, il éclata de rire à son tour et se laissa tomber sur elle.

Faire l'amour avec Frank était toujours aussi bon, même au bout de tant d'années de mariage. Peut-être, pensait-elle parfois, parce qu'ils se connaissaient si bien qu'ils étaient encore capables de s'étonner l'un l'autre. Qu'ils choisissent la douceur ou le déchaînement, un simple mouvement inattendu ou une parole chuchotée suffisait à leur donner l'impression de faire l'amour pour la première fois avec un inconnu. Et ce que Michelle aimait par-dessus tout, c'était de savoir qu'avec Frank elle ne courait jamais aucun risque — même s'il leur arrivait de temps à autre de jouer à des jeux de rôle plus ou moins scabreux.

Mais ce soir-là, Frank ne jouait pas. Et c'est avec une tendresse infinie qu'il l'entraîna vers un nouveau sommet du plaisir.

Plus tard, la chemise froissée et le corps rassasié, Michelle garda les yeux ouverts dans le noir pour mieux savourer son bonheur. Elle tendit une main vers le dos large et ferme de Frank, la posa sur son épaule. Épuisé, il dormait déjà profondément ; pourtant, elle ne se sentit pas seule dans le silence de la nuit. Des milliers de fois, elle s'était donnée à lui, il avait pris possession d'elle, et ces innombrables unions de leurs corps et de leurs cœurs avaient accumulé, se disait-elle, une sorte de capital d'amour qui créait entre eux un lien permanent, dont elle éprouvait chaque jour la solidité même lorsque leurs peaux ne se touchaient pas.

La nuit était froide. Sentant Frank frissonner sous sa main, elle se leva pour refermer la fenêtre qu'il s'obstinait à vouloir laisser ouverte. Pendant qu'elle manœuvrait la crémone, une limousine passa lentement dans la rue calme et silencieuse. De son poste d'observation, Michelle aperçut à travers la vitre un visage de femme, pâle et les traits tirés, dont elle aurait juré qu'elle levait les yeux vers elle et que leurs regards se croisaient. Sans savoir pourquoi, elle frissonna et, pour la première fois depuis de longues années, elle se signa avant de courir rejoindre Frank dans la douce sécurité du lit conjugal.

Frank s'était toujours dépensé sans compter pour elle et leurs enfants. Il avait construit la maison de ses mains, ils lui devaient leur nourriture, leurs habits. Il avait appris à son fils à jouer au ballon, à sa fille à danser. Il leur avait appris à tous ce que c'était de se sentir aimé et en sûreté dans un monde grouillant de dangers.

J'ai de la chance, eut le temps de penser Michelle avant de sombrer à son tour dans le sommeil. Je suis la plus heureuse des femmes.

Le lendemain matin, à son réveil, Michelle découvrit que le sol était couvert de gelée blanche. D'abord tentée de se recoucher à côté de Frank dans la chaleur douillette du lit, elle se dit que, tel un missile à tête chercheuse, Jada n'hésiterait pas à venir l'en sortir. Elle s'habilla donc plus chaudement, rassembla ses cheveux en queue de cheval et chaussa des bottes au lieu des baskets habituelles. Quand elle descendit quelques minutes plus tard, Pookie l'attendait déjà près de la porte et lui lança un regard implorant. Elle se laissa attendrir, tout en sachant que Pookie ralentirait leur allure et que cela déplaisait à Jada.

Michelle aimait sincèrement Jada. Au début, leur amitié lui avait fait une curieuse impression. Il n'y avait pas beaucoup de Noirs dans le quartier et, si Michelle s'honorait d'ignorer le racisme, la famille de Frank usait de périphrases assez peu flatteuses quand il était question des Afro-Américains — jamais devant elle ni ses enfants, bien sûr, Frank y veillait. C'était pour elle un

46

luxe d'avoir une amie aussi intime, même si certains détails marquaient entre elles des différences sensibles. Par exemple, Michelle comprenait mal la manière dont Jada blâmait son mari tout en lui trouvant des excuses. Les repas typiquement américains qu'elle servait à ses enfants lui paraissaient malsains. Elles ne regardaient pas non plus les mêmes programmes de télévision ni n'avaient les mêmes réactions devant un film. Bref, l'une et l'autre avaient jugé plus sage de ne pas aborder un certain nombre de sujets qui risquaient de froisser inutilement leurs sensibilités respectives.

Le craquement du givre sous ses pieds lui donna un délicieux frisson. Le froid n'était pas encore très vif, juste un avant-goût de l'hiver. Maniaque de la propreté, Michelle aimait la fraîcheur et la pureté de l'air hivernal. Les premières neiges l'enchantaient aussi, au point de se sentir presque coupable d'en altérer la perfection par l'empreinte de ses pas. Ses marches matinales lui réservaient ainsi des joies inconnues aux gens qui se levaient tard.

Michelle vit de loin Jada qui sortait de chez elle, sans doute de mauvaise humeur car Jada détestait l'hiver. Elle se prépara donc à l'entendre se plaindre du froid et de ses déboires conjugaux.

Jada resserra le capuchon de son parka pour mieux se protéger le visage. Des plaques grisâtres se formaient déjà sous ses yeux. Elle n'était pas faite pour vivre dans un climat pareil, pensa-t-elle, et pourtant elle y avait vécu toute sa vie. Quand elle allait rendre visite à ses parents à la Barbade, sa peau ne se desséchait pas, ses cheveux restaient souples et brillants. Elle avait « les bons cheveux », disait la grand-mère de Clinton, ce qui signifiait qu'ils n'étaient pas crépus ni n'avaient besoin d'une permanente pour être lissés, donc qu'ils étaient comme ceux des Blancs. Jada détestait ce genre de remarques et elle avait honte d'elle-même parce qu'elle se félicitait que Shavonne ait hérité de sa chevelure plutôt que de celle de son père. Si cela faisait d'elle une raciste et une sexiste, la belle affaire !

Elle prit dans sa poche le bâton de pommade dont elle ne se séparait plus dès les premiers froids. Aux Antilles, elle n'avait jamais les lèvres gercées. Et si elle s'en tartinait aussi la figure, c'était le seul moyen de ne pas peler tout l'hiver. Bien sûr, sa peau serait grasse et luisante, mais personne ne la voyait aussi tôt le matin en dehors de Michelle et des quelques cinglés en short qui faisaient leur jogging.

Jada était épuisée et avait sûrement une tête à faire peur. Michelle s'approchait, fraîche et dispose comme toujours. À part le bout du nez un peu rose, elle ne paraissait pas souffrir du froid. Jada aimait marcher avec elle parce que, entre autres qualités, Michelle avait des jambes encore plus longues que les siennes. Elles auraient pu soutenir toutes les deux une allure olympique sans le chien qui les ralentissait. Pourquoi diable s'encombrait-elle de ce maudit cabot ? Jada ne supportait pas de devoir s'arrêter dans le froid tous les dix pas pour lui laisser lever la patte contre un arbre ou renifler un réverbère. « Si tu ne le forces pas à avancer, menaçait-elle périodiquement Michelle, je l'étrangle et je m'en fais un manchon ! »

Bien qu'elle se sente très proche de Michelle la plupart du temps, Jada était consciente d'être séparée d'elle par une distance infranchissable. Peut-être à cause de leur différence de couleur, peut-être aussi à cause du ménage de Michelle, qu'elle jugeait trop heureux pour être tout à fait vrai. Jada savait combien Michelle aimait Frank, elle croyait aussi que Frank aimait autant

Michelle. Mieux encore, Frank adorait ses enfants et rapportait de l'argent à la maison. C'est pourquoi Jada préférait se taire en espérant que, dans tout le comté de Westchester, Frank et Michelle Russo resteraient le seul couple heureux pour les dix ou vingt ans à venir. Jada aimait Michelle et ne souhaitait que son bonheur — d'ailleurs, si elles avaient passé leur temps toutes les deux à récriminer contre leurs maris, leur amitié n'y aurait sans doute pas résisté. Et puis, avouons-le, Jada avait besoin de la compagnie de Michelle dans ses sorties matinales : une Noire déambulant seule à l'aube dans un quartier blanc eût constitué une provocation permanente pour les policiers en patrouille.

— Allons, Pookie ! entendit-elle Michelle dire à son chien. Plus vite, mon chéri.

Jada ne comprenait pas pourquoi les Blancs traitaient leurs animaux comme des enfants — de même que, de son point de vue, Michelle disciplinait ses enfants comme des animaux. Les siens faisaient n'importe quoi sans qu'elle les reprenne, comme de ne rien ranger derrière eux et de ne jamais dire « s'il vous plaît » ou « merci ». Mais ce n'était pas tout. Chez Michelle, Jada n'aurait pas même eu l'idée de prendre un verre dans un placard ou d'ouvrir le frigo, alors que Michelle le faisait chez Jada sans lui en demander la permission. Jada n'avait jamais émis la moindre critique sur des détails de ce genre, peu de chose tout compte fait au regard de leur amitié. Et puis, Michelle se retenait peut-être elle aussi de se plaindre à Jada de certaines de ses manières qu'elle pouvait considérer choquantes. Allez savoir...

Jada décocha au chien un regard noir, puis elle releva les yeux vers Michelle et lui tendit son tube de pommade :

— Tiens, mets-en. Tu es la seule Blanche que je connaisse avec des lèvres aussi pleines que les miennes. Tu es sûre que nous ne sommes pas un peu parentes ? Parce que je serais vraiment désolée de tuer le cabot de ma cousine.

Michelle prit le tube en riant et s'en mit sur les lèvres avant de le rendre à Jada. Elles marchèrent quelques minutes en silence.

— Tu ne trouves pas que je grossis ? demanda Michelle comme elle le faisait tous les matins.

— Si, répliqua Jada non moins rituellement. Tu grossis comme moi je deviens blanche.

Elles rirent ensemble. Le silence retomba et, au bout de quelques pas, Michelle reprit son sérieux. La séance de questions et de réponses pouvait commencer.

— Alors, Jada, où en est la situation ?

— Nulle part. Nous n'avons même pas eu le temps de parler, fulmina Jada en décrivant l'état dans lequel elle avait trouvé la maison et les enfants en rentrant chez elle la veille au soir.

— Tu devrais lui mettre les points sur les i et...

Michelle s'interrompit. Jada avait parfois l'impression que son amie avait peur de lui donner des conseils.

— Je n'en peux plus. Je vais finir par lui fendre le crâne à coups de hache, quand bien même il est le père de mes enfants.

— Depuis quand as-tu des scrupules de ce genre ? lança Michelle. Il est devenu fou, ma parole. Si jamais Frank s'avisait de...

Jada sourit malgré elle et n'écouta plus. Michelle avait un cœur d'or, elle était généreuse mais, en ce moment précis, Jada n'était pas d'humeur à supporter la compassion de sa meilleure amie.

Elle avait eu un choc le jour où elle s'était rendu

compte qu'elle n'avait plus d'amies noires. Elle ne pouvait pas fraterniser avec ses employées de couleur à la banque ni ne se sentait d'atomes crochus avec les quelques parvenues du quartier, dont les pères ou les maris étaient allés à l'université et exerçaient des professions libérales. Elle en avait encore moins avec les relations de Clinton, qui accumulaient les fautes de grammaire comme à plaisir et pour qui un plan de carrière consistait à dénicher un mari avec un bon job à la poste.

Michelle et elle avaient beaucoup en commun, sauf que Michelle considérait Frank comme un modèle de perfection et fermait les yeux sur les drôles de choses qui se passaient dans ses affaires. En fait, ses méthodes pour enlever les marchés officiels n'avaient rien de drôle. Frank Russo ne cessait pas de prospérer, alors même que la récession durait. Il était impossible qu'il s'en sorte aussi bien sans contacts plus ou moins avouables ou sans graisser la patte de personnes bien placées. Jada n'aimait pas trop y penser et, d'ailleurs, cela ne la regardait pas. Pourtant, lorsque Frank avait proposé quelques années plus tôt à Clinton de s'associer, elle avait été soulagée que Clinton, pour une fois, ait pris la bonne décision en refusant. Ce n'était pas par jalousie que Jada jugeait l'opulence des Russo un peu trop voyante, sinon suspecte. Et si Michelle voulait ne rien voir, c'était son problème.

Les Jackson avaient acheté aux Russo le break Volvo de Jada, l'ancienne voiture de Michelle qui en changeait tous les dix-huit mois. Depuis, Michelle avait eu deux, non, trois voitures de luxe que Frank, disait-elle à Jada, avait toutes payées cash. Jada devait reconnaître que, pour un homme, Frank avait de bons côtés. Il adorait Michelle, c'est vrai. Mais Jada restait lucide, elle.

51

Contrairement à sa femme, Frank n'était pas généreux de nature. Il était de ceux qui prennent plus qu'ils ne donnent — en un sens, il était même pire que Clinton. Il avait réussi à aveugler Michelle sur son compte. Jada aurait parié qu'il ne savait même pas où se trouvait la machine à laver ni même comment allumer le fourneau. Si Michelle avait dû s'absenter quarante-huit heures en lui confiant les enfants et que Frank n'ait pas pu appeler sa mère à la rescousse, sa famille serait morte de faim devant un frigo plein. Frank savait coiffer à la perfection ses beaux cheveux noirs, mais il était incapable de mettre une tranche de jambon entre deux morceaux de pain, de trier la lessive ou même de faire son lit. À côté de lui, Clinton était une vraie petite fée du logis. Et Michelle ne s'en plaignait jamais...

Hé, ma fille ! se reprit-elle, arrête de comparer et de critiquer, fais plutôt preuve d'un peu de gratitude. Son amitié avec Michelle et leur promenade quotidienne dans ce beau quartier tranquille étaient parmi les seules bonnes choses de sa vie. Elle devait en remercier le Ciel, comme elle devait lui exprimer sa reconnaissance de lui avoir donné une bonne santé.

— Tiens, regarde, dit-elle à Michelle en lui montrant une maison en construction. On y ajoute une véranda sur le côté.

Michelle et elle examinaient tous les travaux en cours dans le quartier, auxquels elles donnaient ou non leur approbation.

— Oui, ça me plairait. Je me demande si Frank pourrait en construire une dans le même genre.

Il ferait mieux de construire d'abord une niche à chien, maugréa Jada en trébuchant sur la laisse de Pookie qui lui coupait la route pour la énième fois. En relevant les yeux, elle vit apparaître à la fenêtre de la maison devant laquelle elles passaient un visage si pâle que, dans la lumière indécise du petit matin, il lui sembla presque lumineux, avec des yeux qui faisaient deux trous sombres comme ceux d'un masque. La vision était si irréelle qu'elle en éprouva un sentiment de malaise.

— J'aurais juré voir un fantôme, dit-elle à Michelle. Ou alors, il y a une femme prisonnière dans cette baraque. Sais-tu qui y habite ?

— Oui, le nouvel arrivant. Tu sais, un homme entre deux âges, un Italien ou quelque chose de ce genre.

— Celui qui a toujours des belles voitures ?

— Il est propriétaire d'un service de limousines. Et il a une toute petite hypothèque. Je ne crois pas qu'il soit marié.

S'occuper des crédits personnels à la banque offre des aperçus inédits sur la vie privée des gens, pensa Jada.

— S'il n'est pas marié, sa bonne amie a l'air très malheureuse, d'après le peu que je viens d'en voir, observat-elle.

Elles gardèrent quelques instants le silence.

— Alors, que comptes-tu faire avec Clinton ? demanda Michelle. Le forceras-tu à prendre une décision ?

— Clinton, s'engager ? C'est une notion qui ne lui est jamais venue à l'idée.

— Je ne comprends pas qu'il se conduise comme ça avec toi. Tu es parfaite, Jada !

— Justement, Michelle, il ne supporte pas de savoir que je suis deux fois plus forte que lui.

— Non, ne dis pas cela ! Tu traverses des moments pénibles, c'est vrai, mais Clinton t'admire. Il ne te hait pas.

— Je n'ai pas dit qu'il me haïssait, il hait le fait de me savoir supérieure à lui. Il s'en sortait il y a dix ans quand tout était facile, poursuivit Jada en soupirant, mais, depuis que les choses vont moins bien, il est incapable de remonter la pente. Je l'ai pourtant fait, moi. Et je continue — je suis bien obligée, non ? C'est pour cela qu'il m'en veut.

Elles étaient arrivées devant la maison marquant la fin de leur circuit. Comme toujours avant de faire demi-tour, Michelle toucha le poteau de la barrière et Jada sourit malgré elle. Tant que Michelle n'avait pas touché ce poteau, elle estimait n'avoir pas accompli le supplice de trois quarts d'heure qu'elles s'imposaient chaque matin.

— Mais je croyais que nos hommes voulaient que nous soyons parfaites, protesta Michelle. Si je prends une livre ou si je ne me suis pas épilé les jambes, Frank le remarque tout de suite. Je veux dire, il m'aime quand même, mais...

— Allons donc ! l'interrompit Jada. La question n'est pas que tu te sois épilé les jambes ou qu'elles soient plus longues que les miennes. Ce qui les intéresse, c'est ce que nous avons entre les cuisses, toi et moi. Ils veulent en profiter sans se compliquer la vie, c'est tout.

— C'est affreux ce que tu dis, Jada ! Je fais tout pour rester en forme, pas seulement pour être belle ni même sexy. La perfection n'existe pas, je sais, mais au moins je fais des efforts pour Frank.

— Les hommes s'en moquent bien que nous soyons parfaites ! Ce qu'ils veulent, c'est que nous soyons soumises — mais pas trop, parce qu'ils nous reprochent de les étouffer. Ils veulent que nous prenions soin d'eux — mais pas trop non plus, parce qu'ils se croient dominés. Ils veulent que nous soyons sexy, mais pas au point de faire l'amour trop souvent, parce qu'ils nous trouvent alors trop exigeantes et ils nous accusent d'être castratrices.

— Tu es dure, soupira Michelle. Écoute, il faut que tu lui parles. Il est le père de tes enfants, tu le disais toi-même. Parle-lui tout de suite, quand tu seras rentrée chez toi. Attendre ne mène à rien.

— Tu as raison. Couvre-moi à la banque, je n'aurai pas plus d'une heure de retard. Tout à l'heure Clinton aura un supplément inattendu avec ses œufs brouillés, je te le garantis.

— Ne sois pas rancunière, Jada. En dépit de tout, ne te laisse pas ronger par la rancune ou l'amertume, c'est un poison.

— Trop tard, le mal est déjà fait.

Chapitre 6

*Dans lequel Angela compare le goût de son père
en matière de décoration et le sien dans le domaine
vestimentaire et bénéficie d'un très bref sursis.*

Comme tous les matins, Angela ouvrit les yeux à six heures moins le quart. En voyant le miroir en verre fumé face au canapé de cuir où elle était couchée, elle les referma aussitôt, trop déprimée pour se lever. Les yeux toujours clos, elle changea de position et se mit sur le dos, ce qui faisait au moins un exercice physique, puis elle tira la couverture sur sa tête, autre exercice physique. Cela lui suffisait. Après, la journée s'éliminerait peut-être d'elle-même.

De fait, elle ne savait même plus quel jour on était. Son anniversaire de mariage avait eu lieu le mardi, donc on devait être vendredi ou samedi. Ou alors, dimanche. Dans ce cas, sa mère serait peut-être revenue d'un séminaire ou d'un colloque où elle passait son temps.

Cette nuit-là, une fois de plus, Angela était restée plantée jusqu'à l'aube devant la télé et n'avait pas eu le courage ensuite de monter se coucher. La décoration de la maison de son père était du plus pur style « cauchemar bourgeois », mais elle n'avait nulle part ailleurs où se réfugier. Sa mère venait d'emménager dans un nouvel appartement où Angela n'était jamais allée, de sorte qu'elle ne pouvait même pas demander au cadre de vie maternel une forme de réconfort. Angela attendait donc le retour de Natalie Goldfarb afin d'épancher son chagrin dans ses compatissantes oreilles et de puiser dans ses conseils pleins de bon sens une raison de continuer à vivre.

Et après, serait-elle plus avancée ? se demanda Angela. Blottie sous sa couverture, vêtue de la culotte et du soutien-gorge qu'elle n'avait pas changés depuis deux jours, peut-être trois, elle s'efforça de chasser cette pensée par trop négative. Elle n'était plus une gamine avec un gros bobo. Que pourrait faire sa mère ? Bien sûr, elle la serrerait sur sa poitrine et lui laisserait verser toutes les larmes de son corps, mais cela n'irait guère plus loin. Jusqu'à présent, Angela avait toujours cru sa mère capable de tout arranger, pas seulement en lui prodiguant des consolations, mais en lui fournissant le remède miracle capable de guérir ses peines, le moyen infaillible de régler ses problèmes une fois pour toutes. « Ah, oui ! L'aveu de ses infidélités le jour de votre premier anniversaire de mariage ? Classique, ma chérie. Ton père m'a fait le coup, à moi aussi. C'est bien simple, il n'y a qu'à... »

Mais il n'y avait pas, il n'y avait plus de « n'y a qu'à ». Prostrée sur le canapé, amorphe, vidée de son énergie, Angela se rendait compte qu'elle ne désirait rien tant, tout compte fait, que de retrouver Reid. D'être de nouveau avec lui dans leur grand lit, dans la belle et lumineuse chambre à coucher qu'ils avaient meublée ensemble. C'était dans ses bras qu'elle voulait être, pas dans ceux de sa mère. Elle voulait rouvrir les yeux sur la lumière du matin dans le Massachusetts, une lumière dont ses rideaux blancs tempéraient l'éclat. Une vague de regrets pour tout ce qu'elle avait perdu la frappa avec tant de force qu'elle rouvrit les yeux en gémissant. De tout ce qu'elle avait laissé derrière elle, il ne lui restait que l'écrin vide du bijoutier de Boston. Au lieu de son moelleux oreiller de plume, un dur coussin de cuir lui meurtrissait la nuque. Plus de douillet édredon, mais une couverture de laine rêche qui lui grattait la peau. Au-dessus d'elle, plus de verrière lui permettant de voir le ciel à son réveil, mais un hideux plafond floqué dont un lustre tout droit sorti de l'enfer accentuait la laideur. Quel sadique a bien pu se charger de décorer la maison de mon pauvre père ? se demanda Angela avec un frisson de dégoût.

Jamais encore elle n'avait laissé un homme prendre une telle place dans sa vie. À l'école, à la faculté, elle s'était toujours entourée d'amies. Elle s'était toujours accordé le loisir d'aller au cinéma, de patiner. Elle avait consacré son temps libre aux œuvres caritatives. Elle avait fait un voyage en Thaïlande avec son amie Samantha et des randonnées dans les Appalaches avec des copains de l'école de droit. L'idée même de bâtir son existence autour de la chasse au mari idéal ne lui était jamais venue à l'esprit. Elle n'était pas de ces mauviettes, incapables de se raisonner et de se dominer, qui s'effondrent pour un chagrin d'amour. Alors, pourquoi souffrait-elle à ce point ?

Un mouvement derrière la fenêtre attira son regard. Malgré l'obscurité qui régnait à cette heure-là, deux femmes emmitouflées contre le froid passaient dans la rue au pas de gymnastique. Elle les avait déjà aperçues la veille. L'une d'elles, celle en anorak, se tourna à ce moment-là vers sa compagne, une blonde coiffée d'un bonnet de laine. Angela constata avec étonnement qu'elle était noire, spectacle impensable à Marblehead. Elle les suivit des yeux et éprouva un pincement au cœur quand elles disparurent dans la courbe de la rue.

Qu'étaient devenues toutes ses amies d'enfance et de jeunesse ? Dispersées aux quatre coins du pays sans doute, mariées, accaparées par leurs carrières. Les reverrait-elle un jour ? Si seulement elle avait pu les réunir toutes, évoquer leurs souvenirs. Elle pouvait quand même appeler son amie Lisa, la seule qui lui restait, mais il était à peine plus de six heures du matin. Il lui faudrait attendre une heure plus décente.

Depuis son arrivée, bien entendu, elle avait déjà téléphoné à Lisa. Plusieurs fois par jour et plus d'une heure chaque fois. Quand son père recevrait la note de téléphone !... Son portable lui manquait, elle l'avait laissé dans son sac avec toutes ses autres affaires. Lisa pourrait peut-être s'arranger pour récupérer au moins son portefeuille.

Lisa était avocate dans le même cabinet qu'elle. Avec son impeccable beauté blonde, sa distinction et son diplôme de Harvard, Angela l'avait d'abord trouvée souverainement antipathique. Lisa, qui n'était que de deux ans plus âgée qu'elle, pontifiait comme si elle avait vingt ans de plus. Puis, au fil de leur collaboration, Angela avait d'autant mieux surmonté ses préjugés du début que Lisa se montrait réellement amicale avec elle. Quelques semaines plus tard, elles déjeunaient presque tous les jours ensemble, et Lisa relatait à Angela ses déconvenues amoureuses des huit derniers mois, sans en omettre les plus affreux détails. Maintenant qu'elles avaient inversé par la force des choses leurs rôles de confidentes, Lisa conseillait fermement à Angela de résister à la tentation de décrocher le téléphone et de ne pas fléchir dans sa détermination de ne jamais plus revoir Reid. Angela avait demandé par courrier un congé de maladie, Lisa se chargeait d'une partie de son travail. C'était une amie sûre à laquelle elle pouvait se fier.

Elle eut la pensée fugitive de prendre un bain, mais elle était trop lasse et trop ramollie pour se risquer dans l'eau. Quoique... l'idée de se laisser glisser au fond d'une baignoire pleine jusqu'à ce que mort s'ensuive n'était pas si désagréable, tout compte fait. Sauf qu'elle devrait se remplir les poumons d'eau et que cela devait faire horriblement mal. Si seulement son père avait eu des somnifères, des vrais qui tuent, pas de ces placebos qu'on vend sans ordonnance et qui vous flanquent la colique quand on en prend trois ou quatre d'un coup. En tout cas, il faudrait qu'elle se décide à se laver, sinon ses cheveux deviendraient pires que de la paille de fer. Elle n'avait pas seulement perdu un mari, pensa-t-elle avec accablement, mais un coiffeur ! Le seul au monde capable de discipliner sa crinière.

Elle se pencha avec effort pour ramasser le pantalon de son survêtement — ou, plutôt, du survêtement emprunté à son père. Elle y introduisait les jambes et remontait la ceinture vers ses cuisses quand elle prit soudain conscience que Reid avait caressé ces mêmes cuisses deux ou peut-être trois jours plus tôt. Une larme brûlante s'échappa de sa paupière droite et coula le long de son nez. Combien d'autres cuisses de femmes Reid avait-il tripotées depuis un an ? se demanda-t-elle avec rage. Que lui avait-il dit, déjà ? Une femme plus âgée ? Une collègue de travail ? Jan Mullins, peut-être, la seule femme de son cabinet ? Non, elle avait cinquante-deux ans et elle était plus ridée qu'un sac de vieilles pommes. Une des idiotes de stagiaires ? Inconcevable. Une simple secrétaire, alors ? Laquelle avait-il pelotée, avait-il embrassée ? Lui avait-il dit, à elle aussi, qu'il l'aimait ?

Sa fureur lui donna la force de ramasser l'autre moitié

du survêtement et de l'enfiler. Le logo de l'équipe des Rangers s'étalait sur la poitrine. Contrairement à la vaste majorité des Italo-Américains, son père préférait le hockey au base-ball. Il l'avait emmenée à des dizaines de matches. Ce survêtement devait être un vestige de ces escapades complices du père et de la fille. À lui, son cher papa, elle allait redonner une place de choix dans sa vie ! Et elle allait prendre un job plus utile à la société que l'assistance judiciaire, dans une association s'occupant d'enfants ou de personnes âgées par exemple. Et elle allait se démener tant et si bien que... Et pourquoi pas s'enrôler chez Mère Teresa ? se dit-elle en retombant dans la dépression.

Le cadre, il est vrai, ne la portait pas à l'euphorie. À ses yeux, tout était hideux. Après son deuxième divorce — ce mariage-là avait duré à peine plus longtemps qu'un cycle menstruel —, son père avait délaissé l'opulence de Park Avenue, à laquelle il ne s'accoutumait pas, pour regagner sa chère banlieue. Il y avait fréquenté des banlieusardes mais, comme elles l'ennuyaient à périr, il s'était très vite réfugié dans le travail et les émissions sportives à la télévision. On devait donc être vendredi, en déduisit Angela, parce que si l'on avait été samedi son père aurait déjà été sur le canapé, le regard rivé à l'écran. Quelle existence !...

L'idée qu'elle puisse devenir la sienne la terrifia. Elle n'était pas ici depuis longtemps mais, déjà, elle se sentait atteinte du syndrome banlieusard. Et pas seulement à cause de la laideur du décor. Par quel phénomène, se demanda-t-elle, un divorce pousse-t-il les hommes à vivre dans un cadre à hurler et les femmes à négliger leur garde-robe, comme si une décision judiciaire suffisait à anéantir leur bon goût ? Combien de temps lui faudrait-il pour glisser, elle aussi, sur la même pente fatale ? Plus question de Mère Teresa. Sa vie était déjà finie.

Angela frissonna. Oui, sa vie était bel et bien finie. Après les périodes de l'enfance et des études, suivies de celle de son bref mariage, elle abordait la période « vieille fille de banlieue », laquelle, si elle avait hérité de la longévité de sa chère bonne-maman, pouvait durer au bas mot cinquante ans. Il ne lui manquait plus qu'un chapelet pour se couler dans un rôle de dévote tout à fait convaincant. Et sinistre.

Elle se laissa retomber sur le canapé et dans le sommeil, puis se réveilla juste assez longtemps pour regarder la fin des nouvelles du matin, avant de se rendormir pour ne rouvrir enfin les yeux qu'à onze heures passées. Quel besoin morbide avait-elle de regarder l'heure à tout bout de champ ? Elle n'avait rien à faire, nulle part où aller.

Elle se culpabilisait à l'idée qu'il s'était écoulé cinq heures depuis son premier réveil quand la sonnerie du téléphone la fit sursauter. Fallait-il répondre ? Ce n'était peut-être que son père qui vérifiait si tout allait bien. Après avoir hésité le temps de quatre sonneries, elle décrocha et reconnut avec soulagement la voix de son amie Lisa.

— Bonjour, Angie. Comment te portes-tu ?

Il n'y avait que Lisa pour employer une expression pareille au lieu de dire « comment ça va ? » comme tout le monde.

— Disons que je suis de retour au jardin d'enfants et que la maîtresse me donne un blâme pour mauvaise conduite. J'ai mal, Lisa. Vraiment mal. Reid me manque, tu ne peux pas savoir.

— Ce n'est pas du tout le genre d'attitude que tu devrais avoir ! Tu devrais être blessée, furieuse, intraitable. Ce que t'a fait Reid veut dire qu'il ne t'aime pas et qu'il ne t'a vraisemblablement jamais aimée. Tu n'étais pour lui qu'une fantaisie, un moyen de narguer sa famille — tu peux me croire, je connais la chanson. Tu n'as vraiment pas besoin de ça. Ce qu'il te faut, maintenant, c'est tirer un trait et aller de l'avant.

— Je sais, je sais, je ne suis qu'une idiote. Et pourtant, je n'ai qu'une envie, c'est d'entendre sa voix et de lui demander s'il l'a vraiment fait exprès.

— Il l'a fait exprès, affirma Lisa avec une conviction vibrant d'une colère froide. Enfin, voyons ! La manière dont il a lâché sa bombe sur toi était inconcevable, inexcusable !

Angela était sur le point d'acquiescer quand la sonnette de la porte d'entrée retentit.

— Oh ! On sonne à la porte, Lisa. Il faut que j'y aille.

Elle raccrocha en regardant avec inquiétude dans la direction de l'entrée. Qui diable cela pouvait-il bien être ? Une dame Tupperware ? Des témoins de Jéhovah ? Un démarcheur en aspirateurs ? Angie hésitait quand elle vit par la fenêtre du vestibule une fourgonnette de fleuriste le long du trottoir. Il ne lui fallut alors pas plus de trente secondes pour ouvrir, empoigner la gerbe de vingt-quatre roses blanches et décacheter la petite enveloppe épinglée sur la cellophane.

C'était de Reid ! La carte n'était pas de sa main, bien entendu, il l'avait dictée par téléphone, mais les mots étaient de lui : *Je t'aime. Ne me punis pas pour avoir dit la vérité. Pardonne-moi. Reid.* Le parfum des roses était doux et subtil. Ô Seigneur, il l'aimait ! Il avait fait une connerie monumentale, mais il l'aimait ! Si elle faisait preuve d'un tout petit peu de générosité, Reid et elle seraient d'un seul coup soulagés de la douleur qu'ils enduraient.

Ses conversations avec son père et avec Lisa étaient

déjà effacées de sa mémoire. Oui, oh oui ! elle allait lui pardonner. Sa conduite avait été immonde, inexcusable, mais elle l'absoudrait quand même. Elle était soupe au lait comme son père et sa mère, mais elle aurait la grandeur d'âme de passer l'éponge. Elle considérerait son abominable infidélité comme un dernier faux pas. Chez la plupart des gens, les erreurs de ce genre se commettent avant le mariage, bien sûr, mais Reid avait toujours été un peu lent sur le plan affectif. Quand on connaissait ses parents, on ne pouvait pas vraiment le lui reprocher. Il lui promettrait de ne jamais plus recommencer, il l'inonderait d'écrins de chez Shreve, Crump & Lowe, et ils se retrouveraient dans leur beau grand lit blanc... Un frisson lui échappa : à la réflexion, ils n'iraient peut-être pas tout de suite au lit. Une période de convalescence serait sans doute nécessaire. Mais la vision de Reid seul, malheureux, recroquevillé sur leur beau grand lit blanc, s'imposa à elle. Oui, seul. Rongé de remords. Désespéré. Il avait passé deux jours à retrouver sa trace. Conscient de sa faute, il implorait maintenant son pardon. Sans elle, il était perdu. Il avait besoin de son énergie, de sa tendresse.

Serrant la carte du fleuriste sur sa poitrine, Angela courut au téléphone et pianota fébrilement le numéro. À la première sonnerie, elle imagina la courbe exacte du dos de Reid qui tendait la main pour décrocher. À la deuxième, elle vit son visage aux traits crispés par le repentir, aux yeux rougis de larmes de désespoir. Car il était chez eux, elle en était sûre, trop ravagé par le chagrin pour aller travailler. Depuis deux jours, il marinait dans un bouillon de culpabilité et de douleur aussi cuisant, non, encore plus cuisant que le sien. Parce qu'il l'aimait vraiment. En dépit de ses parents, de leur froideur, de leur réprobation, en dépit même de ses propres limites, de ses propres inconséquences, il n'aimait qu'elle, la carte qu'elle tenait le lui disait en toutes lettres, et elle savait au plus profond d'elle-même que c'était vrai.

Quand on décrocha à la troisième sonnerie, Angela eut un sourire de triomphe et attendit d'entendre la voix de Reid avant de lui faire la surprise de parler.

— Allô ? exhala une voix de femme haut perchée.

Angela faillit lâcher le combiné.

— Allô ? répéta la voix de soprano.

Avec un mélange de dégoût et d'horreur, Angela laissa le combiné retomber sur son support.

— Grand Dieu ! dit-elle à haut voix. Grand Dieu !

Elle avait pourtant appelé *chez elle* ! Qui avait répondu ? Ce ne pouvait pas être une parente, ni Reid ni elle n'avait de sœurs. Ce n'était pas non plus la voix de sa belle-mère. Qu'est-ce que cela signifiait ? Elle avait dû se tromper de numéro, ou alors Reid avait résilié l'abonnement et le numéro était déjà attribué à quelqu'un d'autre...

Résolue à en avoir le cœur net, Angela décrocha et composa de nouveau le numéro en redoublant d'attention. Elle avait peut-être oublié au début le code du secteur et était tombée sur un numéro local, ce qui expliquait tout. À la première sonnerie, elle retint son souffle. L'image de Reid lui revint, mais plus floue.

Cette fois, on décrocha à la deuxième sonnerie. Une fois de plus, ce fut la voix de soprano qui répondit. Angela ne s'était donc pas trompée de numéro et celui-ci appartenait désormais à quelqu'un d'autre. La compagnie du téléphone ne réattribue pas les numéros aussi vite, d'habitude. Il fallait demander qui était à l'appareil. Ah ! oui, bien sûr ! Une nouvelle femme de ménage, voilà la clé du mystère. Ou alors une employée de la compagnie d'électricité venue relever le compteur, ces choses-là peuvent arriver, se dit-elle en serrant la carte du fleuriste contre sa poitrine.

— Allô ? répéta la soprano. C'est toi, Reid ?

Comme elle n'était pas Reid, Angela raccrocha.

Chapitre 7

*Dans lequel Clinton et Jada ont enfin leur
conversation, ce qui nous ouvre des aperçus
intéressants sur la nature masculine.*

— Clinton, il faut que nous parlions !
— Encore ?

Après s'être assurée que les enfants étaient montés
dans le bus scolaire, Jada referma la porte de la cuisine.

— Oui, j'en ai peur. J'en ai bien peur, répéta-t-elle.

En fait, elle n'avait pas peur du tout, elle était folle
de rage. Cette fois, Clinton était allé trop loin. Beaucoup trop loin.

Depuis des années, Jada le soupçonnait de la tromper
de temps à autre. Elle préférait ne pas trop y penser,
bien qu'elle ait été parfois forcée de le savoir. Ainsi, avec
la riche oisive d'Armonk pour laquelle il construisait
une piscine de deux cent mille dollars et qui lui téléphonait un peu trop souvent. Ou la ravissante Noire,
femme d'un producteur de disques, qui voulait devenir
chanteuse. Jada avait décidé de ne pas en tenir compte.
Ces passades ne menaçaient pas leur ménage, car elles
n'empêchaient pas Clinton d'assumer ses responsabilités financières, de jouer avec les enfants et de rester un
bon mari. Elle savait que « soigner la clientèle » pouvait
amener à des dérapages sans conséquences sur lesquels
il valait mieux fermer les yeux. Clinton n'était qu'un

homme, après tout, et un bel homme viril. Quel homme pouvait se vanter d'avoir tourné le dos à une occasion offerte sur un plateau ? Surtout les occasions dorées sur tranche dans les beaux quartiers comme Pound Ridge...

Mais cela se passait à l'époque où elle menait une vie de famille normale, où les enfants étaient petits et où elle restait à la maison pour s'occuper d'eux. Maintenant, sa vie consistait à travailler toute la journée, faire le ménage toute la soirée, préparer et servir les repas, laver et repasser la lessive, et recommencer le lendemain matin. De son côté, Clinton passait la moitié de son temps vautré sur le canapé à regarder la télévision, l'autre moitié avec la dernière en date de ses petites amies et, pendant les instants de loisirs que lui laissaient ces absorbantes occupations, à vérifier que les enfants ne flanquaient pas le feu à la maison. Jada ne se plaignait pourtant pas de son sort. Ce qu'elle faisait, c'était pour sa famille et elle le ferait aussi longtemps qu'il le faudrait. Si seulement Clinton voulait bien y mettre un peu du sien, tout serait plus facile et surtout plus utile, pour elle comme pour lui ! Elle savait qu'au fond de lui-même Clinton souhaitait mener une existence utile. Mais une autre partie de lui-même n'hésitait pas à risquer de tout perdre par paresse, en se déchargeant de ses responsabilités sur sa femme et en batifolant avec des femmes de Pound Ridge qui n'avaient rien de mieux à faire.

— Je ne suis pas de Pound Ridge, moi ! lâcha-t-elle en empoignant au passage un plateau et une éponge.

— Qu'est-ce que tu dis ? s'étonna Clinton.

Il la suivit dans la salle à manger, où elle entassait déjà sur le plateau les tasses vides, les assiettes sales et les serviettes en papier froissées. C'est le bouquet ! se dit-elle. La voilà qui disait ses pensées à haute voix. Sa mère le faisait aussi quand elle était très troublée.

— Je disais qu'il faut que nous parlions.

— Tu ne vas pas travailler ? demanda Clinton avec inquiétude.

— Non. Pourquoi ? Tu attends de la visite ? Laisse-moi au moins le temps de tout ranger pour recevoir dignement ton invitée.

Elle se mit à ramasser les miettes et à essuyer la table, toujours aussi stupéfaite qu'au bout de tant d'années Clinton puisse rester planté là à la regarder sans même penser à lever le petit doigt.

Et s'il n'y avait eu que ça... Jada croyait avoir dépassé depuis longtemps ce genre de mesquineries. Depuis, en fait, que Clinton et elle s'étaient promis que, s'ils avaient des enfants — ce qui s'était réalisé depuis —, ces enfants ne grandiraient pas comme les deux générations de Jackson ayant précédé Clinton, c'est-à-dire sans père. Là, pour elle, était l'essentiel. Jada avait toujours su que la nature de Clinton, comme celle de la plupart des hommes, était de prendre plutôt que de donner. Elle s'y était résignée. Mais il y avait des limites !

Même maintenant qu'il demeurait derrière elle les bras ballants, Jada s'efforçait de ne pas porter de jugement moral sur son comportement. Les gens ont telle ou telle nature sans rien y pouvoir, comme ils ont les yeux bleus ou noirs. Quand elle avait fait la connaissance de Clinton, elle aimait donner parce qu'elle se sentait valorisée. Elle prenait plaisir à lui acheter ses vêtements, à lui faire la cuisine. Que Clinton lui dise « Personne ne sait faire telle ou telle chose mieux que toi » suffisait à son bonheur. Désormais, elle avait appris à décoder les propos de Clinton. « Je peux t'aider avec le dîner ? » voulait dire : « Pourquoi le dîner n'est-il pas encore sur la table ? »

Depuis le début de ses déboires en affaires, Clinton avait glissé sur une pente qu'il n'essayait même plus de remonter. D'abord, il n'avait plus gagné d'argent pour entretenir le ménage ; ensuite, il n'avait même plus fait l'effort de chercher du travail ni même de bricoler à la maison. Il avait cessé d'accomplir ce qui, aux yeux de Jada, constituait le devoir le plus élémentaire d'un homme marié : sortir les poubelles.

L'exemple de ses parents ne l'avait pas préparée à cela. Son père et sa mère n'avaient jamais cessé de s'aimer et de se respecter. Ils avaient été très déçus que leur fille épouse un Noir américain. Bien qu'ils aient vécu à New York, où Jada était née, ils avaient toujours considéré la Barbade comme leur seule patrie. « Ah ! ces Américains ! bougonnait son père. Ils n'ont pas de tripes. » « Ni de moralité », renchérissait sa mère. Jada pensait qu'ils étaient vieux jeu et quelque peu racistes — moins envers les Blancs, d'ailleurs, qu'envers les Noirs. Ils professaient un profond mépris à l'égard des autres Antillais. Pour eux, les Jamaïcains étaient des moins que rien et leurs voisins d'Antigua des sournois dont il fallait se défier. Ils ne daignaient pas parler des Français de la Martinique et de la Guadeloupe. Quant aux Américains de couleur, ils étaient inférieurs à tous les précédents. À l'époque, Jada trouvait leurs jugements péremptoires parfaitement ridicules ; il lui arrivait maintenant de se demander si ses parents n'avaient pas raison, du moins en ce qui concernait Clinton. Si tous les Noirs d'Amérique n'étaient pas forcément des paresseux à qui on ne pouvait pas se fier, le sien en était un à coup sûr. Et elle espérait sincèrement réussir à sauver son mariage, au moins en apparence, car la perspective d'annoncer la mauvaise nouvelle de son divorce à ses parents ne lui plaisait pas le moins du monde.

Il y avait bien eu un certain équilibre entre Clinton et elle, quand la générosité de Jada était compensée par l'argent qu'il gagnait et l'amour qu'il lui prodiguait — deux éléments évanouis depuis longtemps. Clinton n'avait pas gagné un sou depuis près de cinq ans, et ils n'avaient pas fait l'amour depuis trois ans, sauf à l'avant-dernier réveillon de Nouvel An, où ils avaient tous deux bu plus qu'ils n'auraient dû et conçu par mégarde la petite Sherrilee. Jada n'avait pas pu se résoudre à lui refuser de vivre. Sherrilee était un bébé adorable, et Jada n'avait pas regretté sa décision, bien qu'elle ait eu toutes les peines du monde à travailler pendant sa grossesse et qu'elle ait mal supporté de devoir se séparer tous les jours de son bébé. Elle avait espéré que sa naissance la rapprocherait de Clinton. Au début, en effet, celui-ci manifestait une joie sincère et s'occupait bien de sa fille, mais, comme pour tout ce qu'il entreprenait, ses bonnes dispositions n'avaient pas duré. Jada doutait parfois d'avoir pris la bonne décision.

— Je t'en prie, Jada, un peu de patience. J'ai besoin de toi.

Besoin d'elle ? Jada avait épuisé non pas sa générosité, mais le plaisir d'être généreuse. Son rôle de mère lui avait démontré que s'il est aussi naturel que de respirer de tout donner à un enfant, il est anormal d'en faire autant pour un homme de trente-quatre ans.

— Ah, oui ? Tu as besoin de moi ? Mais l'autre, tu dis que tu l'aimes ! Aie donc un peu *besoin* d'elle, pour changer !

Elle n'en revenait pas encore qu'il ait eu le culot de lui parler de sa dernière conquête. Elle ne voulait pourtant rien savoir, mais c'était lui qui avait insisté pour le lui dire.

Clinton sur ses talons, Jada entra dans la chambre de Shavonne ramasser le linge sale. Tonya Green, la dernière bonne amie de Clinton, prétendait aimer les enfants alors que les siens vivaient chez sa mère. Que faisait-elle toute la journée ? Elle ne travaillait pas, en tout cas. Elle enseignait la Bible à l'école de leur église, paraît-il, et elle avait la réputation d'être très pieuse. Alors, allait-elle à tous les offices ou passait-elle son temps dans les bars à draguer les hommes mariés ? Elle alternait, peut-être : elle priait les jours impairs et voyait ses prières exaucées les jours pairs...

Jada s'étonnait presque de ne pas éprouver le moindre pincement de jalousie. Dix ans plus tôt, elle aurait rugi comme une tigresse parce qu'elle croyait encore que faire l'amour avec Clinton était essentiel dans sa vie. Maintenant, elle n'en avait même plus envie — déjà qu'elle supportait à peine de coucher à côté de lui ! Elle était trop lasse, trop déçue et elle lui en voulait trop. D'ailleurs, Clinton ne l'aimait pas, elle le savait. Qu'il ait besoin d'elle, oui. Qu'il désire être aimé et cajolé comme avant, sûrement. Mais elle en était désormais incapable. Elle ne pouvait plus faire l'amour avec lui, elle n'avait plus aucun désir de s'occuper de lui. Elle aurait voulu, au contraire, que ce soit lui qui prenne soin d'elle. Elle avait perdu tout son respect pour lui et, à la réflexion, elle portait sans doute à cause de cela une part de responsabilité dans sa liaison avec cette Tonya.

Jada s'étonnait seulement de ce que Clinton se soit donné la peine de lui en parler, il ne l'avait encore jamais fait. Sa première réaction avait été de se dire : Tant mieux, une corvée de moins. Que sa Tonya l'écoute donc divaguer sur ses projets mirifiques qui échoueront comme les autres. Elle se rendait maintenant compte qu'après avoir prêté l'oreille, critiqué, suggéré, prié pour la réussite de dizaines de projets qui n'avaient abouti à rien, elle n'écoutait plus Clinton depuis des années. Cependant, les hommes ont besoin qu'on les écoute.

Ce dont elle avait besoin, elle qui se crevait au travail, c'était une famille stable. Elle voulait vivre dans la maison que Clinton avait construite mais jamais terminée. Elle voulait voir ses enfants réussir dans leurs études et s'intégrer à la société. Elle voulait que Shavonne remporte le concours de patinage, que Kevon fasse des progrès en maths et obtienne une bourse pour une bonne faculté. Elle voulait que ses enfants aient un père, comme Clinton et elle en avaient fait le serment devant Dieu. Ils avaient tous besoin de lui. C'est à lui qu'il incombait de surveiller le bébé lorsqu'elle était au travail — n'avait-il pas promis à Jada de l'aider à élever leurs enfants ? La qualité de leur couple n'entrait plus en ligne de compte — à quoi bon ? Il fallait quand même mettre les points sur les i. Dommage qu'elle soit si lasse.

Elle sortit dans le couloir, Clinton toujours sur ses talons.

— Il faut que je me prépare à aller travailler, annonça-t-elle.

— Je croyais que nous devions parler.

Bien sûr. Elle avait commencé, mais avec tout ce qu'elle avait dû faire pendant qu'elle en avait encore la force, nettoyer la cuisine, ranger la salle à manger, trier la lessive et le reste, elle n'en avait plus le courage.

— Je l'ai dit, c'est vrai, admit-elle.

— Écoute, je vais réfléchir, je te le promets. Je remettrai de l'ordre dans ma vie.

Ils étaient entrés dans leur chambre. Pour la première fois depuis le début de cette conversation, Jada se retourna vers lui et se rendit compte qu'elle se retenait à grand-peine de le gifler.

— Es-tu au moins conscient de m'avoir dit mot pour mot la même chose à ce même endroit il y a exactement un mois ?

— De quoi parles-tu ?

Il était déjà hargneux, sur la défensive. Fallait-il qu'il soit idiot ou aveugle pour ne rien comprendre ! Jada se mit à refaire le lit.

— Eh bien, je vais te rafraîchir la mémoire. Tu m'as parlé de Tonya ce jour-là, après avoir avalé du sérum de vérité sous forme de bière tout l'après-midi sur le canapé. Je me fiche éperdument de ce que tu fais de ton zizi, poursuivit-elle, enragée par son absence de réaction. Ce qui m'intéresse, c'est cette famille, et je ne te laisserai pas la détruire par ton égoïsme. J'ai donné mon sang pour notre famille, j'ai renoncé à ma vie personnelle, à tous mes intérêts. Quand je me lève pour aller gagner de quoi mettre à manger sur la table, il fait encore nuit et mes enfants dorment. Je n'aime pas mon job, il ne m'a jamais plu. Je n'ai jamais voulu faire carrière à la banque ou n'importe où ailleurs. Je n'ai jamais voulu devenir patron. Je ne l'ai fait et je ne continue à le faire que contrainte et forcée...

— Assez ! l'interrompit Clinton. N'insiste pas. Je sais ce que je t'ai dit ce jour-là. N'essaie pas de m'humilier encore plus que d'habitude. Je fais ce que je peux. Tout ce que je peux.

Jada dut se retenir pour ne pas céder à l'envie de le bourrer de coups de poing sur la tête. Comme si elle cherchait à l'humilier ! Avec lui, tout tournait toujours autour de lui-même. Il faisait ce qu'il pouvait ? Parlons-en ! Il n'était pas même fichu de faire le lit.

— La ferme, Clinton ! Va débiter tes mauvaises excuses à Tonya si ça te chante ! Tu as le choix : ou bien tu vis avec elle et je reste avec les enfants, ou bien tu la laisses tomber et tu fais l'effort de sauver notre famille. Alors, Clinton, qu'est-ce que tu décides ?

Jada se souvint d'un proverbe de sa mère, puisé dans la Bible ou le folklore de la Barbade : « Recevoir à boire quand on ne l'a pas demandé est doux comme du lait, insipide comme de l'eau quand on doit le demander. Mais la boisson qu'on doit mendier et qu'on vous donne à contrecœur a le goût du sang. » Jada devait supplier Clinton pour la moindre chose et, les trois quarts du temps, ses prières restaient lettre morte. Le carrelage de la cuisine n'était toujours pas posé, sans compter des dizaines d'autres finitions laissées en plan. Jada savait que Michelle, sa voisine et meilleure amie, n'avait jamais besoin de rien demander. Avant même qu'elle ait soif, Frank lui tendait un verre du meilleur lait. Jada avait parfois du mal à ne pas envier son amie.

— Écoute, Jada, je sais que tu as mal et que tu as peur...

— Non, Clinton, écoute-*moi* ! l'interrompit-elle, furieuse. Ce n'est pas ce que tu fabriques avec cette femme qui me fait mal, c'est de voir que tu refuses de faire un effort pour sauver notre famille ! Et si j'ai eu peur, c'était de ne pas pouvoir gagner ma vie pour nous tous ! Mais maintenant, je n'ai plus mal et je n'ai plus peur. Je te dis simplement, ou plutôt je te *répète*, que tu dois choisir. C'est toi qui commets un péché, pas moi. Ce n'est pas à moi de me repentir, mais à toi !

Tout en parlant, elle commençait à se dévêtir pour se

75

changer avant de partir travailler quand, soudain, elle se sentit gênée de se dénuder devant ce mari devenu pour elle un étranger et se réfugia derrière la porte de la penderie.

— Tu ne comprends pas, Jada. Ce qu'il y a entre Tonya et moi n'est pas charnel. Nos rapports sont spirituels.

Jada passa la tête de derrière la porte et le regarda, bouche bée. Comment de telles énormités pouvaient-elles franchir la bouche de cet homme ? Dieu tout-puissant, Vous qui l'avez fait, montrez-lui la lumière, ou alors arrachez-lui les yeux !

— Je veux bien te pardonner, répondit-elle après être revenue de sa stupeur. Je peux faire l'effort de vivre avec toi et je suis prête à faire plus encore que ce que je fais pour garder notre famille unie. Mais pas si tu me parles des qualités spirituelles de cette femme ! Tu dépasses les bornes, Clinton ! Je ne veux plus entendre un mot sur elle, tu entends ? Ne m'insulte pas en la comparant à moi !

— Je ne te comparais pas... Ma famille est tout pour moi, tu le sais bien, se dépêcha-t-il d'ajouter en voyant le regard meurtrier que Jada lui décochait. Les choses pourraient aller mieux ces derniers temps, c'est vrai, mais il y a toujours des hauts et des bas. Cela va remonter, j'en suis sûr. C'est là-dessus que je m'engage. Mais en ce qui concerne Tonya... eh bien, ce qui arrive entre nous est juste pour moi, comprends-tu ? Ce n'est pas pour les enfants, ce n'est pas pour payer les traites, c'est pour moi. Et je pense que je le mérite. Cela me rend malheureux, toi aussi. Tonya est une femme de valeur qui...

— Ah, non ! Ne me parle pas de ses états d'âme !

— Ce n'est pas facile d'être noir dans un monde de Blancs, soupira Clinton.

— Je t'en prie ! Ce n'est pas plus facile pour les femmes, qu'elles soient blanches ou noires. Ce n'est pas facile d'être n'importe quoi dans le monde actuel, Clinton. C'est pour cela qu'il y a des églises.

— J'ai beaucoup prié, Jada. Tonya et moi avons prié ensemble. Tout ce que je veux, c'est t'expliquer que...

— Décide au lieu d'expliquer ! Tu as le choix entre ta famille et ta maîtresse, c'est simple. Bien des gens n'ont pas des choix aussi faciles à faire. Tout ce que je te dis, c'est que tu ne peux pas avoir les deux. Alors, si tu n'arrives pas à te décider, je déciderai à ta place. Et cette fois, Clinton, il n'y aura pas à revenir dessus. Je mettrai tes affaires dans le garage. Je parlerai aux enfants et au révérend Grant. Et j'irai voir un avocat. D'ici mercredi prochain, ou bien tu prends ta décision, ou bien c'est moi qui la prendrai. Tu as bien compris ?

Elle lui tourna le dos et enfonça si rageusement les pans de son chemisier dans la ceinture de sa jupe qu'elle se cassa un ongle. Son mariage brisé et maintenant un ongle ! Et il n'était même pas encore dix heures du matin.

Son regard tomba sur la photo posée à côté du réveil sur la table de chevet. Shavonne y tenait Kevon dans ses bras quand il était encore tout petit. Ses enfants. Ses bébés chéris. La vie de ces dernières années l'avait durcie. Cela ne lui plaisait pas, mais elle n'y pouvait plus rien. Si seulement elle réussissait à sauver ses enfants de la décadence qui menaçait la famille, à leur donner de quoi prendre un bon départ dans la vie... Non, elle ne pouvait pas laisser cette décision au bon, ou plutôt au mauvais vouloir de Clinton pendant que le temps passait, qu'elle ne pourrait peut-être jamais rattraper.

Au prix d'un effort, elle se retourna pour faire face à son mari :

— Réfléchis un instant, Clinton. Ton père t'a abandonné comme son père l'avait abandonné. Tu es libre d'abandonner tes enfants à ton tour, mais ce n'est pas ce que nous leur avions promis. Ce sont tes enfants à toi aussi et je crois que tu souhaites mieux pour eux. Moi aussi, mais je me contenterai de ce que tu voudras bien me donner. Ce que je ne supporterai pas, c'est de subir Tonya à cause de toi et de savoir ce que les gens disent derrière notre dos. Si tu veux partir, tu n'as pas besoin d'occuper de la place dans ma maison et dans mon lit.

— Minute ! C'est aussi ma maison et mon lit ! protesta Clinton. Je les ai fabriqués de mes mains.

— Eh bien, prends ton foutu lit et porte-le chez Tonya ! Tu peux rester ici avec les enfants et moi si tu acceptes de mener une vie de famille normale. Sinon, va vivre chez cette femme. Elle a des enfants elle aussi, n'est-ce pas ? Combien ? Deux, trois, quatre ? De combien de pères ? Tu peux les avoir si ça te chante ou garder les tiens. Mais pas tous en même temps.

— Je ne les veux pas tous en même temps, geignit Clinton. C'est simplement que... je ne sais pas ce que je veux.

— Tu as une semaine pour le trouver.

Jada tourna les talons, sortit. Dans le couloir, elle se ravisa et passa la tête par la porte entrebâillée :

— Une dernière chose, Clinton. Tu ferais bien de te débrouiller à partir de maintenant pour payer toi-même ton essence.

Sur quoi, elle claqua la porte et partit au travail.

78

Chapitre 8

*Dans lequel on ne peut que compatir
aux malheurs de Michelle.*

Michelle dut s'accroupir derrière le canapé pour ramasser encore un jouet en plastique. Elle avait beau revêtir des déshabillés affriolants pour émoustiller Frank, comme ce soir-là, elle avait grandi environnée de tant de crasse et de désordre qu'elle était devenue maniaque de l'astiquage et du rangement. Frankie semait ses affaires un peu partout, et elle avait perdu le compte de ses jouets tant il en avait. Parce qu'il était un garçon ou parce qu'il était le cadet ? Si Frankie possédait plus de choses, Jenna avait peut-être reçu davantage d'affection avant la naissance de son frère, s'avouat-elle avec un peu de remords.

En se relevant, elle vit par-dessus le dossier les cheveux noirs de Frank et la tête de Jenna sur l'épaule de son père, son lapin en peluche serré dans ses bras. Frankie devait déjà être endormi sur les genoux dc Frank, bercé par les bip-bip de la console Nintendo avec laquelle le père et la fille jouaient depuis un bon moment. Un sourire heureux monta aux lèvres de Michelle. Ils avaient passé une bonne soirée en famille — les vendredis soir étaient toujours agréables. Après le dîner, Frank et Frankie avaient joué à des jeux vidéo tandis que Jenna aidait sa mère à débarrasser la table.

Sa récompense consistait à avoir son père pour elle toute seule la dernière heure. Pour Michelle, sa récompense se passerait au lit, seule avec son mari.

À cette pensée, son sourire s'élargit. Elle posa avec douceur une main sur l'épaule de Frank, car elle savait depuis longtemps qu'il ne fallait pas le surprendre par-derrière sous peine de le faire sursauter. Frank redressa la tête contre le dossier, lui sourit. Profondément endormis, Jenna et Frankie ne réagirent même pas. Michelle pouffa de rire en découvrant ainsi que Frank jouait seul avec la console.

— Il est temps d'aller au lit, murmura-t-elle de sa plus belle voix de séductrice. Porte Frankie, je ferai monter Jenna.

La fillette se réveilla de mauvaise grâce et suivit sa mère. Pendant qu'elle déshabillait et couchait Frankie, Michelle n'eut pas le cœur de forcer sa fille à se laver les dents. Pour une fois, elle pouvait lui accorder cette exception à la règle. Jenna tombait visiblement de sommeil.

Quand elle entra enfin dans leur chambre, Frank était déjà nu sous les couvertures — sans avoir d'abord replié le couvre-lit, comme d'habitude. Mais Michelle ne lui en voulut pas. C'était un bon père et un bon mari, bien des hommes avaient des défauts cent fois pires.

— Viens vite, ma beauté, lui dit-il d'une voix empâtée de sommeil.

Elle se déshabilla promptement, se glissa à côté de lui. Mais au bout de quelques caresses, Frank poussa un soupir.

— Tu sais que j'ai envie de toi, ma chérie. Mais je suis vraiment crevé, ce soir.

— Bien sûr, je ne t'en veux pas.

Michelle lui donna un baiser. Elle était fatiguée, elle

aussi. Et elle savait qu'au milieu de la nuit, quand ils auraient tous deux retrouvé un peu de forces, c'est lui qui la réveillerait.

Ce ne fut pourtant pas Frank qui réveilla Michelle dans la nuit, mais, au petit matin, un horrible vacarme dans le vestibule suivi d'une cavalcade dans l'escalier. Pookie aboyait furieusement. Michelle se redressa, affolée, en voyant des éclats de gyrophares tournoyer au plafond. Grand Dieu ! pensa-t-elle, la maison est en feu. Elle hurla le nom de Frank au moment où la porte de la chambre s'ouvrait à la volée. Une dizaine d'hommes, les uns en uniforme, d'autres en civil, mais tous l'arme à la main, encerclèrent le lit.

— Police ! Ne bougez plus ! Les mains sur la tête !

À demi consciente, Michelle se demandait encore si elle faisait un cauchemar quand un policier lui passa les menottes. Au contact du métal sur ses poignets, elle comprit qu'il ne s'agissait pas d'un mauvais rêve. Pookie, qui était monté à la suite des intrus et aboyait à tout rompre, se tut tout à coup après avoir poussé un cri. Qu'est-ce que ces sauvages lui ont fait ? se demanda Michelle, horrifiée.

— Bas les pattes, ordures ! cria Frank. Touchez pas à ma femme !

Il se débattait entre deux policiers qui essayaient de le maîtriser. Dans la lutte, les couvertures glissèrent à terre, et Michelle se rendit compte avec horreur qu'elle était nue devant tous ces hommes.

— C'est une erreur ! cria-t-elle. Vous vous trompez de maison ! Vous êtes ici chez les Russo. Chez Frank Russo !

— On se trompe ? Mon cul ! ricana un des hommes.

— Maman ! gémit la voix terrifiée de Frankie sur le palier.

81

Malgré sa nudité, Michelle se redressa d'un bond.

— Ne t'inquiète pas, mon chéri ! lui cria-t-elle. Vous faites erreur, dit-elle aux policiers. Laissez mes enfants tranquilles !

— Dis-lui donc de quel genre d'erreur il s'agit, Russo, dit un des deux policiers qui maintenaient Frank.

— Touchez pas à ma femme, bande d'enculés ! répéta Frank après avoir lâché une bordée de jurons que Michelle n'avait jamais encore entendus sortir de sa bouche. Foutez la paix à mes gosses !

Deux policiers levaient Michelle de force. Frank les traita pour la deuxième fois d'enculés, et l'un d'eux lui lança un coup de genou dans le bas-ventre. Plié en deux, il s'écroula sur le lit en hurlant de douleur.

— Maman ! Maman !

Les appels de Jenna s'étaient joints à ceux de Frankie. Des coups sourds et des bruits de chutes d'objets lourds résonnaient au rez-de-chaussée. Pookie quitta la pièce en courant entre les jambes des hommes. Michelle tremblait comme une feuille.

— Rattrapez ce maudit cabot et donnez à cette femme quelque chose à se mettre sur le dos, nom de Dieu ! ordonna un policier en civil qui entra à ce moment-là.

— La pute du dealer, on l'emmerde ! rétorqua un de ses collègues.

Toujours nu comme un ver, Frank se jeta de nouveau sur les policiers, tandis que les deux qui tenaient Michelle l'entraînaient sur le palier après lui avoir jeté une couverture sur les épaules.

— Emmenez-la ! dit le policier en civil qui paraissait être le chef. Et faites venir McCourt. Il faut une femme en permanence avec elle.

— McCourt s'est déjà chargée des enfants, répondit un autre.

— Arrêtez, de grâce ! supplia Michelle. Où sont mes enfants ?

— Où emmenez-vous mes gosses, bande de fumiers ? cria Frank.

— Allez chercher McCourt ou une autre, nom de Dieu ! fulmina l'homme en civil. Il devrait y avoir deux policières !

Michelle se sentit brutalement poussée sur le palier. Elle résista de son mieux : où étaient ses enfants ? Elle ne bougerait pas tant qu'elle ne saurait pas ce qui se passait et ce qu'on leur faisait. Tout en s'efforçant de maintenir la couverture sur ses épaules malgré les menottes, elle s'accrocha à la rampe devant la chambre de Frankie. Par la porte ouverte, elle vit deux policiers qui fouillaient la pièce sans ménagement, jetaient des jouets par terre, soulevaient le matelas du lit, ouvraient les placards. Une femme en uniforme franchissait la porte avec Frankie, le visage ruisselant de larmes.

— Maman ! Ils ont laissé Pookie sortir de la maison ! cria-t-il.

— Avancez, ordonna un policier en poussant Michelle par l'épaule. McCourt, restez avec elle. Johnson s'occupera du gamin.

— Non ! cria Michelle en se penchant vers Frankie sans lâcher la rampe. C'est moi qui m'en occuperai !

— Pas question, déclara le policier derrière elle.

Il la poussa plus fort d'une bourrade qui la déséquilibra. Michelle tomba à genoux. Frankie se mit à sangloter. Jenna apparut à son tour sur le seuil de sa chambre.

— Ils ont éventré Pinkie, mon lapin ! gémit-elle.

Dans sa chambre, deux policiers commençaient à tout détruire systématiquement.

— Levez-vous ! ordonna une voix à Michelle.

Une autre policière arriva à ce moment-là, prit Jenna par le bras et l'entraîna vers l'escalier. En passant devant Frankie, qui se débattait désespérément contre McCourt, elle lui lança un regard apitoyé.

— Donnez-le-moi, je m'en charge aussi, dit-elle à sa collègue. Calmez-vous, poursuivit-elle à l'adresse de Michelle. Dites à vos enfants de descendre, tout ira bien. Nous allons tous descendre.

Incapable de parler, Michelle hocha la tête. Mais le spectacle de désolation qui l'attendait en bas lui fit pousser un nouveau cri de détresse. Son splendide living n'était plus qu'un champ de ruines. Des hommes jetaient les livres par terre, éventraient les coussins, arrachaient la moquette. Son beau vase de Lalique gisait en miettes au milieu d'une mare d'eau et de fleurs piétinées.

On lui enleva les menottes pour lui faire endosser un manteau avant de les lui remettre.

— Attention au verre cassé, les enfants sont nu-pieds ! eut-elle la force de crier.

— Mettez-leur des chaussures, ordonna un homme.

Frank, le visage ensanglanté, dévala l'escalier entre deux policiers et fut poussé dehors, entouré d'une horde d'hommes en uniforme.

— Ne t'inquiète pas ! eut-il le temps de lancer à Michelle. Ils me le paieront, je te le garantis !

— Faites monter les enfants en voiture et conduisez-les au centre d'accueil de l'Assistance publique, ordonna le policier en civil.

— Non ! protesta Michelle. Je ne sais pas ce que vous nous voulez, mais je refuse d'être séparée de mes enfants ! Est-ce que je peux au moins les confier à une voisine ?

— Désolé, c'est impossible. Vous, là, habillez-la et mettez-la dans ma voiture. Gardez-la séparée de Russo.

La fureur surmonta un instant la panique de Michelle.

— Mais enfin, qu'est-ce que tout ça signifie ? cria-t-elle. Ce que vous faites est illégal ! Je n'y comprends rien ! Et d'abord, ajouta-t-elle en se rappelant tout à coup les séries télévisées, j'exige mes droits !

— Et merde, il ne manquait plus que ça ! fit derrière elle une voix excédée. Vous avez le droit de garder le silence. Vous avez le droit...

La litanie débitée sur un ton monocorde sortait tout droit d'un mauvais film policier. Michelle se demanda une nouvelle fois si elle rêvait ou si ce cauchemar lui arrivait vraiment. Pendant ce temps, on lui mettait de force des chaussures et elle se sentit poussée dans l'air froid du petit matin. Les enfants étaient déjà partis, mais un attroupement se formait devant la maison. Les voisins étaient tous là, ou presque. Et une foule d'inconnus. Mais à quoi rimait tout cela ?

Un crépitement de flashes salua son apparition dans la rue. Qui pouvait bien prendre des photos ? La presse était déjà au courant ? Elle eut le temps de voir ses meubles de jardin sortis du garage et jetés au hasard, entre les voitures de police qui avaient labouré sa pelouse. Plus loin dans la rue, des lumières s'allumaient aux fenêtres, les curieux continuaient à s'attrouper. Michelle crut reconnaître Jada dans la foule, mais, avant qu'elle ait pu s'en assurer et lui faire signe, elle fut poussée brutalement dans une voiture qui démarra aussitôt.

Chapitre 9

Dans lequel Jada, déjà débordée,
s'impose un surcroît de travail.

Jada était assise à son bureau derrière la porte close. D'habitude, quand elle devait travailler le samedi matin, elle la laissait ouverte pour garder un œil sur ce qui se passait dans le hall de la banque. Ce jour-là, toutefois, elle était loin de son état d'esprit habituel. Vers la fin de la nuit, elle avait vu de sa fenêtre une véritable armée de policiers bouleverser la vie de sa meilleure amie. Effarée, elle avait réveillé Clinton, enfilé un manteau et couru chez les Russo, où elle était arrivée au moment où une femme en uniforme entraînait les enfants vers une voiture de police. En réponse à son cri d'encouragement, Jenna avait levé les yeux, mais Frankie semblait en catalepsie.

Les enfants partis, Jada avait observé autour d'elle les visages fermés ou hostiles des badauds, accourus de toute la rue et même des rues adjacentes. S'il avait fait plus froid, auraient-ils mis le même empressement morbide à venir se repaître de la tragédie de Michelle ? s'était-elle demandé, écœurée. Les rumeurs malveillantes commençaient à circuler. « Il dirige un réseau pédophile », avait déclaré avec assurance M. Shriber, le voisin mitoyen des Russo. « Pas étonnant ! avait renchéri son épouse, une petite femme boulotte que Jada

86

trouvait jusqu'alors plutôt sympathique. Il y a toujours des tas de gosses chez eux. — Parce que leurs enfants ont beaucoup d'amis, l'avait sèchement rabrouée Jada. Et parce que Michelle les laissait jouer sur sa pelouse. Vous devriez surveiller vos paroles si vous voulez éviter d'être poursuivis pour diffamation. » Les Shriber étaient connus pour leur attachement maniaque à la perfection de leur gazon. Ils avaient même porté plainte contre le facteur qui ne marchait pas toujours scrupuleusement sur le cheminement dallé à travers la pelouse.

Ne comprenant pas ce qui justifiait un tel branle-bas, Jada avait tenté de se renseigner auprès des uns et des autres, mais sans succès. C'était l'absence d'une ambulance qui l'inquiétait le plus. Finalement, après avoir vu Michelle emmenée menottes aux poignets, elle avait réussi à interroger un policier noir — l'un des deux seuls parmi les dizaines d'agents présents sur les lieux.

— Drogue, avait-il répondu. Un gros trafiquant.

Jada en était restée bouche bée. Elle l'était encore le lendemain matin dans son bureau sans pouvoir se concentrer sur le rapport ouvert devant elle. Un trafic de drogue dans sa rue si paisible — et son amie s'y trouvait mêlée ! Non qu'elle ait cru un instant que Michelle soit coupable ni même au courant des agissements, réels ou supposés, de son mari. Mais que des Blancs aisés comme les Russo, propriétaires de leur maison, puissent être traités avec une telle brutalité et offerts en pâture à la malveillance du public dépassait son entendement.

Ce matin-là, en passant devant la maison, elle avait vu deux des chaises de la salle à manger, auxquelles Michelle tenait comme à la prunelle de ses yeux, éventrées et jetées sur la pelouse avec d'autres meubles et objets familiers. Ce spectacle de désolation lui avait fait une épouvantable impression, comme si elle avait vu des cadavres. Elle savait avec quel soin Michelle cirait et astiquait ces chaises. Elle était avec elle le jour où elle avait choisi le tissu pour les tapisser, un tissu maintenant lacéré dont les lambeaux battaient au vent, aussi pitoyables que des ailes d'oiseaux morts.

En rentrant chez elle, Clinton se tenait devant la porte d'entrée, le bébé dans les bras. Il s'était contenté de la réprimander sans même lui poser une question :

— Tu n'aurais pas dû y aller.

Jada avait d'abord cru qu'il lui reprochait d'avoir agi par curiosité malsaine, comme les autres.

— Pourquoi ? avait-elle répliqué. Michelle est ma meilleure amie. Je voulais voir si je pouvais me rendre utile.

— Je ne veux pas que nous soyons mêlés de près ou de loin à cette affaire. Frank Russo a toujours été un magouilleur. Comment crois-tu qu'il a décroché tous ces marchés publics ?

Depuis des années, Clinton détestait Frank Russo. Jada n'avait jamais su au juste si c'était par jalousie, puisque Frank réussissait là où Clinton avait échoué, ou si Clinton savait quelque chose de précis.

— Il ne s'agit pas de corruption sur des marchés publics, avait-elle répondu, mais de trafic de drogue.

— Cet enfant de salaud gagnait son fric avec de la drogue ? avait explosé Clinton. Le fumier ! Je t'avais pourtant dit de ne pas t'acoquiner avec ces gens-là. Les flics vont rappliquer tout à l'heure pour nous cuisiner, tu peux y compter ! Pour eux, s'il y a de la drogue, il y a des nègres dans le coup, c'est du tout cuit ! Nom de Dieu ! Ce salopard de petit Rital nous plonge dans la mélasse !

L'éclat de Clinton avait réveillé la petite Sherrilee.

Jada la prit dans ses bras et s'engagea dans l'escalier pour aller la recoucher.

— C'est sa propre famille qu'il met en danger, pas la nôtre, avait-elle rétorqué sèchement. Si Frank était un Noir, tu ne croirais pas à l'accusation, tu dirais qu'il est victime d'un coup monté. Nous ignorons tout de cette histoire. Attendons de savoir avant de juger.

Michelle n'était pas venue travailler le lendemain, bien entendu. Jada n'avait rien dit aux employés de ce qu'elle avait vu pendant la nuit. Elle avait téléphoné aux commissariats de police et au tribunal, vérifié deux fois sur son répondeur si par hasard Michelle lui avait laissé un message. Sans résultat.

Anne, sa secrétaire, frappa deux coups brefs et entra, les yeux si écarquillés par la curiosité qu'ils paraissaient près de tomber de leurs orbites et à rouler par terre comme des billes. Elle était munie d'un journal, non pas le *New York Times* ou le *Wall Street Journal* que Jada parcourait tous les matins pour les nouvelles économiques, mais la feuille de chou locale qu'elle étala sur le bureau.

— Vous avez vu ? demanda-t-elle d'un air gourmand.

Jada soupira, agacée. On pouvait faire confiance à Anne, confite dans l'envie, pour se réjouir des malheurs d'autrui.

À la une du tabloïd s'étalaient une photo de la maison des Russo, un gros plan du visage de Frank, tuméfié et ensanglanté au cours de son interpellation musclée, et une autre de Michelle, les menottes aux poignets, sous une manchette qui barrait toute la page :

GANG DE LA DROGUE : ARRESTATION DU SUSPECT N° 1.

— Qu'est-ce que vous en dites ? jubila Anne.

Jada chiffonna rageusement le journal qu'elle jeta dans sa corbeille à papier.

— J'en dis que c'est scandaleux ! Pourquoi ne pas écrire tout de suite « coupable » au lieu de « suspect » ? Cet homme n'est encore ni jugé ni condamné. La presse va beaucoup trop loin. Quand Michelle reviendra travailler, j'espère que vous vous rappellerez tous qu'elle n'est ni soupçonnée ni encore moins accusée de quoi que ce soit. Et maintenant, vous n'avez vraiment rien de mieux à faire ?

Après le départ de la secrétaire, Jada alla faire un tour dans le hall de la banque, parla aussi naturellement qu'elle en était capable à quelques employés, salua un client important. Puis, de retour dans son bureau, elle ferma de nouveau la porte, sortit le journal de la corbeille, le défroissa de son mieux et lut l'article. Malgré les efforts du journaliste pour faire de la prose à sensation, la perquisition n'avait révélé aucune cache de drogue, et il fallait admettre que la police avait fait preuve d'une incroyable brutalité tant envers la maison de Frank qu'envers son visage. Depuis le vote récent d'une loi accordant des gratifications dans le cadre d'arrestations pour trafic de drogue et blanchiment d'argent, il est vrai, la police arrêtait à tout-va. Jada savait aussi, par expérience, que la prospérité provoque la rancune et que Frank avait dû se faire quelques solides inimitiés parmi les fonctionnaires locaux.

La sonnerie du téléphone l'arracha à ses sombres réflexions.

— C'est Michelle, annonça Anne, aussi haletante que si Al Capone lui-même était revenu de l'au-delà pour affoler les banquiers.

Jada décrocha et vérifia qu'Anne raccrochait aussitôt.

— Tu es au courant ? fit la voix de Michelle.

Jada leva les yeux. Anne n'était plus à son bureau.

Peut-être écoutait-elle d'un autre poste, discrètement décroché.

— Tout le monde est au courant, mon chou. Où es-tu ?

— À la maison...

Un sanglot déchirant l'interrompit. Espérant qu'Anne ne l'avait pas entendu, Jada posa le téléphone par terre, tira sur le fil du combiné jusqu'à pouvoir tendre le bras pour ouvrir la porte. Anne et quelques femmes, qui parlaient à mi-voix en regardant sa porte, se détournèrent et se dispersèrent aussitôt. Aucune n'écoutait au téléphone.

— Oh ! Jada, c'est abominable, reprit Michelle en pleurant. La maison est... si tu voyais... Il faut que j'aille chercher les enfants. Ils ont passé la nuit dans un asile, tu te rends compte ?

La suite fut tellement noyée dans les larmes et les sanglots étouffés que Jada ne comprit presque rien. Elle crut entendre qu'il était question de Frank, d'une liste, d'un miroir et d'elle ne savait quoi.

— Domine-toi, Michelle, dit-elle en profitant d'une pause. Tout le gâchis que tu vois, tous ces objets cassés n'ont pas d'importance. Ce qui compte, c'est que les enfants n'aient pas souffert. Viens chez moi ce soir avec eux. Nous remettrons ta maison en état demain.

— Oh, Jada...

Un autre sanglot retentit dans l'écouteur, puis Michelle dit de nouveau quelque chose au sujet de Frank. Jada comprit que le moment serait mal choisi pour poser trop de questions.

— Où est-il ? se borna-t-elle à demander. Avec toi ?

— Non. On m'a empêchée de le voir, mais son avocat m'a dit qu'il rentrerait ce soir ou demain. C'est un cauchemar, Jada. Je n'arrive pas encore à y croire. Frank n'a rien fait de mal. Comment la police a-t-elle pu nous traiter avec cette sauvagerie ?

Les sanglots de Michelle redoublèrent. Jada sentit les larmes lui monter aux yeux.

— Michelle, écoute-moi. Pleure un bon coup. Ensuite, tu vas te laver la figure, te recoiffer et te ressaisir pour Jenna et Frankie. Veux-tu que j'aille avec toi les chercher ?

— Non, j'y arriverai toute seule. J'y arriverai, répéta-t-elle à voix basse, comme pour se donner du courage.

— Bon, écoute. Je quitterai le travail de bonne heure, je passerai acheter des pizzas et nous ferons une petite fête chez moi. Si tu veux, tu pourras rester dormir avec les enfants.

— Dormir ? J'en serais bien incapable !

— Tu as raison, le sommeil est une perte de temps, tout le monde le sait. Ça ira quand même ? ajouta-t-elle avec sollicitude.

— À peu près, compte tenu des circonstances... Jada ?

— Oui ?

— Merci. Je ne l'oublierai jamais.

— J'espère bien que si ! Tu vas me faire le plaisir d'oublier toute cette histoire dès qu'elle sera tirée au clair. Au fait, moi, j'allais oublier l'essentiel. Les enfants veulent-ils de la saucisse sur leurs pizzas ?

Chapitre 10

Dans lequel Angela n'émerge d'un profond sommeil
que pour se faire morigéner à tour de rôle
par son père et sa mère.

— Il va quand même falloir que tu te secoues, Angie !
lança Tony du pas de la porte. C'est malsain de rester
couchée là sans rien faire. Tu ne t'intéresses à rien. Tu
ne t'es même pas levée cette nuit pour voir ce qui se
passait.

— Qu'est-ce qui s'est passé ?

— Quoi ? Tu n'as pas entendu les sirènes des voitures
de police et le raffut au bout de la rue ? Tu n'as pas vu
l'état de la maison, les meubles jetés dans la rue ? Les
salauds ont tout ravagé.

Angela fit signe que non. Elle sortait à peine d'un
sommeil semi-comateux et ne comprenait pas un mot
de ce que lui disait son père. Elle s'en moquait d'ailleurs
éperdument.

— Voyons, Angie, il y a eu une véritable émeute cette
nuit à dix maisons d'ici. Mais, dis donc, ajouta-t-il d'un
air soupçonneux, depuis quand n'as-tu pas mis le nez
dehors ?

— Je sortirai tout à l'heure, répondit-elle pour éluder
la question.

En fait, elle n'avait pas bougé de la maison depuis
son arrivée et portait toujours le vieux survêtement de
son père.

— Ah, enfin ! Tu as un rendez-vous en ville ?

— Oui, avec maman, dit-elle sombrement.

Il vint s'asseoir sur l'accoudoir du canapé où Angela était toujours étendue.

— Elle est de retour ?

Sous son ton désinvolte, Angela discerna une réelle curiosité. Elle aurait juré que son père regrettait son divorce. Ses parents affectaient de ne plus s'adresser la parole. Mais si son père avait purement et simplement disparu des conversations de sa mère, Anthony Romazzano semblait toujours au courant des faits et gestes de Natalie Goldfarb.

— Tu ne vas pas te laisser embrigader, j'espère ? Je ne t'ai pas payé tes études de droit pour te faire exploiter par des parasites.

— Ce n'est pas toi qui as payé mes études, papa, lui rappela-t-elle.

Son père avait toujours eu de curieux rapports avec l'argent. Pauvre avant de s'enrichir, il s'était constamment efforcé de dissimuler le véritable état de ses finances à sa femme et à sa fille, qui ne lui accordaient d'ailleurs pas la moindre attention. Il était mortifié de ne pas pouvoir leur en imposer par sa fortune. Quelques récents revers ne l'empêchaient cependant pas de demeurer très à son aise.

— Je t'en prie, Angie. Tu pourrais entrer dès demain dans un gros cabinet d'avocats de Park Avenue. Veux-tu que je t'aide ?

— Park Avenue ne m'intéresse pas. Et tu m'aides déjà beaucoup. Tu as été un ange, dit-elle en l'embrassant sur la joue.

Gêné, Tony se donna une contenance en plongeant une main dans sa poche, dont il sortit une liasse de billets qu'il lui tendit.

— Écoute, tu es trop belle pour continuer à te négliger. Sors, va chez le coiffeur, fais-toi faire une manucure.

Angela accepta le cadeau. Elle n'en avait aucune envie, mais elle savait que c'était sa manière d'être gentil.

— Vas-tu aussi me dire de m'acheter un chapeau ?

Tony s'empressa de rouvrir son portefeuille :

— Tu veux un chapeau ? Je t'en achèterai autant que tu voudras.

— Non, papa, c'est une façon de parler. Les hommes ont longtemps cru que quand une femme était malheureuse, il lui suffisait d'acheter un chapeau pour se consoler.

— Quand cela ? demanda-t-il, incrédule.

— Jusque dans les années cinquante, je crois.

— Pas du tout ! J'ai bien connu cette époque. Ton grand-père n'a jamais dit à ta grand-mère de s'acheter un chapeau. Je ne l'ai jamais dit non plus à ta mère.

— Tu as bien fait, soupira-t-elle, cela t'a sans doute sauvé la vie.

Angela se laissa retomber sur le cuir chaud, poisseux de sa sueur. Elle devait au moins prendre une douche avant d'aller chez sa mère. Comme elle était partie sans rien et qu'elle préférait crever plutôt que de remettre la robe qu'elle portait pour cc dîncr fatidique, ce ne serait pas du luxe qu'elle s'arrête au centre commercial le plus proche acheter un jean et deux ou trois chemises. Mais elle se sentait vidée de ses dernières parcelles d'énergie. La seule idée de se lever, de conduire, de chercher une place de stationnement et de trouver le nouvel appartement de sa mère l'épuisait. Il fallait pourtant y aller, sa mère était son seul recours. Natalie Goldfarb lui dirait que faire, sinon Angela se voyait sombrer dans un désespoir sans rémission.

Son amie Lisa lui conseillait toujours de se tenir à l'écart, de ne penser à Reid que pour se rappeler à quel point sa conduite avait été impardonnable. Le conseil était plein de bon sens, Angela l'admettait si bien qu'elle se sentait gênée de pleurer chaque fois qu'elle lui téléphonait. Avec son père, elle ne pouvait pas pleurer, il était trop émotif. Ou bien il fondrait en larmes lui aussi, ou bien il menacerait d'aller tuer Reid de ses mains.

Son regard se posa sur les fleurs que son salaud de mari lui avait envoyées. Elle les avait mises dans un vase sans eau, si bien qu'elles étaient déjà aux trois quarts flétries. Ce bouquet était une image de sa propre vie, pensa-t-elle. Moi aussi, je me flétrirai avant l'heure, faute d'avoir été soignée comme il faut...

Elle dut replier les jambes pour laisser à son père la place de s'asseoir au bout du canapé. Il a fait la même chose à ma mère, se dit-elle quand il commença à parler :

— Écoute-moi, Angie, tu ne peux pas rester comme ça. Reid est un fumier d'enfant gâté, il l'a toujours été. Alors, tu dois reprendre le dessus. Il a eu tort de faire ce qu'il a fait, mais c'est de te l'avoir dit qui est inexcusable. Tu...

— Que veux-tu dire, au juste ? l'interrompit-elle, connaissant trop bien la double facette de la moralité de son père — comme de tous les machos. Autrement dit, poursuivit-elle, il pourrait s'envoyer toutes les femmes qu'il veut, ce serait parfait tant que je n'en saurais rien, n'est-ce pas ? Dieu merci, il s'est senti assez coupable, ou il a été assez stupide pour me l'avouer.

Sinon, je serais encore comme une idiote à vivre béatement dans le mensonge.

En cet instant, Angela n'éprouva plus que de la haine pour son père et les hommes en général. Tous des salauds, des égoïstes sans cœur ! Et Reid était le pire. Depuis qu'elle gisait sur ce canapé — combien de jours, déjà ? Cinq, six, sept ? —, elle avait rejoué dans sa tête toutes les scènes de sa vie entre sa première rencontre avec Reid et le jour de leurs noces. Fini. Envolé. Aussi vain, aussi inutile que ses souvenirs idiots de petite gourde naïve.

Une partie d'elle-même ne pouvait cependant pas se résigner à l'inéluctabilité de son malheur. Si Reid était mort, elle aurait repris le dessus en sachant qu'il aurait voulu qu'elle continue à être heureuse. Mais savoir que leurs vies poursuivaient leurs cours et que Reid se donnait du bon temps avec d'autres femmes la crucifiait. Qu'elle ait partagé avec lui des moments d'intimité dont elle se réjouissait seule alors qu'il était impatient de rejoindre la soprano du téléphone lui était insoutenable. Elle ne supportait pas sa propre bêtise, son aveuglement, sa crédulité. Son mariage n'avait été qu'une farce, un simulacre, sauf peut-être le premier mois. Elle n'avait vécu qu'une illusion.

Des larmes de honte et de rage lui montèrent aux yeux quand son père lui caressa un pied. Pourtant, au lieu de le repousser comme elle en avait envie, elle le remercia d'un sourire. Il l'aimait, il essayait de la consoler. Il avait quand même infligé à sa mère la même indignité que celle que Reid lui avait fait subir. Il était son père, bien sûr, mais aussi un homme comme les autres. La seule personne au monde qui puisse l'aider, c'était sa mère.

Le soudain élan de dégoût qu'elle éprouva donna à Angela enfin la force de se lever.

— Je vais voir maman, annonça-t-elle.

Elle espéra malgré tout ne pas l'avoir dit sur le ton d'une déclaration de guerre.

— Ce n'est pas en restant confite dans ta crasse et en t'apitoyant sur ton sort que tu t'en sortiras, Angie, déclara Natalie Goldfarb à sa fille assise en face d'elle.

Sur quoi, afin d'atténuer la dureté de ses paroles, elle lui caressa les cheveux.

— Pouah ! fit-elle en s'essuyant la main sur sa serviette. Ce serait parfait pour le moteur de ma Buick. Tiens, poursuivit-elle en lui tendant un tube de baume pour les lèvres, qu'Angela mordait jusqu'au sang depuis le début de la semaine. Je t'aime, ma chérie, ajouta-t-elle avec un soupir. Mais tu as toujours su au fond de toi-même que Reid n'était qu'un égoïste et un propre-à-rien. Que tu aies reçu un choc, soit, mais ne me dis pas que tu tombes des nues.

La mère et la fille étaient assises à la petite table de la minuscule kitchenette du studio exigu que Natalie sous-louait. C'était moins un logement qu'un débarras encombré de cartons, de livres et de journaux. On voyait dans un coin des chaises empilées l'une sur l'autre, un tapis roulé appuyé contre un mur, mais pas une photo ni un tableau. Angie se souvenait du nid douillet que Natalie avait créé pour sa famille, de la vie quasi conjugale qu'elle avait menée un temps avec son associée Laura après son divorce. Sa mère avait-elle abdiqué ? Ne savait-elle fonder un foyer que pour d'autres qu'elle-même ? L'endroit n'était pas vivable. Elle n'y trouverait pas un abri, en tout cas.

— Tu devrais travailler dans un refuge, déclara Natalie.

Tu verrais ce que subissent certaines de nos sœurs. J'étais en Inde il n'y a pas longtemps. Là-bas, quand un homme est lassé de sa femme, sa mère et lui l'arrosent de pétrole et y mettent le feu. Ils appellent cela un « accident de fourneau ».

— Charmant ! Je devrais donc être éperdue de reconnaissance parce que Reid ne m'a pas transformée en barbecue ?

Sans répondre, Natalie se leva, prit l'assiette de crudités à laquelle Angela n'avait pas touché et la posa sur l'évier.

— Tu ne veux rien d'autre ? Je crois qu'il me reste des sardines.

Angela fit un signe de dénégation. Elle n'avait pas fait un seul vrai repas depuis des jours, mais, quand elle se déciderait à manger, ce ne serait pas quelque chose d'infect, pensa-t-elle tristement. Sa mère ne se rappelait même pas qu'elle avait toujours détesté les sardines ! Elle se sentit tout à coup redevenir enfant, aussi vulnérable que lorsqu'elle s'était perdue au zoo sans savoir comment rentrer chez elle. Elle avait alors décidé de s'asseoir sur une grosse pierre et d'attendre de grandir, parce qu'elle ne savait pas comment se recréer seule un foyer. Quand sa mère l'avait retrouvée, elle n'avait pas pleuré. Elle s'était juste dit qu'elle avait beaucoup de chance.

Depuis, sa chance avait tourné. Si elle était restée assise sur sa pierre en attendant de grandir, elle n'aurait toujours pas su comment se créer un foyer. La somme d'efforts et de soins dépensée en pure perte dans l'aménagement de son bel appartement de Marblehead, le choix des rideaux, des meubles, du lit, le rangement de la vaisselle dans les buffets, tout l'avait enchantée sur le moment, mais tellement vidée de son énergie qu'elle se savait désormais incapable de recommencer.

Était-elle condamnée à vivre dans un endroit aussi lugubre ? se demanda-t-elle en regardant autour d'elle. Une pièce sans âme avec quelques boîtes de conserve dans le placard ? Naguère encore, sa mère savait mener une maison digne de ce nom, préparer de bons repas. Que lui était-il arrivé ? Était-ce ainsi que devaient vivre toutes les femmes quand elles ne vivaient plus pour d'autres qu'elles-mêmes ? Ou bien sa mère souffrait-elle plus que ce qu'elle montrait ? Sa rupture d'avec Laura l'avait-elle traumatisée à ce point ? Quelles que soient les réponses, il était cependant évident qu'il n'y avait pas de place ici pour Angela. Le studio n'était pas un lieu de vie, ni pour sa mère ni encore moins pour elle. Angela ferait aussi bien de chercher une grosse pierre pour s'asseoir dessus et attendre.

Attendre quoi ? Son malheur lui retomba dessus comme un mur de brique, et elle se remit à pleurer, puis à sangloter sans pouvoir se dominer. Une seconde plus tard, Natalie la prit dans ses bras.

— Ma chérie, mon pauvre bébé, dit-elle en caressant ses cheveux gras. Tu l'aimais vraiment à ce point, cet imbécile ? Pleure aussi longtemps qu'il le faudra, d'accord. Mais cela ne te ferait pas de mal, je crois, de commencer par penser d'abord à toi. Veux-tu que je prenne rendez-vous pour toi avec mon coiffeur ? Il est parfait.

— Ce n'est pas un brushing qui résoudra mes problèmes, maman.

— Je sais, mais c'est un début. Au fond, ce job à Needham ne t'a jamais vraiment plu. Tu ne l'avais pris que pour être près de Reid.

Angela ne se souvenait pas de ses raisons exactes à

l'époque, elle savait simplement que le poste n'avait pas été facile à décrocher et qu'elle avait eu du mal à obtenir un mois de congé. Elle n'était pourtant prête ni à retourner à son bureau ni à démissionner. Le dos rond, elle s'apprêta donc à subir le sermon trop prévisible.

— Pourquoi ne laisses-tu pas tomber les testaments et les fonds de placement de ces clients riches et prétentieux ? Tu devrais venir travailler avec nous.

Natalie dirigeait un service d'assistance juridique pour les femmes en grande difficulté, hors d'état de payer les honoraires d'un avocat pour se sortir de situations, souvent inextricables, allant de divorces catastrophiques à des problèmes d'immigration ou même au harcèlement sexuel. Angela ne se voyait pas consacrer son temps à consoler des femmes déprimées, elle l'était trop elle-même.

— Je ne peux pas, répondit-elle, moins rebutée par la perspective même que par le snobisme latent de sa réaction de rejet. Je ne suis pas inscrite au barreau dans cette juridiction.

Sa mère déboucha une bouteille de vin et remplit deux verres à moutarde décorés de dinosaures bleus.

— Cela ne t'empêche pas de boire quelque chose. Écoute-moi, Angie. Serais-tu plus avancée en retournant sur la scène du crime ? À quoi bon reprendre une existence égoïste, dans laquelle tu ne te soucies que de ton plaisir ou de tes peines ? Cela ne te mènerait à rien, crois-moi. Viens avec nous, nous nous chargerons de te faire inscrire au barreau. Nous aidons en permanence une centaine de pauvres femmes affligées de problèmes si dramatiques que ta mésaventure avec Reid te fera vite l'effet d'une aimable plaisanterie. Quand je pense, par exemple, au cas de cette femme de quatre-vingt-deux ans expulsée de...

101

— Non, maman, je ne veux pas entendre parler de ses souffrances, les miennes me suffisent ! s'écria Angela en buvant une gorgée de vin.

Elle voulait que sa mère l'aide à retrouver sa joie de vivre, pas qu'elle lui propose une vie nouvelle sans aucun attrait, plus déprimante que celle d'une assistante sociale.

— Tu crois sans doute que je ne comprends pas ? Bien sûr que si ! Tu n'es capable que de penser à lui. De te dire qu'il ne s'est peut-être rien passé, de lui chercher des excuses et, si tu n'en trouves pas, de penser que c'était peut-être ta faute, ce qui te permettrait de l'excuser. De te forcer à croire que ce qui s'est passé une fois ne se reproduira peut-être plus. Oui, ma petite, je sais exactement ce que tu penses. Mais les pensées de ce genre sont celles d'un rat piégé dans un labyrinthe où il cherche la petite pédale sur laquelle il doit appuyer pour recevoir la dose de cocaïne dont les savants le gratifient à la fin du test. Tu es obsédée par ton futur ex-mari parce que tu espères encore qu'il te gratifiera d'une dose d'affection. D'une dose de sexe.

Angela se détourna. Sa mère avait peut-être raison, mais ce n'était pas de raison qu'elle avait besoin en ce moment.

— Tu crois que sans cela tu ne peux plus continuer à exister, que tu es prise au piège. Eh bien, je te dis, moi, que l'amour n'est qu'une drogue qui entretient tes illusions. Qui t'isole de la vie réelle, de l'amour vrai comme celui qu'on éprouve pour un ami, pour Dieu, pour un animal. Même pour un homme, cela peut arriver. Être amoureuse t'a amenée à adorer le « Prince Reid », à en faire une fausse idole dans le temple que tu lui as toi-même bâti. Tu n'as passé qu'un an de ta vie avec lui, Angie. À vingt-huit ans, tu es encore jeune. Tu as le temps de retrouver un homme plus tard, si tu y tiens vraiment. Mais un homme valable, sur lequel tu puisses compter. Un homme qui aura des qualités solides, pas seulement le physique d'un Brad Pitt.

Angela se leva, prit son sac. Elle se sentait plus déprimée mais moins hystérique qu'avant. Natalie la serra dans ses bras. Incapable de lui rendre son étreinte, elle se laissa aller contre la poitrine de sa mère. Au fond, c'était exactement ce qu'elle voulait : se fondre, s'évanouir, se perdre à jamais dans le cocon du néant.

— Veux-tu rester coucher ? Je peux déplier le lit de camp dont je me sers quand je dois passer la nuit au centre.

Angela se retint à grand-peine de frémir. L'idée de dormir sur une couche vouée aux misères humaines dans cet entrepôt sinistre lui fit paraître le canapé de son père sous son hideux plafond floqué comme une annexe du paradis terrestre.

— Non, merci, répondit-elle. Je vais très bien.

— Hmm ! fit Natalie. Si toi tu vas très bien, moi je suis maigre comme un clou.

Angela réussit à esquisser un pâle sourire avant d'enfiler son manteau et de s'en aller.

Chapitre 11

*Dans lequel le dîner est servi accompagné
d'un ultimatum.*

Jada ramena les enfants seuls chez elle, sans Michelle qui devait aller chercher Frank. Quand elle ouvrit la portière, Jenna descendit d'une démarche aussi lente et pesante que si son corps de douze ans était devenu du jour au lendemain celui d'une vieille femme. Mais, au moins, elle bougeait. Frankie, lui, était paralysé. Le traumatisme des dernières vingt-quatre heures l'avait transformé en bloc de pierre ou de glace, au point que Jada dut le prendre dans ses bras pour le soulever de la banquette et le porter jusqu'à la maison.

Au regard que Clinton lui décocha quand elle entra dans la cuisine, Jada comprit qu'elle devait se préparer au pire, mais elle feignit de ne rien remarquer. Elle avait pour objectif de créer une atmosphère de retour à la normalité. Comme elle ne prêtait en temps normal aucune attention aux humeurs de Clinton, mieux valait s'y tenir.

— Kevon ! Shavonne ! Devinez qui je vous amène ! cria-t-elle.

Si Shavonne était en froid avec Jenna ces derniers temps — parfois elles étaient les meilleures amies du monde, parfois elles se disputaient —, Kevon adorait Frankie. Il accourut donc à la cuisine et stoppa net à l'aspect de son ami, figé sur place comme une statue.

— Qu'est-ce qu'il a ? Il est pas bien ? dit-il sans baisser la voix, comme s'il croyait que Frankie, déjà muet, était aussi devenu sourd.

Jada sentait derrière elle le regard furieux de Clinton. Quel hypocrite ! se dit-elle, enragée. Toujours plein de compassion envers ses copains qui avaient des ennuis avec la police, il lui était même arrivé d'emmener les enfants leur rendre visite en prison jusqu'à ce qu'elle ait énergiquement mis fin à ce qui devenait une fâcheuse habitude.

— Il n'a pas couché chez lui, expliqua-t-elle, et il a mal dormi. Tu te rappelles ta nuit chez Billy ? Eh bien, c'était pire. Mais il va mieux maintenant. N'est-ce pas, Frankie ? dit-elle en le serrant contre elle.

Elle parlait en réalité plus pour lui que pour Kevon qui, Dieu le bénisse, tendit spontanément la main pour serrer celle de son ami.

— Allez, viens, dit-il. Coucher chez Billy, c'est pas la joie.

Jada comprit que Kevon croyait que Frankie avait passé la nuit chez son ennemi intime. Elle se garda de le détromper et se tourna vers Jenna, qui mâchonnait le bout d'une de ses mèches de cheveux.

— Maman va bientôt revenir ? demanda celle-ci.

— Elle dîne ce soir avec ton papa. Nous allons bientôt nous mettre à table. Shavonne ! appela-t-elle pour la deuxième fois. Tu viens ?

Shavonne arriva, le bébé dans les bras.

— Tiens, salut, dit-elle avec un détachement affecté. Je peux pas jouer avec toi ce soir, je m'occupe de ma petite sœur.

Jada eut envie d'étrangler sa fille.

— Jenna va t'aider, déclara-t-elle. Si vous faites du bon travail, je vous paierai toutes les deux au tarif officiel. Ne montez pas l'escalier avec la petite, ajouta-t-elle. Allez plutôt jouer avec elle au living.

Jenna suivit Shavonne en traînant les pieds. Jada les accompagna jusqu'au seuil de la pièce. *Sois gentille avec elle*, pensa-t-elle en espérant qu'elle entendrait son appel muet. *Ce n'est pas le moment de la snober.*

À ce moment-là, la petite Sherrilee eut un hoquet et vomit un peu de lait caillé sur l'épaule de Shavonne.

— Beurk ! fit Jenna, qui tenait de sa mère le gène de la propreté. C'est dégoûtant.

— Bof ! C'est rien. Tu devrais voir la roupie qui lui sort du nez quand elle est enrhumée.

Voyant la normalité reprendre ses droits par ce moyen détourné, Jada poussa un soupir de soulagement. Elle referma la porte du living, regagna la cuisine en évitant de regarder Clinton. Mais elle avait à peine entamé les préparatifs du dîner que celui-ci se leva de la chaise où il était resté vautré et s'approcha de Jada, non pour l'aider mais pour refermer derrière elle la porte du réfrigérateur contre laquelle il s'adossa afin de l'empêcher d'y revenir.

— Qu'est-ce que tu es en train de faire ? demanda-t-il.

— Le dîner que tu aurais dû préparer toi-même si tu avais de temps en temps l'idée de te rendre utile, répliqua-t-elle sèchement.

— Ne fais pas la maligne, tu as déjà fait assez d'idioties comme ça. Qu'est-ce que ces gosses viennent foutre ici ?

— *Ces gosses ?* Tu parles de Frankie et Jenna ? Ces *gosses* sont déjà venus chez nous et les nôtres sont tout le temps fourrés chez eux !

— Maintenant, c'est fini.

— Ah, non ! Ne commence pas, Clinton !

106

Elle n'était pas d'humeur à supporter des stupidités de ce genre. Ni ce soir-là ni jamais. Et surtout pas de la bouche de ce salaud et de ce propre-à-rien qui passait ses journées à sauter une autre femme !

— Tu n'aurais pas dû amener ces gosses ici.

— Et pourquoi ça, je te prie ?

— Parce que je ne veux pas qu'ils aient une mauvaise influence sur mes enfants.

— Ah ! Parce que ce sont *tes* enfants, aujourd'hui ? Comme si tu t'en souciais le reste du temps ! Depuis quand sont-ils *tes* enfants ? Est-ce qu'ils l'étaient hier soir quand Shavonne devait finir sa rédaction, ou avant-hier quand Kevon avait la colique ? Crois-tu sérieusement que Jenna soit un danger pour Shavonne, qui la rudoie honteusement les trois quarts du temps ? T'imagines-tu le pauvre petit Frankie capable d'influencer qui que ce soit dans l'état où il est ?

Elle traversa la cuisine d'une démarche saccadée par la colère et commença à mettre le couvert, sans que ses pas fassent grand bruit sur le contreplaqué recouvert de lino, Clinton ne s'étant jamais donné la peine de poser le carrelage.

— Tu as fini de débiter tes âneries ? Tu n'as rien compris à la situation. Premièrement, ce sont les enfants d'un trafiquant de drogue. Deuxièmement, si tu t'imagines que la police ne les surveille pas et ne prend pas note de tout ce qu'ils font...

— Ah, vraiment ? Si la police épie les moindres faits et gestes de Frankie, c'est un travail facile. Tu serais toi-même capable d'en faire autant, le pauvre petit ne fait strictement rien.

— Ne le prends pas de haut avec moi, Jada ! J'essaie de te faire comprendre qu'à Westchester un Noir n'a pas besoin d'être en rapport avec un trafiquant de drogue pour être mal vu.

— Un trafiquant de drogue ? Je sais que tu n'aimes pas Frank et que tu as toujours été jaloux de lui. Mais tu ne penses pas même une seconde qu'il est peut-être innocent ? À chaque fois qu'un de tes propres-à-rien de copains de White Plains se fait jeter en prison, tu me rebats les oreilles avec le racisme de la police et les erreurs judiciaires ! Et maintenant, ils auraient raison ? Ils n'ont pas découvert un gramme de drogue dans la maison, et je ne crois pas Frank assez idiot pour se lancer dans ce genre de trafic. Des pots-de-vin, oui, des marchés plus ou moins douteux, d'accord. Mais la drogue, non.

Jada avait élevé la voix malgré elle. Elle ne voulait pourtant pas que les enfants entendent, elle n'avait même pas souhaité avoir avec Clinton une telle conversation. Durant la brève pause qu'elle s'imposa, elle se demanda cependant si elle devait risquer de briser son ménage et de perdre sa famille pour sauver son amitié avec une Blanche qui n'en aurait sans doute pas fait autant pour elle.

— Tu connais Michelle, reprit-elle plus bas. Tu connais ces enfants. Tu sais combien Frank les aime. Alors, arrête, Clinton ! Fais preuve d'un peu de sympathie, d'un peu de compréhension. Aimerais-tu, toi, ramener tes enfants dans une maison saccagée par une horde de vandales en uniforme ? Michelle y est en ce moment, en train de pleurer toutes les larmes de son corps en s'efforçant tant bien que mal d'y remettre un peu d'ordre. J'irai l'aider après le dîner.

Clinton fit le tour de la table et happa le poignet de Jada, qu'il serra à lui faire mal.

— Je t'interdis d'y aller !

D'une secousse, elle se dégagea.

— Parle à ma main, dit-elle en lui montrant la paume, parce que mes oreilles n'entendent pas. Ça ne te dit rien, la présomption d'innocence, Clinton ? Ayons au moins un peu de charité chrétienne. Et ne sois pas hypocrite, je t'en prie, tu ne mets les pieds à l'église que pour y retrouver ta maîtresse.

— Allons, Jada ! Frank Russo est le genre de Blanc qui...

— La race n'a rien à voir là-dedans, Clinton ! l'interrompit sèchement Jada. J'ignore ce que Frank Russo a fait ou n'a pas fait. Tout ce que je sais, c'est qu'il ne court pas après tous les jupons qui passent sans se soucier de sa famille. Je sais qu'il ne va pas à son église comme il irait draguer dans un bar ! poursuivit-elle avec une rage croissante. Je t'ai laissé tout le temps qu'il fallait pour prendre ta décision et je suis fatiguée d'attendre ! Eh bien, puisque tu n'es pas fichu de te décider, je le ferai à ta place. Si tu retournes chez ta Tonya, Clinton, inutile de revenir ici. C'est compris ? Ma patience a des limites, tu les as dépassées depuis longtemps.

— Pas de menaces, Jada ! Tu n'as pas le droit de me déposséder de mes enfants. Tu ne voulais même pas de la petite.

Jada sursauta comme sous l'effet d'une gifle.

— Je te dis seulement de ne pas aller chez cette femme ! Je ne te dépossède de rien. Ou tu gardes ta famille, ou tu l'abandonnes.

Clinton s'approcha, les poings serrés. L'espace d'un instant, Jada eut peur de sa taille et de l'intensité de sa colère, mais elle espéra que sa crainte ne se voyait pas et elle se força à ne pas reculer.

— Je t'interdis d'aller ce soir chez ces gens-là ! gronda-t-il.

— De quel droit me donnes-tu des ordres ? riposta Jada. Donne plutôt leur dîner aux enfants. Rends-toi utile au lieu de brandir des menaces stupides ! J'écoute Dieu et la voix de ma conscience avant de t'écouter toi, ajouta-t-elle en se penchant vers lui pour lui montrer qu'elle n'avait pas peur. Michelle est mon amie, elle en ferait autant pour moi si j'étais dans la même situation.

Sur quoi Jada tourna les talons et sortit en claquant la porte dans la fraîcheur bienfaisante de la nuit.

Chapitre 12

Dans lequel Angela renonce à l'oisiveté et se découvre de nouvelles occupations.

Pour la première fois depuis près de quinze jours, Angela portait des vêtements normaux. Elle avait acheté pour la circonstance un de ces tailleurs bleu marine sans style qui constituaient l'uniforme du personnel féminin de son ancien cabinet. Au volant d'une voiture de son père arrêtée à un feu rouge, elle baissa les yeux sur son accoutrement et laissa échapper un soupir.

« Pour son bien », naturellement, sa mère avait exigé qu'elle se présente ce jour-là au Centre d'assistance juridique. Elle n'avait, à vrai dire, pas plus envie d'y aller que quoi que ce soit d'autre, mais elle était lassée de rester couchée sur le canapé à contempler le plafond floqué. Elle n'avait rien vu de bien à la télévision depuis plusieurs jours, il n'y avait rien de bon à manger chez son père — au point qu'elle en était arrivée à dévorer des biscuits diététiques. Elle était toujours malheureuse, mais elle devait aussi s'avouer qu'elle commençait à périr d'ennui. Alors, quand sa mère était revenue à la charge — « Il faut que tu fasses quelque chose ! Viens au moins nous rendre visite » —, Angela avait capitulé de guerre lasse. Mais c'était pour elle une corvée dont elle n'attendait rien.

Le parking en plein air derrière le bâtiment du Centre

n'avait pas la même allure que celui de son ancien cabinet de Boston. Là-bas, quand on ne louvoyait pas entre les Lexus ou les Volvo, on longeait des rangées de Jaguar, de Mercedes ou de BMW. Ici, on avait l'impression d'avoir changé de pays, sinon de planète. Le parc automobile était celui de gens ayant à peine les moyens de payer les traites de voitures d'occasion déjà largement dépréciées. La vieille Dodge paternelle ne jurait donc pas dans le tableau.

Angela passa entre des Ford rouillées, des Buick hors d'âge et des Chevrolet cabossées pour gagner le hall d'entrée de l'immeuble. Les bureaux du Centre étant situés au premier étage, elle prit l'escalier plutôt que l'ascenseur parce que ce serait le premier exercice de sa nouvelle vie. Elle arriva hors d'haleine en se disant, pour se rassurer, qu'elle venait de passer quinze jours sans lever le petit doigt.

Il fallait maintenant affronter Natalie. Sa mère avait toujours exercé sa profession au service des femmes en difficulté et, depuis son divorce, son enthousiasme pour la cause des femmes avait redoublé. Son exemple avait poussé Angela à embrasser une carrière juridique, bien qu'il soit souvent inconfortable d'avoir une mère dotée d'une conscience sociopolitique aussi envahissante. Soudain intimidée, Angela hésita avant de pousser la porte. Une réceptionniste noire lui demandait l'objet de sa visite lorsque, derrière elle, Laura Hampton, qui feuilletait un dossier, leva la tête. En reconnaissant Angela, elle sourit, contourna le comptoir et vint l'embrasser sur les deux joues.

— Te voilà ? Ravie de te voir.

Angela aimait bien Laura. C'était elle qui s'était occupée du divorce de sa mère avant de... s'occuper de sa mère. Les deux femmes avaient vécu près de cinq ans ensemble pour se séparer vers la fin de l'année précédente. Angela n'avait jamais osé demander pourquoi.

— Ta mère m'a dit ce que Reid t'a fait, poursuivit Laura en lui prenant les mains. Ma pauvre chérie, je suis désolée.

Angela se borna à répondre d'un signe de tête et regarda autour d'elle la salle d'attente où elles se trouvaient. Deux grosses femmes d'un certain âge étaient assises chacune à un bout d'un vieux canapé. De l'autre côté de la pièce, sur une chaise de bois dur, une Indienne en sari, d'une maigreur maladive, faisait tinter ses bracelets. L'atmosphère était pire que ce qu'Angela avait imaginé. Les trois femmes semblaient noyées dans leurs malheurs, mais Angela refusa de partager les siens et lança à Laura un regard expressif qu'elle comprit.

— Ta mère a dû aller au tribunal, mais elle n'en aura pas pour très longtemps. Elle sera sans doute revenue d'ici une heure. Viens.

Angela s'efforça en vain de sourire et suivit Laura dans un couloir jusqu'à une pièce exiguë éclairée par une imposte. L'ameublement se composait d'une batterie de classeurs métalliques, d'un bureau et de deux chaises qui occupaient pratiquement tout l'espace. Des liasses de papiers s'entassaient sur toutes les surfaces planes.

— C'est le bureau de Karen Levin-Thomas, une de nos avocates, expliqua Laura. Elle est à l'hôpital pour le moment et ne pourra pas reprendre son travail avant quelques mois. Installe-toi ici et jette donc un coup d'œil à ces dossiers en attendant ta mère.

Angela s'exécuta docilement. Le premier dossier qui lui tomba sous la main lui fit vite oublier le cadre déprimant où elle était. Une heure plus tard, elle essuyait ses larmes d'un revers de main mais, pour la première fois, elle ne pleurait pas sur son propre sort.

Elle versait des larmes de compassion sur le sort d'autres femmes mais, en même temps, sur un sentiment qu'elle avait du mal à définir. Elle avait l'impression que l'heure qu'elle venait de passer dans cette pièce en désordre avait duré des jours, des années, comme si elle avait eu le temps de partager la vie de ces inconnues. Chacun des dossiers parcourus l'avait frappée avec violence. Les tragédies qu'ils dépeignaient étaient plus affreuses les unes que les autres. Il y avait bon nombre de trahisons conjugales, bien entendu, mais ce n'étaient pas les pires. Dans la quasi-totalité des cas, les femmes étaient trahies par des hommes qui exerçaient sur elles un pouvoir — parce qu'elles en étaient amoureuses, ou parce qu'ils étaient leur patron, ou même parce qu'un tribunal les soumettait à ce pouvoir. Chaque dossier soulevait un problème, posait une question fondamentale à laquelle Angela n'avait pas de réponse — sauf une, peut-être : la raison de sa présence ici. Mais ils avaient tous un point commun : le système judiciaire semblait léser à plaisir les droits des femmes ou ne leur accordait aucune protection digne de ce nom. Ainsi, le cas de cette divorcée menacée, harcelée par un ex-mari violent en dépit de la condamnation qui lui avait été infligée, ou cette autre dépouillée de sa maison et forcée de vivre dans un refuge avec ses enfants tandis que le mari était parti pour le Canada après avoir dérobé tous les biens du ménage. Il y avait aussi des cas de pères indignes, ou de femmes âgées ruinées par de prétendus « conseillers financiers » véreux. Elles n'avaient pourtant pas toutes été défendues par des avocats incapables ou malhonnêtes, bien que ces deux catégories pullulent dans la profession. Alors ?

114

Toutes ces femmes avaient besoin d'aide, et Angela savait qu'elle était en mesure de la leur apporter. Cependant, elle s'était longtemps bouché les yeux sur ce sujet — pendant ses études, après ses diplômes, quand elle cherchait un job, au moment de ses fiançailles avec Reid. Sans rien ignorer des déprimantes activités de sa mère, elle refusait de se trouver entraînée dans sa lutte contre l'injustice. Elle n'aspirait qu'à mener sa petite vie paisible et égoïste, avec Reid de préférence.

Mais, puisqu'elle ne pouvait plus avoir Reid et son job prestigieux, pourquoi ne voulait-elle pas de celui-ci ? L'injustice la blessait profondément et, malgré tout, quelque chose la retenait. Et elle dut finir par s'avouer que, sous la pitié et la compassion, elle éprouvait une sorte de nausée — et que cette nausée était la peur. Les vies sinistres étalées dans ces dossiers pouvaient être à l'image de la sienne. Elle pouvait finir comme ces femmes, seule au monde et sans amour.

Des jours durant, elle avait repoussé la tentation d'appeler Reid. Elle avait imaginé mille raisons à la voix de soprano au bout du fil : Reid avait engagé une femme de ménage, il s'était réfugié chez ses parents et avait chargé une voisine d'arroser ses plantes, il avait retrouvé une cousine perdue de vue depuis des années, il sous-louait la moitié de l'appartement à un eunuque... Si absurde qu'aient été ces justifications, Angela voulait désespérément y croire.

Maintenant, cernée par ces dossiers qui résumaient des vies aussi vides et lugubres que l'était devenue la sienne, elle céda à l'impulsion de décrocher le téléphone et composa le numéro du bureau de celui qui était encore son mari. Alors même que la sonnerie bourdonnait dans l'écouteur, elle savait qu'elle devait raccrocher et appeler Lisa, qui la ramènerait à la raison. Mais elle en était incapable.

— Andover & Putnam, annonça la voix de la standardiste.

— Reid Wakefield, s'il vous plaît.

Le seul fait de prononcer son nom à haute voix lui donna des frissons de la nuque au bas du dos.

Elle avait à peine fini de parler que la porte de son réduit s'ouvrit et Natalie apparut sur le seuil. Angela raccrocha précipitamment, comme si elle était prise sur le fait en train de commettre un péché mortel. Elle se sentit rougir et espéra que, dans la lumière incertaine, sa mère n'avait rien remarqué.

— Tu t'amuses bien ? demanda Natalie.

— M'amuser ? Je suis bouleversée au point de ne plus voir clair, répondit-elle sans préciser les causes réelles de son trouble. Quand je pense au divorce de Caroline Stoyers ou à ce que les services de l'immigration ont infligé à cette malheureuse Vietnamienne...

— Tu n'as encore rien vu, l'interrompit Natalie en jetant sur le bureau un épais dossier devant elle. Si tu cherches des exemples d'injustice flagrante, jette donc un coup d'œil à celui-ci. Dommage que Karen soit tombée malade. Mais elle a de la ressource, elle reviendra à la fin de sa chimiothérapie.

— Et... que se passera-t-il d'ici son retour ?

Elle savait que sa mère lui tendait un hameçon auquel elle avait peur de se laisser prendre, c'est pourquoi elle avait si longtemps évité de se trouver dans cette situation.

L'expression de Natalie resta indéchiffrable.

— Tu sais, reprit Angela, depuis que papa et toi avez divorcé, j'ai toujours pensé que tu avais fait preuve de trop d'intransigeance. Je sais qu'il a eu des torts, mais je ne pouvais pas croire que toutes les femmes soient des victimes. En fait, je te croyais un peu... paranoïaque.

— Être paranoïaque, c'est connaître tous les faits, disait William Burroughs. Gentil petit bureau, non ? ajouta Natalie.

— Que me demandes-tu, au juste ? soupira Angela.

— Je te demande si tu accepterais de nous aider en nous donnant quelques heures de ton temps.

— Quelques heures ? s'écria Angela avec un rire sans gaieté. Ma vie entière ne suffirait pas à tout résoudre !

— Oh ! Il en faudrait bien davantage. En attendant, tu pourrais en mordre un petit bout. Juste de quoi t'occuper jusqu'à ce que tu te remettes sur pied.

Angela connaissait par cœur l'esprit de sa mère et sa stratégie tortueuse, mais elle accepta d'un signe de tête. Puisqu'elle ne pouvait pas retourner à Needham, pourquoi ne pas se rendre utile un moment ?

— Mettons-nous bien d'accord, précisa-t-elle. C'est juste un job temporaire. Juste le temps que je récupère.

Chapitre 13

Dans lequel Michelle fait le ménage.

À quatre pattes dans le living, Michelle ramassait à la
main les plus gros éclats de verre. Elle avait cessé de
pleurer depuis un bon moment déjà, après s'être vainement égosillée à appeler Pookie dans la nuit et avant de
se lancer dans l'entreprise surhumaine de remettre un
semblant d'ordre dans l'abominable capharnaüm
qu'étaient devenues les chambres des enfants. Elle avait
commencé le processus par l'élimination des débris
— six sacs poubelles grand format, bourrés de coussins
lacérés, de jouets en morceaux, de posters en lambeaux
et d'autres vestiges méconnaissables. Frank l'avait aidée
à redresser les lits mais, en piteux état lui-même avec
au moins une côte fêlée, il avait dû déclarer forfait et
aller s'étendre. Ni lui ni elle ne voulaient que les enfants
voient leur père ce soir-là ou même le lendemain. Il
avait une figure à faire peur, Michelle elle-même en
était effrayée. Elle avait mis de la glace sur ses ecchy-
moses, mais il était un peu tard pour ce genre de traitement. Frank resterait défiguré au moins huit jours.

Dans son humble posture, elle se vit en Cendrillon
— sauf qu'elle n'avait pas une bonne fée pour marraine.
Elle allait se relever quand elle vit briller un éclat de
verre sous le canapé et tendit la main, exactement le
même geste que celui qu'elle avait fait vingt-quatre

heures plus tôt pour ramasser un jouet de Frankie, lorsque sa maison était encore un modèle d'ordre et de propreté. De grosses larmes ruisselèrent à nouveau sur ses joues et, les deux mains pleines de verre brisé, elle ne pouvait pas les essuyer. À quoi bon, d'ailleurs ? pensat-elle avec un nouvel accès de désespoir. Elle pleurerait sans doute pendant des années. Elle se sentait plus assommée, plus désemparée que si elle venait d'être victime d'un accident de la route.

Dès la deuxième heure de sa garde à vue, Frank avait pu appeler un avocat qui avait obtenu la libération de Michelle et, au bout d'un long délai, celle de Frank. Ce Rick Bruzeman, petit homme sec et froid vêtu avec recherche, était efficace mais n'inspirait aucune sympathie à Michelle. Elle tentait de lui exprimer son indignation à l'égard du traitement que la police leur avait infligé, de lui dire que Frank et elle étaient innocents et que ce scandale devait être dénoncé par toute la presse quand il l'avait sèchement rabrouée : « Soyez tranquille, ce sera fait. Mais pas de cette manière. » Il paraissait ne pas même vouloir l'écouter. Peut-être avait-il entendu cent fois les mêmes propos dans la bouche de vrais coupables. En tout cas, il avait fait le nécessaire. Il était revenu la chercher, avait obtenu que les enfants soient confiés à leur mère et que la caution de Frank soit ramenée à une somme raisonnable avant de le faire libérer. Pourtant, par sa froideur et son insensibilité, il avait donné à Michelle l'impression d'être une criminelle endurcie, ce que la police elle-même n'était pas parvenue à faire.

Les mains pleines d'éclats de verre, les joues trempées de larmes, Michelle se redressa. La scène de désolation autour d'elle était insoutenable. Si les policiers cherchaient de la drogue ou quoi que ce soit d'autre, étaient-ils obligés de tout casser, de tout saccager ? En allant jeter le verre brisé dans la poubelle qu'elle avait mise au milieu de la pièce, elle marcha sur quelque chose qui crissa sous son pied et découvrit avec stupeur que c'était... du café moulu ! Un vandale avait ouvert ses paquets de café neufs et, non content de regarder leur contenu, les avait vidés sur la moquette. Pourquoi cette méchanceté gratuite ? se demanda-t-elle, accablée. Pourquoi les tableaux arrachés de leurs cadres et lacérés, le grand miroir au-dessus du buffet brisé, les étagères, les tiroirs vidés par terre, les sièges, les coussins déchiquetés ? Sa maison avait été systématiquement mise à sac, et elle se sentait elle-même violée, avec une brutalité dont elle ne comprenait pas la cause. Et ce que cette explosion de violence avait fait à ses enfants était inconcevable. Inexpiable.

Elle aurait dû rentrer les chaises de la salle à manger, jetées sur la pelouse comme des parents ivrognes pour mieux exhiber la honte de sa famille. Elle aurait dû aussi partir de nouveau à la recherche du pauvre Pookie, mais elle n'en avait pas le courage. Elle devinait tous les regards du voisinage braqués sur elle quand elle mettait le nez dehors. Et puis, de toute façon, il fallait nettoyer la maison, lui redonner un semblant d'ordre avant que les enfants puissent y revenir. Mais la tâche était tellement écrasante qu'elle ne savait plus par quel bout la prendre. Alors, plutôt que de sortir un nouveau sac poubelle du paquet, elle remonta l'escalier et alla dans sa chambre.

Frank gisait sur leur grand lit et semblait somnoler, un œil poché, le visage tuméfié. Michelle aurait dû le laisser récupérer, mais elle ne pouvait plus supporter sa solitude. Quand elle s'assit sur le lit à côté de lui, il ouvrit son œil valide et lui lança un regard si malheureux qu'elle fondit de nouveau en larmes.

— Oh, Frank... C'est horrible. Ils nous ont détruits.

Il tendit le bras droit et l'attira contre lui, sans pouvoir réprimer une grimace de douleur. Mais le contact de son bras sur ses épaules apporta à Michelle un début de réconfort.

— Non, ma chérie, ils nous ont agressés, pas détruits. Je ne sais pas qui a monté contre nous cette abominable machination ni pour quelle raison, mais je le découvrirai et je leur ferai payer, je te le garantis. Nous avons le meilleur avocat de la région. Ils n'ont rien trouvé ici, ils n'ont rien contre nous. Rien. Encore heureux que ces salauds n'aient pas caché quelque chose de compromettant pour nous coincer. Nous ferons un procès à la ville, au comté, à l'État, et ils nous le paieront, crois-moi. Fais une liste de tout ce qu'ils ont cassé et esquinté. Ils paieront, oui, ils paieront... Ils ne t'ont pas fait mal, au moins ? Ils ne t'ont pas touchée ?

— Non, non.

— Ils nous le paieront. Et j'en connais quelques-uns qui le paieront autrement, je te le jure.

— Mais pourquoi, Frank ? Comment ont-ils pu ?...

— Je n'en sais rien, ma chérie... je le découvrirai. Bruzeman a des relations. Il coûte cher, mais il en vaut la peine. C'est peut-être à cause de ce marché du centre commercial... Je ne sais pas. Mais ils ne nous ont pas détruits. Tu es sûre qu'ils ne t'ont rien fait ?

Michelle s'abstint d'exprimer l'antipathie que lui inspirait l'avocat.

— Non. À moi, rien. Mais à toi, Frank. Et aux enfants...

— Ces salauds corrompus nous le paieront, ma chérie.

— Ils ont démoli tous les meubles, Frank. Les fauteuils, les chaises, le canapé. La moquette est fichue et Pookie a disparu. Il ne répond pas quand je l'appelle. Et les voisins...

— Pookie reviendra, sois tranquille. Demain, tu achèteras de nouveaux meubles, tu entends ? Prends tout ce que tu veux, tout ce qu'on pourra te livrer immédiatement. Les meubles se remplacent, pas la famille. Et tiens cette liste à jour, note les moindres objets abîmés. Si nous restons unis, personne ne pourra rien contre nous. Tu sais bien que je ne toucherais à la drogue pour rien au monde, ma chérie, poursuivit-il en lui caressant la joue. Tenons-nous les coudes, on ne pourra rien contre nous, répéta-t-il.

Il se pencha vers elle, lui donna un baiser, lui appuya la tête contre son épaule et posa une joue sur ses beaux cheveux blonds, comme si leur contact soulageait sa douleur.

Michelle resta ainsi, puisant de nouvelles forces dans celle de Frank, jusqu'à ce qu'elle sente sa respiration devenir plus lente et plus profonde. Alors, un peu rassérénée, elle se leva et descendit tenter de remettre de l'ordre dans le chaos de sa maison.

En découvrant le champ de ruines et l'expression du visage de Michelle, Jada se retint de justesse de fondre en larmes.

— Seigneur ! s'écria-t-elle. Comment ont-ils pu faire cela à des Blancs ? Que Jésus nous vienne en aide.

— Si Jésus veut nous aider, dis-Lui qu'Il m'apporte un stock de sacs poubelles, répondit Michelle.

Jada ne releva pas la réplique irrévérencieuse et posa une des chaises de la salle à manger qu'elle venait de rapporter du dehors.

— Je vais chercher les autres.

— Aurais-tu vu Pookie du côté de chez toi ?

— Il n'est pas revenu ? Je l'ai vu hier partir en courant dans la rue, mais pas depuis. Les enfants vont être aux cent coups.

L'arrivée de son amie, sa sympathie, sa compréhension touchaient profondément Michelle. Elle savait quel courage il lui avait fallu pour braver les regards malveillants braqués sur la maison, même si la rue paraissait déserte. Chacun, dans le quartier, suivait avec une cupidité anxieuse les variations des cours de l'immobilier. La tumultueuse descente de police dans une des plus belles maisons de la rue ferait certainement baisser les prix. Moins que son moral, en tout cas. Michelle se demandait si elle pourrait jamais sortir dans son propre jardin, saluer d'un geste de la main ou d'un sourire M. Shriber qui faisait son jogging ou les voitures des voisins qui rentraient chez eux. Alors, pour Jada qui avait déjà eu toutes les peines du monde à faire accepter la présence de sa famille dans un quartier blanc, il fallait de l'héroïsme pour venir ouvertement chez des réprouvés tels que les Russo.

Michelle sentit sa gorge se nouer. Elle n'en attendait pas tant de la part de Jada et elle ne voulait pas lui montrer, en craquant devant elle, à quel point elle était abattue. Mais sans doute n'avait-elle pas à feindre. Le regard de Jada signifiait qu'elle avait déjà compris.

— Je suis désolée de t'entraîner dans cette histoire. Tu as assez de problèmes de ton côté.

— J'en ai ma dose, c'est vrai, répondit Jada en commençant à ramasser quelques débris.

Michelle eut des remords. Pour des problèmes, Jada en avait une bonne dose, en effet. Elle ne lui avait même pas demandé où en étaient ses rapports avec son mari.

— As-tu enfin pu parler à Clinton ?

— Oui. Je lui ai dit que s'il n'avait pas pris de décision d'ici la fin de la semaine, j'irais voir un avocat.

Michelle noua le lien de fermeture d'un sac poubelle plein et en déplia un autre.

— Oh, Jada !... Comment a-t-il pu te faire ça ? Il est devenu fou ou quoi ?

— Fou ? Tu devrais voir sa Tonya, elle le prend pour un trésor. Elle s'imagine peut-être capable de l'entretenir ! Avec ses accoutrements ridicules, elle n'est même pas fichue de s'entretenir elle-même. Cette idiote de Martiniquaise se prend pour l'impératrice Joséphine.

— C'est elle que j'ai vue une fois à la fête de ton église ? demanda Michelle avec incrédulité. Celle qui avait ce chapeau invraisemblable et les cheveux passés au henné ? Pas possible !

— Si. Et si je te dis que je ne suis pas jalouse, tu peux me croire sur parole. Je n'ai même plus envie de coucher avec lui, mais c'est malgré tout mon mari. S'il refuse ses responsabilités envers sa famille, qu'il décampe. Il a un mauvais goût, je n'en reviens pas ! J'ai eu beau essayer de l'éduquer pendant quinze ans, il est de nouveau mûr pour son ghetto.

— Comment as-tu trouvé les enfants ? s'inquiéta Michelle.

— Un peu secoués, admit Jada à contrecœur, mais il y a de quoi. Ce n'était pas une perquisition, ajouta-t-elle en regardant autour d'elle, c'était une expédition punitive.

— Pire. Tu aurais dû voir l'état de la maison avant que j'enlève les onze premiers sacs poubelles.

— Ces types étaient décidés à trouver quelque chose

et ils n'ont rien trouvé du tout ? Incroyable ! S'ils en faisaient autant chez moi, ils finiraient par dénicher des graines de marijuana oubliées depuis les années soixante. Je ne me serais jamais doutée que la police puisse traiter les Blancs de cette manière, ajouta-t-elle.

— Frank dit qu'ils voulaient sa peau.

— D'après la photo, ils l'ont eue.

— Quelle photo ?

Jada s'approcha, prit Michelle par les épaules.

— Peu importe. Je sais que tu n'es pas pratiquante, Michelle, mais dans des situations comme celle-ci, tout le monde a besoin de se tourner vers Dieu parce que c'est encore loin d'aller mieux.

— Moi, je me tourne vers Frank et les choses ne peuvent pas aller plus mal, répondit Michelle en montrant son living en ruine.

— Espérons-le, soupira Jada. Les gens sont souvent d'une méchanceté inimaginable et les juges peuvent être pires que les flics. Je connais plein d'innocents qui sont passés par là, crois-moi. Et même ceux qui étaient coupables ne méritaient pas d'être traités plus mal que de la crotte de chien.

Jada lâcha les épaules de Michelle, l'attira contre elle et lui donna sur le dos quelques tapes amicales.

— Bon, c'était mon idée d'un petit discours pour te remonter le moral, fais-en ce que tu veux. Maintenant, finissons de déblayer ce chantier avant le retour des enfants.

— Faut-il les envoyer demain à l'école ou les garder à la maison, le temps de récupérer ? demanda Michelle. Qu'en penses-tu ?

Jada se souvint d'Anne, sa secrétaire à la banque, et de sa curiosité morbide, pour ne pas dire du plaisir malveillant qu'elle prenait aux malheurs de Michelle.

— Les enfants peuvent être encore plus cruels que les adultes, tu sais, répondit-elle. Alors, puisqu'ils seront obligés d'affronter leur méchanceté, autant le faire le plus vite possible plutôt que de remettre au lendemain.

Chapitre 14

Dans lequel Jada rentre chez elle et Clinton vide les lieux.

Il était plus de trois heures du matin lorsque Jada rentra enfin chez elle, morte de fatigue. Michelle et elle avaient rempli plus de trente sacs poubelles, aspiré tout le rez-de-chaussée, lavé le carrelage de la cuisine, rangé les ustensiles récupérables, jeté la vaisselle en miettes. Si la maison n'avait pas retrouvé son aspect d'origine, du moins n'était-elle plus cauchemardesque.

Elle ôta ses chaussures, qu'elle laissa sur le paillasson près de la porte. Clinton n'avait jamais terminé le vestibule. Le sol de contreplaqué était resté veuf de son carrelage, dont les piles occupaient le long du mur l'espace réservé au placard à chaussures. Trop fatiguée pour fulminer une fois de plus devant cet exemple de l'incurie de Clinton, elle enleva son manteau, le jeta sur le dossier d'une chaise. Elle n'aspirait plus qu'à se coucher et dormir. Le nettoyage de la maison de Michelle l'avait épuisée, moins physiquement que moralement. En dépit de ses propres problèmes, elle pensait jusque-là que les autres menaient la vie paisible à laquelle elle parviendrait un jour. Quelle illusion ! Voir la maison de Michelle saccagée, son mari passé à tabac et ses enfants terrorisés lui faisait peur. Au début, elle avait été fière de Clinton. Il était pour elle un bâtisseur, un homme d'action sachant mener les hommes et les événements à sa guise. Maintenant, il ne faisait rien que détruire leur famille. Elle pouvait quand même remercier le Ciel, car les choses pouvaient toujours être pires, elle venait de le constater.

Jada monta l'escalier sans bruit et passa devant la chambre de la petite Sherrilee, la seule pièce de la maison que Clinton avait complètement terminée. Elle entrouvrit la porte, passa la tête pour vérifier si tout allait bien, mais le bébé n'était pas dans son lit. Clinton avait peut-être permis à Shavonne et Jenna de dormir avec elle dans leur chambre. Elle alla donc pousser la porte de Shavonne. Jenna était seule, couchée dans le grand lit double.

Bizarre, se dit-elle. Elles ont sans doute profité de mon absence pour se glisser toutes les deux dans mon lit, bien que Shavonne ait passé l'âge de le faire aussi souvent. À moins qu'elle ne se soit encore disputée avec Jenna ? Il y a là quelque chose qui cloche.

Elle poursuivit jusqu'au fond du couloir, ouvrit la porte de la chambre des parents. Là non plus, personne. Au milieu du lit vide, une feuille de papier attira son attention.

Jada,

Ma décision est prise : je te quitte et j'emmène les enfants. Tes horaires de travail incompatibles avec une vie de famille, ton attitude arrogante envers moi et ton amitié pour des gens indésirables me forcent à conclure que tu es non seulement une mauvaise épouse mais une mauvaise mère. Tu auras de mes nouvelles par mon avocat, George Creskin. Mes enfants m'ont dit qu'ils ne voulaient pas rester à la maison avec les enfants d'un trafiquant de drogue.

Clinton

Jada relut une deuxième, puis une troisième fois. À quoi rimait ce message ? Clinton n'avait jamais employé ce style. Était-il devenu fou ? Le cœur battant, elle courut à la chambre de Kevon, entrouvrit la porte. Seul, Frankie dormait dans la couchette du bas. Elle revint dans le couloir, ouvrit le placard à linge où étaient rangés les valises et les sacs à dos de la famille. Tous les bagages avaient disparu. Luttant contre l'affolement, elle entra dans la chambre de Shavonne, ouvrit la penderie : les trois quarts des cintres étaient vides. L'un après l'autre, elle ouvrit les tiroirs de la commode : vides eux aussi. En proie cette fois à une véritable panique, elle courut dans sa chambre, ouvrit les placards. Toutes les chaussures de Clinton, ses deux meilleurs costumes et son blouson de cuir brillaient par leur absence.

Il avait perdu jusqu'à la dernière miette de sens commun ! Il lui avait volé ses enfants ! Croyait-il qu'elle se laisserait faire ? S'imaginait-il qu'elle s'était démenée et tuée au travail tout ce temps pour le laisser détruire leur famille ? Et que ferait-il des enfants, maintenant qu'il les avait pris ? Il n'était même pas capable de s'occuper d'eux ici, à la maison ! Il n'avait nulle part où aller. Avec quoi paierait-il un hôtel, une baby-sitter ? Il n'avait pas un sou, pas de travail, rien ! Il était même brouillé avec sa mère depuis leur mariage.

Jada courut au bout du couloir mais, arrivée en haut de l'escalier, elle s'arrêta net, assommée. Une terreur plus écrasante que tout ce qu'elle avait connu jusqu'alors la frappa si fort qu'elle vacilla et dut s'asseoir sur la première marche. Qui pouvait-elle appeler à l'aide ? Que pouvait-elle faire ? Elle posa précipitamment une main sur sa bouche pour ne pas hurler. Il y avait encore deux enfants endormis dans la maison, même s'ils n'étaient pas les siens. Elle ne pouvait pas appeler la police, ce n'était pas de son ressort. Ni un avocat au milieu de la nuit. Elle n'en connaissait d'ailleurs aucun. Ses parents vivaient à la Barbade et ils étaient trop âgés pour subir un choc pareil. Alors, que faire ?

Paralysée, une main crispée sur un barreau de la rampe, Jada resta assise sur la marche d'escalier. Clinton n'avait pas le droit de lui faire une chose pareille. Il ne pouvait pas la haïr à ce point. Les enfants n'auraient sûrement pas quitté leur mère de leur plein gré. Les avait-il forcés à le suivre ? Leur avait-il menti ? Elle avait beau réfléchir, les idées les plus folles se bousculaient dans sa tête sans se remettre en ordre, sans lui apporter un éclair de lumière, un début de solution.

Seule une pensée surnageait, claire, aveuglante : son mariage était fini, sa famille brisée. Et Jada ne pouvait se raccrocher qu'à une certitude : elle retrouverait ses enfants, elle les sauverait et elle les ramènerait ici, à la maison. Elle avait sacrifié sa vie pour cette maison et ses enfants, personne ne les lui prendrait. Personne. Elle était encore assez forte pour engager ce combat et le gagner.

Mais à présent, dans le silence de la nuit, seule sur la première marche de l'escalier, Jada ne pouvait rien faire de mieux qu'appuyer sa tête en feu sur ses genoux repliés et sangloter sans bruit.

Chapitre 15

Dans lequel Angela fait un voyage plein de surprises.

— Si tu veux, je viens avec toi, insista Anthony en conduisant Angela à l'aérogare. Tu n'es pas obligée d'y aller, encore moins d'y aller seule. Je peux remettre mon voyage d'affaires, je serais enchanté de t'accompagner.

— Non, papa, il faut que j'y aille seule, répondit-elle en lui tapotant le bras. Maman aussi a proposé de m'accompagner, mais avec elle cela aurait pris des proportions et je préfère régler la question le plus vite possible. Je veux seulement récupérer mes affaires, tu sais, mes photos, mes robes. Reid peut garder la stéréo et le reste si ça l'amuse.

— Il sera là ? gronda Tony. Parce que si cet enfant de...

— Mais non, il ne sait même pas que je viens. Et je n'ai aucune envie de le voir, crois-moi, il est sorti de ma vie une bonne fois pour toutes. Ce qui m'intéresse, c'est d'avoir de quoi m'habiller, dit-elle avec un regard dégoûté à son vilain tailleur.

— Tant mieux. Tu t'es arrangée avec les déménageurs, comme je te l'ai dit ?

— Oui. Ce sont des indépendants qui font la navette entre Boston et New York avec un fourgon et des caisses. Ils déposeront mes affaires chez toi la semaine prochaine.

Anthony Romazzano embrassa maladroitement sa fille avant qu'elle ouvre la portière et mette pied à terre.

— Parfait, ma chérie. Tu ne veux vraiment pas une limousine à l'arrivée ? As-tu besoin d'argent ?

— Non, pas de limousine. Mais j'avoue que...

Elle n'aurait pas voulu accepter encore une fois de l'argent de son père, mais elle n'avait plus un sou. Tony lui tendit une liasse de billets ainsi qu'une carte de crédit déjà établie à son nom.

— Prends ça aussi, en cas de besoin, ajouta-t-il.

Angela l'embrassa par la vitre ouverte, les yeux humides.

— Merci, papa.

— Pas de quoi, grommela-t-il d'un ton faussement bourru. Tu reviens ce soir, n'est-ce pas ?

— Sans faute. Je laisserai un message sur ton répondeur pour te prévenir si je bois un verre avec Lisa avant de partir et si je prends la navette suivante.

En milieu de semaine à onze heures du matin, l'avion n'était pas bondé. Arrivée tôt, Angela put prendre un siège près d'un hublot et la place à côté d'elle resta libre.

Elle se demandait pourquoi elle se lançait dans cette sorte de cambriolage sans en avoir averti personne. Si elle ne voulait pas même toucher à ce qui appartenait à Reid, qui lui inspirait désormais une véritable répulsion, elle tenait à faire disparaître la moindre trace de son existence à elle dans l'appartement, afin de bien lui faire comprendre qu'elle était partie sans esprit de retour.

Elle avait toujours pensé qu'un endroit prend l'empreinte des personnes qui y vivent, même contre leur gré. La nouvelle maison de son père lui paraissait aussi lugubre que l'existence qu'il menait depuis son divorce, celle d'un homme dépossédé de sa famille. Le studio de sa mère lui semblait pire encore. Elle gardait un souvenir vivace de leur ancien appartement familial, lieu de vie chaleureux et accueillant où l'on trouvait à la cuisine des casseroles qui avaient une histoire, des coussins moelleux sur les sièges, des photos de famille et des souvenirs aux murs et sur les meubles. Elle avait voulu créer pour Reid une atmosphère similaire, mais sa tâche demeurerait à jamais inachevée.

Le nettoyage par le vide qu'elle comptait effectuer s'annonçait toutefois plus difficile qu'elle ne s'y était attendue. Comprenant qu'elle aurait besoin d'aide et que la seule personne sur laquelle elle puisse compter était Lisa, elle décrocha le téléphone logé dans l'accoudoir de son siège, y introduisit sa carte bancaire et composa le numéro personnel du bureau de son amie. Ce fut la boîte vocale qui répondit. Elle devait donc laisser un message en espérant que Lisa ne passait pas toute la journée au tribunal. Mieux valait ne pas appeler le standard et demander à une secrétaire de chercher Lisa, les langues devaient aller bon train au bureau et Dieu sait ce qu'on racontait sur son compte depuis sa disparition. De toute façon, elle ferait preuve de discrétion en évitant de se nommer. Lisa reconnaîtrait sa voix.

— Lisa, je ne sais pas quand tu écouteras ce message, mais j'ai un service à te demander aujourd'hui. Je te rappellerai d'ici une heure.

Après avoir raccroché, elle regarda distraitement les nuages par le hublot. La réserve de forces dans laquelle elle avait puisé pour entreprendre son expédition la déserta d'un seul coup. Sa tâche serait moralement beaucoup plus dure que ce qu'elle avait cru. Revoir leur appartement, leurs espoirs, leur lit... Dieu merci, elle aurait deux jeunes Irlandais musclés pour lui prêter

133

main-forte, de sorte que l'opération serait rapide. Avec un peu de chance, Lisa arriverait à temps.

Elle se dit alors que voir Reid une dernière fois lui permettrait de tourner la page, qu'elle se soulagerait en lui disant qu'il avait blessé à mort une partie d'elle-même. L'idée de le revoir lui donna un sursaut d'énergie nerveuse qui lui fit oublier son épuisement. Elle décrocha de nouveau le téléphone, composa le numéro en priant qu'il n'apparaisse pas sur le relevé. Si son père le voyait, il en piquerait une crise...

La secrétaire de Reid, Shirley, demanda qui elle devait annoncer. Pour la première fois, Angela remarqua qu'elle avait la voix haut placée mais, à la réflexion, la Soprano ne pouvait pas être Shirley, une vieille fille sans le moindre charme.

— Sa femme, répondit Angela le plus froidement qu'elle put.

— Ah..., fit la secrétaire.

Décontenancée, elle s'abstint sagement d'ajouter quoi que ce soit. Un instant plus tard, la voix de Reid résonna dans l'écouteur.

— C'est vraiment toi, Angie ?

— Oui.

— Grand Dieu, Angela, je n'espérais plus entendre ta voix. Je croyais que... D'où m'appelles-tu ?

— D'un avion.

Ces simples mots lui donnèrent une bouffée de confiance en elle. Quel chic d'annoncer qu'elle distrayait une minute de sa vie affairée pour l'appeler d'un avion ! Si seulement elle avait pu ajouter qu'elle était en route pour Rio, ou quelque endroit encore plus exotique...

— Merci de m'avoir appelé, Angie. Ce que j'ai fait

134

était inexcusable, je sais, poursuivit-il après une pause pendant laquelle elle l'entendit avaler sa salive.

Pourquoi cet imparfait ? faillit-elle riposter. Et ce qu'il faisait encore maintenant ? Malgré tout, elle se posa de nouvelles questions sur la voix de la Soprano avant de se ressaisir — mais à grand-peine.

— Oui, inexcusable, répondit-elle, tu m'as blessée plus profondément que personne ne pourra jamais plus me blesser. Tu n'aurais pas dû abuser de la confiance que j'avais mise en toi.

— Écoute, Angie...

Il parlait d'une manière qui n'appartenait qu'à lui, avec une touche de désir dans la voix. Aucun autre homme ne lui avait autant donné l'impression d'être belle et désirable. Savoir qu'elle ne connaîtrait jamais plus cette impression lui fut douloureux.

— Écoute, Angie, reprit-il. Cette conversation est peut-être la plus importante de notre vie. Je me rends compte à quel point j'ai eu tort de te dire ce que je t'ai dit. C'était idiot de ma part. Pourtant, je ne t'en ai parlé que pour effacer l'ardoise, pour t'avouer la vérité afin que tout soit net entre nous notre vie entière. Je te le jure, Angie.

Elle garda le silence, mais une larme s'échappa d'un de ses yeux.

— Tu es toujours là ? demanda-t-il, inquiet.

— Oui, parvint-elle à répondre sans trembler.

— Écoute, je t'aime, je t'aimerai toujours. Il n'arrivera plus jamais rien de semblable, je t'en donne ma parole. Ne me punis pas parce que je t'ai avoué la vérité.

Elle pensa qu'elle devait lui demander qui était la Soprano, qu'elle devait le maudire, lui raccrocher au nez. Qu'elle devait...

135

— Je t'en prie, Angie, ne me quitte pas. Reviens. Je t'en prie.

— L'avion va atterrir, il faut que je raccroche.

— Atterrir où ? Où arrives-tu ?

Elle perçut dans sa voix un désarroi évident. Ainsi, elle lui avait fait mal en l'abandonnant et en refusant de lui parler jusqu'à maintenant. Tant mieux, se dit-elle avec une bouffée de joie mauvaise.

— À Boston, admit-elle. Mais je n'y reste que quelques heures. Je compte passer par l'appartement chercher mes affaires.

— À Boston ? Écoute, Angie, je...

— J'espère que tu n'as pas d'objection à ce que je reprenne ma garde-robe, dit-elle aussi dignement qu'elle en était capable.

Sur quoi, elle raccrocha.

Angela refit son maquillage dans le taxi. Le visage qu'elle vit dans la glace de son poudrier ne lui déplut pas. De fait, sa cure de sommeil involontaire lui avait fait du bien et sa nervosité actuelle lui mettait du rose aux joues. Ses yeux bleus rehaussés d'un soupçon de mascara brillaient comme des étoiles. Elle prit dans son sac un tube de rouge foncé puis, à la réflexion, un autre plus clair. Ses cheveux, en revanche, étaient un vrai désastre et elle les rajusta de son mieux.

En débarquant à l'aéroport, elle avait appelé les déménageurs pour s'assurer qu'ils seraient à l'heure, puis laissé un autre message à la boîte vocale de Lisa afin de lui dire qu'elle se rendait à l'appartement. En un sens, elle souhaitait presque que Lisa ne vienne pas, car elle espérait sans se l'avouer que Reid se manifesterait.

La clé de l'appartement qu'elle tripotait nerveusement était chaude et moite de sueur dans sa main. Qu'était-elle en train de faire ? se demanda-t-elle avec une bouffée d'angoisse en regardant le triste paysage d'hiver qui défilait derrière la vitre du taxi. C'est de la folie pure ! Y avait-il une chance, même la plus minime, que Reid se rachète d'une manière ou d'une autre ? Elle savait maintenant qu'elle était capable de vivre sans lui, mais mal. Vivrait-elle mieux avec lui ? La question tournait dans sa tête à lui donner le vertige.

Elle se força à ne plus y penser. Il lui fallait s'en tenir à son plan et se contenter de récupérer ses affaires. Si Reid faisait une apparition, eh bien elle déciderait sur le moment quelle attitude adopter.

— Attendez, j'ai dû fermer à double tour sans le faire exprès, dit Angela à Sean et Thomas, les deux jeunes Irlandais chargés de son déménagement.

La porte résistait. La clé glissante de sueur lui échappait des mains. Elle se demanda si Reid n'avait pas fait changer la serrure, mais il lui en aurait parlé au téléphone.

Elle fit un nouvel essai. Son cœur battait la chamade. Elle était avocate, elle connaissait les lois. Ce qu'elle faisait n'avait rien d'illégal, se répéta-t-elle. Jusqu'à ce que le divorce soit définitivement prononcé, l'appartement et ce qu'il contenait lui appartenaient de plein droit autant qu'à Reid. Malgré tout, elle transpirait de plus belle, son estomac se nouait à lui donner la nausée. Pourquoi cette maudite porte refusait-elle de s'ouvrir ?

Elle se rappela alors que le vantail était un peu gauchi et qu'il fallait tirer pour dégager le pêne avant de pousser. Dès qu'elle eut effectué la manœuvre, elle entendit avec soulagement le cliquetis caractéristique de la serrure et la porte s'ouvrit sans effort.

— Voilà, ça y est ! annonça-t-elle en espérant que son accès de panique n'avait pas été trop évident.

Elle pénétra dans son living comme une étrangère en visite. Elle ne vit rien de changé, mais elle n'en avait été absente qu'une quinzaine de jours. Le canapé, la table près de la fenêtre, les autres meubles, elle les laisserait bien qu'elle en ait payé la moitié. Elle ne voulait prendre que ses objets vraiment personnels.

— Apportez quelques caisses pour les livres, dit-elle aux déménageurs en montrant les étagères. Videz celle-ci et celle-là, je reviendrai tout à l'heure pour le reste. Et apportez-moi aussi dans la chambre une ou deux caisses pour les vêtements.

Angela surprit le regard amusé qu'échangèrent Sean et Thomas. Peut-être était-ce la première fois qu'ils se rendaient de cette manière auxiliaires d'un divorce.

En entrant dans la chambre, elle s'étonna de trouver le lit défait. Avant, bien sûr, c'était toujours elle qui le faisait, mais elle croyait que Reid aimait l'ordre et la propreté. La pièce entière, en fait, avait l'air négligée, pas sale mais en fouillis, avec des vêtements par terre, des journaux et des magazines jetés au hasard. Mais ce fut plus encore l'atmosphère qui régnait dans la pièce, un sentiment d'hostilité presque palpable, qui frappa Angela. Cette chambre où elle avait été si heureuse lui paraissait menaçante, comme si elle y était une intruse. Tant de bonheur perdu et gâché à jamais...

Surmontant son malaise, elle fit du regard un rapide inventaire des objets qui lui appartenaient en propre et se mit à les rassembler : son parfum, les deux tortues de pierre que Reid lui avait offertes à Mexico, le vase de cristal sur la table de chevet. Sans toucher les draps, elle attrapa le coussin dont elle ne se séparait jamais depuis ses années de fac et faillit laisser tomber le reste. Sean

138

appelé à la rescousse apporta aussitôt une boîte où elle finit de placer ses bibelots. Dans la salle de bains, elle ramassa ensuite ses objets de toilette. Elle n'en avait ni besoin ni vraiment envie, mais pour rien au monde elle ne laisserait la Soprano — ou n'importe quelle autre qu'il prendrait à Reid la fantaisie d'amener ici — se servir de ses brosses ou de son sèche-cheveux !

Elle stoppa un instant devant la glace, répara son mascara qui avait un peu coulé au coin des cils, se donna un coup de brosse, rafraîchit son rouge à lèvres.

— Tu espères qu'il viendra, n'est-ce pas ? demanda-t-elle à son image dans le miroir.

Celle-ci fit un signe affirmatif.

— Tu es ignoble !

— Excusez-moi ? s'étonna Sean qui arrivait au même moment.

— Rien, rien, bredouilla-t-elle, gênée. Il me faudrait une boîte à vêtements, ajouta-t-elle en retournant dans la chambre.

Elle ouvrit la penderie, commença à placer des robes, des tailleurs et des vestes dans la caisse, mais il lui semblait, à mesure, qu'il y avait davantage de vêtements que ce dont elle se souvenait. Elle remarqua alors une robe bleue, dont la couleur tranchait sur les marron, les beiges et les rouges qui constituaient l'essentiel de sa garde-robe.

Un bras chargé de vêtements, elle prit de l'autre main la robe bleue, la tint à bout de bras — et laissa tomber sa charge.

— Attendez, je vais vous aider, offrit Sean en ramassant les vêtements par terre.

Angela s'entendit le remercier tandis qu'elle courait s'enfermer dans la salle de bains avec la robe bleue, qu'elle pendit à un crochet. Assise sur la toilette, elle la contempla fixement. Cette robe n'avait jamais été à elle. Et même si Reid était soudainement devenu un travesti, elle ne pouvait pas non plus lui aller, la taille ne lui convenait pas plus qu'à elle. Ce devait donc être une robe de la Soprano. L'avait-il déjà invitée à s'installer ici ? Ils n'étaient séparés que depuis moins d'un mois...

Elle retourna dans la chambre, examina la penderie avec plus d'attention et découvrit, en effet, une veste inconnue, deux jeans, deux chemisiers, un tailleur gris. En dessous, quatre paires de chaussures bien alignées, dont une paire d'escarpins noirs. Taille sept et demi.

Un escarpin dans sa main crispée, elle alla s'asseoir dans un coin de la pièce sur la petite chaise provenant de sa chambre d'enfant et s'y agrippa comme si on allait la lui arracher. L'escarpin gisait sur ses genoux telle une bête morte. Une bête venimeuse.

Elle ne comprenait plus rien à la personnalité de Reid. Qu'il lui ait été infidèle, qu'il se soit rendu compte de son erreur et ait voulu la reprendre, soit — à la rigueur. La bague qu'il lui avait offerte à leur anniversaire de mariage était peut-être un geste de repentir sincère. Mais ce qu'elle ne pouvait concevoir, c'est qu'il lui ait dit vouloir renouveler leurs vœux conjugaux... et se soit empressé de vivre avec une autre femme presque aussitôt après. L'avait-il jamais aimée ? Était-il homme à coucher avec n'importe qui, du moment qu'il avait une femme dans son lit ? N'avait-elle été pour lui qu'un accessoire, au même titre que ses clubs de golf, ses raquettes de squash et ses blazers de yachting ?

Elle fut tout à coup horrifiée d'avoir pris l'initiative de lui téléphoner, de lui laisser croire qu'elle lui faisait des avances. Pour rien au monde, elle ne voulait le revoir. Il fallait qu'elle s'en aille au plus vite avant qu'il arrive, le sourire aux lèvres.

— Emportez aussi cette chaise, dit-elle à Sean en se levant.

Au même moment, Reid entra dans la chambre.

— Tu es de retour, Dieu merci !

— Non, je ne suis pas de retour, je ne suis venue que pour reprendre mes affaires.

Elle ne put s'empêcher d'être frappée par sa prestance et sa beauté. Une grâce innée faisait oublier sa taille et la largeur de ses épaules, qui auraient paru écrasantes chez un autre. Il fallut à Angela un effort pour détourner les yeux et vaincre les protestations de son estomac. Il ne lui aurait plus manqué que de s'évanouir !

— Dis-moi que tu restes. Je t'en prie, Angie !

— Pourquoi rester ? répliqua-t-elle en montrant la penderie. Pour que tu nous fasses partager la salle de bains ? Dis-moi seulement si c'est celle avec qui tu couches depuis un an ou si c'est une nouvelle.

Son ton de harpie mortifiée lui fit honte, mais quelle attitude adopter ? Aurait-elle dû se taire, en digne Wakefield ? Pas question !

Reid s'avança. Elle recula d'un pas, trébucha contre la chaise au moment où Sean passait la tête par la porte.

— Nous avons fini d'emballer les livres. Quoi d'autre ?

— La table basse et les deux lampes bleues, répondit-elle sans quitter Reid des yeux.

Sean comprit qu'il valait mieux s'éclipser. Reid s'avança de nouveau vers elle.

— Je t'en prie, Angie ! Ne te braque pas là-dessus, c'est sans importance, je te le jure. C'est idiot, j'ai tort, mais j'étais si seul sans toi, gémit-il en se laissant tomber assis au bord du lit.

Il y a chez lui, se dit-elle, une puérilité qui fait une partie de son charme. S'il n'était pas aussi beau, il ne paraîtrait peut-être pas aussi attendrissant. Mais qu'un homme grand, beau, séduisant admette ainsi ses faiblesses et ses craintes, comme Reid l'avait toujours fait, avait quelque chose de touchant. Comme un enfant, il se laissait mener par ses émotions. Peut-être était-ce ce qui donnait à Angela son sentiment de puissance ou, peut-être aussi, l'illusion d'être la seule à avoir trouvé le défaut dans l'armure de son apparente perfection.

— Tu ne peux pas savoir par quoi je suis passé, reprit-il d'un ton pitoyable. Je venais juste de me rendre compte que j'étais nul et superficiel, que rien ne comptait davantage pour moi que ton amour quand tu m'as quitté. Depuis, poursuivit-il, prostré et la tête dans les mains, j'essaie de surnager, c'est tout. Je ne peux pas me concentrer, je ne mange plus, je bois une demi-bouteille de scotch tous les soirs et je me sens comme... comme une merde, oui c'est le mot. Je sais trop bien que je ne vaux pas mieux, parce que maintenant c'est mon état permanent, tu comprends ? Sans toi, rien ne va, je ne suis bon à rien. Et tu m'as enlevé ma seule raison de vivre en me quittant.

Oui, sa naïveté était touchante. Il était probablement sincère, mais il l'était sans doute tout autant dans ce qu'il disait à la Soprano ou aux autres. Sa simplicité, au fond, n'était que de la duplicité.

— Si je comprends bien, tu as donc demandé à ta petite amie d'emménager ici, bien que tu ne veuilles pas d'elle.

Tout en parlant, elle brandit l'escarpin et le jeta sur lui de toutes ses forces, mais il eut le temps de lever les mains assez vite pour amortir le choc. C'était lui tout craché, pensa-t-elle avec rage, jamais sans une protec-

142

tion ou une échappatoire. Et c'était bien la riposte d'une femme de se servir d'une arme aussi dérisoire que la chaussure d'une rivale. Elle aurait mieux fait d'utiliser un calibre 38 !...

Reid se leva et s'avança vers elle. Angela eut l'impression de voir la scène en une sorte de ralenti, comme s'il s'éloignait à mesure qu'il s'approchait. Elle ne savait plus si elle voulait tomber dans ses bras ou le chasser de la pièce, de la maison, de sa vie. Figée sur place, incapable de bouger, on aurait dit que des minutes, non, des heures s'écoulaient entre chacun de ses pas jusqu'à ce qu'il se tienne devant elle, si proche qu'elle huma l'odeur de lessive émanant de sa chemise. Ils restèrent ainsi face à face, en silence. Mais elle sentait chaque cellule, chaque atome de son corps attiré vers lui.

— Je t'aime, Angie, dit-il enfin. Je te le jure. Si tu me pardonnes, tu n'auras jamais de raison de le regretter.

Elle appuya le front sur son épaule, il passa un bras autour d'elle, l'attira avec douceur contre lui.

— J'ai donné la bague que tu m'avais offerte, murmura-t-elle.

— Je t'en achèterai une autre.

— J'ai dit à mes parents ce que tu avais fait.

— Eh bien, je vivrai le restant de mes jours dans la honte.

Doucement, tendrement, il lui caressa les cheveux. Elle ne put retenir un frisson. Elle était redevenue belle, désirable. Ses doutes, ses craintes s'évanouissaient. C'était si bon de se sentir protégée dans ses bras. La Soprano ne comptait pas pour lui. Au prix d'un effort léger, si léger, tout cet étrange épisode s'oublierait, se dissiperait de lui-même. Reid avait fait un simple faux pas, il avait appris sa leçon. On verrait plus tard, après le retour à la normale. Dans l'immédiat, il n'était pas question de penser.

Il y eut soudain du bruit dans le living, la chute d'un objet lourd. Un des déménageurs cria quelque chose, une voix de femme lui répondit, et Angela se figea. Non, impossible ! Si. La voix. La Soprano.

Une seconde plus tard, la porte s'ouvrit à la volée et Lisa apparut sur le seuil. Comme prise en faute, Angela s'écarta. Reid en fit autant.

— Que signifie cette comédie ? voulut savoir Lisa, furieuse.

Angela se sentit coupable. Après avoir clamé des heures durant au téléphone combien elle haïssait cet homme, Lisa la surprenait dans ses bras. Angela la trouva plus belle que jamais, plus blonde, plus mince que dans ses souvenirs.

— Tu as reçu mon message ?..., commença-t-elle.

— Comment savais-tu ?..., dit Reid en même temps.

— Qu'est-ce que tu fais ici ? lui demanda Lisa.

— Je suis chez moi, protesta-t-il.

— Calme-toi, Lisa, intervint Angela. Nous discutions, c'est tout.

— Discuter ? Elle est forte, celle-là !

— Mais... de quoi parles-tu ? demanda Angela.

— Oh toi, la ferme ! cria Lisa. Si tu savais à quel point j'en ai marre de t'entendre pleurnicher ! Et toi, poursuivit-elle en se tournant vers Reid, vas-tu m'expliquer ce que je dois penser de ta conduite ?

Il avait fallu à Angela tout le temps de ce dialogue pour enfin comprendre. Mais quand elle eut admis l'évidence, elle éprouva un choc tel que c'était comme si un tas de briques lui était tombé sur la tête.

Son regard alla de Reid, qui détournait les yeux, à Lisa qui la dévisageait avec une insolence mêlée de fureur. La robe bleue, les escarpins, les conseils de se tenir à l'écart... Oui, bien sûr, tous les morceaux du puzzle se mettaient en place.

La Soprano...

Pourquoi, comment, durant toutes ces heures de conversations téléphoniques où elle lui déversait ses larmes et ses récriminations, n'avait-elle jamais prêté attention à la voix de Lisa ?

Angela s'ébroua, repoussa rudement Lisa pour passer, quitta la chambre sans un regard en arrière.

— C'est terminé, dit-elle à Sean et Thomas. Fermez les caisses, je m'en vais.

Chapitre 16

*Dans lequel Michelle, pâtissière émérite, constate
que les rapports humains, ce n'est pas du gâteau.*

Depuis son retour à la maison, Michelle était incapable de retrouver le sommeil malgré son épuisement.
Dès qu'elle commençait à s'assoupir, elle se réveillait en
sursaut, couverte de sueurs froides. Une nuit, ne voulant pas déranger Frank, elle descendit à la cuisine occuper son insomnie en terminant la remise en ordre des
casiers où elle rangeait la correspondance, les magazines et divers documents scolaires des enfants. Elle y
retrouva un prospectus annonçant une vente de
gâteaux au bénéfice des œuvres sociales de l'école pré-
vue le lendemain à la cantine. Connaissant l'importance de ce genre de ventes, elle décida de se rendre
utile. Préparer une fournée de brownies au milieu de la
nuit n'était pas précisément une activité normale, mais
il n'y avait plus grand-chose de normal dans sa vie. Et
puis, pensa-t-elle tandis que l'arôme du chocolat fondu
embaumait la cuisine, les tâches domestiques avaient
toujours eu sur elle un effet apaisant.

Le lendemain matin, à l'entrée de l'école élémentaire
Eleanor-Windham, Michelle tenait d'une main celle de
Frankie et, de l'autre, une grosse boîte pleine de ses
brownies maison. Jenna avait pris les devants et était
partie en courant à peine descendue de voiture. En

temps ordinaire, il était déjà humiliant à son âge d'être escortée par sa mère en présence de ses camarades. La situation actuelle étant tout sauf ordinaire, mieux valait se dissocier de la compagnie maternelle. De fait, Michelle avait hésité à l'accompagner à l'école, car elle savait que Frank et elle ne pouvaient qu'aggraver le problème qu'ils posaient à Jenna, mais elle ne voulait pas laisser sa fille affronter seule les méchancetés et les brimades qu'elle subissait à cause de ses parents.

Elle savait d'expérience que la cruauté des enfants peut être sans limites. Quand il arrivait à sa mère, ivre et débraillée, de venir la chercher à la sortie de l'école, Michelle avait le plus grand mal à surmonter son humiliation. Si elle était plus endurcie que Jenna au même âge, elle ne voulait cependant pas que sa fille soit exposée aux mêmes épreuves qu'elle. Elle ne voulait pas non plus que Jenna s'endurcisse comme elle, c'était mauvais pour un enfant.

La descente de police et son arrestation avaient déjà été pour elle un dur traumatisme, mais elle ne savait pas encore le pire, c'est-à-dire que l'histoire s'étalait dans toute la presse locale. Deux jours durant, elle avait fait l'autruche en croyant que son humiliation restait sinon secrète, du moins limitée aux gens du quartier. Elle n'avait pris conscience de l'étendue du désastre que lorsque Bruzeman lui avait dit, lors d'une conversation téléphonique : « La couverture médiatique n'arrangera pas votre cas auprès du grand jury. » Croyant d'abord à une mauvaise plaisanterie, elle s'était précipitée au bureau de l'avocat. Le choc avait été si rude qu'elle n'avait ni pleuré ni fait de scandale, malgré l'antipathie croissante que l'homme lui inspirait. Ce n'est qu'une fois rentrée chez elle, enfermée deux heures d'affilée dans la salle de bains, qu'elle s'était laissée aller à ses larmes de honte et de rage avant de se rafraîchir le visage à l'eau froide pour ne pas effrayer les enfants quand ils reviendraient de l'école.

Ils en rapportaient leur propre lot d'horreurs. Jenna était en larmes parce que deux filles plus âgées lui avaient arraché son sac à dos dans le bus scolaire et avaient affecté de le fouiller à la recherche de drogue, devant les autres gamins enchantés de la représentation. Frankie, lui, gardait le silence, mais il était muni d'une note destinée à sa mère. Sa maîtresse signalait qu'il avait fait pipi dans sa culotte pendant la classe, qu'elle n'était pas censée nettoyer ses saletés et qu'elle l'avait puni. Michelle l'avait immédiatement déshabillé, baigné puis installé devant la télévision pendant qu'elle tentait de consoler Jenna, claquemurée dans sa chambre. Frank avait pris le relais à son retour.

En franchissant le seuil de l'école, Michelle prit Frankie dans ses bras — il était si petit, si léger... Elle n'avait qu'un but dans la vie : aimer son mari et ses enfants. Le monde était-il obligé de se servir de ce à quoi vous teniez le plus pour vous faire souffrir davantage ?

Affronter la principale de l'école lui était aussi pénible que lorsqu'elle avait onze ans, mais Michelle ne laisserait personne faire de mal à sa fille et à son fils sans prendre leur défense. Elle ne comptait pas sur l'école, bien sûr, pour arranger leurs problèmes. Au moins pouvait-elle faire en sorte que d'autres ne les aggravent pas.

D'un pas décidé, elle traversa la salle des professeurs en saluant au passage les quelques enseignants présents et s'arrêta devant le comptoir derrière lequel trônait la secrétaire.

— Je suis venue voir Mme Spencer, déclara-t-elle d'une voix qui ne tremblait pas. Puis-je vous confier ceci pendant ce temps ? ajouta-t-elle en posant sa boîte de brownies sur le comptoir.

— Qu'est-ce que c'est ? demanda l'autre d'un air soupçonneux.

Michelle se retint de justesse de répliquer : « Des tartelettes à l'héroïne, peut-être ? »

— Des biscuits pour la vente de tout à l'heure, dit-elle en affichant son sourire le plus aimable.

La porte du bureau de la principale s'ouvrit à ce moment-là devant un visiteur qui partait. Avant qu'elle ait le temps de se refermer, Michelle la franchit, entra et la referma derrière elle.

Mme Spencer était assise à son bureau, le dos à la lumière. Un peu moins antique et confite dans la routine que les autres femmes bureaucrates que Michelle avait dû affronter durant sa scolarité, elle n'était cependant pas un modèle de modernisme ni de largeur d'esprit. Le mot d'ordre « Pas de vagues » constituait pour elle une règle de vie qu'il n'était pas question de transgresser. Frankie toujours dans les bras, Michelle s'assit en face de la principale et parvint à faire un nouveau sourire.

— Merci de me recevoir, commença-t-elle. Je n'en ai pas pour longtemps, je dois aller à la vente dans dix minutes et je sais que votre temps est compté. Vous connaissez mon fils Frankie, je crois ?

Mme Spencer acquiesça, mais Michelle avait de bonnes raisons de penser qu'elle ne connaissait pas le dixième des élèves placés sous son autorité.

— Frankie, mon chéri, reprit-elle, va m'attendre sur la chaise dehors à côté de la porte. J'ignore si vous êtes au courant des accusations mensongères auxquelles ma famille est actuellement en butte, poursuivit-elle une fois Frankie sorti. Sachez toutefois qu'aucune inculpation n'a

149

été ni ne sera prononcée contre mon mari. Nous nous préparons à poursuivre en justice la municipalité et le comté pour abus de pouvoir et arrestation abusive.

— J'ai entendu parler en effet de votre arrestation, dit Mme Spencer, mais je...

— Comme je viens de vous le dire, l'interrompit Michelle, elle n'était fondée sur aucun motif. Mon mari et moi avons été gardés quelques heures par la police avant d'être libérés. Nous sommes victimes de je ne sais quelle campagne diffamatoire contre laquelle nous entendons réagir avec vigueur. De toute façon, que vous me croyiez sur parole ou non, nos enfants sont certainement innocents de tout délit, n'est-ce pas ?

— Bien sûr, mais dans de telles situations les enfants sont souvent exposés à...

— Chez moi, mes enfants ne sont exposés qu'à l'affection, au respect d'autrui et à la moralité, déclara Michelle en posant devant elle la note de la maîtresse. Je considère que ceci reflète une conduite dénuée de charité chrétienne, de respect et de moralité élémentaire.

Mme Spencer parcourut la lettre.

— Je n'étais pas au courant, mais je m'en occuperai.

— Non, c'est moi qui me chargerai d'ouvrir les yeux de Mlle Murchison. Elle n'ignorait certainement pas que mon fils venait de subir une pénible épreuve et que les enfants sont souvent impitoyables les uns envers les autres. Frankie n'avait jamais eu d'accident de cette nature à l'école. Comment a-t-elle eu l'audace, pour ne pas dire la méchanceté gratuite, de le laisser mariner toute la matinée dans son urine devant toute la classe et de le mettre au coin comme un coupable ?

— Vous devez savoir que nous n'admettons dans les

classes maternelles que les enfants déjà propres. Je crois toutefois que...

— Je sais avec certitude que c'est arrivé à d'autres élèves et que, dans ce cas, les maîtresses s'efforcent de les sécher le plus vite et le plus discrètement possible. Pourquoi Mlle Murchison a-t-elle agi comme elle l'a fait ? Pourquoi a-t-elle puni mon fils ? J'espère que cela ne se reproduira plus, madame Spencer, poursuivit Michelle en se levant. J'attends au contraire que mon fils soit traité avec plus d'égards et de gentillesse que jamais, sinon cette école devra faire face à un procès qui engloutira ses crédits pour de longues années, croyez-moi ! Je vais maintenant emmener Frankie dans sa classe. Je compte sur vous pour parler à cette femme et veiller à ce que mon fils soit traité avec humanité, il a plus que jamais besoin d'aide et de compréhension.

Sans attendre de réponse, Michelle sortit du bureau, ramassa son paquet de biscuits d'une main, Frankie de l'autre, et traversa la salle des professeurs la tête haute, en feignant d'ignorer les regards étonnés ou réprobateurs dardés sur elle. Elle déposa Frankie à la porte de sa classe, eut une brève conversation à mi-voix avec Mlle Murchison et poursuivit son chemin jusqu'à la cantine.

Deux femmes avaient déjà disposé les tables et les écriteaux, et commençaient à déployer l'assortiment de friandises. En entrant dans la vaste pièce caverneuse, Michelle regretta de n'avoir pas Frank avec elle pour la soutenir de sa force — quoique sa force posait parfois plus de problèmes qu'elle n'en résolvait : il aurait sans doute mis à sac le bureau de Mme Spencer, ce qui n'aurait rien arrangé, au contraire. Michelle avait donc appris à se passer de Frank pour beaucoup de choses, ce qui ne l'empêchait pas de regretter maintenant son absence.

Une brune déballait une génoise. Une rousse, que Michelle avait rencontrée deux ou trois fois à des réunions de parents d'élèves mais dont elle avait oublié le nom — Minna ? Mona ? —, préparait la monnaie dans une boîte métallique. Michelle posa son paquet de brownies à côté d'elle et lui fit un large sourire.

— Bonjour ! dit-elle en lui tendant la main. Je suis Michelle Russo. Nous nous connaissons déjà, je crois.

Sans se présenter ni prendre la main tendue, Minna — ou Mona — fit un bref signe de tête et tourna son regard en direction des fenêtres. La femme à la génoise affecta de n'avoir rien remarqué. Michelle savait qu'elle aurait mieux fait de se taire et de manifester la même froideur, mais elle voulut voir jusqu'où irait leur malveillance.

— J'ai apporté des brownies, dit-elle avec une gaieté forcée. Ma spécialité. Je les fais moi-même, sans me servir des préparations toutes prêtes qu'on achète dans les supermarchés. Ils ont un autre goût, vous ne trouvez pas ?

Ses paroles tombèrent dans un silence total. Aucune réaction des deux femmes, comme si elles ne l'avaient même pas entendue.

Une troisième arriva alors, tenant un plat recouvert d'un linge qu'elle posa sur la table. Contrairement aux autres, Dieu merci, elle paraissait un peu plus humaine. En voyant Michelle, elle fronça un instant les sourcils et la dévisagea avec insistance.

— Votre visage ne m'est pas inconnu, lui dit-elle. Où vous aurais-je déjà vue ?

— Dans les journaux, cracha la rousse avant que Michelle ait eu le temps d'ouvrir la bouche.

Michelle tourna les talons et partit en laissant ses brownies.

Dans le couloir, elle passa devant la classe de Frankie, regarda par la porte vitrée, le vit assis sagement à côté de la maîtresse. Alors, aussi lentement qu'elle le pouvait pour ne pas avoir l'air de s'enfuir en déroute, elle sortit de l'école et regagna sa voiture. Il ne faisait pas froid, juste un peu frais. Pourtant, elle se sentait glacée ou, plutôt, cassante comme un morceau de glace.

Assise au volant, elle inséra une cassette de Céline Dion dans le lecteur, tourna la clé de contact, démarra en veillant à ne pas sortir du parking en faisant crisser ses pneus. Une main sur le volant, l'autre sur son cœur pour en comprimer les battements, elle ne pleurait pas.

— C'était dur, n'est-ce pas ? dit-elle à haute voix. Mais tu t'en es bien sortie. Ces garces n'ont aucune importance. Ce qui compte, c'est que tu te sois bien conduite.

Elle espéra s'en être convaincue. Pour un moment, du moins.

— Elles étaient abominables, Frank. Des harpies ! Je ne m'étonne plus que les enfants soient tellement traumatisés. J'ai beau être une adulte, je...

Elle s'interrompit. Qu'éprouvait-elle, en réalité ? De la colère, de la peine et — même si elle répugnait à l'admettre —, oui, de la honte.

Frank la tenait par la taille dans la chaude intimité de la cuisine. Il la lâcha, repoussa bruyamment sa chaise, se leva.

— Je vais y aller. Je vais leur parler, moi, à ces garces !

Grand Dieu, non ! se retint de dire Michelle. Elle voyait déjà la manchette des journaux : LE PARRAIN DE LA DROGUE MOLESTE LA PRINCIPALE ET DES MÈRES D'ÉLÈVES. Elle lui happa un poignet, le fit rasseoir. Pourquoi n'avait-elle pas eu la présence d'esprit de rapporter ses brownies pour sa famille ? En faire cadeau à l'école, c'était vraiment idiot de sa part ! Si seulement elle avait pu en poser une assiette devant Frank pour détourner son attention...

Depuis deux jours, il passait son temps à engueuler des avocats dans leurs bureaux ou chez lui au téléphone à en engueuler d'autres. Michelle aurait voulu lui dire qu'en écoutant davantage au lieu de brailler tout le temps il aurait peut-être été plus avancé, mais Frank était du genre à foncer droit devant lui. Les détours et les complexités de la loi le frustraient et le déconcertaient. Dans quel état serait-il si l'affaire traînait en longueur ? Rien que d'y penser, Michelle frémit.

Elle frottait une tache de farine sur la poignée du frigo quand il la prit à son tour par le poignet pour la forcer à se rasseoir à table.

— T'avoir fait subir ce que tu as subi, Mich, j'en suis malade.

— Ce n'est pas ta faute, Frank. Explique-moi plutôt ce qui se passe. Comment ont-ils pu nous infliger un traitement pareil ?

Elle se sentait tenue à l'écart du véritable problème, dont elle ne subissait que les conséquences sans savoir pourquoi.

— Ce serait trop long à t'expliquer.

Le savait-il lui-même ? se demanda-t-elle.

— Essaie quand même. Cela me concerne aussi, tu sais.

— Écoute, ils veulent la peau de quelqu'un. Mais ce ne sera pas la mienne, je te le garantis ! Le procureur travaille sur des dénonciations, mais s'il avait eu de quoi m'inculper, il l'aurait déjà fait. Ils n'ont rien à me reprocher. Rien.

— Il n'y aura donc pas de procès ?

— Bien sûr que non. Cette histoire ne tient pas debout. Mais n'oublie pas de tenir la liste dont je t'ai parlé, Mich. Complète, hein ?

— Je la tiens.

— Alors, écoute. Quand je me serai sorti de ce bourbier, quand ils m'auront présenté leurs excuses, je les forcerai tous, du gouverneur au dernier bureaucrate, je les forcerai tous à venir ici te baiser les pieds.

— Avec ou sans chaussures ? demanda-t-elle en souriant, dans l'espoir de dissiper un peu sa tension.

— Avec ! répondit-il sans rire. Pas question qu'ils y prennent plaisir, les salauds ! Moi seul, j'ai le droit d'embrasser tes pieds nus. Tu as été courageuse, Mich, ajouta-t-il en lui embrassant l'un après l'autre les doigts d'une main. Tu n'es plus la petite fille que j'avais épousée.

Michelle restait désemparée par la terrible épreuve qui s'était abattue sur eux. Parfois, dans un minuscule recoin de son esprit, elle se demandait si, d'une manière ou d'une autre, Frank était non pas coupable, elle refusait même d'en envisager l'éventualité, mais si par hasard il était au courant de quelque chose, ou mêlé à son insu à quelque embrouille. Maintenant qu'elle regardait Frank dans les yeux, elle avait honte de s'être posé la question.

Frank sortit dans l'après-midi pour aller sur un chantier après lui avoir demandé si tout allait bien. Michelle répondit sincèrement par l'affirmative. Nettoyer, ranger, tenir à jour la liste des objets cassés qu'il fallait remplacer lui calmait les nerfs. Pourrait-elle réparer sa vie

155

aussi facilement ? Peut-être. Aussi décida-t-elle de retourner le lendemain matin à son travail.

Lorsque Jenna revint de l'école, elle l'accueillit donc par un vrai sourire — qui s'effaça devant l'expression de la fillette.

— Qu'y a-t-il, ma chérie ? lui demanda-t-elle. Qu'est-ce que c'est ? ajouta-t-elle en voyant que Jenna tenait un gros sac derrière son dos.

En s'agenouillant pour la prendre dans ses bras, elle n'eut pas besoin d'attendre la réponse.

— Tes brownies. La dame m'a chargée de te dire que personne n'en voulait.

Chapitre 17

Dans lequel Jada cherche et ne trouve pas.

D'une cabine téléphonique proche de l'endroit où elle était garée, Jada appela son bureau, vérifia si tout allait bien et donna quelques instructions à Anne, sa secrétaire. Elle se rendit ensuite à la petite épicerie de quartier ouverte depuis une heure et tira encore un café du distributeur automatique, même si la caféine à haute dose commençait à lui jouer des tours. Elle savait qu'elle devait manger quelque chose, mais le seul aspect des pâtisseries industrielles et des pains vieux de trois jours étalés sur le comptoir douteux lui soulevait le cœur. Depuis qu'elle n'y vivait plus, Yonkers était devenu une banlieue sordide.

Cela faisait plus de trois heures qu'elle surveillait le petit immeuble où habitait Mme Jackson, sa belle-mère, sans y déceler de signes d'activité. Clinton avait pourtant dû aller quelque part avec les enfants. Il ne les avait sûrement pas emmenés dans un hôtel ou un motel, d'abord parce qu'il n'en avait pas les moyens, ensuite parce qu'il avait beau être ce qu'il était, il n'aurait pas perturbé les enfants à ce point. Et d'ailleurs, un établissement convenable eût-il accepté de recevoir un homme et trois enfants au milieu de la nuit ? Elle espérait que non.

Remontée en voiture, elle lança le moteur pour

remettre le chauffage et alluma le chauffage électrique de son siège. En fait, elle tremblait moins de froid que de peur et de rage. Elle n'avait pu s'empêcher de penser aux exemples de pères déments qui enlevaient leurs enfants et les tuaient pour se venger — mais Clinton n'était pas fou, se força-t-elle à se dire en se blottissant dans la douce chaleur de son siège. Elle ferait mieux de ne pas laisser son esprit s'égarer dans des fantasmes et de se concentrer sur l'insanité de sa situation actuelle.

À neuf heures du matin, toujours aucun signe de vie. Bien qu'elle ne se soit jamais entendue avec sa belle-mère, à qui elle n'avait pour ainsi dire pas adressé la parole depuis un an, sauf à l'occasion de ses rares visites aux enfants, Jada allait devoir oublier son amour-propre. Même si sa démarche choquait Mme Jackson, elle devait savoir si sa belle-mère était au courant. Et si, par hasard, elle découvrait ses enfants endormis sur le canapé, personne ne pourrait l'empêcher de les emmener séance tenante. Personne.

Jada coupa le contact, mit pied à terre, ferma sa voiture à clé et traversa la rue. Pour insignifiants qu'ils soient, chacun de ces actes la vidait de ses forces, mais elle avait un combat à livrer et rien ne la ferait reculer. Elle était prête à tout affronter, même la violence physique. Clinton n'avait jamais levé la main sur elle ; s'il faisait seulement mine de la toucher ou s'il lui interdisait de reprendre ses enfants, elle lutterait par tous les moyens, même avec ses poings nus si elle ne disposait de rien d'autre. Autant les gestes les plus simples, comme ceux qu'elle venait d'accomplir, l'épuisaient, autant elle se sentait pleine d'une énergie sans limites pour se battre avec Clinton.

Arrivée sur le palier, elle frappa à la porte vitrée. Faute de réponse, elle frappa plus fort en regardant à travers, mais la cuisine lui parut déserte. Elle secoua la poignée sans résultat. Jamais de sa vie, Jada n'avait commis d'acte illégal. Enfant, elle n'avait jamais volé un bonbon. Adulte, elle n'avait jamais commis d'excès de vitesse ni même traversé une rue en dehors des clous — une Noire dans une ville blanche ne pouvait pas se le permettre. Mais, maintenant, elle était résolue à pénétrer coûte que coûte dans cet appartement où Clinton cachait peut-être ses enfants.

Sans une hésitation, elle prit une de ses chaussures, brisa la vitre d'un coup de talon et se rechaussa en passant la main pour ouvrir le loquet. En pure perte : une fois à l'intérieur, elle se rendit compte immédiatement qu'il n'y avait personne. Elle en fit le tour par acquit de conscience, il y régnait toujours le même désordre — telle mère, tel fils, se dit-elle avec amertume —, et elle allait battre en retraite quand l'idée lui vint de regarder à côté du téléphone. C'est là, griffonné sur un bout de carton déchiré d'une boîte de céréales, qu'elle découvrit un numéro qu'elle reconnut aussitôt pour l'avoir souvent remarqué sur ses propres relevés. Celui de Tonya Green.

Non, se dit-elle, il n'aurait quand même pas osé emmener les enfants chez cette roulure ! Pourtant, si elle avait peine à y croire, elle avait la conviction que c'était vrai. La mère, le fils et sa maîtresse avaient dû se concerter pour mettre leur complot au point. À la réflexion, cela crevait même les yeux : en « bonne chrétienne », Tonya s'imaginait sans doute que s'occuper des enfants de son amant suffirait à l'absoudre de son adultère.

— Ils n'y étaient pas non plus, dit-elle quelques heures plus tard à Michelle. Ni Clinton, ni Tonya, ni les

159

enfants. Ils sont tous allés se cacher je ne sais où. J'ai passé une partie de la nuit à faire le guet et à grelotter pour rien.

Michelle alla chercher la cafetière et leur versa à chacune un bol de café. Jada se dit que si elle buvait une goutte de plus elle serait mûre pour l'hôpital, mais elle ne protesta pas.

— Et moi, j'ai passé une partie de ma nuit à faire une fournée de brownies pour que ma fille se fasse insulter. Ça va mal, soupira-t-elle. Où peuvent-ils bien être, Jada ? C'est affreux. Je croyais qu'il ne pouvait rien arriver de pire que ce qui m'est arrivé, mais perdre ses enfants, c'est un cauchemar.

— Il y a pire, tu sais. Pense à Lucy Perkins, de Maple Drive, dont un des gosses a la leucémie.

Si elle n'avait craint de blasphémer, elle aurait volontiers imploré Dieu de donner à Clinton une leucémie galopante.

— Et moi qui viens t'imposer mes malheurs alors que tu en as toi-même à revendre, reprit-elle. Mais je n'avais personne d'autre à qui parler. Je suis désolée, tu sais...

— Tu plaisantes ? Écoute, il faut que tu voies un avocat le plus vite possible. La seule bonne chose qui ressort de tout ça, c'est que j'en connais un très débrouillard. S'il ne sait pas quoi faire de ton histoire, il te recommandera un spécialiste. Fais un brin de toilette pendant que je l'appelle, nous y serons dans un quart d'heure. Ce type est suprêmement antipathique, mais il a des relations. Ce qu'il te faut, Jada, c'est un avocat qui ait le bras long. Je n'aime pas ce Bruzeman, mais il est efficace.

Encore secouée, Jada se leva.

— D'accord. Après, j'irai voir mon révérend.

Moins d'un quart d'heure plus tard, ce qui de la part

160

de Michelle représentait un record et un sacrifice, elles étaient en route dans la Lexus de Michelle. Tout en scrutant le quartier dans l'espoir de voir Pookie, qui n'avait toujours pas reparu, Michelle rapporta à Jada ce qu'elle savait sur le compte de Bruzeman en mettant l'accent sur le fait qu'il fallait contre-attaquer sans perdre de temps.

L'urgence n'empêcha pas la réceptionniste de les faire attendre plus de vingt-cinq minutes. Pour tuer le temps, Jada feuilleta un vieil exemplaire du magazine *Fortune*, dans lequel elle lut distraitement un reportage sur le clan Moyer, des frères d'âge canonique richissimes et désœuvrés, qui passaient le plus clair de leur temps à se faire des procès pour déterminer à combien de milliards chacun avait droit.

— Crois-tu que ce Charles Henderson Moyer me prêterait de quoi payer mon divorce ? demanda-t-elle à Michelle.

— J'en doute, répondit-elle. S'ils étaient généreux, ils ne seraient pas aussi riches.

À bout de nerfs, Jada était trop tendue pour ressentir la fatigue. Elle allait appeler son bureau pour consumer un peu de ce trop-plein d'énergie malsaine quand la secrétaire de Bruzeman vint les escorter jusqu'au bureau de son patron.

— Bonjour, Michelle, soyez les bienvenues, dit-il en se levant.

Jada remarqua dans son regard un bref éclair de surprise en découvrant qu'elle était noire.

Petit et mince, il arborait un bronzage peut-être acquis dans un paradis tropical tel que celui de la Barbade — à quelques centaines de mètres de chez ses parents qui n'y avaient jamais mis les pieds. Ses cheveux grisonnants se clairsemaient, et Jada, plus grande que lui, pouvait voir la tonsure au sommet de sa tête. Il avait aussi une mince moustache qui s'agitait beaucoup quand il parlait. L'accolade qu'il donna à Michelle réussit le tour de force d'exprimer à la fois la cordialité et une froideur indifférente.

Bruzeman les fit asseoir sur un canapé afin qu'elles se sentent « à leur aise », ce dont Jada était parfaitement incapable, et leur offrit un café, qu'elles refusèrent.

— J'aimerais commencer tout de suite, dit Jada.

Michelle entreprit alors de dépeindre la situation de son amie et expliqua comment Jada, après être venue l'aider un soir à remettre un peu d'ordre dans sa maison dévastée, n'était rentrée chez elle que pour constater la désertion de son mari et la disparition de ses enfants.

— Il s'est mis dans une mauvaise situation mais, légalement, il ne s'agit pas d'un kidnapping puisqu'il est leur père, commenta Bruzeman.

Jada se força à acquiescer d'un signe de tête.

— L'affaire est sérieuse, mais elle n'a rien d'exceptionnel, poursuivit l'avocat. D'habitude, c'est la femme qui s'en va en emmenant les enfants. Il faut immédiatement obtenir une décision de justice vous en confiant la garde temporaire. J'irai donc au tribunal dès aujourd'hui. Nous devrons aussi prendre l'initiative en exigeant une pension alimentaire pour les enfants jusqu'à la date du procès. Seule la cour peut déterminer officiellement les droits de garde et de visite. En fait, la procédure peut demander des mois, ajouta-t-il en souriant pour la première fois. D'ici là, votre mari devra vous payer.

— Il n'a pas un sou, dit Jada.

— Il devra s'arranger pour en trouver, parce que, s'il ne paie pas, il est passible de la prison. La cour, bien entendu, peut décider de diminuer ou de modifier le montant que nous demanderons mais, dans tous les cas, il sera obligé de payer s'il ne veut pas regarder le ciel à travers les barreaux d'une cellule. Venons-en aux faits, voulez-vous ?

L'avocat prit un bloc, sortit de sa poche un stylo en or, posa à Jada une série de questions sur son job, ses ressources, la maison, Clinton, son régime de retraite, questions auxquelles elle répondit aussi précisément qu'elle le pouvait alors qu'elle bouillait d'impatience.

— Je vois, dit-il quand il eut terminé. C'est donc vous qui gagnez de quoi entretenir la famille. Cela pourrait poser un problème pour quelqu'un qui ne saurait pas présenter l'affaire.

— Peu importe la présentation, dit Jada. Comment le retrouver, récupérer mes enfants et lui remettre l'assignation ?

— C'est l'affaire de professionnels avec lesquels nous collaborons, répondit Bruzeman. C'est assez facile, la plupart du temps du moins.

— Elle veut surtout reprendre ses enfants, intervint Michelle. Le plus vite possible.

— La procédure que j'envisage est la plus rapide, répondit l'avocat avec onction. Merci de m'avoir présenté Mme Jackson, Michelle. Nous avons maintenant deux ou trois points à régler seul à seule, si vous n'y voyez pas d'inconvénient. Comment va Frank ? ajouta-t-il en lui tapotant l'épaule avec une cordialité affectée. Se calme-t-il un peu ?

Michelle se leva.

— Il ne se calmera pas tant que nous n'aurons pas traîné tous ces rats devant un tribunal. Je t'attends dans l'entrée, dit-elle à Jada.

Bruzeman l'escorta jusqu'à la porte. Seule quelques instants, Jada fit une prière d'action de grâces : cet homme lui était antipathique, mais il paraissait compétent et, au moins, elle n'était plus seule à se débattre contre ce cauchemar. Et puis, il l'avait reçue sans rendez-vous et ne lui avait même pas demandé d'honoraires.

Quand il revint s'asseoir en face d'elle, Jada le trouva changé, plus détendu, comme un acteur qui sort de scène et reprend sa propre personnalité après avoir joué son rôle.

— Un Noir n'aura pas le droit de garde contre une femme comme vous, commença-t-il, sauf si vous vous droguez ou si vous vous prostituez.

Jada eut un léger sursaut. Était-ce une question, une insulte ?

— Je dirige une agence de la County Wide Bank parce que cela me rapporte. Si c'est une forme de prostitution, elle est légale.

— Ce qui nous amène au sujet suivant. Un divorce coûte cher et, dans votre cas, entraînera de lourds frais de procédure. Je vais devoir vous demander une provision de dix mille dollars et j'ai bien peur qu'elle n'aille pas très loin — à moins que nous ne réussissions à régler la situation très rapidement. Je n'ai jamais entendu parler de l'avocat de votre mari, je n'en attends donc pas de gros problèmes, mais je ne peux rien faire tant que vous ne m'aurez pas formellement engagé.

Jada en fut assommée. Dix mille dollars ? Elle n'en avait pas dix devant elle, encore moins mille. Où avait-elle cherché l'idée que cet individu lui ferait une faveur ?

— Il faut agir vite, madame Jackson, reprit-il. Très vite si vous voulez retrouver vos enfants.

— Je ne dispose pas de cette somme, répondit-elle.

— Dans ce cas, je ne puis disposer de mon temps, dit Bruzeman en se levant.

Jada resta assise. À l'expression de l'avocat, elle comprit que les arguments les plus convaincants ne serviraient à rien.

— Dans votre cas, madame Jackson, la promptitude est vitale, répéta-t-il.

Jada calcula qu'elle devait avoir sur son compte un solde de sept cents dollars. Avec la prochaine traite de la maison et la note de téléphone, elle serait à découvert de deux cents...

Malgré tout, elle prit son chéquier et écrivit la somme la plus énorme qu'elle eût jamais écrite — d'une main qui tremblait un peu. Elle posa le chèque sur la table, se leva et toisa l'avocat de son haut.

— Arrangez-vous pour faire vite et pour réussir, dit-elle sèchement avant de tourner les talons et de quitter la pièce.

Chapitre 18

Dans lequel sont énoncées des vérités premières.

— Allons faire notre marche, dit Jada, debout dans le froid à la porte de la cuisine de Michelle.

— Je ne sais pas si je peux aujourd'hui, tu sais. J'ai encore tant de choses à faire. Ranger le placard à linge, la lessive...

Michelle éprouvait ce matin-là une curieuse répugnance à sortir. Elle avait fait le ménage jusqu'à plus de deux heures du matin, et pourtant il restait tant de choses à ranger, à nettoyer. Mettre de l'ordre dans un monde chaotique la réconfortait.

— Tu deviens folle, Cendrillon ? s'exclama Jada en lui enfilant de force son parka. Tu as tout l'après-midi pour faire ta lessive et la soirée pour le reste. Et puis, nous chercherons Pookie en marchant.

Michelle se laissa faire. Elle aurait peut-être le temps de s'occuper du placard à linge après le petit déjeuner. Une fois dehors, elle s'aperçut qu'elle avait oublié ses gants et fourra les mains dans ses poches. Tant pis pour les exercices d'aérobic.

— Alors, qu'est-ce que Bruzeman t'a dit ?

Jada se mordilla les lèvres sans répondre.

— Ça va si mal que ça ? insista Michelle.

— Pire. Il peut m'obtenir tout de suite un droit de visite, mais pas le droit de garde. Et quand je lui téléphone, il ne me rappelle jamais avant vingt-quatre heures. Je deviens enragée en attendant.

— Je sais, Frank aussi. Hier soir, pour la première fois, il a presque giflé Frankie qui avait renversé du lait sur la table de la salle à manger.

— Les hommes sont des faibles. Sauf quand ils veulent nous avoir, déclara Jada d'un ton désabusé.

Tout en marchant, Michelle scrutait les haies et les jardins le long de la rue. Aucune trace de Pookie.

— Tu vas donc revoir les enfants ?

— Oui. Mais c'est le tribunal qui décidera du droit de garde.

— Et quand l'audience doit-elle avoir lieu ? Avec ses relations, Bruzeman devrait pouvoir faire passer ton cas en priorité.

— Ce n'est pas si simple que tu le crois, répondit Jada, alors qu'elles abordaient la longue montée d'Oak Street. En fait, je crois qu'il se fiche éperdument de mon affaire. Il m'a promis d'agir rapidement, mais j'ai plutôt l'impression qu'il laisse traîner en longueur.

Elles marchaient vite. Si vite que Michelle avait du mal à suivre le train imposé par son amie.

— Et puis, j'ai tout le temps faim, reprit Jada. C'est nerveux, j'en suis sûre, parce que quand je mange j'ai la nausée.

— J'aurais pu t'apporter quatre douzaines de brownies. Sans Pookie, je ne peux pas m'en débarrasser.

— De quoi parles-tu ?

Michelle lui raconta en détail sa mésaventure de l'école.

— Les garces ! s'exclama Jada. Tu n'es accusée de rien ! Je devrais prier pour le salut de leurs pitoyables petites âmes, je sais, mais ce qu'elles ont fait est ignoble.

167

Et se servir de Jenna ! Si je m'écoutais, j'irais leur flanquer des gifles.

L'indignation de son amie lui fit chaud au cœur.

— Ce sont sûrement de bonnes chrétiennes, soupira Michelle. Elles tendraient l'autre joue.

— Tant mieux, je les giflerais aussi de ce côté-là. Les chrétiens ne sont pas tous comme cela, heureusement.

— En fait, la pire de toutes a été Mlle Murchison, répondit Michelle qui raconta la mésaventure de Frankie et l'attitude de sa maîtresse d'école.

— Je la connais, Kevon l'a eue l'année dernière. Cette femme est plus méchante qu'une sorcière. J'ai eu des mots avec elle, moi aussi.

Michelle respirait profondément en s'évertuant à suivre son amie. L'exercice lui faisait du bien, elle le savait. Elle était idiote de rester enfermée chez elle, où elle respirait mal. La nuit précédente, elle s'était réveillée en suffoquant, le cœur battant.

— As-tu quelquefois du mal à respirer, Jada ?

— Oui. Maintenant, par exemple. La pente est rude.

— Non, je veux dire quand tu ne fais rien ou quand tu dors.

— Comme dans une crise de panique ou une crise d'asthme ?

— Je ne sais pas. La nuit dernière, par exemple... Cela fait plusieurs nuits que j'étouffe. Alors, comme je ne veux pas réveiller Frank, j'ai passé mes trois dernières nuits à faire des rangements. C'est la seule chose qui m'empêche d'y penser.

— Pas étonnant que tu aies une mine à faire peur, Cendrillon.

— Merci, tu es trop gentille, dit Michelle en réussissant à rire.

— Tu aurais dû m'en parler. Écoute, tu as peut-être

une sale mine, mais moi c'est à l'intérieur. Jusqu'à ce que je retrouve mes gosses...

— Tu les reverras, Bruzeman te les récupérera. Il n'aurait pas autant de clients en étant aussi antipathique s'il n'était pas compétent. Tu sais, poursuivit-elle pour meubler le silence de Jada qui durait, je crois que je vais parler au Dr Brown de mes problèmes respiratoires.

— Il te prescrira probablement un somnifère ou du Valium. De toute façon, ça ne te ferait pas de mal en ce moment.

— J'en suis pas si sûre. Je t'ai parlé de mon père. Je ne veux pas risquer de devenir accro à l'alcool ou à une drogue quelconque.

— N'exagère pas, voyons ! Les médecins sont là pour aider les gens. En ce moment, surtout, tu n'as pas le droit de te laisser aller.

Michelle pensait à la conduite souvent irrationnelle de Frank. Il était soumis à des pressions infiniment plus dures qu'elle, mais il ne s'en prenait pas aux enfants — pas encore, du moins.

— J'espère que je tiendrai le coup. Frank est sur les nerfs, il aurait grand besoin d'un tranquillisant, mais il ne veut rien savoir.

— Les hommes sont incapables de se soigner tout seuls.

— Tout ça est tellement injuste, invraisemblable.

Michelle haletait. Son haleine et celle de Jada formaient devant elles de petits nuages blancs.

— J'en sais quelque chose, répondit Jada en luttant contre son envie de pleurer. Nous, les femmes, nous sommes censées nous occuper de tout. Je dois m'occuper des enfants. Je dois m'occuper de la maison. Je dois faire le nécessaire pour garder mon job et ne pas me faire mettre à la porte. Mais ce n'est pas tout. Il fallait aussi que je m'occupe de mon homme et que je reste belle pour lui, parce que si je m'étais négligée il m'aurait plaquée et je me serais retrouvée seule pour m'occuper de moi-même et de tout le monde. Et pourtant, c'est moi seule qui m'occupais de moi tout ce temps-là ! Il ne s'est jamais occupé de moi. Il se fichait pas mal de savoir comment je me sentais. Et il n'a jamais voulu se donner la peine de s'occuper des enfants. Je ne sais pas où il est maintenant avec eux, mais je suis sûre qu'au bout d'une heure de Shavonne et de ses caprices, et du bébé qui veut se faire dorloter, il sera prêt à s'en débarrasser en les faisant adopter.

Jada s'interrompit, le temps de souffler. Michelle aurait voulu lui prendre la main, mais elle n'osa pas.

— Clinton ne cherche qu'à me faire peur et à me punir, reprit Jada. Il ne veut pas assumer la responsabilité des enfants, il en est incapable. Il n'a jamais voulu entendre parler des problèmes de Kevon à l'école. Il ne veut même pas entendre parler de la porte du garage qui ne fonctionne pas.

— Je sais, répondit Michelle avec compassion. Je sais.

— Bien sûr que tu sais. Toutes les femmes en Amérique le savent. Mais il y a pire — demande donc à notre présidente ! Le pire, vois-tu, c'est qu'au bout d'un moment on prend l'habitude de prendre soin de nous-mêmes et on devient des championnes à ce petit jeu, parce que nous ne pouvons pas faire autrement. Sinon, nous ne pourrions pas survivre, ni nous ni nos enfants. Après, ils nous poignardent dans le dos, regarde ce que me fait Clinton. Et ils nous disent que nous sommes trop dures. Que nous avons perdu notre fragilité. Que nous ne sommes plus la gentille petite fille qu'ils ont épousée.

— C'est exactement ce que Frank m'a dit hier soir. Mais je crois que de sa part c'était un compliment.

— Ah, vraiment ? ricana Jada avec amertume. Ce n'est que le début, crois-moi. Si tu survis à ce qui t'arrive en continuant à t'occuper de Jenna et de Frankie, il t'accusera d'être une garce castratrice. Tous les mêmes, je te dis ! Ils commencent par te promettre de bien s'occuper de toi, après ils ont besoin de toi pour s'occuper d'eux, ensuite ils t'obligent à t'occuper toute seule de toi-même et de tes gosses. Et, pour finir, ils te le reprochent.

— C'est exactement ça ! s'exclama Michelle. Les Quatre Vérités Éternelles. Tu devrais lancer un programme de désintoxication pour les femmes, Jada.

— Tu retardes, Mich. Toutes les femmes mariées, je dis bien *toutes*, sont déjà passées par là. Et elles en ont toutes par-dessus la tête, à commencer par moi.

Les poings serrés, Jada forçait l'allure sans s'en rendre compte. Michelle, qui avait perdu du terrain en cherchant Pookie, devait presque courir pour la suivre.

— Attends ! J'ai un point de côté.

— Habitue-toi à avoir mal. Ça ne se calmera pas de sitôt.

Un instant plus tard, arrivée en haut de la côte, Jada s'arrêta. Michelle piqua un dernier sprint pour la rattraper.

— Merci de m'avoir attendue, dit-elle en haletant.

— Je n'attendais pas, je réfléchissais. Dis-moi, Michelle, pourquoi diable nous donnons-nous tout ce mal ?

— Que veux-tu dire ? Pourquoi nous restons mariées ? Pourquoi nous prenons soin de nos familles ?

— Non, je parle de cette fichue marche à pied. Tous les matins, dans le noir, dans le froid. Je vais te dire pourquoi : pour avoir l'air de toujours avoir vingt-cinq ans quand nous en aurons trente-cinq. Réfléchis une seconde. Je passe des heures, des jours à m'efforcer de garder le poids que j'avais en sortant du lycée. C'est grotesque.

Jada se retourna et commença la descente de l'autre versant d'un pas normal. Michelle en fut ébahie : Jada, abandonner ?

— Et, pendant ce temps, reprit Jada, mon mari me vole mes enfants et il se couche bien au chaud dans le lit d'une femme avec un gros derrière tout noir. La marche, Michelle, c'est fini pour moi. Plus question de me lever à l'aube et de sortir dans le froid pour arpenter les collines de Westchester à seule fin d'empêcher la cellulite de m'envahir les cuisses. J'ai mieux à faire.

Tout en parlant, Jada accélérait de nouveau l'allure sans s'en rendre compte, au point que Michelle avait dû se remettre à courir.

— Écoute, Jada, je sais. Je comprends ce que tu ressens — enfin, presque. Ce que t'a fait Clinton est inqualifiable. Mais nous ne faisons pas simplement de l'exercice pour garder la ligne ou pour notre santé. Je marche avec toi parce que j'ai envie d'être avec toi. Parce que j'aime te parler. Tu es ma seule vraie amie, Jada. Marcher le matin avec toi est le seul moment de la journée où je peux... où je peux être moi-même, dit-elle après avoir cherché ses mots. Être sincère. Ne pas me dire que je suis une folle ou une idiote même quand je le suis.

— Eh bien, moi je te dis que tu es folle et idiote de croire que c'est bon pour toi de perdre ton temps avec des gens comme moi.

Jada prit Michelle dans ses bras, la serra contre elle de toutes ses forces. Michelle se sentit touchée aux larmes par ce geste d'amitié.

172

— Tu as raison, Michelle, reprit Jada. Je crois que c'est pour cela que je t'ai forcée à endosser ton blouson tout à l'heure. Nous avons toutes les deux besoin de marcher ensemble.

Elles étaient arrivées au bout de la rue où elles avaient l'habitude de faire demi-tour.

— Vas-y, dit Jada avec un sourire narquois. Touche le poteau, je sais que tu en meurs d'envie.

— Je m'en moque, du poteau ! Je le prenais pour un porte-bonheur, tu vois la chance qu'il m'a apportée. Tout va mal pour nous deux.

Puis, malgré elle, Michelle s'approcha du poteau et l'effleura.

— Ne pense plus à la chance, pense plutôt à Dieu...

Jada s'interrompit. Un sourire épanoui lui éclaira le visage.

— Rien que de penser à Lui, Dieu t'envoie un miracle. Regarde, dit-elle en tendant la main.

Michelle se tourna dans la direction que Jada lui montrait. Et là, sortant de derrière un garage en trottinant comme s'il n'avait rien fait d'autre que de les suivre comme tous les matins, Pookie apparut.

Michelle tomba à genoux, lui tendit les bras. Pookie s'y précipita.

— Nous l'avons retrouvé ! Ou c'est lui qui nous a retrouvées. Tu as raison, Jada, c'est un vrai miracle.

— Mais non, j'étais sûre que nous le retrouverions. Le miracle, c'est que je sois contente de le revoir, cet affreux petit cocker gâté. Cela fera plaisir aux enfants, n'est-ce pas ? Allons, essayons de ne pas sombrer dans la déprime.

Pendant tout le chemin du retour, Jada parla alternativement de son désir de revoir ses enfants et de son envie d'assassiner Clinton. Et, dans les deux cas, Michelle l'approuva sans restriction.

173

Chapitre 19

Dans lequel surviennent des prises de conscience.

Depuis son retour de Marblehead, Angela avait le plus grand mal à garder ses idées claires. Son père était absent, heureusement, car elle aurait été hors d'état de lui avouer sa stupidité. Elle n'aspirait qu'à sombrer dans le sommeil, à oublier pour un temps sa douleur, sa rage et son humiliation. La trahison de Reid était déjà difficile à accepter, mais que Lisa soit sa rivale dépassait les bornes. S'il existait un nom pour la catégorie d'imbéciles naïves à laquelle elle appartenait, elle n'en connaissait qu'un seul : Angela.

Le lundi matin, ne s'étant pas rendue à l'association, sa mère lui avait téléphoné en la menaçant de venir en personne la tirer du lit. Angela avait réussi à s'habiller et à aller au bureau, où elle arriva avec l'allure d'une cliente effondrée ayant grand besoin d'assistance plutôt que celle d'une avocate efficace prête à la dispenser. Ses collègues l'avaient accueillie avec beaucoup de gentillesse. Michael Rice lui avait serré les deux mains. Bill, le clerc, l'avait invitée à déjeuner et, en guise de consolation, lui avait fait des confidences sur tous les hommes qui lui avaient brisé le cœur. Quant à Susan, la réceptionniste, elle lui avait donné une grosse boîte de chocolats en précisant : « Pour toi toute seule. N'en offre surtout pas aux autres. »

Ce déploiement de sympathie avait eu raison de ses dernières réticences. Elle ne pouvait pas passer le reste de sa vie à pleurer sur son sort, vautrée sur le canapé de son père — quoique ce ne fût pas l'envie qui lui en manquait. Elle pouvait au moins aider d'autres femmes malheureuses. Sa mère avait raison, la cause valait la peine de s'y dévouer. Elle prendrait donc le job, tant pis s'il n'était que temporaire, et elle remplirait son rôle du mieux qu'elle le pourrait. Ses efforts seraient au moins utiles à d'autres, même s'il était trop tard pour en bénéficier elle-même. Et si l'association n'avait plus besoin d'elle au retour de Karen Levin-Thomas, si tant est qu'elle soit en état de revenir un jour, elle collaborerait avec une autre association d'assistance juridique et ferait le travail qu'elle aurait toujours dû accomplir. Des dizaines de dossiers empilés devant elle émanaient trop de peines, trop de trahisons, trop de déceptions. Elle n'était pas la seule Angela au monde, la seule idiote naïve ayant gâché sa vie par son aveuglement et ses erreurs de jugement. Mais qu'il y en ait autant l'accablait.

Elle demeura tard au bureau ce soir-là à étudier les dossiers. Tout valait mieux que retourner chez son père vers une maison vide, un lit défait et un avenir désert. Ses collègues lui dirent bonsoir avant de partir, et elle poursuivit l'étude des dossiers, prit des notes, vérifia les dates d'audience. Ses études lui avaient appris à se concentrer sur son sujet, à ne pas se laisser distraire par la fatigue. Vers sept heures, pour tromper la faim, elle puisa dans la boîte de chocolats.

Elle les avait tous mangés, un à un, quand un phénomène étrange se produisit. Elle ignorait si ses idées s'étaient d'elles-mêmes remises en ordre ou si c'était la conséquence d'une surdose de sucre, mais elle se sentit tout à coup envahie par la colère. Une violente colère.

Toutes ces situations étaient d'une injustice scandaleuse. Toutes ! Était-ce la faute de Mme Huang si son mari lui avait fait signer des documents, sciemment mal traduits, qui la plongeaient dans des ennuis inextricables avec le fisc et les services de l'immigration ? Était-ce la faute de Terry Saunders si son mari, épousé depuis vingt-sept ans, avait falsifié sa signature pour virer tout l'argent du ménage, y compris l'héritage de sa femme, dans un paradis fiscal où il vivait désormais avec l'ancienne baby-sitter de ses enfants ? Mieux valait, tout compte fait, être une imbécile trop confiante qu'un menteur et un voleur. Mieux valait être une Angela Romazzano qu'un Reid Wakefield ou une Lisa Randall. Alors, pour la première fois depuis son infamant anniversaire de mariage, Angela sentit glisser de ses épaules le poids de la honte qui n'avait cessé de l'étouffer. De quoi aurait-elle dû avoir honte ? Et ces femmes dont la conduite était irréprochable ? Avoir été trop confiantes était leur seul tort, leur seul péché.

Oui, elle se consacrerait dorénavant à son travail à l'association. Ce ne serait pas un simple job temporaire, mais une mission. Elle était intelligente, compétente, travailleuse. Elle plaiderait chacun de ces dossiers et les gagnerait. Et si elle n'avait pas choisi ce genre de vie, la vie l'avait choisi pour elle, et elle n'avait plus d'autre choix que de persévérer. Elle aurait pu continuer à mener une agréable existence dans une jolie maison de Marblehead, travailler dans une firme juridique respectable et élever ses enfants tandis que son mari, un homme charmant et séduisant, la trompait avec une louable discrétion et qu'elle affectait de n'en rien voir. Mais, cette vie-là, il n'en était plus question. C'est celle-ci qui s'ouvrait devant elle. Ce ne serait peut-être pas toujours amusant ni agréable, mais au moins elle se rendrait utile.

Il lui restait une cliente à voir ce soir-là. Obligée de faire deux jobs, elle ne pouvait venir qu'après neuf heures du soir. À la demie passée, Angela ouvrit la porte à une femme qui entra humblement, la tête basse, le dos voûté. Une immigrante habituée au dédain des autres qui tremblait de peur devant l'autorité des hommes.

Pauvre Mme Huang...

Le lendemain matin, Angela raccompagnait une cliente quand sa mère arriva derrière elle dans le couloir.

— Tu es libre pour le déjeuner ? s'enquit Natalie.

— J'avais rendez-vous avec Brad Pitt, mais comme j'ai appris qu'il me trompait avec une chanteuse, je peux le décommander.

— Ma pauvre petite ! soupira Natalie. Pas seulement une chanteuse, mais une chorale tout entière.

— De sa part, rien ne m'étonne.

— Tu pourrais te recoiffer, dit Natalie, pendant qu'elles mettaient leurs manteaux. Et prends ta voiture, je devrai peut-être m'attarder.

— La voiture pour aller au *delicatessen* du coin ? Je ne prends même pas mon sac. C'est bien toi qui m'invites, n'est-ce pas ?

— Pas précisément. Je t'ai dit que nous allions déjeuner, je ne t'ai pas dit qui payait. Prends ton sac, monte en voiture et suis-moi.

Dans la guimbarde défraîchie prêtée par son père, Angela fit de son mieux pour s'adapter à la conduite à tout le moins fantaisiste de sa mère. Seule, se dit-elle en souriant, une femme qui a passé toute sa vie à New York sans voiture peut conduire aussi mal.

Mais son sourire s'effaça vite. Avait-elle une vie, elle ? Il était temps qu'elle s'organise. Non qu'elle gagne vraiment de quoi vivre, l'association ne lui versait pour le moment qu'une indemnité journalière qui suffisait à peine à payer ses déjeuners et l'essence de la voiture. Elle ne savait pas encore si elle toucherait davantage. Et où se logerait-elle si elle quittait la maison de son père ? L'idée d'avoir un appartement lui faisait peur. Elle avait pris plaisir à choisir du linge de maison, un aspirateur, des meubles quand elle fondait son foyer avec Reid. Mais le faire pour elle seule ? Cela lui paraissait coûteux, difficile et, surtout, inutile. Mais c'était encore plus inutile, se rappela-t-elle, de l'avoir fait pour un homme qui couchait avec sa meilleure amie. Elle avait tant de sujets de réflexion devant elle !

Le quartier qu'elle traversait à la suite de sa mère était un des plus élégants et des plus anciens de Westchester. Angela ne se voyait pas du tout vivre là ; pas plus, à vrai dire, que dans les autres villes du comté. Elle ne pouvait s'imaginer qu'à New York même, mais elle n'aurait pas eu les moyens de s'y offrir un appartement, car la concurrence était sauvage et les ouvertures étaient rares dans les bons cabinets juridiques.

Et maintenant, sans l'avoir voulu, elle se trouvait embarquée dans cette croisade altruiste. Les enjeux y étaient beaucoup plus importants que dans la routine de testaments et de successions qu'elle avait pratiquée jusque-là. Et elle disposait de beaucoup plus d'autonomie, trop peut-être. L'association était submergée de clientes au point que ses collaborateurs les plus aguerris n'avaient guère de temps à accorder à la formation de nouvelles recrues comme elle. De toute façon, les rapports se maintenaient sur un plan davantage amical que hiérarchique, contrairement à son ancien emploi régi par une discipline paternaliste quasi victorienne.

Angela commençait à se demander où sa mère l'entraînait quand un luxueux hôtel-restaurant apparut sur sa gauche, aménagé dans une superbe vieille maison au milieu d'un parc.

— Qui retrouvons-nous ici ? lui demanda-t-elle après s'être garée.

— Tu verras, répondit Natalie. Ce sera très amusant.

Devenue auteur célèbre, Joanne Metzger avait une mine resplendissante. Des années auparavant, tout juste sortie de la faculté de droit, Angela avait travaillé un été au cabinet de son mari. Bien entendu, Joanne avait été invitée au mariage d'Angela. En voyage au Japon, elle n'avait pu s'y rendre, mais elle avait envoyé le plus beau cadeau qu'Angela ait reçu à cette occasion, un splendide kakemono ancien brodé d'or et de soie. Penser que ce merveilleux objet se trouvait en ce moment au garde-meubles dans une boîte en carton lui donna un petit pincement de cœur. Peut-être devrait-elle s'installer dans ses murs à seule fin d'y accrocher le kakemono.

— Quelle bonne surprise ! s'exclama Joanne. Comment vas-tu, Angie ?

— Très bien, merci.

— Oh oui ! s'esclaffa Natalie. Elle se porte à merveille.

Sur quoi elle entreprit de relater par le menu la triste histoire des déboires conjugaux de sa fille.

Joanne lui exprimait sa sincère compassion quand un serveur vint prendre leur commande. La conversation se détourna alors des malheurs d'Angela et de la conduite indigne de Reid pour aborder le sujet du

179

fonctionnement de l'association. Angela savait que Joanne siégeait au conseil d'administration, mais elle découvrit, en écoutant sa mère, que celle-ci avait déjà chanté ses louanges à Joanne.

— En deux mots, conclut Natalie, nous sommes débordées. Nous continuons à payer son salaire à Karen pendant sa maladie, mais il nous faut un autre avocat que nous devrons payer. Alors, je propose de confier le poste à Angie. Serait-ce du népotisme, à votre avis ?

Joanne éclata de rire :

— Sans l'ombre d'un doute, mais ce n'est pas condamnable pour autant. Après tout, c'est moi qui ai obtenu pour mon fils son job dans l'édition. Mais t'en sens-tu capable, Angie ? Je ne veux pas dire intellectuellement, je suis convaincue que tu es une excellente avocate. Je parle du plan émotionnel. Quand Aaron m'a quittée, j'étais... comment décririez-vous mon état, Natalie ?

— Hallucinée. Angie croit encore qu'ils se rapprocheront, comme l'Alaska se rapprochera de la Sibérie avec un peu de patience.

— Qu'en dis-tu, Angie ? demanda Joanne. Attends-tu qu'il te téléphone ? En es-tu obsédée ? Penses-tu le rejoindre un jour ?

— Jamais ! déclara Angela avec conviction.

Elle hésita, reprit son souffle. Elle n'avait encore rien dit au sujet de Lisa, elle n'en avait pas vraiment envie. Mais, en observant ces deux femmes mûres qui avaient déjà dû entendre des milliers d'histoires encore plus pitoyables, elle décida d'accroître d'un chiffre la statistique en constante progression des idiotes trop crédules.

— J'ai découvert avec qui il me trompait, reprit-elle. Avec ma meilleure amie, une collègue.

— La petite garce ! s'exclama Natalie. Ne va surtout pas croire que c'est toi l'idiote, ma chérie. L'imbécile, c'est elle.

Joanne avait écouté en hochant la tête, les yeux clos.

— Cela ne te consolera pas, je sais, dit-elle en rouvrant les yeux, mais il aurait pu faire pire. Coucher avec une sexologue, par exemple.

La bouche pleine de salade, Angela ne put s'empêcher de rire.

— Sans doute, mais ces choses-là n'arrivent pas dans la réalité.

— Oh, mais si ! déclara Natalie en désignant Joanne d'un signe de tête. Elle payait sa sexologue deux cents dollars de l'heure pour parler de sa vie sexuelle avec son mari pendant que celle-ci sautait ledit mari.

— C'est vrai ? s'écria Angela, incrédule.

— Littéralement, pas tout à fait, admit Joanne. Elle ne me coûtait que cent soixante-quinze dollars de l'heure et elle ne « sautait » pas mon mari pendant que je lui parlais. Disons qu'ils... prenaient tous les deux leur élan. Sur le moment, j'en ai été malade, poursuivit-elle en souriant. Aujourd'hui, je ne me considère plus comme une victime. Cela reste une partie désagréable de ma vie, mais je l'ai dépassée.

Comme elles finissaient de déjeuner, Natalie reprit la discussion sur le fonctionnement de l'association. Elles abordaient le prochain budget quand le serveur apporta leurs cafés.

— De quels fonds aurons-nous besoin ? demanda Joanne. Parce que mon dernier contrat avec mon éditeur...

Angela en prit prétexte pour s'excuser. D'abord, parce qu'elle ne voulait pas les entendre discuter de sujets financiers, encore moins de son salaire. Mais, surtout,

181

parce qu'elle sentait soudain la tête lui tourner et une nausée se former au creux de son estomac. Peut-être fallait-il l'imputer à l'assaisonnement trop épicé de la salade.

Quand elle atteignit l'autre bout de la salle et le vestibule des toilettes, elle courait presque. Elle n'eut que le temps d'ouvrir la première porte qui se présentait et de se pencher sur le siège avant de vomir avec une force qui la stupéfia. En trois giclées, elle était entièrement vidée.

Appuyée à la cloison, le front couvert d'une sueur froide, elle se demanda si sa confession à sa mère et à Joanne avait été plus éprouvante qu'elle ne le croyait. Et quand elle actionna la chasse d'eau, elle eut l'impression d'évacuer en même temps les images de Reid et de Lisa.

Chapitre 20

*Dans lequel on voit Michelle naviguer en solitaire
et Jada partir à la dérive.*

Michelle enfila son pull rose et se coula dans sa jupe
de flanelle grise sans même avoir besoin de faire un
effort. La terreur de la semaine passée qui lui avait
coupé l'appétit avait aussi dû modifier son métabo-
lisme, car elle avait visiblement maigri. Son corps, toujours élancé, paraissait s'être étiré en longueur. Mais,
alors qu'elle espérait que cette cure d'amaigrissement
involontaire l'embellirait, l'aspect de son visage dans
le miroir lui apporta un pénible démenti. Elle avait les
pommettes trop saillantes, les joues trop creuses, le nez
trop accusé. Ses cheveux trop blonds lui donnaient un
teint maladif. Toujours jolie sans faire beaucoup d'efforts, elle comprit qu'il lui faudrait cette fois un maquillage en règle avant d'oser se montrer en public.

Jada et elle étaient tombées d'accord pour reprendre
toutes deux leur travail. « Si tu continues à passer tes
journées enfermée chez toi à brosser Pookie, tu finiras
chez les fous », lui avait dit Jada, et Michelle comprit
qu'elle parlait aussi pour elle-même. La veille au soir,
elle avait donc annoncé à Frank qu'elle retournerait à
la banque. Comme prévu, Frank avait protesté que ce
n'était pas la peine, mais Michelle avait besoin de ce
retour à une vie normale. Elle voulait s'arracher à cette

maison, profanée d'une manière telle que ses produits d'entretien étaient incapables d'en effacer les souillures. À la banque, elle retrouverait aussi quelques collègues, pas de vraies amies comme Jada, mais des femmes avec qui elle entretenait depuis longtemps de bonnes relations de camaraderie. Sa liste de dommages était complète, accompagnée des justificatifs, factures et reçus nécessaires. En reprenant son travail à la banque, elle occuperait surtout son esprit plus utilement qu'à ressasser ses craintes du marécage juridique dans lequel Frank et elle s'enlisaient. Et, d'ailleurs, leur défense s'annonçait si coûteuse qu'ils auraient probablement tous deux besoin de son salaire, argument qu'elle s'était bien gardée d'exposer à Frank. Il était visiblement soucieux, mais il ne lui en parlait jamais.

« Écoute, ils n'ont rien contre moi, ils ne m'ont même pas inculpé », répétait-il, ce qui ne l'empêchait pas de passer des heures au téléphone avec Bruzeman. Comment, se demandait-elle parfois, Frank peut-il se permettre de travailler moins alors que ses dépenses, tant pour la remise en état de la maison que pour les honoraires de son avocat, sont plus élevées que jamais ?

Michelle sortit un instant de sa chambre pour aller récupérer ses rouleaux chauffants que Jenna lui avait empruntés sans, bien entendu, penser à les lui rendre. Elle allait entrer dans la chambre de sa fille quand elle entendit un bruit au rez-de-chaussée. Un grattement à la porte. Le chien ? Elle dévala l'escalier en appelant Pookie. Depuis son retour, Dieu merci, Frankie dormait toute la nuit sans se réveiller.

Pookie grattait en effet à la porte. Qui se trouvait derrière ? Un flic ou pis ? Refusant de se laisser intimider, Michelle ouvrit pour ne découvrir que le journal gratuit d'annonces locales gisant sur le seuil. Sans se donner la peine de le ramasser pour le jeter à la poubelle, elle referma et caressa Pookie, son bon « chien de garde ».

Le cœur encore battant, elle remonta, prit ses rouleaux chez Jenna, alla dans la salle de bains. Puis, les rouleaux une fois branchés, elle ouvrit l'armoire où elle rangeait ses tubes et ses pots, en sélectionna quelques-uns et entreprit de se faire une beauté. Sa pâleur, ses yeux cernés de noir et ses lèvres livides faillirent la décourager, mais elle se mit à l'ouvrage. Elle devait cesser, mieux, il était vital qu'elle cesse de s'apitoyer sur elle-même. Jada était bien plus à plaindre. Que pouvait-elle éprouver sans ses enfants et sans nouvelles de Clinton, à l'exception d'un bref message sur son répondeur : « Les enfants sont avec moi, ils vont bien » ? De quoi frémir...

Oui, le sort de Jada était cent fois pire que le sien. Michelle, elle, avait toujours son mari et ses enfants. Sa famille était intacte, alors que Jada se retrouvait seule au monde, séparée de tous ceux qu'elle aimait. Elle dut s'arrêter d'y penser, car elle sentait les larmes lui monter aux yeux et le mascara qu'elle venait d'appliquer menaçait de couler. De toute façon, elle avait fini et il était déjà huit heures.

Elle examina dans le miroir le résultat de ses travaux de ravalement. Sa peau était maintenant d'une jolie nuance ivoire vierge de taches de son, ses joues et ses lèvres d'un rose plaisant. Ses cernes avaient disparu comme par miracle. Il ne lui restait qu'à affronter le monde extérieur avec courage. Un courage dont elle n'était pas sûre de posséder une réserve suffisante.

Après en avoir discuté, Jada et Michelle avaient décidé de reprendre leur travail ce matin-là. Avec les frais de divorce qu'elle allait devoir assumer, Jada ne pouvait pas se permettre de s'absenter une journée de plus. Et, bien qu'elles eussent préféré venir ensemble à la banque, Jada avait jugé que ce ne serait pas une bonne idée. Un instant, Michelle en avait été blessée : Jada refusait-elle d'être vue en public avec elle ? À la réflexion, elle avait compris. Jusqu'à présent, elles arrivaient toujours chacune dans sa voiture. Changer leurs habitudes n'aurait pu que faire jaser.

Michelle entra dans le parking un peu avant neuf heures et prit une profonde inspiration en mettant pied à terre. Ce retour à la normale valait mieux que les hauts et les bas de la semaine précédente. Tu n'es coupable de rien, se dit-elle. Tout se passera bien.

Le garde de service à l'entrée du personnel la salua amicalement. Michelle ouvrit son armoire-vestiaire, y pendit son manteau, alla à la machine à café. Elle n'avait été absente que quelques jours ouvrables, mais elle fut émue de constater que son gobelet était toujours à la même place. Elle le remplit avant de se diriger vers son bureau mais, à l'instant où elle allait le poser, elle se rendit compte que ce bureau n'était plus le sien. Les photos de Frank et des enfants, le petit pot de lierre, cadeau de la dernière fête des Mères avaient disparu. Aucun des objets sous ses yeux ne lui appartenait.

L'estomac noué, elle regarda autour d'elle avec crainte. Lui jouait-on une cruelle plaisanterie ? L'observait-on pour voir comment elle réagirait ? Plusieurs employés s'entretenaient avec des clients, Anne était au téléphone, les autres semblaient éviter son regard. La main soudain tremblante, Michelle s'assit quand même et se hâta de poser son café de peur d'en renverser partout. Elle ne savait que faire quand Anne raccrocha enfin et s'avança vers elle.

— Bonjour Michelle, dit-elle avec une fausse désin-

voiture. Pendant votre absence, les consultants ont réorganisé l'implantation des postes de travail. Le vôtre est maintenant là-bas, dans l'alcôve.

La cloison intérieure formait un décrochement près de l'entrée de la salle des coffres, renfoncement convoité par certains employés parce qu'il offrait une sorte d'intimité en abritant son occupant des regards du public. C'était, bien entendu, l'endroit le plus mal choisi pour une personne en contact constant avec la clientèle.

— Mais... c'est la place de Betsy ! protesta Michelle.

Betsy était chargée de l'accès à la salle des coffres.

— Elle recevra ses clients au comptoir afin que nous ne soyons plus obligés de tout le temps nous déranger pour aller la chercher. Nous y gagnerons sûrement en efficacité.

Sur quoi, Anne tourna les talons et regagna sa place, où elle affecta de garder la tête baissée comme si elle cherchait un dossier dans ses tiroirs classeurs.

Cramoisie sous son fond de teint ivoire, Michelle se releva et gagna son nouveau poste. Coincée entre la cloison et le bureau, elle était enfermée comme dans un placard. Son champ de vision rétréci lui rappela les religieuses de son école, dont les cornettes faisaient office d'œillères. Elle ne pouvait plus voir les clients qui entraient ni les deux premiers rangs de ses collègues, seulement la cloison vitrée du bureau de Jada. Elle était seule dans son coin, isolée des autres, hors de vue. Simple coïncidence ? Elle ne pouvait pas y croire. Alors, penchée sur les dossiers de demandes de crédit personnel étalés devant elle, Michelle essaya de se rappeler comment sourire.

À la fin de la matinée, personne ne lui avait adressé la parole à l'exception de deux demandeurs de prêt. De peur de subir une rebuffade aussi odieuse que celle de la rousse de l'école, elle s'était abstenue d'aller bavarder avec l'un ou l'autre de ses collègues. Sans sombrer dans la paranoïa, elle était maintenant convaincue qu'on l'avait changée de place pour l'éloigner des « honnêtes gens ». Si elle avait peine à croire que Jada aurait permis qu'on lui inflige un pareil traitement sans réagir, elle n'en était pas certaine. Car Jada n'était pas seulement son amie, elle avait avant tout besoin de son salaire pour nourrir ses enfants.

Maintenant qu'elle le sentait menacé, Michelle se rendait compte qu'elle tenait à son job. Elle aimait se rendre utile, aider ses clients à réorganiser leurs budgets, à présenter leurs demandes de manière à avoir gain de cause. Son travail lui donnait aussi l'occasion de rencontrer des gens intéressants et d'avoir le soir des sujets de conversation avec Frank, quand il lui racontait sa journée. Et même s'il lui arrivait, trop souvent à son gré, d'être obligée de refuser un prêt à des personnes qui en avaient réellement besoin, son travail lui plaisait, lui paraissait facile et lui faisait passer des journées somme toute agréables.

En revanche, se retrouver isolée dans un placard et délibérément ignorée par ses collègues n'avait rien d'agréable, se dit-elle en pensant avec remords au pauvre Pookie qu'elle enfermait parfois quand il avait fait une bêtise. Mais peut-être se faisait-elle à tort une montagne du dépaysement de son nouvel emplacement dans la banque, d'un peu d'embarras de la part de ses collègues. Il lui suffirait sans doute de faire le premier pas pour que tout lui semble de nouveau normal et qu'elle considère son déménagement comme un avantage...

Elle en était là de ses réflexions quand le téléphone sonna.

— Michelle ? Jada.

— Salut. Tu t'en sors bien ?

— Je regrette de n'avoir pas pu t'appeler plus tôt, mais il a fallu que j'affronte le patron, je viens de passer une heure avec les gens de l'informatique et je suis incapable de te dire de quoi ils ont parlé.

Michelle laissa échapper un soupir de soulagement : Jada ne la snobait donc pas comme les autres.

— Veux-tu que je vienne ? Nous pourrions déjeuner ensemble.

— Il vaut mieux pas. Écoute, pour être tout à fait franche, je subis des pressions en ce qui concerne ton job. Pas de gros problème, non, juste un peu de pression. Mais je crois que...

— Bien sûr, bien sûr, se hâta de dire Michelle, la gorge nouée.

— J'ai aussi besoin de ton aide.

— Tu peux y compter. À quel sujet ?

— Ouvre ton dernier tiroir de droite. Et ne regarde pas dans ma direction.

Michelle ouvrit le tiroir et en sortit un formulaire rédigé par Jada. Une demande de prêt de dix mille dollars. Bigre ! pensa-t-elle.

— Je l'ai. Et alors ?

— Je ne sais pas comment m'en sortir, Michelle. J'ai déjà donné un chèque de dix mille dollars à Bruzeman.

— Dix mille ? répéta Michelle, effarée. Il t'a demandé autant que ça ?

— Et ce n'est qu'un début. Mais s'il me redonne mes enfants, cela en vaut la peine.

— Ce ne sera pas commode. Je n'aurais jamais imaginé...

— Le pire, c'est que je n'arrive pas à le joindre au téléphone. Il est tout le temps au tribunal ou en conférence ou je ne sais où.

— Il est très pris, c'est vrai. Mais parce qu'il est bon.

— Si bon qu'il m'a pris de l'argent que je n'avais pas et que je n'entends plus parler de lui, dit Jada avec amertume.

Michelle se demanda combien il demandait à Frank. Sûrement beaucoup plus, en tout cas.

— Comment comptes-tu assurer les remboursements ?

— Tu as la réponse devant toi.

Michelle baissa les yeux sur le formulaire, les releva vers le bureau de Jada. Elle était debout, tenait le combiné d'une main et, de l'autre, se massait la nuque. En voyant que Michelle la regardait, elle lui tourna le dos avec un geste d'impatience.

— Je t'ai dit de ne pas me regarder ! lança-t-elle sèchement.

Elles gardèrent toutes deux le silence une longue minute.

— Écoute, Michelle, reprit Jada, je n'ai pas l'intention d'escroquer la banque et je ne te demande pas de faire quelque chose de malhonnête. Je pourrai apporter la maison en garantie dès que j'aurai obtenu la signature de Clinton, il ne pourra pas me la refuser. Étudie ma demande comme n'importe quelle autre, mais arrange-toi pour que cela aille vite. Parce que si je ne mets pas d'argent sur mon compte dans les quarante-huit heures, mon chèque à Bruzeman sera d'un bois dont sont faits les gibets pour se pendre. D'accord ?

— D'accord. Au fait, pendant que je t'ai au bout du

190

fil, peux-tu me dire pourquoi on m'a reléguée dans ce coin ?

— Ordre du patron. Il était inquiet, quelques imbéciles lui ont fait des réflexions, paraît-il. Quand tout cela sera tassé, tu n'auras plus à te soucier que d'une ou deux andouilles irrécupérables. Mais, pour le moment, je n'ai sous les yeux qu'une forêt d'andouilles.

— Ce n'est pas un joli spectacle.

— Je crois que si. C'est moins répugnant que leurs trognes.

Michelle ne put s'empêcher de rire, un rire qui la libéra de ses craintes et de ses frustrations. Jada était son amie envers et contre tout, et elles survivraient ensemble à cette mauvaise passe.

Michelle remplit la série de formulaires indispensables à l'approbation de l'emprunt de Jada et appela au siège les services concernés pour obtenir verbalement leur accord de principe. Elle s'arrangea pour antidater les documents, de sorte que le dossier de Jada donne l'impression d'être traité avec un retard imputable à l'absence de Michelle, sinon à son incompétence. Il lui suffit ensuite de déclarer à ses interlocuteurs : « Vous ne me croirez pas, mais j'ai laissé sous le coude pendant huit jours la demande de crédit de ma patronne ! » En sous-entendant que son job était peut-être en jeu, elle se ménagea ainsi la sympathie et la coopération de bureaucrates peu réputés, d'habitude, pour leur célérité à expédier les dossiers. De fait, Michelle n'eut pas grand effort à faire pour se montrer convaincante. Les chiffres communiqués par Jada ne rendaient pas la transaction suspecte ni même peu crédible.

Un problème toutefois subsistait, du point de vue de

Michelle du moins. Si Jada était en mesure, non sans difficulté, de rembourser son emprunt à peu près en temps voulu, elle ne disposerait plus d'aucune marge de manœuvre pour faire face aux frais de son divorce et ne pourrait pas emprunter dix mille dollars de plus si Bruzeman exigeait une nouvelle provision, ses ressources ne le justifieraient pas. Or, si Bruzeman était habile et efficace, il n'était ni patient ni altruiste. Quelles options restait-il à la pauvre Jada ? Un avocat moins coûteux mais sans doute moins bon ? L'assistance juridique ?

Avec un soupir, Michelle consulta sa montre — de sa place, elle ne pouvait plus voir l'horloge murale — et constata qu'il était près de trois heures, heure de la fermeture au public. Elle se levait pour se dégourdir les jambes et aller chercher un café au distributeur quand elle entendit le bruit d'une altercation à la porte.

Elle ne se retourna même pas. Tous les jours ou presque, un énergumène arrivait au moment de la fermeture pour faire un dépôt ou un retrait toujours d'extrême urgence. Et tous les jours, ou presque, les gardes qui gagnaient à peine plus que le minimum se délectaient de pouvoir refouler des banlieusards prospères en leur disant que le règlement, c'était le règlement. Ce jour-là, cependant, le tapage croissait. L'horloge marquait précisément quinze heures. Michelle jeta un coup d'œil à la porte. Le garde poussait de toutes ses forces, tandis qu'un quidam assez mal vêtu résistait de son mieux, le pied coincé entre la porte et le montant. Dans la salle, les employés se désintéressaient de l'incident et vaquaient à leurs occupations.

Mais le personnage était en mauvaise posture, car le garde, un fort gaillard, poussait de telle sorte que quelque chose devait à l'évidence finir par céder, le pied ou la porte en verre.

— Arrêtez ! lui lança Michelle en passant. Vous allez le blesser, et il fera un procès à la banque.

Le garde se retourna pour voir d'où venait l'injonction et, le temps d'une seconde à peine, s'écarta de la porte. Ce répit suffit au client obstiné, qui se faufila dans l'entrebâillement et s'avança vers Michelle en boitant. S'attendant qu'il la remercie, elle esquissa un sourire, mais l'autre lui demanda sèchement où était la directrice.

Seigneur ! pensa-t-elle. Je lui ai sauvé le pied, je l'ai laissé entrer, et il ne pense qu'à faire une réclamation.

— Est-ce indispensable de voir la directrice ? demanda-t-elle le plus aimablement qu'elle put. Je peux peut-être vous renseigner.

— Vous vous appelez Jada Jackson ?

— Non.

— Alors, je n'ai rien à vous dire.

Sur quoi, il se dirigea vers la cloison vitrée du bureau directorial au fond de la salle. Michelle le vit parler à Anne puis, sans attendre que celle-ci prévienne Jada, ouvrir la porte du bureau et y entrer. Du distributeur de café dont elle s'était rapprochée, Michelle vit Jada lever les yeux avec étonnement et Anne se redresser en protestant.

Michelle abandonna son gobelet sur la machine et se précipita à la rescousse. En arrivant près de la porte, elle entendit l'homme demander à Jada si c'était bien elle Mme Jackson. Michelle n'eut pas le temps d'intervenir pour dire que Mme Jackson était absente quand Jada répondit par l'affirmative. C'est alors que le clerc d'huissier — Michelle s'en voulut de ne pas l'avoir aussitôt compris — sortit une enveloppe de sa poche et la mit de force dans la main de Jada.

— Ceci est la signification d'un jugement. Considérez qu'il vous est remis en bonne et due forme devant témoins.

Sans rien ajouter, l'homme tourna les talons et reprit en boitant la direction de la sortie, tandis que Jada décachetait l'enveloppe.

— Oh, mon Dieu ! gémit-elle en se laissant tomber sur son siège.

Michelle accourut près d'elle.

— Le tribunal a attribué le droit de garde temporaire, reprit Jada. À lui. À Clinton.

— Mais tu n'es même pas encore passée devant le tribunal ! Tu...

— C'est lui qui y est allé, dit Jada en poursuivant sa lecture. Lui, Clinton, qui remettait toujours au lendemain, le roi de la perte de temps, pour une fois il n'en a pas perdu, le salaud ! Qu'est-ce que fichait Bruzeman pendant ce temps ? Comment a-t-il pu laisser faire une monstruosité pareille ? Je dois payer une pension alimentaire pour l'entretien des enfants parce que c'est Clinton qui en a la garde.

— C'est grotesque ! C'est invraisemblable ! Le tribunal ne peut pas faire une chose pareille !

Jada leva un instant les yeux des papiers pour regarder Michelle :

— Si, la preuve. Et c'est moi qui étais censée prendre l'initiative ! Du moins, je croyais que Bruzeman l'aurait déjà fait.

— Le salaud, c'est lui ! A-t-il déjà encaissé ton chèque ? Tu ferais bien de faire tout de suite opposition.

— Et surtout de prendre un autre avocat. C'est incroyable ! Moi, obligée de payer Clinton pour qu'il

194

m'enlève mes enfants ? Je n'y crois pas. Je n'y crois pas...

— C'est dément. Grotesque. Tes enfants ne peuvent pas être privés de leur mère, Clinton est incapable de s'en occuper. Tu n'es quand même pas obligée de payer !

— Non, je ne suis pas obligée de payer, répondit Jada d'une voix qui semblait tout à coup venir de très loin. Je peux très bien décider de ne pas payer et être jetée en prison.

Chapitre 21

Dans lequel se nouent de nouvelles connaissances.

Assise à côté de Michelle à la place du passager, Jada aurait été parfaitement immobile si ses mains n'avaient pas été saisies d'un tremblement incontrôlable. Une demi-heure plus tôt, dans son bureau, elle avait été incapable de signer une note intérieure. Depuis, elle se sentait métamorphosée en pierre, si pesante et si froide qu'elle s'était étonnée que la suspension de la voiture n'ait pas poussé de gémissements de protestation quand elle s'était laissée tomber sur le siège.

Tout en conduisant, Michelle bavardait sans interruption dans l'espoir de la distraire et de la réconforter.

— Écoute, Clinton t'a prise de vitesse, c'est vrai, mais rien n'est perdu. Ces gens que nous allons voir doivent savoir comment défendre les intérêts des femmes, le mot « femmes » figure dans leur raison sociale. Je ne sais pas si leur clientèle est uniquement féminine ou si ce sont toutes des avocates...

Après l'irruption du clerc d'huissier, Michelle avait fait de son mieux pour aider Jada à amortir le choc. Elle l'avait entraînée dans la salle de la photocopieuse avec une pile de papiers comme si c'était normal, avait pendu la pancarte « En panne » au bouton de porte à l'extérieur et fermé la porte à clé, bien que ce soit contraire au règlement, avant de passer une série de coups de téléphone. C'est ainsi qu'elles se trouvaient maintenant en route pour les bureaux d'une association d'assistance juridique spécialisée dans la défense des droits des femmes.

Michelle continuait à bavarder pour meubler le silence quand elle lança un regard en coin à Jada et se tut en voyant son expression.

— Excuse-moi, je parle, je parle... Je suis tellement désolée, je ne sais pas comment t'aider... Tu préfères que je me taise ?

Hors d'état d'articuler un son, Jada fit un signe de tête négatif. Elle n'arrivait pas encore à assimiler le fait que Clinton soit allé aussi loin. Qu'un homme qui ne faisait strictement rien depuis des années soit parvenu à tramer et à réussir une vengeance aussi sordide qu'éclatante avec tant de rapidité et d'efficacité, cela dépassait son entendement. Elle croyait connaître l'homme avec qui elle s'était mariée, mais ce comportement était aussi inattendu qu'effrayant. De quels autres coups tordus était-il capable ?

Michelle se concentrait sur la conduite comme si la route menaçait de déboucher tout à coup sur un gouffre ou de se perdre dans des sables mouvants. De temps en temps, elle en détournait cependant les yeux pour observer Jada et lui prodiguer un encouragement.

— Ne te laisse pas aller, Jada. Réagis.

Jada faisait de son mieux. La liasse de documents sur ses genoux lui faisait l'effet d'une bête venimeuse dont elle ne pouvait détacher le regard. Des phrases lui sautaient au visage comme autant de gifles : « indisponible pour ses enfants la journée entière et la plupart des soirées », « absorbée par ses activités professionnelles », « ambition purement égoïste au détriment de ses responsabilités familiales ». Ses mains s'étaient remises à trembler. Un gémissement lui échappa.

— Allons, allons, tout va s'arranger, dit Michelle.

Elle avait pris le ton apaisant qu'elle aurait employé avec Jenna ou avec Frankie, mais il s'agissait d'autre chose que d'un gros bobo.

— Tu n'as donc rien compris à ce qui est écrit là ? riposta Jada. Non, ça ne va pas s'arranger. Il tente de me faire passer pour une mère indigne, pour qui le travail est plus important que ses propres enfants. De faire croire que je gagne seule l'argent du ménage parce que je ne pense qu'à ma carrière. Et il veut que je continue à l'entretenir avec les enfants alors que c'est lui qui a quitté le domicile conjugal !

— Mais enfin, cela ne tient pas debout ! s'écria Michelle. Tu es une mère exemplaire. C'est toujours toi qui t'occupais de tout pour eux, toi seule. Il ne peut s'agir que d'une erreur qui sera corrigée, d'un malentendu qui sera éclairci, j'en suis sûre. Ces gens de l'association vont faire le nécessaire, tu verras.

Jada secoua la tête sans mot dire. Bien sûr, elle était soulagée de ne plus voir Bruzeman, mais que valait cette association ? Quand ses enfants étaient malades, elle s'adressait toujours à des médecins privés, jamais à des dispensaires. Allait-elle confier cette maladie-ci, la plus grave de son existence, à cette sorte de dispensaire juridique ? La bonne volonté et l'altruisme n'étaient pas des garanties d'efficacité.

Et que savait Michelle pour parler avec tant d'assurance ? C'était une Blanche qui laissait son mari la dorloter. Elle n'avait aucune notion de la réalité, de la dureté de la vie. Comment une femme comme elle pouvait-elle comprendre la crainte de l'autorité, des juges, des tribunaux héritée de ses parents immigrés ? Jada pouvait comprendre comment la police s'arrogeait le droit de briser la vie et la réputation d'un innocent, mais Michelle se rendrait-elle jamais compte avec quelle facilité la personnalité de Jada pouvait être déformée au point qu'on la présente sous les traits d'une mère indigne ? Et quelle confiance avoir dans le jugement de Michelle ? C'était elle qui l'avait confiée à Bruzeman, alors même que Clinton, pour la première et unique fois de sa vie, avait su choisir un avocat plus rapide et plus efficace que tous ceux qu'elle aurait pu engager. Bien sûr, son amie tâchait de l'aider, mais Jada ne pouvait s'empêcher de penser que le fossé qui les séparait était trop large et trop profond pour être comblé un jour.

Comme si elle avait lu dans ses pensées, Michelle lui toucha le genou avant d'entrer dans le parking de l'association.

— Essayons quand même. D'après Ruth Adams, ils ont tiré sa sœur d'un épouvantable pétrin.

Luttant avec peine contre son envie de pleurer, Jada se força à la suivre. Dans la salle d'attente, elle se trouva assise entre une Asiatique qui frottait sans arrêt le dos d'une de ses mains avec la paume de l'autre et une femme plus âgée qui arborait un œil au beurre noir. C'est le bouquet, pensa-t-elle. Me voilà avec les névrosées et les femmes battues. Prostrée sur la banquette, elle laissa à Michelle le soin de communiquer avec la réceptionniste.

Un long moment plus tard, après que les deux autres femmes eurent été appelées, ce fut le tour de Jada. Elle pensa d'abord y aller sans Michelle pour ne pas se montrer à elle dans l'état pitoyable où elle craignait d'apparaître. Mais, à la réflexion, elle avait besoin de sa présence pour la réconforter et témoigner devant ce nouvel avocat qu'elle n'était pas un monstre. Elle se leva, prit le poignet de Michelle et l'entraîna vers le couloir. Michelle lui sourit et la suivit sans poser de question. La réceptionniste les fit entrer dans un minuscule bureau incroyablement encombré. Deux chaises étaient disposées entre des classeurs. Une jeune femme, plus jeune qu'elles semblait-il, se leva pour les accueillir. Elle avait des cheveux noirs bouclés et en désordre, de petits yeux brillants, une large bouche aux lèvres d'une étonnante couleur saumon.

— Bonjour, dit-elle, la main tendue. Je suis Angela Romazzano.

N'étant pas d'humeur à serrer la main de qui que ce soit, Jada y déposa ses papiers et s'écroula sur une des deux chaises, dont elle constata que le dossier déboîté lui sciait le dos.

Michelle prit alors la parole :

— Il arrive à mon amie la chose la plus scandaleuse du monde. Elle a passé ces cinq dernières années à entretenir sa famille et c'est maintenant que son mari, qui n'a pas gagné un sou tout ce temps-là et la trompe sans vergogne, disparaît en enlevant leurs enfants et lui demande une pension alimentaire. Il n'en a pas le droit, n'est-ce pas ?

— Il l'a pourtant fait, répondit la jeune femme qui écoutait en lisant les papiers. Le pire, ajouta-t-elle, c'est qu'il demande le droit de garde en présentant sa femme comme une mère indigne et lui-même sous les traits du père stable et attentionné exerçant la seule bonne influence à la maison.

Les yeux de Jada s'emplirent de larmes de rage. Avant qu'elle ait pu articuler une réponse, Michelle parla de nouveau à sa place :

— Écoutez, mon amie a dû prendre un job d'employée de banque au salaire minimum afin de mettre de quoi manger sur la table de la famille. En cinq ans, elle a gravi les échelons jusqu'à devenir directrice de l'agence. Personne ne l'avait poussée ni favorisée, personne ne voulait même lui attribuer ce poste, mais elle était trop compétente pour qu'on l'ignore. Malgré tout, elle rentrait chez elle tous les soirs, je la voyais. Elle faisait la cuisine, préparait à ses enfants des repas sains et reconstituants avec des légumes, que les miens n'ont jamais voulu manger. Elle les emmenait tous les dimanches à l'église.

Michelle s'interrompit. Dans le silence qui suivit, Jada lança à son amie un regard plein de gratitude.

— Et, pendant ce temps, reprit Michelle en s'échauffant, son minable de mari passait ses journées à se tourner les pouces, sauf quand il courait derrière un jupon. Et le voilà qui abandonne sa femme en enlevant les enfants, qu'elle n'a pas revus depuis. Cela me tuerait, mais Jada est plus forte que moi, elle se contente d'en devenir folle. Cela ne vous tuerait pas, vous, une histoire pareille ?

— Je ne peux même pas imaginer une telle chose.

Il y avait dans sa voix une compassion si sincère que Jada cessa de sombrer dans le désespoir. Elle aspira une grande goulée d'air, mais sa respiration dégénéra en un long sanglot entrecoupé de quintes de toux, et elle s'enfouit le visage dans les mains pour que les autres ne voient pas sa colère, sa terreur et sa honte.

La jeune avocate tendit la main et agrippa celle de Jada d'une poigne étonnamment ferme.

— Écoutez, vous n'avez rien à vous reprocher. C'est lui qui se conduit malhonnêtement et qui a engagé un avocat sans scrupules. Mais tout cela peut être corrigé. Je ne pourrai pas sauver votre mariage, bien sûr, mais l'association vous aidera à retrouver vos enfants et à régler votre divorce dans de meilleures conditions.

Jada releva la tête et s'essuya les yeux avec ses poings fermés — le même geste que faisait Kevon, se dit-elle avec un pincement de cœur.

— Mais je ne peux toujours pas les voir maintenant, c'est bien ça ? Il faut que je me résigne à les lui laisser ? Et cet argent qu'il me demande, poursuivit-elle en montrant la signification du jugement. Cette somme représente presque tout ce que je gagne ! Et il a le droit de se prélasser chez sa maîtresse, une roulure au chômage, pendant que je dois travailler pour entretenir ma famille qu'il m'a volée ?

Angela affermit sa prise sur la main de Jada, remonta vers le poignet qu'elle serra encore plus fort, comme si elle la tirait d'un torrent où elle se noyait.

— Ce ne sont que des allégations mensongères. C'est vicieux, mais ce n'est pas très grave. En fait, c'est typique. Nous aurons nous aussi des conclusions à soumettre à la cour. Et s'il a pris les devants, cela le rend aussi plus vulnérable. En attendant, je vais immédiatement obtenir pour vous un droit de visite, peut-être dès demain. Nous avons de bons amis au tribunal des affaires familiales, je parlerai au juge et j'aurai une discussion avec l'avocat de votre mari.

— Moi, j'aimerais bien que Frank ait une discussion avec Clinton, intervint Michelle. Avec une bonne matraque...

— Non, surtout pas ! l'interrompit-elle. Nous devons avant tout agir efficacement. Et légalement. Cela demandera du travail, il nous faudra les preuves fiscales de votre obligation d'avoir un emploi, des dépositions de témoins de moralité, etc. Il faudra peut-être présenter les enfants à un psychologue et trouver quelqu'un qui puisse témoigner des rapports de votre mari avec cette... Tonya Green, ajouta-t-elle après avoir vérifié sur le document.

Sans savoir pourquoi — la jeune avocate ne faisait que parler, après tout —, Jada eut confiance en elle. Cette femme allait peut-être l'aider à sortir de son cauchemar.

— Je présente dès aujourd'hui une requête pour le droit de visite, reprit Angela. Vous retrouverez vos enfants, je vous le promets.

— Alors, vous voulez bien vous charger de mon affaire ? demanda Jada. Vous vous occuperez de tout ?

— Tous les dossiers sont soumis à l'approbation du conseil de l'association, mais un cas aussi extrême et flagrant que le vôtre sera accepté à coup sûr. C'est exactement pour les situations de ce genre que nous voulons nous battre.

— Je veux que ce soit vous qui vous en chargiez. Si l'association accepte de me défendre, je veux que ce soit par vous.

— Je ne suis pas la plus expérimentée de...

— Cela m'est égal. Je ne connais pas les autres, mais vous, au moins, vous vous intéressez aux gens.

Michelle donna à Jada un discret coup de pied à la cheville en lui murmurant quelque chose que Jada n'entendit pas.

— Vos honoraires, répéta Michelle à voix haute. Combien cela coûtera-t-il ?

— Ah oui, les honoraires, dit Jada au souvenir de la provision exorbitante exigée par Bruzeman. Vous êtes une association sans but lucratif, je sais, mais votre travail n'est sûrement pas gratuit.

— Nous appliquons une échelle d'honoraires gradués. Bien entendu, les rapports d'expertise et les frais judiciaires sont à la charge du client, bien que nous disposions de fonds pour certains cas spéciaux. Écoutez, poursuivit Angela après avoir marqué une pause, vous avez d'autres soucis en tête pour le moment. Vous paierez ce que vous pourrez, et si vous ne pouvez pas, eh bien, nous vous représenterons quand même. L'association reçoit des subventions dans ce but, c'est même pourquoi nous existons. Voulez-vous un café, mesdames ? ajouta-t-elle avec un sourire.

Jada lui emprisonna la main entre les siennes.

— Merci, dit-elle. Merci, mille fois merci.

Angela se leva. Elle paraissait beaucoup plus jeune que Michelle et elle, mais Jada ne se posait plus de questions sur sa compétence ou sa capacité à se faire écouter par un juge ; elle était une véritable dynamo et elle avait du cœur. Jada eut envers Michelle un élan de reconnaissance de l'avoir amenée ici et des remords d'avoir eu de mauvaises pensées sur les « femmes blanches ».

— Alors, vous en voulez ? répéta Angela. Nous avons des pâtisseries toutes fraîches, et j'adore avoir une conférence de stratégie en grignotant des gâteaux. Rien de tel qu'une bonne dose de sucreries pour arranger les situations les plus compliquées.

Michelle sourit. Angela contourna son bureau et s'arrêta un instant à la porte :

— Je ne plaisantais pas tout à l'heure, madame Jackson. Vous reverrez vos enfants sous quarante-huit heures.

Et, en attendant le retour d'Angela, l'expression lugubre sur le visage de Jada s'estompa. En partie, du moins.

Chapitre 22

Dans lequel Angela apprend de quelle surface
une femme seule a besoin pour se loger.

La décision d'Angela était prise : elle s'installerait chez elle. Depuis son déjeuner avec Joanne Metzger, elle savait pouvoir s'en sortir grâce au modeste salaire promis par l'association. Le tout, maintenant, était de savoir où chercher un logement, et comment.

Elle n'avait jamais réellement vécu seule auparavant. Pendant ses études, elle avait partagé des appartements avec des camarades. Ensuite, elle avait vécu quelques mois chez une amie avant de rencontrer Reid. Elle était consciente, en tout cas, de ne plus pouvoir continuer à habiter chez son père, mais elle ne connaissait personne avec qui partager un logement, et il n'y avait pas de place pour elle dans celui de sa mère. Une fois sa décision prise, elle ignorait toutefois comment s'y prendre pour la mettre en œuvre. Dans quel quartier chercher, quel loyer pouvait-elle se permettre ? Elle savait simplement qu'elle ne voulait plus s'encombrer d'une colocataire et elle avait envie de retrouver ses affaires, qui lui coûtaient cher en frais de garde-meubles — enfin... disons plutôt qui coûtaient cher à son père.

Au bureau, elle se renseigna auprès de Bill.

— Il faut d'abord décider où, répondit-il. Je veux dire, il y a un monde de différence entre White Plains et Scarsdale, qui n'a rien à voir avec les quinze kilomètres de distance.

Il lui décrivit ensuite le charmant rez-de-jardin qu'il partageait avec son bon ami et lui communiqua le nom et l'adresse de son agent immobilier, « une folle démente mais qui connaît le marché comme sa poche », précisa-t-il. Il lui indiqua aussi quel journal publiait les annonces les plus intéressantes, journal qu'Angela acheta à l'heure du déjeuner et qu'elle étala sur la table en attendant son sandwich.

« Adorable et inondé de soleil » attira son attention. *Douillet 2 pces, vue dégagée, fabuleux rangements. Une affaire à 1 200 $ ch. comp.* Angela écarquilla les yeux : douze cents dollars, une affaire ? Elle poursuivit sa lecture. « Studio de charme », *rez-de-chaussée, silence, patio privatif, 600 $. Chiens non admis.*

Elle l'entourait d'un trait de crayon quand elle entendit derrière elle une voix masculine :

— Laissez tomber, c'est sans intérêt.

Elle se retourna et reconnut Michael Rice, un des avocats de l'association.

— Vous cherchez un appartement ? reprit-il.

Elle répondit d'un signe affirmatif, hésitant entre se réjouir de sa sollicitude et s'irriter de son intrusion.

— Le premier est beaucoup trop cher et le deuxième doit être aussi lumineux qu'un puits de mine. Vous permettez ? ajouta-t-il en désignant le siège libre à côté d'elle.

Angela se poussa un peu pour lui faire de la place.

— Je viens de passer par là, reprit Michael Rice, et j'ai appris le jargon des annonces immobilières. Je vais vous les traduire. *Douillet* veut dire exigu. *Silence* et *rez-de-chaussée* dans la même annonce signifient une sorte de trou noir. Un rez-de-chaussée n'est pas toujours sombre, mais dans ce cas il est assorti de *plein sud* ou de *inondé de soleil*. Et si, par-dessus le marché, le loyer paraît anormalement bas, c'est que l'appartement est situé dans un quartier qui ne vous plairait sûrement pas. Vous commencez à comprendre ?

Angela ne put s'empêcher de sourire.

— Je n'en ai pas encore saisi toutes les subtilités. Que pensez-vous de celui-ci, par exemple ? « Fabuleux ! » *Plein soleil, chaleureux, vue superbe, lingerie, gym. Salle à manger pouvant servir de chambre d'amis.*

— Cela veut dire grand immeuble genre cages à lapins ou hôtel-club près des voies ferrées, parce que c'est là qu'on en trouve le plus. Fréquents changements de locataires, parce qu'ils travaillent à New York et déménagent à la première occasion. Et quand le loyer n'est pas indiqué, il est hors de prix.

— Vous avez rédigé des annonces immobilières avant de devenir avocat ? demanda Angela en souriant.

— Peut-être dans une vie antérieure. *Somptueuse villa les pieds dans l'eau, vue imprenable sur le Nil et les pyramides. À saisir !*

Cette fois, elle rit franchement.

— Ce doit être difficile à inventer.

— Non, c'est la lecture qui est difficile. On est vite désorienté. Mais quand on sait vraiment ce qu'on veut et qu'on tombe sur un agent qui vous écoute, on trouve assez vite.

— À vous entendre, c'est facile, dit-elle en repliant le journal.

— Mais oui ! répondit Michael en riant. La vie est toujours facile, c'est bien connu. Je suis sur un dossier épineux au bureau, poursuivit-il en commandant un sandwich à emporter, sinon je serais resté avec plaisir. Mais vous devriez appeler la dame de l'agence avec

207

laquelle j'ai traité. C'est une vieille bavarde, mais elle connaît son métier. Esther Anderson, elle est dans l'annuaire. Donnez-lui donc un coup de fil.

Il prit son sandwich et s'en alla en saluant d'un geste de la main.

Angela s'étonna d'éprouver une sorte de déception. Allons, il est marié, lui dit une moitié de son cerveau. Et alors ? Je voulais juste déjeuner avec lui, répondit l'autre moitié. Ouais, rétorqua la première, c'est probablement ce que s'est dit Lisa la première fois...

Elle allait attaquer son sandwich quand elle sentit soudain son estomac protester. Une minute plus tard, elle dut se précipiter aux toilettes et vomir dans le lavabo, faute de temps pour ouvrir la porte des toilettes.

C'est ainsi qu'Angela s'engagea dans une nouvelle vie sociale. Après sa journée de travail, elle visitait des appartements avec divers agents immobiliers. Mais, au lieu de considérer ces allées et venues comme une corvée ou les efforts brouillons d'une femme désorientée par la solitude, elle avait décidé d'en faire une distraction, au même titre qu'une pièce de théâtre dont elle eût été à la fois le metteur en scène et le public. Le logement visité constituait le décor, le ou les négociateurs en étaient les acteurs. La plupart du temps, à vrai dire, ceux-ci manquaient de talent et la faisaient bâiller. Mais il lui arrivait de tomber sur une comédienne-née, telle Mme D'Orio — « Faites comme mes amis, appelez-moi Loulou » —, qui émaillait les visites de commentaires souvent hilarants sur tout, de la disposition des fenêtres aux motifs du papier peint. Elle expliquait aussi en détail comment tirer le meilleur parti des lieux, en montrant par exemple sur quelles étagères il *fallait* ran-

208

ger la vaisselle ou dans quelle prise brancher le moulin à café.

Ce fut toutefois la recommandation de Michael Rice qui se révéla la meilleure : Esther Anderson était une perle. Angela se rendit vite compte qu'elle était plus bavarde qu'une vieille pie et qu'elle aurait exaspéré sa mère, mais sous le déluge de paroles transparaissait une sincérité foncière qu'Angela apprécia. « Vous pouvez avoir mieux que cela, ma chère petite », ou bien : « Celui-ci n'est pas pour vous, il n'aurait pas convenu non plus à M. Rice. » Ou encore : « Il vous irait peut-être s'il y avait davantage de rangements. Vous devez pouvoir faire tenir toutes vos affaires sans vous encombrer d'armoires, elles sont très incommodes, croyez-moi sur parole. »

Ce fut dans un appartement disposant de rangements suffisants qu'Angela sentit tout à coup sa tête tourner et une nausée prendre des proportions inquiétantes. Qu'est-ce qui se passait ? Ses désordres sentimentaux attaquaient-ils son système digestif ? Elle fit un signe désespéré à Mme Anderson et se rua vers la salle de bains, d'où émanèrent aussitôt les bruits les plus embarrassants. Après avoir actionné la chasse d'eau à plusieurs reprises et s'être rincé la bouche dans le lavabo, elle se demanda pourquoi elle était aussi souvent malade. Elle ne se faisait pas une montagne des visites d'appartement, son père insistait pour qu'elle demeure chez lui et sa mère était disposée à l'aider dans la mesure de ses moyens. Alors, avait-elle peur de vivre seule au point de vomir pour un oui ou pour un non ? Elle n'avait toutefois aucun symptôme de la grippe ni d'une autre maladie. Elle ferait peut-être bien d'aller voir un médecin.

Quand elle rejoignit Mme Anderson, celle-ci examinait

un placard en observant qu'on ne pourrait pas y conserver du vin parce que les tuyaux du chauffage passaient à l'intérieur.

— Il tournerait vite en vinaigre. Auriez-vous mangé quelque chose qui ne vous a pas convenu ? ajouta-t-elle avec sollicitude.

— Je ne sais pas.

— Ce doit être vos nerfs. Au moins, vous savez que ce n'est pas la nausée du matin, nous sommes déjà dans la soirée.

En rentrant chez son père en voiture, Angela eut un nouveau malaise, mais pas au point de vomir. Ce qui la rendait le plus malade, c'était de penser qu'elle pouvait être enceinte. Elle s'efforça de remonter le cours du temps, de se rappeler quand Reid et elle avaient fait l'amour pour la dernière fois, exercice douloureux mais nécessaire. Était-ce la veille de leur anniversaire de mariage ou la nuit précédente ? De quand dataient ses dernières règles ? Elle était arrivée chez son père sans rien, pas même une brosse à dents, encore moins une boîte de Tampax, et elle n'en avait pas acheté depuis. L'angoisse lui serra la gorge. Bien sûr, elle était hypernerveuse et cela suffisait peut-être à bouleverser son cycle. Mais il valait mieux en avoir le cœur net et s'arrêter à la plus proche pharmacie acheter un test de grossesse.

Elle ne s'y arrêta pourtant pas. Parce que si elle était enceinte de Reid, que diable allait-elle devenir ?

210

Chapitre 23

Dans lequel Michelle a de bonnes raisons d'éprouver elle aussi des nausées.

Après avoir raccompagné Jada au parking de la banque où elle avait laissé sa voiture, Michelle fit un bref arrêt au supermarché et se hâta de rentrer chez elle avant le retour des enfants. Elle avait à peine eu le temps de préparer leur goûter quand le bus scolaire s'arrêta devant la maison. Pookie leur fit fête, et Michelle était elle-même si heureuse de les voir qu'elle aurait dansé. Elle se contenta de les serrer dans ses bras un peu plus fort que d'habitude.

Le plaisir de Frankie en se précipitant sur son goûter lui fit oublier les ennuis qui s'étaient abattus sur Frank et elle. Elle avait ses enfants, sa famille était intacte et, à force de ténacité, ils finiraient par surmonter leurs problèmes judiciaires. Elle essaya de chasser la triste image de Jada, sans doute seule chez elle au même moment. Elle y penserait tout à l'heure, lui téléphonerait, l'inviterait peut-être à dîner. En servant leur lait aux enfants, elle se souvint d'elle-même pour la première fois depuis des jours, s'en versa un verre et commença à le boire avec ses vitamines.

— Tu ne sais pas la catastrophe qui nous tombe dessus ? demanda Jenna entre deux bouchées.

Michelle faillit s'étrangler sur la dernière gorgée. De

211

quelle nouvelle horreur avaient-ils été victimes dans le bus ou à l'école ? Ces derniers jours, pourtant, le calme semblait être revenu. Les gens, Dieu merci, ont la mémoire courte et un scandale chasse toujours l'autre à la une des journaux. Frank n'avait cessé d'affirmer qu'on n'avait rien à lui reprocher et qu'il n'était pas même inculpé, mais sa présomption d'innocence ne changeait rien à la méchanceté des enfants.

— Quoi donc ? parvint-elle à demander.

— Mme Blackwell nous a donné des *tonnes* de devoirs de maths à faire pendant le week-end.

Michelle refréna de justesse un soupir de soulagement.

— Ma pauvre chérie ! Mais ton papa est très fort en maths, il te donnera un coup de main.

Jenna approuva, et glissa discrètement un biscuit sous la table à Pookie, diversion dont Frankie profita pour se resservir.

— Je peux jouer avec Kevon tout à l'heure ? voulut-il savoir.

Michelle hocha négativement la tête. Comment lui expliquer la disparition de son ami ? L'image de Jada seule et désespérée lui revint douloureusement à l'esprit.

— Pas aujourd'hui, mon chéri, mais tu pourras regarder des cassettes vidéo et jouer avec papa, il est rentré de bonne heure.

Sa fourgonnette était en effet garée dehors. Mais où était Frank ? se demanda-t-elle. Qu'on le veuille ou non, il était impossible d'ignorer sa présence à la maison : à peine rentré, il mettait de la musique ou plantait un clou, quand il ne regardait pas un match à la télé avec le volume au maximum ou braillait au téléphone.

— Jenna, arrête de tripoter ces biscuits et mange-les,

dit Michelle. Je veux te voir avec tes devoirs devant toi quand je redescendrai.

Elle prit Frankie par la main et l'emmena dans le living. Le marchand de meubles avait livré un nouveau canapé, les livres avaient repris leur place sur les étagères, des lampes neuves remplaçaient les anciennes en miettes et la pièce avait retrouvé son allure accueillante. Il ne manquait que quelques coussins, qu'elle se promit d'acheter le lendemain. Bruzeman ferait bien de se débrouiller pour lui obtenir le remboursement total — et au-delà.

Frankie installé devant la télévision, Michelle partit à la recherche de Frank, Pookie sur ses talons. Il n'était pas dans l'atelier qu'il s'était aménagé au fond du garage. Quand elle passa la tête par la porte de son bureau, elle crut qu'il n'y était pas non plus, car la pièce était silencieuse et plongée dans la pénombre. Mais un léger bruit la fit sursauter et elle entra. Pookie l'avait déjà précédée en frétillant vers le coin le plus obscur. À la lumière provenant du couloir, elle vit alors que Frank était assis à son bureau, dans le vieux fauteuil dont il n'avait jamais voulu se séparer et qui les avait suivis dans tous leurs déménagements.

Le voir assis dans le noir, une main crispée sur l'accoudoir en plastique et l'autre caressant distraitement le chien, donna à Michelle un sentiment de malaise. Lui qui avait si bien résisté jusque-là, craquait-il maintenant sous les terribles pressions auxquelles il était soumis ? Il ne s'était même pas tourné vers elle alors qu'il ne pouvait pas ignorer sa présence sur le pas de la porte. Pourtant, il ne dormait pas puisqu'il avait les yeux ouverts.

— Frank ? appela-t-elle à voix basse.

Elle n'avait pas élevé la voix, moins par crainte que

les enfants ne l'entendent — le bureau était isolé au bout du couloir près de l'entrée du garage — que parce qu'elle avait peur de lui parler plus fort. Elle dut répéter son nom pour qu'il fasse enfin pivoter le fauteuil dans sa direction, mais sans tourner son regard vers elle. Ses yeux restaient fixés sur la fenêtre comme s'il était la proie de quelque hallucination et voyait quelque chose dehors, à travers les stores fermés.

Michelle se figea. Elle avait aussi peur de fermer la porte et de se retrouver dans le noir avec Frank que d'allumer la lumière et de découvrir une réalité encore plus pénible. Malgré la distance et l'obscurité, elle sentait la douleur de son mari, une souffrance aussi palpable que le canapé sur lequel elle venait d'asseoir son fils.

— Qu'y a-t-il, Frank ? se força-t-elle enfin à demander. Tu ne te sens pas bien ? Tu es malade ?

La soirée avec papa qu'elle avait promise aux enfants était sérieusement compromise. À l'évidence, Frank n'était pas en état de faire quoi que ce soit. Encore épuisée de son après-midi avec Jenna, elle le réconforterait si, comme elle le redoutait, ses nerfs avaient fini par le lâcher et elle ferait de son mieux pour le dissimuler aux enfants.

— Qu'y a-t-il, Frank ? répéta-t-elle avec douceur.

— Je vais être inculpé, Michelle. Moi, ils vont m'inculper.

Malgré elle, Michelle recula de deux pas pour s'adosser au mur. La tête lui tournait.

— Mais comment peuvent-ils t'inculper ? Et de quoi ?

— Je ne sais pas. La décision a été prise en secret. C'est monstrueux mais c'est légal, paraît-il. D'après Bruzeman, l'enquête durait depuis des mois. Le procureur a dû réussir à convaincre le juge qu'il disposait de preuves solides. Je n'en sais pas plus.

— Mais enfin, personne n'était au courant ? Pas même Bruzeman ? Pas même notre député ou tes amis au conseil ? Personne ?

— S'ils savaient quelque chose, ils n'ont rien dit, en tout cas, répondit Frank d'une voix tremblante de colère. Quand je pense à tous ces déjeuners que je leur ai offerts, à toutes ces contributions à leurs campagnes électorales ! À quoi cela sert, hein ? Quant à Bruzeman...

Il s'interrompit un instant, se passa les mains dans les cheveux.

— ... Je suis bien obligé de lui faire confiance, reprit-il un peu plus calmement, il est le meilleur de tout Westchester. Tant que je le paie, je peux me fier à lui. Mais je...

Il se tut de nouveau. Michelle détectait dans sa voix une panique qui la terrifiait.

— Qu'est-ce que tout cela veut dire ? demanda-t-elle.

— Rien. Cela ne veut rien dire.

— Non, Frank, ne me dis pas cela à moi. Ne me dis pas que tout cela ne signifie rien. Être inculpé, cela veut dire quelque chose. Je ne suis plus une gamine, Frank, ne cherche pas à me protéger en me cachant la vérité. As-tu payé quelqu'un pour étouffer l'affaire ? Essaies-tu de savoir de quoi dispose le procureur pour t'incriminer ?

— Nous avons essayé les deux, avoua Frank.

— Et alors, que s'est-il passé ? Tu m'as affirmé qu'ils n'avaient rien contre toi, qu'il n'y aurait pas de poursuites. Vas-tu me dire ce qui se passe, à la fin ?

Il y eut un silence, pendant lequel Michelle n'entendit plus que le battement de son sang dans ses oreilles.

— La mise en examen me sera signifiée bientôt, peut-

215

être même dès lundi. Je serai accusé d'avoir organisé et de contrôler un réseau de distribution de cocaïne et d'amphétamines.

Michelle laissa échapper un gémissement si fort que Frank se détourna pour se soustraire à son regard.

— Bruzeman en a été informé à temps pour nous en avertir mais trop tard pour stopper la manœuvre. Je suis innocent, Michelle, poursuivit-il en se tournant à nouveau vers elle. Tu le sais que je suis innocent. Tu le sais, n'est-ce pas ?

Elle aurait mieux fait de se taire ou d'approuver, mais elle ne put s'empêcher de parler.

— Tu m'avais juré que cela n'irait pas plus loin. Il s'agit bien d'une erreur, n'est-ce pas ?

— Bien sûr que c'est une erreur ! Me prendrais-tu pour un trafiquant de drogue ? Pourquoi je passerais mes journées à me geler sur des chantiers avec les zèbres qui travaillent pour moi ? Aurais-je les mains gercées et calleuses comme elles le sont si je vendais de la drogue au lieu de monter des murs et de couvrir des toitures ? Je n'aurais jamais cru que tu me poserais une pareille question, poursuivit-il d'un ton presque plaintif. Ont-ils découvert quoi que ce soit ici ? Est-ce que je roule dans une Mercedes flambant neuve ou dans une vieille camionnette Chevrolet ? Avons-nous un million de dollars planqué sur un compte en banque dont tu ne m'as pas parlé, hein ? Que tu m'aies posé cette question, je ne peux pas y croire, répéta-t-il. Non, je ne peux pas y croire.

Michelle sentit les larmes lui monter aux yeux. Elle non plus ne pouvait pas y croire. Une erreur aussi manifeste, aussi énorme pouvait quand même entraîner leur ruine, morale autant que matérielle. Comment, pourquoi avaient-ils été choisis, elle et lui, parmi des millions de gens pour être soumis à une telle torture ?

Elle aurait voulu lui demander comment il avait pu se montrer si cruel envers elle en lui parlant sur ce ton, mais la question était inutile. À l'évidence, il était hors de lui et elle n'avait rien à lui envier. Elle ne savait même plus ce qu'elle éprouvait... sauf une soudaine nausée. Le verre de lait et les vitamines se révoltaient dans son estomac. Il ne lui fallut pas plus de dix secondes pour comprendre qu'elle serait incapable de les garder plus longtemps. Elle se précipita dans le couloir et parvint à atteindre l'atelier de Frank où elle se vida sur le ciment, aussi près qu'elle put de la bonde dans le coin de la pièce.

Elle vomissait pour la troisième fois au prix de spasmes et de contractions affreusement douloureuses quand elle sentit les mains de Frank se poser sur son dos. Hors d'état de bouger, de parler, de lui faire signe, elle demeura courbée en deux, prête pour une nouvelle crise. Mais celle-ci ne vint pas.

Lentement, elle se redressa, s'essuya la bouche du revers d'une main, ses yeux trempés de larmes du revers de l'autre en espérant que les enfants n'avaient rien entendu, et se tourna enfin face à son mari.

— Mon Dieu, Frank, qu'allons-nous devenir ? gémit-elle.

Il la prit par les épaules, la regarda en face. La peine, les regrets assombrissaient ses yeux noirs.

— Je suis innocent, Michelle. Tu en es convaincue, n'est-ce pas ?

Elle ne put qu'acquiescer d'un hochement de tête.

— Eh bien, nous nous battrons, reprit-il. Nous serons unis devant cette absurdité, nous nous protégerons l'un l'autre, nous ferons de notre mieux pour protéger les

217

enfants et nous lutterons. Une inculpation n'est pas une condamnation. Je ne sais pas pourquoi ils s'acharnent à vouloir ma peau, mais ils ne l'auront pas, je te le jure.

Les mains de Frank descendirent de ses épaules, il l'entoura de ses bras, l'attira contre lui. Elle se détourna pour masquer l'odeur fétide de sa bouche.

— Combien cela va-t-il coûter ? murmura-t-elle en pensant aux dix mille dollars extorqués à Jada par Bruzeman.

Combien Frank avait-il déjà donné à ce petit salaud ?

— Ne t'inquiète pas de cela, je m'en occuperai. Toi, prends bien soin des enfants. De Jenna, de Frankie et de moi aussi, ma chérie. Tu en auras la force ?

Michelle était loin d'en être certaine, mais elle acquiesça — comment aurait-elle pu dire non ? Serrés l'un contre l'autre, ils restèrent un long moment ainsi, en silence.

— Nous gagnerons, je te le promets, Michelle, dit-il d'une voix qui se brisa. Nous gagnerons. Ne me lâche pas, c'est tout ce que je te demande. Soutiens-moi, je t'en prie. Ne m'abandonne pas.

Chapitre 24

Dans lequel Jada est physiquement lavée mais moralement lessivée.

Jada macérait dans la baignoire où elle laissait couler un filet d'eau chaude. D'habitude, elle n'aimait que les douches rapides, mais, dans cette maison désormais hostile et déserte, le seul endroit où elle se sentait en sûreté n'était autre que la salle de bains. Ce n'est que là, réfugiée dans la baignoire, que ses mains cessaient de trembler, même si son esprit continuait à battre la campagne.

Son comportement dépassait les bornes du bizarre, elle le savait (combien de bains avait-elle pris ce jour-là, quatre ou cinq ?), mais la baignoire exerçait sur elle une attraction magnétique, et ce n'est qu'après s'être plongée dans une eau brûlante à la limite du supportable que son angoisse commençait à se dissiper. Elle en sortait, se séchait, se rhabillait et s'attaquait à quelque menue tâche domestique, qu'elle laissait inachevée, ou allumait la télévision pour se retrouver une heure plus tard de nouveau attirée par la baignoire.

Elle n'y était pas la veille au soir, heureusement, quand sa mère lui avait téléphoné comme elle le faisait rituellement chaque semaine. Malgré le réconfort apporté par la voix maternelle, elle avait voulu épargner à ses parents les détails de sa situation actuelle. Quand sa mère avait demandé à parler aux enfants, Jada avait répondu qu'ils jouaient chez les voisins. Elle détestait mentir mais, dans le cas présent, elle était sûre que Jésus lui pardonnerait.

Au moins Jada n'avait pas à se soucier que sa mère lui demande des nouvelles de Clinton, elle n'avait jamais éprouvé d'affection pour son gendre. Et, si elle avait gardé le silence pour ne pas inquiéter ses parents, Jada répugnait aussi à admettre que sa mère avait eu raison de se méfier de Clinton. En raccrochant, elle avait quand même eu des remords de n'avoir pas été franche, alors que sa mère ne voulait que son bien. Pourquoi cette fierté mal placée qui l'empêchait de se confier à sa propre famille ? Son orgueil la perdrait un jour...

Elle avait essayé de se justifier vis-à-vis d'elle-même en se disant que, une fois son cas soumis au tribunal et après avoir revu ses enfants, elle y verrait plus clair et serait en mesure de parler de sa situation. De fait, elle se serait félicitée de reprendre ses enfants, changer les serrures de la maison, jeter Clinton dehors une fois pour toutes et mener ensuite la vie d'une mère célibataire. Ses parents ne l'auraient sûrement pas condamnée, même si les bons chrétiens des îles jetaient sur le divorce un regard réprobateur. Cette conversation avec sa mère la veille au soir lui avait fait du bien, mais lui laissait malgré tout un arrière-goût amer. Si seulement elle pouvait être à la Barbade, sa vraie patrie où elle n'avait jamais vécu et qu'elle ne connaissait que pour y avoir fait de courts séjours. Là-bas, entre sa maman et ses enfants, elle n'aurait plus rien à craindre.

La nuit précédente avait été la plus longue de sa vie. Elle allait de pièce en pièce, allumait la lumière, l'éteignait. Les chambres vides des enfants lui faisaient peur, la cuisine lui paraissait à l'abandon, le living trop grand pour y rester seule. Sa chambre était la pire. Jamais plus elle ne pourrait dormir dans le lit qu'elle avait partagé avec Clinton. Aussi, elle avait passé la nuit couchée sur le canapé du living et s'était levée à cinq heures du matin sans avoir vraiment dormi. La matinée lui avait paru interminable en attendant midi, heure à laquelle elle allait enfin revoir ses enfants, car la jeune avocate de l'association avait réussi à obtenir du juge un droit de visite temporaire. Jada avait fait opposition sur son chèque à Bruzeman et annulé sa demande de prêt, puisque cette avocate gratuite se révélait au moins aussi efficace — et certainement plus sympathique — qu'un dispendieux juriste dépourvu d'humanité. C'est avec une profonde gratitude qu'elle avait accueilli le coup de téléphone annonçant qu'elle pourrait voir Shavonne, Kevon et Sherrilee deux heures ce jour-là et deux autres heures le dimanche suivant. Angela Romazzano avait agi avec promptitude ; et même si la limite de deux heures semblait à Jada aussi ridicule qu'injurieuse, c'était mieux que rien.

La veille, Michelle lui avait téléphoné deux fois. La première pour l'inviter à dîner et la seconde, après onze heures du soir, pour prendre de ses nouvelles. Elle lui avait même proposé de venir passer la nuit avec elle « pour que le silence ne finisse pas par te rendre malade. Tu me connais, je peux jamais me taire plus de trente secondes », avait-elle essayé de plaisanter. Bien qu'elle ait été sincèrement touchée, Jada avait décliné les deux propositions. Elle ne se sentait pas de taille à supporter une présence même amicale et, surtout, elle devait s'entraîner à tout affronter seule, puisqu'elle avait l'air condamnée à vivre désormais dans la solitude.

Elle jeta un coup d'œil à sa montre, posée en équilibre sur le bord de la baignoire, et se rendit compte qu'il était temps de se préparer. Dans la chambre, elle alla directement à la penderie en évitant de regarder le lit. Comment s'habiller pour aller rendre visite à ses enfants kidnappés avec la bénédiction de la loi ? Elle se décida pour un pantalon et un chemisier exotique, faciles à porter tout en lui donnant un air de fête, comme si elle avait fait un effort.

Elle s'apprêtait à se coiffer quand le téléphone sonna. Elle se précipita, imaginant déjà le pire : Clinton refusait de lui laisser voir les enfants, son avocate lui annonçait que le juge avait changé d'avis, l'hôpital l'avertissait qu'un des enfants était gravement malade. Les mains de nouveau tremblantes, elle réussit à décrocher et à porter le combiné à son oreille.

— Allô ? dit-elle d'une voix rauque.

— Jada, c'est toi ? fit la voix de Michelle. Tu es malade ?

— Seulement dans la tête.

— Veux-tu que je te conduise là-bas ?

— Non, j'y arriverai seule. Mais si tu y tiens, tu peux me suivre pour t'assurer que je ne tuerai pas Clinton à coups de pistolet.

— Quoi ? s'exclama Michelle, effarée. Tu as une arme ?

Malgré son désarroi, Jada eut un élan d'affection pour Michelle, toujours crédule mais si foncièrement bonne. En pensant aux garces qui lui avaient renvoyé ses brownies, Jada se dit que, si elle devenait un jour démente pour de bon, elle les liquiderait elles aussi.

— Non, je n'ai pas de pistolet, répondit-elle. Tu connais beaucoup de directrices de banque armées jusqu'aux dents ? Et puisque je te pose des questions, je continue. Qu'est-ce que je vais dire aux enfants, sans savoir ce que Clinton leur a raconté de son côté ? Et qu'est-ce que je vais faire avec eux ? Je n'aurai même pas le temps de les ramener ici, le trajet aller-retour me prendrait mes deux heures.

— Dis-leur que tu les aimes et que tout cela sera bientôt fini, comme je l'ai dit aux miens. Dis-leur que ta dispute avec leur papa ne durera plus très longtemps. Essaie aussi de savoir comment ils vivent. Leur père les a-t-il mis dans une nouvelle école ? Qui leur fait la cuisine ? Ce genre de choses, tu sais. Et puis, prépare-leur des affaires qu'ils aiment bien, tu sais, des T-shirts, des pantoufles, des choses comme ça.

Jada répondit qu'elle l'avait déjà fait pendant son insomnie.

— Mais je ne voudrais pas leur en emporter beaucoup, ajouta-t-elle. Ils se sentiraient trop chez eux là où ils sont.

— Voyons, Jada, cet endroit doit leur paraître si vide sans toi. Et chez toi, c'est... l'horreur. Tu dois avoir peur, non ?

— Tu ne peux pas savoir. Se sentir exposée à...

— Je sais, Jada. Je sais, crois-moi.

— Oh ! Excuse-moi, il est presque midi. Il faut que je file.

Jada raccrocha, mit ses Reebok, vérifia dans son sac si elle avait bien ses clés de voiture, les clés de la maison, des mouchoirs, un tube de rouge, de la monnaie pour les parcmètres, de l'argent pour le déjeuner, ses gants. Puis, armée de tout le nécessaire sauf d'un pistolet, elle alla au garage et monta en voiture.

Clinton la fit attendre vingt minutes dans le froid avant de sortir en portant Sherrilee, suivi de Shavonne et de Kevon. Jada ne voulut pas descendre de voiture, en partie par crainte de céder à la tentation de se livrer

223

à des voies de fait sur Clinton. Elle ouvrit la portière du côté passager, puis la portière derrière elle. Shavonne se précipita à côté de sa mère tandis que Kevon grimpait à l'arrière.

— Tu es en retard, dit-elle à Clinton par sa vitre entrouverte. Je ne les ramènerai pas avant quatre heures vingt.

Tout en parlant, elle apercevait la silhouette corpulente de sa belle-mère qui commençait à descendre l'escalier. Sans dire un mot, Clinton déposa le bébé à l'arrière dans son siège et referma la portière. Jada s'efforça de déchiffrer son expression, aussi opaque qu'une feuille de bristol noire. Entre-temps, Shavonne — qui depuis plus d'un an affectait de mépriser les marques d'affection en public — s'était pendue au cou de sa mère. Jada l'embrassa tendrement.

— Allons-y, les enfants, leur dit-elle.

— Deux heures, pas une de plus, déclara Clinton en montrant ostensiblement sa montre.

Sans un regard, Jada démarra pour s'éloigner le plus vite et le plus loin possible de l'homme qui réduisait sa vie en cendres.

Jada se gara dans le parking du McDonald's, les installa tous trois à une table. Puis, afin de les occuper pendant qu'elle allait chercher les repas au comptoir, elle sortit de son sac trois albums à colorier et une boîte de crayons de couleur.

— Je veux m'asseoir à côté de maman ! clama Shavonne.

— Moi aussi ! déclara Kevon.

Cette petite preuve d'amour émut Jada.

— Vous vous assiérez tous les deux à côté de moi, et Sherrilee sera en face sur la grande chaise. Maintenant, soyez sages. Shavonne, tu surveilleras le bébé, je n'en ai pas pour longtemps. En attendant, faites un concours de dessin. Celui qui aura le mieux colorié son album gagnera un prix.

En passant devant lui, elle embrassa les cheveux de Kevon.

— Je veux que tu m'embrasses moi aussi, dit Shavonne.

Jada obéit sans se faire prier. Elle avait remarqué que ses cheveux, comme ceux de Kevon et du bébé, ne sentaient pas franchement mauvais mais... pas frais. Depuis combien de temps ne leur avait-on pas lavé la tête ? se demanda-t-elle. Clinton est-il incapable de veiller à ce que les enfants soient propres ? Leur envie d'être embrassés était tout à fait inhabituelle, surtout chez Shavonne qui fuyait les signes d'affection. À l'évidence, ils étaient troublés, sinon déboussolés.

Le restaurant n'était pas trop bondé, Dieu merci. Ne sachant pas vraiment que faire avec eux en si peu de temps, Jada avait très mal planifié ses deux heures. Comme il faisait trop froid pour aller dans un parc public, elle les avait emmenés dans un grand centre commercial pour leur montrer le village du Père Noël, bien qu'on ne soit qu'au début de novembre. Elle aurait cent fois préféré les ramener à la maison, se glisser avec eux dans son grand lit et les serrer contre elle en leur racontant des histoires ou même en regardant la télévision. Mais ne disposant que de deux heures, elle avait dû se contenter de ces lieux publics. Elle n'avait pas encore eu non plus l'occasion de leur parler. Ignorant comment Clinton leur avait présenté leur enlèvement, elle ne savait même pas par quel biais aborder le sujet.

Elle leur lança un coup d'œil en attendant son tour au comptoir. Un peu somnolente au début, Sherrilee était maintenant bien réveillée et déchirait allégrement les pages de son album. Debout sur sa chaise pour avoir plus de force, Kevon appuyait tant qu'il pouvait sur son crayon tandis que Shavonne coloriait une page avec soin. Quand elle eut pris livraison de sa commande, Jada eut un soupir de regret à l'idée de nourrir ses enfants avec autant de graisses, de féculents et de sucres. Mais ils avaient l'air affamés. Qu'est-ce que Clinton et sa mère leur donnaient à manger ?

L'assortiment de Big Mac et de frites fut avalé en silence et avec appétit. L'estomac trop noué pour les regarder manger, Jada sirota son décaféiné en consultant sa montre. Il ne lui restait que vingt-huit minutes. Elle s'étonnait de ne pas mieux profiter de ces quelques moments avec eux et, quand ils se remirent à leurs coloriages, elle eut honte d'éprouver une sorte de soulagement.

Kevon avait colorié un gros oiseau, comme le reste de la page d'ailleurs, en bleu turquoise.

— C'est idiot, lui fit observer Shavonne. Il devrait être jaune.

— C'est pas un oiseau, rétorqua Kevon, c'est tante Tonya.

Jada sursauta. *Tante* Tonya ? Un instant, elle craignit de ne plus pouvoir se maîtriser et de se mettre à hurler. Au prix d'un effort, elle parvint à se calmer, tendit deux frites à Sherrilee et se tourna posément vers Kevon.

— Tu n'as pas de tante Tonya, mon chéri, dit-elle d'une voix qui sonna à peu près normalement à ses oreilles.

— C'est notre baby-sitter, répondit-il en poursuivant ses crayonnages. Papa nous l'a dit.

— Je ne suis pas un bébé et je n'ai pas besoin de baby-sitter, intervint Shavonne. Elle s'appelle

Mme Green et elle n'est pas du tout de cette couleur, elle est marron foncé. Est-ce que je gagne le prix, maman ? ajouta-t-elle en montrant le résultat de ses efforts artistiques.

Avec un pincement au cœur, Jada discerna un éclair de peine, de doute peut-être, dans le regard de sa fille.

— Elle a une robe de cette couleur, déclara Kevon. Et elle m'a donné deux petites autos, tu veux les voir ?

Il plongeait la main dans sa poche quand Sherrilee s'étrangla sur une frite. Jada se précipita, l'alerte passa. En l'embrassant, elle sentit de nouveau dans ses cheveux comme une odeur de vieux pain rassis.

— Qui s'occupe de Sherrilee ? demanda-t-elle d'un ton aussi neutre que possible.

Elle n'aurait pas dû inciter les enfants à rapporter, elle le savait, mais elle avait dépassé le stade des scrupules.

— La tante, l'informa Kevon.

— Mes affaires me manquent, dit Shavonne. Mon sweater bleu et mon sac à dos avec les chats. Je les retrouverai à la maison.

— Oui, rentrons vite à la maison, approuva Kevon.

Jada prit le bébé sur ses genoux, parvint à sourire.

— Je vous ai apporté quelques affaires, dit-elle.

Elle sortit de son sac les pantoufles préférées de Shavonne, qui la regarda avec étonnement.

— Mais je n'en ai pas besoin maintenant, déclarat-elle. Je peux attendre qu'on soit rentrés à la maison.

— Oui, je suis fatigué, dit Kevon. On peut rentrer maintenant ? Je voudrais jouer avec Frankie.

Jada comprit alors que les enfants ignoraient tout de la situation. Une fois de plus, Clinton avait été au-dessous de tout, non seulement envers elle mais, plus grave, envers leurs enfants qui croyaient sincèrement pouvoir remonter dans la Volvo et rentrer chez eux.

227

Une nouvelle responsabilité, la plus lourde, retombait sur ses épaules. Qu'allait-elle pouvoir leur dire ? Que leur père était un égoïste qui ne se souciait pas le moins du monde de leur intérêt ? Qu'ils n'étaient que des pions dans un stupide et cruel jeu d'adultes ?

Jada sentit ses épaules se voûter.

— Écoutez, mes chéris, papa veut que je vous remmène chez votre grand-mère. Vous y resterez pour le moment.

— Mais je veux pas, moi ! protesta Kevon.

— Moi non plus, maman, je n'aime pas grand-mère. Pourquoi devons-nous aller chez elle ?

Clinton ne leur avait donc rien dit ? Pas un mot ? Jada prit la main de Shavonne.

— Eh bien, papa et moi avons une sorte de dispute en ce moment. Une grosse dispute. Et il veut que vous retourniez avec lui.

— Eh bien, moi je veux pas ! dit Shavonne.

La tête basse, Kevon se mit à pleurer. Shavonne arracha sa main à celle de Jada qui la tenait encore.

— Je veux pas ! répéta-t-elle. Grand-mère ne nous donne à manger que des sandwiches et je n'aime pas cette Mme Green. Je n'aime pas sa maison non plus. Rentrons chez nous.

Shavonne avait élevé la voix, des gens tournaient la tête dans leur direction. Non que Jada se soucie de ces inconnus, seuls ses enfants la concernaient. Mais comment leur expliquer ? Comment un garçonnet de six ans et une fillette de douze ans pouvaient-ils concevoir ce qu'est un droit de visite concédé par un juge et soumis à des limites sous peine de sanctions ? Et il ne lui restait que dix-neuf minutes avant de devoir les rendre à leur père...

— Écoutez, je vais devoir m'absenter pour mon travail. Mais quand je reviendrai, nous déciderons tous ensemble, d'accord ? Allons, remontons en voiture. Nous parlerons encore un peu en chemin.

— Je veux rentrer à la maison ! gémit Kevon.

Jada le prit dans un bras, souleva Sherrilee de l'autre.

— Prends nos sacs et viens, dit-elle à Shavonne.

Et elle se dirigea vers la sortie en espérant que sa fille la suivrait jusqu'à la Volvo.

Chapitre 25

*Dans lequel on constate que la justice et la loi
ne font pas bon ménage.*

Depuis qu'Angela s'était « temporairement » installée
dans le bureau de Karen Levin-Thomas, les piles de dossiers avaient grandi dans un inimaginable fouillis. Pour
Angela, rien d'étonnant puisqu'elle avait elle aussi
« grandi » — non par la taille, bien sûr, mais par sa
dépense d'énergie — depuis qu'elle se consacrait à ce
travail. Elle devait admettre que sa mère avait eu raison,
une fois de plus : la colère constituait un supercarbu-
rant. À l'exception de quelques rares rechutes, Angela
était sortie de sa léthargie et ne s'apitoyait plus sur son
propre sort. De fait, elle était désormais si enragée et
débordée de travail qu'elle avait du mal, la nuit venue,
à se détendre et à s'endormir.

Ses collègues de l'association étaient vite devenus
d'excellents camarades, avec lesquels elle aimait bavarder et échanger des plaisanteries. Les femmes se dépen-
saient sans compter pour la cause, et les deux seuls
hommes, un gay et l'autre qui était marié, étaient tout
aussi dévoués. Bill, le clerc, avait toujours une histoire
drôle à raconter ou des bonbons à distribuer pour alléger une atmosphère tendue. Michael Rice, l'avocat plai-
dant, possédait autant de gentillesse que de compétence et n'était pas snob pour un sou, bien que diplômé
de Yale.

Angela avait eu l'agréable surprise de découvrir qu'elle aimait travailler avec sa mère. Non qu'elle en ait souvent l'occasion : entre les dépositions à recueillir et la gestion de l'association, Natalie n'arrêtait pas de la journée. Elle s'arrangeait cependant pour faire le point avec sa fille au moins une fois par jour, soit en personne, soit par téléphone, et leurs échanges de vues constituaient pour Angela un puissant soutien. Même s'il n'était plus question pour elle de regagner le foyer familial de son enfance, ces contacts quotidiens avec sa mère en tenaient lieu, au moins sur le plan psychologique.

Son écrasante charge de travail, ne comportant que des cas accablants ou révoltants, voire les deux à la fois, avait pour Angela l'avantage de la détourner du drame de sa propre vie et de la forcer à s'intéresser à celles d'autres femmes, dont les problèmes étaient infiniment plus sérieux que les siens. Et si c'était un moyen de s'évader, pourquoi pas ? Le cinéma et la télévision n'offraient rien d'autre.

De toutes les injustices les plus scandaleuses qu'Angela ait eu à connaître, l'affaire Jackson contre Jackson était celle qui la troublait le plus. Il ne s'agissait que d'un divorce parmi des centaines de cas aussi vicieux, dans lesquels le droit de garde des enfants était utilisé comme moyen de pression. Mais soit qu'elle ait eu des atomes crochus avec Jada dès leur première rencontre, soit qu'elle ait un peu envié l'évidente et profonde amitié la liant à la blonde qui l'avait amenée à l'association, la sympathie qu'éprouvait Angela pour Jada Jackson lui faisait prendre son dossier plus à cœur que certains autres.

Elle s'interdisait de penser à son « amie » Lisa. D'ailleurs, leur amitié avait-elle réellement existé ? La

231

question se posait. Lisa avait très bien pu profiter d'Angela pour se rapprocher de Reid. Si Angela se laissait aller à se remémorer tout ce qu'elle avait dit à Lisa sur les sentiments que lui inspirait Reid — et si Lisa les avait rapportés tout chauds à celui-ci —, elle aurait de quoi mourir de honte. Sa seule consolation consistait à se dire que Reid plaquerait Lisa tôt ou tard. Mais elle ne devait à aucun prix permettre à son esprit de divaguer de la sorte.

Mieux valait se concentrer sur l'affaire Jackson contre Jackson. La stratégie mise en œuvre par George Creskin, l'avocat de Clinton, horrifiait Angela, comme elle avait choqué sa mère et Michael Rice au cours de leur réunion hebdomadaire d'examen des dossiers. Creskin jouissait d'une réputation exécrable de manipulateur dénué de tout scrupule. Pauvre Jada, qui tombait sur un tel adversaire ! Dans une demi-heure, Angela devrait lui expliquer sa stratégie.

Clinton Jackson avait demandé le divorce aux torts exclusifs de son épouse en requérant la garde temporaire des enfants assortie d'une pension alimentaire, mais il avait en même temps soumis des conclusions requérant l'usage du domicile conjugal à son seul profit et le paiement de ses propres dépens par la défenderesse. C'était une véritable déclaration de guerre, au point que Natalie avait mis Angela en garde : « Sois très prudente. Je n'ai encore vu que des femmes appliquer cette politique de la terre brûlée et, dans ce cas, elles demandent en plus une mise sous contrôle judiciaire. »

— Du mari ? s'étonna Angela.

— Oui, parce qu'il bat sa femme, ses enfants ou les deux. Ce n'est pas le cas dans ce dossier ?

— Bien sûr que non ! Cette femme n'a jamais levé la

main sur ses enfants et elle est incapable de battre son mari.

— Peut-être, mais il pourrait l'en accuser, répondit Natalie en poursuivant sa lecture du dossier. Cet individu veut tout, la maison, les enfants, une pension et le paiement intégral des dépens. Cette Jada Jackson est-elle riche ?

— Non, elle gagne un salaire de directrice d'agence bancaire. Lui, il la trompe, il est chômeur et il vit à ses crochets depuis des années. C'est un coup monté pour la punir et il est présenté de telle sorte que tout peut se retourner contre elle. L'horreur absolue.

— Je sais, soupira Natalie. Le tribunal nommera certainement une assistance sociale... Bon, ne lui cache surtout pas le mal que nous aurons à la débarrasser de cette sangsue. La pauvre femme ! Il fera tout pour la saigner à mort. Invite-la à déjeuner, Angie. Demande à Bill de te donner de l'argent de la caisse. Mme Jackson n'aura plus l'occasion de déjeuner gratuitement d'ici très longtemps, j'en ai peur.

— J'ai revu mes enfants. Merci, merci ! dit Jada.

— Ne me remerciez pas, ce n'était qu'une procédure normale et j'ai eu la chance de trouver un juge qui travaillait tard le vendredi soir.

— Il faudra quand même que vous m'aidiez à obtenir une prolongation. Deux heures, c'est ridicule. Les enfants veulent rentrer à la maison, ils ne sont pas à leur place chez leur grand-mère. Je crois qu'il les emmène aussi chez sa maîtresse, poursuivit-elle après avoir marqué une pause. Ou alors, elle vient chez la grand-mère. Dans un cas comme dans l'autre, c'est odieux. Cela ne devrait pas être permis. Je veux dire, quelqu'un doit surveiller toute la journée la petite

233

Sherrilee et je n'arrive pas à admettre qu'il confie mon enfant à cette... à cette femme. Quand pourrez-vous me faire rendre mes enfants ?

— Ce n'est pas aussi simple, madame Jackson. Quand votre mari a intenté l'action en divorce, il a soumis en même temps au tribunal plusieurs autres requêtes et conclusions. Avez-vous lu les documents ?

— Oui, mais je n'ai pas tout compris, c'est pourquoi je viens vous voir. Le divorce, d'accord. Il me trompait et il vivait à mes crochets. Je gagne ma vie, je paie les traites de la maison et l'entretien des enfants, je veux les reprendre. Le reste ne tient pas debout.

— Il y a pourtant un gros problème. C'est lui qui a demandé le droit de garde.

— Il ne l'a fait que pour me punir. Quand nous vivions ensemble, il ne s'est jamais occupé des enfants. Je connais Clinton, croyez-moi. Il ne veut pas de responsabilités, il ne veut que l'irresponsabilité.

— Un homme irresponsable ? Comme c'est bizarre !

— Oui, vous n'en voyez sûrement pas beaucoup dans votre clientèle..., dit Jada en souriant malgré elle.

Angela se força à entrer dans le vif du sujet, si pénibles que fussent les explications.

— Écoutez, Jada — je peux vous appeler par votre prénom ?

Jada acquiesça d'un signe de tête.

— Voici donc comment l'affaire se présente, Jada. Il a demandé le droit de garde provisoire en attendant l'audience, mais il demandera aussi un droit de garde permanent, assorti d'une pension alimentaire pour les enfants et pour lui-même.

— Je sais, parce qu'il m'a prise de vitesse. Mais nous pourrons le faire annuler à l'audience, n'est-ce pas ? Le juge se rendra compte à quel point ce serait injuste. Je l'entretenais uniquement pour sauver la famille, mais je ne continuerai sûrement pas si nous nous séparons.

— Le juge peut avoir un point de vue différent, il y a des précédents. Vous aviez votre travail, il s'occupait de la maison, des enfants.

— Lui ? Il ne s'occupait de rien du tout ! Il ne faisait que me mettre des bâtons dans les roues. Il n'a jamais aidé les enfants à faire leurs devoirs, il les laissait regarder n'importe quoi à la télévision, il n'a jamais fait le ménage ni même sorti les poubelles, il n'a...

Angela interrompit d'un geste la tirade de Jada :

— Je vous crois, mais le tribunal verra une femme qui partait de chez elle tous les matins à six heures moins le quart. Est-ce vrai ?

— Bien sûr, pour marcher avec mon amie Michelle. Ensuite, je revenais lever et habiller les enfants, leur préparer le petit déjeuner et les faire monter dans le bus scolaire.

— Il n'en est pas question dans les conclusions de votre mari, ce qui n'a rien d'étonnant. Il déclare, en revanche, que vos longs horaires de travail vous interdisaient de remplir vos devoirs de mère, que vous insultiez votre époux, que vous harceliez vos enfants, que vous fréquentiez et invitiez au domicile conjugal une personne de moralité douteuse soupçonnée de graves délits.

— Quoi ? Michelle ? Grand Dieu...

Jada parut se vider d'un coup de sa force et de sa dignité. Angela se sentit aussi coupable que si c'était elle qui l'avait attaquée.

— Allons, Jada, je sais que ce n'est pas vrai. Ce ne sont que des allégations dont nous montrerons le caractère mensonger. Nous lutterons et nous gagnerons.

La peau de Jada prenait une vilaine teinte grisâtre.

— Vous croyez pouvoir gagner ? demanda-t-elle.

— Oui, mais vous devrez m'aider. Nous ferons comparaître des témoins de moralité, y compris votre pasteur, nous citerons le détail des infidélités et des échecs professionnels de Clinton. Malheureusement, nous aurons contre nous George Creskin, un avocat notoirement connu pour ses manœuvres plus que douteuses, mais nous le battrons.

— Combien tout cela coûtera ? Je veux dire, entre les trois enfants et la maison, j'étais déjà à la limite de mes possibilités.

Angela se demanda pourquoi elle avait accepté un travail qui la mettait dans une situation aussi impossible.

— Nous vous représenterons pour des honoraires symboliques. Mais j'ai bien peur que ce ne soit pas le cas de Creskin.

— L'avocat de Clinton ? En quoi cela me concerne ?

— Dans ses conclusions, votre mari demande que les honoraires de son avocat soient à votre charge, parce qu'il est indigent alors que vous gagnez un salaire régulier.

Levée d'un bond, Jada assena un coup de poing sur le bureau.

— Ce n'est pas juste !

— Non, mais c'est légal.

— Moi, obligée de payer son avocat ?

— Pas encore, mais il demande au tribunal de vous y contraindre. Nous devrons donc repousser cette requête, comme celles concernant la pension et, surtout, le droit de garde.

Au comble de l'agitation, Jada tourna en rond dans le minuscule espace libre.

— Vous auriez dû voir mes enfants ce week-end. Les

236

chaussettes de Kevon n'étaient pas assorties, la petite n'avait pas de bonnet, mon aînée n'avait fait aucun de ses devoirs et avait passé trois jours entiers à regarder la télévision. Cet homme me torture, mais il torture aussi les enfants. Comment pouvons-nous le stopper ? Qu'allons-nous faire ?

— Un dernier point à éclaircir avant de définir notre stratégie, sa dernière requête. Vous comprenez ce qu'il demande ?

— Il veut la maison, n'est-ce pas ?

— Oui. Il veut que vous quittiez la maison afin de revenir s'y installer. Pour le bien des enfants, prétend-il.

— Et qui d'autre emménagera avec lui ? Sa mère, qui est sale comme un cochon et lave ses draps une fois par an ? Ou sa bonne amie Tonya, qui a déjà couché avec la moitié des hommes de notre paroisse ? Je ne la laisserai jamais entrer chez moi, celle-là ! Je mettrais plutôt le feu à la maison.

— Nous avons du temps devant nous avant d'allumer des incendies, vous avez des choses plus urgentes et plus importantes à faire. Il me faut une énorme quantité de renseignements concernant votre situation financière, vos emprunts pour la maison, vos ressources, vos charges. Nous préparerons ensuite nos propres conclusions et les réfutations de celles de votre mari. Il faudra aussi vous préparer à l'enquête d'une assistante sociale, ce qui n'est pas toujours de tout repos. Tout cela représente beaucoup de travail et il faudra agir vite, pour votre bien comme pour celui des enfants.

— Écoutez, Angela, ce n'est pas un aussi mauvais homme qu'il en donne l'impression. Nous pourrions peut-être lui laisser la maison, puisqu'il y tient. Après tout, c'est lui qui l'a construite. Il ne l'a jamais terminée, c'est vrai, mais il l'a bâtie de ses mains et il la finira peut-être pour sa Tonya. Donnez-lui la maison et redonnez-moi mes enfants, je suis prête à faire l'échange.

— Je ne crois pas que Creskin sera d'accord, même si votre mari l'accepte. S'il applique dans le cas présent une stratégie aussi agressive, c'est parce qu'il est connu pour gonfler au maximum ses honoraires et les frais de justice. Quand le client est incapable de les régler, ce qui arrive souvent, il se paie en prenant la maison. Alors, nous allons nous battre contre cette vermine, nous gagnerons et tout ira bien. Mais avant que tout aille bien, cela ira de mal en pis. Y êtes-vous préparée ? Vous sentez-vous assez forte ?

— J'aurai les forces qu'il faudra avoir, Angela.

Angela la vit redevenir belle et ne s'en étonna pas.

— Parfait. Venez, je vous invite à déjeuner.

— Vous n'avez pourtant pas l'air de rouler sur l'or, s'étonna Jada.

— Moi non, mais c'est l'association qui paie. D'accord ?

— Avec plaisir. Est-ce que mon amie Michelle peut venir aussi ? Elle m'attend dans la voiture. Elle ne m'a pas lâchée depuis le début.

— Bien sûr. Cela ne vous gênera pas que nous parlions de tout cela devant elle ?

— De quoi croyez-vous que nous parlons toute la journée ? répondit Jada avec un rire amer.

— Bon. Je dois aller me rafraîchir un peu. Pouvez-vous m'attendre dans l'entrée ? Je vous rejoins dans deux minutes.

En réalité, Angela allait aux toilettes afin de procéder à un test de grossesse, le cinquième en deux jours. Elle

238

en avait essayé plusieurs marques qui donnaient toutes le même résultat positif, mais elle espérait encore qu'il s'agissait d'erreurs. Ce test-ci ne faisant pas exception, elle se lava les mains avant d'aller rejoindre Jada, en s'efforçant de ne pas penser à ce que cette nouvelle preuve impliquait.

En se dirigeant vers la voiture, Jada résuma en quelques mots les problèmes juridiques que Michelle devait elle-même affronter.

— Elle ne juge personne, croyez-moi. Elle est plutôt assommée.

Michelle était plongée dans une sorte de catalepsie dont elles eurent du mal à la tirer en frappant des coups répétés contre la vitre. Elle sursauta, chercha maladroitement la poignée de la portière. Quand elle descendit de voiture, elle tenait encore un mouchoir en papier détrempé.

— Angela nous invite à déjeuner, l'informa Jada d'un ton enjoué. Voyons si je réussis à avaler quelque chose de plus consistant qu'un bol de consommé. Je n'ai rien pu manger de solide depuis que Clinton m'a volé mes enfants, ajouta-t-elle en prenant Michelle par le bras pour l'entraîner vers la sortie du parking.

Tout en marchant, Michelle lança un bref coup d'œil à Angela et se détourna aussitôt. Angela eut quand même le temps de discerner un monde de crainte et de douleur. Dans quels ennuis catastrophiques est-elle plongée ? se demanda-t-elle.

Elles prirent place à une table du bistrot, Jada et Michelle en face d'Angela. En les voyant se consulter pour savoir ce qu'elles commanderaient, un déclic survint dans sa tête :

— J'y suis ! Vous marchez ensemble. Je vous vois passer tous les matins devant ma fenêtre.

— Où est votre maison ? demanda Jada.

— Au coin d'Oak Drive. Ce n'est pas ma maison mais celle de mon père.

— Ah ! C'est donc elle la maîtresse ! dit Jada à Michelle. Nous savions qu'un homme d'un certain âge habitait là, poursuivit-elle en se tournant vers Angela. Quand nous avons vu votre silhouette à la fenêtre, nous avons cru qu'il s'était mis en ménage avec une jeunesse.

— Non, je ne suis que sa fille plus très jeune. Il avait déjà fait l'expérience d'une jeune maîtresse après son divorce, elle l'a lessivé et il n'est pas près de recommencer.

Angela consulta la liste des plats du jour et pensa qu'elle était capable de les engloutir tous. Depuis quelques jours, elle avait un appétit d'ogre. Il fallait qu'elle se contrôle si elle ne voulait pas devenir une barrique d'ici à un mois.

Jada reposa le menu comme si son poids l'épuisait. Michelle essuya son verre vide avant de s'attaquer à son couvert.

— Depuis quatre ans, Michelle et moi faisons notre marche tous les matins. C'est la raison pour laquelle Clinton m'accuse d'être une mère dénaturée.

Michelle sursauta :

— Quoi ?

— Angela vient de m'expliquer que Clinton demande la garde permanente des enfants, l'usage exclusif de la maison, une pension alimentaire pour les enfants et pour lui, sans compter les dépens judiciaires et les honoraires d'avocat qui lui permettront d'obtenir tout cela. Parce que, d'après lui, je suis une mère indigne qui dédaigne ses devoirs pour se livrer à des loisirs coupables et décadents tels que travailler dans une banque et faire de l'exercice. Sans parler, bien sûr, des orgies et autres activités assorties.

— Mais... de quoi parle-t-il ? demanda Michelle, effarée.

— Tu devrais le savoir, c'est le mode de vie coupable que mènent toutes les mères dénaturées dans notre genre — comme rouler dans des voitures d'occasion, porter les quatre mêmes tenues tous les jours au travail, décider quelle facture devra attendre un mois ou même écouter la radio en passant l'aspirateur. Ces folies me coûteront peut-être cher, mais je n'en regrette pas une seule.

La serveuse venue prendre leur commande fit diversion. Après son départ, Angela essaya d'égayer l'ambiance.

— Savez-vous pourquoi les chiens sont meilleurs que les hommes ? Parce que, poursuivit-elle faute de réponse, ils se sentent coupables quand ils ont fait une grosse bêtise.

Michelle elle-même ne put s'empêcher de rire.

— Ils ne demandent pas la garde de leurs chiots ni une pension alimentaire, observa-t-elle.

— Et ils ne se font pas arrêter par la police, enchaîna Jada.

— Vous jouez bien toutes les deux, dit Angela. Nous y jouons souvent au bureau. Ma réponse préférée jusqu'à présent est celle-ci : les chiens sont meilleurs que les hommes parce qu'ils regardent sans protester n'importe quelle cassette vidéo.

— Ils ne se sentent pas menacés quand on gagne plus d'argent qu'eux, intervint Jada avec amertume. Et ils ne font pas tout pour vous gâcher la vie.

— Pauvre Jada, dit Michelle. Il ne peut pas être aussi ignoble avec toi, c'est une mauvaise plaisanterie...

Michelle avait les yeux embués. Jada lui tapota la main.

— Il ne plaisante pas, crois-moi. Je le prends très au sérieux.

Devant l'amitié de ces deux femmes dont les problèmes dépassaient largement les siens, Angela éprouva une sorte d'envie. Malgré elle, elle pensa encore une fois à Lisa. Comment avait-elle pu être aussi bête ? Pourquoi n'avait-elle jamais réussi, comme Jada, à se faire une amie sincère ? Ses sentiments devaient transparaître sur son visage, car, lorsque Jada leva les yeux, elle la dévisagea un long moment.

— Puisque nous sommes voisines, pourquoi ne viendriez-vous pas marcher avec nous ? Cela ne pourrait que vous faire du bien, tant pour votre ligne que pour votre tête. Tu veux bien ? ajouta-t-elle en se tournant vers Michelle.

Michelle répondit d'un geste évasif, qui n'était ni un refus ni une invitation en règle.

— Cela me ferait grand plaisir, répondit Angela.

— Ne vous attendez pas à des conversations très édifiantes. En général, elles tournent autour des hommes, des chiens et de la survie.

Angela pouffa de rire.

— Voilà un programme qui me convient ! Je vous ferai signe quand je vous verrai passer. À bientôt.

Chapitre 26

Dans lequel Michelle découvre les dangers
de la liberté de la presse.

Le lendemain matin, tout en marchant, Michelle écouta Jada fulminer contre Clinton et l'état dans lequel elle avait trouvé ses enfants.

— Que leur as-tu dit, en fin de compte ? lui demanda-t-elle.

— Que leur père et moi avions une grosse dispute et que, comme je devais m'absenter quelque temps pour mon travail, leur papa pensait que ma visite leur ferait plaisir.

— Et ils t'ont crue ?

— Tu plaisantes ? Kevon s'est mis à pleurer en disant qu'il détestait « tante » Tonya. Tante, tu te rends compte ? Si elle est leur tante, je suis la demi-sœur de Lady Di ! Et Shavonne m'a lancé un regard...

Jada n'acheva pas sa phrase, mais Michelle comprit trop bien ce qu'elle avait éprouvé en recevant ce regard chargé à la fois de reproche et de colère. Elle l'avait déjà vu elle-même dans les yeux de Jenna et s'attendait à le revoir dans un avenir prévisible.

— Tu aurais pu rejeter le blâme sur Clinton.

— Plus tard. J'attends que le couperet de la loi tombe sur lui et que les enfants soient de retour à la maison pour tout leur expliquer. Sauf les infidélités de Clinton,

243

elles ne les regardent pas. J'ai eu du mal à ne pas fondre en larmes quand j'ai dû les quitter.

En dépit de leur amitié, ou peut-être à cause d'elle, Michelle ne put se résoudre à lui parler du couperet prêt à tomber sur sa propre nuque. Non qu'elle craignît que Jada ne la renie en les croyant coupables, Frank et elle. Ce qu'elle ressentait était plus étrange, plus effrayant aussi, comme si une barrière métallique s'était fermée quelque part dans son esprit. Jusqu'à ce que les journaux, la télévision, les avocats et les tribunaux la fassent voler en éclats, Michelle faisait comme s'il n'y avait rien derrière. Peut-être avait-elle hérité cette faculté de sa mère, se dit-elle avec amertume.

— Tu vas travailler aujourd'hui ? demanda-t-elle à Jada.

— Tu plaisantes ? Le travail, je ne suis bonne qu'à ça. Et j'en ai besoin autant pour ne pas devenir folle que pour payer les factures.

Michelle se demanda un instant s'il s'agissait d'une pique de la part de Jada, qui savait que Frank et elle n'avaient pas de problèmes de cet ordre. Son vrai défaut, c'était l'orgueil qui lui interdisait de parler de sa catastrophe imminente jusqu'à ce qu'elle ne puisse plus l'éluder. Du coup, Michelle se sentit seule au monde et plus éloignée de son amie que des quelques centimètres qui les séparaient.

— Dis-moi, il faut que j'aille chez l'avocat de Frank ce matin. Peux-tu me couvrir à la banque jusqu'à midi ?

— Tu as des dossiers en retard ? Marcus ne me raterait pas, mais je parviendrai à le calmer.

— Je suis à jour sur tout. J'ai même obtenu le déblocage de ton emprunt et je l'ai fait virer au crédit de ton compte.

— Mais... je croyais l'avoir fait annuler ? De toute

244

façon, je n'en ai plus besoin, puisque j'ai fait opposition sur le chèque de Bruzeman.

— Attends la suite, on ne sait jamais. Cet argent pourrait te rendre service avant la fin de tes problèmes.

— Merci, Michelle. Ce que tu as fait n'est pas très régulier, mais...

— Au diable, les règles ! Au point où nous en sommes...

Jada sourit sans répondre aussitôt.

— À part ça, rien à signaler ?

— Rien. Juste un ou deux clients qui téléphoneront peut-être dans la matinée, mais je t'appellerai entre-temps.

— Bon. S'il y a de nouvelles demandes, je dirai à Anne de leur faire remplir les formulaires. Bien entendu, ajouta-t-elle avec un sourire sans gaieté, elle s'empressera d'aller cafarder à Marcus pour essayer de te rafler ton job, mais je ne la laisserai pas faire.

Elles se séparèrent sans se dire au revoir, d'humeur aussi sombre l'une que l'autre devant la perspective d'une journée éprouvante.

Michelle prépara les enfants, les fit monter dans le bus scolaire, puis elle sortit rapidement Pookie. Elle monta ensuite une tasse de café à Frank, et ils se préparèrent tous deux en silence à leur rendez-vous avec Bruzeman. Prête la première, Michelle descendit et, pour meubler son attente, entreprit de frotter le comptoir. Frank la rejoignit peu après et s'assit sur un des tabourets. Il posa sa tasse devant lui, dont le fond fit un rond de café sur le lamifié que Michelle venait d'essuyer. Résistant à l'envie de le nettoyer, elle s'assit en face de son mari.

— Comment a-t-on pu en arriver là, Frank ? Je veux dire, si on ne t'accuse que par jalousie, par vengeance...

Écoute, poursuivit-elle alors que Frank gardait les yeux obstinément baissés, je comprends à la rigueur que la police puisse faire irruption ici, mais je ne comprends toujours pas qu'on puisse t'inculper puisqu'ils n'ont rien trouvé.

— Il n'y avait rien à trouver, répliqua-t-il d'un ton mi-défensif, mi-ulcéré, comme s'il sous-entendait qu'elle était idiote.

— Je sais, Frank. Mais je ne comprends toujours pas. Je suis peut-être stupide, mais j'ai du mal à concevoir qu'on te fasse un procès fondé sur de simples dénonciations.

— Je n'y comprends rien moi non plus. Sauf qu'ils veulent la peau d'un type qui s'appelle Russo. Tu as une meilleure explication ?

N'y tenant plus, Michelle souleva la tasse de Frank et essuya la tache de café d'un coup d'éponge, qu'elle alla rincer dans l'évier.

— Tu ne doutes pas de moi, au moins, Michelle ? demanda-t-il en se levant à son tour.

Elle répondit non d'un signe de tête. Elle ne doutait pas de son mari, bien sûr, mais elle doutait fortement de Bruzeman, du procureur, des juges. Elle doutait aussi de leur propre capacité à faire face à l'épreuve, tant matériellement que mentalement.

— Allons-y, il est l'heure, se borna-t-elle à dire.

Michelle devant ensuite aller travailler, ils prirent chacun leur voiture. Dans le silence feutré de sa Lexus, Michelle regarda la porte du garage se refermer sur ses tourments. Elle avait plus que jamais besoin de silence, de faire le vide en elle. De ne s'occuper que de la route et de sa conduite. Elle aurait voulu dépasser la sortie conduisant aux bureaux de Bruzeman et continuer à rouler droit devant elle sur une route dégagée, des jours et des jours, la tête vide. Avec un soupir, elle actionna son clignotant et suivit la fourgonnette de Frank qui abordait la bretelle de sortie.

Bruzeman leur fit faire antichambre. Frank, qui avait horreur d'attendre, entra dans une fureur qui croissait de minute en minute.

— Pour commencer, ce fumier me dit qu'on va poursuivre les flics, les fonctionnaires, le monde entier et qu'on y gagnera un gros paquet de fric ! Maintenant, il m'annonce cette saloperie d'inculpation comme s'il me présentait ses vœux de bonheur. Et il a le culot de me faire faire le pied de grue, avec tout le fric que je lui donne ? Pour qui il se prend, ce connard ?

Il écumait. La colère était pour lui une protection, comme pour Michelle la barrière métallique dans sa tête. Elle s'efforça de le calmer :

— Cela ne fait qu'un quart d'heure...

— Tu sais combien il se fait payer de l'heure ? Un quart d'heure, ça vaut cent vingt dollars dans son monde pourri.

Frank était en train de grommeler que s'il osait lui faire payer cette attente il ne répondrait plus de lui quand la secrétaire vint les chercher pour les accompagner au bureau de son patron. Frank y entra comme chez lui et s'assit d'autorité dans l'unique fauteuil du coin réception, ce qui ne laissa à Bruzeman, qui raccrochait à peine le téléphone, que la deuxième place du canapé, où Michelle s'était assise en se cramponnant à l'accoudoir comme si le meuble était un des canots de sauvetage du *Titanic* sur le point de sombrer corps et biens.

— Les nouvelles ne sont pas bonnes, Frank, commença Bruzeman. Cependant...

— Qu'est-ce que ça signifie, cette foutue inculpation

sans que vous en sachiez rien ? Sans qu'on ait rien pu faire ? cria-t-il.

— Qu'aurions-nous fait, Frank ? répliqua sèchement l'avocat. Je vous ai dit dès le début qu'il y avait un informateur à la base de toute l'affaire. Et un informateur bien renseigné, sinon la police n'aurait pas obtenu de mandat de perquisition.

— Mais ils n'ont rien trouvé chez moi ! Rien ! Je veux dire...

Frank se tut et parvint à se calmer un peu. Accablée, effrayée, Michelle se tassa dans son coin du canapé.

— Ils n'ont rien trouvé, c'est exact, mais ils vous ont quand même arrêtés, votre femme et vous. Ils ne l'auraient pas fait si l'informateur ou un témoin n'avait pas déjà fourni des éléments probants. Je vous l'ai dit quand j'ai obtenu votre libération sous caution.

Michelle dressa l'oreille. Ni Frank ni Bruzeman ne lui avait parlé de témoin, en tout cas.

— Vous m'avez dit aussi qu'il ne vous fallait que huit jours et vingt-cinq mille dollars pour régler le problème, lança Frank.

— Attendez ! intervint Michelle, qui ouvrait la bouche pour la première fois. Quel témoin ? Un témoin de quoi ?

— Des faits allégués, répondit Bruzeman, agacé.

— Mais de quoi a-t-il été témoin ? Qu'a-t-il dit avoir vu ? Qui est ce mystérieux témoin ?

Michelle imaginait sans peine qu'un voisin ou un concurrent malintentionné ait pu faire une dénonciation anonyme par téléphone ou par lettre. Ou même un des nombreux ouvriers que Frank congédiait sans ménagement pour faute professionnelle allant se venger auprès du fisc — ils avaient déjà subi trois contrôles fiscaux, sans encourir de redressements ni de pénalités, heureusement. Mais des gens comme ceux-là n'étaient pas capables de convaincre un procureur ou un juge d'intenter sans preuves une procédure allant jusqu'à un procès.

— Le secret de l'instruction..., commença Bruzeman.

— Qui est ce témoin ? insista Michelle.

L'avocat leva un sourcil d'un air excédé et se tourna vers Frank :

— Nous avons beaucoup de points à régler aujourd'hui, Frank, je ne crois pas que ce soit le moment de donner à votre femme un cours de droit. J'ai d'ailleurs appris que la nouvelle sera communiquée à la presse ce matin, de sorte que...

— Quoi ? rugit Frank. Ce matin ? Mais il est déjà dix heures !

— C'est bien ce que je disais, nous avons des choses à voir d'urgence. Vous, vous ne risquez rien, poursuivit-il à l'adresse de Michelle. Je crois savoir que l'informateur s'est rétracté en ce qui vous concerne, ou que ses allégations n'étaient pas fondées. Vous êtes donc complètement hors de cause, ce qui veut dire que vous pourrez être citée comme témoin à décharge pour votre mari. Nous vous y préparerons. Je vous ai simplement demandé de venir afin que vous soyez avertie de l'inculpation qui va être signifiée à Frank. D'ici là, nous ferons lui et moi le nécessaire.

Michelle comprit qu'il la congédiait. L'arrogance de cet individu était inconcevable ! Sa femme, s'il en avait une, était bien à plaindre, se dit-elle. Son chien lui-même inspirait la compassion.

— Dans l'immédiat, reprit Bruzeman, n'accordez aucune interview et ne parlez à personne. Contentez-vous de déclarer que votre mari est innocent de tous les chefs d'inculpation qui pèsent sur lui et que vos enfants et vous restez à ses côtés pour soutenir un bon père, un bon mari et un innocent injustement accusé.

Sur quoi, il lui tendit un feuillet dactylographié reproduisant ce qu'il venait de dire, comme si Michelle avait eu besoin de le lire pour le comprendre. Les questions se pressaient dans sa gorge à l'étouffer, mais comme Bruzeman s'était levé elle se leva elle aussi.

— Veux-tu que je m'en aille, Frank ? lui demanda-t-elle.

Livide, immobile dans son fauteuil, il acquiesça d'un signe de tête. Michelle se retira sans ajouter un mot.

En reprenant le chemin de la banque, elle eut le temps de penser aux enfants. Si la nouvelle de l'inculpation de Frank relançait les commérages, elle devrait peut-être les changer d'école. Mais pour les inscrire où ? Il y avait quelques écoles privées dans la région, mais elles étaient coûteuses et n'apporteraient rien de mieux à Jenna. Les élèves y étaient sans doute aussi enclins aux bavardages, sinon pis, et elle y aurait le double désavantage d'être une nouvelle et d'avoir un père à l'honneur terni. La famille s'était installée ici à cause de la bonne réputation des écoles publiques, Jenna s'y plaisait. Alors, laisser Jenna et Frankie où ils étaient ? Ce serait pénible pour eux, si le procès soulevait le genre de publicité évoqué par Bruzeman.

Une idée lui traversa l'esprit alors qu'elle se rabattait dans la file de droite avant la bretelle de sortie. Pourquoi pas un bon internat ? Pour Jenna, ce serait peut-être la meilleure solution. Elle l'isolerait du harcèlement des médias, de la malveillance des voisins et lui offrirait de bons programmes sportifs — elle brillait déjà dans l'équipe de natation —, et un niveau d'études plus élevé qui lui ouvrirait ensuite les portes des meilleures facultés. Se séparer de sa fille lui briserait le cœur, mais ce serait pour le bien de Jenna. Quant à Frankie, elle aviserait. Pour rien au monde elle ne pourrait s'en séparer maintenant.

Le parking de la banque était bondé. Les emplacements du personnel étaient déjà tous occupés, bien entendu, et il commençait à pleuvoir. Michelle dut se garer tout au bout et louvoyer entre les flaques d'eau sans bottes et sans parapluie. Elle était trempée quand elle atteignit l'entrée du bâtiment.

Elle n'eut besoin de saluer personne, Dieu merci, car il y avait une foule de clients et tout le monde était occupé. Michelle traversa le hall vers la salle du personnel, rangea ses affaires dans son armoire-vestiaire, se servit un café et se recoiffa tant bien que mal. Une barrette ferait l'affaire jusqu'au soir. De toute façon, plus rien dans sa vie ne serait parfait, ni même passable, d'ici très, très longtemps.

Il était onze heures quarante lorsque Michelle se glissa dans son alcôve. Malgré les avertissements de Jada, personne ne semblait s'être rendu compte de son retard. Si nécessaire, elle le rattraperait pendant la pause du déjeuner. Il n'y avait sur son bureau que quelques messages téléphoniques et deux formulaires de demande de crédit.

Elle en avait examiné un quand, en levant les yeux, elle vit un rouquin barbu en blouson imperméable debout devant son bureau.

— Bonjour, lui dit-elle. Puis-je vous aider ?

— Oui, j'aimerais demander un prêt.

— Rien de plus facile, je suis là pour ça, dit-elle en souriant.

— Pourtant, quand je suis venu tout à l'heure, vous n'y étiez pas, répondit le barbu.

Michelle ne releva pas l'insinuation.

— Avez-vous déjà rempli les formulaires ?

— Non.

Michelle lui en tendit un jeu.

— Que cherchez-vous, un prêt immobilier, un crédit personnel ?

Le rouquin s'assit en face d'elle sans y avoir été invité.

— Je ne sais pas encore. Quelle différence y a-t-il ? Vous pourriez peut-être me renseigner.

Il accompagna sa réponse d'un sourire un peu trop charmeur. Essayait-il de flirter avec elle ? se demanda Michelle. Le moment était particulièrement mal choisi.

Elle voulut lui rendre son sourire quand son téléphone sonna. Avec un geste d'excuse, elle décrocha et entendit la voix de Jada.

— Michelle, la nouvelle est dans les journaux, annonça-t-elle de but en blanc.

Michelle sentit son cœur s'emballer. Elle aurait bien aimé prendre une des pilules que le médecin lui avait prescrites, mais elle n'osa pas en face de ce client qui l'observait avec trop d'attention.

— Les gardes m'ont informée qu'un camion de régie de télévision vient de stationner juste devant l'entrée de la banque. Nous devons nous attendre à ce qu'il en vienne d'autres.

— Ce n'est pas possible !

— Si. Nous les empêcherons d'entrer, mais ils se précipiteront sur toi dès que tu sortiras. Es-tu garée derrière ?

— Non, c'était plein.

Le rouquin se penchait de plus en plus sur le bureau pour déchiffrer à l'envers les documents étalés devant elle. Michelle les retourna d'un geste sec.

— Prends ma voiture, si tu veux, dit Jada. Je prendrai la tienne.

— Tu veux dire... il faudrait que je parte tout de suite ?

— Mieux vaut plus tôt que trop tard. Tu réussiras peut-être à arriver chez toi avant qu'ils te coincent.

— Ils y sont sûrement déjà, dit Michelle en luttant contre la panique. Je devrai les affronter à un moment ou à un autre.

— Oui, mais demain ils auront peut-être quelqu'un d'autre à se mettre sous la dent. Il vaut mieux qu'ils le torturent plutôt que toi.

— Je m'en sortirai, répondit Michelle sans conviction.

Elle vit alors les larges épaules et le crâne chauve de M. Marcus, le chef de district, qui louvoyait entre les clients.

— Marcus est ici, chuchota-t-elle.

— Merde ! lâcha Jada. Il a vu les reporters. C'est le bouquet.

Jada avait aussitôt raccroché, mais Michelle garda le combiné à l'oreille le temps de se ressaisir. Elle sourit, dit au revoir à haute voix et raccrocha avant de relever les yeux vers le rouquin. Il avait commencé à remplir un des formulaires, mais Michelle était sûre qu'il avait écouté sa conversation. Peut-être était-elle paranoïaque. Elle avait de bonnes raisons de l'être, il est vrai...

— Excusez-moi pour cette interruption, lui dit-elle. Et maintenant, en quoi puis-je vous être utile ?

— Je m'appelle Howard Mindel. Vous êtes Michelle Russo ?

Le nom de Michelle figurant sur la petite pancarte placée devant elle, il n'avait pas eu à faire un grand effort pour le deviner.

Il lui tendit la main, elle la serra à contrecœur.

— Quel type de crédit désirez-vous et de quelle

somme pensez-vous avoir besoin ? demanda-t-elle en prenant sur elle pour ne pas suffoquer, tant elle avait du mal à respirer.

— Vous travaillez ici depuis longtemps ? demanda Mindel.

Le sourire de Michelle se crispa. Cherchait-il à engager la conversation, mettait-il sa compétence en doute ? Elle n'avait certes pas besoin d'une réclamation de client en ce moment.

— Je suis responsable des crédits personnels depuis trois ans.

— Et votre travail vous plaît ?

Michelle sursauta presque. Que cherchait-il ? Il n'avait pas l'air d'un malade mental, il ne paraissait pas menaçant. Et ce n'était pas non plus un dragueur.

— En quoi puis-je vous être utile ? répéta-t-elle.

Il se pencha vers elle — trop près d'elle — à travers le bureau :

— En m'accordant une interview exclusive, Michelle. Les autres vont vous massacrer. Donnez-moi l'exclusivité, je ferai mon article sous le meilleur angle possible et je le reléguerai en page deux ou trois.

Il fallut à Michelle un moment pour prendre conscience que l'obligeant rouquin formait l'avant-garde des journalistes sur le point de la crucifier avec le reste de sa famille. Et il lui fallut un moment de plus pour s'apercevoir qu'elle était bloquée dans son alcôve, car le sympathique Mindel avait déplacé sa chaise de manière à lui barrer l'étroit intervalle entre la cloison et son bureau.

— Vous... vous êtes journaliste ? parvint-elle à articuler.

— Oui, au *Sentinel*. Howard Mindel, répéta-t-il,

254

comme si son nom avait pour elle une signification particulière.

Avait-elle déjà lu sa signature ? Michelle ne fit pas l'effort de s'en souvenir. Elle se leva et, en deux enjambées, força le passage en bousculant la chaise au point que Mindel dut se rattraper au coin du bureau pour ne pas s'étaler.

Elle se hâtait de traverser le hall vers les vestiaires du personnel quand la porte du bureau de Jada s'ouvrit et la tête de M. Marcus apparut par l'entrebâillement :

— Madame Russo ! Voudriez-vous entrer une minute, je vous prie ?

Par-dessus son épaule, elle vit la mine atterrée de Jada. Elle obéit avec toute la dignité dont elle était capable, en aspirant une grande bouffée d'air dans l'espoir de ne pas s'évanouir.

— Assieds-toi, lui dit Jada.

— Est-ce indispensable ? demanda Marcus avec aigreur.

— Oui. Et veuillez fermer la porte en partant.

Malgré elle, Michelle sentit un sourire lui monter aux lèvres devant l'expression indignée du patron, que Jada poussait littéralement dehors. Mais elle vit aussi que Jada n'était pas en meilleur état qu'elle. Elle avait le teint gris et respirait avec peine.

— Écoute, commença Jada, il veut te flanquer à la porte, mais je lui ai fait observer que nous n'avons pas de motif valable. Si tu protestes, si tu menaces de poursuites pour licenciement abusif...

— Laisse tomber, Jada. Je sais que tu n'y es pour rien, mais je ne me battrai pas. Je démissionne.

En le disant, Michelle se rendit compte à quel point ce job auquel elle n'avait jamais attaché grande importance allait lui manquer.

— Rien ne t'y oblige, Michelle.

Oui, pensa-t-elle, Jada était une amie. Une vraie.

— Mon départ nous simplifiera la vie, à toi et à moi. Dieu sait si nous avons en ce moment d'autres soucis en tête. Ne te mets pas Marcus à dos, tu as plus que jamais besoin de ton job.

Et Michelle sortit du bureau sans un regard en arrière.

Chapitre 27

Dans lequel Jada constate qu'une assistante sociale n'est pas nécessairement sociable.

En passant devant la maison de son amie, Jada se surprit à détourner le regard et s'en repentit aussitôt. La direction se montrant intraitable depuis que les médias se déchaînaient, elle n'aurait pu retarder de beaucoup le licenciement de Michelle et sa démission l'avait soulagée. Aussi longtemps que Michelle accepterait son amitié, elle resterait loyale envers elle, mais l'ironie de la situation lui paraissait d'autant plus amère qu'elle avait été embauchée à la banque grâce à Michelle... qu'elle était maintenant chargée de licencier. Une bonne action est toujours punie, pensa-t-elle en soupirant. Michelle était trop gentille pour lui en vouloir, mais si elle lui en manifestait plus tard une certaine rancune, Jada ne le lui reprocherait pas. Car si leur amitié devait se briser un jour, ce seraient plus vraisemblablement ses propres remords qui provoqueraient la rupture. Sa mère lui disait souvent : « Celui qui remet au lendemain et qui se sent coupable est sûr de tout manquer. » Eh bien, elle ne détournerait plus les yeux en passant devant chez Michelle, elle prendrait de ses nouvelles au moins deux fois par jour et elle marcherait tous les matins avec elle, en dépit de la gêne tacite qui altérait leurs rapports.

Bien entendu, Jada avait lu la presse et regardé la télévision. Ce qui l'indignait, c'est que Frank avait beau n'être qu'inculpé, tout le monde, à commencer par les journalistes, le traitait comme s'il était coupable et déjà condamné. Elle se souvenait trop bien de l'exemple du vigile qui avait découvert une bombe aux jeux Olympiques d'Atlanta et qu'on avait traité en héros avant qu'il soit soupçonné par la police. De ce moment-là, la vie du malheureux avait été brisée. Pourtant, il était innocent. Le pays lui devait plus que des excuses.

Si Jada était persuadée de l'innocence de Michelle, elle avait des doutes au sujet de celle de Frank. Mais, quand bien même il se serait livré à des agissements inavouables, Michelle n'en savait certainement rien. Elle n'aurait pas dû démissionner. Elle ne l'avait fait que pour sortir Jada d'une position inconfortable, ce dont Jada lui était profondément reconnaissante. La banque avait-elle d'ailleurs le droit de licencier une employée parce que son mari était accusé d'un délit grave ? Légalement, la question se posait.

En s'approchant de chez elle, Jada constata avec agacement qu'une voiture était garée devant l'entrée, ce qui voulait dire que l'assistante sociale nommée par le juge était déjà arrivée. Il n'était pas encore seize heures, elle n'était donc pas en retard à leur rendez-vous, mais la femme qui attendait dans la voiture avait une posture offensée. Sans prendre le temps de lisser sa jupe ou de se faire un raccord de rouge à lèvres, Jada mit pied à terre et s'approcha, en priant Dieu que l'enquêtrice ne soit pas raciste.

Une Noire à la peau claire, les cheveux tirés, la dévisagea à travers la vitre d'un regard qui semblait déjà l'évaluer sans complaisance. Jada n'esquissa pas de sourire de bienvenue. Angela Romazzano lui avait expliqué l'importance de cet entretien, et Jada estima qu'un excès d'amabilité de sa part serait plus nuisible qu'autre chose.

Un moment s'écoula sans que l'une ou l'autre bouge. À la fin, Jada leva les sourcils d'un air interrogateur, et la femme, petite et trapue, se décida à descendre de voiture.

— Je suis Mme Elroy, des services sociaux, dit-elle en tendant la main. Vous êtes Jada Jackson, sans doute ?

Son accent indiquait qu'elle était originaire des îles. Mais de laquelle ? se demanda Jada. La Jamaïque, probablement. On aurait pu croire, sinon espérer, que les gens des Caraïbes se manifesteraient une certaine solidarité. Or, la plupart du temps, il n'en était rien. Jada décida donc de rester discrète sur sa famille.

— Il ne fait pas chaud, répondit-elle. Voulez-vous entrer ?

— Qu'il fasse chaud ou froid, répondit Mme Elroy, vous seriez bien obligée de me laisser entrer chez vous. Je suis désignée par le juge des affaires familiales chargé de votre cas.

Comme si je l'ignorais ! pensa Jada amèrement. L'enquête s'annonçait plutôt mal, mais il fallait boire le calice jusqu'à la lie.

— Passons par la porte de la cuisine, dit-elle avec toute la civilité dont elle était capable. Puis-je vous préparer un thé ou un café ?

— Je ne bois pas quand je suis en service, répliqua l'assistante sociale du ton rogue d'un policier qu'un suspect tenterait d'amadouer par l'offre d'un double whiskey pur malt.

Jada ne releva pas. Elle pendit son manteau à la patère à côté de la porte et tendit la main pour prendre celui de Mme Elroy, mais celle-ci fit un geste de dénégation. Elle ne se sépara pas non plus de son sac et de son porte-documents.

— Commençons par la visite de la maison, déclara-t-elle. Notre entretien suivra.

Jada se contenta de hocher la tête. Elle avait passé la moitié de la nuit à aspirer, ranger et astiquer, mais elle se doutait déjà que le moindre grain de poussière pèserait lourd dans le jugement final.

Mme Elroy fit le tour de la maison en prenant des notes abondantes. Tentée de regarder par-dessus son épaule, Jada s'en abstint sagement. Elle aurait voulu expliquer pourquoi le sol de la cuisine était en contre-plaqué et les salles de bains à moitié carrelées. Vous voyez jusqu'où il a poussé la paresse ? aurait-elle voulu dire. Une fois encore, elle préféra se taire.

Mme Elroy posa quelques questions avant de dire à Jada de redescendre, comme si elle se trouvait chez elle et que Jada ne fût qu'une intruse. Les nerfs à vif, Jada avala discrètement une des pilules orange que Michelle lui avait données et se promit de faire l'impossible pour reprendre le contrôle de la situation. Puis elle proposa à Mme Elroy de s'asseoir au living. L'autre refusa et alla prendre place à la tête de la table de la salle à manger, comme pour bien faire comprendre à Jada que c'était elle la patronne et qu'elle entendait le rester.

Pendant le silence qui suivit, Jada s'efforça de maîtriser le tremblement de ses mains. Le dragon s'absorba dans le tri de ses papiers et posa enfin devant elle un feuillet extrait d'un épais dossier. Cette femme a été institutrice dans une maison de redressement pour jeunes délinquants à un moment de sa vie, pensa Jada. Ou alors elle a dirigé un lupanar spécialisé dans le sadomasochisme.

— Je vous poserai d'abord des questions d'ordre général avant d'aborder les aspects plus particuliers de la situation actuelle des enfants et de vos aptitudes dans le passé.

Mes *aptitudes* ? Effarée, Jada se borna à hocher la tête. Avec une femme comme celle-là, mieux valait paraître soumise. Elle consentirait à tout et à n'importe quoi pour sauver ses enfants.

Elles passèrent assez rapidement sur les informations essentielles, état civil complet, date de naissance, scolarité, parcours professionnel. Lorsque Jada indiqua le montant de sa rémunération annuelle, Mme Elroy leva un sourcil réprobateur. Au lieu d'être fière de sa réussite, Jada culpabilisa. À l'évidence, Mme Elroy gagnait beaucoup moins et devait se sentir mortifiée.

— Quel âge avaient vos enfants, madame Jackson, quand vous avez pris votre premier emploi de caissière ?

Jada répondit, avant d'ajouter :

— Je n'étais pas encore enceinte de Sherrilee.

— Combien d'heures consacriez-vous à votre carrière pendant que vos deux aînés étaient à l'école et à la maison sans vous ?

La tournure de la phrase déplut à Jada :

— J'étais obligée de travailler, madame Elroy. Je ne m'engageais pas dans une carrière, je devais prendre un job au salaire minimum. Je n'avais pas le choix, mon mari ne gagnait plus un sou. Nous étions endettés, nous dépassions le plafond de notre carte bancaire rien que pour acheter de quoi manger, nous étions en retard sur les traites de la maison et j'avais peur de la perdre. Je n'ai pas *choisi* de travailler, j'y étais *forcée* par les circonstances.

Mme Elroy avait écouté sans prendre la moindre note.

— Et vous étiez *forcée* de devenir directrice de l'agence ? Ne nous écartons pas du sujet, je vous prie, et veuillez

261

répondre à ma question, enchaîna-t-elle sans attendre la réaction de Jada.

En guise de réponse, Jada aurait voulu assener une gifle à cette virago — cela aurait peut-être mis fin au tremblement de ses mains. Mais cet entretien était trop important pour qu'elle se le permette.

— Au début, je ne travaillais que jusqu'à trois heures de l'après-midi. Après ma première promotion, j'ai dû rester plus tard, mais Clinton était toujours à la maison, dit-elle en espérant qu'elle ne donnait pas ainsi à Clinton le rôle de « père au foyer ». Il ne faisait pas grand-chose avec les enfants, mais au moins il était là pour les surveiller. Et j'avais accepté la promotion parce que nous avions absolument besoin de cet argent, nos déclarations fiscales en apportent d'ailleurs la preuve.

— Et quand est intervenue votre promotion suivante ? demanda Mme Elroy du ton qu'elle aurait employé pour dire « condamnation ».

Jada parvint à récapituler calmement son parcours professionnel en prenant soin de ne pas avoir l'air de se vanter.

— Donc, conclut Mme Elroy, vous avez travaillé ces deux dernières années entre cinquante et soixante heures par semaine, sans tenir aucun compte de votre grossesse et de la naissance de votre troisième enfant.

Cela sonnait comme la lecture d'un acte d'accusation. Jada ne put faire autrement que d'acquiescer.

— Je faisais également la cuisine, le plus gros des courses ainsi que la totalité du ménage et de la lessive, précisa-t-elle. C'est moi seule qui supervisais les devoirs et les leçons des enfants et surveillais ce qu'ils regardaient à la télévision. J'assistais aux réunions de parents d'élèves. J'assumais seule l'entière responsabilité des enfants.

Une fois encore, Mme Elroy ne nota rien et fit comme si elle n'avait pas entendu.

— Avec tous les problèmes que vous prétendez avoir eus à cette époque, pourquoi avez-vous eu un troisième enfant que vous vous saviez incapable d'élever, puisque vous n'étiez jamais chez vous ?

Jada retint de justesse un cri de détresse et d'indignation. Une assistante sociale avait-elle le droit de s'immiscer ainsi dans la vie des gens et de les juger sans les connaître ? Comment pouvait-elle, pourquoi aurait-elle dû expliquer que Clinton et elle avaient évité tous rapports sexuels jusqu'à ce réveillon du Nouvel An ? Qu'elle avait bu ce soir-là plus que de raison ? Qu'elle avait été si troublée en se trouvant enceinte qu'elle avait pris, à l'insu de Clinton, un rendez-vous pour interrompre sa grossesse, rendez-vous auquel elle ne s'était pas présentée ? Décision qu'elle n'avait jamais regrettée par la suite, même quand elle était épuisée par la tétée de la nuit et devait travailler le lendemain matin. Sherrilee était un bébé si adorable, si affectueux que Jada la considérait comme la récompense de ses efforts. Quel poison Clinton avait-il instillé dans l'esprit de cette femme ?

Jada, qui ne pleurait jamais, sentit les larmes lui monter aux yeux.

— J'aime mon bébé, j'aime tous mes enfants, répondit-elle. Et si vous leur parlez, vous constaterez qu'ils m'aiment aussi. Je suis une bonne mère. Ils ont besoin de moi.

— Je leur ai déjà parlé, madame Jackson. Je connais mon métier, je vous prie de me croire. J'ai aussi parlé à leur baby-sitter, à votre mari et à votre belle-mère. Je sais que vos enfants vivent actuellement dans un local inadapté alors que vous occupez seule une maison de sept pièces.

— Mais... je ne demande qu'à les reprendre ici !

— Vous refusez pourtant de céder la maison à votre mari et à vos enfants.

Jada sursauta. Quelles perfidies, quels mensonges Clinton, sa mère et Dieu savait qui encore avaient déversés dans les oreilles de cette femme ?

— Pourquoi mes enfants ne pourraient-ils pas vivre ici avec moi ?

— Est-il exact que vous fréquentez des trafiquants de drogue notoires et que vous permettez à vos enfants d'aller chez ces gens ?

— C'est faux ! Ma meilleure amie a des enfants du même âge que les miens, ils sont amis depuis des années. Son mari a été récemment inculpé — mais ni jugé ni condamné — pour trafic de drogue. De toute façon, mes enfants n'ont pas revu les siens depuis et je le crois innocent. Sa femme, mon amie, l'est sans l'ombre d'un doute.

— Et vous-même, consommez-vous des drogues ?

Jada sursauta :

— Quoi ? Bien sûr que non !

— Vous ne refuseriez donc pas de vous soumettre à une analyse d'urine ? enchaîna Mme Elroy.

— Oui... je veux dire, non, répondit Jada, stupéfaite. C'est donc cela que Clinton vous a dit ? Que je suis une toxicomane ?

— C'est moi qui pose les questions, madame Jackson. Alors, acceptez-vous de me remettre un spécimen de votre urine ?

— Oui, si vous voulez.

Mme Elroy cocha une case de son questionnaire.

— Combien de temps avez-vous suivi un traitement psychiatrique ?

— Un traitement psychiatrique ? répéta Jada. Jamais.

— Vous n'avez jamais consulté de psychiatre ? insista l'autre.

Jada réfléchit un instant. Clinton était-il assez vicieux, assez méchant pour formuler de pareilles allégations ?

— Je suis allée il y a des années consulter un psychologue, mais c'était un conseiller conjugal. Je voulais que Clinton m'accompagne, il a toujours refusé. Je ne l'ai vu que deux ou trois fois et j'ai cessé d'y aller devant le refus de Clinton de coopérer.

Mme Elroy en prit note avant de demander le nom et l'adresse du conseiller en question.

— Je les ai oubliés. Cela s'est passé il y a des années.

— Vous refusez donc de me communiquer cette information ?

— Je vous dis que je l'ai oubliée. Mais je la chercherai.

— J'y compte bien.

Sur quoi, Mme Elroy extirpa de son porte-documents une fiole dans un sac en plastique qu'elle tendit à Jada.

— Inscrivez votre nom sur le flacon, signez cette décharge, prélevez le spécimen et rendez-moi le tout, je vous prie.

— Tout de suite ? demanda Jada, déconcertée.

— Inutile de perdre du temps, répondit l'autre en se levant.

Jada se leva à son tour et se dirigea vers la porte.

— Où allez-vous ? demanda sèchement Mme Elroy.

— Mais... aux toilettes.

— Ce n'est pas ainsi que nous devons procéder. Enfin, pour une fois... De quel local sanitaire comptez-vous vous servir ?

— Celui près de la cuisine.

— Je devrai donc sceller le robinet, dit Mme Elroy en

exhibant un rouleau de ruban adhésif et une paire de ciseaux.

Elle traversa la cuisine derrière Jada, qui tendit la main au passage vers le distributeur de serviettes en papier.

— Ne touchez à rien jusqu'à ce que nous ayons terminé ! aboya Mme Elroy.

Elle entra la première. Du pas de la porte, Jada la vit examiner la pièce et la petite armoire au-dessus du lavabo avant de condamner les robinets avec le ruban adhésif et d'inspecter les W-C.

— N'actionnez pas la chasse d'eau avant de m'avoir rendu le flacon, je vous prie, et ne touchez rien tant que vous n'aurez pas revissé le bouchon.

— Vous voulez rester me surveiller ? demanda Jada amèrement.

— Ce ne sera pas nécessaire. Conformez-vous à mes instructions.

Ce ne fut que derrière la porte refermée que Jada se rappela le comprimé qu'elle avait avalé au début de l'entretien. Seigneur ! pensa-t-elle. Et si cela laissait des traces dans mon urine ? Elle ne savait pas au juste ce que contenait ce médicament et elle ne pouvait fournir aucune prescription médicale. Était-ce illégal ? Elle se vit déjà en train d'expliquer à Mme Elroy ou à un juge que son amie, dont le mari était accusé de trafic de drogue, lui avait donné ces pilules...

— Je suis derrière la porte, l'informa Mme Elroy.

C'en était trop. Beaucoup trop. Jada rouvrit la porte et lui rendit le flacon vide.

— Je n'ai pas pu. Je suis trop énervée.

— Je peux attendre, répondit l'autre en souriant pour la première fois depuis son arrivée.

266

— Non, vous ne pouvez pas, répliqua Jada. Notre entretien est terminé.

Le dragon à peine sorti de chez elle, Jada téléphona à Angela Romazzano.

— J'ai peur d'avoir tout fichu en l'air, lui dit-elle.

— Ce n'était sûrement pas aussi terrible que vous le croyez. Bien sûr, on ne se sent jamais à l'aise dans ce genre de situation, mais vous êtes une bonne mère, Jada. Nous avons de quoi le prouver.

— Il lui a dit que Tonya Green est une baby-sitter et elle le croit ! Vous vous rendez compte ?

— Il ne serait pas le premier homme à coucher avec la baby-sitter de ses enfants. Les belles-sœurs, les meilleures amies sont toutes là pour cela... Ne vous tracassez pas, je vous en prie. Nous documenterons tout ce dont nous aurons besoin pour contre-attaquer.

— Oui, mais... il y avait aussi le test de la drogue.

Les mains de Jada se remirent à trembler si fort qu'elle cogna le combiné contre ses dents.

— Quel test de drogue ? voulut savoir Angela.

Un long silence suivit l'exposé que lui fit Jada.

— J'ai eu tort, n'est-ce pas ? s'inquiéta Jada.

— Je ne sais pas. Laissez-moi appeler deux ou trois personnes ce soir et leur demander ce qu'elles en pensent. Peut-on se voir demain matin de bonne heure, avant que vous alliez au travail ?

— C'est l'heure à laquelle je marche. Voulez-vous vous joindre à nous ? Vous habitez au bout de la rue et je ne voudrais pas laisser tomber Michelle en ce moment.

— D'accord, répondit Angela. À quelle heure voulez-vous que j'arrive chez vous ?

En l'apprenant, Angela ne put retenir un gémissement :

— D'aussi bonne heure ? Je serai crevée !

— Crevée ? J'ai passé ma journée au travail, je viens de subir près d'une heure cette espèce de gendarme qui m'a traitée comme une mère dénaturée et il faudra après cela que je me force à sourire et à avoir l'air heureuse devant mes enfants ! Dieu sait si j'ai envie de les revoir, soupira Jada, mais je ne voudrais pas craquer devant eux. Et j'ai si peur... si peur...

— Allons, ne vous découragez pas, la rassura Angela. Nous vous rendrons vos enfants, je vous l'ai promis.

Ce soir-là, après s'être réconfortée par une fervente prière et avoir envisagé de compléter le traitement par un verre de rhum et de Coca-Cola, auquel elle renonça, Jada décrocha le téléphone et composa le numéro de ses parents à la Barbade. Elle imagina leur petite maison près de Crain Beach, le calme du soir que la sonnerie du téléphone allait faire voler en éclats. Elle avait déjà décidé de ne pas tout leur dire, sinon ils se précipiteraient auprès d'elle et elle ne se sentait pas encore la force de les regarder en face. Que pourraient-ils faire, d'ailleurs, pour lui venir en aide ?

Son amour-propre allait souffrir d'avouer à sa mère que son instinct maternel et ses préjugés étaient justifiés — et au-delà. Elle ne voulait pas non plus troubler son père, qui avait le cœur fragile et souffrait d'hypertension. Mais, surtout, elle ne voulait pas s'écrouler et fondre en larmes comme un bébé. En écoutant la sonnerie à l'autre bout du fil, elle se demanda si l'air embaumait l'arôme des frangipaniers ou du jasmin.

On décrocha à la cinquième sonnerie.

— Allô ? fit la voix de sa mère.

Jada se recueillit, prit une profonde inspiration.

— Maman, commença-t-elle, tu avais raison.

Chapitre 28

Dans lequel les amies avancent du même pas.

Faute d'avoir pu joindre sa mère ce soir-là, Angela se rabattit sur Michael Rice, le spécialiste de l'association en droit conjugal. Après s'être excusée de le déranger chez lui, elle lui rapporta l'entrevue de Jada Jackson avec l'assistante sociale et sa demande inattendue d'une analyse d'urine.

— Est-ce une procédure normale, Michael ?

— Non, à moins qu'il n'y ait de sérieuses allégations contre elle. Le mari, ou plutôt Creskin, joue gros jeu et votre cliente perd sur tous les tableaux. Refuser la rend suspecte alors que rien ne l'oblige à s'y soumettre. Mais pourquoi n'a-t-elle pas remis un spécimen d'urine, même si c'est humiliant, rien que pour prouver que la position de son mari ne se fonde sur rien ?

— Je ne sais pas, admit Angela. Je dois la voir demain matin à six heures, je la ferai parler.

— Vous prenez vraiment ce dossier à cœur, commenta-t-il. Cela vous ennuierait que je vous donne un conseil non juridique ?

Angela n'aimait pas recevoir de conseils, juridiques ou non, mais elle apprécia qu'il lui laisse la liberté de refuser.

— Allez-y, j'écoute.

— Si vous n'y prenez pas garde, votre travail peut

269

vous engloutir. Il faut s'y consacrer, bien sûr, mais savoir en même temps garder un certain détachement. C'est contradictoire, je sais, mais indispensable.

Il marqua une pause. Angela allait le remercier, quand il reprit :

— Des clientes comme les nôtres peuvent vous briser le cœur si on s'y attache de trop. Et cela risque d'étouffer votre vie personnelle.

— De ce côté-là, répondit-elle, pas de problème. Je n'en ai aucune.

Quand le réveil sonna le lendemain matin, il faisait encore nuit noire. Angela se crut hors d'état de se lever. Puis, au prix d'un effort, elle se mit sur pied, enfila le vieux survêtement de son père (elle l'avait quand même lavé deux ou trois fois depuis qu'elle l'avait pris en affection) et mit deux paires de chaussettes avant de chausser ses baskets.

Tout en marchant vers le bout de la rue, elle repensa à sa conversation téléphonique de la veille au soir avec Michael Rice. Il était sincère, elle le savait, et sa réponse avait dû lui paraître puérile. Cependant, elle n'avait fait que dire la vérité : en dehors du secret qui grandissait en elle, elle n'avait pas de vie privée. À l'exception de son rapide aller-retour à Marblehead, de deux ou trois déjeuners de travail et de quelques dîners avec sa mère, elle n'était pas sortie de la maison de son père. Elle ne téléphonait même plus, parce qu'elle avait perdu sa meilleure amie en même temps que son mari et qu'elle ne se voyait pas raconter sa déroute à des amies de collège ou de faculté. Pour la plupart, d'ailleurs, elles devaient déjà être au courant par le bouche à oreille, qui ne manque jamais de répandre les mauvaises nouvelles. Bref, elle n'avait pas d'amies, pas d'intérêts extérieurs, pas de domicile fixe et elle vivotait sur le reliquat de son compte en banque, la minuscule indemnité journalière que l'association n'avait pas encore transformée en salaire régulier et les générosités imprévisibles de son père.

La veille, elle lui avait cuisiné un bon dîner afin de le préparer à son départ. Comme prévu, il avait apprécié sa compagnie et son poulet grillé, mais la nouvelle de son déménagement l'avait peiné. « À quoi bon te mettre des dépenses inutiles sur le dos ? » avait-il commenté.

Angela l'avait senti d'autant plus blessé par sa défection qu'il digérait mal le fait qu'elle travaille avec sa mère et qu'il craignait de ne plus la voir après son départ de chez lui. Son père était un homme bizarre. Il l'aimait, elle le savait, bien qu'ils n'aient pas grand-chose en commun. Elle s'étonnait que sa mère ait supporté aussi longtemps un homme comme lui, et surtout que ce soit lui qui ait brisé leur ménage en la trompant. Non qu'il ait gagné au change : son second mariage avait vite sombré, et il se retrouvait seul dans une existence vide. La compagnie de sa fille allait lui manquer mais, en même temps, il aurait eu honte de l'admettre. Pourquoi fallait-il que les gens qui voulaient être avec elle ne soient pas ceux avec qui elle souhaitait être et que ceux dont elle désirait partager la vie ne veuillent rien savoir ?

Si j'y pense trop, je vais devenir folle, se dit-elle. C'est alors qu'elle prit conscience qu'elle s'imposait de marcher dans le froid et l'obscurité parce que la chaleur qu'elle avait ressentie entre Jada et son amie l'attirait. Elle n'avait pas d'amies, si tant est qu'elle en ait jamais eu. Le souvenir de Lisa l'enrageait ou la déprimait au point qu'elle le bannissait de sa mémoire. Pourtant, elle

271

souffrait d'être privée d'une amitié vraie. Cette marche à pied était sans doute une épreuve inutile, mais cela ne la tuerait pas de prendre un peu d'exercice — pour cette fois-ci, du moins.

Quand elle les rejoignit, Jada et Michelle tournaient le coin de la rue dans la direction qu'Angela venait de parcourir.

— Nous aurions pu vous prendre au passage, dit Jada.

— C'est vrai, renchérit Michelle. Nous vous aurions quand même fait faire le circuit complet.

En dépit du froid, Angela sentit la vraie chaleur de leur offre. Ce petit signe de gentillesse et, oui, d'amitié, lui noua la gorge. Tu es trop sensible, se dit-elle. Fais attention, sinon tu feras le beau comme un toutou qui mendie un bonbon. Et rappelle-toi de ne pas leur lécher la main quand tu leur diras au revoir.

Elles marchèrent un moment en silence. Lorsque Jada commença à forcer l'allure, Angela se dit qu'il fallait entrer sans plus tarder dans le vif du sujet.

— Parlez-moi de cet entretien, lui dit-elle.

— C'était un cauchemar. Je qualifierais cette femme de raciste, sauf qu'elle n'avait manifestement pas de préjugés contre mon mari.

— Contente-toi du mot « garce », lui conseilla Michelle.

Bien que Michelle ait déjà dû les entendre, Angela demanda à Jada tous les détails. Essoufflée, fatiguée, elle regrettait de ne pas pouvoir prendre de notes tout en se forçant à soutenir l'allure imposée par les deux autres.

— Je vérifierai, dit-elle. Et ne vous inquiétez pas, je ferai nommer une autre assistante sociale. Mais puis-je vous demander pourquoi vous n'avez pas voulu de cette analyse ? Il faut que je le sache.

Elle vit Jada et Michelle échanger un regard.

— C'est ma faute, répondit Michelle, qui parlait pour la première fois depuis sa réflexion sur le mot « garce ». Je suis extrêmement stressée moi aussi en ce moment. Alors, j'ai demandé à mon médecin de me prescrire un remède contre mes crises d'anxiété.

— Et alors ? Où est le mal ? s'étonna Angela.

Michelle consulta de nouveau Jada du regard.

— Elle est mon avocate, Michelle, lui dit Jada. Je ne lui cache rien. Et je ne reprendrai jamais plus de ces pilules.

Y aurait-il une affaire de drogue là-dessous ? s'inquiéta Angela. Seigneur ! Maintenant qu'elle était plongée jusqu'au cou dans cette affaire, allait-elle découvrir que les accusations du mari étaient fondées ?

— En effet, dit Michelle, il n'y a rien de mal. Ce ne sont que des tranquillisants. Jada était tellement secouée par ce qui lui arrive que je lui ai donné deux ou trois de mes pilules.

— Sauf qu'elles ne m'ont pas tranquillisée.

— En fait, elle a eu peur que le médicament ne laisse une trace dans son urine. Nous ne connaissons pas sa composition exacte.

— Ce n'est quand même pas de l'ecstasy ? dit Angela en souriant.

— Non, du Valium ou quelque chose de ce genre, répondit Michelle le plus sérieusement du monde.

— La belle affaire ! s'exclama Angela, soulagée. Avec ce que vous subissez en ce moment, Jada, vous auriez même besoin d'un médicament plus fort. Mais il vaut mieux l'acheter sur ordonnance. Je peux en avoir, moi aussi ? plaisanta-t-elle.

Cette fois, Michelle esquissa un sourire.

— Je me suis sentie terriblement coupable, je croyais

avoir tout compromis pour elle. Ce n'est donc pas trop grave, à votre avis ?

— Bien sûr que non, répondit Angela qui n'en était pas convaincue. La moitié des femmes en Amérique prend du Valium et l'autre moitié l'emprunte à ses amies. Je vais essayer de faire nommer le plus vite possible une autre assistante sociale, poursuivit-elle dans l'espoir d'apporter un peu de réconfort à Jada. Sa visite n'annulera pas la première, mais elle y ajoutera des éléments essentiels. D'ailleurs, le rapport n'est peut-être pas aussi mauvais que vous le craignez.

— Vous pourrez vraiment en faire nommer une autre ? dit Jada.

— Si je n'y arrive pas dans les quarante-huit heures, en tout cas, je convoquerai votre gendarme et je verrai ce qu'elle a l'intention de dire.

Pour la première fois, un sourire apparut sur les lèvres de Jada.

— Je ne sais pas comment vous remercier de faire tant de choses pour moi. Je veux dire, vous êtes trop jeune pour vous trouver mêlée à ce genre de drame. Vous devriez être optimiste, profiter de la vie.

Angela eut un éclat de rire sans gaieté :

— Ah, oui ? Laissez-moi vous dire à quel point ma vie est belle et pourquoi j'ai de bonnes raisons d'être optimiste. Je vais vous raconter mon premier anniversaire de mariage. C'était d'un romantique !...

Tout en marchant, les deux amies écoutèrent avec attention le récit d'Angela. Elle leur dit tout, y compris sa découverte que la Soprano n'était autre que son amie Lisa. Elle ne leur dissimula que son gros secret, dont elle était tentée de parler mais qu'elle ne put se résoudre à révéler.

— Je ne peux pas y croire ! commenta Michelle quand Angela eut terminé.

— Moi, si, dit Jada avec un ricanement amer.

Les deux amies rivalisèrent ensuite de critiques acerbes sur le compte de Reid, puis sur celui de Lisa. Angela devait forcer l'allure pour se maintenir à leur hauteur, mais elle se sentait mieux, moins grâce à l'exercice qu'à leur compagnie. Elle éprouvait une réelle sympathie pour Jada. Michelle lui paraissait un peu absente, mais l'amitié des deux femmes était aussi manifeste que réciproque, et Angela leur était reconnaissante de leur invitation à se joindre à elles.

Elles allaient faire demi-tour quand Jada s'arrêta.

— Eh bien, Michelle, tu ne touches pas le poteau ?

Angela les regarda sans comprendre. La tête basse, Michelle se redressa, s'ébroua.

— Qu'est-ce qui ne va pas, Michelle ? insista Jada. M'en veux-tu à cause de la banque ou s'agit-il des journalistes qui te harcèlent ?

Angela se dit qu'il valait mieux ne pas intervenir. Des bandes argentées commençaient à éclaircir le ciel à l'horizon, des ombres s'allongeaient sur la chaussée.

— Rien ni personne ne fonctionne plus dans ma famille, avoua Michelle. Même le chien. Il désobéit quand je le sors, il vomit dans la maison, il mange les ordures des voisins et ne touche pas à ce que je lui prépare. Tout le monde est malheureux. Je ne croyais pas que ces choses-là arriveraient, sincèrement je n'y croyais pas. Pourtant, regarde ce que Clinton t'a fait et ce qu'a subi Angela.

— Et ce qui t'arrive à toi, dit Jada en posant avec douceur une main sur l'épaule de Michelle. Ce n'est pas ta faute, tu sais.

Michelle se remit en marche. Les deux autres la suivirent.

— Oh, si ! dit-elle au bout de quelques pas. Je me pose des questions. Si j'avais été complètement idiote ? Si je m'étais trompée du tout au tout ? Et si Frank était coupable ? ajouta-t-elle dans un murmure.

Angela garda le silence, mais les morceaux du puzzle se mirent en place dans sa tête. Elle avait lu les journaux, entendu les commentaires de son père. Michelle était donc celle chez qui avait eu lieu la descente de police à l'autre bout de la rue et qui avait fait la une de la presse locale. Un instant, elle se demanda si Jada était impliquée dans cette affaire. Était-ce la raison pour laquelle elle avait refusé l'analyse d'urine ? En les observant, elle se persuada sans mal qu'il n'y avait aucun rapport avec le reste.

Jada rattrapa Michelle en deux enjambées, la força à s'arrêter et la prit aux épaules en la regardant dans les yeux :

— Ce ne serait pas impossible, Mich. Aurais-tu des raisons de douter de son innocence ? Je veux dire, as-tu une preuve quelconque ?

— Non, pas vraiment. Enfin, je n'en sais rien. Mais ils veulent que je témoigne au procès et... je n'en ai pas envie, voilà tout. Et j'ai peur de le dire à Frank, j'ai peur de le dire à Bruzeman...

Michelle s'interrompit, les joues ruisselantes de larmes. Angela décida alors de prendre le risque d'intervenir.

— Sans vouloir me mêler de ce qui ne me regarde pas, puis-je vous rappeler que je suis avocate et que je pourrais vous être utile ?

Les deux amies se tournèrent vers elle, intriguées.

— Je ne suis pas votre avocate, je sais, mais êtes-vous

au courant de vos droits au titre du Quatrième Amendement ?

Michelle secoua négativement la tête. Sentant le froid la gagner, Angela se remit à marcher. Les autres lui emboîtèrent le pas. Pendant le silence qui suivit, Angela rassembla à la hâte ses souvenirs de droit constitutionnel.

— La police a perquisitionné chez vous, n'est-ce pas ? reprit-elle.

Michelle fit un signe d'assentiment.

— Eh bien, le Quatrième Amendement a été formulé à cause de la colère des colons, car les Anglais s'étaient arrogé le droit de fouiller leurs maisons à leur gré durant la guerre d'Indépendance. Aussi, quand la Constitution a été rédigée, on a pris soin de stipuler qu'aucune perquisition ne pouvait être effectuée sans qu'un motif précis la justifie, c'est-à-dire sans la preuve ou la forte présomption de l'existence d'un indice dans le lieu perquisitionné.

— Ils ont pourtant tout fouillé de fond en comble, dit Michelle.

— Ils ont saccagé la maison, ajouta Jada.

— Comprenez-moi bien : ils n'ont pas perquisitionné en espérant trouver n'importe quoi. La fouille *doit* avoir une cause précise.

— Vous voulez dire une preuve qui incrimine Frank ? C'est mon mari, dit Michelle avec une sorte de désespoir.

Angela s'abstint de lui faire remarquer que si la police avait obtenu un mandat de perquisition il y avait de fortes probabilités pour que cette preuve existe.

Les trois jeunes femmes marchèrent un long moment sans parler. Angela craignait d'en avoir trop dit quand Jada rompit le silence :

— Je crois qu'il te faut un avocat, Michelle. Un avocat à toi seule, précisa-t-elle.

Michelle se tourna vers son amie. Angela reconnut sur son visage la torture qu'elle avait elle-même vécue ces dernières semaines.

— Tu ne comprends pas ? s'exclama Michelle. Si je lâche Frank maintenant, notre mariage est fini.

— Il sombrera peut-être de toute façon si Frank est coupable, répondit Jada sans élever la voix.

Chapitre 29

*Dans lequel il est question de trésors cachés
et de bien d'autres choses.*

Michelle faisait le ménage. Constamment, sans
relâche, sans répit. Elle était consciente que sa conduite
était anormale, mais elle se trouvait dans une situation
anormale qu'elle gérait du mieux qu'elle pouvait. Et
puis, à l'évidence, mieux valait faire le ménage que
s'adonner à la boisson.

En dehors de ses tâches quotidiennes, les lits, la lessive, la vaisselle, l'aspirateur, elle avait lessivé les murs
de l'atelier de Frank, épousseté et remis en ordre ses
outils et nettoyé le sol en ciment. Elle avait découvert
à la droguerie un nouveau produit miracle à inclure
dans son arsenal, un détersif si efficace contre la graisse
qu'elle s'en était servie pour décaper les taches d'huile
et de cambouis qui souillaient le sol du garage depuis
des années. Elle ne s'était d'ailleurs pas contentée de ce
succès, car elle avait refait les piles de vieux journaux,
réenroulé les tuyaux d'arrosage avec un soin chirurgi-
cal, trié les bidons d'huile ou d'antigel et les bocaux
remplis de clous, en jetant à mesure tout ce qui était
inutilisé ou inutilisable.

Elle s'était également attaquée au grenier, où elle
avait examiné une à une les boîtes de vieux vêtements,
de jouets hors d'usage et de photos jaunies. Elle avait

lavé et remballé les décorations de l'arbre de Noël, lavé les vêtements de bébé de Jenna et de Frankie avant de les repasser et de les ranger dans des boîtes neuves. Son tri lui avait permis de mettre de côté six cartons d'objets qu'elle était allée déposer dans le container de l'Armée du Salut au fond du parking de la banque, où elle s'était rendue de très bonne heure le matin afin d'écarter tout risque d'y rencontrer quelqu'un de sa connaissance.

Michelle ne regrettait pas son travail à la banque. Elle ne regrettait même pas de ne plus sortir de chez elle, elle avait trop à faire avec ses nettoyages. En fait, elle ne mettait même plus le nez dehors, sauf dans son jardin, à moins d'y être absolument obligée. Dans ces cas-là, elle enfonçait un bonnet sur sa tête et se cachait derrière des lunettes de soleil à la Jackie Onassis, même quand il faisait gris et sombre.

Elle n'éprouvait plus aucun désir de voir des gens, encore moins d'être vue. Elle avait même cessé d'aller faire ses courses au grand supermarché en ville et se rendait à deux banlieues de là, dans un discount sordide où les fruits et légumes n'étaient pas frais, mais où elle était sûre de ne tomber sur personne qui la reconnaisse et où les caissières ne levaient pas le nez des scanners à codes-barres. C'était autant pour elle un réconfort qu'un pesant sentiment de solitude.

Elle n'avait d'autre compagnie pendant la journée que son chien et, le soir venu, que son mari et ses enfants. Personne ne lui téléphonait, personne ne lui rendait visite, pas plus les mères d'élèves de l'école que ses prétendues copines de la gym. Personne. Sauf Jada, bien entendu. Elles respectaient le rite de leurs marches matinales, car Michelle craignait de devenir folle si elle était privée de cette unique occasion d'être elle-même quelques instants par jour. Malgré l'enfer qu'elle traversait de son côté, Jada était pour elle un don du Ciel. Michelle frémissait en se disant parfois que leur amitié se nourrissait de leurs malheurs respectifs et elle se souvenait avec mélancolie du plaisir que ces marches leur apportaient à peine quelques mois plus tôt, à la fin de l'été, avant que leurs mondes ne commencent à se désintégrer.

Dans sa cuisine étincelante, Michelle regarda autour d'elle, crut discerner une marque de doigts sur la poignée du réfrigérateur et se hâta de l'effacer avant d'empoigner le panier de plastique contenant ses outils. Ce jour-là, elle avait décidé de nettoyer tous les placards des chambres à coucher, non seulement en rangeant les vêtements et les chaussures mais en les vidant, en aspirant la moquette, en époussetant les étagères et en lessivant les parois avant de tout remettre en ordre. D'un œil exercé, elle vérifia son arsenal, se noua les cheveux au sommet de la tête, souleva le panier d'une main, prit le plumeau de l'autre. L'aspirateur était déjà à l'étage.

Pookie la suivit dans l'escalier, en sachant qu'il valait mieux ne pas l'importuner quand elle était prise par sa frénésie de nettoyage. Il trouvait un coin tranquille, se couchait les pattes croisées devant lui et la regardait se démener. Le regard humide qu'il lui lança ressemblait à celui de Frank. Les hommes et les chiens sont pareils, pensa-t-elle, ils ne parlent jamais de ce qui les tracasse...

Elle attaqua d'abord la chambre de Frankie, et Pookie sauta immédiatement sur le lit. Michelle en aurait besoin pour entasser les affaires sorties du placard, mais Pookie devrait s'en accommoder ou se réfugier sous le lit. Elle aimait qu'il lui tienne compagnie, le souffle de sa respiration rendait le silence moins oppressant.

Il fallut à Michelle un peu plus d'une heure pour

281

venir à bout du placard de Frankie. Le travail lui offrait sinon une heure de paix, au moins une halte dans la ronde infernale des pensées qui ne cessaient de tournoyer dans sa tête. Pendant ce temps, elle ne pensait plus à Bruzeman, à Frank, à la recherche d'un internat pour Jenna et d'un psychothérapeute pour Frankie ni à rien d'autre. Elle se contentait de frotter et d'astiquer jusqu'à ce que l'espace clos du placard soit immaculé et que les odeurs, âpres mais réconfortantes, des produits d'entretien lui piquent les yeux. C'était pour elle le seul sursis dans les tourments que lui infligeait son esprit, le seul moment où elle se sentait libérée de ses terreurs.

Son travail achevé, Michelle contempla avec satisfaction le résultat de ses efforts. Une des poignées était-elle un peu ternie ? Elle y répandit quelques gouttes du produit à faire briller le cuivre, en prenant soin de ne pas déborder sur la peinture laquée, arracha deux carrés au rouleau de serviettes en papier et entreprit de frotter la poignée d'un mouvement circulaire, fruit d'une longue expérience.

Curieusement, cette activité prosaïque lui évoqua l'amour physique. Frank et elle ne faisaient plus l'amour depuis une quinzaine de jours. La nuit précédente, en ouvrant les yeux, elle avait vu Frank la regarder d'un air pensif, appuyé sur un coude. Elle s'était rapprochée, offerte, mais il s'était détourné. À l'exception de la naissance de Frankie, après un accouchement difficile, elle ne se souvenait d'aucune période d'abstinence aussi longue entre eux. Elle n'arrivait pas non plus à déterminer si c'était elle ou Frank qui se dérobait et si cette dérobade était due à l'épuisement physique, à la souffrance morale ou à une tout autre cause.

Michelle finit d'astiquer la poignée et fit subir le même traitement à la seconde. Les portes du placard reposaient au moins l'une contre l'autre, alors que Frank et elle dormaient chacun d'un côté du lit. Elle respira profondément, toussa en inhalant les vapeurs chimiques des produits d'entretien, et rouvrit en grand la double porte coulissante afin d'aérer l'intérieur du placard. Elle ne pouvait pas déjà y remettre les affaires de Frankie, qui s'imprégneraient de ces odeurs. Afin de les dissiper plus vite et plus complètement, elle alla chercher le ventilateur qu'elle rangeait dans le placard à linge, le brancha, dirigea le courant d'air sur l'intérieur de la penderie. Puis elle consulta sa montre et vit qu'il était déjà près de onze heures.

— Viens, Pookie, dit-elle à haute voix, nous avons encore une chambre à faire ce matin.

La penderie de Jenna présentait un problème plus ardu. Elle était littéralement bourrée de robes, de chemises, de vestes, de pantalons, de jupes, de chaussures, de ceintures et d'innombrables accessoires entassés au petit bonheur. Michelle commença par tout vider sur le lit, d'où Pookie avait sauté en hâte pour chercher refuge en dessous, et amorcer un tri par nature et catégorie d'objets. Puis, comme elle venait de le faire chez Frankie, elle entra dans le placard et s'attaqua d'abord aux parois. De combien de taches et de marques étaient-elles couvertes ? Michelle ne voulut pas en omettre une seule.

Elle se remémora sa mère et la maison où elle avait grandi. Elle se rappela comment sa mère, pour qui boire un verre tenait lieu de travail domestique, laissait tout aller à la dérive. Elle ne tomberait jamais aussi bas, elle. Elle ne négligerait jamais rien. Pas même la tache la plus discrète. Et c'est avec une ardeur renouvelée qu'elle se lança à l'assaut d'une marque noire faite par un talon.

La penderie de Jenna, beaucoup plus grande que celle de Frankie, comportait aussi un renfoncement causé par la position d'un madrier d'ossature. Michelle se souvenait du scandale qu'avait fait Frank quand un des ouvriers s'était avisé de dissimuler cette niche derrière un panneau de bois. Frank ne transigeait pas sur la qualité du travail. Moi non plus, se dit Michelle en se glissant dans l'étroit espace dont elle comptait lessiver les parois, comme celles du reste du placard, avant de nettoyer et d'aspirer la moquette.

Michelle allait atteindre le bas de la cloison quand elle remarqua qu'un coin de la moquette était légèrement effiloché. Il lui suffirait, se dit-elle, de couper les touffes qui dépassaient pour les égaliser. Mais avant d'aller chercher ses petits ciseaux, elle tira sur la partie abîmée pour vérifier si elle était simplement usée ou avait été accrochée par les boucles ou les talons des chaussures de Jenna.

La moquette céda à sa traction. Intriguée, Michelle tira un peu plus fort et constata alors que la partie effilochée correspondait à une coupe du support, faite sans doute au moment d'effectuer le raccord entre le renfoncement et le reste. Malgré ses principes, Frank avait dû juger que l'aspect n'avait pas d'importance puisqu'il était au fond d'un placard et que la dépense pour l'achat d'un coupon complet, dont les trois quarts auraient été perdus, ne se justifiait pas. Un peu agacée cependant par cette imperfection, Michelle tira plus fort qu'elle ne l'aurait voulu et eut la surprise de voir le rectangle complet de moquette se soulever et lui rester dans la main.

Parfait ! soupira-t-elle. Je vais découvrir des moutons de poussière, des agrafes rouillées et Dieu sait quelles saletés, balayés dans ce coin par les poseurs de moquette pour s'en débarrasser. Pourtant, en se penchant sur le parquet sur lequel la moquette était posée, elle ne vit aucune trace de poussière. C'était anormal. De plus, les lames du parquet ne prolongeaient pas celles de la chambre, comme dans les autres pièces de la maison, mais formaient une sorte de plaque indépendante sur une largeur de six lames. D'une main encore gantée de caoutchouc, elle essaya de soulever la plaque par le bord présentant un mince intervalle avec le reste du plancher. N'y parvenant pas, elle utilisa le manche d'une brosse en guise de levier. Quel amas de saleté allait-elle trouver en dessous ?

Michelle eut un étourdissement et lâcha le couvercle de la cavité aménagée sous le plancher. Sa peau devint brûlante puis glacée d'appréhension. Car, entre les lambourdes, elle découvrit quatre paquets rectangulaires enveloppés de papier journal. Elle en prit un.

Comme s'il avait senti son soudain changement d'humeur, Pookie la rejoignit dans le placard et renifla le paquet qu'elle tenait. Était-ce un livre ? Michelle déplia avec soin un des coins du papier qui n'était pas tenu par la ficelle, le souleva... et dévoila des liasses de billets de cent dollars.

Elle chassa d'un geste brusque Pookie qui la gênait en les reniflant de trop près. Il partit en gémissant, mais elle n'était pas d'humeur à se soucier des sentiments du chien quand les siens étaient en état de choc. Elle enleva ses gants de caoutchouc, passa un ongle sur une des liasses. Il y avait des centaines de billets dans le paquet. Faisant appel à son expérience de caissière débutante à la banque, elle tenta d'estimer la somme qui lui pesait entre les mains, mais son étourdissement lui revint. Elle reposa le paquet, se leva et marcha en titubant jusqu'au lit de sa fille, où elle se laissa tomber en chien de fusil après avoir jeté tous les vêtements par terre.

Peu à peu, son étourdissement disparut et fit place à la peur. Non, à la terreur. Elle avait vu quatre paquets dans la cavité, il y avait au moins cinq ou six cents billets dans celui qu'elle avait ouvert. Plus d'un demi-million de dollars enveloppés de papier journal cachés là, sous le plancher, dans la chambre de sa fille de douze ans. Michelle se sentit soudain si désarmée devant le danger qu'elle ne put retenir un cri de frayeur quand Pookie sauta sur le lit. Le pauvre chien s'apprêtait à prendre de nouveau la fuite quand elle l'attira contre elle. Elle avait plus besoin de sa présence et de sa chaleur que lui de la sienne. Elle lui caressa la tête, tirailla machinalement ses oreilles soyeuses comme il aimait qu'elle le fasse. Un long moment, plus rien n'exista pour elle que le souffle du chien mêlé au sien.

Comme un film vidéo sur l'écran de ses paupières closes, elle revit ce qu'avait été sa vie avec Frank et les enfants. Une vie confortable. Facile. Jamais ils n'avaient eu à se restreindre, à se soucier comme tout le monde depuis dix ans d'une récession ou des aléas de l'économie. Contrairement à celles de Clinton, les affaires de Frank avaient toujours prospéré. Sans être prodigue, Michelle avait toujours pu dépenser ce qu'elle voulait, comme Frank d'ailleurs l'y encourageait. Il lui achetait des bijoux. Ils prenaient des vacances. Il déposait de l'argent à son compte en banque et elle n'avait jamais le moindre problème pour payer les factures tous les mois, des mois et des années durant. Frank n'avait pas approuvé son emploi à la banque. Et même si tous les autres couples du quartier travaillaient, eux n'avaient pas besoin de deux salaires, lui avait-il rappelé.

La descente de police lui revint ensuite par fragments,

les rencontres avec Bruzeman, les serments de Frank qu'il ne s'agissait que d'une erreur. L'affront infligé par les autres femmes à la vente de charité de l'école. Son licenciement de la banque. Les larmes de Jenna. Les pipis au lit de Frankie. Tout se mêlait, s'accélérait. Les expressions du visage de Frank, ses protestations d'innocence, ses promesses. Et sa confiance en lui, son soutien inconditionnel, sa loyauté.

Sa stupidité.

— Imbécile ! dit-elle d'une voix qui lui rappela celle de sa mère.

Oui, pensa-t-elle, ma mère avait raison. Je ne suis qu'une idiote. Et Frank doit lui aussi me prendre pour une imbécile. Mais, si bête, si bornée que je sois, je suis quand même capable de comprendre d'où vient tout cet argent.

Chapitre 30

Dans lequel Angela reprend ses sens — à commencer par l'odorat.

Angela se réveilla en sursaut et courut jusqu'au lavabo de la salle de bains, où elle arriva juste à temps. La nausée la frappait maintenant tous les matins, ou presque. Pendant la journée, les moindres odeurs de nourriture, même celle d'une pomme sur le comptoir de la cuisine, lui parvenaient avec une intensité telle que son estomac soulevait une protestation immédiate. Son odorat s'était si bien développé depuis le début de sa grossesse qu'elle pouvait détecter ce qui se préparait dans la cuisine des voisins. Toutes les viandes avaient pour elle une odeur de chair morte : lorsque Bill, le clerc de l'association, lui avait cordialement offert la veille la moitié de son sandwich à la dinde, elle avait dû battre précipitamment en retraite devant les effluves de la fade viande blanche entre deux innocentes tranches de pain.

Le pain était pourtant à peu près le seul aliment qu'Angela était capable de manger sans risque. Tout en se rinçant la bouche, elle se rappela le verset de la Bible proclamant que « l'homme ne vit pas que de pain ». Les femmes enceintes, si — peut-être même déjà à cette époque-là. Encore une différence entre les hommes et les femmes, se dit-elle amèrement en mordant dans une

288

tranche de pain de mie spongieux qui, contrairement aux assertions de sa publicité, n'aidait pas à bâtir des corps sains et vigoureux. En pensant au petit corps qui grandissait en elle, elle savait qu'elle aurait dû consulter un médecin et se nourrir de manière plus rationnelle, différente en tout cas. Mais à quoi bon ? Elle ne parvenait pas encore à décider si elle poursuivrait cette grossesse un jour de plus. L'idée de mettre fin à la vie minuscule qui palpitait en elle lui était aussi insoutenable que d'en prendre seule la décision. Elle avait tant aimé Reid, tant désiré vivre heureuse avec lui qu'elle ne se résignait pas à anéantir ce rêve.

Garder un tel secret lui devenait également insupportable. Elle prenait d'infinies précautions pour que son père ne voie ni n'entende ses malaises. Anthony n'avait d'ailleurs pas fait de réflexion sur son tour de taille qui s'arrondissait. En fait, elle l'évitait le plus possible. Son amour protecteur ne pouvait lui être d'aucun secours. Il offrirait simplement d'aller casser la figure de Reid et de payer le gynécologue, mais c'était à elle qu'il incombait d'abord de prendre sa décision.

Angela se rendit au travail de bonne heure en laissant un petit mot à son père. Si elle l'avait informé de sa décision de louer un appartement, elle ne lui avait toutefois pas dit que le bail était signé et son déménagement imminent. Sa mère l'avait déjà accablée sous ses conseils, ses offres d'achat de meubles, ses inquiétudes sur le quartier. Son père serait cent fois pire.

Une fois au bureau, elle se versa une tasse d'eau chaude — pas question de café — et s'installa derrière son rempart de dossiers. Elle s'efforçait de travailler le plus possible, car son travail exigeait une concentration qui l'empêchait de penser à ses problèmes. Elle savait cependant que le moment de prendre une décision approchait d'heure en heure et que, si elle ne faisait rien, la décision serait prise à sa place. Elle éprouvait en permanence une grande fatigue, due en partie bien sûr à sa charge de travail, mais plus encore au secret qui grandissait en elle et la vidait de son énergie. Elle cédait désormais à cette fatigue presque tous les après-midi, au point qu'il lui arrivait de s'affaler la tête sur son bureau pour se réveiller une heure plus tard avec un torticolis en découvrant qu'elle avait bavé sur un dossier.

Le dossier Jackson fut le premier qu'elle ouvrit ce matin-là. George Creskin, l'avocat de Clinton, avait obtenu une date incroyablement rapprochée pour l'audience portant sur le droit de garde et Angela craignait de ne pas être prête à temps. Réussirait-elle à la faire reporter ? Car, de toutes les affaires dont elle était chargée, celle-ci lui tenait particulièrement à cœur, moins parce qu'elle marchait presque chaque matin avec Jada que vis-à-vis de la situation scandaleuse dans laquelle la malheureuse se trouvait. Après une brève réflexion, elle prit le dossier, à la couverture tachée de bave séchée, résultat d'une de ses siestes inopinées, et alla demander conseil à Michael Rice. Surchargé de travail lui-même, il avait malgré tout la gentillesse de l'aider — et Dieu sait si elle avait besoin d'aide.

Son bureau, au bout du couloir, était aussi net que celui d'Angela était en désordre. À son entrée, il leva les yeux et revissa son stylo.

— Je constate avec plaisir que vous êtes réveillée. Non, ne vous sentez pas coupable, poursuivit-il en voyant sa mine penaude, je suis entré hier dans votre bureau pendant que vous faisiez une petite sieste. Je vous avais pourtant avertie, ce travail peut vous dévorer. Je ne suis pas un gros dormeur moi-même, mais il m'arrive d'aller passer un après-midi au cinéma quand j'en ai par-dessus la tête.

Son sourire était si communicatif qu'Angela le lui rendit.

— J'aimerais que vous lisiez le rapport de l'assistante sociale que je viens de recevoir, dit-elle en lui tendant le document. Est-ce vraiment abominable ou suis-je hypersensible ? Jada en sera catastrophée.

— Ah ! Parce que vous vous appelez déjà par vos prénoms ?

Angela fit un geste évasif en essayant de ne pas prendre l'air coupable. Michael commença sa lecture. Son immédiat froncement de sourcils fit comprendre à Angela qu'elle ne s'était pas trompée, le rapport était catastrophique.

— Il nous faudra le témoignage d'un contre-expert, dit-il après avoir parcouru le rapport.

— Vous en connaissez un ?

— Le meilleur, il est professeur à Yale et c'est un vieil ami. Cependant... Écoutez, avant d'engager des frais, êtes-vous certaine que cette femme n'est pas instable, toxicomane occasionnelle ni ne possède aucune des « qualités » énumérées dans ce torchon ? Elle est votre cliente, je sais, mais il y a des enfants dans cette affaire. Il n'y a aucun témoin de ces allégations, poursuivit-il en reprenant le rapport. C'est la parole du mari contre la sienne. Le juge décide habituellement en faveur de la mère, non que ce soit plus juste que le contraire, mais c'est ainsi. Dans ce cas, néanmoins, le rapport de l'assistante sociale est extrêmement négatif. Elle a d'abord rencontré le père, c'est vrai, et elle était manifestement prévenue contre votre cliente, mais... Creskin a demandé et obtenu une date d'audience aussi proche sous prétexte d'un risque pour les enfants, en précisant

291

qu'ils sont déjà à la garde du père qui a engagé une garde qualifiée pour veiller sur eux.

— Cette prétendue garde est sa maîtresse et il la paie sur la pension que doit verser Jada ! protesta Angela.

— Ce qui ne l'empêche pas de témoigner que les enfants étaient délaissés. La mère du mari le confirmera. Où sont ses parents à elle ?

— Ils vivent à la Barbade. Elle préfère les laisser le plus possible à l'écart de tout cela. Ils sont âgés et ils ne peuvent pas fournir de témoignage sur sa vie quotidienne. Je peux quand même faire comparaître plusieurs de ses amies, une ancienne présidente de l'association des parents d'élèves, Michelle Russo... bien qu'elle présente un problème.

Michael relisait le rapport et ne répondit pas aussitôt.

— Le passage sur le trafiquant de drogue est préoccupant. Ils ont même inclus des coupures de presse sur le cas de ce Russo et de sa femme. C'est une de ses amies, dites-vous ? Et ses enfants allaient chez les Russo ?

— N'en tirez pas de conclusions hâtives, cette femme sera peut-être notre prochaine cliente. Elle n'est pas inculpée, elle. Aucun trafic n'a pris place à son domicile ni à proximité, le procès du mari n'a pas encore eu lieu et il n'est pas condamné. Nous sommes en Amérique, Michael, pas dans un pays de sauvages.

— Dites-le au juge. Pour un juge des affaires familiales, tout ce qui paraît douteux est suspect par principe.

— L'injustice de cette affaire me stupéfie, dit-elle en se levant. Cette femme a tout fait, oui, tout, pour éviter l'éclatement de sa famille pendant que son mari se tournait les pouces et courait les filles. C'est scandaleux !

292

Michael acquiesça d'un signe de tête et fit un large sourire — qui eut pour résultat d'enrager Angela.

— Vous vous moquez de moi ? Vous trouvez cela drôle ? Ou c'est de moi que vous riez ? J'étais venue vous demander de l'aide pour gagner ce dossier, mais avec ou sans votre aide je le gagnerai !

— Je souris parce que vous me plaisez, Angela. J'étais comme vous, tout feu tout flamme, passionné — professionnellement, s'entend. Si vous me permettez, j'ajouterai passionnante.

Désarçonnée, Angela sourit à son tour. De la part d'un homme aussi digne, aussi calme, le compliment lui faisait plaisir. Sa bouffée de colère se dissipa aussi vite qu'elle était venue.

— Allons, rasseyez-vous, reprit-il. Écoutez, affaires familiales ou pas, il s'agit avant tout de la loi. Parfois, il s'agit plus encore de stratégie, de manipulation, de présentation biaisée. Creskin nous a pris de vitesse et il a manifestement choisi une bonne stratégie. Il nous en faut une aussi bonne, ou plutôt meilleure, car ce ne sera pas sur votre opinion de ce qui est juste ou équitable que le juge vous donnera raison. Jusque-là, vous me suivez ? demanda-t-il avec un nouveau sourire.

Angela acquiesça.

— Nous devons donc contre-attaquer avec nos témoins, nos arguments. Nous pouvons aussi faire intervenir les enfants.

— Jada le refusera catégoriquement.

— C'est nager en eaux troubles, je sais, mais la cour va probablement poser des questions aux deux aînés et soyez certaine que Creskin fera de son mieux pour les influencer.

— Ils aiment leur mère, ils veulent rentrer chez eux. Voilà ce qu'ils diront.

293

— Des enfants couverts de brûlures de cigarette de la tête aux pieds affirment aimer la mère qui les leur a infligées, Angela. Les enfants aiment toujours leur mère, au moins jusqu'à ce que leurs hormones entrent en jeu. Et, si je comprends bien la stratégie de Creskin, ils retrouveront leur maison si votre cliente est contrainte de vider les lieux.

Angela se sentit soudain assaillie par une telle fatigue qu'elle baissa la tête sans pouvoir la relever un moment. Elle avait tant à faire, tant à apprendre, si peu de temps devant elle. Et elle était si lasse, si lasse... Était-elle incapable de gagner cette affaire ? Cette éventualité lui fit tellement peur qu'elle se redressa brusquement et vit que Michael l'observait avec attention.

— Il va falloir prendre des mesures exceptionnelles, dit-il avec calme. Par exemple, charger un enquêteur de se renseigner sur le passé de cette Tonya Green. Et la grand-mère, est-elle sans reproche ? Personne n'a jamais vu le mari fumer un joint ou s'enivrer ? N'a-t-il jamais battu sa femme ? Si vous voulez vraiment vous servir de tous les éléments dont vous disposez, ou même de ceux que vous n'avez pas, vous bâtirez un dossier solide malgré l'avance qu'a prise Creskin, mais cela coûtera cher. Votre cliente a-t-elle de l'argent ?

Angela se contenta de lever les yeux au ciel. Michael fit une moue signifiant qu'il s'en doutait déjà.

— Bien, je crois que nous devrions soumettre le problème cet après-midi au comité. Il est si mal engagé que c'est un cas d'école. Si vous êtes persuadée que cette femme est victime d'un coup monté, je vous appuierai, et nous essaierons de soutirer à Laura un peu des fonds spéciaux qu'elle garde jalousement.

— Pour quoi faire ? Je suis salariée, maintenant.

— Peut-être, dit Michael avec un sourire amusé, mais

cela ne suffira pas pour rémunérer les experts qui viendront témoigner et les psychologues qui examineront les enfants, sans parler du détective privé qui s'intéressera à M. Jackson et compagnie.

Michael se leva. Il était plus grand que ne le croyait Angela, ou peut-être lui en donnait-il l'impression parce qu'elle était encore assise.

— Nous verrons aussi si nous pouvons rapidement faire nommer une autre assistante sociale, reprit-il en faisant les cent pas dans son petit bureau, et faire passer à Mme Jackson un test de détection de stupéfiants sous contrôle officiel. Vous pourriez même en demander autant pour M. Jackson. Et ce ne sera pas du luxe que je vous donne un coup de main pour vous préparer à interroger les témoins.

— C'est vrai ? demanda-t-elle. Vous aurez le temps ?

Un ricanement sarcastique lui échappa :

— Le temps ? J'en ai plus qu'il ne m'en faut.

— Rien ne t'oblige à partir, voyons ! répéta Anthony pour la quatrième fois. Il y a largement la place ici pour toi.

Angela attendit la suite obligée. S'il n'était pas tombé raide, Dieu merci, quand elle lui avait annoncé son départ, il discutait pied à pied. En dépit de ses défauts et de ses torts envers sa mère, elle aimait sincèrement son père, mais elle ne pouvait pas vivre avec lui. Elle ne le devait d'ailleurs pas. Il la considérait toujours comme un bébé — comment réagirait-il en apprenant qu'elle en aurait peut-être un ! Mais cela, elle serait incapable de le lui apprendre.

Comme prévu, Anthony passa à l'argument massue : l'argent.

— Et d'abord, tu n'en as pas les moyens. Tu n'en as

pas besoin et c'est beaucoup trop cher. Du vol pur et simple ! Je pourrais te trouver un meilleur logement et moins cher. Allons, Angie, reste ici, il y a largement la place, répéta-t-il.

En fait, elle lui manquait déjà, mais il était incapable d'avouer qu'il en souffrait et qu'il avait peur de la perdre. Angela leva les yeux du paquet qu'elle finissait de ficeler.

— Si tu veux mon avis, papa, il y a même trop de place. Pourquoi vis-tu seul en banlieue ? Cela n'a pas de sens.

— De qui parlons-nous, de toi ou de moi ?

— De nous deux, répondit-elle en soulevant le paquet.

— Laisse-moi faire, voyons.

Elle lui toucha affectueusement le bras. Le gris gagnait sa chevelure, sa peau se plissait, il prenait de l'âge, mais il se croyait toujours plus capable que sa fille de porter des paquets. Le sourire qu'elle lui fit était empreint de tristesse. Sa vie n'était jamais retombée d'aplomb depuis son divorce, et Angela se demandait quelles déceptions elle lui avait apportées, quel cours elle avait pris au lieu de celui qu'il attendait ou espérait. La sienne aussi l'entraînerait peut-être du rêve à la désillusion. Elle eut un grand élan d'affection pour ce père imparfait.

— Merci, papa. Merci aussi de m'avoir conseillé de quitter ce restaurant sur-le-champ. Et merci encore de m'avoir recueillie chez toi. Maintenant, il est temps pour moi de me reprendre en charge. Mais je t'aime et je te reverrai très souvent.

— J'y compte bien, bougonna Anthony. Qu'est-ce que tu t'imagines, que tu pars pour la Chine ? L'appartement est à peine à deux kilomètres d'ici.

— Je sais. Veux-tu venir dîner chez moi la semaine prochaine, dès que j'aurai déballé deux assiettes ?

— Bien sûr, répondit-il avec une désinvolture affectée. Tu ne veux vraiment pas que je vienne t'aider à emménager ?

— Non papa, c'est maman qui s'en charge.

— Bon, très bien.

Il l'avait dit trop vite, pour ne pas lui montrer qu'il était vexé. Avec un soupir désolé, Angela tourna les talons et partit.

L'agence immobilière recommandée par Michael Rice lui avait trouvé un appartement très agréable, au rez-de-chaussée d'un petit immeuble de deux étages. Le living ouvrait sur un jardinet, et si la cuisine n'était qu'une alcôve, dissimulée derrière des portes coulissantes au fond de la pièce, les deux chambres compensaient largement cet inconvénient. L'immeuble était situé dans un quartier résidentiel, au bout d'une rue bordée de belles maisons individuelles.

Angela se gara aussi près qu'elle put de la porte, devant laquelle se tenaient déjà sa mère, Laura et Bill.

— Je ne savais pas que vous veniez tous, dit-elle en s'approchant.

Elle embrassa sa mère, Bill lui fit une bise amicale, Laura lui tapa sur l'épaule en signe d'affection. Angela prit la clé dans sa poche.

— Laissez-moi vous montrer le palais que la générosité de l'association me permet de m'offrir, dit-elle en ouvrant.

Elle était contente de ne pas franchir seule le seuil de sa nouvelle demeure. Par rapport à beaucoup de gens, elle avait de la chance, tout compte fait. Elle avait désormais un job, un toit à elle, des amis. La vie lui

297

épargnait des ennuis aussi graves que ceux qui s'abattaient sur Jada et la pauvre Michelle.

— Les déménageurs arrivent ! s'exclama Natalie. Je n'aurais jamais cru qu'ils seraient à l'heure.

Le chaos s'ensuivit. Bien entendu, Natalie prit la direction des opérations et décida souverainement de tout, y compris la manière de ranger le linge dans le placard. Heureusement, Angela n'avait presque pas de meubles, sinon sa mère aurait décrété de les placer aux endroits qu'elle n'aurait pas voulus et tout aurait été à refaire ensuite. Dieu sait si elle aimait sa mère, mais Angela ne pouvait pas encore se résoudre à lui parler de sa grossesse. Natalie pleurerait avant de tout régenter, de dire à sa fille ce qu'il fallait faire, quel médecin aller voir et quand prendre ses rendez-vous. Il était difficile, sinon impossible, de résister à cet amour maternel quand il soufflait en tempête.

Les déménageurs venaient de partir quand le marchand de meubles livra le lit double qu'Angela avait commandé. Bill et Laura s'évertuaient avec elle à défaire les emballages pendant que Natalie s'essayait maladroitement à assembler le piétement du sommier quand une voix d'homme se fit entendre à la porte restée ouverte :

— Puis-je vous prêter la main ?

Angela passa la tête de derrière le sommier. C'était Michael Rice, en sweater et pantalon de velours, mais sans veste malgré le froid.

— Pourquoi prêter une seule main ? plaisanta Bill. Ne soyez pas radin, donnez plutôt les deux.

Angela fut touchée que Michael, qui avait une famille et sûrement des corvées à faire durant le week-end, se soit donné la peine de venir.

Quand tout fut terminé, vers quatre heures, l'appartement avait une allure étrange. Il y avait quelques tableaux aux murs, deux belles lampes, mais ni tables ni sièges. Le seul meuble, à part le lit, était le petit bureau qui suivait Angela depuis sa chambre d'enfant et pour lequel elle n'avait même pas de chaise.

Michael s'était éclipsé si discrètement qu'Angela n'avait pas même eu le temps de le remercier.

— Parfait, commenta Bill en jetant autour de lui un regard critique. D'une admirable simplicité pour qui n'éprouve pas le besoin bassement prosaïque de s'asseoir.

— Je n'ai pas besoin de m'asseoir, répondit Angela. J'ai besoin de me coucher.

— Tu ne veux pas sortir dîner ? lui demanda sa mère. Je t'invite.

Laura et Bill prirent congé. Angela leur était si reconnaissante de leur aide qu'elle les embrassa tous les deux.

— Je voulais juste te dire, Angela, que nous attachons beaucoup d'importance à l'affaire Jackson, dit Laura du pas de la porte. J'ai donc débloqué des fonds supplémentaires et j'ai contacté une de mes amies du Centre de protection de l'enfance à Yale qui veut bien nous aider à contrer l'assistante sociale de Creskin.

— Merci, Laura. Merci infiniment.

Angela avait quand même remarqué que le ton autoritaire de Laura signifiait : « Arrange-toi pour gagner, sinon... » Quand elle se retourna, elle vit que sa mère la regardait d'un air soucieux.

— Tu es sûre que tu ne veux pas sortir ? demanda Natalie. Juste nous deux.

— Merci, maman. Vraiment pas. Il faut que je me couche.

— Eh bien, je vais faire ton lit. Et après, j'irai chercher un dîner tout prêt.

299

Sachant qu'elle ne se débarrasserait pas de sa mère sans lutter, Angela préféra transiger.

— Je ferai mon lit moi-même, maman. Mais pendant ce temps, tu pourrais aller chez un chinois.

— D'accord. Et pour te laisser le temps de te reposer un peu avant le dîner, je passerai au supermarché te rapporter quelques provisions de base. Tu sais, du café, du sucre, du sel...

Elle ne put s'empêcher de rire et l'embrassa.

Après le départ de Natalie, Angela, plus fatiguée que jamais, n'eut pas le courage de chercher des draps et s'étendit sur le matelas. Elle ne savait pas si sa fatigue était due à ses émotions, à sa grossesse ou au simple fait d'avoir soulevé et déplacé des objets pesants, mais elle avait le plus urgent besoin de s'étendre.

Elle récupérait à peine quand Jada et Michelle sonnèrent à sa porte. Jada portait une casserole couverte, Michelle un plat de ses fameux brownies. Sous l'assaut de leurs odeurs mêlées dans l'espace exigu de son petit vestibule, Angela sentit venir une nausée.

Jada l'observait avec attention :

— Est-ce que nous vous dérangeons ? Vous avez mauvaise mine.

Angela fondit en larmes... et vomit sur le parquet.

Dix minutes plus tard, elles étaient toutes trois assises sur le matelas nu. Jada avait nettoyé le parquet et Michelle avait nettoyé Angela qui, dans un élan de reconnaissance envers elles, se surprit à leur raconter le reste de son histoire, y compris ses malaises et autres symptômes auxquels elle n'avait d'abord pas prêté attention.

— Oh, Angie ! s'écria Michelle en lui prenant la main. Non, c'est trop. Tu es enceinte de lui ? De ce salaud de Boston ?

— Tu en es sûre ? s'enquit Jada.

— Oui. Et vous savez ce que je fais ? Je continue à acheter des tests de grossesse, comme si les onze derniers avaient été faux. Je dois être devenue complètement cinglée.

— J'ai fait la même chose pour Sherrilee, dit Jada. Le moment ne pouvait pas être plus mal choisi pour me retrouver enceinte. Tout allait déjà mal avec Clinton. Tu te souviens, Michelle ?

— Si je m'en souviens ? Nous faisions de sacrées marches, ces matins-là...

Elles échangèrent un regard si chargé de compréhension et de sympathie qu'Angela en fut émue.

— Et vous... tu n'as jamais envisagé d'avorter ?

— J'y pensais tous les jours, répondit Jada. Je pensais aussi au suicide. Et je priais. Beaucoup.

— Tu ne m'en as jamais parlé, lui dit Michelle.

— Ces pensées-là ne me venaient pas le matin, seulement le soir. Mais je devais aussi penser à mes deux autres. Et maintenant, je n'en ai plus un seul, dit-elle en se mordillant la lèvre. Ta situation me désole, ajouta-t-elle en se tournant vers Angela qui, du coup, fondit de nouveau en larmes.

Michelle lui reprit la main, la caressa.

— Je me sens si bête, dit Angela entre deux sanglots. Cela tombe si mal en ce moment.

— Moi, je me sens idiote en permanence, soupira Michelle. Les choses arrivent toujours au mauvais moment.

— C'est Dieu qui décide, pas nous, déclara Jada. Et Il nous laisse toujours le choix.

Angela se moucha dans un Kleenex que Michelle lui avait donné et regarda Jada avec incrédulité. Comment

301

pouvait-elle croire, elle qui risquait de tout perdre, que Dieu décidait du sort des hommes ?

— Et si nous faisions ce lit ? dit Michelle en se levant. Tu as des draps ? Bon. En attendant, tu devrais prendre une douche, tu te sentiras mieux après. J'aimerais bien lessiver ces murs, ajouta-t-elle en regardant autour d'elle. Et le parquet aura meilleure allure une fois ciré.

— Tu veux encore stériliser le monde entier ? dit Jada en souriant.

— J'aime faire le ménage, d'accord ? Et puis, mieux vaut se sentir satisfait de quelque chose que de rien du tout.

Quand Angela sortit de la douche, elle se sentait mieux, en effet, peut-être parce qu'elle allait bientôt dormir, peut-être parce qu'elle était propre, peut-être aussi parce qu'elle s'était déchargée du fardeau de son secret. Les deux amies l'aidèrent à se mettre au lit comme si elle était impotente.

— Merci d'être venues me voir, leur dit-elle. Mais, dites-moi, ma mère va bientôt revenir, elle apporte un dîner chinois. Vous voulez rester avec nous ?

Jada et Michelle déclinèrent l'invitation.

— Je ne lui ai encore rien dit, reprit Angela. Je ne veux pas lui en parler avant d'avoir décidé de ce que je ferai.

Jada lui donna une tape amicale sur l'épaule :

— Réfléchis bien. Cela se passe entre Dieu et toi.

— Mais, dans tous les cas, tu pourras compter sur nous, dit Michelle.

Et Angela ne douta pas de leur sincérité.

302

Chapitre 31

Dans lequel Frank perd son sang-froid.

Jenna était à plat ventre sur son lit, la tête entre les bras. En revenant de l'école, elle avait fondu en larmes et couru jusqu'à sa chambre sans dire un mot. Il avait fallu à Michelle toutes les ressources de sa volonté pour lui laisser le temps de pleurer sans témoin avant de monter la rejoindre. Si je suis la seule à pouvoir la consoler, se disait-elle, je suis aussi une cause de son chagrin.

Assise au chevet de son lit, elle lui avait posé une main sur le dos entre les omoplates, là où elle aimait qu'on la caresse quand elle était petite. Mais Jenna s'était dérobée brusquement, comme au contact d'un fer brûlant. Michelle attendait en silence de renouer le dialogue.

Depuis l'annonce de la mise en examen de Frank que tous les médias locaux, selon leur habitude, présentaient comme un coupable, les enfants encaissaient très mal le choc. Jenna rentrait de l'école soit livide et muette, soit hystérique. Quant à Frankie... Michelle retint un soupir. Si son fils était trop jeune pour comprendre réellement ce qui se passait, il ne l'était pas pour subir les affronts de ses condisciples et souffrir de ce que personne ne jouait plus avec lui à la récréation. Il était surtout blessé d'avoir perdu son ami Kevon qui, de son point de vue, l'avait bel et bien abandonné. Seul Pookie le consolait, mais pas assez pour compenser le reste. Frankie avait recommencé à mouiller son lit et à se réveiller en pleurant au milieu de la nuit.

Michelle avait d'abord cru que le sort de Jada était pire que le sien, mais Jada avait au moins une chance de récupérer ses enfants. Et cette pauvre Angela, qui avait perdu l'homme qu'elle aimait, avait été trahie par sa meilleure amie et, pis encore, se retrouvait enceinte. Malgré tout, elle consacrait son temps à aider les autres, pensa Michelle. Elle est même prête à m'aider, se dit-elle en s'efforçant de ne pas penser à ce qu'elle allait devoir décider au sujet de Frank.

Michelle irait au tribunal assister au triomphe de Jada et d'Angela. Elle-même ne pouvait plus rien espérer. Voir ses enfants souffrir était insoutenable. Être avec Frank en le sachant coupable était insupportable. Et la perspective de devoir vivre seule, sans Frank, sans travail et déshonorée lui semblait pire encore.

Au bout d'un moment, Michelle tendit la main et effleura la cheville de sa fille. Jenna écarta son pied mais, cette fois, se retourna sur le dos et se redressa sur un coude pour regarder sa mère.

— Tu ne peux pas me laisser un peu tranquille, non ?

Sur quoi, elle fondit de nouveau en larmes et se jeta dans les bras de Michelle.

— Pardon, maman. Je suis... je suis...

— Je sais, ma chérie, dit Michelle en caressant ses longs cheveux blonds. Je sais.

Plus rien n'allait droit, pensa Michelle en rangeant après le dîner. Frank était parti depuis le matin et avait appelé pour dire qu'il rentrerait tard. Les enfants avaient mangé du bout des lèvres. Maintenant, le calme revenu, elle monta voir ce qu'ils faisaient. Frankie jouait dans sa chambre, à moitié sous son lit, et ne se retourna même pas quand Michelle lui dit qu'il était bientôt l'heure de se coucher. Jenna tripotait une console vidéo sans prêter attention au jeu. Michelle aurait peut-être dû s'inquiéter du temps que sa fille passait devant ces images violentes mais, se disait-elle, c'est peut-être une manière plus saine d'évacuer sa colère. Qu'en savait-elle, après tout ? Elle avait fait confiance à un homme qui l'avait trahie, elle et leurs enfants. Un homme qui avait acheté leur passé en signant avec le Diable un pacte hypothéquant leur avenir. Et l'avenir était devenu le présent.

Jenna, elle non plus, ne tourna pas la tête quand sa mère entra dans sa chambre.

— Il est bientôt l'heure de sortir Pookie, lui dit Michelle.

— Sors-le toi-même, répliqua Jenna d'un ton si semblable à celui de Frank que Michelle recula malgré elle.

Elle aurait dû réprimander Jenna sur-le-champ, mais elle s'en sentit incapable. Après une brève hésitation, elle redescendit à la cuisine et sursauta en découvrant Frank assis les coudes sur la table, immobile et silencieux. Sous la lumière crue de la suspension, ses cheveux formaient la seule tache sombre dans la cuisine étincelante.

La bouteille de scotch devant lui sauta aux yeux de Michelle comme un signal d'alarme. Frank buvait rarement des boissons plus fortes qu'un verre de chianti, et Michelle, à cause de sa mère, ne buvait pratiquement jamais. Cette bouteille, cadeau de Noël de l'an passé, était restée tout ce temps presque intacte sur une étagère.

Elle approcha une chaise, s'assit à côté de lui. C'est

ce soir qu'elle allait devoir lui parler, se dit-elle avec appréhension.

— Frank, commença-t-elle.

— Quoi ?

— Je...

Elle ne savait pas comment lui annoncer qu'elle avait découvert l'argent. Elle ne savait pas comment lui dire qu'elle ne le croyait plus innocent. Elle ne savait pas comment lui dire qu'il lui avait brisé le cœur, qu'il avait anéanti sa confiance en lui et détruit leur famille. En le regardant, elle comprit à quel point son Frank, si beau, si fort, était faible et lâche. Il avait pris un risque terrible, effrayant, et il avait perdu.

Mais il avait pris ce risque sans rien lui dire, sans lui demander son avis, alors qu'il l'exposait au même risque. Un risque qu'elle n'aurait jamais accepté de prendre.

— Nous gagnerons, Michelle, grommela-t-il.

Combien de fois le lui avait-il déjà dit ? Si elle n'avait pas toujours cru tout ce qu'il lui disait, elle le croyait quand même la plupart du temps. Maintenant, pour la première fois, elle prit conscience qu'elle n'avait plus envie de le croire. La preuve de sa culpabilité était là, bien tangible, cachée à présent dans le logement de la roue de secours de la Lexus. Frank pouvait en avoir dissimulé d'autres dans la maison, bien qu'elle se soit donné la peine de passer toutes les pièces au peigne fin. Elle se souvenait de ce qu'Angela lui avait dit sur les conditions de délivrance d'un mandat de perquisition. Frank savait que les preuves contre lui existaient. Il savait, alors même que les enfants et elle étaient traînés dehors comme des criminels, qu'il les avait lui-même exposés au danger en plaçant cette bombe à retardement sous le plancher de la chambre de sa fille. Et pour-

306

tant, en dépit de ses sentiments, elle ne pouvait pas l'accuser. Elle ne pouvait pas prononcer les mots qu'elle devait lui dire : « J'ai trouvé l'argent, Frank. Je sais que tu es coupable, je ne sais pas de quoi mais au moins de quelque chose. Comment as-tu pu nous infliger un coup pareil ? »

— J'ai passé toute ma journée chez Bruzeman, je ne l'ai même pas vu. Pas une minute ! Deux de ses acolytes m'ont fait regarder une bande vidéo pour m'entraîner à témoigner, après ils ont recommencé à me poser toutes les questions qu'ils m'avaient déjà posées vingt fois. Je n'ai pas arrêté de demander à voir Bruzeman, ils me répondaient qu'il était au tribunal ou je ne sais où. Il était parti jouer au golf, oui. Il jouait souvent avec moi le mercredi après-midi. L'enfoiré... Ils veulent te voir demain, ajouta-t-il.

Il avala une gorgée de whisky qui le fît frissonner. Frank n'aimait pas l'alcool.

— Je ne témoignerai pas, Frank.

Il leva les yeux et, pour la première fois depuis qu'elle était entrée dans la cuisine, la regarda en face.

— Hein ?

— Je ne témoignerai pas, répéta Michelle. Je ne peux pas.

— Qu'est-ce que c'est que ces conneries ? Je t'en prie, Michelle. Je viens de me taper une foutue journée, une foutue semaine, un foutu mois de merde. Alors, je t'en prie, ne t'y mets pas toi non plus.

Michelle pensa à sa journée, à ses enfants, à leur panique et à leur désespoir. Toutefois, les mots refusaient encore de franchir ses lèvres.

— Je ne témoignerai pas, Frank, se borna-t-elle à répéter.

Il se leva si brusquement que sa chaise se renversa. Il

307

la rattrapa de justesse et, de l'autre bras, balaya la table. Le verre vide alla s'écraser contre un placard. Michelle ne put retenir un cri de surprise mêlée de peur. Mais Frank ne prêta pas plus attention aux dégâts qu'à la réaction de Michelle. Debout, serrant le bord de la table à deux mains, il se pencha vers elle en la fixant des yeux comme si c'était elle qui venait de perdre son sang-froid.

— Tu es complètement idiote ? Tu perds la boule, hein ? Tous les gens à qui j'ai affaire deviennent cinglés, c'est ça ?

Michelle ne trouva rien d'autre à répondre que : « Je ne témoignerai pas. » Elle s'attendait qu'il lui demande pourquoi, qu'il essaie au moins de savoir si elle refusait parce qu'elle était bouleversée ou apeurée. Elle s'attendait qu'il l'implore de le rassurer, de lui dire qu'elle le croyait innocent. Elle s'attendait même qu'il pleure et la prenne dans ses bras, lui caresse les cheveux, la supplie de lui dire qu'elle l'aimait toujours. Oui, elle l'aimait toujours, elle avait honte de se l'avouer, mais elle ne le lui dirait pas.

Elle ne s'attendait pas, en revanche, à sa réaction.

— Qu'est-ce que tu racontes ? rugit-il d'un ton qu'elle ne lui avait jamais encore entendu. Arrête tes conneries, Michelle. Pas de crises de nerfs, pas de migraines, bon sang. Tu vas témoigner, nom de Dieu !

Et il lui lança sur l'épaule une bourrade d'une telle force qu'elle tomba de sa chaise. Elle vit le coin de la table se ruer vers sa joue sans rien pouvoir faire pour prévenir le choc et elle s'étala de tout son long, en heurtant sa joue déjà meurtrie sur le carrelage.

Un instant, elle fut incapable de bouger. Au début, elle ne sentit rien — jusqu'à ce que tout éclate d'un seul coup : la peur, la douleur, la honte, l'indignation. Sa joue et sa tempe la brûlaient, son œil l'élançait.

Durant toutes leurs années de mariage, Frank n'avait jamais porté la main sur elle autrement qu'en signe de tendresse ou de désir. Elle l'avait déjà vu en colère, bien sûr, mais elle ne l'aurait jamais cru capable de se livrer à un acte de violence envers elle. Jamais. Mais maintenant, encore assommée sur le carrelage froid, elle comprit qu'elle s'était trompée à ce sujet comme sur tant d'autres.

Sentant un liquide couler le long de son nez, elle se redressa. Son œil enflait déjà et voyait flou, pas assez cependant pour ne pas distinguer la tache de sang à l'endroit où sa tête avait heurté le sol. La tache n'était pas grande mais rouge, très rouge. Elle porta la main à sa joue et l'en retira poisseuse de sang jusqu'au bout des doigts. Frank fit un pas vers elle. Elle ne savait pas si c'était pour lui lancer un coup de pied ou l'aider à se relever, mais elle ne bougea pas. S'il l'achevait d'un coup de pistolet, cela ne changerait rien pour elle.

Il s'accroupit simplement près d'elle et se pencha pour regarder son visage tuméfié.

— Oh, mon Dieu ! Mon Dieu, Michelle... Tu saignes. C'est le coin de la table qui t'a blessée, dit-il comme si son bras et son cerveau n'avaient aucune responsabilité dans sa chute. Michelle, je suis désolé. Désolé... Il faudrait te poser des agrafes, un bandage.

Elle se demanda s'il regrettait de l'avoir battue ou de devoir appeler un médecin. Son sang continuait à couler sur le carrelage. Combien de fois l'ai-je lavé ? pensa-t-elle, comme si c'était le moment opportun de se poser une pareille question.

Frank s'éloigna vers l'évier. Elle entendit de l'eau couler, et il revint vers elle avec une poignée de serviettes en papier mouillées. Il appliqua la compresse contre sa joue puis, voyant son tressaillement de douleur, il la lui donna. Michelle s'assit de son mieux, tamponna délicatement ses meurtrissures, retira la compresse ensanglantée qu'elle lâcha sur le carrelage. Frank lui en apporta une autre et examina sa joue, sans toutefois la regarder dans les yeux.

— La coupure n'est pas très importante, Michelle. Mais elle a l'air profonde. Viens, je t'emmène aux urgences de l'hôpital.

Il retourna à l'évier mouiller une nouvelle compresse. Michelle la pressa contre sa joue en évitant d'appuyer sur son œil enflé.

— Je n'irai nulle part avec toi, répondit-elle.

En dépit de la douleur qui lui donnait le vertige, elle lui tourna le dos et sortit de la cuisine en laissant derrière elle les détritus sanglants.

Chapitre 32

Dans lequel on fourbit ses armes.

Il était près de midi. Depuis huit heures du matin, Jada et Angela n'avaient pas arrêté. Jada avait dû prendre une journée de congé et annuler sa marche avec Michelle, bien qu'elle en eût eu besoin plus que jamais ce matin-là. L'empressement de Michelle à accepter cette entorse à leurs habitudes l'avait d'ailleurs étonnée : « J'allais justement t'appeler, je ne me sens pas très en forme. » Jada s'en était inquiétée, mais elle avait bien d'autres tourments.

En travaillant avec Angela, elle découvrait que pour apparaître devant un juge il fallait répéter son rôle comme un acteur. En un sens, se dit-elle, une audience est une sorte de pièce de théâtre, pendant laquelle on doit convaincre le public — en l'occurrence un certain juge Arnold D. Sneed — que la réalité n'est pas celle qu'il imagine.

Angela s'absorbait dans son travail au point que Jada, maintenant qu'elle connaissait sa situation, se demandait comment elle en était capable. Le travail peut sans doute vous aider à traverser des passages difficiles, pensa-t-elle. À condition d'aimer ce qu'on fait.

Elles avaient consacré le plus clair de la matinée à passer en revue des dizaines de questions déjà préparées. Angela mettait Jada en garde contre sa tendance à

311

trop en dire : « L'adversaire peut t'interroger sur tous les éléments que nous introduisons dans le débat, toi et moi. Je te protégerai des questions perfides, mais tu devras éviter les réponses trop révélatrices. Le juge doit décider du droit de garde et du partage des biens à la fin de l'audience, nous n'aurons donc pas beaucoup de temps pour découvrir des éléments nouveaux. J'ai essayé d'obtenir une remise, mais Creskin avait déjà réussi à bloquer la date en invoquant l'urgence. »

Un peu après midi, la réceptionniste leur apporta des sandwiches. Jada regarda son jambon-gruyère comme s'il venait d'une autre planète. Elle ne mangeait pratiquement plus depuis Dieu savait combien de temps. Elle se forçait parfois à ouvrir une boîte de soupe, qu'elle avalait sans même la réchauffer. L'atmosphère de sa maison vide la plongeait dans des abîmes de malheur.

— Je devrais peut-être appeler mon bureau, dit-elle.

Comme si ses soucis personnels ne suffisaient pas, elle devait y ajouter ses absences de son travail.

— Sais-tu ce que je trouve plutôt ironique ? reprit-elle.

— J'en connais déjà beaucoup, mais ajoutes-en à ma liste.

Angela a vraiment un beau sourire, se dit Jada, qui n'éprouvait pas seulement de la compassion pour sa situation mais une sympathie croissante.

— Je trouve donc ironique, enchaîna-t-elle, que mon mari...

— Ton futur ex-mari, la corrigea Angela.

— Juste, que mon futur ex-mari cherche à prouver que je suis une mauvaise mère parce que je travaille trop, tandis que mon patron estime que je suis une

312

mauvaise employée parce que je consacre trop de mon temps à être une mère.

— Très drôle ! dit Angela d'un ton volontairement sarcastique. Si nous faisions fondre toutes les ironies de ce genre dans la vie des femmes, nous obtiendrions un alliage aux propriétés extraordinaires. Allons, mange ton sandwich... Bon sang ! Je parle comme ma mère !

— Tu pourrais faire pire, commenta Jada. Mais je n'ai pas faim. Je peux me servir du téléphone ?

— Bien sûr. Veux-tu que je m'en aille ?

— Tu plaisantes ? Je n'ai rien à te cacher, dit Jada en désignant les papiers étalés sur le bureau.

Elle composa le numéro de la banque. Anne lui communiqua une liste de messages, dont Jada pouvait s'occuper le lendemain. Jada demanda à la secrétaire de lui faxer un document puis, comme elle allait raccrocher, Anne lui glissa une petite perfidie :

— Au fait, je ne sais pas si c'est important, je crois que Michelle Russo vous a appelée. Elle n'a pas voulu dire son nom, mais j'ai cru reconnaître sa voix.

Une fois de plus, Jada se rendit compte à quel point Anne lui était antipathique et décida d'essayer de la faire muter à une autre agence. Elle la remercia froidement et composa aussitôt après le numéro de Michelle.

— Jada, c'est toi ? Je suis désolée de t'avoir appelée au bureau. Je ne voulais pas mais...

— Je sais. Que se passe-t-il ?

Pour que Michelle ait ravalé sa fierté au point de parler à Anne, il fallait une raison grave.

— Tu en as pour combien de temps encore avec l'avocate ?

— Je ne sais pas. Une heure, peut-être.

— Et après, tu iras voir tes enfants ?

— Oui, je vais les chercher à l'école et je dois les ramener à six heures. De quoi s'agit-il, Michelle ?

— Je ne peux pas t'en parler au téléphone. J'ai un grand service à te demander et je ne te le reprocherai pas si tu refuses.

— D'accord.

— Tu peux me dire non, tu sais. C'est simplement que... Je n'ai personne d'autre à qui le demander.

Jada eut la chair de poule. Elle n'avait jamais entendu Michelle parler sur ce ton-là, même après la descente de police.

— Attends une seconde. Pouvons-nous finir tout de suite ? demanda-t-elle à Angela.

— Accorde-moi encore une demi-heure. C'est urgent ?

— Apparemment, oui. Michelle ? poursuivit-elle dans le combiné. Je serai chez toi dans une heure.

— Non ! Retrouve-moi au parking du centre commercial de Post Road, à côté de la First Westchester Bank. Tu connais ?

— Bien sûr. Je pourrai y être dans trois quarts d'heure.

— Merci, Jada. Et n'oublie pas que tu pourras refuser.

— Je voudrais que tu prennes un coffre, dit Michelle. Il faudra qu'il soit à ton nom et que tu gardes les deux clés. Tu devras aussi les cacher, mais ni chez toi ni à ton bureau.

Elles étaient assises dans la Volvo de Jada, garée le long de la Lexus de Michelle dans le parking du centre commercial. Jada s'efforçait de ne pas trop regarder le profil de son amie. Elle savait quelles limites ne pas franchir. Elle s'était abstenue de toute réflexion sur ses lunettes noires et l'hématome à hauteur de son œil. Elle n'avait pas même exprimé d'étonnement à voir que Michelle, toujours impeccablement habillée, coiffée et maquillée, avait ce jour-là l'allure d'une épave comme on en trouvait sur les plages de la Barbade le lendemain d'une tempête tropicale.

Jada se doutait pourtant de la cause. Elle avait assez vu de femmes battues dans son ancien quartier de Yonkers pour ne pas avoir besoin de poser de questions. Pauvre Michelle, qui avait toujours adoré Frank et compté sur lui ! Visiblement, elle était au bord de l'écroulement, mais Jada lui vouait assez d'amitié pour ne pas essayer de la consoler. Michelle faisait l'impossible pour ne pas sombrer et Jada devait l'aider de son mieux.

Elle se demanda ce que Frank lui cachait et comment Michelle avait découvert ou deviné. Jada n'était pas du genre à confondre accusation et culpabilité mais, entre une vengeance diabolique dont il serait l'innocente victime et le fait d'être un parrain de la mafia, rien ne l'étonnerait de la part de Frank. Michelle, en revanche, tombait manifestement des nues et se trouvait en état de choc. Elle l'était depuis des jours déjà, mais il y avait du nouveau depuis peu.

— Il faut que je te pose une question, Michelle, dit Jada aussi calmement qu'elle en était capable.

— Tu peux refuser, je comprendrai, répéta Michelle. C'est beaucoup te demander, je sais, et je ne t'en voudrai pas. Sincèrement.

— Je ne te dis pas non, Michelle, je veux juste savoir s'il y a de la drogue dans ce sac. Je ne cherche pas à t'insulter et tu sais que je te crois. Mais tu comprends pourquoi je te le demande.

— Je comprends, répondit Michelle en lui prenant la main. Je te jure que ce n'est pas de la drogue, mais c'est quelque chose que je veux mettre hors de la portée de Frank.

Jada savait qu'elle prenait un risque, mais elle avait confiance dans la parole de son amie.

— Bien. J'irai donc seule à la banque, notre plus gros concurrent par le fait, je louerai un grand coffre et je te rejoindrai ensuite.

Michelle hocha la tête et Jada put constater que l'hématome ne se limitait pas à sa pommette mais s'étendait jusqu'au tour de l'œil.

— Tu n'es pas obligée de rester dans cette maison, Michelle, dit-elle avec douceur. Tu peux venir chez moi.

— C'était un accident, répondit Michelle. C'est vrai, je te jure. Et il ne se reproduira pas.

Jada ne crut pas la première partie de sa réponse, mais le ton sur lequel Michelle avait prononcé la seconde partie la convainquit de sa sincérité. Seigneur, pria-t-elle en silence, ne nous laisse pas sombrer elle et moi dans le malheur.

— Achète donc des lunettes enveloppantes, dit-elle en lâchant la main de Michelle. Je reviens dans une vingtaine de minutes.

Quand Jada retrouva ses enfants à la sortie de l'école, aucun ne voulut parler de leurs classes, de Tonya Green, de leur grand-mère ou de tout autre sujet. Ils ne voulaient que rentrer à la maison. Déjà éprouvée par sa séance avec Angela et son inquiétante rencontre avec Michelle, Jada n'était pas au mieux de sa forme pour les affronter. Elle ne voulait que les prendre dans ses bras, les embrasser, les caresser, les aimer. Mais ils avaient autre chose en tête.

— On rentre à la maison, maman ? demanda Kevon à peine monté en voiture.

C'était impossible, bien entendu, mais elle ne voulut pas gâcher tout de suite les quelques heures qu'elle devait passer avec eux.

— Plus tard, peut-être, répondit-elle en regrettant son mensonge. Qui veut manger une glace ?

— Je veux rentrer, déclara Shavonne. Je n'ai pas envie d'une glace.

— Il se passe en ce moment quelque chose de grave, ma chérie.

— Oui, je sais. Papa et toi allez divorcer, c'est ça ?

C'était la première fois que Jada entendait un des enfants y faire allusion.

— Papa vous en a parlé ?

— Non, grand-mère. Je veux rentrer à la maison, ajouta la fillette avec une grimace de chagrin qui brisa le cœur de Jada.

— Écoute, je n'ai pas beaucoup de temps à passer avec vous jusqu'au dîner et...

— Allons à la maison, déclara Kevon. Je veux dîner à la maison.

— Hé, les enfants, soyez gentils ! Nous allons passer un moment à la maison, mais j'ai promis à votre grand-mère de vous ramener chez elle pour dîner.

Elle s'abstint d'ajouter qu'elle devait les y laisser parce que le tribunal ne leur permettait pas de rester avec elle, ou même qu'elle allait devoir se battre pour leur conserver la maison. Avait-elle tort, avait-elle raison ? Elle avait pourtant été si sûre d'elle, si persuadée de ne jamais se tromper. Maintenant, entre sa matinée avec Angela, l'étrange service qu'elle rendait à Michelle et sa décision de passer une heure à la maison avec les enfants, elle n'était plus sûre de rien.

Il faisait déjà sombre quand Jada s'arrêta devant chez sa belle-mère à Yonkers. Sherrilee fut la première à fondre en larmes, aussitôt imitée par Kevon.

— Je ne veux pas retourner là, dit Shavonne. Pas même pour dîner.

— Il n'y en aura plus pour très longtemps, ma chérie, dit Jada. J'ai une avocate très compétente avec qui j'essaie de tout régler. Pour le moment, restez ici et je vous reverrai dans deux jours. Allons, mes chéris, ne pleurez pas, ajouta-t-elle en se tournant vers les deux plus jeunes sur la banquette arrière.

Quand elle reposa son regard sur Shavonne, le visage de la fillette exprimait la fureur et la confiance trahie.

— Tu veux dire que nous ne rentrons pas à la maison après le dîner ? voulut savoir Shavonne.

Les sanglots de Sherrilee devenaient assourdissants. Jada dut mettre pied à terre et la prendre dans ses bras. Les deux autres descendirent eux aussi de voiture. Des projecteurs s'allumèrent soudain. En levant les yeux, Jada vit que Clinton les filmait avec une caméra vidéo, comme si la famille débarquait joyeusement un matin de Noël.

— Tu m'as menti ! cria Shavonne. Je te déteste !

Elle partit en courant vers Clinton, les cris de Sherrilee redoublèrent, Kevon se couvrit les yeux à deux mains pour ne pas être ébloui par les projecteurs — ou peut-être pour ne plus voir sa mère. Jada comprit qu'elle n'aurait pas dû les emmener à la maison. Cette visite n'avait fait qu'aggraver la situation.

— Arrête cette comédie ! cria-t-elle à Clinton.

Sa belle-mère s'approchait déjà, les bras tendus, pour prendre la petite Sherrilee. Kevon disparut dans l'obscurité et Jada fut forcée de donner sa fille.

Jada faisait les cent pas dans sa maison déserte. Elle

ne pouvait ni rester assise, ni se coucher, ni même pleurer, elle n'avait rien nulle part pour se réconforter. Alors, elle marchait sans trêve, comme un des affreux robots motorisés de Kevon qui se cognait à un mur, déviait sa trajectoire et repartait droit devant lui jusqu'au prochain obstacle. Elle ne trouvait aucun sujet de consolation. Cette visite avait anéanti ses espoirs de reprendre une vie de famille normale ou, plus simplement, d'apaiser les enfants.

Finalement, en proie au désespoir, elle décrocha le téléphone et composa le numéro de ses parents à la Barbade.

— Maman ? Il faut que je te parle de ce qui m'arrive.

Chapitre 33

Dans lequel on constate qu'une audience
est un dialogue de sourds.

Angela s'habilla avec un soin particulier ce matin-là. Elle avait même écorné son premier salaire pour s'acheter un tailleur neuf, de deux tailles plus grand malheureusement. Mais elle n'y pouvait rien : elle travaillait comme une esclave et dévorait comme un ogre. Non seulement elle s'évertuait à assurer les affaires en cours de Karen Levin-Thomas mais, en plus, elle recrutait de nouvelles clientes, de sorte que lorsque Karen reviendrait, si elle revenait, elle se serait constitué sa propre clientèle et accroîtrait ses chances de devenir permanente à l'association. Car elle désirait conserver son job, qui lui plaisait et correspondait à ses aspirations. Elle aimait et respectait ses collègues, elle éprouvait une profonde sympathie pour les femmes qu'elle aidait du mieux qu'elle pouvait, sentiments qu'elle n'avait jamais connus dans son ancienne activité.

Elle s'était donc préparée pour l'audience Jackson contre Jackson en y consacrant chaque minute de son temps libre — et même, à vrai dire, en empiétant parfois sur celui de ses autres affaires. L'association allait la juger sur la manière dont elle s'en sortirait. Michael Rice, Dieu merci, lui avait apporté une aide précieuse.

Angela s'observa sans indulgence dans le miroir de sa

salle de bains. L'image qu'il lui renvoya n'avait rien de séduisant. Ses yeux cernés ne paraissaient même plus bleus, sa peau était marbrée. Tant pis, pensa-t-elle en se coiffant. Elle n'avait pas besoin d'être jolie, elle devait simplement avoir l'air compétente et honnête.

Se trouvant le teint un peu verdâtre, elle décida de s'appliquer un léger maquillage. Elle savait désormais faire la différence entre la nausée matinale des femmes enceintes et la nervosité qui lui nouait l'estomac. De fait, elle souffrait d'un trac épouvantable. Elle avait peur de manquer de l'expérience, de l'esprit de repartie, de la persuasion qu'il lui faudrait ce matin-là pour permettre à Jada de sauver sa maison, de récupérer ses enfants et d'écarter l'épée de Damoclès des pensions exorbitantes auxquelles prétendait son mari.

Sa main tremblait si fort qu'elle dut effacer le trait de crayon dont elle essayait d'ombrer sa paupière. Le voile de poudre teintée voulut bien rester sur ses joues, mais le résultat n'était guère convaincant. Allons, se dit-elle, tu ne vas pas à un concours de beauté. Tu dois défendre une cliente innocente victime d'une injustice flagrante. Tu as bien préparé ton dossier, tu as engagé des enquêteurs, cité des experts. Michael Rice te soutiendra. Tu gagneras. Tu *dois* gagner.

— Tu dois gagner. À tout prix, dit-elle à haute voix à son image dans le miroir.

Jada accrocha la cheville droite de son collant sur le pied d'une chaise d'osier en prenant son sac au moment de partir. Elle lâcha un juron, elle qui ne jurait pour ainsi dire jamais, et remonta en hâte dans sa chambre sans y trouver de collant de rechange. Elle en avait au bureau, mais il n'était pas question d'y aller. Il n'était pas non plus question de se présenter au tribunal avec une échelle partant de la cheville pour grimper à une allure vertigineuse le long de sa jambe. En chercher un neuf promettait d'être difficile, tant pour la couleur que pour la taille, car son père l'avait toujours taquinée en lui disant qu'elle avait les jambes trop longues. Jada eut un accès de mélancolie en pensant à lui. Elle n'avait pas voulu effrayer et mortifier ses parents en leur parlant du procès, mais elle regrettait maintenant de ne pas les avoir près d'elle en ce moment. Sa fierté et son esprit indépendant la privaient de leur soutien.

Elle avait autre chose à faire ce jour-là que de se tracasser pour un bas filé, mais il valait mieux, au fond, penser à des broutilles qu'à l'épreuve qu'elle allait devoir affronter. Elle avait lu et relu la Bible dans l'espoir d'y trouver un réconfort. Pourquoi Dieu les avait-Il choisis, elle et ses enfants, pour leur faire porter pareille croix ? Elle avait passé plus de la moitié de la nuit à genoux en priant. Elle savait que ses enfants l'aimaient et avaient besoin d'elle. Elle savait que Dieu l'aimait et aimait ses enfants, aussi espérait-elle en Sa miséricorde. Il les lui rendrait par l'entremise d'Angela Romazzano, Son émissaire.

Jada aimait Angela, qui comprenait sa situation comme si elle l'avait vécue elle-même. Compétente, intelligente, dévouée, Angela n'arrivait cependant pas à croire à l'injustice et à la méchanceté des autres. Elle aurait peut-être mieux compris si elle avait été noire, ne serait-ce qu'une semaine. Jada en était au point de se dire qu'il n'y avait aucune infamie, aucun mensonge auquel Clinton ne s'abaisserait pas. Elle espérait seulement qu'Angela ouvrirait enfin les yeux.

Jada vérifia une dernière fois sa coiffure et partit prendre Michelle au passage. Michelle ne pouvait pas témoigner en sa faveur à cause de son « accident », si c'en était un, mais surtout à cause de l'inculpation de son mari. Si elle en avait eu le loisir, Jada se serait fait davantage de mauvais sang pour Michelle. Dans l'immédiat, elle devait garder ses forces pour survivre à la journée qui commençait.

Avant de refermer la porte, elle jeta un dernier regard derrière elle à la cuisine, propre et bien rangée. Quand serait-elle de nouveau assise à cette table avec ses enfants — ce soir, demain, bientôt ? Ou bien serait-ce Clinton qui trônerait là, chez elle d'où elle aurait été chassée, tandis que Tonya l'attendrait dans sa chambre ?

Michelle finissait de se poudrer quand elle entendit le coup d'avertisseur de Jada. Le tour de son œil était beaucoup moins enflé et l'hématome avait viré du pourpre à un vert malsain. Elle avait recouvert le tout d'une épaisse couche de fond de teint, et le résultat lui paraissait assez satisfaisant, si le fait d'être fardée comme une danseuse de kabuki pouvait être satisfaisant. Elle se donna un dernier coup de peigne, avala un Valium et, bien que le temps soit gris, mit ses nouvelles lunettes noires enveloppantes. Elle savait qu'Angela avait renoncé à la faire témoigner mais, bien que le seul mot de tribunal la terrifiât, elle y allait pour soutenir Jada par sa présence.

Frank dormait encore. Elle comprenait mal qu'il ne se soit pas réveillé quand elle s'était levée ou quand les enfants étaient partis à l'école. Peut-être feignait-il simplement de dormir pour mieux s'apitoyer sur son sort ou ruminer sa fureur contre les autres. Michelle ne se souciait plus de ce qu'il éprouvait. Depuis son « accident », elle faisait la sieste l'après-midi dans son lit quand Frank était sorti. Le soir, elle regardait la télé jusqu'à ce qu'il monte se coucher et s'endormait sur le canapé, où des cauchemars la réveillaient constamment.

Sa mère avait été la seule personne au monde à lever la main sur elle — et seulement quand elle était ivre morte. Michelle savait depuis toujours qu'il arrivait aux gens mariés de se tromper, de se mentir, de se battre, ce qu'elle n'aurait jamais toléré. Elle avait choisi Frank parce qu'il était solide, équilibré, protecteur. Et, maintenant, elle le découvrait capable de commettre au moins deux de ces trois fautes.

Bien entendu, Frank s'était confondu en excuses. Il avait pleuré avec elle, l'avait prise dans ses bras. Elle l'avait laissé faire, bien qu'elle ne voulût plus qu'il la touche. Mais ce qui l'avait scandalisée et rendue furieuse, c'est qu'il ait ensuite voulu faire l'amour. L'idée qu'il puisse poser ses lèvres sur ses blessures et implorer son pardon tout en la pénétrant lui avait donné la nausée. Depuis, elle avait dressé entre eux un mur de froideur. Mais elle ne savait toujours pas ce qu'elle devait faire. Le quitter en plein drame ? Essayer de le raisonner ? Écouter ses mensonges ? Et s'il se rendait compte qu'elle n'avait pas seulement découvert l'argent, mais l'avait enlevé de sa cachette — de la maison ? Que ferait-il ? Serait-elle victime d'un autre « accident » ?

Pour la première fois depuis des années, Michelle ne sortait pas le matin marcher avec Jada. Elle lui avait dit avoir glissé en se disputant avec Frank. Jada n'avait rien répondu mais, à l'évidence, elle n'en pensait pas moins. Les enfants avaient eux aussi remarqué son œil poché, malgré l'épaisseur du maquillage avec lequel elle le camouflait. Quelques jours s'étant écoulés, Michelle espérait que son visage encore tuméfié ne choquerait pas trop Jada et Angela.

Jada jugea qu'Angela avait mené du mieux possible le début de l'audience. Creskin avait fait témoigner Jada en la harcelant impitoyablement, mais elle avait tenu bon et son témoignage plaidait en sa faveur. Elle le pensait, du moins, car Angela lui avait à plusieurs reprises fait de discrets signes d'approbation. Elle s'était limitée à des réponses courtes, comme Angela le lui avait appris. Elle avait expliqué pourquoi elle avait été forcée de prendre un emploi, pour nourrir sa famille, en précisant qu'elle évitait autant que possible les heures supplémentaires et les déplacements. Creskin avait poussé trop loin ses questions sur la drogue, et Jada, ainsi qu'Angela le lui avait conseillé, s'était alors permis un éclat de colère : « Je suis une bonne chrétienne, je ne bois pas d'alcool et je ne prends pas de drogues ! » Sur quoi, Angela avait soulevé une objection, acceptée par le juge.

Interrogée ensuite par Angela, elle avait réussi, malgré le barrage d'objections de Creskin, à évoquer la plupart des problèmes que lui avait posés Clinton. Quand elle eut regagné sa place, ce fut au tour de Mme Jackson, sa belle-mère, de présenter son point de vue.

Pendant que Creskin lançait sa série de questions, Jada regarda autour d'elle. Le prétoire, avec ses éclairages trop durs, la mettait mal à l'aise. Le juge Sneed, en revanche, ne lui déplaisait pas. Il lui paraissait assez pragmatique et sensé pour voir qu'elle disait la vérité, qu'elle avait été contrainte de sauver sa famille du naufrage provoqué par la paresse de Clinton. L'allure de sa belle-mère déguisée pour jouer son rôle de soutien de famille faillit la faire rire. Elle s'était lavée pour la première fois depuis des mois, arborait un tailleur bleu pastel et portait un chapeau — elle, un chapeau ! — assorti d'une voilette. Ainsi accoutrée, elle incarnait une respectable matrone qui chantait dans la chorale de son temple plutôt que la souillon qu'elle avait toujours été. Et cette femme, qui délaissait son fils pour aller au bar du coin boire avec ses semblables, au point que Clinton avait dû se préparer son dîner et se coucher seul depuis l'âge de six ans, venait témoigner que sa belle-fille était une mère indigne ! Jada était tellement scandalisée par ce reniement des évidences les plus élémentaires qu'elle se retenait de se lever pour crier au juge et à tous les assistants de mettre fin à cette grotesque mascarade.

— Et que constatiez-vous les rares fois où votre belle-fille tolérait vos visites à vos petits-enfants ? demandait Creskin.

— Elle rentrait toujours si tard que mon fils devait faire manger les pauvres chérubins et les laver lui-même. Elle ne parlait que de son travail à la banque et elle était de si mauvaise humeur qu'elle les battait.

Jada allait se lever, indignée, quand Michael Rice posa une main sur son épaule pour la faire rasseoir.

— Ne vous inquiétez pas, lui murmura-t-il. Nous avons de quoi discréditer son témoignage.

Un peu rassurée, Jada se força à garder son calme durant l'avalanche de mensonges éhontés qui suivit.

Creskin ayant enfin terminé, Angela se leva. Elle n'avait procédé jusqu'alors qu'à de rares interrogatoires contradictoires, mais elle avait confiance. Elle savait qu'il fallait éviter de se montrer trop agressive et de paraître cruelle envers la gentille grand-mère éplorée.

— Madame Jackson, commença-t-elle, je sais que beaucoup de mes questions vous paraîtront pénibles, mais j'ai besoin de préciser certains détails. Ainsi, vous avez témoigné que vos petits-enfants étaient arrivés chez vous au milieu de la nuit avec votre fils dans un état de saleté repoussant. Mais n'avez-vous pas déclaré, quelques minutes plus tôt, que c'était lui qui devait s'occuper de leur toilette ?

— Bien sûr. Mon fils consacrait tout son temps à soigner ces pauvres petits.

La descente en flammes de la belle-mère s'annonçait plus facile que ne l'estimait Angela. Elle se hasarda à esquisser un sourire à l'adresse du juge qui, cependant, affectait de consulter sa montre.

— Je ne comprends pas, madame Jackson. Si votre fils s'en occupait avec tant de soin, ils n'auraient pas dû être sales et mal tenus. Ou alors, votre fils ne prenait pas soin d'eux comme il le prétendait. Éclairez la cour sur ce point, je vous prie.

La belle-mère dut s'essuyer le front avec son mouchoir. Tant mieux, pensa Angela, mieux vaut la voir transpirer de peur que pleurer de chagrin. Mme Jackson se lança alors dans des explications embrouillées, selon lesquelles son fils était par ailleurs très occupé à chercher du travail. Angela s'engouffra dans la brèche et lui fit avouer qu'il était chômeur et ne faisait plus rien depuis au moins cinq ans.

— Vous ne vous souvenez pas exactement depuis quand ? insista Angela.

— Eh bien, je crois...

Angela surprit un échange de regards entre Creskin et Mme Jackson, qui se drapa dans sa dignité.

— Non, je ne m'en souviens pas, se borna-t-elle à dire.

Le moment était venu de porter l'estocade.

— Vos troubles de mémoire seraient-ils dus à la boisson ?

— Mais non ! C'est un mensonge ! Qui a dit ça sur moi ?

Angela remarqua que le juge regardait de nouveau sa

327

montre avec impatience. Eh bien, se dit-elle, allons droit au but. Les coûteux honoraires de l'enquêteur privé allaient servir à quelque chose.

— N'avez-vous jamais été arrêtée pour ébriété publique et manifeste, madame Jackson ?

La vieille dame se tassa sur son siège.

— Oui, une fois, murmura-t-elle. Mais je ne m'en vante pas, c'était il y a très longtemps.

— Une seule fois ? insista Angela. Vous avez pourtant été passible récemment de deux lourdes amendes pour conduite en état d'ivresse.

— Je n'ai rien bu depuis des années ! protesta Mme Jackson.

Angela fit taire les dénégations indignées de la vieille dame en révélant qu'elle avait admis devant témoins s'être remise à boire et qu'elle participait à des réunions des Alcooliques anonymes au cours de l'été. La pauvre femme en fut si honteuse qu'Angela eut presque pitié d'elle.

Elle croyait avoir remporté la victoire quand le juge prit la parole.

— Mademoiselle Romazzano, dit-il d'un ton sévère, j'ai ordonné dans ce prétoire à des dizaines de personnes de suivre les programmes de l'association Alcooliques anonymes. Savez-vous ce que signifie le mot « anonyme » ? Il implique que ce qui se passe au cours de leurs réunions doit rester secret comme le nom des personnes qui s'y trouvent. Cette association procure une aide inestimable à ceux qui en ont besoin et qui se réhabilitent grâce à elle. Je ne vous autoriserai donc sous aucun prétexte à utiliser des informations de cette nature. L'audience est suspendue pour dix minutes, conclut-il en consultant de nouveau sa montre.

Il se leva et tout le monde en fit autant.

Deuxième partie

Chapitre 34

Dans lequel la justice a tendance à boiter quand elle boit.

— Comment étais-je censée savoir que Sneed refuserait un témoignage sur l'alcoolisme de Mme Jackson ? Ou que c'était un sacrilège de parler devant lui des Alcooliques anonymes ?

Angela buvait un café dans le hall du palais de justice avec sa mère et Laura, arrivées pendant le dernier — et le plus mauvais — quart d'heure de ses questions contradictoires. Elle avait perdu beaucoup de sa confiance dans sa victoire — et même dans l'avenir de son emploi à l'association.

— Il se trouve, répondit aigrement Natalie, que certains d'entre nous savent que le juge est depuis vingt ans un assidu des Alcooliques anonymes et que ses quelques rechutes ont fait parler d'elles. Tu aurais pu te renseigner, ajouta-t-elle en soupirant.

— Je n'y ai même pas pensé, admit Angela.

— Vous, Michael, dit Laura, vous auriez dû le savoir.

— Je le savais, mais je n'étais pas au courant de son attitude envers les témoins. Être aux Alcooliques anonymes n'est quand même pas un sacerdoce, que je sache. Nous ne pourrons malheureusement plus discréditer cette Mme Jackson... Attention, voici notre cliente. Soyons optimistes. Vous avez quand même fait

331

du bon travail au début de l'interrogatoire, Angela, ajouta-t-il.

Angela se félicita que Jada et Michelle aient été aux toilettes durant cet échange et ne l'aient pas entendu. Jada avait malgré tout dû se rendre compte que les choses s'étaient mal passées.

— Je n'en reviens pas qu'elle ait menti sous serment avec autant de mauvaise foi, s'indigna Jada.

Michelle lui prit une main. Angela aurait voulu prendre l'autre, mais elle se contenta de poser une main sur son épaule.

— Ne t'inquiète pas, lui dit-elle. Ta belle-mère s'est contredite de façon trop flagrante, nous ne risquons pas grand-chose. Tonya est le prochain témoin de Creskin, nous allons la démolir.

— Nous ferions mieux de regagner le prétoire, dit Michael. Sneed est un maniaque de la ponctualité.

— Et de la précipitation, commenta Laura. Il m'a une fois accordé onze minutes pour mon interrogatoire contradictoire d'un témoin clé dans une affaire d'erreur médicale ayant entraîné la mort. Au fait, ajouta-t-elle à l'adresse d'Angela, le greffier m'a dit qu'il part ce soir en vacances en Floride. Ne fais pas trop traîner les choses en longueur.

— Quoi ? s'exclama Angela. Il faut tout liquider aujourd'hui ? Mais il me reste six témoins à faire comparaître et tous ceux de Creskin à interroger !

— Eh bien, fais-le vite.

— Ceci n'est pas le procès, au fond, intervint Michael. Une décision sur le droit de garde temporaire n'est pas le jugement final.

— Le purgatoire aussi est temporaire ? dit Jada amèrement.

— Nous n'avons quand même pas beaucoup de

marge de manœuvre ni la possibilité d'une remise à quinzaine, observa Michael.

Natalie jeta le fond de son gobelet de café.

— Allons-y, dit-elle, ne soyons pas en retard.

Et ils rentrèrent ensemble dans la salle d'audience.

De sa place au milieu de la salle, Michelle observa Tonya Green aussi attentivement que ses lunettes noires le lui permettaient. Elle était boudinée dans une robe turquoise qui faisait ressortir tous ses bourrelets de graisse. Comment Clinton avait-il pu préférer cette horreur à la ravissante et svelte Jada ? Bien sûr, elle était présentée au juge comme la garde des enfants, pas comme la maîtresse de leur père, ce qui ne l'empêchait pas d'avoir l'air d'une roulure.

L'avocat, un petit homme visqueux dont elle avait oublié le nom, lui posait des questions sur les enfants :

— Oh, non ! Ils ne parlaient jamais de leur mère, ils avaient peur d'elle. D'ailleurs, ils ne l'aiment pas. Kevon, je l'appelle mon petit ange, est venu se blottir sur mes genoux au bout de deux jours en me disant : « Veux-tu être ma maman ? »

Angela souleva une objection. Michelle n'entendit pas ce que répondit le juge, mais ce mensonge éhonté la fit sursauter. Jamais Kevon ni aucun autre n'avait pu proférer une énormité pareille ! Kevon surtout, le chéri de sa mère. En pensant à ce que Jada devait endurer en entendant de telles horreurs, Michelle eut un serrement de cœur. Elle aurait voulu se lever, chasser cette horrible femme, clamer au juge et aux autres ce qu'elle avait vu jour après jour, ce qu'elle savait sur la manière dont Jada élevait ses enfants et combien elle les aimait.

Elle était stupéfaite que ces gens puissent se parjurer aussi effrontément et, en apparence du moins, impunément. Mme Jackson mentait, et cette misérable adultère osait dire que les enfants l'aimaient comme une mère ! Michelle sentit les larmes lui monter aux yeux. Les avocats de Jada avaient dit que cette séance n'était pas un procès mais une simple audience préliminaire. Le chemin de croix de Jada n'en était pas moins inhumain car, même si elle gagnait, elle garderait toute sa vie la douleur de ce qu'elle subissait en ce moment. L'idée de se retrouver elle aussi dans une salle identique, d'être bombardée de questions insidieuses, harcelée jusqu'à ce qu'elle soit le dos au mur, forcée d'admettre ses véritables sentiments et d'avouer ce qu'elle avait découvert dans la cachette la rendit malade au point de vouloir s'en aller. Mais elle se força à rester, Jada aurait encore besoin de son soutien.

Angela questionnait maintenant Tonya Green sur ses qualifications et la manière dont elle prenait soin des enfants de Jada. La grosse femme se tortillait sur son siège, s'éventait avec une feuille de papier et, à un moment, demanda un verre d'eau que le juge lui fit porter.

— Connaissez-vous le nom de leur pédiatre ? demanda Angela.

— Euh... non.

— Quels sont leurs programmes préférés à la télévision ?

— Oh, la télé, ils la regardent tout le temps ! répondit Tonya avec un large sourire.

— Vous leur permettez de passer des journées entières devant la télévision ?

Le sourire de Tonya s'effaça.

— Non, pas du tout.

— Alors, quels sont leurs programmes préférés ?

— Je ne sais pas.

— Madame Green, dit alors Angela, vous vous faites payer vos services, n'est-ce pas ? Or, vous ne connaissez ni le nom du médecin habituel des enfants, ni ce qu'ils peuvent regarder à la télévision. En quoi, alors, consistent vos services ?

Puis, profitant de son désarroi, Angela enchaîna :

— Est-il exact que les 5 et 8 novembre, entre autres dates, Clinton Jackson a quitté votre domicile à trois heures du matin ?

— Euh... je ne me rappelle pas.

— C'était pourtant la semaine dernière.

Tonya but une gorgée d'eau pour reprendre contenance.

— Ah oui, c'est vrai ! Le pauvre homme se fait tant de soucis pour ses enfants qu'il est venu deux ou trois fois m'en parler après le dîner, me demander conseil.

Michelle grinça des dents. Elle voyait Jada devant elle si digne, si forte. Pourquoi la forcer à écouter ces ignominies ? Cette femme avec sa grosse poitrine tombante et sa robe grotesque... Il vint alors à l'esprit de Michelle que le juge, ou aucun autre homme, ne pouvait croire sérieusement que Clinton délaisserait Jada, belle et raffinée, pour une grosse vache comme Tonya Green. C'était donc la raison pour laquelle elle s'était attifée aussi mal et enlaidie à plaisir. Nous ne sommes pas dans un tribunal, pensa Michelle, nous sommes au théâtre et elle est costumée pour son rôle. Comme ces tueurs fous qui massacrent des passants dans la rue d'une rafale de mitraillette et se présentent à leur procès en costume sombre et en cravate.

— Est-il exact, madame Green, que vous avez une liaison amoureuse avec Clinton Jackson et que cette liaison dure depuis des mois ? demanda ensuite Angela.

La question déclencha le chaos. Tonya poussa une

sorte de râle comme si elle était en train de faire l'amour avec Clinton et lâcha son verre qui se fracassa sur le dallage. L'avocat clama des objections tonitruantes, Angela répéta la question ou en posa une autre que personne ne put entendre et à laquelle Tonya ne répondit pas, pour la bonne raison qu'elle était affalée sur la balustrade du box des témoins sans laquelle elle serait tombée par terre parmi les éclats de verre.

L'avocat se précipita vers le juge :

— Mme Green souffre d'hypertension et de violentes migraines, Votre Honneur ! J'ai tout lieu de craindre que...

Tonya poussa un nouveau gémissement, plus lamentable encore.

— Elle est évanouie, déclara Creskin.

— Huissier, ordonna le juge, faites venir l'infirmière de garde. Cette audience est suspendue jusqu'à treize heures quinze. Si ce témoin a alors repris connaissance, nous poursuivrons son témoignage.

L'huissier et l'infirmière aidèrent Tonya à descendre du box. Et quand elle passa devant l'avocat, Michelle aurait juré qu'ils échangeaient un clin d'œil complice.

Aussi, quand tout le monde se leva à la sortie du juge, Michelle seule resta assise en signe de dégoût.

Chapitre 35

*Dans lequel on assiste à quelques performances
d'acteurs.*

— Cela se présente mal, n'est-ce pas ? demanda
Angela à Michael Rice.

Le départ de sa mère et de Laura la soulageait.

— Creskin utilise toutes les ficelles, répondit-il, surtout les plus grosses. Vous avez établi que Tonya Green
ignore tout de l'éducation des enfants et que Jackson
passe une partie de ses nuits chez elle, alors elle se tire
de ce mauvais pas en faisant semblant de s'évanouir.
Aucun juge, en temps normal, n'aurait avalé une mise
en scène aussi flagrante, mais Sneed est pressé, son
avion décolle à six heures. Ce qui est mauvais pour
nous, c'est qu'il cherche moins à juger l'affaire qu'à
l'expédier. Mais ne vous faites pas de mauvais sang,
poursuivit-il avec un sourire, nous ne sommes pas à la
Cour suprême, il y aura des recours. Sneed siège aux
affaires familiales, il entend le même genre d'histoire à
longueur de journée et, contrairement à vous,
n'éprouve pas de sympathie particulière pour l'une ou
l'autre des parties en présence. Courage, conclut-il avec
un sourire rassurant qui ne convainquit pas Angela,
nous ne sommes pas en si mauvaise posture.

— Vous étiez au courant de l'alcoolisme de Sneed ?

Si seulement elle l'avait su avant d'interroger
Mme Jackson...

337

— Oui. Désolé, j'ai dû faire un blocage. Ma femme allait elle aussi aux Alcooliques anonymes, je voyais le juge quand je la déposais aux réunions.

Ne sachant si elle devait exprimer ses regrets ou sa sympathie, Angela mordit dans son insipide sandwich à la dinde de la cantine du palais de justice. Même bon, elle aurait eu du mal à l'avaler.

— Écoutez, Angela, nous en avons presque terminé avec les témoins de Creskin. Vous pourrez appeler ensuite notre expert en puériculture, puis l'assistante sociale qui connaît l'autre vieille garce, et peut-être rappeler Jada, elle a été parfaite ce matin.

— Je ne crois pas que ce soit une bonne idée, elle commence à flancher. Il y a de quoi, d'ailleurs.

— Justement, la voilà. Elle ne m'a pas du tout l'air abattue.

Michelle et Jada revenaient des toilettes, où elles étaient allées se faire un raccord de maquillage. Angela savait trop bien qu'elle aurait dû en faire autant, surtout se recoiffer, mais elle voulait tout passer en revue pour préparer Jada à la suite et la réconforter.

Quand Jada s'assit à côté d'elle, Angela remarqua une échelle à son bas, mais s'abstint de le lui dire.

— On croirait que ces témoins veulent être sélectionnés pour les oscars, dit Michelle. Quelle mascarade ! Je suis prête à témoigner si vous voulez, mais si je m'évanouis ce ne sera pas de la comédie. Jada est une mère si dévouée, je suis scandalisée d'entendre ces horreurs.

Angela se contenta de répondre par un sourire. Elle imaginait trop bien le contre-interrogatoire de Creskin : « Et pouvez-vous nous dire, madame Russo, à quelle date votre mari a été inculpé de trafic de drogue ? » Impossible...

— Tout va bien, dit-elle. Michael fait venir une psychologue de Yale spécialisée dans le développement des enfants. Nous aurons aussi un expert officiel en toxicologie.

— Est-ce légal ? demanda Michelle. Payer un expert n'implique pas qu'il témoigne en faveur de la partie qui le fait venir ?

— Non, c'est une procédure normale. Quant à cette assistante sociale, voyons... ah, oui ! Mme Elroy. Nous la neutraliserons sans mal, une de ses collègues témoignera qu'elle est pleine de préjugés et qu'il y a déjà eu de nombreuses plaintes à son sujet. La seule question qui se pose, Jada, est de savoir si tu témoigneras de nouveau. Tu as été parfaite ce matin, mais il te faudra encore subir un contre-interrogatoire. T'en sens-tu le courage ?

Jada acquiesça d'un signe de tête. Mais elle avait l'air tellement lasse qu'Angela en eut le cœur serré.

Quand elle vit son ancienne collègue Anne Cherril, l'odieuse secrétaire de Jada, entrer dans le prétoire, Michelle se fit toute petite sur son siège. Anne venait-elle soutenir Jada ou se réjouir de ses malheurs ? Michelle n'avait aucune raison de se cacher, mais elle n'avait pas envie qu'Anne la reconnaisse.

Son étonnement se mua en stupeur lorsque Creskin appela Anne au box des témoins.

Angela se leva d'un bond.

— Votre Honneur, j'objecte avec vigueur ! Ce témoin ne figure pas sur la liste alors que la partie adverse avait largement le temps de nous en aviser. Je demande que ce témoin soit disqualifié ou que l'audience soit remise à une date ultérieure !

Michelle s'attendait que le juge lui donne raison. Or,

à l'issue d'un bref conciliabule avec Creskin, il rejeta l'objection d'Angela. Écœurée, Michelle entendit Anne déverser sur Jada des calomnies qui lui parvenaient par bribes, comme dans un cauchemar :

— Pour Mme Jackson, son travail comptait plus que tout... Elle était assidue, il faut lui rendre cette justice... Son travail l'accaparait tellement qu'elle ne répondait même pas au téléphone quand ses enfants l'appelaient au bureau...

Michelle aurait voulu avoir une arme pour tuer cette mégère, aigrie par des années de jalousie à l'égard d'une Noire qui montait en grade tandis qu'elle, une Blanche, restait une subalterne.

— Non, je n'ai pas d'enfants, admit Anne en réponse à une question d'Angela. Mais si j'en avais eu, je leur aurais sûrement consacré plus de temps qu'à mon travail.

Michelle ne put retenir un frisson en se demandant lesquels de leurs voisins, de leurs collègues, de leurs « amis » parleraient contre Frank et elle le jour du procès. Certaines relations de Frank avaient sans doute de meilleures raisons de témoigner contre lui qu'Anne de jeter son venin sur Jada. Si une simple audience préliminaire infligeait un tel calvaire à la pauvre Jada, quels ravages le procès de Frank exercerait-il sur Michelle et les enfants ?

Après Anne Cherril, Creskin appela une Mlle Murchison dont le nom ne figurait pas non plus sur la liste des témoins.

Angela sursauta. Encore un témoin surprise ! Creskin abusait.

— Qui est-ce ? souffla-t-elle à l'oreille de Jada.

— L'institutrice de Kevon l'année dernière. Elle se venge, j'ai essayé de la faire renvoyer.

Une fois encore, Angela objecta, une fois encore son objection fut rejetée par le juge. En entendant l'institutrice dire qu'elle avait vu Jada arriver à l'école en proférant des propos décousus « comme si elle était sous l'effet d'une drogue », Angela objecta encore et, cette fois, son objection fut retenue. Mais la femme ne s'assagit pas pour autant : selon elle, Mme Jackson avait proféré des menaces, jeté des livres par terre dans sa classe, etc., etc.

Avant de l'interroger, Angela conféra à voix basse avec Jada.

— Elle est à moitié folle, répondit celle-ci. C'était la première fois de sa vie qu'elle avait un enfant noir dans sa classe. Elle forçait Kevon à se laver les mains cinq ou six fois de suite après le déjeuner et elle prétendait qu'elles étaient toujours sales. Une fois, c'est vrai, j'ai jeté un livre par terre, parce que c'était une histoire raciste. Et je lui ai dit que je ferais l'impossible pour la faire renvoyer, c'est vrai. Ensuite, j'ai présenté ma réclamation à la directrice et j'ai écrit à l'inspection d'académie. Tout est dans le dossier.

Lors du contre-interrogatoire, l'institutrice n'avoua pas qu'elle avait des préjugés raciaux, mais elle se troubla. Elle admit que Jada avait présenté une réclamation officielle par la voie hiérarchique et que beaucoup de parents dont les enfants avaient des problèmes scolaires s'énervaient volontiers. Mieux encore, elle reconnut n'avoir jamais rencontré le père de son élève, ce qu'Angela interpréta comme une preuve que Jada seule s'occupait de la scolarité des enfants.

L'assistante sociale, Mme Elroy, fut moins difficile à discréditer que ne le croyait Angela. Elle admit sans difficulté qu'elle réprouvait fortement le travail des mères de famille, qui devaient choisir entre une carrière et l'éducation de leurs enfants, etc. Heureusement pour Angela, le juge n'appréciait pas les longues tirades et écourta de lui-même la harangue de Mme Elroy.

Mais Angela avait une cruelle déconvenue : Mme Innico, la collègue de Mme Elroy dont le témoignage devait achever de l'enterrer, n'était toujours pas là alors qu'elle avait promis d'être à l'heure. Elle demanda à Michael ce qu'il pensait de cette défection.

— Ce sont des choses qui arrivent, répondit-il. Ce n'est pas parce que sa présence est importante pour vous ou votre client qu'un témoin n'a pas, comme tout le monde, un pneu crevé, une rage de dents ou manque un train. Et puis, nous avons Anna Pollasky, de Yale. Je l'ai vue, elle attend dans le hall. Si nous commencions par elle ?

Angela réfléchit un instant.

— Non, je préfère attaquer avec Clinton Jackson. Il faut montrer ce salaud de menteur sous son vrai jour.

Jada se sentait peu à peu métamorphosée en bloc de glace. Depuis le moment de son arrivée au palais de justice, où elle avait vu son mari en élégant costume sombre et affublé de lunettes à monture d'écaille, lui qui avait une vue irréprochable, elle avait compris qu'elle devait s'attendre à pis que le pire. Puis, à mesure que le temps passait, elle avait commencé à douter de sa propre vérité comme de celle des autres. Chacun des acteurs de la mascarade qui se déroulait devant elle avait une vision si différente de la réalité qu'elle devait de temps en temps fermer les yeux et se convaincre qu'elle n'était pas folle.

Après le déjeuner qu'elle n'avait pas pu avaler, après les bassesses de sa secrétaire et de l'institutrice, Jada avait dépassé le stade de la fureur. Elle était paralysée.

De même que certains shows télévisés qui prétendent recréer la réalité, tout ce qu'elle voyait au long de cette interminable journée lui apparaissait comme une fiction sans aucun point commun, sans même une vague similitude avec sa propre vie.

Lorsque Clinton s'assit enfin dans le box des témoins, il était plus beau et plus séduisant que le jour de leur première rencontre. En réponse aux questions de Creskin, il se glissa sans effort dans le rôle du Noir américain idéal. À force de courage et de travail, il avait fondé son entreprise, bâti pour sa famille une belle maison dans un beau quartier. S'il connaissait quelques difficultés dues à la conjoncture et se heurtait toujours au racisme latent de certains clients et fournisseurs, il était intimement persuadé de surmonter ses problèmes. Chaque minute qu'il ne consacrait pas à chercher du travail, il la passait avec ses enfants. C'était lui qui s'occupait d'eux pour tout. Négligé par son épouse et les enfants par leur mère, il avait le sentiment qu'elle « cherchait à prouver quelque chose contre moi. Ou qu'elle avait des projets secrets dans lesquels nous devions être de trop ».

À mesure qu'elle l'écoutait, Jada sentait la glace fondre dans sa poitrine pour devenir une matière plus brûlante que l'acier en fusion. Elle résistait à grand-peine à l'envie de se lever, de se planter devant cet homme, de lui assener des gifles jusqu'à ce que ses fausses lunettes volent à travers la salle et que sa bouche qui crachait un tel fleuve de mensonges soit réduite au silence.

De temps en temps, Angela lui donnait sur l'épaule une petite tape réconfortante.

— Sois tranquille, nous l'aurons, lui chuchota-t-elle. J'ai de quoi le réduire en petits morceaux.

Avec la froide précision d'un chirurgien nettoyant

343

une plaie infectée, elle exposa en pleine lumière les mensonges de Clinton. Elle lui fit énumérer le montant de ses revenus depuis cinq ans, qui allaient de ridiculement faibles à inexistants. Elle lui demanda les noms de clients auxquels il avait récemment soumis des devis, sans qu'il puisse en citer un seul. Sa série de questions précises demeura sans réponses, ou donna lieu à des bredouillements embarrassés. Angela conclut en déclarant qu'elle en avait terminé pour le moment afin de ne pas ralentir les débats mais qu'elle se réservait le droit de rappeler le témoin plus tard.

Jada se sentait un peu mieux quand, après un bref conciliabule avec le juge, Creskin fit apporter un téléviseur dans la salle.

— Avec la permission de la cour, je montrerai une cassette vidéo filmée par M. Jackson il y a une quinzaine de jours, au moment où Mme Jackson ramenait les enfants à la fin de ses deux heures de visite.

Une fois de plus, les vigoureuses objections d'Angela furent vaines. Creskin démontra, reçus à l'appui, qu'il avait informé l'adversaire de ses intentions, et Angela dut piteusement avouer que leur fax était en dérangement ce jour-là. Jada n'entendit rien des propos échangés entre les deux avocats et le juge mais, lorsque Angela regagna sa place, elle comprit à sa mine qu'elle avait essuyé une nouvelle défaite.

Avec un sourire de triomphe, Creskin sortit de sa poche une télécommande, alluma le moniteur, et Jada vit sur l'écran sa voiture s'arrêter le long du trottoir devant chez sa belle-mère. La suite fut pour elle un nouveau cauchemar : gros plan de Kevon en larmes, de Shavonne en colère s'arrachant à la main qui voulait la retenir pour courir vers la maison, la petite Sherrilee braillant à tue-tête...

344

— Les enfants pleuraient parce que je leur avais dit que je devais les ramener chez leur grand-mère, chuchota Jada à Angela. Ils auraient voulu rester avec moi. C'est vrai, je le jure !

Pâle, les lèvres serrées, Angela prenait des notes.

— Nous ferons disqualifier cette cassette vidéo, se borna-t-elle à répondre.

Jada n'en subissait pas moins un véritable martyre. Si les gens présents dans la salle, si le juge croyaient que ses enfants la fuyaient et pleuraient à cause d'elle, autant mourir tout de suite.

À la fin de cet épisode indigne, Angela rappela Clinton dans le box. Et là, elle entreprit de démolir ses allégations et de le ridiculiser. Il prétendait avoir totalement pris ses enfants en charge depuis des années ? Dans ce cas, quel était le plat préféré de sa fille, par exemple ? Et celui de son fils ? Comment les préparait-il ? Ses réponses furent invraisemblables au point de soulever des rires dans l'assistance. Non contente de le discréditer, Angela voulut savoir quelles séries télévisées les enfants regardaient, leurs acteurs préférés, les musiciens qu'ils aimaient. De plus en plus piteux, Clinton dut admettre qu'il l'ignorait. « Mais ils changent si souvent que je ne sais jamais ce qu'ils préfèrent du jour au lendemain », dit-il pour tenter de se rattraper.

Après la cuisine et les loisirs, elle passa au chapitre de la scolarité et démontra que Clinton n'avait aucune notion des notes de ses enfants à l'école. Il ignorait même le nom de la répétitrice de maths qui donnait des leçons particulières à Shavonne depuis deux ans. De même, il fut incapable de citer le nom et l'adresse du pédiatre qui suivait les enfants depuis leur naissance.

Jada avait écouté avec jubilation la déconfiture de

Clinton. Après une démonstration aussi éclatante, se dit-elle, le juge devait avoir compris que c'était elle et elle seule qui veillait sur ses enfants, les nourrissait, les soignait, les emmenait chez le médecin quand ils étaient malades, surveillait leurs études, intervenait auprès des institutrices partiales, assistait aux réunions de parents d'élèves. Il ne pouvait pas ne pas avoir compris...

Angela appela ensuite son expert, le Dr Anna Pollasky, professeur à l'université de Yale. Auteur d'une dizaine d'ouvrages sur l'enfance qui faisaient autorité en la matière, invitée d'innombrables débats télévisés sur ce sujet, elle avait une présence qui imposait le respect. Angela présenta ses titres, ses qualifications, cita certains de ses livres les plus connus. Avec l'aide d'un tel témoin, elle n'aurait pas de peine à réduire en poussière les âneries débitées par Mme Jackson, la grosse Tonya Green et l'assistante sociale.

C'est alors que Creskin intervint pour disqualifier le témoin. Le juge lui-même s'en étonna. Tel un magicien qui tire des foulards de son chapeau, l'avocat exhiba des documents selon lesquels le Dr Pollasky, titulaire depuis plus de vingt ans d'une licence d'exercice de la médecine dans l'État de New York, avait omis cette année de la faire renouveler.

Prise au dépourvu, Anna Pollasky lut la copie du document que Creskin avait remise au juge.

— Il semble que ma secrétaire ait oublié de faire le nécessaire, admit-elle.

— Peut-être, dit l'avocat. Mais tant que cet oubli n'est pas réparé, vous ne pouvez pas témoigner à titre d'expert dans cet État. Le cas s'est présenté la semaine dernière dans l'affaire Franko contre Lapstone, Votre

Honneur. Troisième chambre, juge Sullivan. Vous êtes sûrement au courant de cet arrêt.

Le juge Sneed ne put que s'incliner devant ce précédent.

Après ce coup du sort, Angela eut l'impression d'être plongée au cœur d'un cauchemar. Elle voulait avancer mais restait clouée sur place. Malgré ses efforts, rien ne se passait comme prévu. Elle sentait que le juge avait perdu tout intérêt dans l'affaire, qu'il perdait patience et qu'elle perdait la bataille. Son expert toxicologue fut précis, mais ennuyeux et peu convaincant. Quant à la présidente de l'association des parents d'élèves, elle eut beau affirmer que Jada Jackson était une mère dévouée et compétente, son témoignage tomba à plat.

Lorsqu'elle eut enfin terminé vers seize heures, Angela crut que le juge Sneed annoncerait une suspension d'audience ou remettrait sa décision au lendemain. C'était sans compter sur sa hâte d'en finir. Rien ne devait compromettre son départ en vacances.

— Rappelons que l'intérêt des enfants est primordial dans cette affaire, commença-t-il. Dans les circonstances présentes, l'attention excessive qu'accorde Mme Jackson à sa carrière est amplement attestée par la rapide succession de promotions dont elle a été bénéficiaire. Si l'éventualité de sa toxicomanie n'a pas été démontrée, le problème reste néanmoins posé. La situation me paraît donc assez claire pour que je puisse rendre ma décision sans plus attendre.

Le désastre, pensa Angela en regardant autour d'elle comme un animal terrifié pris au piège d'un bâtiment en flammes. J'ai tout perdu, tout gâché.

— J'accorde à M. Jackson le droit de garde des enfants assorti d'une pension pour leur entretien, ainsi que d'une pension pour lui-même d'un montant à déterminer ultérieurement. Mme Jackson bénéficiera deux fois par semaine d'un droit de visite de deux heures. Elle devra libérer sous quinzaine le logement familial afin que M. Jackson et ses enfants le réintègrent. L'audience est levée.

Ni Jada ni Angela ne purent en faire autant.

Chapitre 36

Dans lequel Angela cherche à se racheter.

Couchée sur le dos sur le matelas neuf de sa nouvelle chambre, Angela regardait le plafond. De toute sa personne, seul son ventre s'arrondissait. Le reste n'avait jamais été plus à plat.

Sa défaite au tribunal lui paraissait d'autant plus amère qu'elle n'avait pas souvent connu l'échec au cours de sa vie professionnelle. Elle avait pourtant bien préparé son dossier, mais son inexpérience des débats contradictoires s'était combinée avec la fourberie de Creskin, les réactions imprévisibles du juge et l'application aveugle de lois iniques pour la descendre en flammes. L'idée d'avoir déçu Michael, sa mère et, surtout, Jada lui était insupportable. Elle savait que le souvenir de cet échec pèserait sur sa conscience jusqu'à la fin de ses jours. Et si ç'avait été le seul ! Un mariage raté, une carrière avortée...

Le téléphone sonna. Elle tendit le bras, décrocha machinalement. La voix de sa mère bourdonna à son oreille avant qu'elle ait pu dire allô.

— Je suis au courant. Ce Sneed est la honte de sa profession, il va falloir lancer une campagne pour le faire destituer. Il t'a laissé combien de temps, une heure et demie pour plaider ton dossier ? Attention, je ne dis pas que tu es sans reproche. Sneed est un imbécile, mais tu as complètement raté ton coup.

349

— Bonjour, maman. Merci de me remonter le moral.

— Je n'aurais pas dû te confier cette affaire, elle était plus délicate que nous ne le pensions. Et tu n'as pas eu de chance, c'est vrai, entre le petit oubli du Dr Pollasky et cette assistante sociale qui t'a fait faux bond à la dernière minute. Au fait, Bill a réussi à la joindre. Son chien s'était fait écraser par une voiture.

— Je ressens exactement la même chose, soupira Angela. Comme le chien écrasé, je veux dire.

— Écoute, tout cela peut s'arranger, déclara Natalie. Il y faudra un peu plus de temps, un peu plus de frais, mais cette décision est tellement scandaleuse que nous allons présenter une requête pour...

— Plus tard, maman, l'interrompit Angela.

Il y eut un silence.

— Veux-tu que je vienne ? demanda sa mère avec sollicitude.

— Non, merci, j'ai juste besoin de repos en ce moment.

— Comme tu veux. Je tiens quand même à te dire que personne ne te reproche rien. Enfin, si, certains. Moi, je blâme Michael.

— Maman, je t'en prie !...

— Je plaisante.

Elle raccrocha, posa la main sur son ventre. Elle allait devoir prendre une décision au sujet de sa grossesse. Ce serait difficile, pénible, mais il fallait y penser sérieusement.

Le problème, c'est qu'elle aimait les enfants et qu'elle avait aimé Reid. Pendant ses trois ans d'études à la faculté, pendant leurs fiançailles, le jour de leur mariage, elle n'avait jamais cessé de le regarder en se disant : Oui, je veux que ce soit *lui* le père de mes enfants. Elle l'avait aimé au point de vouloir qu'il devienne partie intégrante d'elle-même. L'idée d'un enfant de lui, d'un mélange d'elle et de lui l'avait emplie de joie. Mais maintenant...

Un soupir lui échappa. Maintenant, elle avait gâché sa propre vie. Et elle devait aussi porter le lourd fardeau de sa responsabilité dans le drame de Jada Jackson.

Après le départ du juge Sneed, Angela avait suivi sans mot dire Jada, Michael et Michelle jusqu'au parking. Ce n'est qu'une fois dehors que Michelle avait posé la question qui les hantait tous quatre :

— Que va-t-il se passer ensuite ?

— Rien, avait répondu Jada. Il ne se passera rien.

Angela avait maladroitement tenté de s'excuser. Puis, quand Michelle avait dû partir rejoindre ses enfants, Michael avait parlé d'un appel de la décision avant d'emmener Jada et Angela dans un bar où il avait consciencieusement enivré Jada. « Je ne peux pas y croire, répétait-elle. Je ne peux pas croire qu'on m'enlève mes petits. » Sans rien boire elle-même, Angela avait écouté Jada aussi longtemps qu'elle avait été en état de parler. Elle avait ensuite proposé à Jada de la reconduire chez elle, puis elle s'était tournée vers Michael pour lui demander son adresse afin de le raccompagner lui aussi. « La même que la vôtre », avait-il répondu en riant. Elle s'était demandé s'il avait trop bu lui aussi ou, pis, s'il la draguait, pour découvrir ensuite qu'il habitait le même immeuble qu'elle. « C'est pourquoi je vous avais recommandé mon agence immobilière », avait-il bredouillé en guise d'excuse.

Ainsi désignée comme chauffeur collectif, Angela avait d'abord déposé Jada devant sa maison sombre et déserte avant de regagner son immeuble, où elle vit Michael traverser les jardins vers l'autre bout de l'ensemble. Épuisée, elle s'était couchée aussitôt, sobre mais hors d'état de trouver le sommeil, en espérant qu'elle se sentirait mieux le lendemain matin.

Le lendemain matin, elle ne se sentait pas mieux, mais elle savait que ce devait être pire pour Jada. Aller chez elle voir comment elle se portait et la raccompagner au parking où elle avait laissé sa voiture la veille était pour elle un devoir. C'est alors qu'Angela se rappela que ce jour était celui où son père avait décidé de venir l'aider à « arranger son taudis », comme il le qualifiait. Il ne pouvait plus en être question. Son père accepterait le contretemps, sans doute, même si cela devait le décevoir et bouleverser son emploi du temps du week-end.

Elle décrocha, composa le numéro. Il répondit à la première sonnerie, comme le font souvent les gens qui vivent seuls. Mais quand elle lui annonça qu'il fallait remettre leur rencontre à plus tard, la joie qu'elle avait entendue dans sa voix en la reconnaissant s'évanouit. Il essaya d'abord de la faire changer d'avis, puis suggéra de venir quand même remettre de l'ordre pendant qu'elle était occupée ailleurs. Elle eut beaucoup de mal à l'en dissuader et dut promettre de le rappeler au plus tôt pour fixer une nouvelle date.

Angela se leva enfin, prit une douche et constata en s'habillant que la ceinture de son collant lui sciait la taille. Penser qu'une vie toute neuve, que *son* bébé grandissait là, derrière son nombril, l'émerveilla avant qu'elle se force à chasser l'idée de sa tête.

Le trajet jusque chez Jada ne fut pas assez long pour qu'Angela surmonte sa crainte de se trouver en face de cette cliente devenue une amie dont elle avait trahi la confiance. Elle n'avait pas non plus le droit de la laisser seule dans cette maison vide. Ce qui lui arrivait était si injuste, si scandaleux, pensait-elle avec rage. Tout cela parce qu'elle n'était pas aussi bonne avocate qu'elle le croyait. Cette ordure de Creskin avait ruiné l'existence de Jada, une mère exemplaire, une citoyenne consciencieuse, une contribuable scrupuleuse. Mais ses propres erreurs et l'habileté de Creskin ne suffisaient pas à expliquer, encore moins à justifier un aussi flagrant déni de justice.

Pour sa part, elle serait incapable de faire de nouveau confiance à un homme avant des années — et encore. Mais la situation de Jada était cent fois pire que la sienne. De tels scandales n'étaient possibles que parce que Jada était une femme. Pour les femmes, le fair-play et le respect des règles de la société étaient lettre morte. Le système créé par des hommes était dirigé par des hommes au seul bénéfice des hommes. Une femme n'arrivait à affirmer sa valeur que par un heureux hasard, ou grâce à un effort de volonté encore plus exceptionnel que l'ascension de l'Everest.

Angela se gara devant la maison et alla sonner à la porte de la cuisine. Revoir Jada après la débâcle la terrifiait. La montagne que Jada devait escalader — ou peut-être le gouffre dont elle devait sortir — avait des proportions inhumaines. Elle pouvait au moins se rendre utile, lui proposer de l'aider à faire ses bagages après l'avoir raccompagnée à sa voiture, par exemple.

Angela sonna une deuxième fois. Faute de réponse, elle appuya encore sur le bouton de sonnette puis, au bout de quelques minutes, frappa aussi fort qu'elle le pouvait. Jada ouvrit presque aussitôt.

— J'ai entendu. La sonnette ne fonctionne pas, Clinton ne s'est jamais donné la peine de la réparer. Il le fera peut-être quand j'aurai vidé les lieux. Entre.

Soulagée par cet accueil, Angela la suivit dans le living, encombré de grands cartons, certains déjà

353

pleins, d'autres encore vides. Il y avait aussi des feuilles de papier coloré, des feutres, des ciseaux sur la table basse, comme si elle les avait préparés pour distraire les enfants. Mais Angela savait qu'ils ne pourraient revenir qu'après le départ de Jada.

— Depuis quand es-tu levée ? lui demanda-t-elle.

— Je ne me suis pas couchée. J'ai vomi, je me suis douchée et je me suis mise au travail, dit Jada en montrant l'attirail sur la table basse. L'idée de ne laisser aucune trace de moi me rendait malade. Crois-tu que si je cachais des petits mots dans les poches des enfants, ou dans leurs tiroirs, Clinton les trouverait et serait assez vicieux pour les faire disparaître ?

— Peut-être pas, répondit-elle en espérant avoir raison.

— J'ai nettoyé et préparé leurs chambres pour leur retour il y a huit jours. Sauf que j'espérais qu'ils reviendraient avec moi...

Jada poussa un profond soupir et prit sur la table un papier découpé en forme de cœur.

— Sherrilee aime tout ce qui brille, dit-elle en montrant la bordure incrustée de paillettes. Elle ne sait pas encore lire, bien sûr. Crois-tu que Tonya lui lira celui-ci ?

Angela sentit les larmes lui monter aux yeux en lisant ce que Jada avait écrit : « Je pense toujours à toi, ma chérie. »

— Oh, Jada... Tout est ma faute...

— Non, ce n'est pas ta faute. Ni la mienne non plus. Il faut que je me le répète pour ne pas devenir folle.

Elles se dévisagèrent en silence. Angela se força à ravaler ses larmes. Jada seule avait le droit de pleurer en ce moment.

— Nous n'avons pas encore perdu, dit-elle avec

autant de conviction qu'elle put en mettre dans sa voix. Souviens-toi de ce que disait Michael hier soir.

— Non, c'est fini. Tu le sais, je le sais aussi. Ma famille est finie, désintégrée. Je n'ai plus de maison. Je n'ai même plus de mari, dit-elle en ôtant son alliance qu'elle jeta en direction d'un des cartons. Nos marches du matin sont finies elles aussi. Tu n'habites plus la rue. Michelle est toujours mon amie en dépit de tout, mais maintenant qu'elle pourrait venir me voir, c'est moi qui déménage.

— Où iras-tu ?

— Je n'en sais rien et je m'en moque.

C'est alors qu'Angela eut une idée si évidente qu'elle s'en voulut de ne pas l'avoir eue plus tôt.

— Pourquoi ne viendrais-tu pas t'installer chez moi ?

Chapitre 37

Dans lequel Michelle se livre à des réflexions.

Michelle portait un seau dans le couloir, mais il était si lourd que l'eau en jaillissait à chaque pas. Il fallait pourtant qu'elle atteigne le bout de ce couloir pour laver la tache. Les taches devaient être toutes nettoyées sans délai, mais chaque fois qu'elle arrivait au milieu de ce long couloir, son seau était vide et elle devait retourner le remplir. Découragée, Michelle se mit alors à pleurer et ses larmes remplirent le seau en quelques instants. Elle atteignait enfin le bout du couloir quand elle se rendit compte qu'elle était dans une prison. Une silhouette sombre se profilait derrière les barreaux. Il y avait des taches sur le sol et les grilles. Avec un haut-le-cœur, Michelle vit que c'étaient des taches de sang et, en levant les yeux, elle découvrit avec horreur que la silhouette sombre n'était autre que Frank, couvert de sang, enchaîné au mur de la prison. Le hurlement qu'elle poussa ne franchit pas ses lèvres car elle se réveilla en sursaut, haletante.

Elle oublia son cauchemar jusqu'au moment de préparer le café du petit déjeuner. Bien entendu, pensa-t-elle pour se l'expliquer, les événements auxquels elle avait assisté au palais de justice l'avaient plus frappée qu'elle ne s'y était attendue. Machinalement, elle essuya l'une après l'autre les étagères du placard pour s'accorder le temps de réfléchir. La décision du juge était d'une injustice scandaleuse. Si une mère pouvait être donnée en exemple, si une femme méritait d'avoir la garde de ses enfants, c'était bien Jada.

Mais ce qui l'avait choquée plus encore que ce déni de justice, c'était l'insensibilité, l'inhumanité de la procédure. Aucune des qualités de Jada, son amour maternel, sa piété, ses sacrifices pour ses enfants, la discipline et la moralité qu'elle leur avait inculquées, rien n'avait été pris en compte. De bout en bout, le débat avait été faussé, la justice bafouée, le bien des enfants trahi. Que l'autorité judiciaire soit utilisée pour briser des vies dans un tel déploiement de mensonges la fit réfléchir au cas de Frank et au procès qu'il allait devoir subir. Qu'en sortirait-il ? se demanda-t-elle en sentant un filet de sueur froide lui couler entre les omoplates. Quelle était la vérité ? Elle ne pouvait pas le lui demander. La veille, le vendredi, Frank et elle avaient réussi à passer la soirée sans se parler, en dehors de quelques banalités devant les enfants. Michelle était montée se coucher de bonne heure et s'était endormie d'un mauvais sommeil à l'extrême bord du lit, sans même se réveiller quand Frank était venu se coucher à son tour.

Elle s'était levée tôt, avait fait le ménage, accompagné Jenna à son entraînement de hockey, emmené Pookie chez le vétérinaire et embrassé Frankie quand il était parti avec son père à la quincaillerie, son loisir préféré. Elle ne s'était même pas donné la peine de se refaire une beauté avant d'enfiler son manteau et d'aller chez Jada, à qui elle avait téléphoné deux fois la veille au soir sans obtenir de réponse.

Pensant trouver la maison silencieuse comme une tombe, Michelle s'étonna d'entendre une conversation animée quand elle entra dans la cuisine. Elle vit Jada

357

agenouillée dans le living, qui finissait de remplir un carton. À côté d'elle, Angela fermait avec un ruban adhésif un autre carton déjà plein. Depuis quand sont-elles aussi bonnes amies ? se demanda-t-elle. Angela est-elle restée coucher ici ? Si quelqu'un devait réconforter Jada, c'était à elle que cela incombait ! Un instant, Michelle fut saisie par un accès de jalousie avant de revenir à la raison. Ne sois pas puérile, se morigéna-t-elle. C'est indigne de toi.

À son entrée, Jada leva la tête.

— Notre Cendrillon nationale ! Tu tombes à pic. Tu sais, j'ai découvert un avantage au fait de perdre la garde de ses enfants : je n'ai plus à me soucier de ma réputation. Maintenant, je pourrai te voir quand je voudrai, ma réputation ne risque plus rien, elle est morte...

— La mienne aussi. Et tu as raison, ce n'est pas un mal. Plus besoin de fabriquer des brownies pour les ventes de l'école.

— La mienne ne vaut pas plus cher, dit Angela. Professionnellement, du moins. Après avoir plaqué un job en or à Boston, je me couvre de honte ici. Je devrais peut-être chercher un job d'emballeuse.

— Tu ne le fais pas mieux que le reste, répondit Jada en remettant de l'adhésif pour consolider celui qu'avait déjà collé Angela.

Comment peuvent-elles avoir le cœur à plaisanter ? se demanda Michelle avec effarement. La vie de Jada a volé en éclats avec la participation d'Angela. Et comment Jada peut-elle abandonner cette maison qui représente tant pour elle ? Michelle se demanda aussi comment elle-même pourrait survivre quand Clinton et cette abominable femme s'installeraient à deux maisons de chez elle. Plus de barbecues dans le jardin. Frankie jouerait sans doute encore avec Kevon, Jenna reprendrait l'habitude de se disputer avec Shavonne, mais Michelle n'accepterait plus jamais que ses enfants aillent dans cette maison.

Elle prit une boîte vide sans savoir ce qu'il fallait mettre dedans. Les deux autres étaient si bien organisées qu'elles semblaient faire équipe depuis des jours. Pour Michelle, il n'y aurait plus d'amie intime. Plus personne avec qui marcher tous les matins. Comment survivrait-elle à cette perte ? Et comment faisait Jada pour reprendre si vite le dessus ? Michelle se sentit accablée. Devait-elle parler à Jada de son chagrin ? Devait-elle leur dire à toutes deux la peur que lui inspirait le procès de Frank ? Devait-elle leur dire ?...

Comme si elle lisait dans ses pensées, Jada se leva et vint la prendre par les épaules.

— J'ai pleuré toute la nuit, vois-tu. Maintenant, il faut que je fasse ce que je dois faire, voilà tout. Pour toi, tout s'arrangera, Michelle. Frank se battra et vous reprendrez une vie normale, vous deux.

Que Jada ait le cœur de penser à elle en un pareil moment alors que Frank... Sous le regard de son amie, Michelle comprit qu'elle ne pouvait pas garder plus longtemps son secret.

— Il est coupable, murmura-t-elle.

Angela et Jada se figèrent.

— Il est coupable, répéta Michelle. Rien ne s'arrangera. Jamais.

Révéler les pensées qui la rongeaient depuis sa découverte sous le plancher du placard la terrifiait et la soulageait à la fois. Soudain incapable de regarder ses deux amies en face, elle se laissa tomber sur une chaise, le visage entre les mains. Dans le long silence qui suivit, Michelle n'entendit plus que les battements de son cœur et la respiration oppressée de Jada.

— J'ai si peur, reprit-elle. Je ne le croyais pas capable de faire quelque chose de mal. De vraiment mal. Quand la police est venue, j'étais sûre qu'il s'agissait d'une vengeance au sujet des affaires ou de la politique, une histoire de zone d'urbanisme par exemple. Et même au moment de son inculpation...

Elle leur lança un bref coup d'œil, se leva et alla se poster devant la fenêtre, rien que pour avoir quelque chose à regarder.

— Vous me trouvez idiote, je sais. Crédule jusqu'à l'aveuglement. Mais je n'avais aucun moyen de savoir ni même de me douter de quoi que ce soit. Jamais aucune visite, aucun coup de téléphone. Rien. Rien pour faire le lien avec quoi que ce soit. Frank nous aime, poursuivit-elle en se retournant pour leur faire face. Il m'a juré solennellement qu'il était innocent. Il m'a convaincue, je l'ai cru. Et puis, j'ai... j'ai découvert...

Michelle s'interrompit. Elle ne pouvait pas parler de cet argent. Un argent si sale qu'elle n'y toucherait jamais. Un argent payé par des adolescents, des écoliers peut-être. Elle en avait trop honte pour révéler son existence, même à Jada et à Angela.

— Depuis combien de temps le sais-tu ? demanda Jada avec douceur. Je savais que quelque chose n'allait pas, mais je croyais qu'il s'agissait des pressions que tu subissais, de l'attitude des voisins, ou même de ce qui m'arrivait à moi. Je ne me doutais pas que... Oh ! Michelle... J'ai tant de peine pour toi.

Angela alla la rejoindre devant la fenêtre.

— Tu as besoin d'un bon avocat, Michelle.

— J'en ai un, celui de Frank.

— Non, je veux dire un avocat à toi. Et meilleur que moi.

— Que comptes-tu faire ? demanda Jada.

— Qu'est-ce que je peux faire ?

Sa réponse redonna à Michelle le sentiment aigu d'être prise au piège. Frank s'apercevrait tôt ou tard que l'argent avait disparu de sa cachette. Que ferait-il, alors ? Elle regretta de ne pas s'être munie de ses pilules, elle en aurait eu bien besoin en ce moment.

— Qu'est-ce que je peux faire ? répéta-t-elle. Je n'ai pas de travail, pas de famille. Frank est le père de mes enfants. Il a toujours été un bon père pour eux, un bon mari pour moi.

— Allons, Michelle ! dit Jada du ton autoritaire dont elle usait parfois à la banque. Ne me dis pas qu'il t'a bien traitée en te brutalisant comme il l'a fait. Clinton est un paresseux, un bon à rien, un père lamentable, il est en train de gâcher ma vie, mais il ne m'a jamais battue.

— Il m'a poussée et je suis tombée sur le coin de la table. Il était à bout de nerfs, il m'a lancé une bourrade, rien de plus. N'importe quelle femme peut se blesser une fois en tombant.

— Une femme blessée une fois peut l'être une deuxième...

— Non. Frank ne recommencera pas. Il ne lèvera pas la main sur moi, il a déjà trop honte de ce qu'il m'a fait.

— C'est la moindre des choses, répliqua Jada. Est-il aussi honteux de t'avoir menti ? A-t-il aussi honte de ses trafics sordides ?

Michelle n'eut pas le courage de leur avouer qu'elle n'avait pas même parlé à Frank de ce qu'elle avait découvert, elles l'auraient méprisée d'être pusillanime à ce point.

— Ne t'inquiète pas pour moi. Je ne suis pas plus obligée de témoigner contre Frank que de mentir pour lui. Je me tairai, voilà tout, et... et les choses ne tourne-ront peut-être pas trop mal.

— Bien sûr, le pire n'est pas toujours certain, dit Jada avec un ricanement sarcastique.

L'attitude de Jada étonnait Michelle. Était-ce le calme avant la tempête ? Ou celui qui retombe sur un champ de ruines ?

— Et toi, que vas-tu faire ? lui demanda-t-elle. Où vas-tu déménager ?

— Je n'ai pas grand-chose à emporter. Presque tout ici appartient aux enfants, ou ce sont des outils dont Clinton ne se sert jamais. Pour le moment, je vais m'installer chez Angela. Plus tard, je verrai.

— Oh ! Angela, c'est si gentil d'héberger Jada ! s'écria Michelle.

Elle avait à peine parlé que le sentiment de sa solitude revint la frapper, aggravé par une bouffée d'envie.

Perdait-elle la raison ? Elle avait toujours sa belle mai-son, ses enfants, son mari qui l'aimait en dépit de ses méfaits. Comment pouvait-elle envier ces deux femmes, l'une et l'autre accablées de problèmes et seules dans la vie ?

Chapitre 38

Dans lequel on constate que déménager n'est pas de tout repos.

Jada avait l'impression d'être morte, mais sans la lumière éblouissante dont parlent ceux qui reviennent de la mort. Elle était en dehors de son corps qu'elle voyait agir comme s'il appartenait à une autre. L'aide d'Angela, la générosité de son offre de la loger, la révélation de Michelle, rien ne parvenait à lui faire réintégrer son corps.

La Lexus de Michelle entra dans le parking municipal, où Jada reconnut sa Volvo abandonnée la veille. Le bruit des essuie-glaces, en vitesse lente contre la bruine, lui mettait les nerfs à vif.

— Ça ira ? s'inquiéta Michelle. Tu pourras conduire seule ?

— Compte tenu de la situation, je vais aussi bien que possible, répondit Jada.

Elle aurait dû poser la même question à Michelle, mais elle n'en eut pas la force. De toute façon, elle s'était toujours méfiée de Frank.

— Je te suivrai, dit Michelle en se rangeant le long de la Volvo. Je prendrai ensuite un chargement jusque chez Angela.

— Merci.

Elle sortit sous le crachin qu'elle ne sentit même pas,

363

ouvrit sa portière, s'assit au volant. Elle n'éprouvait ni colère, ni tristesse, ni même résignation. Elle avait dépassé ces stades et avait l'impression d'être comme une sorte de robot télécommandé, une créature mécanique capable de faire des bagages, de déménager, d'aller au travail en étant exempte de sentiments. C'est aussi bien ainsi, pensait-elle, parce que de tels sentiments seraient dangereux : une rage meurtrière, une tristesse écrasante, le désir de mettre une fin définitive à sa douleur. Tout en roulant comme si la voiture était sur pilotage automatique, elle prit conscience de n'être même plus capable de prier. Dieu s'était plus éloigné d'elle qu'elle n'était loin d'elle-même.

De retour chez elle, Jada constata qu'Angela avait déjà rempli sa voiture et aligné le reste des cartons et des valises sur le cheminement dallé que Clinton n'avait jamais fini de poser. Sans mot dire, les trois femmes chargèrent le tout dans la Volvo avant de vider la penderie de Jada et de placer ses vêtements, encore pendus à leurs cintres, sur la banquette arrière de la Lexus.

— J'essaierai de ne pas trop les chiffonner, dit Michelle.

Jada sourit sans répondre. Michelle les aurait jetés au feu qu'elle s'en serait moquée.

Elles roulèrent en convoi dans les rues grises et mouillées. Jada avait trente-quatre ans et tout ce qu'elle possédait au monde se résumait à ces quelques cartons entassés dans sa voiture et celles de ses amies. Pour qui, pour quoi avait-elle travaillé ? Pourquoi même s'être donné tant de mal ? Elle n'avait jamais été matérialiste. Elle avait simplement voulu assurer la sécurité de ses enfants, avoir un toit décent, un partenaire aimant. Comment un désir aussi naturel avait-il pu entraîner des conséquences aussi anormales ? Avait-elle été trop exigeante, Dieu la punissait-elle de quelque péché qu'elle aurait commis à son insu ? Parce que ce qu'elle subissait maintenant était bel et bien une punition, et sa vie était désormais plus semblable à l'enfer que ce qu'elle aurait pu imaginer de plus cruel.

Quand elles s'arrêtèrent devant l'immeuble d'Angela, celle-ci descendit de voiture et s'approcha de la Volvo :

— Je suis désolée, il n'y a pas moyen de se garer plus près de la porte. Il va falloir tout coltiner par les jardins et les couloirs jusqu'à mon appartement. Mon emménagement était franchement pénible.

— Il n'y en a pas tant que cela, répondit Jada. Et je ne suis pas pressée. Inutile de m'aider, je le ferai toute seule en prenant mon temps.

— Ne dis pas de bêtises, à trois ce sera plus facile.

Et c'est ce qu'elles firent. Au prix de nombreux aller et retour, les trois amies transportèrent les restes d'une vie brisée. Jada n'aurait eu aucun regret de tout entasser sur le trottoir et d'y mettre le feu, mais elle continua à faire ce qu'on attendait d'elle — ne l'avait-elle pas toujours fait ?

Elles transportaient les dernières boîtes quand la bruine cessa.

— Parfait ! commenta Michelle. La pluie s'arrête quand tout est fini. Comme toujours.

— Déménager sous la pluie porte bonheur, intervint Angela. C'est du moins ce que ma mère m'a toujours dit.

— Sur quoi d'autre s'est-elle trompée ? voulut savoir Jada.

— À part son mari et mon fiancé, rien.

Elles avaient entassé le plus gros du chargement dans la petite chambre d'amis. Toujours obsédée par l'ordre

365

et le rangement, Michelle avait déjà pendu les vêtements dans le placard. Il n'y avait plus que quelques
objets dans le living.

Angela avait soulevé un des cartons et le portait vers
la chambre quand elle pâlit tout à coup, trébucha et
lâcha le carton, dont le contenu se répandit sur le parquet. Elle demeura un instant pliée en deux, des gouttes
de sueur perlèrent sur sa lèvre supérieure.

— Ça ne va pas ? s'inquiéta Michelle.

Jada se rappela alors l'état de son amie. Seigneur !
pensa-t-elle.

— Tu ne devrais pas te fatiguer comme cela. J'avais
oublié que tu étais enceinte.

— Tu avais autre chose en tête, répondit Angela.

Elle s'adossa au mur et se laissa glisser jusqu'à ce
qu'elle soit assise par terre. Michelle s'accroupit près
d'elle.

— Veux-tu du thé ?

— Plutôt de la sympathie, plaisanta Jada en s'asseyant par terre à son tour.

Les trois amies se dévisagèrent en silence et, pour la
première fois depuis vingt-quatre heures, Jada se sentit
rappelée dans son corps et dans sa vie par ces deux
paires d'yeux exprimant autant d'angoisse, autant de
désarroi que les siens. Redevenir elle-même lui procura
une étrange sensation.

— Quel beau trio d'idiotes nous faisons, dit-elle
enfin. Laquelle est la plus démolie, à votre avis ? Lequel
de nos maris nous a fait le plus de mal ?

— Le tien, répondirent en même temps Michelle et
Angela.

Alors, sans savoir pourquoi, Jada se mit à rire. Un rire
parti de sa gorge, qui descendit peu à peu vers sa poitrine et son ventre. Michelle céda ensuite à la conta-

gion, suivie d'Angela. Elles rirent toutes les trois dans la pièce presque vide, dont le plafond et les murs déformaient l'écho en un bruit incongru.

Finalement, Jada s'essuya les yeux.

— Non, dit-elle. Le pire, à mon avis, c'est Frank.

Michelle cessa de rire, et Jada craignit qu'elle ne prenne une fois de plus la défense de cet infâme individu.

— Tu as sans doute raison, admit-elle. Nous avons quand même vécu quelques belles années. Toi aussi, Jada. Mais Angela n'a eu que quelques mois, elle.

C'était à la fois si vrai et si ridicule qu'elles éclatèrent de rire à nouveau.

— Non, dit enfin Angela, je n'ai pas vécu de bons mois, j'ai simplement cru les vivre. Est-ce que cela compte ?

— C'est l'idée qui compte, paraît-il, répondit Jada.

Elles cessèrent de rire et restèrent assises par terre en silence, l'une près de l'autre. Jada hésita avant de se tourner vers Angela, ou plutôt de regarder son ventre :

— À propos de mois, combien ?

— Trois et demi. Je crois.

Le silence retomba un moment.

— J'ai eu un avortement, dit Michelle. J'étais enceinte de Frank, mais j'étais encore au lycée. Je ne pouvais pas le garder.

Jada cligna des yeux. En sept ans, Michelle ne lui en avait pas soufflé mot.

— Quand j'étais enceinte de Sherrilee, commença-t-elle, j'ai été sur le point de me faire avorter. Mon mariage allait déjà mal et tu sais que l'argent se faisait rare, à ce moment-là.

Jada s'étonna de faire un tel aveu, surtout à des Blanches. Mais c'est parce que je me sens plus proche d'elles que de la plupart des gens, pensa-t-elle. Qui aurait pu penser que j'aborderais un sujet pareil avec deux filles qui n'ont jamais connu de vraies difficultés ni dû affronter la gêne ? Le sexe nous rapproche sûrement plus que la race ne nous sépare. Les femmes devraient peut-être s'allier aux autres femmes et oublier le reste.

— J'avais peur que la banque ne me renvoie, reprit-elle. J'avais besoin de ce job. Mais je me suis rendu compte que je tenais à l'enfant plus qu'au job. Et toi, que veux-tu faire ? demanda-t-elle à Angela.

— Je crois que je devrais appeler une clinique et, en même temps, j'ai peur d'appeler et j'ai peur d'y aller. J'ai surtout peur de ne pas y aller, ajouta-t-elle en baissant la tête.

— Nous t'aiderons, déclara Michelle.

— Non, nous irons avec toi, affirma Jada.

— Et puis, ça ne fait pas très mal, dit Michelle. Physiquement, du moins, ajouta-t-elle.

Chapitre 39

Dans lequel Angela marque une pause décisive.

Angela se réveilla avec un effroyable mal de tête qui la laissa désemparée. Elle n'avait pas bu la veille et cette migraine n'avait pas un caractère habituel. Du bout de la langue, elle tâta délicatement l'intérieur de sa bouche et découvrit que le mal venait de la gencive. Parfait ! se dit-elle. Il me fallait ça en plus du reste.

Elle avala quelques analgésiques avec son café du matin sans en éprouver le moindre soulagement. Elle ne connaissait pas de dentiste en ville et ne pouvait imaginer la cause de sa souffrance, elle qui n'avait pas même eu trois plombages au cours de sa vie. Elle appela donc sa mère pour lui annoncer qu'elle serait en retard au bureau ce matin-là et lui demander le nom d'un bon dentiste dans le quartier.

Elle n'obtint un rendez-vous qu'en suppliant et ne fut capable d'implorer que parce que la douleur devenait insoutenable. Quand elle entra enfin dans le cabinet du praticien, elle avait l'impression que sa tête allait exploser.

Après l'avoir installée sur le fauteuil, l'assistante qui s'apprêtait à lui faire une radio lui demanda si elle était enceinte. Quand elle répondit par l'affirmative, l'assistante hocha la tête.

— Le docteur n'aime pas opérer sur des femmes enceintes.

— Mais je souffre ! protesta Angela.

— Bon, je vais lui parler. Il va venir s'occuper de vous dans quelques minutes.

Angela attendit en subissant d'épouvantables élancements. Quand il l'eut examinée, le dentiste ne lui annonça que de mauvaises nouvelles : elle avait une dent de sagesse incluse qu'il fallait arracher, mais sa grossesse compliquait tout. Il prendrait rendez-vous le plus tôt possible pour elle avec le chirurgien mais, d'ici là, elle devrait maintenir sa consommation d'analgésiques au strict minimum.

— J'ai affreusement mal !

— D'ici l'opération, l'inflammation s'atténuera et votre niveau de douleur aussi, affirma le dentiste en guise de consolation. C'est votre grossesse qui complique tout, répéta-t-il.

— Vous n'avez pas idée à quel point, approuva Angela.

Ses problèmes ne contribuaient pas à alléger sa charge de travail, put-elle constater en trouvant sur son bureau les dossiers et les messages téléphoniques qui s'y étaient accumulés pendant sa courte absence. Et le fait qu'elle ait rendez-vous le lendemain pour interrompre sa grossesse ne signifiait pas que le flot des malheurs d'autrui dont elle avait la charge s'interromprait également.

Angela n'avait rien dit à sa mère de son état et de la manière dont elle avait décidé de le régler. Non par honte de sa décision ou par crainte que sa mère ne la juge, c'était simplement le genre d'aveu qu'elle préférait lui faire après. La présence de sa mère était parfois réconfortante, parfois envahissante, comme elle le ressentait en ce moment.

Elle venait de recevoir une cliente dont la succession de la mère avait été détournée par le beau-père et attendait la suivante quand Michael Rice entra dans son bureau.

— Tout va bien ? demanda-t-il en s'asseyant en face d'elle. C'est dur de perdre une affaire, je sais.

Elle eut à peine la force de faire un haussement d'épaules évasif. Il était parfois si compréhensif qu'il en devenait agaçant.

— Et votre nouvel appartement ? reprit-il. Bien installée ?

Elle pensa aux caisses de Jada entassées n'importe comment, à la peinture et aux meubles dont elle se désintéressait totalement.

— Pas trop mal. Disons que je l'aménage en style squatter.

Il n'était pas question d'avouer à Michael qu'une de ses clientes y résidait désormais. Elle savait trop bien ce qu'il pensait de ceux qui prennent « trop à cœur » les intérêts des autres. Les hommes sont fondamentalement différents des femmes, pensa-t-elle en examinant ses ongles rongés. Ils peuvent dissocier leur travail des individus. Pour eux, un job est un job, rien de plus.

— Je me demandais si vous voudriez dîner avec moi demain soir ?

Angela cligna des yeux, comme si éclaircir sa vision lui permettait de mieux comprendre ce qu'elle venait d'entendre. Sortir avec lui ? Demain soir ?

— Demain, je suis occupée, répondit-elle. Je ne serai pas au bureau de la journée.

— Pourquoi pas lundi ou mardi, alors ?

Michael était plaisant, ses yeux noisette avaient un regard chaleureux. Il lui inspirait une réelle sympathie, elle aimait travailler avec lui, leurs conversations étaient toujours intéressantes. Mais à quoi rimait cette invitation ? se demanda-t-elle.

— Je ne sors pas avec les hommes mariés, répondit-elle le plus froidement qu'elle put.

— Je ne suis pas marié. Si je l'étais, je ne vous aurais pas invitée.

Angela poussa un profond soupir. Elle n'avait vraiment pas besoin de cela en ce moment.

— Écoutez, Michael, vous êtes marié et vous avez deux enfants. Je sais que vous êtes discret sur votre vie privée, mais cela ne nous empêche pas d'en connaître l'essentiel.

Les hommes, vraiment ! Ils sont tous fous, ou quoi ? Était-ce ainsi que les choses s'étaient passées entre Lisa et Reid ?

— J'ai en effet deux enfants, Angela, mais je suis divorcé depuis six mois et séparé depuis plus d'un an et demi. Et si personne ici n'est au courant, c'est parce que j'ai préféré me taire.

Angela le dévisagea, incrédule. Michael avait vécu une séparation et un divorce ici, dans ces bureaux, depuis deux ans sans que personne en sache rien ? Pas même Laura, qui fourrait son nez partout ? Pas même sa mère ? Incroyable ! Une preuve de plus du fossé entre les hommes et les femmes. Aucune femme au monde n'aurait traversé un tel changement de vie sans en parler à ses collègues.

Michael l'avait observée avec un sourire amusé.

— Techniquement parlant et sauf erreur de ma part, dit-il, c'est vous qui êtes mariée.

Oui, pensa-t-elle, et enceinte par-dessus le marché.

Elle faillit éclater de rire, mais son rire aurait été amer. La situation était trop incroyable ! Pour la première fois depuis quatre ans, quand elle avait connu Reid, un homme l'invitait à sortir avec lui — le soir même du jour où elle subissait une interruption de grossesse.

Qu'est-ce qui clochait dans ce tableau ? Dieu ne peut pas être une femme, se dit-elle. Une femme ne ferait pas ce genre de plaisanterie.

C'était affreux à dire, mais Angela mourait de soif. On pouvait espérer avoir une réaction plus noble, plus spirituelle en tout cas, lorsqu'on se trouvait assise entre deux amies en attendant de se faire ramoner l'utérus. Et, malgré tout, Angela ne pensait qu'à sa soif. On lui avait enjoint de ne rien boire ni manger depuis minuit, elle était arrivée le plus tôt possible avec Michelle et Jada, et elle avait hâte d'en finir. Elle avait dû remplir des formulaires pendant plus d'une heure avant de passer une heure encore dans la salle d'attente, en compagnie d'une troupe d'adolescentes tristes ou apeurées.

— Tu vas bien ? s'enquit Michelle en lui prenant la main pour la cinquième fois en moins d'un quart d'heure.

— Pas vraiment, répondit Angela en s'efforçant de sourire.

Michelle lui lâcha la main et se pencha vers elle par-dessus la table. Elle avait déjà arrangé en piles bien nettes les magazines épars. Elle entreprenait maintenant de les classer par dates.

— Michelle, vas-tu arrêter de tout ranger ? dit Jada.

— Oui, c'est vrai. Excuse-moi.

Dans un coin de la pièce, une femme plus âgée pleurait en silence. Michelle, qui était allée la consoler entre deux rangements, était revenue bouleversée. « La malheureuse voulait l'enfant, mais elle ne peut pas le porter à terme. Et cela faisait des années qu'elle essayait », avait-elle rapporté à ses amies.

— C'est invraisemblable qu'on la fasse attendre ici avec toutes ces gamines ! s'indigna Jada en baissant la voix. Ils n'ont pas de cœur dans ces cliniques ? Ils ne savent pas que pour dix femmes qui veulent se débarrasser de l'enfant il y en a cent qui veulent le garder ?

Angela baissa les yeux vers son ventre. Reid était un menteur, un imbécile immature, mais cet enfant conçu avec amour était à elle aussi. Elle n'était ni comme les adolescentes qui ne cherchaient qu'à corriger une bêtise, ni comme la femme triste. Elle voulait avoir un enfant, elle voulait être mère, elle s'en rendait compte depuis qu'elle fréquentait Michelle et Jada. Et s'il lui fallait attendre des années avant de rencontrer un homme qu'elle serait capable d'aimer, ou même si elle ne le rencontrait jamais, elle savait qu'elle aimerait cet enfant, qu'elle aimerait prendre soin de lui, l'élever. Elle avait le sens de ses responsabilités. Elle avait perdu son mariage, elle avait perdu sa première affaire, mais rien ne la forçait à perdre aussi son enfant.

Angela releva la tête, regarda autour d'elle les gamines apeurées, la femme au cœur brisé. Bien sûr, elle n'était pas mariée, elle n'était pas établie dans la vie, pourtant elle désirait cet enfant. C'était peut-être absurde, elle ne voulait à aucun prix que l'enfant constitue un lien entre elle et Reid, mais cet enfant était à elle. Ce ne serait ni facile ni commode de l'élever, mais elle voulait désormais le garder. Elle avait un emploi, une famille, des amies qui l'aideraient en cas de besoin. Et si personne ne l'aidait, eh bien, elle s'aiderait elle-même.

Angela se leva.

— Rentrons, dit-elle.

— Tu ne te sens pas bien ? s'étonna Michelle.

Jada ne dit rien. Elle se leva à son tour, prit Angela par la taille.

— Je suis certaine qu'elle ira très bien. Tu es sûre de ce que tu fais ? ajouta-t-elle à voix basse.

Angela fit un signe affirmatif.

— Tu... tu gardes l'enfant ? demanda Michelle. Oh, mon Dieu ! Quel bonheur ! Je te donnerai les vêtements de mes enfants, je les ai tous gardés. Et je ferai la baby-sitter pour toi, si tu veux.

— Nous pourrions peut-être discuter ailleurs qu'ici, intervint Jada. L'endroit est plutôt mal choisi. Tu es sûre de ne pas prendre cette décision parce que tu te sens coupable ? ajouta-t-elle à l'adresse d'Angela. Parce que la seule chose dont on doive se sentir coupable, c'est de ne pas prendre soin de l'enfant qu'on met au monde.

Angela secoua la tête. Oui, elle avait eu peur d'envisager sa vie avec un enfant, mais elle ne supportait plus maintenant l'idée de le perdre. De ses années avec Reid, elle ne garderait rien des peines, uniquement cette joie. Et elle serait une bonne mère, elle en était sûre.

— Allons-y, dit-elle.

Elle prit son sac, ses amies l'imitèrent. Elles passèrent du même pas devant la réceptionniste au moment où une femme en blouse blanche apparaissait au fond du hall en appelant « Romazzano ! ».

Angela ne répondit pas. Elle continua de marcher sans ralentir et laissa les autres refermer la porte derrière elle.

Chapitre 40

Dans lequel l'inattendu est parfois inévitable.

Jada allait être en retard. Elle avait réussi à retrouver tout ce qu'il lui fallait pour se préparer, bien que ses sous-vêtements, ses chaussures et ses affaires de toilette soient encore dans des boîtes empilées les unes sur les autres. Seuls ses collants demeuraient introuvables. Elle était excédée au point d'envisager de vider toutes les boîtes en vrac ou d'en voler une paire à Angela.

Arrête ! se dit-elle. Elle profitait déjà bien assez de la générosité d'Angela en habitant chez elle, elle n'allait pas en plus puiser dans ses sous-vêtements. De toute façon, la couleur n'irait pas et la taille encore moins. Les collants étaient à coup sûr une invention du Diable ou des hommes, ce qui revenait au même, en fin de compte, puisque les hommes étaient des créatures diaboliques.

Elle pouvait toutefois compter sur les femmes, au moins sur sa mère et ses deux amies, bien qu'elles soient blanches. Entre amies intimes, les Noires emploient des mots dont elles ne se servent pour ainsi dire jamais avec les Blanches, comme « amiesœur ». À l'école, Jada avait eu une de ces « amiesœurs », Simone, mais elle se sentait infiniment plus proche de Michelle qu'elle ne l'était de Simone, qui l'avait d'ailleurs laissée tomber quand Jada avait commencé à sortir avec Clinton sur lequel Simone avait des visées. Depuis long-temps, Jada considérait Michelle comme son « amiesœur », mais elle n'aurait pas cru pouvoir se sentir aussi proche d'Angela. Elle en était maintenant certaine. Mais ce n'était pas une raison pour lui chiper ses collants !

Au bout de dix minutes de recherche, elle se rabattit sur le seul qui lui restait, celui qu'elle portait au tribunal et qui avait filé de la cheville au genou, mit ses chaussures et sortit en courant, les clés de la Volvo tintant dans sa main. Elle allait voir ses enfants après son travail, mais elle était malade à l'idée de passer ces deux heures enfermée avec eux dans la voiture ou de les traîner encore une fois dans un centre commercial ou un restaurant. Comment leur expliquer ce qui s'était passé au tribunal le vendredi précédent ? Leur dire tout le mal qu'elle pensait de leur père lui répugnait, mais si elle ne leur faisait pas clairement comprendre qu'elle voulait les reprendre et devait lutter pour y parvenir, c'est Clinton qui s'empresserait de leur empoisonner l'esprit contre elle, si ce n'était déjà fait. La vie était vraiment trop dure. La meilleure solution, la seule pour la sortir de cette situation impossible, consistait donc à tuer Clinton...

Tout en se faufilant dans la circulation matinale, elle jongla avec des idées de meurtre. Si elle tuait Clinton elle-même, elle irait en prison et il n'y aurait personne pour élever les enfants. Mais si quelqu'un d'autre le tuait ? Elle se souvint d'un vieux film de Hitchcock dans lequel un dément suggère à un inconnu de tuer chacun la femme de l'autre : aucun des deux ne sera soupçonné puisqu'ils n'ont ni mobile apparent ni contact avec leurs victimes respectives. Elle pourrait peut-être proposer à Angela un marché de ce genre :

377

elle irait à Boston supprimer son salaud de mari tandis qu'Angela ferait mouche sur Clinton. Oui, mais... maintenant qu'elles vivaient ensemble, le lien était trop évident pour laisser croire à une coïncidence.

Prenant conscience de la tournure dangereuse que prenaient ses divagations, Jada s'arrêta et fit une prière. Mais, pour la première fois de sa vie, prier ne lui fit aucun bien. La Bible lui enjoignait de tendre l'autre joue, alors que les siennes étaient si cruellement lacérées qu'elles ne pouvaient endurer le moindre surcroît de brutalité. La vengeance m'appartient, dit le Seigneur. Soit, mais elle, quelle conclusion était-elle censée en déduire ? Être humble ? Si les humbles devaient hériter de la terre, ses enfants, eux, n'hériteraient que de poussière, entre Clinton et sa nullité crasse, Tonya Green, qui se moquait d'eux comme de sa dernière chemise, sans même parler de leur grand-mère Jackson tout juste bonne à boire et à mentir. Protège mes enfants, Seigneur, pria-t-elle. Donne-moi la force de les aider et de les aimer.

Quand elle arriva à la banque, Jada n'était pas d'humeur à en supporter la routine. Quelle idiotie de gâcher sa vie de cette manière ! pensa-t-elle. Son travail ne l'avait jamais passionnée, elle ne s'intéressait qu'au salaire, mais dans sa situation actuelle, elle avait dépassé le stade où elle pouvait encore faire semblant de s'appliquer.

Elle passa devant le bureau d'Anne, prit sans un mot les messages qui l'attendaient. Une fois dans son bureau, elle retourna les appels les plus urgents. Ceux-ci expédiés, elle prit une feuille de papier et commença à aligner des chiffres — pas ceux de la banque, les siens.

Si elle payait les pensions imposées par le tribunal, il lui resterait moins de trois cents dollars par semaine pour vivre, payer sa quote-part de loyer à Angela, l'essence de la voiture, sans compter l'avocat de Clinton — et Creskin ne lui ferait pas cadeau d'un sou. Elle tenta ensuite d'inclure dans ses calculs l'augmentation sur laquelle elle comptait, sans en modifier sensiblement le résultat.

Elle en était là de ses supputations quand Anne lui annonça par l'Interphone que la réunion de quatorze heures était repoussée à seize heures. Or, elle devait passer prendre ses enfants à quatre heures et demie, et elle ne voulait à aucun prix être en retard.

— Qui a modifié l'horaire ? demanda-t-elle.

— M. Marcus, l'informa Anne avec jubilation. Il a appelé à neuf heures moins cinq, vous n'étiez pas encore là et je n'ai rien vu de noté sur votre agenda pour cette heure-là.

— Appelez tout de suite son bureau, dit Jada sèchement. J'ai essayé de le joindre en arrivant, il n'était pas là. Dites à sa secrétaire que la réunion aura lieu à quatorze heures aujourd'hui ou à seize heures demain mais en aucun cas à seize heures aujourd'hui.

Elle voyait par la fenêtre l'étendue lugubre du parking, avec le guichet de service rapide et la grande poubelle. Voilà désormais l'image de ma vie, se dit-elle. Je ne servirai plus que de distributeur pour Clinton, qui en retirera mon argent jusqu'à la fin de ma vie pendant que je devrai me contenter de la poubelle...

Il devait y avoir une meilleure solution. Dans une de ses dernières conversations téléphoniques avec sa mère, celle-ci lui avait d'abord conseillé la prière avant de lui suggérer de prendre un long couteau et de menacer Clinton de le tuer. Pourtant, Jada ne lui avait dit qu'une partie de la vérité, qu'ils se séparaient et qu'il y avait une autre femme en jeu. Son père lui avait aussitôt

379

proposé de venir « corriger ce malappris ». Ses parents lui avaient offert ensuite leur panacée pour tous les problèmes, venir leur rendre visite. Comme si elle menait une vie assez indépendante pour prendre des vacances chaque fois qu'elle avait besoin de se remonter le moral !...

Bien entendu, elle ne pouvait pas tuer Clinton — Dieu lui pardonne d'y avoir seulement pensé —, mais elle ne pouvait pas non plus s'engager dans une telle existence sans au moins tenter de s'en sortir. Peut-être devait-elle se rallier à la dernière suggestion de sa mère, boucler ses valises et « rentrer au pays », pour un temps au moins. Sauf qu'elle ne le pouvait pas sans ses enfants.

Comme un animal enfermé dans sa cage, elle fit les cent pas dans son bureau, revint près du téléphone, composa le numéro de Michelle.

— Comment vas-tu ? lui demanda-t-elle quand elle eut décroché.

— Peut-être pas aussi mal que toi. L'alcool m'aiderait, tu crois ?

— Bien sûr, répondit Jada d'un ton sarcastique. Un bloody mary bien corsé à onze heures du matin avec une poignée de tes petites pilules roses te ferait un bien fou. Tu seras sûrement déjà tombée raide quand tes enfants rentreront de l'école.

— Ce n'est pas le retour des enfants qui m'inquiète, répondit Michelle, mais celui de Frank.

Jada refréna un soupir agacé. Quand donc Michelle cesserait-elle de se soucier de ce salaud de menteur ?

— Écoute, amiesœur, j'ai une question à te poser. Sincèrement, que penses-tu du kidnapping ?

— Qui faut-il kidnapper ? Clinton, Tonya, le juge Sneed ?

— Non, ceux-là sont sans intérêt. Je pensais à mes enfants.

Effarée, Michelle garda le silence un moment.

— Mais... c'est un crime fédéral, n'est-ce pas ? Je ne te le reprocherais pas, se hâta-t-elle d'ajouter. Surtout si tu ne te fais pas prendre.

— Je plaisantais, répondit Jada. De quoi vivrais-je ? Où pourrais-je aller ? Si je restais ici, je serais tout de suite arrêtée. Si j'allais chez mes parents, Clinton me retrouverait en dix minutes. Non, vois-tu, je réfléchissais et je ne trouve aucun moyen de me conformer à la décision du juge et de continuer à mener une vie à peu près décente. Ce n'est pas seulement une question d'argent. Ce que je ne supporterais pas, c'est de voir mes enfants souffrir et se tourner peu à peu contre moi.

— Moi, j'attends que mon mari le fasse, répondit Michelle.

— Qu'il se tourne contre toi ? Dis donc, c'est plutôt toi qui devrais te tourner contre lui ! As-tu peur de lui, Michelle ?

Avant que Michelle ait pu répondre, le vibreur bourdonna :

— M. Marcus sur la deuxième, annonça Anne.

Jada décrocha. Avant qu'elle ait pu ouvrir la bouche, Marcus commença à lui parler du fait qu'elle n'était pas arrivée au bureau quand il l'avait appelée, qu'elle s'était montrée désagréable avec un des conseils en organisation, qu'elle n'avait pas à décider de l'heure des réunions, etc.

Jada se força à l'écouter jusqu'au moment où elle l'interrompit, à bout de patience :

— Si vous programmez la réunion à seize heures cet après-midi, monsieur Marcus, vous la tiendrez sans moi. Si vous voulez que j'y participe, ce sera à quatorze heures aujourd'hui ou demain à l'heure qui vous conviendra.

— Je regrette, madame Jackson, euh... Jada, mais je crois que vous ne m'avez pas bien compris. Il ne s'agit pas de choisir. En fait, vous avez fait ces derniers temps un certain nombre de choix plutôt malheureux. Je crains, poursuivit-il après s'être éclairci la voix, que le moment ne soit venu pour vous d'envisager votre démission.

Jada se figea.

— Plaît-il ?

Elle avait pourtant fort bien entendu.

— Je parle de votre démission, madame Jackson. Vous en prenez trop à votre aise avec les horaires. Anne Cherril, d'autre part, a établi une liste de...

— De quoi ?

— Bon, écoutez, n'aggravons pas les choses. Une simple lettre de démission coupera court aux complications. Ce sera moins embarrassant pour la banque comme pour vous-même.

— Sinon, vous me licenciez ? demanda Jada, incrédule.

— Disons que... je préférerais recevoir votre démission.

— Disons que, de mon côté, je préférerais vous dire d'aller au diable ! Je ne me jetterai pas à plat ventre devant vous comme l'a fait Michelle Russo. J'ai travaillé dur pour mériter mes fonctions, je les ai parfaitement remplies, les preuves sont là. Et si vous croyez...

— Je crois que vous avez obtenu par une procédure discutable un prêt sans garanties de dix mille dollars.

Jada sentit la bile lui remonter dans la gorge.

— Je l'ai remboursé sous quarante-huit heures ! protesta-t-elle.

382

— Le problème n'est pas là, madame Jackson. Vous avez usé de votre influence sur une subordonnée pour obtenir un crédit qui n'aurait pas dû vous être accordé. Et vous avez agi secrètement. Mme Russo ne pourrait-elle l'attester sous serment ?

— Comme vous le dites vous-même, le problème n'est pas là et vous le savez très bien !

Le problème, en effet, était celui d'une Noire qui s'était crue sortie de la boue et qui récoltait ce qu'elle avait semé.

— Attendez !..., commença Marcus.

Jada n'attendit pas. Elle lui raccrocha au nez, s'assit devant son ordinateur, tapa et imprima sa lettre de démission, puisque l'autre y tenait, sans même s'étonner de l'avoir fait si facilement. Garder son job était une folie s'il ne servait qu'à payer Clinton pour lui permettre de vivre avec Tonya Green.

Elle signa la lettre, la posa bien en vue sur son bureau et, avant de partir, appela Angela à l'association.

— Tu as une chance inouïe, lui annonça-t-elle.

— Pourquoi ? s'enquit Angela, ne sachant si Jada plaisantait ou parlait sérieusement.

— Parce que tu as désormais la colocataire idéale. J'étais dépressive et seule dans la vie. Maintenant, en plus, je suis sans emploi.

Chapitre 41

Dans lequel Michelle est à la fois désorientée et assommée.

Michelle repliait la lessive sortie toute chaude du séchoir quand elle entendit Pookie aboyer à la porte avant de pousser des jappements impatients. Elle entendit ensuite la fourgonnette de Frank s'arrêter devant le garage. Michelle se figea. Elle avait peur, et pour de bonnes raisons. Depuis qu'il consacrait ses journées à travailler avec Bruzeman ou un de ses collaborateurs sur son procès, Frank devenait de plus en plus colérique et imprévisible, car il comprenait que sa situation s'aggravait. Michelle redoutait le moment où il s'apercevrait de la disparition de son trésor caché. Elle n'osait pas même imaginer sa réaction et comptait sur ses petites pilules roses pour ne pas trop y penser mais, jusqu'à présent du moins, les jours s'étaient écoulés sans avoir modifié leurs rapports.

En entendant le bruit de la porte et les pas de Frank dans le couloir, elle ne l'appela pas comme à son habitude. Pookie ne l'escorta pas non plus et vint s'asseoir derrière Michelle, comme s'il sentait lui aussi une atmosphère inaccoutumée. Frank passa sans mot dire, peut-être parce qu'il s'attendait à trouver Michelle ailleurs dans la maison. Quand il s'engagea dans l'escalier, elle tendit l'oreille en retenant son souffle, sans savoir pourquoi elle était soudain aussi silencieuse. C'est quand elle l'entendit hurler son nom qu'elle comprit.

— MICHELLE !!

Il était dans une des chambres — elle devina sans peine laquelle. Effrayé par le cri, Pookie alla se cacher dans l'étroit espace entre le mur et le placard de la lingerie.

— MICHELLE !!! répéta-t-il avant de dévaler l'escalier.

Un instant, bref mais terrible, elle pensa pouvoir courir au garage avant qu'il ait le temps de la rejoindre. Mais la fourgonnette bloquait sans doute sa Lexus, et l'idée de prendre la fuite était absurde. Pour elle comme pour les enfants, elle devait faire face, elle n'avait pas le droit de se dérober, d'autant plus qu'elle n'aurait pas dû repousser cette échéance. Elle aurait dû lui avouer le jour même qu'elle avait découvert l'argent, car c'était elle qui se trouvait maintenant sur la défensive alors que c'était lui qui avait tous les torts. Pourquoi avoir commis une erreur aussi stupide ? Pourquoi fallait-il toujours qu'elle se trompe ?

Elle entendit son mari traverser la cuisine pendant qu'elle finissait de plier une chemise de Frankie et n'eut pas besoin de se retourner pour deviner sa présence derrière elle sur le pas de la porte.

— Où est-ce, Michelle ?

Elle se tourna enfin vers lui. Frank était appuyé de l'épaule droite à un côté du chambranle et avait posé la main gauche sur l'autre, comme s'il lui barrait intentionnellement le passage. Sa position était si menaçante que Pookie lui-même dut sentir le danger et poussa un gémissement.

— Où est l'argent, Michelle ? répéta Frank.

Michelle fut tentée de jouer l'idiote. Pourquoi pas ?

Frank l'avait toujours considérée comme une imbécile. Depuis des années, il tablait sur sa bêtise et son aveuglement. Finalement, le rôle serait trop difficile à soutenir. Frank avait l'air réellement enragé, sinon pire. Pour la première fois de sa vie, elle voyait son mari si fort, si intrépide, en proie à la terreur. Il y avait dans son regard un éclair de folie qu'elle n'avait encore jamais vu.

— De quoi parles-tu ? Des preuves que tu avais cachées dans la chambre de notre fille ?

— Je te parle de mon argent, nom de Dieu ! Où est-il, Michelle ?

Elle se détourna, affecta de concentrer son attention sur le panier de linge. Elle avait aussi peur d'avouer la vérité que de mentir à Frank. Il n'était peut-être pas trop tard pour lui dire que la police était revenue en son absence et avait pris l'argent, mais à quoi bon ? Il découvrirait que ce n'était pas vrai. Non, mieux valait l'affronter maintenant, lui dire de quoi il s'était rendu coupable envers elle, à quel point il l'avait déçue et avait détruit leur famille. Lui dire qu'elle savait ce qu'il avait fait sans cesser de mentir en le faisant.

— Sais-tu à quel point je suis pitoyable, Frank ? Je n'arrive toujours pas à te croire coupable alors que je le sais depuis que j'ai trouvé cet argent infâme. J'en ai même rêvé et, malgré tout, j'ai du mal à y croire. Comment as-tu pu nous faire cela, à moi et aux enfants ? De la drogue, Frank ! Tu as tout sali, tout détruit. Comment, pourquoi avoir fait cela ? Comment as-tu pu me mentir de manière aussi éhontée ?

Frank parut se ramasser avant d'étendre de nouveau un bras qui cogna le chambranle de la porte avec tant de force que Michelle sursauta et laissa tomber le jean de Jenna qu'elle était en train de plier. Elle se penchait pour le ramasser quand Frank traversa la pièce en deux bonds, s'accroupit près d'elle et l'empoigna par une épaule.

— Et toi, pourquoi ne me fais-tu pas confiance ? gronda-t-il.

Elle lui lança un regard incrédule. Avait-il perdu la tête ? Ou se croyait-il encore capable de s'en sortir par de beaux discours, de lui faire croire que tout s'arrangerait ?

— Pourquoi m'as-tu menti ? demanda-t-elle.

— Cet argent n'a rien à voir avec la drogue.

Un instant, Michelle faillit se laisser convaincre. Au cours de ses longues nuits d'insomnie, elle avait envisagé toutes les explications — des économies secrètes, des gains au jeu, des bénéfices soustraits au fisc, des paiements de la main à la main, des pots-de-vin des sous-traitants. Mais ces explications ne tenaient pas. Après avoir travaillé plusieurs années dans une banque, elle était au courant des revenus des gens de la région, de leurs crédits à rembourser, des impôts qu'ils payaient. Même en les additionnant, aucune de ces sources plus ou moins légitimes ne pouvait avoir produit un tel pactole en argent liquide, à moins que Frank ne se livre à des activités encore plus inavouables que le trafic de drogue — tueur à gages, par exemple.

— Soyons clairs, Frank. Ce dont il est question, c'est tes mensonges et le fait que tu nous as exposés, les enfants, moi et même la maison, à un risque insensé. Je ne peux plus le tolérer. Si tu m'en avais parlé, tu aurais su que j'aurais refusé un tel risque. Le hasard seul a fait que la police n'a pas découvert ces preuves. Te doutes-tu de ce que j'ai ressenti en les trouvant, Frank ? Peux-tu imaginer l'horreur que j'en ai éprouvée, ma honte d'avoir eu autant confiance en toi ? Car je te croyais, Frank. Je devais avoir perdu la tête !

Il lui serra plus fort l'épaule, la secoua sans ménagement.

— Ah, oui ? Tu ne perdais pas la tête quand je t'ai offert ta Lexus, payée cash avec toutes les options ! Tu n'étais pas si folle quand j'ai refait la cuisine, construit la piscine, acheté des meubles neufs et des cadeaux aux enfants ! Tant que je te payais des vacances et tout ce dont tu rêvais, tu ne croyais pas avoir perdu la tête, oui ou non ? Tu ne me demandais jamais : « D'où vient tout cet argent, Frank ? » Non, j'étais Frank le magicien qui puisait le fric dans son chapeau. Jamais je ne t'ai rien refusé. Et c'est maintenant que tu viens me dire que mon entreprise de bâtiment aurait pu nous faire mener ce train de vie ?

Michelle sentit les larmes ruisseler sur ses joues, mais elle ne pouvait plus reculer. Il avait l'audace de présenter les choses comme si tout était sa faute à elle, comme si elle l'avait poussé à... à *ça* !

— Je m'en suis débarrassée, Frank. Après l'avoir trouvé, je l'ai sorti de la maison sans me faire prendre et je m'en suis débarrassée.

Il se redressa, la força à se relever en lui serrant l'épaule si fort qu'elle poussa un cri de douleur et essaya de se dégager. Il avait un regard effrayant. Dément.

— Il me faut cet argent, Michelle. Qu'en as-tu fait ?

— Je l'ai brûlé. Je l'ai fait disparaître pour ta propre sécurité. Pour celle des enfants. Si quelqu'un voyait cet argent, tu serais fini. Dans un cauchemar, je t'ai vu derrière les barreaux d'une prison, Frank. Si on trouvait ces preuves, ton petit génie d'avocat lui-même ne pourrait plus rien pour toi.

Frank avait écouté, immobile comme une statue de pierre.

— Tu as fait quoi ? dit-il d'une voix basse plus

effrayante qu'un rugissement. Nom de Dieu, Michelle, tu ne peux quand même pas être stupide à ce point ! J'ai besoin de cet argent pour payer mon petit génie, comme tu dis. Tu crois que Bruzeman travaillerait gratis une seule minute ? J'ai besoin de cet argent pour continuer à nous faire vivre et ne pas aller en prison. Ne me dis pas que tu l'as brûlé ! Personne ne peut être aussi bête, même toi. Qu'as-tu fait de cet argent, Michelle ?

Il leva un bras. Comme dans un ralenti de cinéma, Michelle vit la main se diriger vers son visage sans que son cerveau enregistre la réalité de ce qu'elle voyait. Une fraction de seconde trop tard, elle baissa la tête. C'était une erreur, car la main de Frank la heurta avec force juste au-dessus de l'oreille et lui meurtrit l'œil d'un doigt.

— Il me faut cet argent !

Michelle tomba à la renverse, se cogna la tête contre le sèche-linge. Heureusement, Pinkie, le lapin en peluche de Jenna, amortit un peu le choc. Elle le saisit convulsivement et tenta de ramper hors de portée de Frank, mais il l'avait déjà saisie par le devant de sa chemise pour la relever de force. Il lui assena à toute volée une deuxième gifle qui, cette fois, la prit à la mâchoire. Elle crut que son tympan éclatait et poussa un hurlement. Il allait la tuer ou la forcer à rendre l'argent, elle en était sûre. Les yeux fermés, elle levait les mains pour se protéger du coup suivant quand ce fut Frank qui hurla de douleur.

Michelle rouvrit les yeux. Pookie avait planté ses dents dans la cuisse droite de Frank qui tentait vainement de se débarrasser du chien et continuait à hurler de douleur.

En dépit de l'état de choc dans lequel elle se trouvait, Michelle comprit qu'elle tenait sa seule chance de fuir.

Sans lâcher Pinkie, elle réussit à sortir en courant de la lingerie, à entrer au garage. Elle entendait Frank jurer, Pookie gronder comme un fauve avant de laisser échapper un cri aigu suivi d'un horrible bruit de choc. Dieu merci, la fourgonnette de Frank ne bloquait pas la sortie du garage et les clés de la Lexus étaient encore dans sa poche. Michelle sauta au volant et actionna le démarreur au moment même où le bus scolaire s'arrêtait le long du trottoir. Frank arrivait en courant, poursuivi par le chien. Michelle cria « Pookie, viens ! » en entrouvrant la portière, le cocker bondit sur ses genoux.

Au mépris du code de la route, Michelle sortit du garage en marche arrière devant le capot du bus, ouvrit une portière arrière, cria aux enfants effarés de monter en voiture. Un regard au visage ensanglanté de leur mère suffit à les faire obéir.

— Fermez les portières, vite !

Du coin de l'œil, Michelle vit Frank accourir en boitant. Elle écrasa l'accélérateur et démarra dans un nuage de caoutchouc brûlé.

En dépassant à toute allure les façades familières des maisons, Michelle s'essuya la joue, vit sa main couverte de sang et de larmes.

— Qu'est-ce qui t'arrive, maman ? s'inquiéta Jenna. Tu es encore tombée ? Où allons-nous ? Et pourquoi Pinkie est plein de sang ?

Le lapin en peluche glissa du tableau de bord quand Michelle tourna le coin de la rue sans ralentir. Mais elle n'eut pas la force de répondre aux questions de sa fille.

Chapitre 42

Dans lequel s'effectue le rude apprentissage
de la vie en commun.

Angela sortit de la douche et enfila un peignoir après s'être séchée. Elle ne l'aurait pas fait en temps normal, seulement depuis que Michelle était apparue à sa porte, tremblante de peur et le visage en sang, elle campait dans le living avec ses enfants. Comme on ne pouvait pas prévoir quand l'un d'eux surgirait dans la salle de bains, le peignoir s'imposait donc. De même, Angela ne prit pas le temps de se maquiller : le matin à cette heure-là, les utilisateurs faisaient la queue à la porte de la salle de bains comme les spectateurs d'une pièce de théâtre devant les toilettes pendant l'entracte. Elle en eut la confirmation en se trouvant nez à nez avec Michelle en ouvrant la porte.

— Ça ne t'ennuie pas que ?..., commença celle-ci.

— Pas du tout. Vas-y.

De fait, cela ne la dérangeait pas le moins du monde. Depuis deux jours, son appartement ressemblait à un camping public ou à un cirque à deux pistes mais, pour elle, tout valait mieux que de rester seule sur son matelas à contempler le plafond.

La veille, elle était allée avec Jada au centre commercial acheter quelques vêtements de base pour Jenna et Frankie, partis de chez eux les mains vides. Michelle les avait gardés près d'elle la veille mais, ce matin-là, Angela comptait les déposer à leur école, car Michelle avait peur que Frank ait l'idée d'y aller. Angela avait réussi à obtenir d'urgence un contrôle judiciaire interdisant à Frank d'approcher de sa femme, mais le risque subsistait. Michelle avait fait examiner son œil à l'hôpital pendant que Jada gardait les enfants en les distrayant avec des livres et des jouets achetés dans les boutiques du centre commercial. Angela ayant installé sa télévision portable dans le living, les trois femmes et les deux enfants avaient passé leur soirée de dimanche assis par terre à regarder des cassettes vidéo.

Une fois qu'Angela eut surmonté le choc du spectacle offert par le visage de Michelle, et que les enfants furent remis de leur surprise d'avoir été escamotés de chez eux par leur mère, l'atmosphère était devenue paisible et amicale. Ce n'était que ce matin, alors qu'elle devait se préparer dans la nervosité générale pour aller travailler et conduire les enfants à l'école, qu'Angela eut l'impression de se trouver transportée dans un vieux film des Marx Brothers, celui où une bonne centaine de passagers d'un paquebot s'entassent dans la cabine de Groucho. En se rappelant sa crainte de souffrir de la solitude après avoir quitté la maison de son père, elle ne put s'empêcher de sourire. À défaut de moquette, l'appartement était tapissé de matelas.

Angela enjamba des couvertures, Frankie endormi, le chien qui dormait aussi, plus quelques verres vides, pour gagner le fond du living qui servait de cuisine. Elle avait un urgent besoin de caféine, mais, en s'approchant du comptoir, elle constata que la cafetière en verre du percolateur avait disparu. Elle était pourtant sûre de l'avoir vue quelque part, mais où ? En désespoir de cause, elle mit de l'eau et du café moulu dans la machine et y plaça sa tasse en guise de cafetière.

Les enfants donnent beaucoup de travail, pensa-t-elle, mais ils le méritent bien. Voir Jenna et Frankie blottis contre Michelle, tous deux si protecteurs à l'égard de leur mère, la touchait profondément. Frankie lui avait fait promettre d'être plus prudente et d'éviter ces affreux « accidents ». Jenna, qui soupçonnait sans doute autre chose qu'une chute malencontreuse, se contentait de lui caresser le front. À cette pensée, Angela se palpa le ventre en imaginant sa joie de serrer contre sa poitrine un petit être tiède et aimant.

Le crachotement de sa tasse qui débordait sur la plaque chauffante la rappela à la réalité. Elle la remplaça par une autre, ouvrit le réfrigérateur. Plus de lait ! Les enfants avaient de bons côtés, bien sûr, mais de mauvais aussi. Elle qui avait horreur du café noir le matin, elle devrait pourtant s'en contenter si elle voulait un coup de pouce pour entamer sa journée. Dans le placard, elle ne découvrit que des sortes de toasts sucrés qu'elle ne mangeait jamais — ce devait être un achat de Jada ou de Michelle. Au moins six cents calories... Elle en glissa toutefois un dans le toaster électrique, ce qui eut pour effet de réveiller Pookie, alléché par l'odeur, qui s'approcha en remuant la queue. Angela se laissa attendrir et lui en donna un morceau avant de mordre dans le reste — en éprouvant immédiatement un effroyable élancement à la mâchoire. Elle se demandait parfois pourquoi les mères de famille ne pesaient pas toutes des tonnes. Si sa dent de sagesse continuait à la martyriser, elle ne risquait plus rien de ce côté-là.

En attendant que son café refroidisse et devienne buvable, elle mit ses notes et ses dossiers dans son porte-documents et alla voir à la porte si le courrier était

393

arrivé. À première vue, rien de passionnant : deux prospectus de supermarchés, la note d'électricité, son relevé de banque. Mais en dessous de la pile, elle découvrit une enveloppe oblitérée à Boston qu'elle décacheta d'une main tremblante. L'adresse de l'expéditeur était celle du cabinet d'avocats que Reid avait engagé pour la procédure de leur divorce.

L'enveloppe contenait une lettre officielle lui demandant de prendre rendez-vous afin de signer les papiers, ce qui ne l'étonna pas. Ce qui la surprit, en revanche, ce fut la date extrêmement rapprochée de comparution devant le juge, fixée à quinze jours de là. Ce qui la stupéfia davantage, ce fut le petit mot manuscrit joint à la lettre :

Je crois qu'il vaut mieux ne pas traîner inutilement et je suis sûr que tu penses de même. J'espère que tu pourras venir, car il est très difficile de fixer une date d'audience. Je crois n'avoir négligé aucun détail, mais j'apprécierai beaucoup ta coopération de sorte que nous puissions reprendre l'un et l'autre le cours de nos vies.

Toujours à toi,
Reid

Reprendre le cours de nos vies ? Angela relut en avalant une gorgée de café amer. Bien sûr, elle voulait avoir son enfant et le tenir à l'écart de Reid, mieux valait donc pour elle en finir au plus vite. Mais il ne le savait pas, lui ! Une telle froideur, un tel cynisme de sa part étaient ahurissants ! Et que signifiait ce « Toujours à toi ? » L'avait-il jamais été ? Comment pouvait-il être aussi obtus ?

Jenna devait avoir pris sa douche pendant ce temps car elle entrait dans la pièce et réveillait son frère en lui

394

donnant de petits coups de pied. Angela se demanda si elle devait intervenir. Elle ne connaissait rien aux enfants, mais l'occasion était bonne pour s'entraîner.

— Hé ! Doucement, dit-elle avec autorité.

Jenna obéit aussitôt. Je serai peut-être une bonne mère, après tout, pensa Angela, stupéfaite. Je dois avoir le don...

Jada arriva à son tour, se dirigea tout droit vers le percolateur, prit la tasse posée sur la plaque chauffante... et hurla de douleur en touchant l'anse brûlante.

— Ça ne te suffit pas que je sois chômeuse, tu veux me rendre invalide en plus ? cria-t-elle en se secouant la main.

Angela s'excusa tandis que Michelle, qui les rejoignait, s'empressait d'essuyer le café renversé et d'appliquer une compresse de serviettes en papier mouillées sur la main de Jada.

— La plupart des accidents surviennent à la maison, déclara-t-elle.

— J'ai rêvé de ma maison la nuit dernière, dit Jada. Un rêve très méchant, Clinton y était malheureux.

— Moi, c'est le jour que je fais des rêves méchants, dit Angela en lui tendant les papiers reçus de Boston. Je me demande s'il y a dans le monde un savant qui connaît la formule inverse de celle du Viagra ?

— Bonne idée, approuva Jada. Tu voudrais introduire le produit dans tout le système d'alimentation en eau de Boston, ou seulement dans celui d'un quartier déterminé ?

— Je ne sais pas, mais je crois qu'il faut faire quelque chose.

— Tout à fait d'accord. Mais en attendant de collaborer au terrorisme féministe, dit-elle en regagnant sa chambre, il faut que je m'habille pour chercher un job qui paie royalement, comme de passer mes journées derrière les bacs à friture d'une chaîne de fast-foods.

Angela ne put s'empêcher de rire, ce qui ne lui arrivait pour ainsi dire jamais avant dix heures du matin.

Dans un joyeux désordre, les enfants se préparèrent à partir pour l'école — non sans un certain affolement dû à la disparition d'un livre de classe et des nouvelles chaussettes roses de Jenna. Angela observait avec intérêt les scènes, inédites pour elle, de la vie matinale d'une mère de famille.

— Nous sommes prêts, annonça enfin Michelle.

— Ouvre les portières, dit Angela en lui tendant les clés de sa voiture. J'arrive dans une minute.

À la lumière du jour, le visage de Michelle offrait un spectacle choquant. Angela pensa à Reid. Il ne l'avait jamais frappée, certes, mais il ne l'avait non plus jamais aimée — si tant est que les deux puissent être compatibles. Elle serait malgré tout une bonne mère pour l'enfant qu'il lui avait fait, pensa-t-elle en rassemblant ses affaires. Si c'était une fille, elle lui apprendrait à être forte. Et si c'était un garçon, elle s'efforcerait d'en faire un homme meilleur que son père.

De fait, les hommes devraient tous apprendre à se conduire mieux que la plupart de leurs prédécesseurs et c'était aux femmes qu'il incombait de le leur enseigner. Angela ne se sentait plus craintive comme elle l'avait été. Mais elle était en colère. Furieuse, même. Tous ces hommes n'étaient que des salauds, Reid, Clinton, Frank. Tous aussi inutiles, aussi égoïstes, aussi négligents les uns que les autres.

— Nous devrions toutes nous réunir et faire quelque chose, laissa-t-elle échapper à haute voix.

Jada entra à ce moment-là, coiffée et maquillée à la perfection.

— Au sujet du percolateur ? s'étonna-t-elle.

— Non, au sujet d'un sinistre imbécile, mon futur ex-mari. Et du tien. Et aussi de celui de Michelle, ajouta-t-elle en baissant la voix.

— Bien sûr, approuva Jada. S'il me vient une idée, je ne demande pas mieux que de t'aider. Dans mon rêve de la nuit dernière, je voyais Clinton tomber dans un compacteur à ordures. Si tu veux que j'aille peindre des slogans meurtriers sur le garage de Reid et de Lisa, je le ferai volontiers. Ou bien les dénoncer au barreau... Non, ce serait idiot de ma part, les avocats entre eux peuvent tout se permettre, dit-elle avec amertume. En tout cas, conclut-elle, s'il te vient des idées, je suis toute disposée à coopérer, ne l'oublie pas.

Angela la remercia, consulta sa montre. Il était grand temps de partir. La matinée se déroulait de manière radicalement différente de ses matinées habituelles, plutôt mieux en fait. Elle prit son porte-documents, courut à sa voiture, attendit que les enfants aient fini de dire au revoir à Michelle et les écouta se disputer sur la banquette arrière jusqu'à l'arrivée à l'école.

Puis, seule sur le chemin des bureaux de l'association, elle pensa à toutes les femmes lésées et maltraitées qu'elle allait recevoir et se demanda ce que Jada, Michelle et elle-même pouvaient faire pour changer leur propre situation.

Chapitre 43

Dans lequel Jada s'initie aux subtilités
du code-barres.

Dénicher un job minable et mal payé était si difficile que c'en était ridicule. À ses débuts à la banque, Jada s'était imaginé que les MM. Marcus du monde faisaient un travail à la fois plus intéressant et mieux payé que le sien, mais aussi plus difficile. Erreur ! Après avoir occupé des postes de direction, elle s'était rendu compte que, malgré la paperasserie, ils étaient une partie de plaisir comparés au labeur épuisant et répétitif du bas de l'échelle.

Elle s'était déjà présentée, entre autres, dans une teinturerie et un grand magasin pour un emploi de vendeuse, qui l'avaient l'un et l'autre refusée sans commentaires. Parce que je suis noire, se demandait-elle, et que les femmes d'ici n'aiment pas que des mains noires tripotent leur lingerie ? Le noir de la peau ne déteint pas, avait-elle eu envie de dire. Sinon, il y aurait beaucoup plus de Blancs.

Jada comprit alors que mieux valait aller où on s'attendait à la voir. Elle n'eut qu'à mentionner son expérience de caissière de banque pour se voir confier une caisse dans un supermarché discount. Non que ce fût acquis : elle n'était engagée à l'essai que pour un mois. Mais le directeur avait apprécié sa présentation. « Votre look me plaît, avait-il déclaré. Nous avons beaucoup de vos gens dans notre clientèle. »

Elle se demanda qui « ses gens » étaient censés être — sûrement pas, en tout cas, la grosse Noire dont le gamin braillait à tout rompre (elle était sourde, ou quoi ?) pendant que Jada faisait passer devant son scanner un gros sac de chocolats, une boîte de céréales encore plus sucrées que le chocolat et un énorme filet d'oignons. Les gens mangent-ils vraiment ce qu'ils achètent ? Incroyable !...

Le plus difficile pour elle fut de rester debout derrière sa caisse pendant toute la durée du poste sans tomber de fatigue ou de sommeil. Elle avait déjà compris que les heures de coup de feu étaient moins pénibles à supporter que les heures creuses, pendant lesquelles elle devait quand même rester debout avec, pour seule distraction, les titres des tabloïds sur le stand en face d'elle. Rien de plus déprimant que d'attendre sans rien faire.

Cela lui donnait le temps de penser, ce qui n'était pas nécessairement un bien car elle se rendait compte à quel point sa vie était devenue absurde. Le tribunal pouvait décider ce qu'il voulait, il ne pouvait pas tondre un œuf. Son salaire d'à peine six dollars de l'heure, elle le donnerait intégralement à ses enfants, mais si Clinton voulait garder la maison pour Tonya et lui, ils allaient devoir tous les deux chercher sérieusement du travail. L'estomac noué, elle compara ses prévisions de rentrées à ses dépenses du mois : l'assurance de la maison et de la voiture, les traites de la maison. Ses économies lui permettraient de tenir un petit moment. Et après ? Les enfants devaient avoir un toit, il fallait continuer d'assurer au moins l'électricité et le téléphone. Le tout pour une maison où elle n'aurait pas même le droit de mettre les pieds ! Clinton et elle avaient peut-être commis une erreur en voulant s'installer dans un quartier blanc pour le bien des enfants. Au moins ils bénéficiaient de bonnes études et s'étaient fait des amis...

Une vieille dame au panier presque vide lui tendit des coupons de réduction aussi vieux qu'elle, dont un périmé depuis six mois. Jada les accepta quand même, mais la somme serait sans doute déduite de sa paie à la fin de la journée. En la regardant s'éloigner, triste et voûtée, elle fit une petite prière pour la vieille dame avant de prier le Seigneur de ne pas finir aussi solitaire et pitoyable.

Elle n'avait pas accompli la moitié de son horaire que Jada avait les jambes douloureuses jusqu'aux hanches. Elle n'avait pas l'habitude de rester debout des heures durant et ce job, pris en désespoir de cause, constituait pour elle un aveu d'échec. Non qu'elle veuille retourner à la banque, car la banque lui avait volé trop d'heures précieuses avec ses enfants, l'avait vidée de son énergie mentale et épuisée d'une manière qu'elle répugnait à s'avouer à elle-même. Mais ce job minable l'épuisait aussi. Jada n'avait jamais reculé devant le travail, elle aimait travailler. Il fallait quand même trouver une solution plus rationnelle et mieux rémunérée, un emploi qui lui laisserait le temps de voir ses enfants ou, mieux encore, de les récupérer.

Ses visites à ceux-ci lui brisaient le cœur. Les attendre, assise dans la Volvo, à la sortie de l'école où la rejoignait l'assistante sociale commise par le tribunal pour superviser ces rencontres, constituait déjà une humiliation, mais la déception, le désarroi et le chagrin des enfants étaient cent fois pires. Shavonne était à chaque fois dans une colère froide. La dernière fois, elle n'avait pas desserré les dents pendant les trois premiers quarts d'heure. Les bras obstinément croisés, elle répondait par un silence glacial aux questions de sa mère.

Pendant ce temps, Kevon se blottissait contre elle et lâchait des bribes d'informations qui aggravaient l'inquiétude de Jada. « Tu sais quoi ? » disait-il. Puis, comme s'il ne savait pas par où commencer, ou bien il répétait ce qu'il avait vu à la télévision la veille au soir, ou bien il racontait la dernière dispute entre Clinton et Tonya. Il posait aussi à Jada des questions qui la bouleversaient : « Tu sais où est mon pyjama, celui avec des poissons et des petits bateaux ? » Ou bien : « Pourquoi tu ne fais plus mon lit ? Il est toujours tout chiffonné. Je ne peux pas dormir avec un oreiller et des draps chiffonnés. »

Jada berçait Sherrilee dans ses bras, Kevon s'accrochait à son cou et parlait interminablement, Shavonne évitait son regard. Sur la banquette arrière, l'assistante sociale se détournait avec une expression affligée, due à des chagrins personnels ou à ceux dont elle était quotidiennement témoin, qui seule faisait écho à la douleur de Jada.

Mais le pire était de les reconduire à la maison. Sherrilee commençait à sangloter avant même d'arriver au coin de la rue et les monologues de Kevon devenaient incohérents. C'est en ces instants-là que Jada était reconnaissante à l'assistante sociale de lui prendre Sherrilee avec douceur et fermeté, de prendre Kevon par la main et de les entraîner vers la porte. C'est à ce moment-là aussi que, la veille, Shavonne avait pour la première fois regardé sa mère dans les yeux en lui disant : « Reviens à la maison, maman. »

Alors, malgré sa promesse de ne pas dire de mal de leur père à ses enfants, Jada avait répondu : « Ton papa ne me le permet pas. Je ne peux pas, Shavonne, ton père ne le veut pas. » Une fois Shavonne hors de vue, Jada avait sangloté dans la Volvo vide. Sa réponse n'avait sûrement pas consolé sa fille. Ces visites surveillées étaient si éprouvantes, les commentaires de Kevon si inquiétants que Jada se demandait ce qui se passait réellement dans la maison.

Un client avec un Caddie plein lui fournit une diversion. Mais tout en passant les articles devant le scanner, Jada se remit à penser. Toutes les trois, l'infortunée Michelle, la pauvre Angela désorientée et Jada elle-même, avaient été vaincues, battues — littéralement dans le cas de Michelle — par les institutions et les hommes censés les protéger. Jada n'avait encore jamais cru que de telles indignités puissent être infligées à des femmes blanches, pourvues d'une bonne éducation et d'un peu d'argent. Elle savait maintenant qu'il était néfaste d'être une femme, quelle que soit sa couleur, et d'être à la merci d'un homme.

Où était l'erreur ? Jada avait toujours été forte, sûre d'elle, travailleuse et respectueuse des règles. Aucune de ces qualités ne l'avait servie, pas plus elle que Michelle et Angela. Et voyez comment elles vivaient maintenant ! Un chaos intégral, avec trois femmes et deux enfants dans un petit appartement de trois pièces — sans compter ce maudit cabot. Elles étaient comme des desperados dans leur cachette, sans même la consolation d'avoir commis un beau crime !

En tapant sur le clavier le prix d'une laitue dépourvue de code-barres, Jada pensa qu'elle voyait clairement ce que les autres devaient faire : Michelle divorcer et passer un accord avec le procureur, Angela se venger de sa prétendue « amie » de Boston et de son mari au lieu de se voiler la face. Et elle...

Elle rendit la monnaie à son client, s'occupa du suivant. Qu'avait donc dit Angela ? Punir les hommes, leur rendre la monnaie de leur pièce ? Si elle voyait ce que les autres devaient faire, son propre avenir restait noyé dans une brume épaisse. À moins que... Et si les deux autres agissaient pour elle, et elle pour Angela ?

Oui, bien sûr ! Elles pouvaient, elles *devaient* agir ensemble, mais pas comme elles le faisaient à l'appartement où elle se chargeait de fournir de quoi se nourrir, Michelle de faire le ménage et Angela de payer le loyer. Elles devaient unir leurs efforts vers un même but, contre le système qui les avait vaincues, humiliées, écrasées. Elles devaient s'entraider pour agir d'une manière qui leur redonnerait leur fierté, peut-être même leur liberté. Qui leur rendrait ce qui leur était dû, leur apporterait ce qu'elles méritaient. Ce qu'elle méritait, elle, c'était d'être avec ses enfants car ses enfants avaient besoin d'elle. Elle avait parlé à Michelle de les kidnapper. Mais était-ce vraiment une plaisanterie, après tout ? Peut-être qu'avec l'aide de ses amies...

Tout en répondant à une cliente que les plats cuisinés n'étaient pas en promotion ce jour-là, Jada sut que sa décision était prise. Il était temps d'égaliser le score. Par n'importe quel moyen.

— Nous arrivons ! N'essaie pas de me faire changer d'avis, j'ai dit à ta mère qu'il était temps de venir nous rendre compte de ce qui se passait et elle n'a même pas discuté. Alors, ne discute pas toi non plus.

En écoutant son père, Jada se demandait si le réconfort qu'il lui offrait valait la peine de provoquer son inquiétude. Elle l'avait appelé du portable d'Angela, enfermée dans la salle de bains qui était le seul endroit à peu près calme de l'appartement.

— C'est juste temporaire, mentit-elle.

Elle n'avait toujours pas avoué la vérité à ses parents. S'ils considéraient le peu qu'ils savaient comme un drame, que diraient-ils en découvrant que Clinton s'était approprié les enfants et la maison ? D'un autre côté, la situation ne pouvait pas empirer. Et la présence de ses parents serait pour elle une consolation et un soutien inestimables.

— Ne me dis pas que tu ne veux pas que nous venions, intervint sa mère. Je sais que tu en as envie.

— Bien sûr, maman.

Elle allait devoir demander à Angela d'obtenir un droit de visite pour les grands-parents. Quoi d'autre à prévoir ? Une chambre dans un hôtel ou un motel, parce que trois adultes, deux enfants et un chien dans l'appartement d'Angela représentaient un maximum matériellement impossible à dépasser. Et après ? Allait-elle leur dire qu'elle envisageait sérieusement de kidnapper ses enfants et de disparaître avec eux ? Leur dire qu'elle était désespérée au point de violer sciemment la loi ? Elle ferait sans doute mieux de les préparer doucement à ce qu'ils allaient trouver à leur arrivée.

— Écoute, maman, commença-t-elle, il y a eu quelques changements depuis ta dernière visite...

Chapitre 44

Dans lequel Michelle prend des décisions.

Après avoir fait sa toilette et le ménage de l'appartement, Michelle finit de se préparer pour la première partie de son plan. Elle y avait réfléchi, Jada et Angela l'avaient poussée à le peaufiner plus encore. Maintenant, il était au point — du moins le pensait-elle.

Elle ne chercha pas ce matin-là à dissimuler ses meurtrissures, au contraire, elle les voulait bien visibles. Une fois habillée, elle rassembla ses notes, y ajouta à la dernière minute la liste détaillée que Frank avait voulu qu'elle établisse de tous les meubles et objets brisés ou endommagés par la police. Et pendant ce temps, pensat-elle avec amertume, il se savait coupable ! Son avenir, elle l'avait toujours imaginé semblable à son passé récent, une routine confortable, une belle maison, la joie de voir ses enfants grandir, l'amour de son mari. Depuis l'âge de six ou sept ans, époque où elle vivait avec sa mère alcoolique dans le taudis qui leur tenait lieu de logement, tous ses efforts avaient tendu vers cet objectif. Sa maison, un mari sur lequel s'appuyer, de bons enfants, de beaux meubles, une belle voiture. Après avoir eu tout cela, elle n'avait pas vraiment de rêve de substitution.

Michelle croyait parfois que, ayant toujours été forcée de tout faire par elle-même sans une mère digne de ce nom, son enfance l'avait rendue plus forte et plus résistante que Jada et Angela. Elle se rendait maintenant compte qu'en réalité elle était plus vulnérable que ses deux amies. Elle n'avait pas de solution de rechange contre l'adversité et, malgré ses efforts, elle ne parvenait pas à en imaginer une. Pas encore, en tout cas. Elle pouvait quand même essayer de balayer les débris et de se sortir du bourbier où elle s'enlisait.

En arrivant dans le parking des bureaux de Bruzeman, elle fut heureuse de voir Michael Rice descendre aussitôt de sa voiture et venir à sa rencontre. Elle avait longuement discuté de sa démarche avec Angela et Jada, car elle préférait infiniment se faire épauler par un homme pour affronter le redoutable Bruzeman.

— Comment vous sentez-vous ? lui demanda Michael.

— Pas aussi mal que j'en ai l'air. Un peu énervée, quand même.

— Vous avez vu un médecin ?

— Oui. Rien de grave. Je m'inquiète simplement au sujet de Frank, des enfants. De la situation en général.

— C'est tout à fait compréhensible. Allons voir ce que nous pouvons accomplir.

Cette fois, la première, Michelle n'eut pas à faire antichambre. Peut-être parce que Michael Rice faisait impression, ou plutôt parce que Bruzeman n'aimait pas exhiber des femmes battues dans sa salle d'attente. Ce dernier serra cordialement la main de son confrère mais, là aussi pour la première fois, pas celle de Michelle qui, sans un mot, alla s'asseoir sur le canapé. Michael prit place à côté d'elle, Bruzeman en face d'eux.

— Nous ne vous prendrons pas beaucoup de temps, commença Michael. Nous voulons simplement vous présenter nos conditions.

Avec un sourire condescendant, Bruzeman se croisa les jambes.

— Bien sûr, je vous écoute.

— Ma cliente ne témoignera pas en faveur de votre client. Si elle est citée à comparaître, elle témoignera pour l'accusation. Du fait des violences dont elle a été victime, elle entend demander le divorce aux torts exclusifs de votre client et requérir la garde des enfants. Si toutefois M. Russo était d'accord pour ne pas contester ce droit de garde, nous attendrons l'issue de son procès pour lancer la procédure. D'ici là, il devra s'engager à ne prendre aucun contact ni avec ma cliente ni avec ses enfants.

— C'est tout ? demanda Bruzeman avec un rire ironique. Comme vous y allez ! M. Russo n'acceptera jamais de telles conditions, il a plus que jamais besoin de sa famille dans sa situation actuelle. Il traverse des moments difficiles, vous devez le savoir, Michelle.

L'image de Frank seul et désemparé lui traversa l'esprit. Un instant, elle éprouva... Mieux valait ne pas nommer ce sentiment.

— Je n'estime pas nos conditions excessives compte tenu des brutalités infligées par M. Russo à ma cliente, observa Michael.

— Allons, je vous en prie ! Tout le monde a le droit de s'énerver dans des circonstances pareilles. Nous nous heurtons à des problèmes juridiques, des problèmes financiers, que sais-je encore ? Une bourrade dans un moment d'impatience n'est pas un crime. D'ailleurs, savons-nous qui a vraiment commencé ? Non, voyez-vous, mon cher confrère, je crains que vos conditions ne soient tout à fait inacceptables.

Michelle frissonna. Michael se leva calmement.

— Je crois que vous ne m'avez pas compris. Nous ne

sommes pas venus négocier, nous vous exposons de nouvelles règles et si vous voulez savoir pourquoi elles s'appliquent désormais, discutez-en avec votre client. Mme Russo a la certitude que son mari est coupable des faits retenus contre lui. Remerciez-la plutôt de ne pas avoir déjà expliqué au procureur pourquoi et comment elle a acquis cette certitude.

Bruzeman hocha la tête d'un air désabusé. Puis, comme si Michael Rice avait cessé d'exister, il se pencha vers Michelle qui dut prendre sur elle pour ne pas se détourner.

— Écoutez, Michelle, votre mari vous aime, vous le savez. Vous savez aussi combien il aime ses enfants. En conscience, vous ne pouvez pas l'abandonner en cet instant crucial. Vous n'en avez pas le droit, Michelle. Il est au téléphone sur ma ligne privée, il attend patiemment dans l'espoir de vous parler.

Michael Rice s'interposa aussitôt entre eux.

— Ceci est parfaitement inconvenant ! Ma cliente ne parlera pas à l'homme qui l'a battue. Nous avons fait une déposition complète à la police, nous avons obtenu un contrôle judiciaire, nous disposons de photographies, de rapports médicaux. Nous sommes en droit de porter plainte et nous le ferons si vous persistez à tenter d'influencer Mme Russo de cette manière. Représenter un client déjà emprisonné pour coups et blessures ne faciliterait pas votre tâche, n'est-ce pas ?

Michelle avait écouté sans mot dire.

— Je lui parlerai, admit-elle en se levant.

— Rien ne vous y oblige, dit Michael.

— Je sais, mais je lui parlerai quand même. Et tout ce que vous avez dit est exact. Nous ne négocions pas, poursuivit-elle en se tournant vers Bruzeman. Nous vous informons de notre position, un point c'est tout. Et c'est ce que je vais dire à Frank.

— Ligne deux, dit Bruzeman en désignant l'appareil sur son bureau. Nous pourrions peut-être laisser Mme Russo seule quelques instants ? ajouta-t-il à Michael. Nous avons des questions à régler, vous et moi.

— Voulez-vous que je reste, Michelle ? demanda Michael.

— Non merci, ça ira.

Elle allait se conduire en adulte, elle dirait à Frank ce qu'il fallait lui dire, rien de plus, rien de moins.

La main sur le combiné, elle hésita. Frank était le père de ses enfants, le seul amour de sa vie, l'homme auprès de qui elle avait dormi, auquel elle avait donné son corps pendant quatorze ans. Pourtant, cet homme était devenu un étranger, un trafiquant de drogue qui lui avait menti et qui avait mené une double vie. Un homme qui les avait exposés, les enfants et elle, à un danger permanent, un homme qui l'avait battue. Si elle décrochait, elle devrait se rappeler que l'homme qui allait lui parler n'était pas le Frank Russo qu'elle connaissait naguère.

À peu près sûre d'elle-même, elle souleva enfin le combiné.

— Allô.

— Michelle ? Michelle, c'est toi ?

Le son même de sa voix lui fit mal.

— Oui, c'est moi. Que veux-tu ?

— Je veux que tu arrêtes cette comédie, Michelle. Que tu reviennes à la maison. Je n'ai pas voulu te faire mal, tu le sais bien. J'étais désespéré, hors de moi. J'ai besoin de toi, Michelle, j'ai besoin des enfants et j'ai besoin que tu me rapportes cet argent.

Ah, oui ! L'argent. Toujours l'argent. Pour l'argent, il avait tout sacrifié, il l'avait blessée dans son âme plus encore que dans son corps. Jamais elle n'en toucherait un sou, elle préférerait mourir de faim. Alors, que dire à cet homme qu'elle ne connaissait plus ? Lui dire comment il avait détruit son rêve, dévasté son passé et anéanti son avenir ? Lui dire que les meurtrissures de son visage ne comptaient pas par rapport à celles de son cœur ? Non, il ne comprendrait pas.

— Adresse-toi à mon avocat, Frank.

— Je t'en prie, Michelle ! Permets-moi au moins de te voir. Ici, devant Bruzeman si tu veux.

— Non.

— Alors, viens à la maison. Rien que pour parler.

— Pas encore.

Lorsqu'elle s'éloigna du lieu de son épreuve, Michelle commença à se sentir un peu mieux. Oui, elle reverrait Frank s'il le fallait absolument, mais cela ne changerait rien pour elle. Elle ne témoignerait pas pour lui ni ne lui rendrait son argent sale. En attendant, il lui fallait quand même de quoi vivre. Un peu d'argent, bien sûr, mais surtout un plan d'action.

Angela et Jada s'efforçaient de restructurer leur vie. Et elle ? Michelle réfléchit quelques instants au projet qu'elle avait formulé. Un projet simple, parce qu'elle-même était simple et voulait que sa vie soit désormais la plus simple possible, travailler pour se nourrir et entretenir ses enfants. Elle avait eu une maison confortable, de beaux meubles, une garde-robe dont elle ne savait que faire, plus de bijoux qu'elle n'en pouvait porter à la fois. Ses enfants avaient plus de jouets, de chaussures à la mode et de tenues dernier cri qu'il n'en aurait fallu pour leur bien. Tout cela devait changer — pour le meilleur.

Elle avait vécu une enfance si défavorisée qu'elle avait assimilé l'aisance matérielle à l'amour et à la sécurité. L'erreur était excusable une fois, pas deux. Et, puisqu'elle voulait s'aider elle-même à atteindre ce but, elle pourrait aider d'autres femmes ayant les mêmes objectifs. L'essentiel, c'était avoir une activité pour laquelle elle ait des aptitudes et dont elle puisse être fière. Et c'est cette dernière considération qui l'avait mise sur la voie. Quelle satisfaction éprouverait-elle à la fin d'une journée de travail passée à remplir des formulaires ou à envoyer des colonnes de chiffres dans la file d'attente de l'imprimante ? Non, elle n'était pas faite pour cette vie-là.

Elle passa une heure devant un café dans une cafétéria à formuler le texte de deux annonces qu'elle alla aussitôt après déposer au bureau du journal. Elle remonta ensuite en voiture et se rendit à White Plains, où elle était inconnue, dans une boutique de prêts sur gages et de bijouterie d'occasion à l'enseigne de la Mine d'Or. Elle n'était jamais entrée dans une de ces officines, bien que sa mère en eût été une familière en son temps. Mais elle n'était pas comme sa mère, elle n'y allait pas pour se procurer de quoi acheter de l'alcool. Elle n'avait recours à cet expédient que pour acquérir son indépendance.

Une blonde qui avait dû être belle apparut derrière le comptoir.

— Vous cherchez un bijou en particulier ? demanda-t-elle.

— Je ne suis pas venue acheter mais vendre, répondit Michelle.

Elle retira sa bague de fiançailles et ses boucles

d'oreilles en brillants, sortit de son sac l'émeraude que Frank lui avait offerte pendant leurs vacances à St. Thomas, le collier avec le pendentif en diamant de deux carats, sa montre en or au cadran entouré de brillants, et posa le tout sur le comptoir.

— Vous avez des reçus ou des factures ? s'enquit la blonde.

— Non, ce sont des cadeaux de mon mari.

— Divorce ? soupira la boutiquière.

N'étant pas d'humeur à s'expliquer, Michelle acquiesça.

— Eh oui, soupira de nouveau la blonde, c'est toujours pareil.

Sur quoi elle prit une loupe, examina les pièces avec attention et pianota des chiffres sur une calculette pendant que Michelle attendait patiemment, prête à accepter ce que la femme lui offrirait. Cet argent lui appartenait de plein droit. Il représentait son salaire des années consacrées à tenir sa maison et accomplir les tâches domestiques qui incombent aux femmes mariées et aux mères de famille, et c'est cet argent qui lui permettrait de démarrer dans une nouvelle carrière. Elle l'avait honnêtement gagné. Elle avait accepté les cadeaux de Frank quand ils représentaient des gages de son amour pour elle. Maintenant que leur amour était mort, elle n'en voulait plus.

Avec un regard contrit, la blonde lui proposa une somme ridiculement basse. Michelle aurait pu s'en contenter et, dans sa vie antérieure, elle n'aurait pas même songé à discuter. Cette fois, pour le principe, elle prit son temps et s'étonna, en regardant les bijoux, d'y avoir été aussi attachée alors qu'ils ne représentaient plus à ses yeux que la promesse d'un peu de confort et de sécurité pour ses enfants.

Elle fit glisser de son annulaire l'alliance sertie de brillants qu'elle ajouta à la pile.

— J'en voudrais davantage.

— Euh... oui, bien sûr, dit la blonde qui cita un chiffre plus élevé.

Michelle hocha la tête et la blonde prit dans son coffre une liasse de billets.

En arrivant à l'appartement, Michelle se sentait mieux pour la première fois depuis des semaines. Elle avait acheté un filet de bœuf qu'elle comptait préparer avec ses fameuses pommes de terre soufflées, à moins que Jada n'ait déjà prévu ses sempiternels macaronis au gratin. Elle ouvrit donc la porte en sifflotant gaiement.

— Maman ! s'écria Frankie pendant qu'elle déposait les provisions à la cuisine, tante Angie est invitée à une fête et elle ne veut pas y aller.

— Ce n'est pas une fête, le rabroua Jenna, c'est un mariage.

Interloquée, Michelle enleva son manteau. Un mariage ?

— Une fête, un mariage, c'est pareil, dit Frankie. J'aime bien recevoir des invitations, moi. Alors, pourquoi elle pleure, tante Angie ?

— Où est-elle ?

Jenna désigna du menton la porte de la chambre. Michelle frappa et entra sans attendre de réponse.

Le spectacle qu'elle découvrit était pire que ce qu'elle attendait. À plat ventre sur son lit, le visage enfoui dans l'oreiller, Angela sanglotait. Jada était assise à côté d'elle. En voyant Michelle, Jada fit un geste d'impuissance et lui tendit une enveloppe adressée à Angela, une belle enveloppe en vélin crème portant le cachet

413

de Boston. À l'intérieur, Michelle découvrit une coupure de journal annonçant les fiançailles de Reid Wakefield III et de Lisa Emily Randall. Mais il y avait pire : un faire-part du mariage des mêmes à une date de l'été prochain !

Effarée, Michelle s'assit sur l'autre côté du lit en laissant échapper un juron que Jada ne lui avait jamais entendu proférer.

— Qui a envoyé ça ? demanda-t-elle.

— C'est l'écriture de Lisa, l'informa Angela qui se dégagea la figure de l'oreiller le temps de reprendre sa respiration.

— Incroyable, non ? commenta Jada. Quelle garce !

— Êtes-vous légalement séparés, au moins ? demanda Michelle.

— Cinq cents kilomètres de distance doivent suffire à rendre une séparation légale, dit Angela en se mouchant avec énergie.

— Je suis peut-être idiote, déclara Michelle, mais comment ces tourtereaux peuvent-il annoncer leurs fiançailles alors que vous n'êtes même pas divorcés, lui et toi ?

— Ce n'est pas illégal, répondit Angela.

— Voilà bien une réaction d'avocate ! fulmina Jada. Non, ce n'est pas illégal. C'est simplement cruel, immoral et méprisable !

— Je dois bientôt y aller finaliser la procédure, dit Angela.

— À ta place, déclara Michelle, je m'en garderais bien. Je ne donnerais jamais à cette garce la satisfaction d'un mariage légal. Laisse-les cuire dans leur jus, refuse le divorce.

— Tu rêves, Cendrillon, commenta Jada. Le Massa-

414

chusetts n'est pas un royaume de conte de fées où tous les vœux sont exaucés. Et comme Reid est avocat...

— C'est surtout un salaud, l'interrompit Angela. Mais un salaud qui a des relations.

Assises sur le lit, les trois amies discutèrent longuement de cette dernière horreur dont l'une d'elles était victime.

— Pas question que tu y ailles seule ! conclut Jada. Nous ne te laisserons pas faire cette folie.

Et c'est ainsi que, bien à contrecœur, Angela décida d'appeler ses parents à la rescousse.

Chapitre 45

Dans lequel Angela obtient sa liberté.

Les choses auraient pu se passer de la manière la plus civilisée du monde. Toujours aussi impeccable et séduisant, Reid alla au-devant d'Angela, la main tendue et le sourire aux lèvres, quand elle entra dans la salle d'audience.

— Merci d'avoir répondu aussi vite..., commença-t-il.

Il ne put en dire davantage, car Anthony Romazzano entrait sur les talons d'Angela.

— Bouclez-la, petit salaud, déclara Anthony. Un mot de plus à ma fille et je vous tords le cou.

— Tais-toi toi-même, Anthony, intervint Natalie qui le suivait de près, ou c'est moi qui te tordrai le cou. Nous sommes dans un prétoire, un peu de tenue je te prie.

Cela posé, elle se tourna vers Reid qui en resta bouche bée :

— Vous êtes un des plus répugnants personnages de l'histoire contemporaine. Sachez que nous ne sommes pas venus pour vous faire plaisir, mais pour qu'Angela soit débarrassée le plus vite possible de votre présence. Retournez immédiatement de votre côté et restez-y jusqu'à ce que ce soit terminé.

Angela, Natalie et l'avocat de Boston qu'elle connaissait prirent donc place à leur table. Vexé de devoir rester

416

assis un rang derrière, Anthony demanda deux fois à les rejoindre et, par deux fois, se fit rabrouer par Natalie. De fait, ils n'avaient pas cessé de se chamailler pendant tout le vol jusqu'à Boston, ce qui avait au moins eu le mérite de distraire Angela de ce qui l'attendait.

Maintenant qu'elle pouvait voir son mari de l'autre côté de la salle, elle s'étonnait de le trouver toujours aussi séduisant et toujours aussi inconscient du mal qu'il lui avait fait. Elle posa machinalement une main sur son ventre. En entendant sans les écouter les tirades des avocats, elle se disait qu'il était étrange de se trouver à quelques mètres de l'homme qu'elle avait épousé, avec qui elle avait voulu passer le reste de ses jours et qui était le père de l'enfant qu'elle portait, sans même qu'il se doute de l'existence du fils ou de la fille qui allait voir le jour. Elle se croyait transportée dans un univers irréel, plus illogique que celui d'un roman de Kafka.

La procédure ne dura guère. Il ne faut pas longtemps non plus pour se briser un os ou se faire arracher une dent, mais la douleur n'est pas moins vive. Angela était plus déconcertée qu'affligée de se rendre compte que l'amour, ou quel que soit le sentiment que Reid avait éprouvé pour elle, puisse exister un jour et s'effacer le lendemain. Sur quoi peut-on compter en ce monde ?

Elle pouvait compter, en tout cas, sur le fait qu'Anthony et Natalie recommenceraient à se chamailler sitôt franchie la porte du prétoire. Leur querelle se poursuivit dans le taxi, à l'aéroport et jusque dans la salle d'embarquement, où Angela fut bien obligée de s'en mêler, car ils se disputaient sur le point de savoir si leur fille allait prendre place avec l'un ou l'autre, puisqu'il n'était pas question pour eux de s'asseoir côte à côte.

— Merci d'être venus me soutenir, leur dit Angela,

mais je m'assiérai seule. Autant m'habituer tout de suite à la solitude.

Sur quoi, les trois divorcés qui formaient ensemble la famille Romazzano montèrent en silence dans l'avion.

Chapitre 46

Dans lequel Jada retrouve ses parents.

Jada avait eu beau prendre de la marge, les embouteillages étaient tels qu'elle arriva en retard à l'aéroport Kennedy. Après s'être garée tant bien que mal et avoir parcouru à pied un chemin qui lui parut interminable jusqu'à la salle des bagages, elle se rendit compte qu'elle était vraiment très en retard, il ne restait sur le tourniquet que deux ou trois bagages oubliés. Seuls dans un coin de la salle déserte, ses parents paraissaient eux aussi abandonnés, leurs valises à leurs pieds.

Même de loin, Jada fut choquée de voir tout le gris qui s'était glissé dans la chevelure de sa mère et à quel point son père semblait avoir rapetissé et s'être voûté. Ils avaient travaillé dur toute leur vie, ils avaient été de bons parents, de bons époux, et elle allait les en remercier en leur montrant les débris de la vie de leur fille et de leurs petits-enfants. Elle s'en voulut amèrement de les avoir mêlés à son désastre, mais il était trop tard pour les remords.

Jada appela sa mère, traversa la salle en courant et tomba dans ses bras — en pliant un peu les genoux, parce qu'elle était plus grande qu'elle.

— Nous avons cru que tu nous oubliais, dit la vieille dame en lui caressant la joue.

Comme toujours, son père se tenait un pas derrière sa femme et attendait son tour.

— Nous avons de la peine pour toi, ma fille, dit-il, une fois les premières effusions terminées.

Jada se retint à grand-peine de fondre en larmes. Que c'était bon de se retrouver enfin avec ceux qui l'avaient élevée, qui se souvenaient d'elle quand elle était une enfant et une adolescente !

— Pardonnez-moi d'être en retard, expliqua-t-elle. Il y avait d'énormes embouteillages provoqués par un accident.

— Personne de blessé ? s'enquit son père.

Jada sourit. Les îliens étaient vraiment différents...

— Je ne sais pas, admit-elle.

— Disons quand même une petite prière, proposa sa mère.

Ce qu'ils firent avant de ramasser leurs valises.

— Le vol s'est bien passé ? demanda Jada.

— Aussi bien que possible quand on est ballotté à dix mille mètres dans les airs, soupira sa mère.

— Je suis désolée, la voiture est garée tout au bout du parking.

— Ce n'est pas grave, la rassura son père, nous avons l'habitude de marcher.

S'ils avaient l'habitude de marcher, ils avaient perdu celle du climat. Il ne faisait pourtant pas particulièrement froid ce jour-là, mais quand ils arrivèrent enfin à la Volvo, sa mère claquait des dents et son père, qui avait insisté pour porter seul les valises, avait le visage couleur de cendre.

— Ça ne va pas trop mal ? s'inquiéta Jada.

— Ça ira fichtrement mieux quand tu auras mis le chauffage dans ta voiture, bougonna-t-il.

— Benjamin ! le rabroua son épouse. Surveille ton langage.

Jada régla le chauffage au maximum — c'était le seul

équipement de la Volvo qui fonctionnait à la perfection —, de sorte qu'avant même d'arriver sur l'autoroute ses parents, telles de fragiles plantes tropicales abritées dans une serre, s'épanouissaient de nouveau.

— Et maintenant que nous ne devons plus payer les tarifs internationaux pour nous parler, dit son père, raconte-nous comment ces tristes affaires te sont arrivées.

Non sans remords, Jada entreprit de tout dire sans rien leur épargner. Son père lui posa quelques questions, mais sa mère, à l'exception de bruyants soupirs, écouta le récit sans mot dire.

Quand ce fut terminé, le silence régna quelques instants.

— Ce que je n'arrive pas à comprendre, dit enfin sa mère, c'est comment ta belle-mère a pu laisser son fils se conduire de cette manière. Tu devrais frotter les oreilles de Clinton, Benjamin. Qu'est-ce qui peut pousser un homme à se conduire aussi mal ?

— Celui qui n'a jamais eu de papa ne sait pas se conduire comme un papa, commenta sagement son père.

Dans sa bouche, c'était une des critiques les plus acerbes que Jada lui eût jamais entendu proférer.

— Non, il n'a pas d'excuses, déclara sa mère. Arracher à leur maman ses deux filles qui ont besoin d'elle !

— Et quel exemple pour son fils, renchérit le père.

— Allons-nous les voir, au moins ? s'inquiéta la mère.

Jada n'eut pas le cœur de leur dire qu'elle n'en savait encore rien, qu'elle en avait parlé à l'assistante sociale, que son avocate — qui était aussi sa logeuse — avait pris contact avec le juge et qu'elle ne pouvait qu'espérer qu'il accorderait son autorisation. Mais elle avait une mauvaise nouvelle de plus à apprendre à ses parents :

— Vous allez devoir coucher dans un motel.

— Pourquoi donc ? Clinton ne veut pas de nous dans la maison ?

— Clinton ne veut pas de *moi* dans la maison, répondit Jada.

Elle enchaîna alors sur les derniers détails : elle avait perdu la maison, son emploi et elle était censée payer une pension à Clinton. Ses parents gardèrent un moment un silence incrédule.

— Mais c'est de la folie ! s'exclama enfin sa mère. Où loges-tu, dans ces conditions ?

Jada leur parla alors d'Angela, de son appartement, de Michelle et de ses problèmes.

— Elles sont toutes les deux victimes d'hommes ignobles et pourtant, elles sont blanches, conclut-elle.

— Tout le monde est donc devenu fou, dans ce pays ? s'indigna son père. Clinton veut que ce soit *toi* qui l'entretiennes ? Et en plus, il te prend ta maison et tes enfants ? Les individus de son espèce ne savent donc pas se conduire comme des hommes ?

— Je n'en ai pas l'impression, soupira Jada.

Quarante-huit heures plus tard, ses parents s'étaient installés dans leur modeste chambre d'un motel à proximité et avaient pu voir leurs petits-enfants. Ce soir-là, ils avaient fini le savoureux dîner créole que Jada et sa mère avaient préparé pour Angela, Michelle et ses enfants. On imaginait mal comment entasser deux personnes de plus dans l'appartement d'Angela, mais les parents de Jada semblaient fort bien s'en accommoder. Après avoir aidé à faire la vaisselle, Angela et Michelle s'étaient retirées dans les chambres afin d'accorder à Jada un moment d'intimité seule avec ses parents.

— Ce sont de braves filles, commenta Benjamin en déposant leurs tasses à café dans l'évier.

— Oui, approuva la mère, et de bonnes amies pour toi. Je m'étonne quand même que les femmes de ta paroisse n'aient rien fait pour te soutenir.

— Je crois, au contraire, que beaucoup ont été... heureuses de me voir tomber, répondit Jada. Comme si on ne pouvait pas accomplir ce que j'ai accompli sans en être puni, c'est la seule explication que je trouve à leur attitude. Et puis, Tonya Green a sans doute réussi à leur dire du mal de moi bien avant que je me doute de quoi que ce soit.

— Et ils l'ont tous crue ? Si le révérend Marsh y était encore, il n'aurait pas écouté une pécheresse comme elle.

— Il est parti depuis longtemps et je connais à peine le nouveau pasteur, il n'est là que depuis deux ans. Entre mon travail et les enfants, je n'avais pas le temps de m'occuper des œuvres comme avant.

Pour la première fois depuis son arrivée, la mère critiqua sa fille :

— Tu as eu tort, Jada. Comment n'as-tu pas fait la connaissance du pasteur en deux ans ? Les œuvres de la paroisse ont besoin de toutes les bonnes volontés, il y aura toujours plus pauvres que nous, nous devons les aider.

Comment expliquer à sa mère la vie épuisante qu'elle avait menée ? se demanda Jada. La banque qui exigeait toujours davantage de son temps, la maison à tenir, les factures à payer, sans parler du reste.

— Ton église t'apportera toujours son aide, conclut sa mère. Ne l'oublie surtout pas.

Jada réfléchit à cette dernière phrase en revenant à l'appartement après avoir reconduit ses parents à leur motel. L'église pouvait-elle vraiment l'aider ? Et de quelle manière ?

— Je dois travailler demain, leur avait-elle dit en les embrassant devant la porte. Vous vous en sortirez seuls ici ?

— Bien sûr, cela donnera à ton papa et à moi le temps de parler et de réfléchir. Tu es dans un vilain pétrin, ma fille. Nous te reverrons demain soir, n'est-ce pas ? Alors, à demain.

Quand elle s'éloigna enfin, Jada aurait voulu ne jamais quitter les bras de sa mère.

— Tu dois ramener les enfants à la maison, déclara son père à voix basse, comme si les tables du petit restaurant étaient truffées de micros cachés.

— Mais ils y sont revenus, papa.

— Non, intervint alors sa mère, c'est dans nos îles qu'ils doivent retourner. Ils ont besoin de vivre auprès des leurs, d'avoir une famille.

— Je pourrai peut-être les garder huit ou quinze jours pendant les vacances, dit Jada. Mais je ne sais pas si j'aurai les moyens de...

— Nous ne parlons pas d'une visite pendant les vacances, ma chérie, déclara sa mère, mais d'un retour permanent.

— Nous t'aiderons, dit son père. Tu pourras rester chez nous au début, si tu veux. Nous pourrons aussi te trouver un logement et un emploi, et ta mère gardera les enfants après l'école.

— Tu ne comprends pas, papa. Je n'ai pas le droit de garder mes enfants du jour au lendemain, encore moins de leur faire quitter définitivement le pays.

— Eh bien, dans ce cas, fais-le sans permission. Ces pauvres enfants ne peuvent pas continuer à vivre de cette manière. Clinton Jackson n'a jamais su ce qu'il faisait, c'est encore pire maintenant. Pour faire du mal à ses enfants, il doit avoir perdu la raison. Et si le juge ne se rend compte de rien, nous le voyons bien, nous, les enfants aussi et le Seigneur encore mieux que nous tous.

— Nous avons beaucoup prié, Jada, enchaîna sa mère en lui prenant la main. Nous savons qu'il faut rendre à César ce qui est à César, mais pas les enfants. Nous voulons que nos petits-enfants et toi montiez avec nous dans l'avion quand nous partirons.

— Mais c'est impossible, maman ! Je ne pourrais jamais revenir ici.

— Et alors ?

Sous le regard étonné de ses parents, Jada ne sut comment réagir. Ils ne comprenaient pas qu'ils lui demandaient de s'expatrier et de violer la loi. Clinton serait légalement en mesure de venir lui reprendre ses enfants et de la faire jeter en prison ou extrader aux États-Unis.

— Je ne sais pas ce que dit exactement la loi, maman, mais je risquerais gros. Je serais une étrangère là-bas et ce serait pire pour les enfants. Pourraient-ils s'adapter aux écoles ?

— À la Barbade, vous ne seriez pas longtemps des étrangers, affirma sa mère.

Un instant, l'image d'un bungalow sous le soleil et de ses parents tout proches fit hésiter Jada. Mais cette solution n'était pas aussi simple que ses parents le croyaient.

— Écoute, maman, je ne pourrais jamais revenir ici et si les enfants y étaient forcés, je ne les reverrais plus.

Les parents marquèrent une pause.

— Eh bien, dans ce cas, il faut parler à Samuel.

— Oui, à Samuel, renchérit son père.

Ils avaient tous deux prononcé ce nom avec autant de révérence que s'il s'agissait d'un personnage biblique.

— Qui est Samuel ? demanda Jada.

— Samuel Dumfries est avocat. C'est un homme très important à Bridgetown. Il est le fils du mari de ma cousine Arlette. Tu te souviens d'Arlette, n'est-ce pas ?

Jada se borna à acquiescer d'un signe. Elle n'avait aucun souvenir de la « cousine » Arlette, laquelle en réalité pouvait être une cousine au sixième degré, voire une parente de simple courtoisie. Mais elle n'avait pas le courage de demander à sa mère de préciser les liens tortueux grâce auxquels cousinait la quasi-totalité de la population de l'île.

— Écoute, maman, j'habite chez une avocate et je ne vois pas...

— Samuel Dumfries n'est pas un avocat ordinaire, Jada. Il travaille dans toutes les Caraïbes, il a des clients à New York, à Boston. Il connaît beaucoup de gens très influents. Il faut que tu lui parles, Jada.

— Bien, maman, répondit-elle avec lassitude. Je lui parlerai.

Mais quand elle repartit pour l'appartement d'Angela, Jada se sentait profondément découragée. Malgré ses qualités d'homme de loi et ses relations, ce Samuel Dumfries ne pourrait rien dans une affaire purement américaine. Ses parents l'aimaient, bien sûr, mais ils ne lui offraient pas de solution réaliste. Ils ne pouvaient pas concevoir le filet infernal dans lequel elle se débattait. Après leur départ, Jada se retrouverait plus seule que jamais. Son seul espoir était de se conformer de son mieux aux décisions du tribunal et d'obtenir de

426

l'assistante sociale des rapports favorables lui permettant de gagner sa cause en appel. Elle ne savait pas pourquoi elle était si déçue. Elle savait simplement qu'elle n'avait sans doute pas encore touché le fond du désespoir.

Chapitre 47

Au cours duquel de grands projets sont conçus.

À quelques soirs de là, le dîner expédié et les enfants couchés, les trois amies restèrent dans le living autour de la table basse et d'une bouteille de vin.

— Buvez, les filles ! déclara Angela. Mettez-vous dans une bonne ambiance. J'ai des propositions à vous faire.

Michelle ne put s'empêcher de finir de ranger la vaisselle, de fermer le sac poubelle et d'aller le mettre à la porte. Quand elle rejoignit les autres, Jada avait déjà sérieusement entamé la bouteille.

— Il faut que tu te mettes au diapason, lui dit Jada en remplissant son verre.

Michelle but docilement, mais le vin parut aggraver les élancements de son visage tuméfié. Et elle mourait d'envie de dormir.

— Écoutez-moi, reprit Angela, sans tenir compte de l'humeur morose de Michelle. Je vois tous les jours des femmes traumatisées non seulement par leurs hommes mais par le système. Je fais ce que je peux, et pourtant regardez ce qui nous arrive.

— Vrai, approuva Jada.

— Bref, je travaille dans le système, mais nous, nous ne sommes pas obligées d'en tenir compte si nous n'en voulons pas.

— Amen ! dit Jada en reposant son verre. Quand je

suis derrière cette caisse, j'imagine les traitements que j'aimerais infliger à Clinton. Ils ne sont pas plus légaux que charitables, mais là n'est pas la question. La question se résume à ceci : comment lui faire expier le mal qu'il m'a fait ? J'en ai plus qu'assez de mon rôle de victime.

— Moi aussi, dit Angela. Je passe mes journées à conseiller des femmes alors que je ne vaux pas mieux qu'elles et je leur dis de respecter un système qui nous écrase. Sommes-nous plus avancées ?

Michelle fixait des yeux le rond de vin que le verre de Jada avait fait sur la table. Elle ne voulait rien infliger à Frank, elle. Elle désirait simplement qu'il cesse d'exister. Elle aurait préféré une vie de solitude au souvenir des belles années ayant précédé sa trahison.

— Ma vie est finie, dit-elle sombrement.

Il y eut un silence.

— Voulez-vous savoir ce que je pense ? reprit Angela. Que nous ne sommes pas nécessairement condamnées à rester des victimes. Que nous devrions nous aider les unes les autres pour égaliser le score.

— Je pensais exactement la même chose, dit Jada. Passer des boîtes de conserve devant un scanner me laisse le temps de réfléchir. Vous vous souvenez, vous autres, de ce film sur les trois filles qui se vengent de leurs maris ? J'ai oublié le titre.

— C'était une comédie, lui fit observer Michelle. De toute façon, c'est du cinéma. Ces choses-là n'arrivent pas dans la réalité.

— Oh, mais si ! déclara Angela. J'ai déjà quelques idées là-dessus. Mais nous devrons nous organiser, nos zèbres ne sont pas des génies.

— Sans vouloir vous décourager ni être une rabat-joie, intervint Michelle, nous aurons déjà assez de mal

429

à survivre, à gagner notre vie et à nous occuper de nos enfants. Pourquoi vouloir en faire plus ?

— Michelle, Michelle, garde l'esprit ouvert ! la tança Jada. Et bois encore un verre. D'ailleurs tu n'as pas besoin, toi, de défier le système. Au contraire.

— Que veux-tu dire ?

— Le système t'offre la manière la plus facile de te faire justice. Tu n'y as jamais pensé ? Donne les preuves qu'il faut à l'accusation.

— Non, je ne pourrais jamais faire une chose pareille ! protesta Michelle. Je ne cherche ni à le protéger ni à faire un faux témoignage pour l'aider, mais je suis incapable de témoigner contre lui.

— Vraiment ? demanda Angela. Et pourquoi donc ? Il est coupable, tu le sais.

— Je ne livrerai pas mon mari à la justice. Non, c'est... ce serait mal. Et j'ai trop peur. J'ai même peur de le revoir.

— Du calme, c'était juste une idée, dit Angela.

— Eh bien moi, déclara Jada, je n'hésiterais pas une minute à m'en débarrasser pour de bon. Je me disais aujourd'hui que, si Clinton était mort, j'aurais peut-être de nouveau la garde des enfants.

— Mort ? Non, n'allons pas jusqu'à la violence, dit Angela. Et les prisons de femmes n'ont rien de paradisiaque, crois-moi.

— Je te crois, mais la politique de la terre brûlée me plaît.

— Terre brûlée ? Pas mal, approuva Angela.

— Dans votre cas à toutes les deux, d'accord, intervint Michelle. Ce qui vous est arrivé est parfaitement scandaleux.

— Ah oui ? Parce que toi tu mérites ce qui t'arrive ? protesta Jada.

430

Michelle ne répondit pas aussitôt.

— Alors, que pourrions-nous faire ? demanda-t-elle enfin. À condition que nous décidions de faire quelque chose.

— Je n'ai pas encore mis tous les détails au point, admit Angela, mais j'avance. Et rien de ce que j'envisage n'est illégal. Enfin, pas vraiment...

— Mes parents m'ont proposé de m'aider, dit Jada. Je ne sais pas s'ils peuvent réellement quelque chose, mais ce dont je suis certaine, c'est que mon mari ne doit pas garder la maison. Lui laisser la maison *ou* les enfants est un déni de justice.

Angela prit un bloc-notes et écrivit « Clinton » en haut d'une feuille.

— Nous disons donc Clinton, pas de maison, pas d'enfants.

— Ni de droit de visite, ajouta Jada.

— Tu veux aussi te débarrasser de Tonya ? Ceci n'est qu'une liste de souhaits, n'oublie pas.

— Pas la peine. S'il se retrouve sans un sou et sans un toit, Tonya le larguera dans les vingt-quatre heures. Je me moque éperdument de ce qui lui arrivera à elle.

— Bon. Reid, maintenant, enchaîna Angela en tournant une page vierge. J'aimerais le voir... mis à nu.

— Comme un exhibitionniste ? demanda Jada en riant.

— Non, je voulais dire démasqué. J'aimerais qu'il se passe quelque chose entre Lisa et lui et que ce soit elle qui le laisse tomber. Je ne veux pas le récupérer, croyez-moi, je veux seulement l'humilier.

Angela écrivit « largué par Lisa », « mariage annulé ? » et « humiliation publique » avant de se tourner vers Michelle :

— Et toi, Michelle, que souhaiterais-tu ?

431

— Il m'était venu une idée, mais je ne crois pas qu'elle soit réalisable, commença-t-elle.

Elle était capable d'imaginer des solutions, mais l'était-elle de les mettre en pratique ? se demanda-t-elle. Elle avait peur aussi que ses amies ne lui rient au nez si elle leur disait son idée.

— Au fond, reprit-elle, tout ce que je veux c'est vivre... proprement. Simplement et proprement, vous voyez ce que je veux dire ?

Jada lui tapota amicalement la main pendant qu'Angela écrivait Frank en haut d'une autre page vierge.

— Non, je ne veux pas me venger de Frank, dit Michelle. Je veux m'éloigner de lui, dans ma tête comme dans mon existence. Sauf que je ne sais pas comment m'y prendre. Je n'ai travaillé que deux fois dans ma vie, poursuivit-elle d'une voix plus sourde. Une fois comme vendeuse et la deuxième fois à la banque, parce que Frank en était un gros client. Je sais comment m'occuper de mes enfants, d'une maison, mais je ne sais pas si je serais capable de gagner ma vie et la leur. Tout ce que je sais, c'est que j'ai honte de l'argent que j'ai pris à Frank pendant toutes ces années. Cet argent était trop... sale.

— Pour savoir ce que tu veux, il faut peut-être d'abord savoir ce que tu ne voudrais pas, lui fit observer Angela.

Michelle réfléchit un instant, un peu rassérénée.

— Eh bien, je ne voudrais sûrement pas travailler de nouveau dans une banque et je ne voudrais pas non plus travailler pour quelqu'un d'autre. Pas parce que je suis paresseuse, mais parce que je n'aime pas recevoir des ordres.

Angela écrivit le nom de Michelle en haut d'une

feuille vierge, puis inscrivit « travailler pour son compte », « gagner de quoi vivre », et « libérée de Frank ».

— Je crois aussi que je devrais vivre ailleurs, ajouta Michelle. J'aimais la maison, mais elle est devenue... empoisonnée. Ni les enfants ni moi ne pourrons plus vivre dans cette ville.

Angela inscrivit le mot « déménager » à la suite des autres.

— Bon, vous avez un début en ce qui me concerne, commenta Michelle. Mais tout cela, c'est... impossible. Moi, être ma patronne ! Changer de ville ! À quoi bon parler de rêves qu'on ne peut pas réaliser ? C'est très bien d'invoquer la justice, mais pouvez-vous me dire si les femmes l'ont jamais obtenue ?

— Nous le pouvons, affirma Angela. Il nous faudra un peu de temps, un peu de préparation, de l'aide, mais je nous crois capables d'y arriver.

— Moi aussi, approuva Jada. Si nous acceptons de plier un peu les règles, sinon de violer les lois. Le seul problème, ce serait l'argent.

Depuis le début de leur conférence, Michelle paraissait accablée. Pour la première fois, elle se redressa. Un éclair malicieux apparut dans son regard.

— Vous savez, dit-elle, je crois connaître un moyen de résoudre ce problème-là.

Chapitre 48

*Dans lequel on apprend que la mise en scène
est un art.*

— Je ne sais pas si j'y arriverai, dit Michelle. Comment je m'appelle, déjà ?

— Anthea Carstairs, lui rappela Angela.

— Et je suis mariée avec qui ?

— Charles Henderson Moyer, déclara Jada. J'avais lu son nom dans le magazine *Fortune* quand tu m'avais emmenée chez Bruzeman.

— Un des hommes les plus riches et les plus secrets du monde. Parfait, approuva Angela.

— Et si Reid me demande mon numéro de téléphone ?

— Arrête, Michelle ! la rabroua Jada. Si tu as peur, je le ferai moi-même. Tu ne risques rien, voyons !

Elles étaient dans le bureau d'Angela, le seul endroit où elles pouvaient être tranquilles et où Michelle n'avait pas honte de montrer son visage qui tournait au jaune et au verdâtre.

Michelle consulta de nouveau la feuille de papier posée devant elle. Depuis trois jours, les amies avaient passé leurs soirées à étudier les moyens de parvenir à leurs fins. Elles faisaient ce jour-là le premier pas, le plus facile selon Angela. Michelle ne devait pas flancher.

— Et si j'avais la figure encore enflée la semaine prochaine ? demanda-t-elle en se touchant une joue.

— Elle ne le sera plus, la rassura Angela. Et si cela se voyait, ce serait encore plus spectaculaire. Il adore secourir les gens. Il aime aussi les blondes et les honoraires imposants.

— Bon, d'accord, d'accord.

Michelle prit une profonde inspiration, décrocha, composa le numéro et demanda le poste 239 en relisant les instructions : *Boîte vocale, raccroche. Secrétaire, dis que c'est confidentiel.* Mais ce fut une voix masculine qui répondit au bout du fil.

— Allô, maître Reid Wakefield ? s'enquit Michelle.

— Lui-même.

Elle hocha la tête à l'adresse des deux autres. Angela sentit son cœur battre la chamade.

— Anthea Carstairs à l'appareil. Vous m'avez été chaleureusement recommandé par un de vos clients.

— C'est toujours agréable à entendre. Puis-je vous demander par qui ?

— Je crains de ne pas pouvoir vous le dire, il m'a demandé de garder tout ceci confidentiel et m'a assuré que votre firme méritait pleinement la confiance de ses clients à ce sujet.

— J'aime à croire que tous les avocats respectent le secret professionnel. Pour nous, chacun de nos clients a une importance toute particulière.

Son ton suffisant le fit cataloguer par Michelle comme un parfait imbécile, et pas seulement parce que Angela le lui avait dit.

— Il m'arrive justement un problème très... particulier concernant une succession. Mais je ne désire pas en parler par téléphone, poursuivit-elle. Pourrais-je venir vous voir ?

— Certainement. Mais vous pourriez peut-être...

— Vos honoraires ne posent aucun problème, l'interrompit-elle. D'ailleurs, Howard m'a affirmé que vous seriez très accommodant.

— Howard Simonton ?

Angela avait pêché dans ses souvenirs ce nom d'un puissant industriel, l'un des plus gros clients de la firme.

— Oh, mon Dieu, cela m'a échappé ! Oubliez que je l'ai dit, je vous en prie. Promettez-le-moi.

Cela valait mieux, en effet, Howard Simonton n'ayant jamais entendu parler d'une Anthea Carstairs.

— Pas de problème. D'ailleurs, je n'ai rien entendu, répondit l'idiot d'un ton plein de respect.

— Vous pourriez donc m'accorder un rendez-vous ?

— Bien entendu. Quel jour vous conviendrait ?

Michelle fit un signe interrogatif, Angela gesticula de manière incompréhensible. Michelle faillit perdre contenance.

— Voyons, mardi prochain ? Vers seize heures ?

— Mardi prochain d'accord, mais plutôt seize heures trente si vous le voulez bien. Comment épelez-vous votre nom ?

— Anthea Carstairs. Et il s'écrit comme il se prononce.

Sur quoi, Michelle raccrocha.

— Youpi ! s'exclama Jada. Le cinéma a perdu un immense talent le jour où tu as décidé de fonder une famille !

— Parfait ! Absolument parfait ! renchérit Angela.

Michelle jubilait. Elle pouvait donc, elle aussi, accomplir ce qu'elle voulait ? C'était pour elle une révélation.

— À mon tour, dit Angela en composant le numéro de son ancienne firme.

Elle avait la bouche sèche en demandant le numéro de poste de Lisa. Si elle tombait sur la boîte vocale, elle s'en sortirait. Mais si Donna, la secrétaire qu'elles avaient un moment partagée, répondait, elle y verrait le signe que son idée était trop folle pour réussir.

La voix de son ex-amie intime devenue ennemie mortelle la rassura sur ce dernier point.

— Lisa ? Angie à l'appareil.

Il y eut une pause. Elle se demanda si Lisa allait lui raccrocher au nez. Jada et Michelle écoutaient, les yeux écarquillés par la curiosité.

— Nous ne nous sommes pas souvent parlé depuis... depuis tu sais quoi, reprit-elle, mais je le regrette sincèrement, tu sais.

— Moi aussi, Angie.

— Vraiment ? Cela me fait du bien de l'apprendre, tu sais, mentit-elle avec aplomb. Parce que je n'ai pas seulement perdu un mari, c'était sans doute inévitable, j'ai surtout perdu une amie. C'est cela le plus dur.

Le plus dur avait été pour elle de proférer une pareille énormité. Les deux autres faisaient des mimiques devant lesquelles il lui était difficile de garder son sérieux.

— Oh, Angie ! Je suis tellement étonnée et... touchée, oui, émue même, de tes sentiments.

Lisa avait-elle une conscience, se demanda Angela, ou était-ce simple narcissisme de sa part ?

— J'ai eu le temps de beaucoup réfléchir, déclara Angela. Je ne crois pas que nous puissions redevenir amies comme avant, mais j'aimerais te parler. Je voudrais aussi te donner deux ou trois choses.

Angela manqua les premiers mots de la réponse de Lisa parce que les deux autres pouffaient de rire. C'était sans importance, mais elle devrait quand même rester prudente. Lisa n'était pas une idiote.

— ... et ton coup de téléphone auquel je ne m'attendais pas...

437

— Il n'est pas tout à fait désintéressé, admit Angela en se retenant de rire. Tu sais, la dernière fois que nous nous sommes vues... enfin, tu t'en souviens, n'est-ce pas ? Bref, il reste là-bas quelques affaires que je n'ai pas eu le temps d'emporter ce jour-là. Rien d'important, des souvenirs, un carnet de croquis, tu vois ce que je veux dire.

— Bien sûr.

Elle n'avait sûrement pas oublié, en effet, pensa Angela.

— J'ai aussi toujours en ma possession une bague que m'avait donnée Reid, un bijou de famille je crois. Il avait fait monter la pierre pour moi chez Shreve, Crump & Lowe, mais je ne veux pas la garder. C'est à toi qu'elle devrait revenir, à mon avis.

— Oh, Angie ! C'est trop généreux de ta part. Légalement...

— Allons, Lisa, il n'est pas question de légalité entre nous, tu le sais bien. Cette bague ne me fait aucun plaisir alors qu'elle pourrait t'en apporter, je crois. Pour le moment, je travaille à Westchester, mais je dois pouvoir prendre une navette en fin d'après-midi la semaine prochaine. Nous pourrions nous retrouver pour dîner, par exemple, et aller ensuite à l'appartement où je récupérerais mes affaires, je t'en faxerai la liste. Rien de très important, mon pyjama de flanelle, un journal intime auquel je tiens, des choses de ce genre.

— Pas de problème, approuva Lisa avec une évidente cupidité. Je suis prise lundi et jeudi, mais je n'ai rien le reste de la semaine.

— Bon, je te rappellerai pour fixer le jour. Ah ! une dernière chose, Lisa. Je suis toujours furieuse contre Reid et je ne veux à aucun prix qu'il soit au courant de tout cela, c'est trop humiliant pour moi. Je compte sur toi, n'est-ce pas ? Promets-moi de ne rien lui dire, sinon je ne viendrai pas.

— Tu peux absolument compter sur ma discrétion.

— Parfait. À bientôt, donc.

Quand Angela eut raccroché, Michelle et Jada l'applaudirent à tout rompre.

— La garce a mordu à l'hameçon, commenta Jada. Nous sommes bien parties, les filles !

— Oui, mais ce n'est qu'un début, déclara Michelle. Nous avons encore des tas de choses à nous procurer, à commencer par un tailleur élégant et des robes de maternité pour toi, Angela, ainsi que de la layette pendant que nous y serons. Toi, Jada, il te faut des bagages, je ne veux pas te voir partir en voyage avec des boîtes en carton. Et n'oublions pas nos déguisements pour notre numéro à Marblehead. Je ne sais pas si Frank a eu l'idée de résilier mes cartes de crédit, c'est l'occasion de le vérifier.

— Tu n'as pas gagné à la loterie, Michelle ! protesta Jada. Il n'y a pas de raison que tu fasses cela pour nous.

— Surtout pour moi, renchérit Angela, j'ai un job régulier.

— Vous êtes idiotes ou quoi, vous deux ? Qui m'a reçue chez elle quand je ne savais pas où aller ? Qui m'aide à m'occuper de mes enfants ? À propos d'enfants, prévoyons aussi des vêtements d'été pour les tiens, Jada. Et maintenant, dit-elle en exhibant une carte Visa Gold, allons voir si ce billet de loterie est toujours valable.

Elles restèrent au centre commercial jusqu'à l'heure de la fermeture. Forte de son expérience, Michelle acheta une garde-robe de grossesse pour Angela ainsi qu'une layette complète qu'elle choisit elle-même, Angela étant incapable de résister aux barboteuses aussi

439

adorables que peu pratiques. Elles s'offrirent ensuite des fous rires au rayon lingerie en essayant des dessous affriolants avant de choisir des ensembles à la limite du mauvais goût, mais qui les rendaient irrésistibles.

— C'est trop voyant, à ton avis ? s'inquiéta Michelle.

— Non, c'est parfait pour Anthea Carstairs et son amie Jeannette, répondit Angela en employant le nom de guerre attribué à Jada. Quel dommage que je ne puisse pas voir l'effet que cela produira.

Leurs achats terminés, elles décidèrent de laisser les paquets dans leurs voitures et de dîner au restaurant avant de rentrer. Puis, une fois leur commande notée par le serveur, Michelle demanda le silence.

— J'ai enfin pris ma décision, voilà ce que je vais faire. Regardez, dit-elle d'un ton solennel en exhibant une carte de visite :

APPELEZ CENDRILLON
LE MÉNAGE DES FÉES, LA PROPRETÉ MAGIQUE

— Géniale, ton idée, approuva Jada avec un large sourire.

— Tu es la reine de la propreté, renchérit Angela.

— Mais je n'ai pas l'intention de faire le ménage toute seule, poursuivit Michelle, ravie de leur réaction. Dès que j'aurai reçu des réponses à mes annonces, je formerai des employées. Au début, j'irai avec elles pour leur montrer comment s'y prendre, ensuite je me contenterai de vérifier leur travail. Si tout se passe bien, je dois pouvoir traiter quatre ou cinq maisons par jour. Qu'en pensez-vous ?

— Formidable, déclara Jada.

— Tu n'as pas mis de numéro de téléphone, observa Angela.

— Ce n'est pas un oubli, répondit Michelle. Vous savez que je compte déménager. Je le dois, d'ailleurs.

440

Les enfants ne peuvent pas rester ici, il faudra les inscrire dans une autre école en septembre. Nous nous adapterons, ce ne sera pas si difficile.

Les trois amies gardèrent le silence pendant que le serveur apportait leurs plats. Quand elles furent à nouveau seules, Michelle sortit de son sac sa carte de crédit, une paire de ciseaux ainsi que trois billets d'avion pour Boston, qu'elle montra aux deux autres.

— Un dernier cadeau de Frank, annonça-t-elle. Et maintenant, je deviens seule responsable de moi-même.

Alors, posément, elle coupa la carte en deux, puis en quatre et en huit, en éprouvant un sentiment de libération, de soulagement, d'une intensité à laquelle elle ne s'était pas attendue.

— Bravo, dit Jada en l'embrassant. Te voilà bien partie.

— Peut-être, répondit Michelle en riant. Mais c'est toi qui vas payer le dîner.

Chapitre 49

Dans lequel Jada fait des projets de voyage.

Jada avait déjà reçu un coup de téléphone de Clinton et une relance écrite de l'avocat concernant son retard dans le paiement des pensions. Elle avait menti en prétextant qu'elle ne se mettrait à jour qu'à condition de recevoir les enfants chez elle au lieu de devoir les traîner en voiture ou dans des restaurants. Clinton avait accepté de mauvaise grâce, en menaçant de retourner au tribunal si elle ne payait pas les arriérés : « J'ai la loi de mon côté », avait-il conclu.

Son premier essai d'emmener les enfants chez Angela avait tourné à la catastrophe. En découvrant les affaires de Jenna et de Frankie, Shavonne et Kevon avaient accusé leur mère de ne plus vouloir d'eux et leur visite s'était terminée dans les cris et les larmes. « Je hais Tonya, mais je te hais toi aussi », lui avait lancé Shavonne en guise d'au revoir.

Jada avait sérieusement envisagé de prendre la fuite avec les enfants en roulant droit devant elle. Mais la tension croissante qui régnait entre eux au cours de ces visites rendait cette solution désespérée de plus en plus irréalisable. Plus elle attendrait, moins ils accepteraient de partir avec elle, non parce qu'ils lui préféraient Clinton et Tonya, mais parce qu'ils étaient furieux contre elle de les « abandonner ». Jada savait aussi qu'un enlè-

442

vement lui ferait courir des risques considérables qui lui faisaient peur. Tout bien pesé, chercher refuge à la Barbade constituerait peut-être la meilleure solution. Jada décida donc de prendre contact avec l'avocat que ses parents lui avaient recommandé.

Malgré les deux secrétaires qui faisaient barrage, elle n'attendit que quelques secondes pour avoir Samuel Dumfries au bout du fil.

— Vous avez de la chance de me trouver ici, je dois m'absenter de Bridgetown cet après-midi, lui dit-il avec un accent britannique raffiné. Je serai aux États-Unis la semaine prochaine, mais je ne comptais pas me rendre à New York. Vous serait-il possible de me rencontrer à Boston ? Il vaut mieux traiter le sujet qui nous intéresse de vive voix plutôt que par téléphone.

La coïncidence frappa Jada. Pour la première fois de sa vie, elle devait aller à Boston jouer son rôle dans la comédie vengeresse d'Angela. Sans vouloir céder à la superstition, elle se demanda s'il ne fallait pas voir le doigt de Dieu dans ce concours de circonstances.

Elle accepta donc sans hésiter ; ils convinrent d'un rendez-vous et elle remercia chaleureusement son interlocuteur.

— Inutile de me remercier, madame Jackson, répondit-il. Voyons d'abord si je puis vous être utile.

— Mais... c'est du kidnapping ! s'exclama Michelle.

Elles étaient toutes trois assises sur le lit d'Angela et s'efforçaient de ne pas parler trop fort pour ne pas réveiller Jenna et Frankie.

— Ne me dis pas que c'est illégal de vouloir être avec ses enfants, répliqua Jada.

Michelle imagina sans peine ce qu'elle devait éprouver, séparée de ses enfants et forcée tous les soirs de voir

Jenna et Frankie revenir de l'école en parlant des mêmes choses que Shavonne et Kevon.

— Je croyais que nous devions faire appel de la décision, intervint Angela. Michael a déjà entrepris les démarches et...

— Plus question, l'interrompit Jada. Ce serait trop long et nous ne serions pas sûres de gagner. En attendant, mes pauvres chéris souffrent tous les jours.

— L'enlèvement est quand même considéré comme un crime fédéral. Je ne veux pas avoir l'air d'une poule mouillée, mais...

— Un crime vaut mieux que de traumatiser des enfants à vie. Sherrilee m'a repoussée tout à l'heure, elle ne l'oubliera peut-être jamais ni ne me pardonnera de l'avoir abandonnée. Tu n'as pas besoin de te compromettre en m'aidant. Toi non plus, ajouta-t-elle à l'adresse de Michelle. Je suis décidée à aller jusqu'au bout.

— Tu ne peux pas le faire toute seule, dit Angela.

— Je me débrouillerai s'il le faut. D'ailleurs, il y a des organismes qui assistent les femmes dans ma situation.

— Ils sont totalement illégaux, Jada ! Tu devrais rester des années dans la clandestinité. Et si tu te faisais prendre, tu irais en prison.

— Pas si je quitte le pays, déclara Jada. Je compte emmener les enfants à la Barbade.

— Je t'aiderai, dit Michelle en lui prenant la main. Je ferai tout ce qu'il faudra. Tu as besoin de récupérer tes enfants et ils ont besoin de toi. Cela vaut la peine de courir tous les risques.

Jada la remercia d'un regard chargé d'affection.

— Et si tu échoues ? s'inquiéta Angela.

— Rien ne peut être pire que ce que je subis maintenant.

— Et même si tu échouais, intervint Michelle, ils auraient au moins compris que tu les aimes et que tu voulais les reprendre. C'est cela le plus important, n'est-ce pas ?

— Oui, approuva Jada.

Angela poussa un profond soupir.

— Bon, compte aussi sur moi. Par quoi commençons-nous ?

— Par appeler ma mère, répondit Jada.

Chapitre 50

Pendant lequel les acteurs entrent en scène.

— J'ai l'air d'avoir grossi ? Tant mieux, dit Angela après que Jada et Michelle eurent toutes deux répondu d'un signe de tête.

Elle préférait paraître enveloppée plutôt qu'enceinte. En tant qu'auteur et metteur en scène de la pièce qui allait avoir lieu, mieux valait avoir une allure aussi peu attirante et discrète que possible. Ses cheveux étaient tirés en queue de cheval, elle n'avait aucun maquillage à part un soupçon de rouge à lèvres. N'avait-elle rien oublié ? Elle avait confirmé leur rendez-vous à Lisa, réservé une table dans un restaurant. Elle regrettait presque d'avoir été voir le dentiste de Michelle, sa douleur l'aurait empêchée de se goinfrer devant Lisa.

— Ne surtout pas oublier ça ! dit-elle en prenant l'écrin vide à la marque de Shreve, Crump & Lowe.

— Et voilà la bague, dit Michelle en sortant de son sac un petit sachet de chez Macy's. Une merveille venue tout droit du comptoir des bijoux fantaisie. Elle n'a pas l'air trop neuve, j'espère ?

Michelle s'était tartiné le visage d'assez de maquillage pour elles trois. En petit tailleur de style Chanel, très ajusté pour mettre ses formes en valeur, elle était époustouflante.

— Non, la rassura Jada. Juste la taille qu'il faut, ni

trop gros ni trop petit. Mais il vaut mieux ne pas la montrer au jour, dit-elle à Angela, le zircon brille comme du cristal et l'illusion s'envole.

Jada portait le sweater orange et le pantalon de cuir noir acheté pour l'occasion. Avec sa coiffure en chignon qui lui dégageait le visage et un rouge à lèvres orangé assorti au sweater, elle était spectaculaire.

— Quelles chaussures vas-tu mettre ? lui demanda Michelle.

— Je ne sais pas. Les escarpins ou les bottines noires ?

Michelle la toisa avec sérieux.

— Je serai en escarpins. Mets les bottines, pour changer.

— Je n'aurai pas l'air trop gouine ? s'inquiéta Jada.

— Si ! dit Angela en riant. Allons-y, ne ratons pas l'avion.

Lorsque Michelle entra dans le bureau de Reid Wakefield, elle se sentait comme Cendrillon *après* le coup de baguette magique de sa bonne fée, car la réceptionniste et plusieurs secrétaires lui avaient lancé des regards chargés d'envie.

Le bientôt ex-mari d'Angela se leva pour l'accueillir. Grand, blond, souriant, il lui parut extrêmement séduisant. Il n'était pas du tout son genre, elle avait toujours préféré les petits bruns trapus, mais elle ne pouvait ignorer son charme. Un charme sans doute superficiel, auquel elle comprenait quand même qu'Angela ait pu succomber.

Il lui serra la main, la garda un peu trop longtemps dans la sienne, la fit asseoir sur le canapé du coin conversation et prit place en face d'elle, le regard déjà en éveil. Obligeante, Michelle se croisa les jambes. Il était vraiment trop facile à appâter, se dit-elle en ayant

447

presque pitié de sa fiancée, mais il avait amplement mérité ce qu'elle s'apprêtait à lui infliger.

— Pourrions-nous fermer la porte ? dit-elle avec une timidité admirablement feinte. Je ne voudrais pas que des oreilles indiscrètes...

Il bondit, s'exécuta et revint s'asseoir en deux enjambées.

— Monsieur Wakefield, commença-t-elle, je dois d'abord vous avouer que je vous ai menti.

Elle vit le sourire s'effacer, un sourcil interrogateur se hausser.

— Vraiment ? Puis-je savoir pourquoi ?

— Je vous ai donné un faux nom, je ne m'appelle pas vraiment Anthea Carstairs. Je ne vous l'avais dit que parce que je suis mariée à un homme très connu et que je ne voulais pas vous influencer avant d'avoir pu vous exposer mon problème de vive voix.

— Je ne suis pas spécialiste du droit matrimonial et bien que je sois tout disposé à..., commença Reid.

— Charles Henderson Moyer, articula Michelle.

Cette fois, les deux sourcils se haussèrent d'eux-mêmes. Nul n'ignorait l'histoire de ces trois frères qui se disputaient avec acharnement une fortune dont l'immensité n'était égalée que par les drames qui jalonnaient leur existence.

— Charles, celui qui vit retiré du monde, je crois ?

— Oui. Le plus riche et le plus âgé. Nous sommes mariés depuis onze ans, voyez-vous, et je ne crains pas de dire que ces années ont été les plus belles de ma vie. Il faut une chair jeune pour émouvoir les hommes de cet âge, dit-elle en baissant modestement les yeux.

Michelle s'étonnait de jouer son rôle avec tant de facilité. Peut-être aurait-elle dû être actrice, après tout.

Quand elle releva les yeux, Reid déglutissait avec peine.

— Je vois, dit-il. Quel est votre problème, alors ?

— Au moment de notre mariage, j'ai signé un engagement par lequel j'acceptais de renoncer à tout dédommagement si je le trompais. Cet engagement, monsieur Wakefield, je l'ai toujours respecté. Me croyez-vous ?

Il acquiesça d'un lent signe de tête en la fixant des yeux comme s'il était une proie hypnotisée par un serpent. Jouer avec un pareil imbécile est décidément plus amusant que de faire le ménage ! se dit-elle en s'humectant délicatement les lèvres du bout de la langue. Elle craignit d'abord d'en faire un peu trop, mais en le voyant croiser précipitamment les jambes pour dissimuler une embarrassante érection, elle ne regretta pas son initiative.

— Charles veut divorcer, reprit-elle. Il a trouvé une autre femme, plus jeune et plus attirante que moi, sans doute. Je n'y vois aucun inconvénient, mais ce sont ses conditions que je n'accepte pas, car il prétend m'accuser *moi* d'adultère afin de ne pas me donner un sou.

— Cet homme a pourtant des milliards !

— Et je suis innocente de ce dont il m'accuse. Mais les Moyer ont tous une attitude, disons, un peu particulière envers l'argent. Rappelez-vous l'enlèvement de sa fille, il y a quinze ans. Il a attendu pour verser la rançon que les malfaiteurs lui aient coupé trois doigts en trois semaines. Et la pauvre Meredith était violoniste, ajouta-t-elle d'un ton pénétré de tristesse.

— Je me souviens, en effet, de cette triste histoire.

— Les Moyer ont la mémoire courte dans ce domaine, soupira Michelle. Meredith était la fille de sa deuxième femme, je suis la cinquième et nous n'avons pas eu d'enfants. Et maintenant, il se prépare à en épouser une sixième. Vous rendez-vous compte ? Annoncer son prochain mariage avant même d'être divorcé !

Le sarcasme de Michelle passa inaperçu.

— Vous comprenez donc qu'ayant moi-même joué le jeu en respectant les règles, il me faut de l'aide pour qu'il les respecte aussi. Il fait très chaud depuis que je vous ai demandé de fermer la porte, vous ne trouvez pas ? enchaîna-t-elle. Permettez-moi d'enlever ma veste.

Son petit chemisier de soie avait coûté cher, mais en constatant l'effet produit, Michelle ne regretta pas la dépense.

— Pour terminer ma confession, reprit-elle, je n'ai jamais trompé mon mari avec d'autres hommes mais, je dois vous le dire, il m'est arrivé de le faire avec d'autres femmes. Au début, c'était lui qui me le demandait — il avait besoin de stimulations, le pauvre, précisa-t-elle en suivant avec fascination la pomme d'Adam de Reid qui montait et descendait comme un yoyo. Et puis, il y a environ deux ans, j'ai fait la connaissance d'une femme... différente. Charles me l'avait présentée, elle aussi, comme à son habitude, mais cette fois...

Michelle s'interrompit, baissa la tête comme écrasée de honte, puis compta jusqu'à cinq et se redressa d'un air de défi.

— Je ne cherche pas à m'excuser, déclara-t-elle, je n'ai pas honte de ce que je fais. Je vous informe de cela uniquement parce que Charles s'en sert pour faire pression sur moi et m'accuser d'adultère. Mais le fait est que... nous nous aimons. Une femme doit aimer quelqu'un, sinon une partie d'elle-même dépérit et finit par mourir, dit-elle d'une voix évoquant Lana Turner dans ses meilleurs rôles. Je ne suis pas vénale, monsieur

450

Wakefield, ajouta-t-elle. Je me contenterai de cent millions. Pour Charles, ce n'est rien. Croyez-vous que votre firme accepterait de me représenter ? Pourriez-vous *personnellement* vous en charger ? insista-t-elle.

Une lumière s'était allumée dans le regard de Reid sans que Michelle puisse discerner s'il s'agissait de cupidité ou de concupiscence. Sans doute un mélange des deux.

— Oui, certainement, répondit-il d'une voix étranglée.

Michelle le récompensa d'un sourire et se leva.

— Merci, merci mille fois. Je ne voudrais pas trop m'attarder, je crains toujours d'être suivie. C'est la raison pour laquelle je m'étais d'abord présentée à vous sous un faux nom. En réalité, je suis Katherine Moyer, dit-elle en lui prenant les deux mains. Nous devrons aussi parler de vos honoraires. Ils seront élevés, je le sais, mais j'ai besoin d'avoir une entière confiance en la personne qui défendra ma cause. Et pour moi, cela n'a pas de prix.

— Vous pouvez vous fier entièrement à moi, déclara Reid avec conviction.

Certains hommes sont si faciles que c'en est ridicule, pensa-t-elle en remettant sa veste.

— Puis-je vous demander une grande faveur ? murmura-t-elle.

— Bien sûr.

— J'aimerais que vous rencontriez Jeannette. Elle sera amenée à témoigner dans cette affaire et je voudrais aussi connaître son opinion sur vous. Je n'ai pas de famille, je n'ai personne qu'elle sur qui m'appuyer pour prendre une décision de cette importance. Vous me comprenez, j'espère ?

— Tout à fait. Aucun problème.

451

— Quand on est Mme Charles Moyer, tout pose des problèmes, soupira Michelle. Je suis descendue aux « Quatre Saisons », mais nous ne pouvons pas nous y retrouver. Connaissez-vous un bar tranquille où nous pourrions nous rencontrer après votre travail ? Un endroit discret où je ne risquerais pas de tomber sur des gens connus ?

— Bien sûr, répondit Reid sans marquer la moindre hésitation.

Il lui indiqua le nom et l'adresse de l'établissement, la raccompagna jusqu'à l'ascenseur, pressa lui-même le bouton et lui serra la main avec effusion en disant : « À six heures. »

Assise à la table d'angle qu'elle avait réservée au restaurant de Commonwealth Avenue, Angela s'efforçait de paraître calme. Elle était arrivée en avance pour éviter de montrer d'emblée à Lisa un embonpoint dont, à n'en pas douter, elle ferait des gorges chaudes.

Toujours aussi grande, mince et blonde, Lisa arriva en retard comme à son habitude. Elle regarda deux fois autour de la salle sans reconnaître Angela, qui dut lever la main en se félicitant d'avoir changé à ce point — moralement plus encore que physiquement. Avec une maladresse inaccoutumée, Lisa se débattit avec sa chaise, son sac et son manteau pendant qu'Angela se disait qu'il était bien agréable de n'avoir rien à se reprocher et de pouvoir observer avec détachement la femme qui l'avait trahie.

Lorsqu'elle s'assit enfin, Lisa lui lança un bref regard, se détourna aussitôt et prit le menu.

— Je suis ravie de te revoir. Tu as une mine superbe.

Deux mensonges d'affilée. Angela se retint de sourire.

— Je me sens très bien, répondit-elle.

Un instant, Lisa eut l'air surpris.

— Vraiment ? C'est merveilleux. Tu as trouvé un autre job ?

— Oui, très différent.

— C'est merveilleux. Si nous commandions ? Je meurs de faim.

Cela signifiait qu'elle commanderait une salade verte sans assaisonnement et un poisson grillé sans beurre ni huile. Lisa n'était jamais plus affamée — pour la nourriture, du moins. Angela se demanda ce qu'elle mangeait quand elle n'avait pas faim. Elle se demanda aussi comment elle avait pu se faire une amie de cette femme. Son jugement était-il faussé à ce point ? Ou Lisa jouait-elle très bien la comédie ?

— J'ai prévenu Reid que je rentrerais tard ce soir, dit Lisa comme si cela allait de soi. Je ne connais pas ton programme, mais moi j'ai tout mon temps.

— J'en suis ravie, mentit Angela.

Elle n'envisageait certes pas de perdre une minute de trop avec Lisa, mais elle avait un horaire à respecter. Il fallait laisser à ses deux amies le temps de faire ce qu'elles devaient pendant qu'elle-même occupait son ennemie.

— Au fait, dit Lisa, je t'ai apporté tous les objets que tu m'avais demandés. J'ai pensé t'épargner le trajet jusqu'à Marblehead et puis... revoir l'appartement t'aurait peut-être été pénible.

Et merde ! fulmina Angela en réussissant à ne pas changer de visage. C'était la catastrophe ! Pourquoi fallait-il toujours que quelque chose ne marche pas comme prévu ? Il fallait à tout prix qu'elle aille à Marblehead avec Lisa dans deux heures maximum !

— Moi aussi, j'ai quelque chose pour toi, répondit-elle aussi calmement qu'elle le pouvait.

Le serveur apporta son poulet à la mangue, la salade et le poisson grillé de Lisa. Il fallait qu'elle trouve une solution de rechange. Lisa n'allait pas faire échouer une machination si soigneusement montée. Ce serait vraiment trop bête !

Chapitre 51

Dans lequel Jada s'initie à la cérémonie du thé.

Jada se sentait mal à l'aise en traversant le Boston Commons. Les passants la regardaient. Parce qu'elle était noire ? se demanda-t-elle. Ou à cause de sa tenue ? Elle n'était pas habillée comme les femmes de la région, en effet. Les pantalons de cuir noir ne faisaient certes pas partie de leurs garde-robes. En arrivant à l'autre bout du jardin public, car ce n'était en fin de compte rien d'autre qu'un jardin public, Jada était déçue. Pour sa première visite de Boston, elle s'attendait à mieux.

Elle devait se hâter pour arriver à son rendez-vous avec Samuel Dumfries, le fils du mari de la cousine de sa mère. Quelle étrange manière de se faire aider ! pensa-t-elle. Il n'y avait qu'à la Barbade que les gens se donnaient la peine de toujours trouver quelqu'un d'utile, pour s'apercevoir neuf fois sur dix qu'il était incompétent. Mais elle était au bout de son rouleau, l'homme lui avait fait bonne impression au téléphone et elle n'avait rien à perdre.

Elle reconnut un coin de la place où avait eu lieu le tournage d'une vieille série télévisée. Sur l'écran, tout le monde se connaissait. Ici, heureusement, personne ne savait qui elle était. Car avant d'exécuter des actes immoraux ou, du moins, de faire semblant, elle allait s'entretenir de projets d'émigration illégale avec un

455

homme de loi étranger. Toute sa vie, elle avait été honnête, elle avait respecté scrupuleusement les règles et toujours fait ce que sa mère lui avait appris. Et tout cela pour en arriver là ? C'était bien la peine...

Jada traversa la rue vers les ors du Ritz Carlton. Elle n'attendait rien, à vrai dire, de ce rendez-vous de M. Dumfries, elle n'y allait que parce qu'elle n'avait rien d'autre à faire jusqu'à ce qu'elle rejoigne Michelle à six heures au bar dont Reid avait donné l'adresse.

Un sourire lui vint aux lèvres. Quand pour la dernière fois s'était-elle trouvée seule dans une ville où elle ne connaissait personne ? Elle se sentit soudain lancée dans une aventure, comme si elle avait encore vingt-quatre ans au lieu de trente-quatre. Sa tenue voyante la gêna quand même pour demander au concierge où l'on servait le thé et elle fut agréablement surprise de s'entendre répondre avec courtoisie.

Repérer Samuel Dumfries ne présenta aucune difficulté, il était le seul Noir dans la pièce et il se leva quand elle y entra. Il était grand, un peu trop mince pour sa taille et extrêmement noir, ce qui ne devait pas lui rendre la vie toujours facile dans les îles, où chaque nuance plus foncée marque un degré plus bas dans l'échelle sociale. Ses yeux d'un gris très clair donnaient à son visage une allure étrange. Sans être bel homme, en tout cas, il était plaisant, et le sourire avec lequel il accueillit Jada la détendit un peu.

— Vous êtes Jada Jackson ?

— Vous êtes donc Samuel Dumfries, répondit-elle.

Il avait les dents très blanches et un accent purement britannique, comme Jada l'avait déjà remarqué au téléphone.

— Un peu de thé ? demanda-t-il quand elle se fut assise. Il est de Ceylan, pas de Chine, mais ils le préparent correctement. C'est un des seuls endroits de Boston où l'on sert un thé acceptable.

En pensant à ses sachets de mauvais Lipton traînant au fond d'un tiroir, Jada se rendit compte qu'elle avait oublié l'importance que les îliens accordaient à leur thé. L'influence anglaise perdurait...

— Dieu soit loué ! dit-elle en riant.

Il la regarda avec étonnement.

— Excusez-moi, je ne m'attendais pas à vous trouver d'aussi bonne humeur. Votre mère m'a dépeint votre situation et...

— Je sais, monsieur Dumfries, j'ai des problèmes graves.

— C'est ce que j'ai cru comprendre. Sucre ?

— Non merci.

— Lait ?

Jada se moquait éperdument du thé, elle n'en buvait que quand elle avait des crampes d'estomac.

— Non, merci, répéta-t-elle. En tout cas, je ne sais pas ce que ma mère vous a dit mais, la connaissant, elle a dû vous en dire beaucoup.

— Votre mère n'a jamais eu la réputation d'être avare de paroles, répondit-il en souriant. Son récit était tout à fait affligeant.

Jada se demanda ce que ses parents avaient raconté et combien il en avait cru. Elle regretta soudain sa tenue ridicule, sa coiffure trop élaborée, son rouge à lèvres orange. Parce que si elle était venue rejoindre cet homme à cette table sans rien espérer, elle sentait émaner de sa personne la force de réussir ce qu'il accomplissait et l'habitude d'exercer le pouvoir.

— Quoi que vous ait dit ma mère, la réalité est encore plus désastreuse, commença Jada.

Elle se lança alors dans l'énumération des faits. Et ce

ne fut qu'au bout de deux théières, quatre morceaux de sucre, trois mouchoirs en papier et une rapide visite aux toilettes qu'elle eut terminé son exposé. Samuel Dumfries avait écouté avec attention et posé quelques questions pertinentes tout en la regardant de ses étranges yeux gris. Ils avaient largement dépassé l'heure du thé, puisqu'ils étaient les derniers clients dans la salle, mais il n'avait jamais marqué d'impatience. C'était un homme calme qui imposait le calme autour de lui.

— Eh bien, demanda-t-il enfin, que comptez-vous faire ?

— Je serai franche avec vous. Je sais que vous êtes un homme de loi, mais je me sens forcée d'agir contre la loi, je devrais plutôt dire au-delà de la loi. Quand mes parents me l'ont suggéré pendant leur dernière visite, je leur ai résisté. Maintenant, je sais avec certitude qu'il faut que je reprenne mes enfants pour leur bien et je ne peux plus attendre qu'un tribunal comprenne enfin qu'il existe une différence entre les textes de loi et ce qui est bon pour des enfants.

Elle s'attendait qu'il la désapprouve, ou lui dise au moins qu'ils ne pouvaient pas poursuivre leur entretien sur de telles bases. À sa surprise, il hocha la tête en signe d'approbation.

— On peut considérer le droit commun comme un simple code régissant les droits de propriété, dit-il. Ce qui est regrettable, c'est que si la loi demeure une fort belle construction, la conception que les hommes se font de la propriété s'est sensiblement modifiée. Nos ancêtres ont jadis été assimilés à de simples possessions. Les femmes et les enfants aussi. Or, la loi reste fondée sur des précédents, sans parler des preuves fallacieuses et des témoignages mensongers.

Il l'avait donc crue ? Jada éprouva un sursaut d'espoir.

— Si je réussis à embarquer mes enfants dans un avion pour la Barbade, comment les choses se passeront-elles là-bas ?

Il le lui expliqua, jusqu'à ce que Jada comprenne que la situation serait loin d'être idéale. Tandis que la lumière du jour s'estompait derrière les fenêtres, son espoir en faisait autant.

— Connaissez-vous les îles Caïmans ? demanda Dumfries.

— Non.

— À la Barbade, dont vous n'êtes pas citoyenne, il sera difficile de faire obstacle à votre mari. Mais en tant que citoyenne américaine résidant aux îles Caïmans, où je traite de nombreuses affaires, vous vous en sortiriez fort bien si vous pouviez disposer d'une certaine somme en garantie. Votre mari n'aurait aucune raison de vous y poursuivre, l'économie est florissante. Une personne avec votre expérience bancaire n'aurait aucun mal à trouver un emploi rémunérateur. Je me disais que, peut-être...

— Vous seriez disposé à m'aider ? Vous ne condamnez pas ce que j'envisage de faire ?

— Protéger vos enfants ? Certainement pas. Je n'encourage personne à violer la loi, mais je sais combien il est douloureux de subir l'injustice. Après tout, j'ai fait mes études en Grande-Bretagne.

C'est alors que Jada remarqua sa montre, la plus plate et la plus élégante qu'elle ait jamais vue. Elle remarqua surtout l'heure qu'il était.

— Grand Dieu ! dit-elle en se levant. J'ai un rendez-vous auquel je ne peux pas arriver en retard. Il faut que je m'en aille tout de suite.

Elle n'attendait toujours rien de cet homme, avec lequel elle venait de passer deux heures qui lui avaient

459

donné l'impression de ne durer que vingt minutes. Mais il lui avait offert de sages conseils et des encouragements. Jada regretta de devoir écourter leur entretien aussi brusquement.

— Je suis vraiment très heureuse d'avoir fait votre connaissance, reprit-elle en lui tendant la main. Merci de vos conseils, je vais y réfléchir.

— Vous devriez faire plus qu'y penser, répondit-il en lui tendant sa carte. Appelez-moi quand vous voudrez. Et donnez-moi aussi votre numéro de téléphone.

Jada lui indiqua celui d'Angela en priant le Ciel de trouver un taxi en station devant l'hôtel.

— Merci encore, lui dit-elle.

Et elle se retira à regret.

Chapitre 52

Dans lequel Jeannette et Anthea jouent avec le feu
et Angela avec ses nerfs.

Avant même que Michelle le lui eût murmuré, Jada comprit que le beau grand blond qui venait d'entrer dans le bar était le mari d'Angela. Pendant les quelques instants qu'il lui fallut pour accommoder sa vision à la pénombre et traverser la salle, Jada n'eut aucun mal à le situer. C'était un de ces jeunes Blancs sûrs d'eux-mêmes qui croyaient posséder le monde et s'estimaient si haut placés sur l'échelle sociale que coucher avec une Noire n'était pas déchoir mais, au contraire, s'accorder un plaisir défendu à leurs inférieurs. Elle se demanda si ses ancêtres achetaient des femmes noires sur le marché aux esclaves, mais elle leur accorda le bénéfice du doute. Angela lui ayant dit que les Wakefield étaient bostoniens depuis deux siècles, ils avaient peut-être toujours été abolitionnistes.

Il les salua avec le plus suave des sourires et s'assit en face de Jada, qui lui fit un sourire froid.

— Chère Jeannette, dit la fausse Katherine à la vraie Jada, je te présente Reid Wakefield.

— J'ai déjà beaucoup entendu parler de vous, dit Jada d'une voix veloutée. Katherine m'a dit que vous aviez déjà gagné sa confiance mais, à mon avis, Katherine a toujours été trop confiante.

461

Elle aperçut Michelle réprimer un sourire et se rendit compte, pour la première fois, qu'elles pourraient s'amuser. Elle préféra cependant jouer sa partition sans fioritures — autant, du moins, que le lui permettait son rôle de fausse lesbienne servant d'appât.

— J'espère que ma réputation et ma personnalité gagneront votre confiance à vous aussi, répondit Reid.

— Je connais déjà votre réputation, sinon nous ne serions pas ici.

Voyant que Michelle avait du mal à garder son sérieux, Jada décida d'accélérer le mouvement pour voir comment il réagirait.

— Katherine a besoin de quelqu'un qui prenne soin d'elle, poursuivit-elle en prenant la main de Michelle. Elle le mérite. Je connais trop bien Charles et je sais par quoi il l'a fait passer.

Elle marqua une pause afin de le laisser imaginer quelques scènes torrides, puis elle ouvrit la paume de Michelle et y posa un lent baiser. Michelle laissa sa main sur la table, ouverte comme une fleur au creux de laquelle le rouge à lèvres orange de Jada semblait luire comme du néon. Hypnotisé, Reid fixait des yeux cette main devenue le symbole d'une sensualité débridée. Jada se permit de sourire ouvertement. C'est étrange, pensa-t-elle, comme les hommes s'excitent si facilement en imaginant deux femmes ensemble alors qu'ils sont souvent incapables d'en satisfaire une seule. Peut-être parce qu'ils se sentent ainsi moins obligés d'accomplir eux-mêmes des prouesses...

Jada pensa qu'il était temps de rompre le charme et de finir de ferrer le poisson. Elle se leva, annonça qu'elle allait aux toilettes et s'éloigna en prenant soin d'adopter une démarche chaloupée qui, à son passage, fit se retourner tous les hommes accoudés au bar.

Le succès qu'elles remportaient auprès de Reid était d'une facilité déconcertante, certes, mais elle ne put s'empêcher de fredonner gaiement en s'asseyant sur le siège des toilettes. La suite serait un jeu d'enfant. Et puis, s'avoua-t-elle sans trop de honte, le sentiment qu'elle croyait avoir oublié d'être désirable et d'éveiller la convoitise des hommes n'avait rien de désagréable, après avoir été négligée des années par Clinton.

Angela n'en revenait pas. Lisa avait le culot de bavarder interminablement de son travail et des collègues que sa trahison avait forcé Angela à abandonner. Mais en plus, elle s'était mise à lui parler de ses fiançailles, de ses projets pour son mariage avec Reid et même de leur voyage de noces. C'était purement et simplement invraisemblable ! Avait-elle toujours été aussi obtuse ou le faisait-elle exprès ?

— Reid voulait que nous nous contentions d'une semaine, mais on ne peut pas aller en France simplement pour huit jours. Alors, nous avons transigé sur dix jours, mais j'aurais préféré quinze.

Angela se borna à hocher la tête. Reid et elle n'avaient passé que cinq jours aux Bermudes, elle n'allait surtout pas en parler.

Après que le serveur eut débarrassé leur table, Lisa exhiba un sac en papier de Saks Fifth Avenue qu'elle tendit à Angela. Un instant, Angela se demanda s'il s'agissait d'un cadeau. Quel genre de présent offre-t-on à l'ex-femme de son futur mari ? Un pistolet, un flacon d'arsenic ? Ou alors, pourquoi pas, une panoplie de gymnaste pour rester en forme et garder le prochain homme qu'elle dénicherait ?

En réalité, Angela ne découvrit dans le sac qu'un sweater bleu oublié dans la penderie, une petite lampe de chevet, un album de photos et quelques autres babioles.

— Le reste est dans la voiture, dit Lisa.

Angela parvint à sourire. Ce n'était pas du tout ce qu'elle avait prévu et elle trouvait vexant de se faire prendre ainsi à contre-pied. Elle avait eu beau réfléchir en mangeant son poulet, elle n'avait pas imaginé de solution de rechange et le temps pressait, elle ne pouvait pas s'attarder davantage.

Le retour du serveur avec l'addition la rassura au moins sur ce point. Lisa ne faisant aucun effort pour la prendre, Angela posa sur la table exactement la moitié de la somme et la moitié du pourboire et poussa la soucoupe vers Lisa. Celle-ci parut étonnée, comme si payer son repas ne lui était jamais venu à l'idée, fouilla dans son sac et posa en vrac une poignée de billets froissés et de pièces de monnaie. Ce bref répit permit à Angela de reprendre l'initiative.

Elle sortit de sa poche l'écrin de maroquin bleu, vit Lisa écarquiller les yeux, le remit dans sa poche et se leva en même temps.

— Allons prendre le reste de mes affaires dans ta voiture, dit-elle avec un calme qu'elle était loin de ressentir.

Il fallait à tout prix qu'elle arrive à l'appartement dans l'heure, sinon tout son plan s'écroulait. Et Lisa croirait jusqu'à la fin de ses jours avoir réussi à humilier une malheureuse et pitoyable Angela, pas même fichue de garder un mari dont elle était indigne.

Encore fascinée par l'écrin qu'elle avait aperçu, Lisa sortit du restaurant à sa suite et ouvrit le coffre de sa voiture. À la lumière de la petite ampoule, Angela inventoria rapidement le contenu de la boîte en carton où Lisa avait entassé ses prétendus trésors.

— Je ne vois pas mon journal, dit-elle d'un ton paniqué qu'elle espéra assez convaincant.

— Vraiment ? Je croyais n'avoir rien oublié. J'ai trouvé le carnet de croquis sur l'étagère...

— Non, ce n'est pas de cela que je parle, mais de mon journal.

— Tu es sûre ? Il n'était pas sur la liste.

Il y était pourtant, Angela avait pris la précaution de l'y faire figurer pour parer à toute éventualité.

— Tu l'as lu ? demanda-t-elle d'un air catastrophé. Oh, Lisa, promets-moi que tu ne l'as pas lu !

— Mais non, je t'assure, je ne l'ai même pas trouvé.

À l'évidence, elle regrettait cette lacune.

— Non, je n'y crois pas ! se lamenta Angela. Il était sur l'étagère, j'en suis sûre. Il faut absolument que je le récupère, Lisa. Si quelqu'un le lisait, j'en mourrais de honte.

— Écoute, je te l'enverrai par la poste, je te donne ma parole.

Compter sur sa parole ? Pas question ! Angela replongea la main dans sa poche, prit l'écrin, l'ouvrit et fit jouer la faible lumière du coffre sur la bague, dont le faux diamant étincela de mille feux. Derrière elle, elle entendit Lisa étouffer un soupir.

— Écoute, Lisa, ces trucs n'ont aucune valeur pour toi, mais j'y tiens, dit Angela en montrant les vieilleries dans la boîte. Et je tiens plus à mon journal qu'à tout le reste. Il me le faut absolument.

Lisa hésita.

— Bon, allons le chercher à l'appartement, dit-elle enfin.

Angela imagina sans peine que l'annulaire de Lisa la démangeait déjà furieusement. Et quand elle remonta dans sa voiture de location pour suivre celle de Lisa, elle ne put s'empêcher d'éclater de rire. Les ennemis sont faciles à vaincre une fois qu'on a pris conscience qu'ils ne sont pas vos amis, pensa-t-elle en espérant que le métal doré de la bague de pacotille laisserait une marque verdâtre sur la peau si fine et si blanche de Lisa.

Chapitre 53

Dans lequel Reid découvre que la chair est faible
et Angela s'en réjouit.

En s'apprêtant à descendre de la voiture de Reid, Michelle prit soin de faire remonter sa jupe jusqu'en haut de ses cuisses. Jada et elle avaient beaucoup dépensé — aux frais de Frank — en lingerie affriolante, le moment était venu de rentabiliser l'investissement.

Quand Jada se rangea derrière eux dans la voiture de location, Reid courait déjà comme un toutou pour lui tenir la portière. Michelle faillit pouffer de rire en voyant les regards qu'il lui lançait. Elle était fière d'avoir si bien tenu son rôle au bar en le poussant à boire tout en ne buvant presque rien elle-même et en feignant de se laisser griser. Ensuite, pendant le trajet, elle n'avait pas arrêté de lui dire à quel point il lui inspirait confiance, quelles sommes colossales étaient en jeu, combien il était vital pour elle de ne pas être vue et, pour ne rien laisser au hasard, depuis combien de temps elle n'avait pas été en compagnie d'un homme. « Sauf Charles, bien sûr. Mais il semble que les dimensions de son compte en banque et ses dimensions... personnelles soient inversement proportionnelles », avait-elle dit en posant une main sur la cuisse de Reid qui, du coup, avait fait une embardée.

L'enivrer d'alcool et de lubricité pour l'amener à les

inviter toutes deux chez lui avait été presque trop facile. Maintenant qu'elles étaient à pied d'œuvre, Jada fit un sourire désabusé. Qu'avaient-ils donc dans la tête, tous ces hommes ? Étaient-ils incapables de penser au-dessus de la ceinture ? Risquer sa situation, ses relations, son avenir, sa position sociale, tout cela pour quoi ?

— Puis-je vous proposer quelque chose à boire, mesdames ? dit-il d'une voix rauque.

— Oh, nous ne sommes pas des *dames* ! s'esclaffa Michelle. Des femmes, oui. D'ailleurs, nous sommes là pour vous en convaincre, mon beau petit avocat.

Devant l'immeuble où elle avait cru fonder son foyer, Angela fit semblant d'hésiter.

— Il n'est pas là ? Tu es sûre ?

— Mais oui. Il avait une réunion de travail ce soir, quelque chose d'urgent. Il ne rentrera pas avant au moins une heure.

Angela dut encore une fois refréner son impatience d'entrer.

— Attends ! Tu ne lui as pas dit que tu me voyais, au moins ? Tu m'as promis qu'il ne serait pas là. Grosse comme je suis, je ne veux surtout pas qu'il me voie.

— Voyons, Angie, tu n'es pas grosse du tout ! protesta Lisa comme si les dix kilos qu'avait pris Angela n'existaient pas.

Les mensonges coulaient de ses lèvres plus souplement que des grenouilles se glissant dans une mare. Y avait-il un conte de fées dans lequel une princesse crachait des grenouilles et des crapauds pour chaque parole qu'elle prononçait, tandis que des diamants et des pierres précieuses tombaient de la bouche d'une autre ? Angela ne s'en souvenait pas bien, mais il y avait à coup sûr un crapaud, une menteuse et de faux bijoux dans la fable qu'elle était en train de jouer.

Lisa ouvrit la porte et précéda Angela, sans aucune gêne ni remords apparents, dans ce qui avait été son appartement. Pendant qu'elle allumait les lumières, rangeait son manteau dans la penderie de l'entrée et se recoiffait devant le miroir, Angela faisait semblant de fouiller dans les rayonnages de la bibliothèque. De l'escalier intérieur du duplex filtraient de légers bruits. Tout se déroulait comme prévu, pensa-t-elle avec jubilation.

— Je ne trouve rien ici, Lisa ! lança-t-elle par-dessus son épaule. Je devrais peut-être regarder là-haut, j'ai dû laisser ce journal sur l'étagère en haut de l'armoire.

— C'est possible, je n'y ai jamais regardé.

Elles montèrent l'une derrière l'autre. En voyant un rai de lumière sous la porte de la chambre, Angela s'arrêta.

— Tu m'as dit qu'il était sorti ! dit-elle d'un ton à la fois craintif et accusateur.

— Mais oui, il rentrera tard. Et il serait descendu me dire bonsoir s'il était déjà revenu.

Un instant, Angela se demanda si Lisa n'espérait pas secrètement que Reid soit présent afin de parachever son humiliation. Mais la question ne se posait déjà plus. Lisa ouvrit la porte... et le spectacle qu'Angela découvrit à l'intérieur dépassa ses plus folles espérances.

L'une et l'autre en dessous suggestifs, Michelle et Jada finissaient de ficeler aux montants du lit les chevilles et les poignets de Reid, nu comme un ver. Des photos Polaroïd de Reid à divers stades de nudité étaient scotchées au mur au-dessus du lit, d'autres disséminées par terre et sur les meubles.

Il pâlit à l'entrée de Lisa, mais c'est en découvrant

469

Angela derrière elle qu'il devint littéralement blanc comme le plâtre des murs.

— Mon Dieu ! s'exclama Lisa d'une voix étranglée.

— Mon Dieu ! lui fit écho Angela.

Michelle, qui feignait de n'avoir encore rien remarqué, se tourna alors vers la porte.

— Mon Dieu ! s'écria-t-elle du ton de la fillette prise en faute.

— Vous êtes pieuses, vous deux, ou vous voulez jouer avec nous ? demanda Jada à l'adresse des deux nouvelles venues.

Reid émit un bruit qui tenait le milieu entre le cri de détresse et le gémissement.

— Lisa, tu es là ? Dieu soit loué... je veux dire... non, tu ne peux pas comprendre... Je suis piégé ! Elles me violent !

Lisa ouvrait et fermait la bouche comme un poisson hors de l'eau sur le point de périr de suffocation. Angela fit deux pas vers le lit pour mieux profiter du spectacle. Le visage de Reid prit une expression qu'elle ne put définir. Douleur ? Humiliation ?

— Angie ? bredouilla-t-il. Je ne savais pas que tu venais... je veux dire... je ne m'attendais pas à te voir ici.

Angela devait faire un effort surhumain pour cacher sa jubilation.

— C'est ce que je constate. Voyons, Reid, articula-t-elle pour être sûre que Lisa n'en perdrait pas un mot, tu m'avais pourtant promis de cesser de jouer à ces jeux malsains.

Elle réussit à transformer son éclat de rire en une sorte de sanglot étouffé avant de se tourner vers Lisa :

— Il vaut mieux que je parte. Je... Non, je m'en vais.

Elle tourna les talons, dévala l'escalier avec un sourire

qui s'élargissait à chaque marche. Jada avait eu raison, les photos ajoutaient la touche finale à l'opération — d'autant qu'elle en avait glissé d'autres dans les tiroirs de la commode et jusque dans les piles de linge, comme convenu. Si Lisa s'obstinait à squatter l'appartement après cela, ce dont Angela doutait, elle deviendrait folle furieuse en découvrant de nouveaux Polaroïd tous les jours.

On entendait crier dans la chambre. Angela devait maintenant agir vite, car il lui restait à glisser le journal, rédigé avec soin, derrière une rangée de livres sur un rayon de la bibliothèque. Sa découverte mettrait fin à coup sûr aux projets de mariage et, connaissant Lisa, alimenterait les potins de la ville entière pour un bon moment. De toute façon, Angela se moquait désormais éperdument que ces deux imbéciles se marient ou non. Ils étaient faits l'un pour l'autre, tout compte fait. Sa peine était évanouie, sa jalousie éteinte.

Et c'est le cœur léger qu'elle sortit pour la dernière fois de ce qui avait été son premier domicile conjugal.

— Tu sais, dit Michelle, j'adore ces dessous, je crois que je vais les garder. Et le rouge à lèvres orange de Jada est génial !

— J'aurais dû lui en tartiner sur la figure, il aurait été encore plus mignon, observa Jada.

Assises côte à côte dans les sièges étroits et inconfortables de la classe économique, elles pouffèrent de rire à l'unisson.

— Si ce que Lisa a vu ne lui suffit pas, dit Angela quand elle eut repris son sérieux, je donne ma langue au chat. Pauvre Lisa !

Son soupir de feinte commisération relança leur fou rire de plus belle. On aurait pu les croire à moitié ivres, alors qu'elles n'avaient rien bu d'autre que des Coca-Cola.

L'avion les secoua en traversant une turbulence.

— Si nous devions tomber, dit Angela en ajustant sa ceinture de sécurité, ce serait pour moi le moment idéal. Je rirais de tout mon cœur jusqu'au moment de nous écraser par terre. Non, ajouta-t-elle, j'attendrais plutôt que le bébé soit grand.

— C'était incroyable, dit Michelle après un silence. Je me sentais, comment dire, toute-puissante. Et c'était si facile, je n'en reviens pas ! Nous aurions dû célébrer d'une manière ou d'une autre, faire une fête.

— Presque tous les hommes sont faciles à mener par le bout du nez, dit Jada. Quand tu l'as invité chez lui, tu étais parfaite ! Il en salivait littéralement, l'imbécile.

— Répétez-moi ce qui s'est passé à la fin, demanda Angela. Après que je suis partie discrètement pour ne pas ajouter à leur honte, aux pauvres chéris.

— Encore ? Tu es insatiable ! dit Michelle en riant.

Et elle reprit le récit de leur retraite pleine de dignité et de la fureur de Lisa.

— Et ton prétendu journal ? demanda Jada. Qu'y a-t-il dedans ?

— J'explique en détail qu'il fait très mal l'amour et qu'il empeste de la bouche quand il se réveille le matin, je raconte comment son père m'a pelotée à un réveillon de Noël. J'ai aussi inventé une idylle avec son meilleur ami quand il était à son internat ultra-chic.

— Jolie bombe à retardement ! s'esclaffa Jada.

— Je n'ai pas mis de nom, juste X***. Lisa va se poser des questions, c'est sûr.

Pendant que les trois complices riaient comme des

folles, l'avion amorça sa descente à l'approche de New York.

— En tout cas, conclut Jada, tu es douée pour écrire des scénarios. Celui-ci était une réussite.

— Merci du compliment, répondit Angela. Mais il nous en reste deux à réaliser.

Chapitre 54

*Dans lequel les tables, et non les murs,
ont des oreilles.*

Michelle se brossa longuement les cheveux en réflé-
chissant. Angela avait si bien préparé et planifié la rencontre qu'elle se sentait en sûreté et, malgré tout, elle
ne réussissait pas à faire taire son inquiétude. L'expédition à Marblehead avait été éprouvante mais amusante.
Celle-ci ne l'amusait pas le moins du monde.

Michael Rice avait pris contact avec Bruzeman pour
négocier la garde et le montant de la pension des
enfants. Frank exigeait que Michelle et les enfants réintègrent le domicile conjugal où il assurerait leur entretien à tous, comme il l'avait toujours fait. Cela tournait
au dialogue de sourds. C'est pour y mettre fin que cette
rencontre entre Frank et elle avait été organisée.

Frank l'avait battue, elle le croyait capable de récidi-
ver, mais c'était hautement improbable, pour ne pas
dire impossible, à trois heures de l'après-midi dans un
restaurant de Scarsdale devant une bonne douzaine de
clients et l'ensemble du personnel. « Écoute, avait-elle
dit à Jada qui s'en inquiétait, nous allons simplement
nous parler. Pas plus d'une demi-heure. Il ne se passera
rien, sois tranquille. Peut-être, avait répondu Jada. Mais
cela ne nous empêchera pas de prendre nos précautions. » Il était donc convenu que Jada resterait dans sa

voiture au parking du restaurant pour surveiller l'arrivée et le départ de Frank et s'assurer qu'il ne suivrait pas Michelle ensuite. Angela se posterait à une table voisine avec Bill, le clerc de l'association, qui ne devait pas quitter Michelle des yeux.

Arrivée seule, le cœur battant, avec vingt minutes d'avance, Michelle constata avec soulagement que tout le dispositif était en place. Elle n'avait plus peur de voir Frank, elle craignait plutôt qu'il ne reconnaisse Jada ou ne s'aperçoive de la présence des autres. Mais son cœur se remit à battre lorsque Frank monta les marches du restaurant. Il la vit aussitôt entré dans la salle et vint s'asseoir en face d'elle.

Sans raison logique, elle s'étonna de le voir parfaitement inchangé, les cheveux aussi noirs et drus, la peau aussi lisse, les yeux aussi beaux. Il portait le pull à col roulé noir qu'elle lui avait offert à Noël. Michelle s'avoua qu'elle l'aimait encore. Elle savait qui il était en réalité, elle haïssait ce personnage, mais les sentiments, chez elle, ne dépérissaient pas si facilement.

Il posa les deux mains à plat sur la table et elle dut se rappeler à leur vue que ces mêmes mains l'avaient frappée.

— Comment vont les enfants ? commença-t-il.

— Bien.

D'accord avec les autres, elle devait parler le moins possible.

— Que leur as-tu dit ?

Il avait l'air froid, indifférent. Cela ne lui ressemblait pas, Frank avait toujours adoré ses enfants.

— Je leur ai dit que tu devais partir en voyage un certain temps et que les peintres travaillaient dans la maison. Je ne crois pas qu'ils souhaitent en savoir davantage pour le moment, ajouta-t-elle.

— Tu ne veux pas me dire où tu loges avec eux ?

Michelle se borna à secouer négativement la tête.

— Donc, ils vont bien.

— Aussi bien que possible, compte tenu des circonstances. Ils savent qu'il se passe quelque chose dont je ne veux pas parler et ils préfèrent ne pas le savoir. Ils ont déjà subi trop de drames cette année.

Frank se tourna vers la fenêtre. Un instant, Michelle craignit qu'il ne voie la Volvo de Jada à l'autre bout du parking, mais il regardait simplement dans le vague.

— Il n'est pas trop tard pour tout arranger, Michelle. Je le peux encore, je te le promets.

Elle réprima une sorte de rire nerveux, le même qu'elle avait eu quand sa mère lui avait annoncé la mort de sa grand-mère.

— Comment peux-tu dire une chose pareille, Frank ? Comment te crois-tu capable d'arranger ce qui est irrémédiablement brisé ? La seule manière serait de faire en sorte que rien ne soit jamais arrivé, et c'est impossible. Le mal est fait.

— Écoute, dit-il d'une voix sourde mais vibrante, je le peux. Avec Bruzeman, j'en ai les moyens. J'en sortirai blanchi, nous reconstituerons notre famille et je ne te ferai plus jamais de mal. Je te le jure, Michelle.

Elle ne comprit d'abord pas. S'attendait-il vraiment ou, du moins, espérait-il qu'elle oublierait tout, qu'elle reviendrait ?

— Frank...

— J'ai commis une erreur, Michelle, l'interrompit-il. Une erreur qui a entraîné les suivantes. Je n'avais pas compris comment les choses évolueraient. Je me croyais, je nous croyais protégés.

Protégés ? Comment, par qui ? se demanda-t-elle. Voulait-il dire qu'il payait des gens influents, qu'il avait des appuis politiques ou dans la police... ou pis ? Elle dut se forcer à écouter la suite :

— Il n'est pas trop tard pour faire jouer ces protections. Je n'aime pas te savoir seule je ne sais où, Michelle. Je ne veux pas que mes enfants vivent dans un motel ou taudis quelconque. Je ne veux pas que tu te soucies pour l'argent, pour moi ou pour n'importe quoi. Je veux retrouver ce que nous avions. Et nous le pouvons encore, Michelle.

L'intensité de sa voix et de son regard exerçait de nouveau son pouvoir sur Michelle. Et puis, elle l'avait si longtemps aimé. Il paraissait si sûr de lui, si solide, si équilibré. Mais elle savait maintenant qu'il était comme une de ces belles pommes rouges qu'on trouve parfois dans les étalages de fruits, brillantes et lisses à l'extérieur et pourries jusqu'au cœur, dont la peau cède sous la pression des doigts.

— Souviens-toi de Noël dernier, Michelle...

Une fois encore, le son de sa voix n'atteignit plus ses oreilles. Oui, elle se souvenait de leur dernier Noël. Et des larmes lui montèrent aux yeux.

— Ne me lâche pas, Michelle. Aie un peu de patience, c'est tout. Tu n'auras pas besoin de témoigner si tu ne le veux pas. Tu n'es même pas obligée de revenir tout de suite à la maison. Je te demande simplement de me pardonner et d'attendre que je règle une fois pour toutes cette maudite affaire.

Michelle se revit à la maison en train de faire le ménage, de ramasser les jouets de Frankie, de faire la cuisine, de se coucher dans les bras de Frank. Comment osait-il la tenter en agitant devant elle la perspective que tout pourrait redevenir comme avant ?

— C'est toi, Frank, qui as tout gâché, tout brisé. Pas moi. Je...

477

— Non, Michelle, nous pouvons tout avoir de nouveau. Ils n'ont toujours aucune preuve contre moi. De simples rumeurs, des témoins que Bruzeman démolira en cinq minutes. Aucune preuve, je te le répète, en dehors de cet argent. C'est pourquoi il me le faut, Michelle. Bruzeman et le juge me coûteront cher.

Le juge ? Il comptait acheter le juge ? Un demi-million de dollars pour payer ses frais de justice ? Michelle n'en crut pas ses oreilles. Et puis, elle se demanda si toutes ces promesses étaient réalisables. Si elle lui rendait cet argent qu'elle avait peur de garder et dont elle ne voulait pas, pourrait-elle vraiment être blanchi des accusations ? Et elle, pourrait-elle lui pardonner, pourrait-elle de nouveau lui faire confiance ? Les enfants le croiraient sans doute et le mieux pour eux serait de retrouver leur père et leur mère ensemble, de...

— Je passerai le restant de mes jours à me faire pardonner par toi, Michelle. Je regrette profondément ce que j'ai fait. Ma mère est hors d'elle, tout cela risque de la tuer. J'ai fait du mal à tous ceux que j'aime. Je ne pourrai jamais expier mes torts.

Les yeux de Frank s'embrumaient, le rendaient si convaincant qu'elle se vit poser la tête sur son épaule...

— Où caches-tu cet argent, Michelle ? Il faut que je le sache.

Le rêve empoisonné dans lequel Michelle se laissait entraîner se dissipa en un clin d'œil.

Elle vérifia si la Volvo était toujours au parking, si Angela et Bill étaient à leurs postes.

— Tu me dirais n'importe quoi pour récupérer cet argent, n'est-ce pas ? demanda-t-elle froidement.

— Il me le faut. Je ne me sortirai pas de ce pétrin tant que je n'en disposerai pas. Et tu sais très bien qu'il faut me le rendre, pour moi et pour ton propre bien.

478

— J'ai longtemps cru que tu savais ce qui était bon pour moi comme pour toi, Frank. Maintenant, c'est fini, je ne le crois plus. Je pensais que cette rencontre concernait tes torts envers moi, tes excuses peut-être. Mais non, il ne s'agit que de l'argent dont tu as besoin. Tu as perdu le droit de tout décider pour nous deux, Frank. Désormais, c'est moi qui déciderai pour mes enfants et pour moi-même. Pendant des années, tu m'as laissée dans l'ignorance totale de tes activités. Comment saurais-je si tu ne me mens pas en ce moment même ?

— Écoute, Michelle, je ne négocie pas, j'exige. C'est mon argent, j'en ai besoin et tu me le rendras. Est-ce clair ? Tu connais le credo des avocats : un client est présumé innocent jusqu'à ce qu'il soit coupable d'être fauché. Bruzeman me laissera tomber sans une seconde d'hésitation. Je veux qu'en sortant d'ici nous allions chercher cet argent, ma liberté et le reste. Et si tu refuses, je te mettrai dans le bain.

— Quoi ?

— Oui, jusqu'au cou. Je dirai au procureur que tu étais au courant depuis le début, que tu dealais pour ton propre compte, tout ce qu'il faudra pour qu'il le croie. Je ne te permettrai pas de me laisser tomber à un moment pareil et tu feras exactement ce que je te dis.

Michelle en resta un instant interloquée. Deux minutes plus tôt, elle rêvait de ce que sa vie pourrait redevenir, et, à cette minute, il la menaçait de l'envoyer en prison ? Un comble ! Non, elle ne devait pas oublier qu'elle ne connaissait plus cet homme. Ses enfants vivraient sûrement mieux sans lui et si elle ne devait jamais plus coucher avec un homme, elle ne s'en porterait pas plus mal, elle non plus.

Elle se leva, il voulut lui empoigner un bras mais elle se dégagea.

— Souviens-toi que tu es soumis à un contrôle judiciaire. Ne me touche pas, ne me suis pas. Je ne te parlerai plus. Je ne parlerai pas à Bruzeman non plus. Si tu tiens à entrer en contact avec moi, adresse-toi à mes avocats.

Elle le vit pâlir.

— Je ne voulais pas... Michelle, non, ne pars pas. C'était juste...

— Adieu, Frank.

Et Michelle sortit sans tourner la tête.

Elle tremblait encore quand elle gara la Lexus devant les bureaux de l'association. Angela et Bill venaient d'arriver.

Angela se précipita au-devant d'elle :

— Tu es partie vite ! Ça va ?

Michelle fit signe que oui. Bill les rejoignit. Il portait le petit magnétophone encore couvert de ruban adhésif qu'il avait fixé sous la table et récupéré après le départ de Frank.

— Nous avons écouté la cassette en voiture. Une bombe !

Michelle garda le silence. Elle n'avait rien à répondre à cela.

— Ça va ? répéta Angela. Tu es sûre ?

— Il ne m'a pas suivi ? demanda-t-elle.

— Jada nous le dira, elle devrait arriver d'une minute à l'autre. Mais maintenant, Michelle, je crois qu'il est grand temps que tu entres dire à Michael de prendre contact avec le procureur.

480

Chapitre 55

*Dans lequel une confidence s'échange
contre un baiser.*

Depuis son retour de l'expédition punitive contre Reid et Lisa, jamais Angela ne s'était sentie aussi bien. Qui l'aurait crue aussi vindicative ? Tandis qu'elle roulait vers le bureau ce matin-là, elle riait encore en revoyant la scène. Pourtant, tout compte fait, elle se réjouissait moins d'avoir semé la zizanie entre Lisa et Reid, dont les rapports et leur évolution l'indifféraient, que d'avoir retrouvé son amour-propre. Elle savait aussi que, sans l'aide de Jada et de Michelle, elle n'aurait jamais pu mettre son projet à exécution.

Elle pouvait maintenant commencer à vivre sa vie. Elle garderait son job à l'association, si le budget était voté, elle mettrait de l'argent de côté pour s'acheter une nouvelle voiture, elle annoncerait enfin son état à ses parents et elle se préparerait à sa maternité. Elle n'avait pas peur de devoir élever l'enfant seule, elle se sentait capable de faire face à tout ce que la vie lui réservait.

Cependant, à mesure qu'elle approchait du bureau, son sourire s'effaçait. La seule ombre à son tableau de ces derniers jours avait été d'assister à la rencontre entre Michelle et Frank. Comme il ne la connaissait pas, elle s'était permis de l'observer de temps en temps dans le petit miroir de son poudrier et son seul reflet lui avait fait peur. Certes, il était bel homme, mais il n'était pas moins évident qu'il terrifiait Michelle. Angela pria que Michelle ne flanche pas, surtout maintenant qu'ils détenaient l'enregistrement compromettant. Ses amies l'avaient aidée, c'était à son tour de les aider. Encore fallait-il qu'elles aillent jusqu'au bout de leurs projets respectifs.

Dans cet ordre d'idées, Angela avait devant elle ce jour-là quelques tâches désagréables, à commencer par informer Michael et le conseil de l'association que Jada abandonnait son recours en appel. Avec l'importance des frais engagés par l'association dans l'affaire Jackson contre Jackson, Laura serait déçue, sinon pire. Angela aurait sincèrement préféré que Jada poursuive la bataille par les voies légales, mais ce n'était pas elle qui pouvait insister auprès de Jada — leur petit voyage à Boston n'avait rien de strictement légal, lui non plus. Angela ne cessait cependant de s'inquiéter au sujet de Jada, craignant qu'elle n'aille trop loin et que tout ne finisse par un drame, pour elle comme pour ses enfants.

Elle devait aussi se résoudre à apprendre sa grossesse à Michael. Elle ne savait d'ailleurs pas pourquoi elle ne lui en avait rien dit plus tôt, sauf qu'ils ne s'étaient pas beaucoup parlé depuis qu'il l'avait invitée à dîner. Peut-être craignait-elle de décourager Michael, peut-être craignait-elle autant de ne pas le décourager. Mais elle savait qu'elle avait déjà trop tardé et qu'elle ne pouvait plus reculer.

Elle reçut des clientes l'une après l'autre pendant toute la matinée. À un moment, elle buta littéralement contre Michael dans un couloir, mais il était avec une cliente et elle allait en chercher une autre, ils n'eurent donc pas l'occasion d'échanger un mot.

Ce fut à la réunion du comité, au début de l'après-midi, qu'Angela annonça que Jada se désistait. Le plus déçu fut Michael.

— Qu'est-ce qu'elle compte faire ? voulut-il savoir. Subir cette situation à perpétuité ? Faire comme si de rien n'était ? Renoncer à ses enfants ?

— Je n'en sais rien, mentit calmement Angela. Peut-être a-t-elle décidé de changer d'avocat.

Elle avait avancé ce prétexte pour clore la discussion le plus vite possible, mais Michael ne s'avoua pas vaincu. Il présenta trois solutions à soumettre à Jada, plus une quatrième pour faire bon poids. Lui qui mettait les autres en garde contre l'excès d'intérêt dans les dossiers que l'on traitait, il prenait à l'évidence celui-ci à cœur.

— Amenez-la-moi, insista-t-il. Je vais lui parler.

— Je ne crois pas qu'elle acceptera, répondit Angela.

— Elle nous doit au moins cela ! protesta Michael.

Finalement, le comité se résigna. Angela leur remit la lettre qu'elle avait rédigée avec Jada et on passa à autre chose. Elle crut remarquer que sa mère et Laura la regardaient d'un air réprobateur, peut-être parce qu'elle avait perdu la première affaire sérieuse qu'elles lui avaient confiée. Peut-être aussi parce que Karen Levin-Thomas devait revenir prendre son poste et qu'Angela se retrouverait sans emploi.

Elle était à peine de retour dans son bureau quand on frappa à sa porte : elle reconnut la manière de Michael. Il entra, l'air embarrassé.

— Puis-je vous parler une minute, Angie ?

— Bien sûr.

Au lieu de s'asseoir en face d'elle comme à son habitude, il resta debout, adossé au mur.

— Écoutez, Angie, vous n'avez pas besoin de m'éviter comme vous le faites, commença-t-il. Je suis vraiment désolé, je n'avais encore jamais mélangé ma vie professionnelle et ma vie personnelle, ce qui témoigne au moins du plaisir que m'apporte votre compagnie. Je n'aurais pas dû vous inviter de but en blanc, je sais. Vous ne vous sentez quand même pas... harcelée, au moins ?

Angela se retint de justesse d'éclater de rire. Michael était un homme si convenable en tout que la seule idée de harcèlement sexuel de sa part était trop comique.

— Non, Michael, répondit-elle en gardant son sérieux, je ne me sens pas le moins du monde harcelée. Mais, franchement, je ne vois pas du tout ce que vous me trouvez.

— J'ai un peu perdu l'habitude des femmes, répondit-il sans changer d'expression, mais, selon mes souvenirs, je crois que c'est une manière polie de me dire que vous ne voulez pas sortir avec moi.

Angela se mordit les lèvres. Comment lui dire ce qu'elle devait lui apprendre ? Elle lui devait d'être franche. Et, si elle gardait le silence, son « secret » deviendrait bientôt si ostensible qu'il ne pourrait pas manquer de le voir.

En d'autres circonstances, elle aurait sans doute été attirée par un homme comme lui, bien qu'il soit beaucoup trop tôt pour savoir si elle en voulait un. De plus, elle le connaissait mal. Mais elle savait au moins que les choses auxquelles elle avait attaché de l'importance ne comptaient plus pour elle. La beauté, le standing social, l'argent, Reid lui avait donné tout cela, mais ces dons étaient creux, sans valeur. De son côté, Michael n'était ni beau ni laid, il n'occupait pas de position sociale éminente et ne gagnait sans doute pas beaucoup plus qu'elle à l'association. Mais il était honnête et droit, compatissant aux malheurs d'autrui, et possédait une chaleur humaine qu'elle n'avait jamais sentie chez Reid.

— Je crois, Michael, qu'il vaudrait mieux pour nous deux ne pas trop nous rapprocher pour le moment. Je veux dire, il y a certaines choses que vous ignorez à mon sujet.

— Il y en a aussi que vous ne connaissez pas sur mon compte. Je croyais, voyez-vous, que c'était la raison pour laquelle les gens sortaient parfois ensemble, afin de mieux se connaître. Bon, ajouta-t-il avec un geste fataliste, je me conduis vraiment comme un imbécile. N'en parlons plus, Angela. Et pardonnez-moi de vous avoir importunée.

Ah ! mais ce n'était pas du tout ce qu'il aurait dû comprendre ! Il ne s'agissait pas de lui, mais d'elle.

— Je suis enceinte, Michael, laissa-t-elle échapper alors qu'il avait déjà la main sur la poignée de la porte.

Il se retourna, toujours aussi calme.

— Oui, bien sûr. Et alors ?

— Vous... vous le saviez ? demanda-t-elle, interloquée.

— Voyons, Angie, je vous observe avec attention. Tous les jours. Les hommes amoureux le font volontiers, vous savez. Et j'ai été marié. J'ai assisté aux deux grossesses de ma femme.

— Vous le saviez ? répéta Angela. Vous le savez et vous voulez encore sortir avec moi ?

— Oui. En quoi trouvez-vous cela bizarre ?

— Je ne sais pas. Je... C'est bizarre, voilà tout.

— Alors, c'est moi qui suis bizarre.

Il se retourna, posa de nouveau la main sur la poignée de la porte et se ravisa.

— Attendez. Voulez-vous dire que... C'est la raison

pour laquelle vous ne vouliez pas que nous sortions ensemble ?

Il s'approcha du bureau, un sourire attendri aux lèvres. Angela se sentit tout à coup complètement idiote.

— Euh... Vous voulez toujours ? bredouilla-t-elle.

En guise de réponse, Michael s'appuya des deux mains sur le bureau, se pencha vers elle et lui donna un baiser.

Chapitre 56

Dans lequel Cendrillon se croit délivrée
du mauvais sort.

Michelle se décida enfin à aller relever la boîte postale louée le jour où elle avait passé ses annonces. Non qu'elle pense y trouver des réponses, ses annonces étaient trop mal rédigées pour en espérer quoi que ce soit. La clé qu'elle introduisit dans la serrure de la petite porte métallique lui en rappela une autre, celle du coffre de banque bourré d'argent que Jada, en toute innocence, avait loué en son nom.

Toutes les nuits ou presque, Michelle avait des cauchemars à ce sujet, et pourtant elle n'avait rien fait. Était-elle condamnée à ne jamais agir sans qu'on l'y force ? se demanda-t-elle avec dégoût. Elle se trouvait pourtant dans une situation où elle n'avait plus le choix. Elle devait aller de l'avant, non seulement pour elle-même, mais pour l'avenir de ses enfants, peut-être même celui d'Angela et de Jada.

À sa stupeur, la boîte postale était pleine de lettres. Des réponses ! Des réponses à *ses* annonces ! N'en croyant pas ses yeux, elle sortit tant bien que mal le paquet de lettres de la boîte et commença à les décacheter fébrilement. Il y avait de tout, des demandes d'emploi bien sûr, mais aussi des demandes de documentation de clients éventuels. C'était tellement incroyable qu'elle en resta un instant interdite.

Ces lettres représentaient pour elle une vie nouvelle. Elle avait le pouvoir, elle, de provoquer de telles réactions chez des inconnus ? Et à son coup d'essai, en plus ? Même si elle n'entendait jamais plus parler de ces gens, c'était pour elle une victoire. Peut-être allait-elle recommencer à faire le ménage, mais elle ne serait plus l'humble Cendrillon et n'aurait jamais plus besoin d'un Prince Charmant. Désormais, elle était libre, indépendante. Elle était en mesure de prendre soin de ses enfants sans rien devoir à personne d'autre qu'elle-même.

Michelle avait passé ses annonces dans les éditions du nord du comté. Si tout marchait comme elle l'espérait, elle pourrait donc s'éloigner des lieux où son mari avait commis ses crimes. C'était un espoir modeste, bien sûr, mais elle n'en demandait pas davantage.

Michelle était si bien absorbée dans ses réflexions qu'elle sursauta en consultant sa montre et craignit d'être en retard au rendez-vous fixé par Michael Rice. En hâte, elle fourra son courrier dans son sac et courut à sa voiture, qui lui faisait maintenant horreur, pour se rendre au palais de justice.

Plus elle s'en approchait, plus son délicieux sentiment de liberté s'estompa devant la peur que lui inspirait sa rencontre avec le procureur Douglas, l'homme qui avait anéanti sa tranquillité et terrifié ses enfants d'une manière dont ils ne guériraient peut-être jamais. Depuis qu'elle avait acquis la certitude de la culpabilité de Frank, elle admettait que les griefs du procureur étaient fondés, mais cela n'atténuait en rien la crainte de se voir exposée à l'hostilité de cet homme. Il fallait pourtant qu'elle l'affronte pour savoir si elle était libre de quitter Frank et d'aller où bon lui semblait sans encourir les foudres de la justice.

Michael l'attendait avec une impatience visible. Michelle le suivit humblement jusqu'au bureau du procureur.

George Douglas, un grand et gros homme roux au visage constellé de taches de son, lui rappela fâcheusement son père, devant qui elle tremblait quand elle était petite. Un instant, elle faillit s'enfuir en courant et il lui fallut faire appel à toute sa volonté pour entrer à la suite de Michael.

Douglas serra la main de Michael, présenta le substitut qui devait assister à l'entretien et entra aussitôt dans le vif du sujet :

— Qu'avez-vous à nous offrir, Rice ?

— Nous n'avons rien à vous offrir. Comme je vous l'ai dit par téléphone, nous sommes venus librement discuter des moyens de servir au mieux les intérêts de la justice.

— Bien sûr, bien sûr. Eh bien, si vous voulez servir la justice, dites à Mme Russo d'enregistrer les aveux de son mari. Mieux encore, de nous faire savoir où il cache son magot et pour qui il travaillait. Nous savons déjà qui travaillait pour lui, je n'ai donc plus besoin des noms des sous-fifres.

Michelle crut mourir de honte. Le plus humiliant était de savoir que ces hommes avaient découvert avant elle la culpabilité de Frank. Elle baissa la tête afin de dissimuler les larmes qui lui venaient aux yeux.

— Mme Russo est la mère de deux enfants d'âge scolaire. Elle est innocente et ignore tout des activités délictueuses de son mari, répondit Michael. Je vous rappelle aussi que si Russo est inculpé, vous ne disposez encore d'aucune preuve et vous ne vous appuyez que sur des témoignages dont la crédibilité reste à démontrer.

— Allons, Michael ! Je me trompe ou vous êtes venus chercher un compromis, comme les autres ?

— Non, George. Nous sommes simplement venus vous informer que Mme Russo a l'intention de quitter le comté et d'engager une procédure de divorce.

— Intéressant. Bien entendu, il s'agit d'une simple coïncidence, sans aucun rapport avec les activités de Frank Russo ?

— Nous ne sommes pas à l'audience, George, et Mme Russo n'a pas besoin de vous exposer sa vie intime ni d'invoquer le Cinquième Amendement. Dites-nous si elle est libre de ses mouvements, puisque vous n'avez rien à lui reprocher.

— Rien encore, mais elle n'est pas non plus libre d'aller où elle veut. Maintenant, si Mme Russo voulait bien nous fournir des preuves en échange d'une garantie d'immunité, ce serait — je dis bien *serait* — envisageable. Que savez-vous ? poursuivit Douglas en regardant Michelle pour la première fois. Pouvez-vous me dire avec qui il parlait, qui il amenait chez vous, d'où provenaient les chargements ? Qui sont ses relations en Colombie ? Avez-vous souvent pris des vacances à Mexico, à Caracas ? Il faudra nous le dire, madame Russo.

Cette fois, Michelle se redressa.

— Si je savais une seule des choses que vous venez de dire, si Frank avait conduit ses activités en ma présence, je ne serais plus Mme Russo depuis longtemps. Je veux simplement savoir si vous me croyez impliquée dans cette affaire, ce qui n'est pas le cas, et si je peux éloigner mes enfants d'ici pour les mettre en sûreté. Je n'ai pas de preuves que Frank soit coupable, ajouta-t-elle, mais j'en ai peur et j'en ai honte.

— Vous avez peur qu'il soit coupable ? s'exclama Douglas. Laissez-moi vous dire quelque chose : vous savez pertinemment à quel jeu jouait votre mari, ou alors vous êtes la femme la plus hypocrite que j'ai rencontrée depuis longtemps ! Vous venez me dire que vous plaquez cet enfant de salaud parce qu'il a des ennuis avec la justice et que vous n'en saviez rien ? Comme épouse modèle, on fait mieux !

— Je n'aime pas le ton que vous prenez, Douglas ! intervint Michael. Nous sommes venus vous voir en toute bonne foi.

Douglas marqua une pause et fixa Michelle, qui se força à ne pas éviter son regard.

— Je ne crois pas que vous êtes une garce, dit-il, mais je suis sûr que vous mentez. Vous n'avez pas *peur* qu'il soit coupable, vous le savez. Vous en savez assez, en tout cas, pour mettre de la distance entre vous et le père de vos enfants. Si vous êtes venue en toute bonne foi, donnez-moi de quoi me prouver votre bonne foi.

— Mme Russo n'a rien à vous donner, intervint Michael. Elle est innocente et n'a rien à voir dans tout cela. Elle ne cherche qu'à obtenir un peu d'aide des serviteurs de la loi qui sont censés la protéger.

Douglas se leva pour signifier que l'entretien était terminé.

— Madame Russo, si vous êtes innocente et si vous dites la vérité, j'ai le regret de vous dire que vos enfants et vous-même allez vous trouver injustement écrasés sous des tonnes de problèmes. Vous ne pouvez pas quitter le territoire du comté, nous ne pouvons pas vous garantir que vous ne serez pas prise en filature ou arrêtée ou sujette à d'autres mesures nous permettant de mettre Frank Russo hors d'état de nuire. Vous n'avez qu'une seule alternative et elle est très simple : ou bien vous nous aidez, et vous serez libre. Ou bien vous subissez le même sort que votre mari.

Chapitre 57

Dans lequel est démontrée l'utilité des chronomètres.

Jada revint de son travail plus tard que d'habitude. Elle avait saisi l'occasion de faire deux heures supplémentaires, même si les quelques dollars de plus ne faisaient pas grande différence dans son salaire. Les autres n'étaient pas encore rentrées, l'appartement était calme. Elle en profita pour faire le point et lire le courrier que Clinton lui avait remis la dernière fois qu'elle était allée chercher les enfants.

Pour la première fois depuis quatre ans, elle était en retard dans tous ses paiements. Comble d'outrage, elle trouva parmi les rappels des factures de téléphone et d'électricité un courrier officiel du tribunal la menaçant de sanctions si elle persistait dans son refus de payer les pensions auxquelles elle était condamnée. Mais comment tout régler avec ce qu'elle gagnait ? Folle de rage, elle froissa la lettre en boule et la jeta à travers la pièce au moment où Michelle ouvrait la porte.

— Qu'est-ce qui se passe ? s'étonna celle-ci.

— Je suis sans doute la première femme de l'histoire contrainte par la loi à payer les dépenses de la maîtresse de son mari. Crois-tu que je mériterais la couverture de *Time* ou de *Newsweek* ?

Michelle ramassa la lettre, la défroissa et la lut.

— C'est scandaleux, soupira-t-elle. Angela et Michael

doivent quand même pouvoir t'aider à régler ce problème.

— Non, je leur ai dit que je renonçais à faire appel. Le système est devenu fou. Allons, viens, dit-elle en se levant. Si je veux battre le système, j'ai besoin que tu me donnes un coup de main.

Michelle la suivit docilement. Elles montèrent dans la Lexus et arrivèrent devant l'école au moment où le bus scolaire démarrait. Jada fouilla dans son sac, dont elle sortit un chronomètre.

— Où l'as-tu trouvé ? s'étonna Michelle.

— Je l'ai volé à un des soi-disant experts en organisation qui nous empoisonnaient la vie à la banque.

— Tu plaisantes ?

— Non. Je l'avais fait pour me venger, je ne savais pas encore que cet objet me serait utile pour commettre un crime fédéral.

Tout en suivant le bus, Jada notait la durée exacte de ses arrêts. Rien ne convenait. Elle ne pouvait enlever ses enfants devant tout le monde ni avant qu'ils embarquent dans le bus, ni à un arrêt.

— Si je les prends à la sortie de l'école, je n'aurai pas Sherrilee. Et si je les emmène pendant une de mes visites, l'assistante sociale me signalera immédiatement.

— Ce serait plus simple que j'aille les chercher, suggéra Michelle.

— Et te rendre coupable d'un kidnapping ? Pas question.

— Je ferais n'importe quoi pour t'aider, Jada, tu le sais bien.

— Je sais, mais je ne te demanderai jamais d'aller en prison à cause de moi.

Michelle continua de suivre le bus, Jada de prendre des notes.

— Il faudrait que je prie..., commença-t-elle.

C'est alors que l'idée lui vint à l'esprit.

— L'église !

— Tu veux aller à l'église ? s'étonna Michelle. Maintenant ?

— Non. Je veux dire, c'est réalisable à l'église. Je pourrais les emmener à l'église et partir avec eux sans me faire remarquer.

Michelle réfléchit un instant. Un sourire lui vint aux lèvres.

— Tu as raison ! dit-elle joyeusement. Il y a un Dieu.

Ce soir-là, Jada téléphona à Samuel Dumfries. Elle lui avait parlé deux fois depuis leur rencontre à Boston sans pouvoir lui annoncer de bonnes nouvelles. Cette fois, elle lui expliqua son idée.

— Mais j'aurai besoin d'aide, précisa-t-elle. Je ne peux pas demander à mes amies, ce serait trop dangereux. Mes parents, peut-être ?

— Mais non, ils sont trop âgés. Je viendrai moi-même.

— Vous ? Écoutez, monsieur Dumfries, je ne suis pas en état de régler vos dépenses, encore moins vos honoraires...

— Je ne le fais pas pour de l'argent, voyons. Je puis vous garantir de vous faire passer à la Barbade mais, comme vous le savez, votre mari commencera certainement à vous chercher là-bas. Et votre statut à la Barbade soulèvera des problèmes juridiques.

— Ces problèmes ne peuvent pas être pires que ceux que j'ai déjà ici, monsieur Dumfries, répondit Jada. Je suis décidée à le faire et je vous suis d'avance sincèrement reconnaissante de l'aide que vous pourrez m'apporter.

— Soit. Mais j'ai une faveur à vous demander.

— Bien sûr. Laquelle ?

— Accepteriez-vous de ne plus me dire « monsieur » et de m'appeler par mon prénom ?

Jada se retint de justesse de pouffer de rire.

— Avec plaisir... Samuel.

Michelle n'aimait pas les cachotteries, mais elle ne disposait pas d'un autre moyen pour se rendre utile. Elle attendit que Jada ait fini de téléphoner dans la chambre d'Angela à son ami l'homme de loi, y entra aussitôt après, décrocha et pressa le bouton « Bis ».

Quand une secrétaire répondit à l'autre bout, Michelle fut incapable de se rappeler le nom que Jada n'avait mentionné qu'une ou deux fois devant elle. Elle fouilla désespérément sa mémoire jusqu'à ce qu'une syllabe lui revienne :

— Euh... Sam, je vous prie.

— Samuel Dumfries à l'appareil, dit un instant plus tard une voix à l'accent britannique plus vrai que nature.

Michelle en resta décontenancée.

— Bonjour. Euh... Êtes-vous un parent de Jada Jackson ? parvint-elle à articuler.

— Puis-je savoir à quel sujet ?

— Je suis Michelle Russo, la meilleure amie de Jada. Je suis en mesure de l'aider, je crois, mais je voudrais savoir quelle serait la meilleure manière.

— Pourquoi n'en parlez-vous pas directement à Mme Jackson ?

— C'est-à-dire... il serait surtout question d'argent.

Est-ce qu'une somme importante pourrait être utile à Jada à la Barbade ?

— L'argent est toujours utile partout dans le monde, mais il vaudrait sans doute mieux que Mme Jackson dispose d'une somme suffisante pour aller ailleurs qu'à la Barbade. Pourriez-vous me préciser votre pensée ?

Et c'est ce que fit Michelle sans se faire prier.

496

Chapitre 58

À l'issue duquel l'affaire est dans le sac.

Michelle avait demandé à Jada de la conduire dans la Volvo. Mieux valait qu'elle ne se fasse pas remarquer avec la Lexus, car n'importe qui pouvait la filer : un enquêteur de Bruzeman, un homme du procureur, la police, Frank. Ce qu'elle allait faire mettait peut-être Jada elle-même en danger, mais c'était indispensable.

Tassée sur son siège, Michelle se força à concentrer son attention sur autre chose que ses craintes. Sans avoir échangé une parole, elles arrivèrent enfin sur le parking du centre commercial où se trouvait l'agence de la First Westchester Bank. Depuis qu'elle y avait loué le coffre, Jada n'en avait jamais touché un mot à Michelle, qui lui était profondément reconnaissante de cette marque de confiance. Comment Jada l'avait-elle appelée ? Ah oui, « amiesœur ». C'est exactement ce qu'elle ressentait elle aussi. Elle se savait désormais liée à Jada par des liens plus forts que ceux de l'amitié. Mais il était triste que ce qui allait leur apporter à toutes deux la liberté aurait pour conséquence de les séparer, pour toujours peut-être. Michelle ne pouvait qu'espérer que rien ne tournerait mal, car sinon elle ne se le pardonnerait jamais.

La voix de Jada l'arracha à ses réflexions :

— Au cas où tu ne t'en serais pas aperçue, nous sommes arrivées. Que dois-je faire, maintenant ?

— Tu entres à la banque, tu vides le coffre et tu mets ce qu'il contient là-dedans, répondit-elle en lui tendant un sac de voyage noir.

Jada allait mettre pied à terre quand Michelle la retint :

— Je crois qu'il n'y a pas de danger, Jada, mais je te mentirais si je te disais qu'il n'y a aucun risque.

— Tu m'as déjà dit que ce n'est pas de la drogue. Je te crois.

— Je sais, mais il se peut que Frank me fasse suivre, ou... pire.

Elle ne précisa pas ce « pire ». Avoir eu la police dans sa vie une fois n'incitait pas à l'envisager une deuxième.

— Écoute, Michelle, je ne sais pas ce qu'il y a dans ce coffre et je ne veux pas le savoir. Tu m'aideras à reprendre mes enfants, cela me suffit. Si tu ne le faisais pas, je ne crois pas qu'Angela aurait été jusqu'au bout et... je n'ai pas le courage de le faire toute seule. Maintenant, je vais à la banque, je vide le coffre et je reviens. D'accord ?

Michelle avait la gorge sèche au point de ne pouvoir articuler un mot. Et si Jada se faisait arrêter et accuser de complicité avec Frank ? Elles perdraient toutes deux leurs enfants. Peut-être fallait-il abandonner avant qu'il ne soit trop tard, laisser cet argent maudit où il était, hors de portée de Frank. Pourtant, si elle voulait se dédouaner auprès du procureur, elle devait lui donner quelque chose en échange. Cet argent du mal pouvait aussi faire le bien.

Pour la vingtième fois, elle regarda le rétroviseur. La Chevrolet blanche était au même endroit depuis longtemps. Il y avait un homme seul au volant. Cette voiture était exactement le modèle banalisé dont se servaient les policiers en civil, Frank le lui avait dit...

498

Un soupir de soulagement lui échappa en voyant une femme sortir de la banque et monter dans la voiture qui s'éloigna aussitôt. Elle devait se dominer, elle devenait vraiment paranoïaque.

— Michelle, ça ne va pas ?

— Si, si. Fais vite, Jada, je t'en prie. Vide le coffre et reviens aussi vite que tu pourras. D'accord ?

— Bien sûr. Mais toi, ça ira ?

— Oui, ne t'inquiète pas.

Jada ouvrit sa portière, s'éloigna à grandes enjambées. Michelle la suivit des yeux jusqu'à ce qu'elle ait franchi la porte de la banque. Il était exactement 10 heures 7. Combien de temps lui faudrait-il ? Un quart d'heure, vingt minutes ? Le cœur battant, la gorge douloureuse, Michelle se prépara à l'attente.

Deux minutes plus tard, une voiture de police entra sur le parking et stoppa juste devant la banque. Michelle sentit son cœur cesser de battre. Elle ne savait que faire. Fuir ? Non. Entrer dans la banque ? Non plus. Si c'était elle que les policiers recherchaient, il ne fallait pas leur faciliter la tâche. Elle se laissa glisser un peu plus bas sur son siège, tremblante de froid, les yeux à hauteur de la vitre. Elle vit un des deux policiers descendre de voiture... et dépasser l'entrée de la banque pour entrer à la cafétéria à côté de la teinturerie. Trois minutes plus tard, il revint porteur de deux gobelets de café, remonta dans la voiture et démarra. Elle était couverte d'une sueur glacée.

Elle regarda de nouveau sa montre. Onze minutes s'étaient déjà écoulées. Michelle se força à penser que ce n'était pas long, qu'elle devait se calmer. À dix heures trente, à bout de nerfs, elle se dit que si Jada était retenue à l'intérieur et soumise à un interrogatoire, elle ne se le pardonnerait jamais. Fallait-il aller voir ce qui se passait ? Non, sa présence ne ferait qu'aggraver les choses. Et d'ailleurs, si Jada avait vraiment des ennuis, on ne tarderait pas à chercher sa voiture...

Une femme sortit de la banque avec une petite fille qu'elle tenait par la main. Michelle se rendit compte que, depuis une demi-heure, personne d'autre n'était sorti. Y avait-il un problème à la banque ? Un hold-up, peut-être ? Les clients et les employés étaient-ils pris en otage ? Mais alors, comment cette femme en était-elle sortie si calmement ? Arrête, Michelle ! se dit-elle. Tu deviens complètement folle !

À précisément 10 heures 54, la porte s'ouvrit de nouveau et Jada apparut. Balançant à bout de bras le sac noir qui, même de loin, paraissait lourd, elle descendit les marches, s'approcha de la Volvo, ouvrit la portière et posa le sac sur les genoux de Michelle avant de s'installer au volant.

— Mission accomplie, chef ! annonça-t-elle.

Elle mit le contact, démarra. La voiture avait parcouru vingt mètres quand les nerfs de Michelle la lâchèrent et elle éclata en sanglots.

Chapitre 59

Dans lequel Angela vante les joies de la famille.

Michelle avait astiqué l'appartement jusqu'à ce que tout soit éblouissant, Jada avait apporté des fleurs, et Angela mis le couvert pour deux, car elle ne pouvait rien manger. Ses nausées étaient terminées, mais elle était tellement affamée en permanence qu'elle avait déjà fait deux repas dans la matinée et ne pouvait plus rien avaler.

Pour une fois, le calme régnait dans l'appartement. Tout le monde était parti de bonne heure, Jada pour se rendre à l'église pendant que Michelle tuait le temps comme elle le pouvait avec ses enfants avant d'aller à la première matinée du cinéma. Angela se demandait pourtant si elle avait eu raison de se lancer dans une telle aventure.

Elle s'étonna d'entendre sonner à sa porte. Il était encore tôt ; sa mère arrivait toujours en retard et son père mettait un point d'honneur à être exact à la seconde près. Quand elle ouvrit, elle vit Michael, le sourire aux lèvres, avec les journaux du dimanche et un grand sac à provisions dans les bras.

— Mon sixième sens m'a dit qu'il y avait ici des personnes avides de papier imprimé et de sucreries malsaines, annonça-t-il.

Angela jugea que son sweater rouge lui allait mieux

501

que les costumes cravate qu'il portait tous les jours au bureau.

— Entrez, lui dit-elle un peu plus froidement qu'elle ne l'aurait voulu.

La nouvelle qu'elle allait lâcher sur ses parents comme une bombe ne lui arrangeait pas les nerfs, il est vrai. Elle n'espérait pas qu'ils se montreraient aussi compréhensifs que l'avait été Michael.

Celui-ci entra et fit des yeux le tour de la pièce.

— Où sont vos pensionnaires ? Encore au lit ?

— Non, tout le monde est sorti.

C'est alors qu'il remarqua la table avec deux couverts.

— Mon sixième sens doit être en panne, dit-il tristement. Vous vous apprêtiez à recevoir quelqu'un, n'est-ce pas ?

Angela sourit : il était jaloux !

— J'ai mis deux couverts, Michael, parce que j'attends deux invités. Mon père et ma mère.

— Ah... Ils rompent encore le pain ensemble ?

Sa mine soulagée amusa Angela, qui sourit à nouveau.

— Habituellement, non. Disons que je procède à une expérience. Comme ils vont devenir grands-parents l'un et l'autre, j'ai pensé les en informer ensemble et observer leurs réactions.

— Bon, soupira Michael. Je ne me fierai plus à mon sixième sens. Je dois avoir perdu le contact avec la musique des sphères.

Angela le raccompagna à la porte, le retint par une manche de son sweater, se hissa sur la pointe des pieds et lui donna un baiser.

— Merci de votre délicate attention, Michael. Ma matinée sera semée d'écueils, j'en ai bien peur.

— Faites-moi signe si vous y survivez.

502

Il avait déjà fait quelques pas quand il se ravisa :

— Mais... dites-moi, Angie, vous m'avez annoncé votre grossesse *avant* vos parents ?

Elle répondit d'un signe de tête affirmatif.

— Bien, cela. Très bien, dit-il avec un sourire épanoui.

Et il s'éloigna d'une démarche pleine d'allégresse.

Comme prévu, son père arriva à l'heure pile avec un cadeau aussi encombrant qu'inutile, une sorbetière électrique qui occuperait la moitié du comptoir de la cuisine et dont Angela ne se servirait pas plus d'une ou deux fois.

— Tu as mis le temps pour m'inviter à pendre la crémaillère, dit-il d'un ton peiné.

Sur quoi il fit le tour complet des lieux, examina tout d'un regard soupçonneux, avant de s'asseoir enfin et de poser des séries de questions sur le loyer, les charges, le bail et autres détails oiseux. Angela lui répondit de son mieux tout en poursuivant ses préparatifs et en attendant que l'arrivée de sa mère mette fin à l'inquisition.

Natalie arriva, elle aussi comme prévu, avec vingt minutes de retard et de quoi nourrir une famille de quatre personnes pendant une semaine. Angela eut le temps de l'embrasser sur le pas de la porte avant que ne retentisse le grognement indigné d'Anthony.

— Qu'est-ce que c'est ? voulut savoir Natalie.

— Ceci est mon appartement. Lui, c'est mon père.

— Tu ne m'avais pas prévenu de ce traquenard ! protesta Anthony en se levant.

Natalie devint aussitôt agressive, Anthony se mit sur la défensive. Il fallut plus de dix minutes à Angela pour les calmer, les persuader de s'asseoir à table et de déjeuner sans se jeter les plats à la tête.

Les hostilités se poursuivirent néanmoins, jusqu'au moment où Angela n'y tint plus.

— Écoutez-moi, vous deux ! Il n'est pas question ici et en ce moment de ce qui vous convient à vous ! Vous avez voulu dissoudre notre famille, vous l'avez fait, tant mieux pour vous. Ce n'est pas ce dont j'aurais eu besoin, moi, mais je comprends. Et même si vous étiez là tous les deux pour vous occuper de moi, vous ne l'avez jamais été ensemble en même temps !

Ils la regardèrent comme si elle avait perdu la raison avant de prendre tous deux une mine contrite.

— Je vous suis reconnaissante de ce que vous avez fait tous les deux pour m'aider à un moment particulièrement difficile. Toi, papa, tu m'as donné le courage de m'éloigner et tu m'as offert un refuge, dit-elle en embrassant son père. Toi, maman, tu m'as redonné une raison de vivre et tu m'as offert un job, poursuivit-elle en embrassant Natalie. Et tu m'as permis de me faire de nouveaux amis, ajouta-t-elle en pensant à Michael. De tout cela, je vous remercie du fond du cœur. Mais je suis quand même triste parce que nous ne sommes plus une famille. Chacun vit maintenant de son côté, comme vous le faites et comme j'allais le faire si je n'avais pas connu mes amies.

— Voyons, commença Natalie, je n'ai pas à m'excuser de la conduite, je devrais dire de l'inconduite, de ton père...

— Ah, non ! Ne prétends pas que c'est moi qui ai...

— Taisez-vous tous les deux ! les interrompit Angela. Arrêtez de remuer le passé, j'essaie de vous apprendre quelque chose de nouveau, pour changer ! Je vais avoir un bébé et Reid n'en sait rien. De toute façon, il va se remarier. Je n'ai donc pas de mari, mais j'aurai un enfant et je veux que cet enfant ait une famille. C'est-à-dire vous deux, puisque je ne dispose de personne d'autre.

Rien ne se passait comme Angela l'avait imaginé. Elle avait cru que ses parents se mettraient d'accord pour l'accabler de reproches et de conseils, alors que c'était elle qui les tançait comme des gamins. Pourquoi le regrettait-elle ? Parce qu'elle tenait le rôle de l'adulte au lieu d'être leur enfant, comme elle l'aurait tant désiré. Accoutume-toi plutôt à ce rôle de mère, se reprit-elle, car ce sera le tien dans quatre mois et demi et tu devras le tenir jusqu'à la mort.

Natalie se leva :

— Tu attends un enfant ? Mon Dieu !

Anthony ne dit rien, mais il se leva lui aussi et vint serrer sa fille dans ses bras.

Angela n'en revenait pas. Quoi, pas de cris, pas de reproches quant au fait qu'elle gâchait sa vie, piétinait son éducation, compromettait gravement l'avenir de l'enfant à naître ?

— La naissance est pour quand ? voulut savoir sa mère. Tu aurais quand même pu me le dire plus tôt. Qui est ton gynécologue ?

Son père se contenta de l'embrasser encore une fois.

— Alors, je n'ai plus besoin de trouver quelqu'un pour tuer ton ex ? demanda-t-il.

— Bien sûr que si ! Il n'aura rien à voir avec mon enfant. Mais vous deux, si. J'aurai besoin de votre aide et, très sincèrement, je crois que cela ne vous ferait pas de mal de renouer vous aussi quelques liens familiaux. Cela paraît impossible, je sais, poursuivit-elle, mais j'aimerais que vous... mûrissiez un peu. Que vous ne soyez plus comme chien et chat. Que vous vous conduisiez en grands-parents. Est-ce trop vous demander ?

Natalie vint à son tour prendre sa fille dans ses bras et posa une main sur son ventre.

— Je peux ? demanda-t-elle d'un ton presque intimidé.

Angela hocha la tête. Ce n'était certes pas la famille idéale dont elle rêvait, mais elle existait. Et elle se sentait capable de la faire fonctionner comme il fallait.

Chapitre 60

*Dans lequel Michelle et le procureur font échange
de bons procédés.*

Malgré sa répugnance à revoir le procureur, dont le comportement insultant l'avait profondément ulcérée, Michelle savait qu'elle ne pouvait l'éviter. Angela et elle organisèrent donc une nouvelle rencontre entre Douglas, Michael et elle.

— Vous savez, Michelle, l'avait avertie Michael, Douglas ne voudra vous recevoir que si vous lui apportez des preuves concrètes. Sinon, vous devrez accepter de témoigner contre votre mari.

Michelle n'avait parlé à personne de l'argent, pas même à Jada, tant la simple existence de ce trésor la terrifiait. Elle l'avait mis dans la roue de secours de la Lexus, en tremblant d'être découverte. Elle aurait volontiers demandé à Angela de garer la Lexus dans son parking à la place de sa vieille guimbarde qui ne risquait rien à coucher dans la rue, mais elle s'en était abstenue. Si, pour une raison ou une autre, la police trouvait la Lexus et son contenu, Angela serait à son tour impliquée. Elles prenaient toutes des risques, certes, mais pas à leur insu.

— Je dispose de preuves concrètes, avait-elle répondu. Prenez le rendez-vous.

— Voulez-vous quelque chose en contrepartie ? Si

oui, dites-le-moi tout de suite, vous ne l'obtiendrez qu'avant de vous dessaisir de ces preuves.

— Dites-lui que je ne témoignerai que si c'est absolument indispensable. Que je désire être autorisée à quitter le comté sans délai. Je lui communiquerai mon adresse, mais je veux qu'elle soit gardée secrète. Je demande la garde permanente de mes enfants, le droit de changer de nom et je désire une protection rapprochée si je dois revenir en ville pour le procès.

— Rien de tout cela ne devrait poser de problème. Douglas n'est pas en mesure de vous garantir le droit de garde, bien sûr, ce n'est pas dans ses compétences, mais si votre mari...

— Mon futur ex-mari, le corrigea Michelle.

— Disons, si Frank Russo est condamné à une peine de prison, vous obtiendrez le droit de garde, je m'en porte personnellement garant. Vous n'êtes pas très exigeante, avait ajouté Michael. Vous pourriez obtenir bien davantage de Douglas.

— Je n'aime pas marchander, avait répondu Michelle. Je ne fais pas cela non plus pour me venger de mon mari. Je désire simplement effacer l'ardoise et repartir du bon pied.

Le procureur se montra cette fois un peu moins discourtois, sans doute parce que Michael avait insisté sur ce point.

— M. Rice m'a affirmé que cette visite ne serait pas une perte de temps, madame Russo, dit-il en guise d'entrée en matière.

Les mains crispées sur son sac, Michelle s'accorda quelques secondes de réflexion. C'était sa dernière chance d'empêcher peut-être son mari d'aller en prison et ses enfants d'être aussi ceux d'un repris de justice.

Mais, si elle voulait sauver sa famille, elle devait aller jusqu'au bout. Et Frank était coupable.

— Eh bien, madame Russo, qu'avez-vous à me dire ?

— J'ai trouvé quelque chose que les policiers avaient manqué en perquisitionnant, répondit Michelle.

— Vous m'étonnez ! s'exclama Douglas. Ils ont pourtant passé la maison au peigne fin.

— Je sais, mais ils n'ont pas trouvé ceci.

Elle sortit un gros paquet de son sac et le posa sur le bureau. Michael Rice se pencha avec curiosité.

— De la drogue ?

Sans rien toucher, Douglas décrocha son téléphone.

— Je crois avoir ici une nouvelle preuve. Envoyez tout de suite un officier de police, un sténographe et un greffier. Qu'y a-t-il dans ce paquet ? demanda-t-il à Michelle après avoir raccroché. De l'argent ?

— Oui.

— Donc, vous l'avez ouvert ?

— Oui.

— En billets de cent dollars ?

— Oui. Mais je n'ai pas tout regardé. Je ne savais même pas si je devais les toucher. Frank m'a menacée de me compromettre dans cette affaire si je vous donnais cet argent, nous avons enregistré ses propos.

— Donc, il sait que vous l'avez trouvé ? Mais il ignore que vous nous le livrez ?

Michelle approuva d'un signe de tête au moment où trois personnes, deux hommes et une femme, entraient dans le bureau.

— Arrêtez Frank Russo, dit Douglas, nous tenons les preuves. Prenez maintenant la déposition de Mme Russo, dit-il à la sténographe. J'aimerais aussi l'enregistrer.

La sténographe sortit de sa housse une sorte de

machine à écrire, le greffier brancha un magnétophone et disposa le micro sur la table à égale distance de Michelle et du procureur. Le policier était déjà reparti arrêter Frank. Pauvre Frank...

— Je tiens à dire en préliminaire que jusqu'à sa récente découverte ma cliente était totalement ignorante des activités illégales de Frank Russo, son mari, déclara Michael. Je précise également qu'elle livre ces preuves et procède à la déposition qui va suivre de son plein gré. Elle demande en échange à être assurée de l'immunité, de pouvoir changer de domicile et à recevoir une protection policière en cas de besoin. J'aimerais entendre votre réponse sur les points que j'ai soulevés, monsieur Douglas.

— Je ne prévois aucun problème, répondit le procureur. Aucune charge n'a jamais été retenue contre Mme Russo.

Les deux hommes continuèrent d'échanger d'autres observations portant sur des points techniques, pendant lesquels Michelle pensa à autre chose. Ainsi, elle vivait en cet instant même la fin de son mariage. Demander à Angela de remplir les formalités ne signifiait rien, elle avait franchi le point de non-retour.

— Êtes-vous prête ? lui demanda Michael.

Et Douglas commença son interrogatoire. Michelle dévida toute l'histoire en détail pendant que la sténographe tapait sur le clavier de sa petite machine et que le magnétophone ronronnait. Un peu à l'écart, le greffier comptait silencieusement les billets.

— Cet argent pourrait-il représenter des économies ?

— Non, nous avions un compte d'épargne.

— Et vous ignoriez l'existence de cet argent ?

— Oui.

Deux heures durant, l'interrogatoire se poursuivit.

Michelle faisait des réponses courtes et simples, comme Michael le lui avait conseillé. Elle ne cacha rien de la vérité, ou presque. Quand ce fut terminé, elle se sentait plus molle, plus inerte qu'une serpillière.

— Je veux vous présenter mes remerciements, madame Russo, dit enfin Douglas en redevenant à peu près humain. Je sais combien cela a dû vous être pénible et j'apprécie votre effort à sa juste valeur.

Le greffier apporta l'argent placé dans des sachets de plastique scellés et donna une feuille de papier à Douglas.

— Je dois vous demander de signer ce reçu, dit le procureur. Y aurait-il d'autres sommes, à votre avis ?

— Je n'ai pas trouvé d'autres cachettes dans la maison, mais vos hommes peuvent en chercher, répondit Michelle. On ne sait jamais.

En disant cela, elle était tout à fait sincère.

Chapitre 61

Dans lequel Michael et Angela se découvrent nombre d'atomes crochus.

Angela dut passer ce jour-là dix-sept coups de téléphone, rappeler, faxer, écrire, signer des récépissés et remplir une dizaine de formulaires pour obtenir en faveur de Jada la permission de changer son jour de visite du samedi au dimanche afin d'emmener ses enfants à l'église. Elle avait à peine fini quand Michael entra dans son bureau.

— Au fait, lui dit-il, puis-je vous rappeler que mon invitation à dîner tient toujours ?

— Je ne vois pas du tout le rapport avec ce qui précède, répondit-elle en riant, mais je vous préviens qu'il y a un risque. Je dévore.

— Voilà un risque que j'assume sans crainte.

Le dîner fut une réussite. Michael l'emmena dans une vieille maison aménagée en restaurant, ils eurent une table près de la cheminée. Ils parlèrent un peu de leur travail, un peu de leur enfance. Michael était l'aîné de trois garçons, dont le plus jeune était mort d'un cancer à peine un an auparavant.

— En plus de votre divorce, l'année a dû être dure pour vous, dit Angela avec compassion.

— C'est vrai. Ma femme est repartie à Omaha, elle est professeur à l'université. Mes enfants me manquent beaucoup, avoua-t-il.

— Je le comprends.

— Ce que je veux dire, Angie, c'est que les femmes ne sont pas toujours les seules à souffrir d'un divorce. Les hommes aussi, parfois. Je ne les ai laissés partir que parce c'était mieux pour eux.

— C'était agir en bon père dans des circonstances difficiles, dit Angela en pensant à Jada.

— Merci du compliment.

Il tendit la main vers ses cheveux, enroula une de ses bouclettes autour d'un doigt.

— Comment faites-vous ? demanda-t-il.

— Rien, ils poussent comme cela naturellement. Cela me rend folle.

— Moi aussi. Fou, bien sûr.

Il l'avait dit d'un ton caressant qui coupa un instant la respiration d'Angela. Elle lui prit la main, l'écarta avec douceur de sa tête, ce qui le fit sortir de la transe dans laquelle il paraissait plongé.

— Alors, combien de personnes vivent chez vous pour le moment ? demanda-t-il dans l'intention évidente de changer de sujet. Vous n'en êtes pas encore à cinquante, j'espère ? Sans compter les chats, les tortues et les enfants ?

— Non, pas plus de dix-neuf, répondit-elle en riant. Vous n'approuvez pas qu'on mêle la vie privée à la vie professionnelle, je sais.

— Je suis mal placé pour vous faire des reproches puisque nous sommes ici ensemble.

— De toute façon, rassurez-vous, Jada et Michelle vont bientôt me quitter. Elles retombent sur leurs pieds.

Elle aurait voulu lui parler de leurs projets, mais elle préféra s'en abstenir. Michael était trop respectueux des lois et il l'aurait sans doute empêchée d'aider ses amies.

Car Angela avait décidé d'en prendre le risque. Mieux valait donc ne pas partager ces secrets avec lui.

Mais, quand il l'aida à remettre son manteau et lui prit le bras pour descendre les marches du restaurant, elle éprouva une délicieuse sensation de légèreté et espéra qu'il l'inviterait à prendre le café chez lui. Car elle savait désormais qu'elle aimerait partager beaucoup de choses avec Michael Rice.

514

Chapitre 62

Dans lequel Jada progresse vers son objectif.

— Non, non et non ! cria Angela. Nous sommes déjà allées trop loin, je ne te laisserai pas faire, c'est de la folie pure !

Michelle et elle fusillaient Jada du regard. Elles buvaient leur troisième tasse de café et avaient toutes trois les nerfs en pelote.

— Je suis d'accord avec Angie, tu sais, dit Michelle. Le plus important est prêt... ne risque pas de tout compromettre. Tes valises sont faites, celles des enfants aussi, tu as l'autorisation de les emmener à l'église. Comment peux-tu penser maintenant à une chose pareille ? Samuel devrait arriver d'une minute à l'autre.

— Je ne vous demande ni à l'une ni à l'autre de m'aider, répondit posément Jada. Je le ferai seule, mais je le ferai.

— C'est non seulement illégal, Jada, c'est dangereux.

— Comme tout ce que je fais.

Angela se leva, hors d'elle.

— Michelle, essaie de faire entendre raison à ton amie, j'y renonce.

Et elle partit dans sa chambre en claquant la porte derrière elle.

— Elle a raison, tu sais, reprit Michelle au bout d'un court silence. C'est insensé, ce que tu veux faire.

— Ne prends pas son parti, je t'en prie ! J'ai vécu des années dans cette maison qui était un chantier permanent. Et c'est maintenant qu'il se met à l'arranger ? Non, je ne laisserai pas passer ça !

— Calme-toi, Jada. Je laisse derrière moi ma maison avec tout ce qu'elle contient, je n'en fais pas une maladie. C'est sans importance.

— Ne me dicte pas ce qui est important et ce qui ne l'est pas !

Michelle recula d'un pas. Jada comprit qu'elle l'avait blessée et le regretta aussitôt.

— Excuse-moi, Michelle. Je ne voulais pas...

— Mais non, ce n'est pas grave.

— Écoute, j'ai tout prévu. Si tu es d'accord, je suis sûre qu'Angela le sera aussi. Tu veux bien m'écouter ?

Michelle hocha la tête à contrecœur.

Jada avait tout prévu, en effet.

Malgré ses réticences, Michelle téléphona à Clinton. Ce fut Tonya qui répondit, comme prévu, mais Clinton finit par prendre l'appareil en traînant les pieds, au propre comme au figuré.

— Vous savez que je déménage, lui dit Michelle. J'ai donc pensé que vous pourriez peut-être avoir besoin de certains de mes meubles. J'ai un ou deux canapés en trop, d'autres objets aussi.

Angela les avait rejointes et écoutait en levant les yeux au ciel. Elle ne leur avait pas encore dit qu'elle coopérerait, pourtant elle savait qu'elle le ferait.

Pique-assiette invétéré, Clinton s'empressa d'accepter la proposition. Cet hypocrite qui prétendait ne pas vouloir laisser ses enfants jouer avec ceux du « trafiquant » ne se gênait pas pour rafler son mobilier et laisser ses enfants s'asseoir dessus. Il fut donc convenu que Clin-

516

ton et Tonya iraient le dimanche chez Michelle pour prendre livraison de leurs cadeaux.

Tout en écoutant, Jada remarqua un détail qui la stupéfia.

— Angie, regarde, chuchota-t-elle. Que vois-tu ?

— Les préparatifs d'un acte criminel, murmura Angela.

— Non, regarde le comptoir.

Tout en parlant au téléphone, Michelle avait sous les yeux le dessus du comptoir couvert de taches de café.

— Et elle n'a pas encore bondi pour prendre une éponge afin de l'essuyer. Tu te rends compte ? dit Jada.

— Mon Dieu, c'est vrai !

Jada avait bien recommandé à Michelle de fixer une heure précise et de stipuler que, s'il ne venait pas, il n'aurait rien.

— Si par hasard j'étais retenue ailleurs ou déjà sur la route, dit Michelle, mon avocate sera sur place et vous laissera entrer. Qu'est-ce que vous regardez avec cet air-là ? demanda-t-elle aux deux autres après avoir raccroché.

— Tu ne veux pas essuyer le comptoir ? s'étonna Jada.

— Je m'en fiche ! Nous avons des choses autrement plus importantes à faire.

— Incroyable ! soupira Angela.

Jada éclata de rire et lui tendit les bras.

— Bravo Cendrillon, tu as enfin grandi !

Chapitre 63

Dans lequel Michelle se retrouve derrière les barreaux.

Michelle voulait être sûre de son alibi afin de ne pas être impliquée dans le coup de folie de Jada. Le mieux, pensa-t-elle, serait de se trouver en prison à ce moment-là, car dans aucun endroit au monde on n'était aussi bien photographié, observé et répertorié. Frank ne comprendrait sans doute pas la raison de sa visite, mais le procureur voudrait sans doute s'informer de ce qu'elle faisait au moment où Jada mettait son projet à exécution.

Elle sentait aussi qu'elle devait voir Frank cette dernière fois pour parachever sa métamorphose. Si Frank ne pouvait plus prendre soin d'elle, il n'était pas non plus en mesure de lui faire du mal, à moins qu'elle ne lui en restitue le pouvoir, ce dont elle n'avait nulle intention.

Frank avait été appréhendé pendant qu'elle se trouvait encore dans le bureau du procureur. Ensuite, sachant qu'il n'était plus à la maison, elle y était allée prendre quelques objets de première nécessité. Elle était à présent prête pour son changement de vie.

Son premier contact avec la prison lui fit peur. Elle dut passer par un portique détecteur de métal, se laisser fouiller, parcourir un long couloir bordé de portes aveugles. Le tintement du trousseau de clés du gardien rendait le silence plus oppressant. Elle fut enfin introduite dans un parloir où Frank était déjà assis derrière une table.

En pantalon et chemise grisâtres, il avait mauvaise mine. Mais ce qui la frappa surtout, ce fut son expression fermée, comme s'il s'était retranché du monde extérieur.

— Les mains sur la table, ordonna le gardien quand Michelle s'assit en face de Frank.

Tous deux obéirent.

— Alors, tu as ce que tu voulais ? demanda-t-il.

— Non, Frank, ce n'est pas moi qui l'ai voulu.

— Dans mes pires cauchemars, Michelle, je n'aurais jamais imaginé que tu me trahirais de cette manière.

Elle s'attendait à tout, mais pas à ce qu'il recommence à tordre la réalité pour rejeter sur elle la responsabilité de ses fautes.

— Tu ne m'as pas laissé le choix. Tu as eu tort de me menacer. Depuis le début, tu t'es conduit comme un égoïste et un irresponsable. Tu n'as jamais pensé à moi, encore moins aux enfants. Ils ne peuvent pas se permettre, eux, d'avoir leurs deux parents en prison.

— Je ne t'ai jamais menacée !

— Non, et tu ne m'as jamais battue. Pense aux enfants, Frank. Ils sont traumatisés au point que je ne sais pas quand ils s'en remettront. Nous allons devoir quitter la ville, abandonner leurs amis, aller ailleurs et repartir de zéro. Sans toi. Tu as gâché tout ce que nous avions essayé de faire pour eux. Le comprends-tu, au moins ?

— Et moi ? Crois-tu que ma vie n'est pas gâchée ?

— Tu l'as bien cherché.

— Non, c'est toi qui m'as envoyé ici. Je n'arrive pas encore à y croire.

Sans la présence rassurante du gardien, Michelle savait qu'il l'aurait certainement frappée.

— C'est vrai, tu n'as jamais cru que tu finirais par te faire prendre. Tu t'es toujours cru invulnérable. Personne ne l'est, Frank.

— Ce que tu as fait est d'une rare stupidité...

Elle ne voulait, elle ne pouvait pas entendre une fois de plus ce mot sortir de sa bouche.

— Voilà, nous y sommes ! Toujours cette idiote de Michelle ! Tu avais presque réussi à me convaincre que j'étais une gourde. Eh bien, sache que ton idiote de Michelle vient de fonder une entreprise. Que l'idiote de Michelle va emmener ses enfants dans une nouvelle ville et les mettre dans une bonne école. Et l'idiote de Michelle les nourrira, les élèvera et fera l'impossible pour leur assurer la sécurité alors que leur cher papa moisira en prison ! Je n'avais jamais rien prévu de tel, Frank, mais c'est maintenant ce que je suis obligée de faire et je m'en sors très bien sans toi !

— De quoi parles-tu ? Où emmènes-tu les enfants ?

— Je demande aussi le divorce, Frank, et j'aurai leur droit de garde exclusif. Et quand tu sortiras de prison...

— Je ne resterai pas longtemps enfermé. J'ai des relations.

— Je me moque des gens que tu connais, je me moque de ce que tu fais. Et j'espère pour toi que tu as caché d'autre argent que celui-là, parce que sinon tu seras ruiné en plus d'être coupable.

— Donner un demi-million de dollars au procureur !... Tu es vraiment une parfaite imbécile.

Son mépris ne l'affectait plus, elle n'avait plus rien à lui dire et rien ne l'obligeait à se laisser encore insulter.

— Mon temps de visite est terminé, je crois, dit-elle

en se levant. Ah, j'allais oublier. Je t'ai apporté quelque chose.

Elle jeta une enveloppe sur la table.

— Qu'est-ce que c'est ?

— La liste. La liste que tu m'avais dit de faire, la liste de tout ce qui était cassé, brisé, irréparable. Elle est complète. Il n'y manque qu'un seul article, notre mariage. Ajoute-le au reste si tu veux. Bonne chance, Frank.

— Et alors, c'est tout ? Tu penses ne plus jamais me revoir ?

— Oh, si ! À ton procès. Je témoignerai pour l'accusation.

Et elle sortit sans rien ajouter.

Chapitre 64

Dans lequel le feu du Ciel frappe les infidèles.

Jada attendait au coin de la rue dans la Volvo. Elle avait déjà pris les enfants et se préparait à les emmener à l'église.

— Qu'est-ce qu'on attend ? demanda Shavonne.

— Un ami qui nous accompagne à l'office. Le voilà. Vous serez bien sage, n'est-ce pas ?

Samuel Dumfries se rangea derrière eux. Jada fit descendre les enfants de la Volvo et les fit monter dans la voiture de Samuel.

— Qui est le monsieur ? voulut savoir Kevon.

— Un ami, un vrai. Attendez-moi cinq minutes, j'ai oublié ma bible. Shavonne, tu surveilles les petits.

Du coin de la rue, Jada vit Clinton et Tonya sortir de la maison et se diriger vers celle de Michelle, en suivant le chemin qu'elles avaient si souvent parcouru tous les matins. Que c'était loin...

Une fois sûre de les avoir vus entrer chez Michelle, Jada prit dans la Volvo une pile de vieux journaux dissimulés dans le coffre et entra chez elle pour la dernière fois. Elle visita toutes les pièces afin de s'assurer qu'il n'y restait pas un être vivant, pas même un cochon d'Inde. Elle fourra dans un sac quelques-uns des jouets préférés des enfants, en laissant à chaque fois derrière elle un journal chiffonné.

Pris d'une ardeur nouvelle, ainsi qu'elle s'en doutait, Clinton avait commencé à peindre et terminer tout ce qui était resté à l'abandon. Et, comme elle s'en doutait aussi, il laissait traîner un peu partout des pots de peinture, des bouteilles de solvant et autres produits inflammables.

À la cuisine, dont la moitié du sol de contreplaqué était déjà recouverte de carrelage, elle versa un bidon de pétrole sur le bois, puis fourra dans un placard des journaux imprégnés d'essence avant de prendre au passage les actes de naissance des enfants et un album de photos. Elle refit la même opération dans la petite penderie de l'entrée, aménagée sous l'escalier de bois. Elle enleva les couvercles des pots de peinture, dissémina quelques autres journaux.

Cette maison n'était plus la sienne et ne le serait jamais plus. Penser qu'elle s'était donné tant de mal pour travailler en se privant de ses enfants, parce qu'elle croyait que ces quatre murs avaient de l'importance. Quelle idiote ! pensa-t-elle.

Dans le living, elle prit les chandeliers de sa grand-mère qu'elle ajouta à son butin dans la besace. Elle vida enfin le reste de son pétrole sur les rideaux et la moquette. Enfin, revenue à la porte, elle sortit de son sac une boîte d'allumettes et s'assura qu'elle avait les mains sèches et propres. Onze minutes s'étaient écoulées, elle devait se hâter.

Debout sur le seuil, elle craqua une allumette, la jeta sur une traînée de pétrole et regarda la petite flammèche bleue courir joyeusement sur le sol de bois. Par acquit de conscience, elle jeta la boîte entière dans les flammes qui commençaient à grandir. Et elle sortit enfin, en laissant la porte entrouverte afin de créer un appel d'air.

Quand elle atteignit le trottoir, on distinguait déjà un filet de fumée, mais Jada ne se retourna pas. La plupart des accidents se produisent chez soi, disait souvent Michelle. Mais elle n'était plus chez elle.

La cupidité de Clinton et de sa bonne amie n'étonna pas Angela. Ils avaient tous deux été surpris de reconnaître l'avocate de Jada, mais elle leur avait expliqué calmement qu'elle était maintenant celle de Michelle et leur fit signer un reçu en bonne et due forme.

Elle était pourtant loin d'être calme. L'homme était un profiteur sans scrupules, qui n'hésitait pas à traumatiser ses enfants pour vivre sans rien faire. Plutôt que de lui faire des cadeaux, elle aurait préféré le traiter de tous les noms. Mais il aurait quand même ce qu'il méritait.

En voyant Tonya jeter son dévolu sur des meubles qui ne faisaient pas partie de la liste et regarder avec convoitise le grand lit, Angela se souvint de ses déclarations sous serment quant au fait qu'elle n'était pas la maîtresse de Clinton. Ce souvenir lui enleva ses derniers scrupules. Jada avait raison, le système ne fonctionnait pas. Heureusement, la présence de Michael et de Bill, servant de témoins et venus aider à transporter les acquisitions gratuites de Clinton, la forçait à rester calme.

Tandis que se poursuivait sous leur surveillance la visite domiciliaire, Angela s'excusa un instant et alla regarder par la fenêtre. Jada devait être déjà en route pour l'église, mais il fallait s'en assurer.

Avait-elle réussi ? Comme en réponse à sa question, un filet de fumée noire se détacha contre le ciel. Elle vérifia si elle était bien munie de la perruque et des vêtements de rechange, tâta dans sa poche le deuxième jeu de clés de la Volvo et rejoignit les autres au living.

Clinton enlevait les coussins du canapé, que Tonya devait tenir pendant que les trois hommes transporteraient le meuble. Angela leur ouvrit la porte, Bill sortit à reculons en portant un bout, les deux autres à l'autre bout de l'encombrant canapé. Ils étaient presque sur le trottoir quand Angela entendit en même temps le cri horrifié de Tonya et l'exclamation de Michael. Clinton leva les yeux, lâcha son fardeau, Tonya les coussins et tout le monde partit en courant. Angela savait que le temps pressait, mais elle ne put s'empêcher d'aller avec eux profiter du spectacle.

La maison flambait déjà joyeusement du haut en bas. Par la porte ouverte, on voyait de hautes flammes lécher les murs et noircir le plafond de ce qui avait été le vestibule.

— Y a-t-il quelqu'un à l'intérieur ? demanda Michael.

Bouche bée, Clinton mit un instant à réagir.

— Non, ma femme a emmené les enfants à l'église.

— Vous êtes sûr ? Les enfants sont sortis ? Pas de visiteurs ? Pas de chien ni de chat ?

— Bon Dieu, ma stéréo ! gémit Clinton. Ma perceuse électrique !

— Je vais appeler les pompiers, dit Michael qui partit en courant vers la maison de Michelle.

Un voisin les avait sans doute déjà prévenus, car un gros camion rouge arrivait à vive allure. Au même moment, une fenêtre éclata sous l'effet de la chaleur et une bouffée nauséabonde de plastique fondu et de moquette synthétique calcinée leur parvint aux narines. Les pompiers se précipitèrent.

— Il n'y avait personne à l'intérieur, dit Angela à leur chef. Bill, ajouta-t-elle, dis à Michael que je dois partir, il faut que je prévienne Jada.

Bill lui lança un regard amusé.

525

— Elle n'aurait pas, par hasard ?..., commença-t-il.

Angela eut du mal à garder son sérieux.

— Non. Dis-le à Michael. Et ne vous approchez ni l'un ni l'autre de cette maison, compris ? Je ne veux pas de héros morts ou abîmés.

— Sois tranquille, la rassura Bill.

Chapitre 65

*Qui nous confirme, si besoin était, que les voies
de Dieu sont impénétrables.*

Voyant s'approcher l'assistante sociale, Jada dit à
Samuel d'entrer dans l'église et attendit la vieille fille
de pied ferme.

— Voulez-vous venir prier le Seigneur avec nous ? lui
demanda-t-elle aimablement. Jésus accueille tous Ses
enfants avec la même joie.

Visiblement intimidée par cette affluence de visages
noirs, la femme hésita.

— Euh... je resterai au fond, je crois. Ou je prendrai
peut-être un peu l'air. Ne vous inquiétez pas pour moi.

Jada ne s'inquiéterait sûrement pas à son sujet.

— Dieu vous bénisse, ma chère demoiselle, dit-elle
avec sincérité puisque c'était à coup sûr la dernière fois
qu'elle lui adressait la parole.

Beaucoup de fidèles étaient déjà entrés, mais d'autres
continuaient à arriver. On ne pouvait donc pas dire que
Jada était en retard. Le bébé dans les bras, flanquée de
Shavonne et Kevon, elle descendit l'allée centrale en
saluant le plus de gens possible, tous témoins de sa présence à l'office. Elle s'assit aussi cérémonieusement que
pouvait le faire une incendiaire. Le révérend monta en
chaire pour faire quelques annonces. Les mains pieuse-
ment jointes, Jada attendit en demandant à Shavonne
d'arrêter de se tortiller sur son banc.

Seigneur, pria-t-elle en silence, je viens de faire quelque chose de très, très mal et je sais que je ne peux Te dire que je le regrette. Mais je n'ai physiquement blessé personne ni violé un de Tes commandements. Je voulais seulement corriger une injustice. Pardonne-moi, Seigneur, ce péché que j'ai commis sous Ton regard et protège mes voisins et les pompiers, s'ils arrivent à temps. Mais s'il plaît à Ta volonté, Seigneur, laisse la maison brûler jusqu'aux fondations et aide-moi à éloigner mes chers petits de la mauvaise volonté de Clinton.

Le service débuta par une hymne. Pendant ce temps, les yeux clos, Jada fit une nouvelle prière pour demander la bénédiction du Seigneur sur ses enfants. Quand elle les rouvrit, elle vit que Samuel Dumfries avait pris place sur le même rang qu'elle de l'autre côté de l'allée. Avec son allure pleine de dignité, nul n'aurait pu croire qu'il s'apprêtait à se rendre complice d'un enlèvement d'enfants, ce qui démontrait une fois encore à quel point les apparences sont souvent trompeuses.

Quand le pasteur annonça le titre de l'hymne suivante, Jada n'eut que le temps de se couvrir la bouche d'une main pour étouffer son fou rire : « Allumons nos torches pour honorer Jésus. » Le plus sceptique, le plus mécréant était forcé d'y voir un signe. Mais le sermon sur le thème de l'apparition de Dieu à Moïse sous la forme d'un buisson ardent finit de dissiper les vestiges de remords que Jada pouvait encore avoir. Elle jeta un coup d'œil à sa montre, vit Samuel en faire autant. Quand le pasteur demanda au chœur des fidèles de s'approcher, elle se leva aussitôt en poussant les enfants devant elle.

— Mais je ne chante pas ! protesta Shavonne.

Jada lui fit signe de se taire. Samuel s'était joint à la

528

foule qui avançait vers le fond de l'église. Profitant de la confusion, Jada dépassa la chaire, dévia vers le bas-côté et l'issue de secours.

— La voiture est là, lui souffla Samuel.

Le moment qu'elle avait à la fois tant espéré et redouté était venu. Si les enfants refusaient de la suivre, elle ferait demi-tour et subirait tout ce dont on pourrait l'accuser.

Une fois tous montés dans la voiture de Samuel, Jada se retourna vers les enfants assis à l'arrière.

— Maintenant, écoutez-moi. Je voulais que nous restions tous ensemble, mais votre papa ne l'a pas voulu, il préfère Tonya. Je vous aime, mais il n'a pas voulu que je vous voie souvent ni que vous viviez avec moi. Nous allons donc partir là où nous pourrons vivre ensemble, sauf si vous me dites non.

— C'est lui notre nouveau papa ? demanda Kevon en montrant Samuel.

— Non, bien sûr que non. Vous n'avez qu'un seul papa et une seule maman. Quelquefois, ils ne peuvent pas vivre ensemble, voilà tout.

— Et toi, tu veux vivre avec nous ? interrogea Shavonne.

Jada retint son souffle.

— Oui, ma chérie, j'ai toujours voulu vivre avec vous. Tu ne le savais pas ? C'est ton papa et moi qui nous disputons à ce sujet. Moi, je n'ai jamais rien désiré d'autre.

— C'est vrai ? Vraiment vrai ?

Et Shavonne se jeta dans les bras de sa mère, écrasa ses lèvres sur sa joue.

— Oh, maman ! Je t'aime.

— Moi aussi, ma chérie. De tout mon cœur.

— Alors, où on va ? s'enquit Kevon.

— Nous irons d'abord chez bon-papa et bonne-maman. Après, nous verrons. Ce sera peut-être difficile au début, une nouvelle école, de nouveaux amis.

— Chic ! s'exclama Kevon. Je pourrai nager tous les jours. Est-ce qu'on pourra habiter sur la plage ?

Du coin de l'œil, Jada vit Samuel sourire.

— Alors, tout le monde est d'accord ?

— Oui ! affirma Shavonne avec enthousiasme.

— Bon. Et maintenant, allons-y, dit-elle à Samuel.

Et Jada attacha sa ceinture en faisant à Dieu une prière d'action de grâces.

Chapitre 66

Qui se trouve être le dernier.

Michelle s'arrêta le long du trottoir, descendit de la Lexus et fit signe à un porteur.

— On prend l'avion pour aller dans notre nouvelle maison ? demanda Frankie.

— Non, mon chéri, nous sommes juste venus dire au revoir à nos amis. Nous irons chez nous en voiture. Jenna, descends avec ton frère et attendez-moi tous les deux sur le trottoir.

Pour une fois, Jenna obéit sans discuter. Michelle avait eu avec elle une longue et sérieuse conversation.

— J'ai beaucoup de bagages, dit-elle au porteur en commençant à décharger les valises de Jada. Le reste est dans la voiture de ma sœur qui est en train de se garer. Voici nos billets d'avion. Pouvez-vous surveiller les valises et mes enfants le temps que j'aille me garer ?

Il lui fallut beaucoup de persuasion et deux billets de vingt dollars pour convaincre l'homme. Michelle alla garer la Lexus et revint en courant. Au bout d'un temps qui lui parut interminable, Samuel, Jada et ses enfants arrivèrent enfin.

— Ce n'est pas la bonne compagnie aérienne, dit Jada en mettant pied à terre.

— Si, pour les Caïmans, répondit Michelle.

Samuel le lui confirma d'un signe et d'un sourire.

— Mais... je n'ai pas assez d'argent pour aller là-bas !
Il faut d'abord que je m'arrange à la Barbade.

— Commençons par t'enregistrer. Tout va bien, nous
discuterons des détails à l'intérieur.

Michelle regardait nerveusement autour d'elle,
comme si elle s'attendait à voir surgir Clinton ou la
police.

— J'espère que tu as une bonne explication à me
donner, lui dit Jada.

— Excellente, la rassura Michelle.

Pendant ce temps, Kevon et Frankie se retrouvaient
avec des cris de joie, Shavonne et Jenna affectaient la
froideur indifférente propre à leur âge. Michelle tendit
une enveloppe à Jada et se tourna vers le porteur :

— Ma sœur est arrivée avec le reste des bagages. Nous
pouvons aller au comptoir d'enregistrement.

L'homme écarquilla les yeux, effaré par ce groupe
comportant cinq enfants de couleurs différentes, la
blonde pulpeuse, la grande brune au teint basané et le
monsieur très, très noir dont la dignité imposait le respect. Sans poser de question, il suivit la troupe en poussant son chariot.

— Allons, les enfants, pressons ! dit Michelle. Comptoir de première classe, vol 321.

— Première classe ? s'exclama Jada. Mais je n'ai pas
les moyens de voyager en première, Michelle ! Et même
si je les avais, j'aurais préféré me servir de l'argent pour
autre chose.

— Allons, du calme. Si Clinton ne se montre pas à la
dernière minute et si Angela arrive à l'heure, tout ira
bien, je te l'ai déjà dit.

Une longue queue serpentait devant le comptoir de
la classe économique, mais il n'y avait personne devant
celui des premières. Jada dut répondre au questionnaire

de sécurité (Vous avez fait vos bagages vous-même ? Transportez-vous une arme ? etc.) parfaitement inepte. Son tour venu, Samuel exhiba son passeport et son billet et ils franchirent tous ensemble le portique de détection.

— Kevon m'a dit qu'il va à la plage, dit Frankie. On peut y aller, nous aussi ? Juste quelques jours.

Michelle et Jada conduisirent avec dextérité la troupe d'enfants à travers le labyrinthe des boutiques. Mais où était Angela ? Ils ne pouvaient pas se séparer jusqu'à son arrivée.

Elles autorisèrent les enfants à aller dans une boutique de confiserie acheter des bonbons. Samuel se chargea de la petite Sherrilee. Profitant de ces quelques instants de calme, Jada regarda Michelle d'un air mimécontent, mi-interrogateur.

— Vas-tu me dire enfin ce qui se passe ?

— Tout va bien, je te le répète. Tu sais déjà que tu seras beaucoup plus en sûreté aux Caïmans qu'à la Barbade. Samuel a réglé tous les problèmes légaux et moi... le reste.

— Quel reste ?

— Disons, la partie financière.

— Mais je ne peux aller aux Caïmans, voyons ! Il faut énormément d'argent pour résider là-bas !

— Tu verras, répondit Michelle en riant.

Angela conduisait la Volvo à tombeau ouvert. Elle avait cru que Clinton la suivait sur l'autoroute, mais elle n'en était pas tout à fait sûre. En fait, son rôle de leurre l'amusait beaucoup. Avec une perruque noire, un maquillage sombre, les lunettes de soleil et le manteau de Jada, elle se sentait dans la peau du faux lapin derrière lequel courent les lévriers. Malgré sa crainte des policiers de la route, toujours à l'affût et trop heureux de distribuer des contraventions, elle appuya un peu plus fort sur l'accélérateur. Il fallait à tout prix qu'elle ait le temps de garer la Volvo, chargée des bagages de Michelle, et d'aller dire au revoir à Jada et aux enfants.

En quittant la rue de Jada, elle avait vu dans le rétroviseur Tonya montrer du doigt la Volvo qui démarrait. Si Clinton l'avait suivie jusqu'à l'aéroport, ce ne serait quand même pas trop grave, pensa-t-elle en se garant sur le parking d'American Airlines. Elle enleva sa perruque, s'essuya la figure et partit en courant vers la station du bus qui faisait la navette entre les terminaux. Elle allait y arriver quand elle crut reconnaître la Camaro de Clinton se garant à côté de la Volvo.

Seigneur, pensa-t-elle, je ne peux pas attendre ce bus ! Et s'il la suivait, s'il découvrait qu'elle n'était pas Jada ? Avait-il déjà appris que la maison n'était plus assurée et que sa seule source de revenus était envolée, au propre comme au figuré ? Il serait fou de rage.

La navette n'arrivait pas, aucun taxi en vue. Jouant la provinciale dépassée par les événements, Angela réussit à arrêter un minibus Hertz dont le conducteur, trop heureux de mettre fin à ses questions, voulut bien la déposer au terminal B où elle devait se rendre.

Il lui restait vingt minutes avant le départ du vol de Jada. Elle bondit du minibus, traversa le hall en courant, franchit en piaffant d'impatience le portique de sécurité. Par chance, elle repéra tout de suite Michelle et Jada, entourées d'enfants en train de sucer ou de mastiquer des bonbons.

— Ça y est ! cria-t-elle en les embrassant toutes les deux à la fois.

— Il t'a suivie ? demanda Michelle.

— Je crois, oui, mais je l'ai semé sur l'autoroute.

Elle tendit à Jada les clés de la Volvo, que Jada donna aussitôt à Michelle.

— Elles sont à toi, dit-elle. Quoique je n'arrive pas à comprendre pourquoi tu veux ce tas de ferraille à la place de ta Lexus.

— Une vie nouvelle avec une vieille voiture, c'est logique, répondit Michelle. Tu sais pourtant que je ne veux plus rien de ce que Frank m'a acheté.

Sur quoi, elle prit dans sa poche les clés de la Lexus qu'elle donna à Angela.

— Tiens, c'est pour toi.

— Ta... ta voiture ? Oh, non, je ne peux pas ! Elle coûte au moins quarante mille dollars.

— Quatre-vingt mille avec toutes les options, mais au diable les détails, Dieu seul sait d'où venait cet argent. Toi, tu es sous-payée, surmenée, tu seras bientôt mère de famille, tu en auras besoin. Tu ne peux quand même pas arriver à la maternité dans ton tacot rouillé. Je voulais aussi que tu sois là, poursuivit Michelle en se tournant vers Jada, pour te donner ceci. Cela t'expliquera la raison de ton départ pour les Caïmans.

Jada entrouvrit le sac de toile que Michelle lui tendait. Elle y découvrit plusieurs paquets oblongs enveloppés de papier kraft et liés par de la ficelle.

— Qu'est-ce que c'est ?

— Qu'est-ce qui mesure dix-huit centimètres et rend les femmes folles de joie ? demanda Michelle.

— Je ne sais pas, je n'ai jamais couché avec un homme blanc.

— Un billet de banque, dit Michelle en riant. Il y en a un certain nombre, tu pourras les compter en avion. Samuel m'a garanti que tu n'auras aucun problème pour les introduire aux Caïmans, c'est une des spécialités du pays. Et n'essaie pas de me les rendre ! C'est comme la Lexus, je ne veux plus en entendre parler. Achète plutôt une belle maison pour toi et les enfants. Une maison terminée, de préférence.

Jada garda le silence un moment. Des larmes apparurent dans ses yeux et ruisselèrent sur ses joues.

— Je n'ai jamais eu d'amies comme vous deux, dit-elle enfin. Et c'est maintenant qu'il faut que je vous quitte.

Comme en écho, une voix suave annonça dans un haut-parleur l'embarquement immédiat du vol 321.

— C'est pour nous, maman, dit Shavonne. Viens vite.

— Je ne crois pas que je pourrai, murmura Jada.

— Quoi, tu as peur ? dit Angela. Il n'y a pas de quoi, voyons. Tes parents te rendront de longues visites et je crois que tu peux compter sur Samuel si tu as le moindre problème.

— Non, je n'ai plus peur. C'est... c'est que je ne peux pas vous quitter, vous deux.

— Eh bien, c'est nous qui te quittons, déclara Michelle. Je vais monter dans ce vieux break avec enfants et bagages, j'aurai des maisons à nettoyer, des employées à diriger. Et en plus, ajouta-t-elle en riant, je crois savoir qu'Angie a hâte de récupérer son appartement pour pouvoir coucher tranquillement avec Michael.

— Elle n'aura au moins pas à se soucier de tomber enceinte, enchaîna Jada en riant à son tour.

— Holà ! vous ne savez pas si je n'ai pas déjà couché avec lui ! protesta Angela. Je lui plais beaucoup avec la perruque.

— Nous avons un cadeau pour toi qui ne lui plaira peut-être pas, dit Jada. Donne-le-lui, Michelle.

Michelle prit dans son sac un paquet plat. Angela

déchira le papier et trouva... une photo encadrée de ses deux amies en pleine action à Marblehead.

— Ça alors, vous m'en avez gardé une ? Mais comment avez-vous fait pour être toutes les deux sur la photo ?

— J'ai posé l'appareil sur la commode et j'ai déclenché le retardateur. Tu vois, ça marche.

Samuel s'approcha. Angela, qui regardait la photo, se sentit rougir.

— Je crois qu'il est temps de vous dire au revoir, mesdames. Je vais monter à bord avec les enfants.

— Je vous rejoins dans deux minutes, lui dit Jada.

— Vas-tu coucher avec lui ? demanda Michelle.

— Mais je ne le connais même pas !

— Ce n'est pas ce que je t'ai demandé. J'ai couché avec Frank pendant quatorze ans sans jamais le connaître.

— Allons, fit Angela, Samuel a raison, il est temps de nous séparer.

— Écoutez, dit Jada, je ne sais pas si je pourrai jamais revenir ici. Mais rien ne vous empêche de venir me voir là-bas.

— J'y compte bien ! répondit Angela. J'emmènerai le bébé dès qu'il pourra prendre l'avion.

— Et tu pourrais chercher s'il y a des perspectives pour une entreprise de nettoyage. Il y a beaucoup de gens riches, dans ces îles.

Le haut-parleur annonça le dernier appel d'embarquement.

— Allez, vas-y, dit Michelle. C'est un ordre.

— Qu'est-ce qui te donne ce ton de patronne, tout d'un coup ?

— Vous deux, répondit Michelle. Je suis devenue patronne, mais je n'y serais jamais arrivée sans votre aide. Toi, Jada, tu m'as donné confiance en moi, Angela m'a offert un abri. Vous m'avez montré ce que doivent être de vraies amies. Je vous dois beaucoup.

Et c'est les larmes aux yeux que Michelle et Angela virent Jada s'éloigner vers le comptoir d'embarquement.

Au volant de la Volvo, Michelle regagna Westchester en moins d'une heure sur une route miraculeusement dégagée. Elle ne regrettait pas le moins du monde la Lexus et tout ce qu'elle représentait. De fait, elle prenait plaisir à retrouver son vieux break. Jenna et Frankie devaient penser de même car ils s'étaient endormis au bout d'une demi-heure de route.

Elle avait trouvé une maison à louer dans de bonnes conditions. Elle ne pouvait pas vendre sa maison, car l'État la saisirait probablement si Frank était condamné. Cela l'indifférait. Elle avait voulu une vie simple, elle aurait une vie simple.

C'est en s'engageant sur la bretelle de sortie qu'elle se surprit en train de chanter. Depuis quand avait-elle commencé ? Un certain temps sans doute, car Frankie était réveillé et reprenait le refrain avec elle. Jenna en fit autant une minute plus tard. Alors, dans le rétroviseur, Michelle sourit à ses enfants, et ceux-ci lui rendirent son sourire.

Jada regardait le tapis de nuages que l'avion survolait. On leur avait servi du champagne, du jus d'orange pour les enfants, un repas délicieux ensuite. C'était la première et, peut-être, la dernière fois que Jada voyageait dans un tel luxe et elle devait admettre qu'elle y prenait un plaisir extrême. Elle se demandait à quoi ressemblaient les îles Caïmans. Samuel lui avait rapporté sa conversation avec Michelle et décrit le travail prépara-toire qu'il avait accompli. Alors, Jada souleva de sous son siège le sac de toile noire et l'ouvrit.

Elle n'en sortit pas les paquets, elle se contenta d'en entrouvrir un. Il contenait des billets de cent dollars et il y en avait des dizaines, des centaines peut-être. N'y tenant plus, elle déchira le reste de l'emballage et palpa une des liasses, toutes retenues par un ruban coloré comme on en utilisait à sa banque. Elle eut vite estimé que chaque liasse était composée de cent billets — dix mille dollars. Elle compta les liasses. Au bout de trente, elle abandonna. Plus de trois cent mille dollars ! Le souffle coupé, elle referma le sac, le remit sous le siège. Pendant tout ce temps, Samuel l'avait regardée en souriant.

— Il y a trois cent quatre-vingt-deux mille dollars, lui dit-il. Elle a remis le reste à la police.

Jada déglutit avec peine.

— Et... c'est à moi maintenant ?

— Bien sûr. Michelle refuse d'y toucher. Elle veut qu'il serve à une bonne cause et nous sommes d'accord, elle et moi, pour convenir que vous en êtes une.

Jada fut incapable de répondre.

— Vous en aurez besoin pour vous établir aux Caï-mans, reprit Samuel. Ils ont beaucoup de préjugés là-bas, mais seulement contre les gens pauvres. Je pense qu'avec ce capital, les intérêts qu'il vous rapportera et votre nouvel emploi, vous serez à l'abri du besoin.

— Quel nouvel emploi ?

— Il y a beaucoup de banques dans les îles, comme je vous l'ai dit. Vous aurez le choix, bien sûr, mais je vous ai déjà organisé trois interviews pour des positions intéressantes et assez lucratives.

Jada se laissa aller dans le moelleux fauteuil de première.

Comment tout cela lui était-il arrivé ? Faut-il toujours écouter sa mère et ses amies pour que les problèmes se résolvent ? Dans son cas, la réponse était certainement oui.

— Je ne vous remercierai jamais assez de l'aide que vous m'avez prodiguée, dit-elle en se tournant vers Samuel.

— Tout le plaisir était pour moi, répondit-il en souriant.

Angela craignait de retrouver son appartement vide. La solitude, maintenant, n'avait plus aucun attrait pour elle. Mais, quand elle y arriva enfin, elle y découvrit des occupants.

— Nous avons pensé que tu aimerais peut-être un peu de compagnie, lui dit sa mère.

Son père, qui lisait le *Wall Street Journal* sur le canapé, se contenta de lui faire un large sourire.

— Voilà une bonne surprise ! leur dit-elle.

— Bonne ou pas, je suis là moi aussi et j'ai apporté le dîner, déclara Bill en émergeant de la kitchenette.

Angela leur était profondément reconnaissante de ne pas la laisser revenir dans un appartement désert, elle ne l'aurait sans doute pas supporté. Mais elle n'était pas au bout de ses surprises.

Natalie lui ouvrit la porte de la deuxième chambre, hier encore occupée par Michelle, Jenna et Frankie. Angela y découvrit un berceau, une table à langer, une chaise à bascule, une pile de peluches et de paquets cadeaux.

— De la part de Jada et Michelle, lui dit sa mère.

— Non, la chaise à bascule, c'est moi, fit une voix derrière elle.

540

C'était Michael, qu'elle accueillit par un sourire joyeux.

— Elles ont aussi laissé cela, dit-il en lui tendant une enveloppe.

Chère Angie,

Tu recevras cette lettre si nous ne sommes pas en prison, ce qui voudra dire que nos projets ont réussi et que nous ne porterons pas de pyjamas rayés pendant les vingt prochaines années.

Nous n'aurions rien pu faire sans toi (mais tu n'aurais rien pu faire non plus sans nous). Nous n'avons jamais eu d'amies comme toi. Nous t'aimons de tout notre cœur.

Et ne crois pas que tu resteras longtemps seule. Michelle promet ses services de baby-sitter et t'enseignera tout ce qu'il faut savoir sur la puériculture (à moins que Michael ne préfère le faire lui-même). Jada te garantit des vacances de Noël et d'été dans les Caraïbes avec le petit quand il sera grand. Au fait, Jada aimerait bien recevoir une photo des ruines fumantes de sa maison. N'oublie pas.

Nous t'aimons, mais nous te l'avons déjà dit, n'est-ce pas ?

Jada et Michelle

Remerciements

Après avoir rédigé plusieurs romans, je commence à trouver que les remerciements forment la partie la plus difficile à écrire. Comme vous pouvez l'imaginer, il y a toujours le risque d'oublier quelqu'un qui m'est cher. J'ai bien envisagé de supprimer purement et simplement les remerciements, mais cela manquerait d'élégance. D'autant que je me suis laissé dire que les lecteurs les lisaient attentivement. Tous mes lecteurs qui se respectent s'attendent apparemment à trouver des pages de « merci » même s'ils ne connaissent aucune des personnes mentionnées. Lecteurs, voici pour vous !

À la réflexion, Nan Robinson n'est plus une Robinson mais une Delano, mais elle mérite néanmoins un grand merci pour son aide fabuleuse. De même que Carl et Rita de la pépinière Green Tree. Comme la plupart des écrivains, mes journées sont assez solitaires, mis à part la présence de mes deux nouveaux chéris : Spice Girl et New Baby, apportés par les bons soins de Harold Sokol. Je dois aussi remercier Tom et Tony pour les joies qu'ils me procurent et Jeff qui sait faire trembler la terre. En plus, je dois corriger une erreur introduite dans mes précédents livres. Depuis *The Bestseller*, je n'ai plus remercié ces héros méconnus du monde de l'édition — les représentants de chez HarperCollins — qui permettent à mes livres d'entrer dans toutes les librairies du pays. Un grand merci en particulier à Marjorie Braman, Joseph Montebello, Jeffery McGraw, Jane Frieman et Leonida Karpik pour leur constant soutien.

La construction a joué un grand rôle dans ma vie cette année (pas seulement dans mon travail mais aussi dans

543

mon espace de vie) : un grand merci au Chelsea Hotel pour m'avoir accueillie quand je n'avais nulle part où aller. Merci aussi à Jay et Lewis Allen pour avoir partagé Tody et Villa Allen avec moi — et pour m'avoir fait connaître Ed Harte, qui partage mon amour de l'architecture. On doit toujours mentionner les neveux et nièces, sinon on est bon pour leur faire de plus gros cadeaux d'anniversaire : j'embrasse donc Rachel, Ben, Ali et Michael. Il me reste encore quelques amies très chères qui continuent à me supporter, même quand je suis absorbée dans une phase d'écriture active : Susan Jedren, Jane Sheridan, Sara Pearson, Linda Gray, Karin Levitas, Lisa Welti, Lynn Phillips, Dale Burg et Rosie Sisto.

Merci aussi, pour leur aide juridique (et philosophique), à Paul Mahon, Cliff Gilbert-Lurie, Skip « Bait and Switch » Brittenham et Bert Fields. Même si j'ai toujours eu du mal avec les agents, je tiens à remercier Nick Ellison, qui a changé mon opinion des agents et a résolu tous mes problèmes concernant la publication, et les charmantes Alicka Pistek, Jennifer Edwards et Whitney Lee de chez Nicolas Ellison, pour leur grande disponibilité. Je dois aussi remercier mes coagents étrangers : Éliane Benisti en France, Ann-Christine Danielsson en Scandinavie, Roberto Santachiara en Italie, Isabel Monteagudo en Espagne, Sabine Ibach en Allemagne, Marijke Lijnkamp aux Pays-Bas, Jovan Milenkovic et Ana Milenkovic pour l'Europe de l'Est. Roger Cooper, président de la Literary Guild, a été le premier à croire en moi et je lui sais gré de sa réaction à ce livre, tout comme je suis reconnaissante à Marcus Wilhelm, Susan Musman, John Bloom et les autres membres de l'équipe pour leur soin et leur enthousiasme.

Enfin, je ne dois pas oublier les gens de l'industrie du cinéma qui travaillent dur pour faire de ce roman un merveilleux film. Ivan Reitman, Tom Pollack, Dan Goldberg, Joe Medjik, et surtout Michael Chinich de chez Montecito Pictures sont brillants, drôles, et ont parfaitement compris où je voulais en venir dans ce livre. Laurie Sheldon mérite aussi des fleurs pour la touche féminine qu'elle apporte.

Même si Montecito est essentiellement composé d'hommes, je suis sûre qu'ils vont réussir quelque chose de formidable. ICM, et en particulier Jeff Berg, Barbara Dreyfus, Nancy Josephson et Bob Levinson, mes soutiens à Hollywood, reçoivent toute ma gratitude. Oh, et ne pas oublier Sherry Lansing, mon amie indéfectible, ni les autres personnes de chez Paramount : Alan Ladd, Jr., Jon Goldwyn et Deedee Myers, David Madden et Robert Cort. Nunzio Nappi, la Chienne de Perkinsville, Carol Sylvia, Robinette Bell, Lenny Bigelow, Debbie, Katie et Nina LaPoint, Ann Foley, Jerry Offsay, Jacki Judd, Barbara Howard, David Gurenvich, Louise, les deux Margaret, Michael Kohlmann, Dwight Currie, Charlie Crowley, Lenny Gartner, Pat Rhule, Judy Aqui-Rahim, Barbara Turner, Lexie, Max et Freeway.

Aubin Imprimeur
LIGUGÉ, POITIERS

Ouvrage réalisé par
Nord Compo (Villeneuve d'Ascq)

Achevé d'imprimer en novembre 2000
pour le compte de France Loisirs
123, bd de Grenelle, 75015 Paris
N° d'édition 34321 / N° d'impression L 60899
Dépôt légal, novembre 2000
Imprimé en France